한국문학과 낭만성

우리어문학회 편

국학자료원

목차

특집

한국문학과 낭만성

한국한문소설의 낭만성의 구조

— 중·단편 소설을 중심으로

윤채근*

1. 낭만성의 개념

낭만성을 운위할 때 흔히 고전적 이성에 반발한 낭만적 감성의 분출이라는 상투적 드라마를 머리에 떠올리는 경우가 많다. 결코 잘못된 관점은 아니지만 낭만성 개념을 이해하는 과정에, 특히 그 문학적 의미를 논구하는 과정에 너무 깊이 각인된 편견으로 작용하곤 한다. 낭만성 개념을 엄격히 한정된 용법으로만 구사해야 한다는 입장과 더불어 이 개념을 이성/비이성의 큰 범주적 격식에 가두는 그러한 관점 또한 재고되어야 한다.

우선 우리의 논의를 철학적인 것과 문학적인 것으로 구분해야 할 필요를 느낀다. 양자가 긴밀히 연관되긴 하지만 그 개념적 소종래를 이해한 상태에서 문제에 접근하는 것이 바람직 할 것이기 때문이다. 철학에서 이른바 낭만주의라 지칭하는 개념의 실체는 주로 무한성 개념과 연관되는데, 이는 경험적 현실에 대한 비극적 이해 위에서 그러한 현실의 빈틈으로 존재하는 다른 것[타자]들을 추구하는 일체의 사유 활동을 의미한다.

---

* 단국대 한문교육과 교수

따라서 현실적인 것을 초월하는 것에서 그치지 않고 현실적인 것의 틈새에 감추어져 있는 현실 배후의 사태들을 비정(比定)하는 인식의 태도라면 낭만적이라 규정할 수 있다. 이렇게 되면 '여기 아닌 다른 먼 곳'으로서 자연으로 회귀하건, 아니면 무한한 과거성으로 복귀하건, 또는 현실 원리의 이면에 잠복해 있는 보다 근원적인 비의(秘義)의 세계로 환원되건 그 모두는 낭만적 사유로부터 발생했다고 하는 포괄적 규정이 가능하다. 이로써 낭만성 개념에 대한 작금의 철학사적 혼란이 초래되었는데, 예컨대 헤겔(Hegel)과 라깡(Lacan)은 그 논리의 질서가 현격히 다르지만 같은 낭만적 흐름 위에 배열될 수 있게 된다. 심지어 루소(Rousseau)와 하이데거(Heidegger)는 비관적 경험 세계 너머로 다른 비문명적 이상(理想)을 설정한다는 점에서 동일하게 플라톤적이며 따라서 낭만적인 형이상학자들이다. 다른 누구보다도 데리다(Derrida)야말로 낭만주의적인 반이성주의 철학자라고 할 수 있다. 이러한 판단 내부에 각 철학자의 고유한 철학 논리를 꼼꼼히 안배하는 심각한 배려란 존재하지 않는다. 그로 인해 다양한 철학 사조의 어떤 측면과 카톨릭적 상상력은 계몽 이성의 합리성에 반기를 든다는 이유로 같은 편에 배속되어 무리 없이 서로 융합하기도 한다.2)

한편 문학사적으로 낭만주의의 어원은 보다 구체적이다. 이는 근대 계몽 이성의 성립과 무관하게 이미 중세부터 존재해 왔던 로맨스(Romans) 문학3)에 그 근원을 두면서, 특히 중세 후기 로맨스 장르가 장편 운문 형식에서 기사도를 주요 제재로 취급하는 모험과 연애의 산문 형식으로 정착되면서 분명한 자기 의미를 확정했다. 괴테(Goethe) 시대의 질풍노도 운동과 같은 특이한 독일적 낭만주의 개념은 그러한 로맨스 문학이 지닌 파토스적 격렬함·비라틴적 야생적 발랄함 등의 속성을 비유적으로 확장한

---

2) 그렇다고 철학적 낭만주의가 계몽 정신과 배치되기만 하는 것은 아니다. 예를 들어 루소가 그렇다.

3) 라틴어 방언으로 지어진 문학, 즉 로맨스어로 지어진 문학 일체를 지칭했다. 당대로 본다면 통속어로 지어진 비속한 문학이라는 의미를 가진다.

경우다. 그리고 이 유럽적 낭만주의 현상들은 보수적 종교와 결합하면서도 동시에 종교에 의해 억압된 인간적 본능과 감정을 해방하는 기폭제가 되기도 했다. 이 모두를 종합할 수 있는 단일한 틀 역시 발견되지 않는다.4) 따라서 문학에 있어 낭만주의 사조를 근대 이성[계몽주의]의 성립과 견주어 비교·논의할 만한 단서는 곳곳에 존재하지만—철학과는 달리—그렇다고 응집시켜 논의할 만큼 주도면밀한 이념적 논리로 정착된 적은 없었다. 다시 말해 매우 파편적이었다.5) 유일한 예외로 키에르케고어(Kierkeggard)처럼 이성에 대한 종교적 아이러니의 우위를 문학적으로 주장한 낭만주의적 철학자가 존재하긴 했지만 그의 포스트모더니즘적 선구성을 낭만주의와 연결하는 작업은 이제 무의미하게 느껴진다. 그가 견지한 낭만적 태도를 현재적 의미에서 낭만적이라고 부르는 예는 흔치 않기 때문이다. 결국 문학에 있어 낭만주의, 혹은 낭만성이란 이성 활동/감성 활동이라는 예에서 보이는 바 추상적·이념형적 대립을 넘어 각 시대 각 작가들이 창조한 각 양식들의 작품들이 갖는 각각의 독특한 특성들로부터 연유한 구체적 개념들이라 보는 것이 온당하다.

중세 후기에 등장한 로맨스 문학은 통속적인 현실과 초현실적 숭고함을 야릇하게 결합시킨 일종의 판타지 문학이었다. 그 안에는 귀족적 우아함과 숭고에 대한 열정, 그리고 각 지방적 특색들이 담겨 있으며 부르주아들이 개발한 정교한 계산표와 같은 세계에 대한 수리적 이해의 날카로

---

4) 이 문제에 대해선 다음의 사려 깊은 논의를 참고하기 바란다. Lilian R. Furst/이상옥 역, 『낭만주의Romanticism』, 서울대출판부, 1985.

5) 문학·예술적 낭만주의를 17세기 신고전주의에 대한 18·19세기적 반동으로 보는 것이 일반적이다. 이런 예술사적 이해는 상식으로서 참고할 만하지만 사실 낭만성의 본질에 대해서 몇 가지 카테고리만 제공해 주는 한계를 벗어나지 못한다. 보수와 진보, 혁명과 반동이라는 이분법을 벗어나려 한, 그리하여 낭만주의의 본질을 그 복잡한 정치적 혼미상으로부터 구출하려 한 아놀드 하우저(A. Hauser)도 이 문제를 크게 개선하지는 못했다. A. 하우저, 『문학과 예술의 사회사근세편 하』, 창작과비평사, 1985, pp.193-261.

움은 없었다. 그러나 그럼에도 불구하고 부르주아가 상업적 세계 정복에
나서면서 직면한 우주의 다양성과 광대함에 대한 호기심 어린 인식은 일
종의 엑조티시즘(exoticism)의 감각을 형성시킴으로써 새롭고 독특한 낭만
적 성격을 첨부했다. 『로빈슨 크루소우』나 『정글북』이 그러한 예인데, 미
지의 세계를 개척하는 탐험가의 플롯은 이후 주울 베르느(Jule Verne)의
소설에서 보는 바와 같은 자연과 우주에 대한 정복담으로 발전해 간다.
스페이스 오페라로 불리는 이 장르는 현재 사이언스 픽션으로 정착되어
있다. '낭만적'이라는 말에 담긴 이런 후대적 함축을 무시할 수 없다.
　중세 후기 로맨스 문학에서 현대의 할리퀸 로맨스에 이르는 로맨스 픽
션의 플롯에는 몇 가지 공통점이 있다. 이를 나열해 보면 다음과 같다.

　첫째, 권태로운 일상에 대한 배제.
　둘째, 현실적 시간과 공간 감각에 대한 일정한 망각.
　셋째, 이성(異性)에 대한 신격화.
　넷째, 미지의 사건에 대한 끝없는 충동.

　여기에서 주인공이 최종적으로 거머쥐는 부와 명예, 그리고 절세의 미
녀[남]를 자본주의적 포획 욕망의 대상으로 본다면 본래 귀족적 세계관의
숭고한 이상 추구의 열정이 구현되는 로맨스 플롯이 현실적 불행의 비현
실적 대리 충족으로 포장되는 부르주아적인 세속 관점으로 전이해 간 역
사를 유추해 보기란 어렵지 않다. 이른바 근대 부르주아의 낭만성이란 일
련의 물화(reification)를 동반한 퇴행적 낭만성으로 귀결되었다. 우리가 간
혹 '낭만적'이란 용어를 냉소적으로 구사하는 것은 바로 이 때문이다.6)

---

6) 대표적인 예가 이렌느 시수(H. Cixous)처럼 페미니즘적 시각에서 이러한 로맨스 플롯
　을 비판하는 경우다.

2. 낭만적 플롯

한국에 낭만주의 사조가 수입된 것은 20세기 초반이었는데, 이는 주로 명치 시대 일본의 현대문학 사조를 수입하면서 시작된 것이다. 따라서 시인이건 소설가건 낭만주의의 낭만(浪漫) 개념을 Romans의 원의(原義)에 기초해 반성한 사례는 매우 희소하다. 때문에 낭만주의의 혁명적 활력7)이 이미 소진된 그 잔영(殘影)들, 즉 퇴폐주의나 유미주의의 감상적 격정의 분출을 낭만주의의 정수로 오해하였다. 예컨대 낭만주의는 그 정치적 혁명성의 뇌관은 철저히 제거된 채로 수입되었다. 이에 따라 낭만주의는 소설 형식의 혁신보다 시 형식의 감상적 실험을 통하여 그 영향력을 파급시키게 된 것이다.8)

19세기에 등장한 낭만주의의 소설적 실험은 괴테의 『젊은 베르테르의 슬픔』이나 욱달부(郁達夫)의 단편들에서 보이는 바처럼 사회적인 삶으로부터 내적 삶으로의 과격한 결별과 개인의 내존(內存)을 확보하려는 주체의 세계에 대한 심리적 과잉 방어를 그 특징으로 한다. 따라서 중세 후기의 로맨스 문학이 현실을 벗어난 어딘가 다른 시공을 꿈꾸었듯이 낭만주의 작가들은 정치 현실에 마주 대하기를 철저히 기피하며 자기 안의 삶을 살아가기로 결의했던 것이다.9) 그런 점에선 로맨스 문학의 기사(騎士)의 삶과 베르테르나 이인(伊人)10)의 삶에는 어딘가 서로 흡사한 구석이 많이 발견된다. 우리가 한국 중단편 한문소설에서 보편적 의미의 낭만성을 운위하려면 이 측면을 강조하는 도리밖에 없다.

---

7) 주지하듯이 낭만주의의 사조적 힘은 1789년 프랑스 대혁명의 정신에 근원하고 있었다.

8) 예를 들어 김동인(金東仁)의 낭만주의적 실험은 독보적인 것이긴 했으나 당대의 사조적 이슈로 부상할 수는 없었다. 그러기에는 우리 나라 소설가들은 너무 바빴다.

9) 당연히 일본 사소설(私小說)의 특징과 닮은 점이 많다. 일본 소설에서 주체 내면으로 침잠하는 사색적 경향은 전후(戰後)에 일종의 낭만적 과격성의 하드보일드적 개변형으로서 모리무라 세이이치의 『증명』 시리즈에까지 연결된다.

10) 욱달부의 소설 『조라행(蔦蘿行)』에 나오는 주인공.

사실 삶에 대한 리얼리스틱한 이해의 반대말 정도로 낭만성 개념을 구사하는 것은 그 본래 의미의 비유적·확장적 활용이거나 모멸적인 비웃음의 의미를 넘어서지 않는다. 그러므로 낭만주의와 마찬가지로 낭만성 개념은 작품 분석 과정에서는 엄밀히 규정되어 사용되어야 한다. 그런데 앞에서 보았듯이 낭만 개념 자체는 그 연원으로부터 너무 많은 뉘앙스를 포함하게 되면서, 그리고 19세기 특정 문예 및 철학 사조의 명칭으로 사용되면서 이제는 삶의 국면을 분할하는 거대 개념이나 매우 큰 수사적(修辭的) 범칭(汎稱)이 되어 버렸다.11) 때문에 우리는 낭만성 개념을 한국 서사 문학에 적용하면서 이를 플롯의 차원에서만 정의하고자 한다.

낭만성을 플롯에만 한정하는 이유는 또 있다. 이제는 낭만 개념의 근원이 중세 서유럽 라틴어 방언인 로맨스어로 된 장편 운문 문학이었다는 이유로 이 개념의 태생적 외래성을 시비거는 사람은 존재하지 않으나 그럼에도 유럽에는 유럽 나름의 낭만성이, 동양에는 동양 나름의 낭만성이 형성되어 왔음을 부정할 길 없다. 플롯은 이러한 문화적 특수성에서 빚어지는 개념 사이의 착종을 회피할 수 있는 유일한 대안이다.

낭만적 플롯과 뒤섞여 같은 것으로 오해받기 십상인 플롯에 판타지 플롯이 있다. 사실 로맨스 문학에는 비현실적인 요소, 이른바 환상성이 개입되어 있었고 이것이 동양의 지괴성(志怪性)이나 전기성(傳奇性)과 공통되는 바 많기에 이를 한 묶음으로 엮어 '낭만성≒비[초]현실성'으로 정형화시키기 쉽다. 동양의 중세 소설을 괴기성(怪奇性)의 관점에서 명명해온 데에도 문제가 없지 않지만 로맨스 문학을 그 판타지적 성격에만 주목하여 규정하는 것은 더 큰 문제가 있다. 단적으로 괴기 소설이나 환상 소설의 특징이 로맨스 문학이나 동양의 전기(傳奇) 문학에 없는 것은 아니지만 그것이 해당 문학 작품에 낭만성을 초래하는 것은 아니다. 또 19세기 유럽인이 중세 로맨스어로 된 작품들의 특징 가운데 그 환상성·기괴성

---

11) Lilian R. Furst(1985), 참고.

을 추출해 이른바 낭만주의의 의미로 사용했던 예를 찾아 볼 수 없다.12) 그리고 그것이 사실이라면 환상성과 기괴성으로부터 낭만성의 개념 실질을 구성하려는 태도는 모두 이 개념을 안이하게 이용하려는 편의적 발상에 지나지 않는다. 결국 로맨스 문학이 판타지 문학이라는 것이 곧 로맨스의 판타지적 특징이 로맨틱함의 주요 근원이라는 것으로 오해될 수는 없다.

로맨스에 나타나는 비현실적[판타지] 요소는 로맨스의 특징이기보다 이 장르의 설화적 속성을 반영하는 것이다. 때문에 로맨스가 아니더라도 비슷한 시기에 탄생한 다른 지역 서사 문학 역시 로맨스와 유사한 판타지적 성격을 공유하고 있다. 이를 지괴성이나 전기성, 혹은 환몽성이라 달리 불러도 그것들이 같은 의미의 위상은 로맨스의 판타지성과 동일하다. 따라서 로맨스의 비현실성은 이른바 노블(novel)의 탄생 이전에 모든 서사 문학이 갖는 숙명이었다. 후대 문학사에서 이런 속성을 낭만적인 것으로 통칭한 사례를 찾아볼 수 없다.

결국 지금의 우리가 낭만적이라 부르는 문학, 특히 서사 문학의 어떤 성격은—물론 그런 자질도 부분으로 포함하지만—로맨스가 지닌 비현실성과는 다른 속성으로부터 연원했다. 그것은 우선 연애 플롯을 의미했다. 연애 가운데 이상주의적 연애, 즉 주인공이 발견하려는 생의 목적과 연관된 연애야말로 로맨스적 연애에 해당한다. 때문에 로맨스의 주인공은 절제를 모른다. 그의 관심은 어쩌면 이성(異性)으로서의 배우자에 있다기보다 그 배후에 잠복된 영원성에 대한 열망에 있는 것처럼 보이기도 한다. 예컨대 카사노바와 같은 인물은 전형적으로 낭만적인 인물이라 할 수 있으며 실제로 19세기 낭만파 문인들에게 자주 이용된 소재이기도 했다.13)

---

12) 낭만성의 요소로서 그로테스크함이나 초현실성이 갖는 지위는 항상 부분적이거나 무시할 만한 수준에 불과했다. 게다가 그것은 주로 시에서 나타났다. 그것도 가장 뒤처졌던 프랑스 낭만주의 운동의 제일 끝자락에 쉬르레알리즘(surréalism)이라는 이름으로 나타났다.

이제 이것을 실마리로 문제를 풀어가 보자.

중세 기사도 소설의 주인공과 베르테르, 그리고 이인(伊人) 사이에는 공통점이 있다. 그들은 모두 연애를 해야만 살 수 있다. 그런데 그 연애란 것이 끝내 나는 일상적 연애가 아니라 아주 비범한 연애, 즉 목숨을 걸어야 하거나 금지되었거나 혹은 실패한 연애들이다. 왜 연애가 그토록 험난함을 동반해야만 하는가? 연애야말로 근엄한 공식 문화로부터 어딘가 다른 곳, 혹은 별세계로 주인공을 인도하는 사건의 문턱이기 때문이다. 이 문턱을 통과함으로써 중세 기사는 자신의 정체성을 확인하고 삶의 환희를 만족시킬 수 있는 모험의 여정에 돌입하고 베르테르는 남과 다른 나의 존재성을 유감없이 확인한다. 이처럼 개별 존재로서 '나'의 확인이란 다소 몽상적인 로맨스적 플롯이 추구하는 근본 목적이다. 이 과정에 악룡을 만나건 마법사와 투쟁하건 그 모든 절차들은 생의 숭고한 목적을 달성하기 위한 여정을 장식하는 설화적·서사시적 흥미 화소(話素)들에 불과하다.14) 이 과정을 따라감으로써 독자들은 세계의 다채로움 속에 유일무이하게 존재하는 주인공 '나'를 발견하고 일상 속에서 자주 소실(消失) 위기에 처하는 스스로의 존재감을 회복한다. 로맨스 단계에서 이것은 동일시 효과에 불과했으나 베르테르 단계에서는 아예 자신을 베르테르 그 자체로 변형시키는 존재 개별화의 극단이 초래됨으로써 연이은 자살 소동으로 번져 나갔다. 이인(伊人)을 비롯한 욱달부 소설15)의 주인공들은 자신의 내성적 삶에 침몰하여 야릇한 연애 감정에 휩싸이고 낯선 여인과 동침한 후 한없는 감상성에 침울해 한다. 이 모든 정체불명의 비탄 뒤에는 포화 상태가 된 '나', 개별화로 후퇴한 주체의 자기 감정이 놓여 있는 바, 이

---

13) 루소와 괴테의 여성 편력을 상기해 보라. 그들에게 여성이란 현실 너머의 영원한 이상, 혹은 하나의 완전한 미의 세계를 의미했던 것이다. 낭만주의자들이 연애에 대해 갖는 이 열정과 관심은 결코 과소평가될 지엽적 성분이 아니다.
14) 로맨스적 플롯의 가장 현대적인 변용은 바로 007 제임스 본드 시리즈에 나타나 있다.
15) 『망망한 밤』·『침륜』 등의 주인공들이 대표적이다. 이들은 환상적 여인을 대상으로 방황하거나 수음(手淫)에 빠져 번뇌한다.

는 바로 도시인의 근대 감정과도 무관한 것이 아니다.[16]

사실 낭만주의가 '여기와 다른 낯선 어딘가'로 자연과 전원을 열망했다는 점은 주체가 자신의 자기동일성을 획득할 어딘가 다른 환경을 동경했다는 것을 의미한다. 그것은 문명 너머의 이상향이기도 했지만 곧이어 보들레르(Baudelaire)적 도시성으로 탈바꿈할 그러한 것으로서 결코 자연주의와 동일시될 수 없는 어떤 것이다. 따라서 낭만적 플롯의 핵심은 연애나 전원 또는 도회풍의 산책에 있는 것이 아니라 바로 일상을 벗어난 주체의 자기 존재 감정에 있다고 하겠다. 우주에 유일무이하게 존재한다는 감정, 이것이야말로 낭만적 플롯이 요청하고 기도하는 서사적 감정이며 이를 수반하는 그 어떤 소재도 용납되는 것이 이 플롯의 관대한 융통성이다. 환언하면 이는 일종의 고독의 감정이며 주인공의 고독은 이윽고 여행이나 열애 또는 '지금과 다른 것'에 대한 열망으로 이동한다는 것이다.[17] 이것이 우리 논의의 핵심이다.

낭만적 플롯은 다음과 같은 공분모를 적어도 3개 이상은 가져야 한다.

(1) 주인공은 스스로 고독하거나 타율적으로 고독한 상황에 직면한다.

(2) 주인공은 고독을 보상할 모종의 심리적·사건적 계기에 직면하여 변화한다.

(3) 주인공은 시간과 공간상의 비일상적 착란이나 단절적 이동을 체험한다.

(4) 주인공은 사건을 경과하며 매우 중요한 인물로 자각된다.

(5) 주인공은 자아에 대한 절대 체험을 통해 균질적 일상을 거부한다.

이 가운데 (2)에 채워 넣어질 내용은 기사도적 무용담이나 광적인 연애담일 수 있으며 써스펜스 가득한 모험담일 수도 있다.[18] 그에 따라 해당

---

16) 때문에 로맨틱한 플롯에는 도시의 바(bar)처럼 술렁대는 도심 풍경이 흔히 등장한다.
17) 바로 이 때문에 17세기 데카르트적 주체의 반성이 낭만주의와 결부되는 것이다.
18) 이 때 (3)이 (2)의 내용을 채우는 질료의 전부일 때, 이는 '낭만적'이란 말의 의미에 담기게 된 조롱 섞인 비아냥들, 즉 '몽상적'·'비현실적'·'들뜬'·'이성을 잃은' 등

소설은 환상 소설이나 모험 소설, 혹은 연애 소설이 될 수 있을 것이다. 결과적으로 이 모든 하위 장르의 소설들은 공히 낭만성을 가질 수 있는 것인데, 그것은 이들이 낭만적 플롯을 활용했기 때문이며 이런 점에선 동양과 서양 사이의 근본적 차별이란 존재하지 않는다.

3. 아이러니

낭만적 플롯이 이른바 무한성의 차원에 직면할 때 이는 곧바로 아이러니로 전화한다. 낭만주의 사조가 곧잘 아이러니와 결부되는 것은 이 때문이다. 무엇보다 우주의 광대함과 영원성에 대치(對峙)하여 도드라지게 강조된 개인은 급기야 자신의 존재의 본성이 지닌 무근거성에 도달하게 된다. 현존과 이상, 개인과 전체, 무한과 유한 사이에 피할 수 없는 모순이 빚어지면서 낭만적 플롯에 놓여진 주인공은 환상적 허구 안에서 자족할 수 없는 문제적 주체가 된다. 이 주체는 픽션을 가공한 작가의 손아귀에서 빠져 나와 작가가 소속한 현실을 되 비추며 이를 반성항에 몰아넣기도 한다. 낭만주의가 탄생시킨 아이러니란 바로 이와 같은 문학적 반성에 기초하며 이 내부에는 순박성에서 감상성[19]으로 전이해 가는 근대 문학의 분열의 역사가 숨어있다.

문학사적으로 아이러니의 감각은 낭만주의의 절정기인 19세기적인 현상이지만 실은 그 이전의 문학 작품들, 예컨대 그리이스 비극에서 발견되는 것이기도 하다.[20] 따라서 낭만적 플롯을 소유한 비유럽권 소설에서도

의 뉘앙스의 원인이 되었다.

19) 쉴러가 사용한 개념이다.

20) 그로 인해 '비극적 아이러니'는 그리이스 비극과 셰익스피어 연극에도 적용될 수 있다. 낭만주의 이론가들은 그러한 선대 문학 작품들에 대한 분석을 통해 아이러니 개념을 구성했던 것이다. D. C. Muecke/문상득 역, 『아이러니Irony』, 서울대출판부, 1986, pp.34-43, 122-127.

이 요소는 얼마든지 검출 가능하다 하겠다. 사실 낭만적 플롯이 소설사에
가져다 준 최대의 기여는 그 존재론적[실존론적] 반성과 더불어 삶에 대
한 아이러니적 감수성의 개발에 있다 해도 과언이 아니다. 삶은 주어진
것으로 긍정되지 않고 실험되며 그 불가해한 모호성을 노출한다. 이 프로
이트적인 심리적 두께 속에는 이제 더 이상 로맨스 문학 단계의 유쾌한
모험의 여정은 존재하지 않는다. 그러나 그 모든 배아(胚芽)는 르네상스
이전에 로맨스 문학의 내부에서 오래 잠자고 있었던 동일한 충동에 기원
하고 있었던 것이다. 문학의 위상이 낭만주의와 더불어 혁명적 상승을 이
룩한 것은 이런 점에서 의미심장하다. 어쩌면 낭만주의를 거치면서 문학
현상은 비로소 의미 있는 독자적 현상으로서 자신을 역사 속에 분절시켰
다고 해야 옳을는지도 모른다.

4. 한국한문소설의 낭만성의 구조

4.1 한문소설에서의 낭만적 플롯의 구조

　낭만성 개념을 의미론적 진공 속에 산화시키지 않기 위해 우리는 이를
소설의 플롯에 한정했다. 그러나 이는 플롯 자체에서 낭만적 특징이 주조
된다는 뜻은 아니다. 낭만성을 구성하는 틀로서 낭만적 플롯이 존재하며
소설에서의 낭만성은 이 틀을 뼈대 삼아 이차적으로 구성된다는 것을 의
미한다. 그 과정에서 민족적·문화적 특질이 가담되어 각 문화권 나름의
독특한 낭만성의 종차가 발생한다. 하지만 그럼에도 불구하고 낭만성의
보편적 기준은 바로 플롯으로부터 기원한다는 사실에는 변함이 없다. 따
라서 한국 중단편 한문소설21)의 낭만성으로 거론되는 모든 사항들은 다

---

21) 중단편 한문소설이란 『금오신화』보다 조금 적거나 많은 분량을 소유한 한문소설을
　　의미한다. 이 때 전계 소설과 야담계 소설을 본격적인 중단편 소설로 확정할 수 있
　　는가 하는 문제는 연구자가 아직 해결하지 못했다. 다른 논고를 통해 보고하도록 하

른 문화권의 경우에도 거의 동일하게 적용되며, 또 동일하게 적용되어질 수 있어야 마땅하다.

한국 중단편 한문소설의 낭만성은『금오신화』이전과 이후로 그 세부 성격이 다소 바뀐다. 그러나 이들 사이에 공통되는 자질이야말로 중단편 한문소설이 지닌 낭만성의 본질이다. 이제 그 플롯적 특질을 몇 가지 구조적 모형으로 나누어 설명해 보겠다.

(1) 이성애(異性愛)를 통한 자기 신원의 확인 : 한국 중단편 한문소설의 대다수는 이성애를 주제로 삼아 주인공의 변모 과정을 탐색한다. 그러나 그 사랑은 운명적인 것이라기보다 우연적인 것이다. 때문에 천상에서부터의 인연이라거나 만남의 필연적 예징(豫徵)과 같은 대목은 따로 성립되어 있지 않다. 다만 사랑에 빠진 남녀는 자신들의 우연한 조우를 영원한 것으로 이해하려는 경향이 있다. 그리고 그것을 자신들이 파멸에 이를 때까지 추구하려는 맹목성을 가진다.

여기서 주인공들의 과격한 사랑은 육체적 관계로부터 점차 상징적인 다른 부면으로 발전해 가려는 관성에 지배받는다. <쌍녀분기>나 <이생규장전>이 대표적인데 표면적으로는 육욕 그 자체를 다루고 있는 듯한 <주생전>과 <위경천전> 역시 이성애가 초래한 삶의 부조리성과의 파괴적 대면을 상징하게 된다. 따라서 이성애는 결코 행복한 결말로 끝나지 않는다. 이 과정에서 강조되는 것은 주인공이 얼마나 고독한 삶을 살아왔으며 살아갈 수밖에 없는가 하는 운명에 대한 깨달음이다. 사실 육체는 그 자체로 완결된 쾌락이며 그 너머의 의미의 진동을 몰고 올 하등의 사변적 함축도 지니지 않는다. 중단편 한문소설의 경우 <조신>이나 <김현감호>에서부터 그와 같은 육체에 대한 낙천적 향유란 존재하지 않았다.

그런데 중단편 한문소설의 주인공들이 겪는 이 비극적 사랑은 전적으

겠다.

로 개인의 책임 하에 방치된다. 스토리의 전개 과정에서 제삼의 인물들, 대표적으로 가족들이 남녀의 만남을 결정적으로 조장하거나 방해하는 사례가 보이지 않는다. 물론 <김현감호>의 노파나 <이생규장전>의 이생의 아버지, 또는 <운영전>의 안평대군이 있어 남녀의 결합을 방해한다. 그러나 이들의 권위는 남녀 주인공의 사랑 자체를 겨냥하는 어떤 본질적 위협도 가하지는 않는다. 즉, 이생 아버지의 방해는 다분히 상투적이며 이생의 나이를 고려할 때 너무나 당연한 것이기도 하다. 더구나 그는 혼인 전후에 잠시 나타났다 소멸하는 후경적(後景的) 존재에 불과하다. 안평대군의 경우도 그 자신 운영을 사랑하는 애정의 경쟁자로 부각되지 않고 항상 수성궁의 삶을 무겁게 억누르는 우울한 배경적 시선으로 남아 있을 뿐이다. 단적으로 중단편 한문소설의 주인공들은 <만복사저포기>의 양생이나 소녀처럼 가족 없는 고아거나 가족과 무관한 상태에 방치된 존재들이다. 따라서 그들은 사랑의 결구 과정 전반을 오직 자신 스스로만 관장하는 독아적(獨我的) 존재들인 것이다. 이는 <주생전>의 경우도 예외는 아니라서 주생과 배도, 그리고 선화는 마치 가족이라는 것은 애초에 가져 보지도 못한 사람들처럼 독자적으로 행동한다. 그들에겐 삶의 전결권이 주어져 있지만 그만큼 그들의 삶은 안전 장치 없는 위태로운 것으로 드러난다. 가족과 친구라는 배경 존재가―미약하게나마―주인공의 애정 관계에 본질적으로 간섭하는 것은 중단편 한문소설 가운데 전기소설의 후미를 장식하는 <심생전>에 와서나 가능해진다.

결국 남녀 주인공의 애정 행각이 가족과 사회라는 태반에서 양육되지 않기에 그들의 사랑은 윤리성, 혹은 사회성의 감각으로부터 상대적으로 자유롭다. 그들의 사랑은 가문의 성장이나 몰락과 무관한 오직 개인사일 뿐이며, 그럼으로써 오직 개인적 삶의 의미만이 그들의 문제일 뿐이다. 이를 가문소설과 비교해 보면 그 차이는 석연히 드러날 것이다. 이런 견지에서 <하생기우전>의 사랑은 결코 낭만적이라 할 수 없다. 이 작품은 한미한 출신의 사내가 자신의 가문을 부흥시키는 과정으로 명문가 규수를 쟁취하는 과정을 보여주고 있는데 그 안에는 낭만적 사랑의 열병 대신 치밀한 보답의 논리[적선여경(積善餘慶)]가 자리잡고 있기 때문이다. 낭만적 사랑의 플롯에는 지구상의 단 하나뿐인 그와 그녀가 나타날 뿐이다.22)

(2) 비일상성의 일상성에 대한 압도적 우위 : 모든 소설에는 일정 정도의 비일상성이 개입되어 그것이 사건의 매듭이 되며 이어지는 스토리가 그 매듭을 천천히 풀어나가게 된다. 그런데 중단편 한문소설의 경우 차분하게 풀려 갈 하나의 매듭 따위는 애초에 존재하지 않는다. 매듭은 하나의 파국적 국면으로서 스토리의 초반·중반·후반부 어디에서나 돌발적으로 출현할 수 있다. 그리고 그것은 일종의 일상성과의 단절로 체험되기 쉬운데 이는 그 매듭이 일상의 논리로는 풀 수 없는 이질적 세계로의 문턱이기 때문이다. <김현감호>와 <만복사저포기>·<운영전> 등은 매듭이 후반부에 설정되어 있어 서스펜스와 같은 효과를 유발하고 <취유부벽정기>나 <남염부주지>·<용궁부연록> 등은 초반부에 설치되어 일상성과의 격렬한 단절감을 초래한다. 또 <최척전>처럼 비일상적 사건의 연속으로 구성된 경우도 있다. 이 때 우리가 가장 인상적으로 기억하는 플롯은 서스펜스 감정을 환기시키는 첫 번째 경우다. 왜냐하면 이 플롯은 '사건의 역전과 진상 발견의 미학'이라 할 수 있는, 단편소설이 비교적 공통적으로 구비한 가장 인상적인 요소와 결부되기 때문이다.23) 하지만 '놀라움과 경이'를 유발하기 위한 플롯 상의 이러한 안배는 낭만성의 특징과 직접적 연관은 없다. 낭만적인 것의 발현은 비일상성이 모든 일상의 논리를 전복시키고 기존의 생활 질서 전부를 쇄신하는 과정에서 발현된다.

낭만적 플롯의 비일상성은 일상적 사건들의 배후에서 점차 자라나는 혼돈이나 공포와는 관계가 없다. 즉, 비극의 플롯과 무연하다. 낭만적 비

---

22) 물론 그것이 여러 명의 상대를 만나며 반복될 수는 있다. 예컨대 주생과 배도, 주생과 선화의 관계가 그렇다.

23) 이를 최초로 제시한 것은 단편소설과 추리소설 기법의 창시자인 애드가 앨런 포우이며 이른바 발견의 미학을 완성시킨 사람은 기 드 모파상이다.

일상성은 논리적 매개나 단계적 절차를 무시한 순간적 비약에서 출현한다. 그 비약은 합리적 설명을 필요로 하지 않는 비인과율적 단절이라서 매우 엉뚱해 보이지만 나름대로의 원칙이 있다. 우선 낭만적 비일상성은 일상성의 원리를 무효 처분시키는 압도적인 장악력을 소유한다. 때문에 그것은 현실 원리 이면의 더 본질적인 원리이거나 그 상층에 속하는 초월적 원리이기가 십상이다. 예컨대 죽음이나 꿈의 세계나 신선 세계 같은 것이 그것이다. 하지만 반드시 그러한 비현실적 허구성만을 필요로 하지는 않는데, 이를테면 <최척전>에 충만한 기연(奇緣)이라거나 <온달>에 나타나는 급격한 신분 이동, 혹은 <심생전>에 보이는 이성(異性)을 향한 놀라운 집착 등도 낭만적 비일상성의 구성 요소가 될 수 있다. 이런 요소들은 한번 도입되면 나머지 스토리를 지배하며 독점적 지위를 차지하게 되는데 작품이 끝날 때까지, 그리고 작품에 대한 독서가 완결되고 나서도 주로 기억되는 것은 그러한 측면들이다.24)

또 낭만적 비일상성은 플롯 상에서 단지 한 차례만 출현한다. 다시 말해 박생은 염부주에 두 차례 이상 드나들 수 없다. 그는 소설에서 소비되는 인생에 걸쳐 오직 한 번만 염부주에 갈 수 있다. 때문에 이 경험은 플롯에 있어 절대적인 권위로 부각되며 그 일회성의 가치로 인해 스토리가 우스꽝스럽게 희극화되는 것을 방지한다. 박생이 염부주에 들락거릴 수 없다는 점, 홍생이 기씨녀와 재회할 다른 기약을 가지지 못한다는 점, 한생이 용궁에 주기적으로 초대받는 인사가 아니라는 점, 무엇보다 비일상적인 기적의 체험[만남·사랑]을 결코 되풀이할 수 없다는 점은 매우 중요하다. 왜냐하면 낭만적 세계 이해란 어떤 견지에선 현실의 불가역성과 찰라적 일회성에 대한 예민한 감각이라 할 수 있기 때문이다. 못 다한 사

---

24) 예를 들어 <운영전>은 후반부의 액자로 인하여 찬란한 낭만적 색조를 부여받는다. 액자가 초래하는 원근감이 운영과 김진사의 사랑을 더욱 절대적이며 수정불가능한 신화처럼 부조시키기 때문이다. 죽음과 영혼이라는 비일상성의 도입이 없었다면 이는 불가능했을 것이다.

랑이나 못 이룬 꿈, 또는 실패한 영웅의 삶이 미묘한 낭만성을 초래하는 이유가 여기에 있다. 무엇보다 우리는 그것이 얼마든지 되풀이 재현 가능한 것이라고 느낄 때는 결코 낭만적 감정에 젖지 않는다.

(3) 상실감·회귀불가능성·모호한 향수 : 낭만적 플롯의 또 다른 특징은 그것이 무언가를 상실하거나 박탈당한 상태에서 출발하여 궁극적으로 그러한 상실감이나 박탈감이 더욱 고양된 상태로 끝난다는 점이다. 예컨대 <쌍녀분기>의 최치원은 고향을 상실한 자인데 여귀들과의 허무한 백일몽적 사랑을 경유해 그러한 상실감은 보상되기는커녕 더욱 심화된다. <조신>의 조신이나 <만복사저포기>의 양생, <취유부벽정기>의 홍생 역시 무엇인가를 회복해야만 할 공복감에 사로잡힌 인물들이지만 그것에 근접하자마자 상실함으로써 더 강력한 박탈감에 빠지고 만다. 그것은 일시적으로 삶의 목적을 쟁취한 김진사와 운영, 주생과 배도에게도 동일하게 찾아드는 운명이다. 또 <남염부주지>의 박생은 인생의 진상을 알아냄으로써 호기심을 충족하지만 곧바로 삶의 의미를 찾지 못하는 자이며 <김현감호>의 김현은 이류(異類)인 아내를 얻지만 세속적 출세 이외의 단란한 가정적 행복으로부터 멀어지고 <용궁부연록>의 한생은 현란한 이계를 탐방한 뒤로 이승에 뜻을 잃는다. 물론 <최척전>의 최척과 옥영, <수삽석남>의 최항과 그의 첩처럼 소기의 목적을 달성하고 행복한 결말을 맞이하는 인물들도 있지만 예외적이다. 18세기 이전에 잘 쓰여진 중단편 한문소설은 대부분 상실감을 플롯의 주동력으로 삼고 있다.

그런데 이러한 상실감의 배후에는 <최척전>을 극단적 예외로 하는 근원적 회귀불가능성에 대한 인식이 자리잡고 있다. 그렇다고 주인공들이 돌아갈 구체적 고향이 없다는 의미는 아니다. 그들에겐 고향이 있을 수도 있고 또 고향이 없더라도 딱히 얹혀 살 곳이 없는 것도 아니기 때문이다. 예를 들어 전쟁으로 모든 것을 상실한 이생은 아내와 살던 옛 집터에 찾아 들어 한 동안 머물고 있다. 하지만 그 곳은 이생에게 있어 더 이상 회귀해야 할 삶의 중심이 아니며 고작해야 과거를 추억하는 회한 서린 유적에 불과하다. 또 조선 전쟁에 동원되어 타향을 떠도는 주생은 이미 돌아갈 마음의 고향을 상실한 나그네이며 김진사와 운영은 죽음 이후에도 옛 수성궁 터를 배회하는 과거의 화신들이다. 그들에게 지속적으로 회귀해야 할 안전한 고향이란 존재하지 않는다.

무엇보다 이들에게 상실된 것이 구체적인 공간이나 사물이 아니라 심리 속에만 존재하는 기억이라는 점은 그들이 찾는 삶의 목표를 매우 모호한 것으로 만든다. 소설 속의 주인공들은 자신에게 의미 있었던 어떤 과거의 상황이나 최근의 기억을 잊지 못한다. 이 실체를 알 수 없는 모호한 향수는 따라서 회귀불가능한 것이다. 현재에 없고 미래에도 없을 것, 혹은 영원히 현실 속에는 있을 법하지 않는 모종의 상태를 그리워한다는 것은 마치 죽은 아내나 먼 다른 별의 공주를 그리워하는 것과 마찬가지로 허무한 것이다. 이것이야말로 낭만적 노스탤지어(nostalgia)인 셈이다. 중요한 것은 이 모호한 향수 의식이야말로 소설 속의 주체로 하여금 스스로를 각성시켜 변화하도록 하는 원천으로 작용한다는 사실이다.

낭만적 플롯에서 주인공들은 모종의 변화를 겪는다. 그것은 윤리적으로 더 선해지거나 자신이 몸담은 현실을 보다 살 만한 곳으로 고쳐 보려는 정의감과는 무관한 매우 개인적인 깨달음과 연관되어 있다. 예를 들면 낭만성과 가장 거리가 먼 『기재기이』의 경우에도, 특히 <최생우진기>의 최생의 경우 주인공은 자신의 여행 체험으로부터 나머지 인생을 구속받는다. 일종의 유토피아 탐방의 플롯과 결부된 이런 유형의 작품에서 주인공이 겪는 회피 불가능한 향수는 결국 현실의 의미를 각성한 '아는 자'의 고독에서 유래하는 것이다. 따라서 낭만적 플롯은 유토피아를 핑계로 주인공을 실종시켜 버리거나 죽음으로 몰아가게 된다.

(4) 시·공간의 왜곡 : 중단편 한문소설, 특히 전기(傳奇)소설에서 낭만성은 특정한 시간과 공간의 후원 없이 성취된다. 사실 낭만적 플롯은 소급 불가능한 인생의 한 순간을 그 일회성의 각도에서 소묘해 냄으로써 역

사 시간의 사이클을 무시하며 주인공에게 의미 있었던 절대적 체험의 현장은 그 반복 불가능한 유니크함으로 인하여 공간으로서의 실재성을 상실한다. 따라서 시간과 공간은 주관에 의해 왜곡되어 있다. 시간은 정지하거나 혼류되며 공간은 객관적 척도를 잃고 얼마든지 신축된다. 이는 역사적 실재 사건을 소재로 하는 몽유록이나 전계 소설들에서 나타나는 엄격한 시공 구조와는 대조적이다. 예를 들어 낭만적 플롯 속에서 주인공들은 여간해선 늙은 모습을 보이지 않는다. 그들은 찬란했던 한 지점의 그 때 그대로 존재한다. 김진사와 운영은 꽃다운 청춘으로 멈춰 있고 이생과 아내는 시간을 거역하며 사랑을 지속한다. 그들 삶의 생로병사의 구체적 과정은 생략된다. 즉 결코 병들거나 늙어 죽지는 않는다.25) 다시 말해 그들의 시공간적 현존은 객관적 시공간에 의지해 있다기보다 그들의 운명이 전개되는 플롯 내부의 주관적 결정에 의지해 있다.

4.2 낭만성의 변경 과정

4.2.1 『금오신화』 이전의 낭만성

『금오신화』가 탄생하기 이전의 소설사에서 낭만적 플롯을 전일하게 드러내는 작품에는 <김현감호>와 <쌍녀분기>가 있다. <온달>과 <조신>을 첨가하고 싶지만 앞에서 우리가 세운 기준을 문맥 속에 충분히 갖추고 있지 않다. 여기에선 무엇보다 낭만성을 설화성과 혼동하지 않는 것이 중요한데, 설화성은 낭만성과 달리 미숙한 소설성에 다름 아니기 때문이다.26)

이 시기 낭만성의 발현 과정은 종교적인 원인과 깊이 연루되어 있었다는 특징을 지닌다. <김현감호>는 재언을 요하지 않으며, <쌍녀분기>의 경우 그 마지막 부분의 장시가 그리는 세계관 속에 삶을 꿈으로 이해하는

---

25) 조금 우스운 비유로 그들은 변비에 걸리지 않는다.

26) 이 문제에 관해서는 졸저, 『소설적 주체, 그 탄생과 전변-韓國傳奇小說史』(월인, 1999)를 통해 매우 장황하게 개진한 바 있으므로 설명을 약한다.

매우 불교적인 관점이 관철되고 있다. 즉, 나말여초 한문소설의 낭만성은 불교적 생이해로부터 결정적인 자양분을 공급받고 있었음이 확인된다. 이 영향은 후대에까지 지속될 것이긴 하지만『금오신화』를 경유하면서 점차 탈색되어 간다.

4.2.2 『금오신화』의 낭만성

『금오신화』에 드러나는 낭만성은 나말여초 시기에 전개되었던 불교적 세계관의 극단적 실현 과정에서 발생한다. 낭만적인 소재나 분위기야 어떤 소설에도 조금씩은 존재하는 보편적 성분이지만 소설 주제의 구조적 축조(築造) 전체가 낭만적 관점을 실현한 사례는『금오신화』가 유일하다고 할 만하다.

『금오신화』의 다섯 작품은 각기 주인공의 실존적 성숙을 몰고 오는 관념적 반성 구조를 지니고 있다. <이생규장전>은 삶과 죽음의 대비를 통한 삶의 한시성에 대한 각성을, <만복사저포기>는 인연의 무상함에 수반되는 화엄적 깨달음을, <취유부벽정기>는 무한성에 직면한 주인공의 숭고 감정을, <용궁부연록>은 무절제한 유머 배후에 담긴 홍진비래로서의 비극성을, 그리고 <남염부주지>는 현실의 반세계인 염부주의 존재를 통해 이승의 지옥상을 보여 주고 있다. 이들 작품들에는 현재의 우리가 관습적으로 알고 있는 낭만적 무드라든가 낭만적 배경 묘사가 전일하게 관철되어 있지는 않다. 그러나 그러한 상식적 개념의 남용으로부터 후퇴하여 소위 '낭만적'이라는 개념의 엄밀한 의미를 고려한다면『금오신화』가 얼마나 치열하게 낭만적 정신을 추구한 소설집인가가 밝혀진다.

『금오신화』의 가치는 이 소설집의 전체 구조가 하나의 거대한 아이러니적 세계관에 의해 견인되고 있다는 사실에서도 발견된다. 물론 이는 19세기 서유럽에서 발흥한 낭만적 아이러니와 직접 대응될 어떤 구체적 소지도 가지고 있지는 않다. 그러나 양자 사이에는 매우 깊은 유사성이 존재하며 그것은 동과 서, 15세기와 19세기의 격차를 뛰어 넘는 문학적 보편성에 기반해 있는 것이다. 또 다른 각도로 보면 르네상스의 분위기가 봇물을 이루기 직전인 유럽의 15세기에 비해 조선의 15세기가 훨씬 정신적으로 앞서 있었다고 볼 수도 있다.[27]

4.2.3 『금오신화』 이후의 낭만성

『금오신화』 이후 우리가 낭만적 소설이라 부를 만한 한문소설로는 주로 17세기 전기(傳奇)소설이 여기에 해당한다.『기재기이』에는 앞 절에서 제시한 기준을 모두 통과해 살아남을 작품이 없다. 비록 <하생기우전>이나 <최생우진기>가 일부 낭만적 특징을 띠고 있긴 하지만 이를 기준으로 두 작품을 낭만적 소설로 규정하기에는 많은 무리가 따른다. 이 점은 임제의 <원생몽유록>이나 <수성지>에 대해서도 마찬가지다. 임제야말로 낭만적 정신의 소유자라 할 만하고, 또 그의 작품에 낭만적 정신이 스며있다는 것이 사실일지라도 그것이 곧 그가 지은 소설 작품이 낭만적이라고 할 근거가 될 수는 없다. 단지 임제의 작품을 관류하는 작가 정신이 낭만적이라고 말할 수 있을 뿐이다.

17세기 중단편 전기소설은 <최척전>을 제외하면 모두 불꽃같은 사랑을 다루고 있다.[28] 그런데 이들은『금오신화』에 비해 그 관념적 상징성의 도가 현격히 줄고 그 대신 육체성에 대한 관심이 상대적으로 강화되어 있다. 사실 낭만적인 것은 물질적인 것이 아닌 정신적인 것, 사물의 배후에 있는 보다 깊은 근원성을 향하는 충동이라고 할 수 있다. 때문에 프랑스 낭만주의는 상징주의로 계승되었던 것이다. 그렇다면 이 무렵 <위경천전>·<운영전>·<주생전>에 찾아 온 육체적 관능성에의 개안(開眼)은 낭

---

27) 유럽의 중세를 비교적 밝게 묘사하려고 한 호이징하의『중세의 가을』만 보아도 이 무렵의 서유럽이 얼마나 미개한 상태였는지 여실히 알 수 있다. 지금의 서유럽이 세계사 속에 부각된 것은 17세기 산업 혁명 이후였다.

28) <최척전>의 낭만성에 대해서는 보다 복잡한 고찰이 필요하다. 후고를 기약한다.

만주의보다는 사실주의나 자연주의로의 이동 앞에 직면해 있었다고 할 수 있다. 일례로 더 후대에 출현한 <심생전>은 그 낭만적 성격에도 불구하고 결코 낭만적 플롯을 완성하지 못하고 있다. 심생은 육욕 앞에 무너지고 그 이후 별다른 사태의 진전을 보지 못하다가 순진한 소녀의 죽음을 초래한다. 이는 낭만적 플롯의 일그러진 패배이며 그것에 대한 근본적 희화화라 할 수 있다. 더 나아가 <오유란전>에 이르면 낭만적 사랑은 풍자의 대상이 되고 급기야 <절화기담>·<포의교집>에서 그것은 현실에서 성공할 수 없는 부질없는 삶의 태도로 전락하고 만다. 그리고 그 자리에 남은 것은 계산된 속셈을 가진 육체적 탐닉이나 치정으로 귀결될 무모한 애정 행각이다. 이제 낭만적 사랑은 20세기 댄디 보이들의 도회적 삶의 단면 속으로 잠입하게 되는 것이다.

5. 결론 : 소설사에서 낭만성이 갖는 의미

소설 연구에서, 아니 심지어 문학 연구에서 낭만주의라는 애매모호한 개념을 배제하자는 의논이 유럽에서 일어난 적이 있었다. 그마만큼 이 개념이 일으키는 혼돈에 비해 얻어지는 수확이 적다는 뜻이다. 그럼에도 이 개념이 필요했다면 그것은 문학에 있어서 낭만성의 개념, 혹은 낭만주의 사조만큼 문학성의 위상을 드높여준 사례가 없었기 때문일 것이다. 즉, 낭만성 개념은 문학성의 핵심을 건드리는 본질적인 의미의 내포를 지니고 있다. 이를 소설문학을 통해 확인하는 것은 시문학을 통해 그렇게 하는 것보다 지난하다. 왜냐하면 시적 언어는 매우 민감한 차이를 포착할 수 있는 섬세한 국면을 제시해 주는데 반해서 소설의 언어는 그런 섬세한 차이를 좀처럼 드러내 주지 않기 때문이다. 따라서 소설의 낭만성은 결국엔 플롯 단위, 다시 말해 구조적 단위에서 검증하는 수밖에 없다.

소설의 플롯은 화소들의 일정한 연쇄를 통해 결구되는데 이 배치 방식

과 배치되는 내용의 결합 과정에서 각 플롯의 독특한 효과가 발생하게 된
다. 이 때 소설의 고유한 미적 특질은 단순히 화소들 사이의 결합 순서나
내용물의 환유적·은유적 교체로부터 얻어지지는 않는다. 그것으로부터
획득될 것은 고작해야 설화 연구를 통해 얻게 되는 유형학적 모델들 이외
의 다른 것이 아닐 것이다. 따라서 플롯 속에 담기는 세계관적 배후가 탐
토(探討)되지 않으면 안 된다. 우리는 낭만적 플롯이 있다는 가정 하에 낭
만적 사유 방식이 만약 소설화된다면 어떤 용기에 어떤 구조로 담기게 될
것인지 유추해 보았다. 이 과정에서 낭만주의적 세계 이해가 갖는 문학적
특질을 수용하여 반영시켰다. 그 결과는 본론에 설명한 바와 같다.

　한국의 한문소설, 그 가운데 중단편 소설의 낭만성은 『금오신화』를 극
점으로 하여 사양길에 접어드는데, 이는 낭만적 특징이 지닌 관념적 성격
에 연유하는 바 크지만 낭만성 주조의 중핵이라 할 개인적 삶의 각성이
적어도 소설을 통해서는 매우 더디게 찾아 왔음을 의미하는 것이기도 하
다. 서사적 삶 속에서 개성의 가치를 발견하고 주체의 내면적 반성 공간
을 확립한다는 것은 따지고 보면 근대적 주체성의 확립과 무관한 것이 아
니다. 우리 문학사에 있어 그러한 과정은 아주 긴 상업소설의 기간을 거
치고 나서, 또 신소설의 실험기를 거치고 나서야 가능해졌던 것 같다. 낭
만성의 본질과 의미에 대한 탐구가 계몽의 목소리로부터 비교적 자유로
워졌던 시점, 다시 말해 1920년대에 이르러서야 『금오신화』와 17세기 전
기소설의 낭만적 실험은 제대로 된 계승자를 맞이했기 때문이다.

Lilian R. Furst/이상옥 역, 『낭만주의Romanticism』, 서울대출판부, 1985.

A. 하우저, 『문학과 예술의 사회사-근세편 하』, 창작과비평사, 1985.

D. C. Muecke/문상득 역, 『아이러니Irony』, 서울대출판부, 1986.

윤채근, 『소설적 주체, 그 탄생과 전변-한국전기소설사』, 월인, 1999.

욱달부, 『욱달부단편집』, 범조사, 1975.

낭만성, 낭만적 플롯, 낭만적 연애, 향수, 일회성, 비일상성, 독아적 존재

The structure of the romantic characteristic appear in Korean Classic novel.

Yoon, Chai-Keun

By this treatise I dealt with romantic characteristics of korean classic short and medium length stories in the dimension of narratives. Criterions adapted to that study are the plots as belows.

(1) Hero(in) is solitary or confronted by heteronomous solitude.

(2) Hero(in) is changed confronting by some mental moment compensate for his solitude.

(3) Hero(in) experiences unusual distractions or extinction in the dimension of time and space.

(4) Hero(in) realizes him(her)self as a very important being in the process of experiencing accidents.

(5) Hero(in) refuses uniformed everyday through absolute experience of selfness.

By these criterions I constituted the process of mutation of the romantic characteristics appear in korean classic novels, investigated the general mode by which romanticism is realized on narratives. Hereafter, of course, it is necessary to adapt these results to another genres of novel.

안민영의 시조와 낭만적 상상력

이형대*

1. 문제의 소재

이 글은 한국의 고전시가와 낭만성의 문제를 연관하여 구명하고자 하는 하나의 시론적 탐색이다. 이러한 접근의 한 탐착점이 될 수 있는 고전시가 작가로서는 안민영을 떠올리지 않을 수 없다. 안민영에 대해서는 그의 전기적 사실과 작품의 개괄적 소개라는 초기의 연구 성과가 제출된 이후, 최근까지도 연구자들의 꾸준한 관심의 대상으로 자리 잡아 왔다. 그의 작품 세계가 19세기 예술사의 전개 속에서 차지하는 위상과 미적 특질에 대한 고찰1), 작가적인 삶의 태도와 작품세계의 상관성2), 가곡창의 전개 및 예인집단의 존재양상과 결부된 음악사적 접근3), 시학과 음악의 매개

---

* 고려대 민족문화연구원 연구교수

1) 조규익, 「안민영론—가곡사적 위상과 작품세계를 중심으로」, 『국어국문학』 109호, 국어국문학회, 1993.
　고미숙, 「안민영의 작품세계와 그 예술사적 의미」, 『19세기에서 20세기 초 한국시가사의 구도』, 소명, 1998.
2) 박노준, 「安玫英의 삶과 詩의 문제점」, 『조선후기 시가의 현실인식』, 고려대 민족문화연구원, 1998.
3) 신경숙, 「19세기 가객과 가곡의 추이」, 『한국시가연구』 2집, 한국시가학회, 1997. 신경숙, 「안민영과 예인들—기악연주자들을 중심으로」, 『어문논집』 41집, 안암어문학회,

양상에 대한 해명4) 등이 최근 연구성과의 대표적인 사례에 해당된다.

　안민영의 시학에서 주관적 낭만주의의 경향성은 일찍이 고미숙에 의해 검토된 바 있다. 그런데 이 연구에서는 그의 작품이 성취한 심미적 특질에 대한 치밀한 분석적 성과를 가져왔던 한편, 안민영의 낭만성은 '대상을 구체적 현실로부터 떼어냄으로써 획득된 것'이기에 일종의 '오류'로써 간주하였던 부정적 시각도 동시에 드러내었다. 이 점 수긍할 수 없지도 않다. 인접한 18세기 시조사의 역동적인 면모와 그 현실 연관성을 상기한다면 안민영의 시조가 퇴행으로 간주될 수 있는 여지는 충분하기 때문이다.

　그러나 우리가 시가사의 계기적 이행 또는 발전 법칙의 해명이라는 문제에서 좀더 유연하고, 현실주의 중심의 시학에서 한 발짝 물러서서 그 작품의 문예미학에 접근한다면, 안민영은 다시금 새로운 모습으로 다가올 수 있을 것이다. 고전시가의 경우 논의 자체가 영성하였지만, 고전서사에서는 낭만성의 문제가 사실성과 짝을 이루면서 상대적으로 풍성하게 논의된 바 있다. 그러나 이 경우조차도 낭만성은 대체로 사실성의 보족적 차원에서 고려되는 경우가 적지 않았다. 낭만성의 미학이 그다지 주목받지 못했던 탓이다. 이제 우리는 연구의 시야를 새롭게 넓힐 필요가 있다. 낭만성 자체의 독자적인 가치와 의의를 인정하고, 좀더 열린 체계, 즉 단절과 접속을 아울러 고려하는 문학사의 시각에서 낭만성의 문제를 들여다보는 관점이 절실하다는 것이다.

　다시금 생각해 보자. '세계 부정'은 낭만주의의 본질적 속성이 아니었던가! 서구의 사례에 비추어 볼 때 낭만주의의 잉태는 18세기의 계몽주의적 단조로운 세계에 대한 부정과 그 세계로부터 벗어나고자 하는 충동에서

2000. 송원호, 「가곡 한바탕의 연행효과에 대한 일고찰(2) ―안민영의 우조 한 바탕을 중심으로」, 『어문논집』 42집, 안암어문학회, 2000.
　성무경, 「금옥총부를 통해 본 '운애산방'의 풍류세계」, 『반교어문연구』 13집, 2001.
4) 성기옥, 「한국 고전시 해석의 과제와 전망 ―안민영의 <梅花詞> 경우」, 『진단학보』 85집, 진단학회, 1998.

비롯되었음은 자명하다5). 때문에 안민영의 경우도, 그의 예술세계에서 간취되는 '현실과의 거리두기'를 성급하게 부정적으로 논단하기 보다는 세계인식의 근본적인 변화 또는 미학적 변환이라는 관점에서 좀더 섬세하게 구명할 필요가 있으리라 여겨진다.

우리가 시가사의 계기적 이행과 단선적 발전의 문제를 다소 유보한다면 다음의 두 가지 점에서 유효한 시사점을 얻을 수 있으리라 예상한다. 우선, 안민영의 시조에 있어서 '창조적 상상력'을 근간으로 하는 낭만적 요소가 중세의 시 이념 및 시 형식을 어떠한 방식으로 변환시켜 갔는가에 대한 분석적 성과이다. 낭만주의의 도래와 함께 인식능력에서 悟性이나 理性보다 상상력이 우위에 서게 되었을 때 판타지의 세계, 무의식의 세계가 전면으로 부상하고, 현실과 꿈, 직관과 사유 등을 통합하여 놀라운 형상 세계를 창출했던 서구의 경험에 비추어 본다면, 규범적 자연미 위주의 시조사의 전통에서 안민영의 시조가 가져온 파장은 적지 않으리라 예상되기 때문이다. 다음으로, 고전문학 연구자라면 항상 염두에 두어야할 연구 대상과 '현재'적 삶의 문제의식과의 연관성에 관한 암시이다. 理性의 일자적 지위에 대한 회의와 함께 다원론적 가치가 탈근대적 전망 속에서 좀더 옹호되어 가고 있는 오늘날의 현실에서 낭만성에 대한 탐색은 새로운 가능성을 열어줄 수도 있을 터이다.

이제 위와 같은 점을 고려하면서 안민영의 시조에 나타난 낭만적 상상력의 특질과 그 미학적 성취를 살펴보기로 한다.

2. 시조 시학과 낭만적 상상력의 개념

낭만성의 시학을 검토하기 위해서는 불가피하게 18세기말 19세기 초에 전개되었던 서구의 문예운동(사조)의 특징들이 비교를 위해 언급될 터이

---

5) 김종태, 「독일 낭만주의 미학과 현대예술」, 『미학』 14집, 한국미학회, 1989.

지만, 안민영 시조의 낭만적 성격을 서구의 그것과 곧장 등치시키는 것은 필요하지도 또한 가능하지도 않은 일이다. 서구의 낭만주의 운동이 정치, 철학, 사회, 문예 분야의 광범위한 변혁적 조류였기에, 역사적 조건과 문화적 토양이 상이한 중세해체기 안민영의 예술세계와는 거리가 먼 일이기 때문이다. 따라서 우리는 문예사조적 의미에서가 아니라, 낭만적 시학의 요소나 미적 특질이라는 창작 방법의 측면에서 검토를 시도하고자 한다.

한편 '낭만적'이라는 어의는 그 생성시기부터 워낙 다의적 함의를 내포하고 있어서 한 말로 정의하기는 어렵거니와 극단적으로는 텅 빈 기호와 다름없다는 견해도 있다. 때문에 우리는 낭만성의 복수적 성격을 인정하면서도 가능한 한 합치된 견해의 범위 내에서 다룰 수밖에 없다. 마지막으로 낭만적 시학의 부분적 요소들은 낭만주의 시대 이전부터 현대에 이르기까지, 동서양의 고금을 막론하고 존재하였다는 사실을 지적하여 두기로 한다. 동양의 경우 멀리는 <楚辭>의 비현실적이고 환상적인 분위기나 이국적인 정조에서부터 낭만적 특성이 검출될 수 있으며, 시조만 하더라도 17세기 전후의 신선 취향의 작품들은 분명 낭만적 색조가 농후하다. 이처럼 낭만성의 미학은 시공간의 연속성을 건너뛰면서 산포하는 것이 사실이다. 그럼에도 불구하고 시조사의 전개과정에서 안민영의 예술세계가 낭만성과 관련한 연구대상으로 떠오르는 이유는 그 작품자체가 다른 작품들에 비해 상대적으로 다채로운 각도에서 낭만적 상상력을 체현하고 있어, 그것을 시조사의 전개과정에서 일정한 결절로 상정할 수 있으리라는 점 때문이다.

이제 우리는 이 글에서 사용하고자 하는 낭만적 상상력에 대해 잠정적으로나마 규정해 두고자 한다. 우선, 낭만적 상상력이란 문예미학의 역사적 전개를 고려할 때 근대, 또는 이와 가까운 시대를 배경으로 하는 시학적 특성이라는 점을 되새기고자 한다. 이는 방금 위에서 말한 내용과 다소 모순되는 것처럼 보이지만, 기실은 그만큼 제한적으로 사용하자는 뜻이다. 이 점 서구 문예사조의 흐름 속에서는 명료하게 판명되는 것이지만,

우리나라의 경우 집합적 현상으로써 낭만적 상상력이 뚜렷하게 시단에 등장하는 것은 1920년대이다. 두루 알려져 있다시피 이는 서구 낭만주의의 유입으로 인한 현상이며, 일본 시가의 경우 마찬가지 이유로 1880년대부터 이러한 경향이 나타난다. 그러나 우리가 서구 낭만주의와 시풍의 동질성 및 유사성에 너무 집착하지 않고 '경직된 세계에 대한 반발'이나 '개성적 정감의 해방'이라는 시 정신의 측면에서 보자면 우리 시가사에서도 대략 18세기 무렵부터는 낭만적 상상력의 맹아들을 발견할 수 있으리라 여겨진다.

다음으로 낭만적 상상력은 공상과는 달리 능동적인 창조의 과정이라는 점이다. 즉 개인이 의식적으로 체험의 질료들에다가 새로운 질서와 형상을 부여하여, 일상적인 인식의 세계보다 한 차원 승화된 세계를 창조해낼 수 있는 힘을 의미하는 것이다. 고대의 모방이 이성적인 형식 법칙을 중시했다면 상상력은 법칙성을 뛰어 넘기 때문에 독창적이다. 서구 낭만주의의 천재에 대한 강조, 영감·열정·감성에 대한 우선권의 부여 등은 조선후기 고전시학사의 특정 국면들과는 거리가 있는 것이지만, '살아있는 우주'를 시적 비전 속에 구체화한다는 점에서는 유사하기도 하다. 즉 서구의 낭만주의자들의 뉴튼의 기계론적 세계관을 초월하고자 했다면 조선후기 일군의 시조들은 성리학적 우주론에 매몰되지 않은 새로운 시적 형상들을 창출했던 것이다.

마지막으로 낭만적 상상력을 포함한 상상의 특징으로서는 '공감(simpathy)'을 인식의 기저로 삼고 있다는 점이다. 인간에게는 '감각 경험을 초월하는 정신의 힘이 존재'한다는 주장이나 '상상이 우리와 타인의 관계 그리고 자연계에 대한 우리의 이해를 지배'한다는 주장들이 이와 관련이 있다. 우리가 상식적으로 알고 있듯이 공감이란 '자신의 마음으로 다른 사람의 마음을 느끼고 관찰하여 다른 사람의 감정과 동일화되는 것'을 의미한다. 주체를 초월하여 사람들의 마음 속에는 본원적인 우주적 보편성이 담겨 있고, 이를 매개로 한 공감의 과정은 비단 사람뿐만 아니라 풀꽃이나 자연, 우주에서도 영성(靈性)을 느낄 수 있다고 한다. 따라서 시인은 영혼의 체험이나 감정의 작용을 통해서 가시적 세계의 이면에 놓인 영적 의미를 포착하고 상징을 통해 이를 작품에서 구체화할 수 있다고 보는 것이다6).

이상에서 개괄적으로 정리하였지만, 잘 알다시피 우리 고전시가사에서는 이와 같은 미학적 담론들의 자취를 찾기가 어렵다. 그렇다고 하여 우리는 이와 같은 미적 현상마저 부재하였다고 보기는 어려울 것이다. 따라서 우리의 논의는 작품을 대상으로 하여 창작의 측면에서든 감상의 측면에서든 낭만적 상상력의 면모를 추출하는 귀납적 방법에 의거하지 않을 수 없다.

3. 낭만적 상상력의 구현양상과 그 의미

1) 유기적 자연관과 상상력의 자유로움

낭만성의 시학에서 가장 먼저 떠올릴 수 있는 특질은 자연관의 변모라고 할 수 있다. 서구의 경우 이미 전기 낭만주의 시대에 도구적이고 기계적인 자연에서 인간과 교감하는 자립적인 존재로서의 자연 형상이 등장하였다. 자연은 역동적이고 유기적이며 그 자체의 변화무쌍한 삶이 있는 것으로 인식되면서, 자연 묘사에서도 메마르고 객관적인 서술 대신에 인

---

6) 이상 낭만적 상상력의 개념에 관련한 논의는 다음의 논저들을 참고하여 정리하였다.
Lilian R. Furst 저, 이상옥 역, 『낭만주의』, 서울대 출판부, 1987. R. L. Brett 저, 심명호 역, 『공상과 상상력』, 서울대 출판부, 1987. 장경렬 외 편역, 『상상력이란 무엇인가』, 살림, 1997. 옥타비오 파스 저, 윤호병 역, 『낭만주의에서 아방-가르드까지의 현대시론 ―진흙 속의 아이들』, 현대미학사, 1995. 장파 저, 유중하 외 역, 『동양과 서양, 그리고 미학』, 푸른숲, 1999. 윤준, 「영국 낭만주의 시에 구현된 상상력의 주제: 워즈워스, 코울리지, 키츠」『영어영문학』 46권 1호, 한국영어영문학회, 2000. 김종태, 「독일 낭만주의 미학과 현대예술」, 『미학』 14호, 한국미학회, 1989.

간의 주관적인 정감이 적극적으로 개입되면서 자연의 정감과 인간의 감정은 교호되었다. 따라서 풍성한 이미지와 은유라는 시적 장치와 함께 서정시의 면모는 더욱 두드러지게 된다. 이와 유사한 변모가 우리 시조사에서도 간취된다. 널리 알려져 있다시피 성리학을 이념적 기반으로 하는 사대부의 대표적 노래였던 시조는 자연에 담지된 이법과 그것의 체현을 주요한 감성 특성으로 삼아왔다. <도산십이곡>에서 볼 수 있듯이 자연은 우주의 항구적 이법이 현현하고 있는 당위적 세계이며 사물은 도체로 인지되었다. 자연과의 교감은 결국 우주의 내재한 道의 자기 실현이며, 그 정서적 울림은 이념의 높이와 비례하였던 것이다. 이러한 규범적 자연관은 18세기 중인가객층의 등장과 더불어 누그러지다가 안민영에 이르면 흔적도 없이 사라지며 전혀 새로운 서정적 미학으로 변이된다. 작품에서 확인해 보자.

> 古松 奇石 두 사이예 어엿불슨 져 杜鵑아
> 봄 곳치 불근 것도 오히려 多事커든
> 엇지타 가을 닙히 쏘 불거셔 松石 우음 밧느니7). <금옥 155>

> 기럭이 놉피 쓴 뒤예 서리달이 萬里로다
> 네 넷 짝 차즈랴구 이 밤의 나랏는야
> 져 건너 蘆花叢裏예 홀노 안져 우더라8). <금옥 137>

---

7) 안민영의 개인 가집 『금옥총부』에 실려 있는 그의 작품들에는 주로 창작 동기를 기술한 작품주기가 달려 있다. 작품의 온전한 이해를 위해 이 주기를 각주로 기입하되 인용 면은 별도로 기입하지 않는다.
　　丹崖 金生員 致大의 後園에 古松奇石 사이에 杜鵑나무 한 그루가 있다. 매년 봄과 여름이 바뀔 무렵, 가지에 붉은 꽃이 만발하여 사람과 산을 붉게 비추었고, 꺾어 머리에 가득 꽂지 않은 사람이 없다. 그리고 가을에는 붉은 잎이 또한 감상할 만한데, 松石의 사이에 있어 절로 아름다움의 시기를 받는다.(丹崖金生員致大 後園古松奇石之間 有一株杜鵑 每當春夏之交 滿枝紅花照人暎山 人莫不折揷滿頭 而秋節丹葉亦可賞 然松石之間 自有嬋姸之嫌耳)

8) 統營의 海月은 자못 姿色이 있으며 대강 歌舞에 통했다. 내가 晋陽에 있을 때, 統營에

乾坤이 눈이여늘 네 홀노 푸엿고나

氷資玉質이여 閣裏에 숨어 잇셔

黃昏에 暗香 動ᄒ니 달이 조차 오더라9). <금옥 21>

　이 작품들에 등장하는 자연 또는 물상들은 이념적 담지체가 아니라 구체적 현실에 존재하는 사물들이며 심상을 형성하는 주된 동인은 추상적 원리가 아니라 작자의 정서이다. 김치대 후원에서 봄에는 붉은 꽃으로 가을에는 단풍진 붉은 이파리로 한껏 자태를 뽐내는 두견나무가 첫 번째 작품의 주된 소재이다. 시적 메시지는 그 아름다움에 대한 예찬일 터이나 시적 논리의 전개가 자못 재미난다. 그것은 곧 자연 사물에 인간적인 정감을 주입함으로써 가능해진다. 봄날의 붉은 꽃만으로도 시새움을 받을 터인데 가을에 곱게 잎마저 물들인다면 늙은 소나무와 기이한 바위의 질시를 어떻게 감당하겠느냐는 것이다. 여기서 우리는 시조사의 주류로 자

　　들어가 海月과 相逢하여 數日 함께 다녔다. 어느 날 밤, 달빛 밝고 바람 맑으며 海色이 문에 어리는데, 문득 들으니 하늘에 외로운 기러기 한 마리가 끼룩끼룩 울면서 날아갔다.(統營海月 頗有姿色 粗通歌舞 而余在晉陽時 入去統營 與海月相逢 數日相隨 一日夜 月朗風淸 海色在戶 忽聞中天一隻孤雁叫叫而去)

9) 동래부에서 溫井까지의 거리는 5리쯤 된다. 내가 마산포의 최치학, 김해의 문달주와 함께 府 안의 기녀 靑玉의 집에 가 서로 술을 주고 받으며 마실 때, 홀연 한 미인이 밖으로부터 들어와 우리가 열지어 앉은 것을 보고는 몸을 돌려 다시 나갔다. 얼핏 보기에도 그녀는 氷姿玉質의 자태가 눈 속에 핀 매화 같아 한 점의 티도 찾을 수 없었다. 온 좌중이 눈이 휘둥그래지고 입을 다물지 못하고 어쩔 줄 몰랐다. 청옥이 급히 일어나 엎어질 듯 문밖으로 나갔다가 조금 뒤에 그 아이의 손을 잡고 들어와 말했다. "너는 무슨 맘을 먹고 들어와서는 어떤 마음으로 그냥 나가느냐?" 이에 그 아이가 마루에 올라 앉으니, 이가 제일 명기 玉節이었다. 내가 京鄕간에 이름난 명기를 두루 보고 겪어 본 것이 헤아릴 수 없으나, 이렇게 궁벽진 곳에 어찌 玉節이 있을 줄 헤아렸으랴. 讚이 하나 없을 수 없다.(自萊府距溫井 爲五里許也 余與馬山浦崔致學 金海文達柱 同入于府內妓靑玉家 擧酒相屬之際 忽一美娥 自外而入 見吾儕之列坐 回身還出矣 第見厥娥 氷姿玉質 如雪中寒梅 少無塵埃矣 一座眼環口呆 莫知所爲 靑玉急起顚到出門 少頃携手而入曰 汝以何心來而何心去耶 卽爲升堂而坐 此是第一名姬玉節也 余於京鄕間 閱歷名妓 不許其數 而海隅退陬 豈料有玉節者哉 不可無一讚耳)

리잡아 왔던 사대부의 관습적 미학에 대한 전복이 일어나고 있음을 눈치채게 된다. 윤선도의 <오우가>나 또는 <어부사시사> 가운데 '묽가의 석석흔 솔~'에서 알 수 있듯이 소나무와 바위는 그 항구성과 불변성으로 인해 사대부들의 지조를 표상하는 관습적 이미지로 오랜 세월 자리잡아 왔다. 그러나 자연물에 덧씌워진 당연적 이념이 소거될 때, 그것들은 한 떨기 꽃망울도 피어낼 수 없는 범상한 소재로 전락하고 만다. 대신에 상상력을 통해 아름다움을 갈망하는 인간적 정감이 자연 사물들에 투영되면서 세계는 사물들의 유미성을 주조로 하여 새롭고도 신비하게 조형되고 있다. 미적 패러다임의 근본적인 변화가 이루어진 것이다.

창조적 상상력의 개입으로 인한 자연의 새로운 해석과 그로 인한 아름다운 정서적 교감의 묘미는 다음 작품에서도 나타난다. 서리 내리는 늦가을의 차가운 달빛을 뚫고 외로이 날아가는 한 마리의 기러기를 본 순간 시적 화자는 그 고독한 몸짓과 짝을 찾는 열망에 연민의 감정을 느끼고 있다. 마찬가지로 갈대숲에서 잃어버린 짝을 찾아 울고 있는 기러기와 그 소재를 알려주는 시적 화자의 태도에서 우리는 자연 스스로의 생명력 넘치는 교감, 나아가 물질적 이해관계의 추잡함이 없는 인간과 자연의 원초적 공동체를 확인할 수 있다. '자연으로 돌아가라'는 루소의 전언처럼 문명이 그 추악한 휘장을 거두어들일 때 인간과 자연은 풍성한 생명력과 넘치는 연대적 정감을 나눌 수 있다는 것이다.

낭만적 상상력이 정점에 이르면 창조적 형상으로써 인간의 자연화도 가능해지는 것인가. 작품의 주기를 참조할 때, 이 노래는 동래부의 명기 玉節을 그려낸 것이다. 혹여 玉節이라는 이름의 함축에서 시적 발상은 시작되었을지도 모르나 이 작품에서는 매화가 갖는 孤節의 관념보다도 지순한 청순미의 살아있는 이미지 쪽에 더욱 눈길이 끌린다. 설령 그것이 일종의 상징적 이미지로 기능한다 하더라도 오히려 낭만성의 미학적 범주에 포함될 수 있는 것이다. 주지하다시피 '상징적 이미지는 내면의 환상적 지각을 위한 가시적 매개체로서 낭만 詩에서는 빠져서는 안될 중심적 역할'을 수행하였기 때문이다10). 그러나 이 작품의 매력은 이미지를 통한 의미전달의 차원을 넘어서서 신비로운 감흥을 유발하는 경지에까지 나아간다는 점이다. 하늘과 땅이 온통 하얀 눈으로 뒤덮인, 순결한 백색의 세계에서 하얀 꽃을 피워낸 매화는 閣裏라는 처소에서 짐작할 수 있듯이 은근한 관능미까지 머금는다. 그러나 그 그윽한 향기에 창공의 달마저 따라온다는 시적 인식은 심미적 서정의 극한에 다다른다. 그것은 天理의 유행에 따른 질서적 자연관의 철학적 표상도, 혹은 서구에서처럼 이성의 통섭 아래 계산 가능한 수리적 공간의 형상도 아닌, 개체적 자연사물들이 유기적 연관을 맺고 스스로 살아 숨쉰다는, 낭만적 상상력이 창조할 수 있는 심미적 공간인 것이다.

아울러 우리는 위의 세 작품 모두에 시적 화자가 돈호법의 수사적 장치를 통해 자연사물에 '말 건넴' 형식의 시적 기교를 구사하고 있다는 점을 주목할 필요가 있다. 이를 통해 대상과의 간격은 더욱 밀착되고 직접적 교감이 한결 용이해질 수 있었으리라 본다.

다음 작품들은 인간과 자연의 직접적인 어우러짐을 살펴볼 수 있는 노래들이다.

　　　桃花는 훗날니고 綠陰은 퍼져 온다
　　　꾀꼬리 시 노리는 烟雨에 구을거다
　　　마초아 盞 드러 勸허랼 제 淡粧 佳人 오더라11). <금옥 26>

　　　落花芳草路의 깁치마를 쓰럿시니
　　　風前의 나는 곳치 玉頰의 부듯친다

---

10) Lilian R. Furst 저, 이상옥 역, 『낭만주의』, 서울대학교 출판부. 1979. 68면.

11) 辛未(1871, 고종8)년 초 여름에 雲崖先生과 山房에 마주앉아 있는데 비가 뿌리고 꾀꼬리가 울어댔다. 서로 술잔을 주고받을 때, 문득 조촐하게 단장한 한 佳人이 술 한 병을 가지고 왔다. 바로 이가 平壤의 山紅이다.(辛未初夏 與雲崖先生 對座於山房 時雨洒鶯啼矣 酌酒相屬之際 忽一澹粧佳人 携一壺而來 正是平壤山紅也)

앗갑다 쓸어 올지연정 밥든 마라 ᄒ노라12).   <금옥 70>

  시적 표현의 미학이 두드러지는 가운데 낭만적 홍취가 물씬 풍기는 작
품들이다. 첫 번째 작품은 분홍빛 복사꽃의 꽃비가 내리는 초여름의 풍광
을 스케치하였다. 꾀꼬리의 청아한 울음소리가 옅은 안개비 속을 굴러 퍼
져나간다는 표현은 놀랍도록 감각적이며 즉물적 세계인식이 돋보인다. 홍
록이 어우러진 초장의 시각적 심상에 이어 새소리의 청각적 심상으로 전
환된 중장에 이르게 되면 화사한 초여름날의 정취에 취할 듯 정서적 감흥
은 고조된다. 여기 어디에 이념적 표상의 자취를 발견할 수 있는가. 사대
부 시조의 미학과는 상이하게 모든 이미지가 정서적 공감의 구축을 위해
동원된다. 종장에서 마음에 맞는 사람과 술잔을 나눌 때, 때 맞추어 등장
하는 미인의 존재는 심미적 서정의 울림을 더욱 증폭시키고 있다. 심미적
낭만주의의 미학적 지향은 그 다음 작품에서도 유감 없이 발휘되는 것으
로 보인다. 꽃잎 떨어져 흩어지고 풀빛 고운 길을 비단 치마 두르고 사뿐
히 걸어오는 여인들이 원경에서 근경으로 접어들 때, 때마침 바람결을 타
고 나닐던 꽃 이파리가 여인의 고운 뺨에 부딪는다. 여기까지에서 고양된
관찰자의 정서가 지향하는 다음 대목을 보자. 종장 첫 구의 감탄사는 '앗
갑다'! 이다. 아마도 고시조 전체에서 거의 유일하게 쓰였을 법한 이 탄성
은 관조적 감응에서가 아니라 직관에서 오는 찰나적 느낌이다. 비록 생명
력을 잃은 꽃잎이지만 그 아름다움을 조금이라도 더 보존하고 싶은 욕망
의 발로이다. 이처럼 안민영의 작품에서 보이는 자연세계 및 인간의 행위
는 아름답다. 흔히 사대부의 시조에서 보이는 존재와 당위의 삶의 방식에
따라 확연하게 구분되는 양분법적 세계상의 자취도 보이지 않는다. 그것
은 이념의 눈이 아니라, '상상력의 눈'으로써 표면적이고 유한한 세계에
내재된 무한의 심미적 이상을 인지하고 또한 애써 그려낸 결과일 터이다.

---

12) 내가 평양 감영에 머물 때, 모란봉을 올라 꽃들을 감상하며 거닐었는데, 혜란과 소
   홍이 꽃을 밟으며 왔다.(余留箕營時 登牧丹峰 賞花遙望 蕙蘭小紅 踏花而來)

자연과 관련한 낭만성의 시학적 특성의 또 하나의 요소는 자연으로의 귀환 또는 귀환에의 동경이다. 그것은 대체로 문명 혹은 도시적 삶에 대한 염오에서 비롯된다. 한문문명권에서 전원에 대한 열망을 시로 담아 형상화한 경우는 도연명에서부터 본격적으로 시작되었다. 우리 시조사에서도 이러한 모티프는 적극 수용되어 17세기 무렵 하나의 유형으로 성립될 만큼 일군의 작품들이 창작되었다. 안민영의 작품에서도 전원 지향의 모티프는 산견된다. 그러나 사대부들의 작품과는 다소 다르다.

木欣欣而向榮허고 泉涓涓而始流ㅣ로다
西疇에 有事헐믈 農人이 告허거늘
兒戱야 아뮈나 날 춧는 벗님이란 遙指木山 허여라[13]. <금옥 87>

어리석다 安周翁이 엇지 그리 못든고
功名에 미엿던가 富貴예 얼켜든가 功名은 本非願이요 富貴는 初不親인데 무어세 걸잇겨 못 가고서 六十年 風塵 속에 鬢髮만 희계 한고 放白鷗於天抹이란 陶淸節의 歸去來요 秋風忽憶松江鱸는 張使君의 歸思로다 오날이야 찌쳐스니 뭇지 말고 가리로다 一葉扁舟 홀니 저어 마음더로 쩌 갈 젹의 身兼妻子 都三口요 鶴與琴書 共一船을 風飄飄而吹衣하고 舟搖 시 노러는 烟雨에 구을거다搖而輕颺이라 빗머리의 빗긴 白鷗 가는 길을 引導하고 振拕 뒤에 부는 바람 돗츨 미러 쌜니 갈 졔 浩浩蕩蕩하야 胸襟이 灑落하다 五湖예 范蠡舟ㅣ들 시원하기 이만 하랴 살가치 닷는 비가 瞬息이 다 못ᄒᆞ야 한 곳즐 다드르니 桃花源裏人家여늘 杏樹壇邊 漁夫ㅣ로다 비여너려 드러갈 졔 찐 거의 夕陽이라 四面을 살펴 보니 景槪도 奇異하다 山不高而秀雅하고 水不深而澄淸이라 萬種 桃樹 두룬 곳예 三三 五五 수문 집이 덧수풀을 의지하야 젼역 煙氣 이르혀고 紅紅白白 빗난 곳츤 느즌 안기 무릅쓰고 고은 티도 자라한다 流水의 쩌난 桃花 그물 밧게 나지 마라 紅塵의 무든 사람

---

13) 동추 강종희는 자가 경학이요 호는 목산이다.(姜同樞宗熹 字景學 號木山)

武陵 알가 두리노라 시너을 因緣하야 졈졈 깁히 드러갈 졔 한편
을 발라보니 白雲이 어린 곳예 竹戶 荊扉 두세 집이 隱勤이 보이
난(는)더 門前 五柳 드리엿고 石上 三芝 씌여낫다 문득 갓가이
다다라는 柴扉를 굿이 다다스니 門雖設而尙關이라 志趣도 깁푸시
고 다만 보이고 들니난(는) 바는 萬花深處 松千尺이요 衆鳥啼時
鶴一聲이 半空에 瞭亮하니 이 果然 너 집이로다
　　이제야 離別 업슬 任과 함긔 남은 세上 몃몃 희를 근심 업시
즐기다가 羽化登仙 하오리라.14) <금옥 176>

　사대부들의 작품에서 전원 지향은 그 동기적 측면에서 볼 때, 강호 지
향과 마찬가지로 '明哲保身'적 성격이 강하다. 사족 세력의 분화와 함께
17세기부터는 그 존재양상에 따라 다소 편차가 있지만, 전원시조 배면의
이념적 입장은 비교적 견실한 것으로 보인다. 안민영의 경우 비록 동경에
서 그쳤을 터이지만, 그 전원으로의 상상적 여정이 매우 가볍게 느껴진다.
첫 번째 작품은 강종희의 號인 木山을 시어의 일부로 끼워 넣은 다소 희
작적인 작품이다. 하늘을 향해 뻗은 나무들과 졸졸 흐르는 샘물이 시원한
전원의 풍광이 돋보이고 있다. 물러 나와 은거할 때 도연명의 경우가 그
러하듯 이웃이 와서 농번기를 알린다하더라도 산에 갔다고 대답하라는
태도에는 여유가 넘쳐난다. 그러나 그 다음 작품의 경우, 상상력의 비약은
좀더 과감하다. 공명도 부귀도 추구하지 않았지만 세속의 세계에서 부대
끼다 육십년을 훌쩍 보내고서야 결행되는 귀거래인데, 도연명의 전고를
활용하였음에도 불구하고 그 내용실질과 미적 지향은 상당한 차이를 보
인다. 귀로의 중반에 이르면 전원의 공간은 슬며시 도화원과 오버랩 되고
있는 것이다. 복숭아나무 무성한 果園을 지나 학 울음이 들리는 집에 다
다르면, 현실과 꿈이 통합된 판타지의 공간으로 변이되고 있다. 그러나 그
의 낭만적 여정은 여기에서 그치지 않는다. 이별 없을 님과 여생을 즐기
다가 羽化登仙, 즉 신선으로의 존재변환을 이룩하는 것이다. 유토피아와

---

14) 즐겁도다! 나 지금 가노라(快哉 我今去矣)

로맨스, 그리고 무한적 삶으로의 연장이라는 그 상상력의 자유로움은 편폭이 넓고 경계가 없다. 그 신비한 분위기와 초월적 비전 속에서 낭만성의 미학은 더욱 정채를 발한다. 이상에서 보았듯이 안민영의 작품에서 포착되는 자연은 이념적 매개항과 관념적 인식에 근거하는 사대부의 그것과는 달리 보다 직접적이고 정감적이며 유기적 세계인 것이다.

2) 개성적 정감, 그리고 인간과 사랑에 대한 새로운 인식

낭만성의 시학의 주제적 특질 가운데 하나로 사랑의 테마를 빠뜨릴 수 없다. 주지하다시피 안민영은 전국의 기녀 수십 명과의 체험적 연정에 기반하여 다채로운 戀歌를 창작하였던 바, 180 수라는 전체의 작품수 가운데 그의 패트런에 대한 頌歌 62 수 다음으로, 戀歌 60 수라는 상당한 부피를 차지한다. 안민영의 이러한 행적과 관련하여 선행연구에서는 준엄한 도덕적 평가를 가한 바도 있으나, 작품의 미학적 가치 측정과는 우선 분리시켜야 온당할 듯 싶다.

일부일처의 가부장제적 전통과 유가의 도덕적 관습에 익숙한 우리네 형편으로서는 저으기 못마땅한 구석도 없지 않을 터이나, 작품 자체를 찬찬히 살펴본다면 인간존재 또는 사람과 사람사이의 관계에 대한 안민영의 새로운 인식도 발견할 수 있을 것이다. 실상 기녀란 존재는 전통사회의 주류적 예인이었음에도 불구하고 그 비천한 신분으로 말미암아 그 인간적 가치까지 폄절된 사례가 비일비재하였다.

서구의 정치적 낭만주의는 미천한 인간의 가치에 대한 옹호 및 운명의 개선에 치력하였다고 평가된다. 즉 인간의 가치는 사회적 지위의 높고 낮음보다도 그들이 지닌 잠재적 역량에 대한 신뢰를 아끼지 않았던 것이다. 근대 이전의 사회에서는 이들이 타고난 신분적 제약으로 인하여 그들의 가치를 제대로 실현할 기회가 박탈되었기 때문이다. 서구의 낭만주의가 일종의 사회운동으로서 보통사람들의 가치를 존중하고 이상화시켰다면,

안민영은 그 탁월한 예인적 감수성으로 하층 예능인들의 인간적 가치를
옹호하였다. 실상 안민영 이전의 시대에도 기녀와 수작의 노래들은 있었
지만, 안민영 만큼의 개성적 정감과 가치 존중의 심적 태세를 보인 작품
은 발견하기 힘들다.

> 어득헌 구름 가에 슘어 발근 달 아니면
> 稀迷헌 안기 속에 半만 널닌 곳치로다
> 至今에 花容 月態는 너를 본가 허노라.15) <금옥 47>

> 희기 눈 갓트니 西施에 後身인가
> 곱기 곳 갓트니 太眞에 넉시런가
> 至今에 雪膚花容은 너를 본가 허노라.16)<금옥 53>

> 고을사 져 곳치여 半만 여윈 져 곳치여
> 더도 덜도 말고 每樣 그만 허여 잇셔
> 春風에 香氣 좃는 나뷔를 웃고 마즈 허노라.17)<금옥 61>

> 愁心 겨운 任의 얼골 뉘라 前만 못 하다던고
> 훗터진 雲鬢이며 華氣 거든 살빗치라
> 늣기며 실 갓치 하난 말삼 이 닏는 듯 하여라.18)<금옥 113>

---

15) 평양 기녀 혜란을 찬한다.(讚平壤妓蕙蘭)

16) 해주의 옥소선을 찬한다.(讚海州玉簫仙)

17) 내가 옛날 전라도 감영에 갔을 때, 襄坮雲의 꽃다운 이름을 물었다. 몸소 그 집에 가
보니, 아름다운 얼굴에 꽃다운 나이였으며 文과 글씨에 능통한, 진실로 일세에 뛰어
나게 고운 여자였다. 그녀를 사랑하며 공경했다. 여러 날을 서로 따랐다.(余於昔年
完營之行 問襄坮雲之香名 躬往其家 則韶顔妙怜 能文能筆 眞一世之絶艶也 愛而敬之
多日相隨)

18) 해주의 옥소선이 저번 해 進宴 때 올라왔다. 재능이 출중하고 색태가 비범하여 당세
명기들이 무리지어 따랐다. 石坡大老가 그를 더욱 총애하여 그 이름을 옥수수라 부
르셨다. 옥수수는 속칭 강냉이인데, 사람들이 모두 옥수수라 불렀다. 내가 화산 손오
여·벽강 김군중과 더불어 날마다 행동을 같이 하며, 옥수수와 더불어 낮으로 밤을
이어 갔다. 이럴 즈음에 정이 점차 깊어져 서로 버릴 수 없었다. 그러나 일이 끝나서

위 작품들에서 그가 사랑했던 기녀들의 인물형상이 생동하게 드러나는 한편, 행간에 그녀들을 향한 작자의 연정이 내밀하게 배어들고 있다. 혜란을 예찬한 첫 번째 작품은 감춤의 미학 속에 秘意的 아름다움을 담아내고 있다. 어스레한 구름 속에 숨은 밝은 달, 안개 속에 반쯤 피어난 꽃의 이미지는 그 全존재에 대한 호기심과 앎이 성취되기까지의 정서적 긴장 속에서 미묘한 정감을 자아낸다. 종장의 '花容月態'는 당대적 관습에서는 최고의 예찬일 터이지만 현재적 관점에서는 오히려 진부해 보이는 표현이다. 그 다음 작품은 전고에 기대어 역사인물 중 최고의 미인에 견주고 있다.

세 번째 작품에서는 반쯤 시든 꽃의 은유적 형상이 돋보인다. 꽃의 아름다움은 그것이 곧 시든다는 유한성에서 배가되는 것이지만, 화자의 욕망은 영원한 지속을 갈구한다. 이러한 심리적 태도는 종장까지 연장이 된다. 나비와 꽃의 만남이란 일회적인 것이지만, 꽃이 시들지 않는 동안의 재회를 꿈꾸어보는 것이다. 본디 '解語花', '路柳墻花'라 하여 꽃은 기녀의 관습적 상징이기도 하지만, 위의 작품들에서는 정서적 상황의 변용을 통하여 꽃들은 새로운 이미지를 창출한다. 동일한 소재를 활용하면서도

내려갔다. 그 후 계유(1873, 고종10)년 봄에 石坡大老가 명하여 內醫女의 役에 들어가서 三行首의 자리까지 앉았다. 그 해 가을 역이 끝나서 내려 보내졌다. 이후 서신이 끊이지 않았고 또한 여러 차례 올라와 운현궁에 오는 일이 있었다. 병자(1876, 고종13)년 겨울에도 일이 있어 삼중과 올라왔다. 그런데 용모가 초췌해지고 목소리가 실가닥 같아 마치 중병중에 있는 사람 같았다. 일순 놀라고 의아했으나, 오랫동안 멀리 헤어져 있었으므로, 기쁘고 사랑하는 마음은 오히려 예전의 짙게 화장하고 요염하게 노래부르던 때보다 더했다.(海州玉簫仙 於向年進宴時上來 才藝出類 色態非凡 以當世名姬爲衆所推許 而石坡大老 益寵愛之 呼其名曰 玉秀秀 玉秀者 俗稱江娘也 人皆呼之玉秀秀 余與華山孫五汝 碧江金君仲 逐日連袂 與玉秀秀 晝以繼夜 於斯之際 情膠誼漆 不能相捨 而過事下去 其後癸酉春 石破大老 命招入役干內醫女座至三行首 當年秋 傾役下送 而其後書信不絶 亦有數次上來於雲宮者矣 丙子冬 又有事 與其三憎 上來 而容貌稍損 聲音如縷 有若重病中人矣 一見驚訝 然以吾久阻 欣愛之心猶勝於昔日雄粧華容艶歌之時云爾)

인물의 개성에 따라 작자의 창작적 개성도 뒤따르고 있는 것이다.

위의 작품들이 만남을 통한 환희의 정감을 노래한 것이라면, 네 번째 작품은 병든 님과의 재회 과정에서 안타까운 심정을 절절하게 노래한 작품이다. 병색이 완연하여 수심에 잠긴 얼굴, 단아함을 잃고 흐트러진 살쩍 머리, 화색이 사라진 피부 빛으로 인하여 초췌하기 그지없다. 작품의 주기를 참조하자면 재색이 출중하여 당세에 견줄 자 없던 그녀였으나, 중병으로 인하여 목소리조차 실낱같다. 그러나 작자의 연민과 더불어 사랑하는 마음의 강고함은 초장의 '뉘라 前만 못ᄒ다던고'에 확연하게 드러나고 있다. 이 작품에서는 특별한 수사적 의장 없이 체험적 서정을 담담하게 펼쳐놓은 가운데, 시적 화자와 시적 대상 사이의 애틋한 정감과 훈훈한 인간미가 풍겨나고 있다. 차가운 이성의 판단보다는 정감적 연대 속에서 인간존재에 내재된 본원적 휴머니티가 발현되고 있는 것이다. 평시조의 전통에서 이처럼 진솔하고 애정 어린 인간 이해를 보여주는 작품도 드물다 하겠다.

바룸은 안아 닥친드시 불고 구진비는 담아 붓드시 오는 날 밤에
님 차져 나션 양를 우슬 이도 잇건이와
비바룸 안여 天地 飜覆ᄒ야든 이 길리야 아니 허고 엇지하리
오.19) <금옥 98>

오늘 밤 風雨를 그 丁寧 아랏던덜
더사립짝을 곱거러 단단 미엿슬 거슬 비바람의 불니여 왜각지
걱하난 소리여 항연아 오는 양 하야 窓 밀고 나셔 보니
月沈沈 雨絲絲한데 風習習 人寂寂을 하더라.20) <금옥 179>

---

19) 남원 기녀 명옥은 음률에 밝고 자못 姿色이 있다. 내가 남원에 있을 때, 날마다 서로 만났다. 그런데 하루는 밤이 되어 비바람이 크게 몰아쳐서 밖을 나가기가 어려웠다. 그러나 이미 약속이 되었기 때문에 꼭 가야 했다.(南原妓明玉 皎於音律 頗有姿色 余 在南原時 逐日相會 而一日夜 則風雨大作難以出脚 然旣有約 則必行乃已)
20) 내가 주덕기를 데리고 이천에 머물러 있을 때, 여염집의 젊은 아낙네와 密會의 약속

이리 알쓰리 살쓰리 그리고 그려 病 되다가 萬一에 어느 씨가
되던지 만나 보면 그 엇더 할고
　　應當이 두 손길 뷔여 잡고 어안 벙벙 아모 말도 못하다가 두 눈
에 물결이 어릐여 방울방울 써러져 아로롱지리라 이 옷 압자랄에
　　일것세 만낫다 하고 丁寧이 이럴 쥴 알 냥이면 차라리 그려 病
되넌이만 못하여라.21) <금옥 180>

任 離別 하올 겨긔 져는 나귀 한치 마소
가노라 돌쳐셜 제 저난 거름 안이런덜
곳 아리 눈물 젹신 얼골을 엇지 仔細이 보리요.22) <금옥 119>

　위의 작품들은 기다림의 설레임과 그리움, 그리고 이별의 아픔을 노래
한 작품들이다. 사설시조의 형식미가 돋보이는데, 설레임과 그리움의 사
연들이 애타는 속내와 함께 호흡이 빠르게 진행되어 조바심하는 내면과
썩 부합되는 것으로 여겨진다. 첫 번째 작품은 기왕 님과의 만나기로 약
속한 날에 폭풍우가 몰아쳐, 당혹스러운 심정과 비바람이 아니라 천지가
뒤집히더라도 만나고야 말리라는 격정적 의지를 다소 희화적 화폭 속에
담아낸 작품이다. 다음 작품은 좀더 해학적이다. 18세기 만횡청류에서도
보이는 모티프의 변용인데, 우선, 작품 주기를 통해 간파되는 정황 설명부
터가 웃음을 자아낸다. 여염집 젊은 아낙과 밀회의 설레임으로 내처 밤을

이 있어서, 밤을 새우며 苦待했다.(余率朱德基 留利川時 與閭家少婦 有桑中之約 而
達霄苦待)

21) 강릉 홍련을 추억하며.(億江陵紅蓮)

22) 평양의 혜란은 단지 겉모습만 뛰어난 것이 아니라, 난초를 잘 그리고, 노래와 거문
고 연주에 능통하여 그 성가가 한 城을 떠들썩할 정도였다. 내가 박사준의 막사에
머물 때 일이 있어 내려가서, 혜란과 더불어 7개월을 서로 따랐는데 정이 매우 깊었
다. 그런데 그 작별할 때가 와서 혜란이 長林 북쪽에서 나를 보냈다. 떠나고 머무는
슬픔은 실로 억누르기 어려웠다.(平壤蕙蘭 非從色態之絶奇 善寫蘭 通歌琴 聲傾一城
矣 余於蓮湖朴士俊居幕時 有事下去矣 與蕙蘭相隨七箇月 情誼交密 而及其作別之時
蕙蘭送我于長林之北 去留之恨 果難自抑耳)

새었으나 조물주가 시기하였던지 얄궂게도 약속의 시각에 비바람이 몰아친다. 일이 그르쳐진 줄 번연히 알면서도 행여나 하는 마음에 귀를 종긋거리는데, 비바람에 삐걱거리는 소리에 그예 창을 밀고 나서보는 것이다. 중장에 유난히 길게 확장된 음보는 초조한 화자의 뇌리에 스치는 상념들만큼이나 다단함을 가시적인 크기로 보여주고, 노래하는 화자나 그것을 듣는 청자의 마음만큼이나 호흡은 가파르다. 일찍이 고미숙이 지적하였듯이 종장에서 보이는 조어법의 묘미도 빼어나다. 기대가 무너진 허전함과 스스로 생각해도 우스꽝스러운 상황을 공력 들여 조탁한 시어들 속에 실어둔 것이다.

　세 번째 작품은 재회라는 가정적 상황을 설정하면서 相思의 시름을 노래한 것인데, 대조적 상황이 설정이 재미난다. 초장에서 활용한 중첩된 어휘들은 그 그리움의 강도를 실감나게 담아내고, 중장의 가정적 해후 또한 극적이다. 병이 들도록 그리워하다가 막상 만나면 말은 막히고 눈물부터 쏟아지는 이 행복한 고통(?)을 감내하기 보다는 차라리 상사병이 골수에 파고들도록 내버려 두는 것이 낫을 듯하다는 아이러니컬한 내면의 정감이 생생하게 전해오는 것이다. 마지막 작품도 그 형상적 수법이 빼어나다. 이별의 서름과 조금이라도 더 보고픈 욕망이 나귀의 저는 걸음걸이에 실려 애절하게 피어오른다.

　이상의 작품들에서 살펴보았듯이 안민영의 작품들은 애정의 진정한 가치와 그것의 농밀한 밀도에 힘입어 섬세한 상상력의 편폭을 드러내고 있다. 그것이 드높은 서정으로 울려 퍼지는 것은 진솔한 인간적 연대에 의거하고 있기 때문이라는 점 새삼 강조할 필요가 없을 터이다.

　　　니 죽고 그더 살라 使君知我此時悲허셰
　　　달은 날 黃泉 길에 그 丁寧 맛날연니
　　　니 엇지 그더의 無限헌 폭빅을 건될 쥴리 잇쓰리.23)<금옥 105>

------

23) 내가 南原室人과 서로 함께 한 지 40년이 되었다. 琴瑟 같은 우애로 함께 돌아갈 것

글려 사지 말고 찰아리 싀여져셔
閻王께 발괄하야 任을 마자 다려다가
死後ㅣ나 魂魄이 雙을 지여 그리던 恨을 풀니라.24)<금옥 147>

이제 마지막으로 살펴볼 작품들은 이별의 슬픔이 죽음의 이미지와 맞닿아 있는 노래들이다. 아내의 죽음에 대한 애도의 정감으로 씌어진 첫 번째 작품은 죽음을 맞바꾸어 쓰라리고 비통한 심회를 인지하고자 하는 욕망과 사후의 재회에 대한 애틋한 기약이 눈물겹게 펼쳐지고 있으며, 두 번째 작품은 살아서 당해야 하는 이별의 고통보다는 저승에서 함께 하고자 하는 강밀한 욕망이 생사를 초월하는 지점에까지 뻗쳐지고 있다. 이처럼 안민영의 연가들은 평시조의 전통에서 볼 때 기녀들의 상사의 노래보다도 더 핍절한 서정을 담아내고 있다. 그것은 곧 낡은 규식에 얽매이지 않고 사람들 사이에서 접속되는 본원적 욕망을 창조적 상상력으로 진솔하게 포착했기에 가능한 것이었다고 생각된다.

정리해 보건대 안민영이 그의 시조 작품에서 그려낸 인간과 세계의 모습은 매우 새롭다. 뿐만 아니라 인간은 인간끼리, 사물은 사물끼리, 그리고 인간과 세계가 생기발랄하게 교감하고 있다. 그의 작품에서 세계는 그 당연의 존재질서 구현에 대한 '확인'의 차원이 아니라 사물의 숨겨진 의미를 '발견'하는 차원에서 새롭게 구성되고 있다. 인간 또한 마찬가지이다. 저마다의 개성적 정감을 발현하며, 감춰진 욕망을 표출하는 감성적 인간형이 주류를 이룬다. 이러한 인간 이해나 세계 형상은 결국 안민영의

을 원했으나, 神이 그것을 도와주지 않았다. 庚辰(1880, 고종17)년 7月 23日 숙환으로 갑자기 세상을 떠나니, 이에 哀悼한다. 어찌해야 하는가.(余與南原室人 相隨四十年 琴瑟友之 意欲同歸矣 神不佑之 庚辰七月二十三日 以宿病奄忽 比時悲悼 果何如哉)

24) 密陽의 月中仙은 왕년에 서울에서 이름을 날렸던 사람이다. 甲戌(1874, 고종11)년 봄에 다시 상경하였다가 丙子(1876, 고종13)년 겨울에 내려갔는데, 이때 서로 헤어지기가 더욱 힘들었다.(密陽月中仙 昔年洛陽揚名者也 甲戌春 又爲上京 丙子冬下去 此時相別離之情尤難)

낭만적 상상력에서 비롯한 것으로 여겨진다.

4. 맺음말

안민영의 작품을 대상으로 하여 한국고전시가에서 낭만성 문제를 검토하고자 했던 본고의 논의를 요약하여 결론으로 제시하면 다음과 같다.

낭만적 상상력을 핵심으로 하여 안민영의 작품들을 재검토하고자 하는 작업의 주된 의의는 이러한 요인들이 중세의 시 이념이나 시 형식을 어떠한 방식으로 해체, 변환시켜 갔는가에 대한 일정한 시사를 얻을 수 있기 때문이다. 비록 그렇다 하더라도 현재의 연구상황에서 이러한 접근이 다소 어려운 이유가 몇 가지 있다. 역사적 문화적 토양이 상이할뿐더러 전개 양상마저 판연하게 다른 서구 낭만주의 운동과의 차이점, 다의적 함의를 내포하고 있어서 쉽사리 규정할 수 없는 낭만성이라는 개념의 복수성 등이 대표적이다. 이를 감안하면서 본고에서는 '낭만적 상상력'이라는 용어의 의미를 잠정적으로 규정하였다. 근대적인 요소를 담지한, 적어도 18세기부터 나타나는 시학적 특성으로 보자는 것, 공상과는 다른 작가의 능동적인 창조의 과정이란 점, 그 주요 특징으로서 공감(sympathy)을 그 인식의 기저로 삼고 있다는 점이다. 미학적 담론이 거의 없는 우리 고전시가사의 형편상 이러한 '낭만적 상상력'의 자취는 결국 작품을 통해 추론하는 귀납적 방법에 의지하지 않을 수 없다.

서구의 낭만주의가 도구적이고 기계적인 자연 인식에서 인간과 교감하는 자립적인 존재로서의 자연 형상을 창조하였다면 안민영의 시조도 일정 정도 이에 대응되는 면이 있다. 안민영은 사대부 시학의 주류를 이루었던 哲理的, 규범적 자연 인식에서 벗어나 인간과 자연이 정감으로써 교융하는 새로운 시 세계를 창조하였다. 안민영의 상상력은 감정이입의 기법을 통해 살아 숨쉬는 유기적 자연의 세계를 그려내었고, 인간과 자연이 풍성한 생명력과 연대적 정감을 나눌 수 있는 새로운 서정 미학을 구축하였다. 전원 생활의 동경을 노래한 작품에서 현실과 꿈이 통합된 신비로운 세계 형상의 창조에까지 그의 낭만적 상상력은 뻗어 나가고 있다.

낭만주의의 주제적 특질 중 하나인 사랑의 테마에서도 안민영의 시조들은 정채를 발하고 있다. 그가 사랑을 나눈 대상들은 주로 기녀들이었던 바, 그는 탁월한 예인적 감수성으로 미천한 그녀들의 인간적 가치를 옹호하고, 그녀들의 수준 높은 예술 세계를 높이 샀다. 사랑의 시들 가운데에서는 주로 체험적 서정을 표출하여 애틋한 정감과 훈훈한 인간미를 드러내는 작품들이 빼어난 수작들이다. 섬세한 상상력으로 애정의 진정한 가치를 추구하는 그의 작품들 배면에는 개성을 존중하는 새로운 인간이해가 자리하고 있었다고 추측된다. 이와 같이 전통과 일상을 넘어선, 새로운 시 세계에서 우리가 안민영이 보인 낭만적 상상력의 자취를 감지하기는 그다지 어렵지 않다.

아직 고전시가 연구 분야에서 낭만성에 대한 탐색은 찾기 어렵다. 본고는 그 출발점에 선 하나의 시론에 지나지 않는다. 그리하여 부득이 서구적 개념틀에 의존하여 작품들을 고찰하였다. 이에 대한 논의가 더욱 풍성하여 우리 고전시가사에서도 낭만성에 대한 계보학적 접근이 시도되고, 나아가 근대 초기 詩에 구현된 낭만성과의 연관 문제 등이 명료하게 해명될 수 있기를 기대한다.

ABSTRACT

Min-Yeong Ahns 'Shijo' and Romantic Imagination

Lee, Hyung-dae

This study is for explaining the expression method of romantic imagination in Min-Yeong Ahns 'Shijo'. The purpose of this study is to examine how the poetry in the Korean middle age has been changed into the modern poetry in the history of Korean verse. Some problems which come from the examination of Romanticism in the Korean classical poetry are that the Romanticism in the history of Korean poetry is different from that of Western literature in 18th Century, the concept of Romanticism has various meanings, etc.

The characteristics of the romantic imagination in this study are, first that it is a poetic characteristic which has been shown since the modern times or parallel times with the modern times (18c, in the case of Korea), second, it is a process of dynamic creation different from the imagination and third, its understanding is based on sympathy.

Considering the verses written by Ahn, it is shown that organic naturalism and liberal imagination are reflected in his works. Nature in Pyung-shijo is expressed as wise materials which understand the principles of universe, and other writers tried to express them by means of internalization. However, in his works, nature reflects human feelings, and natural objects feel and communicate with each other or human beings so that a dynamic and live world was created. The proofs of the romantic imagination are found in his about 60 love songs of which the themes are love. Ahn left songs expressing love with kisaengs (singing and dancing girls) who were the lowest entertainers at that time. Through his works, he expressed excellent lyricism by valuing their artistic talents and human dignity and portraying them with his unique feelings.

From these facts, it is shown that Ahns Korean verses excelled other verses in the poetic spirit and literary expression method in the Korean middle age, and showed the modern poetic spirit.

朴英熙 詩에 나타난 浪漫性

金泰珍*

1. 序論

韓國 現代文學의 浪漫性에 대한 概念規定은 매우 복잡하다. 그것은 1920년대에 유럽의 낭만적 풍조가 일시에 몰려들어와 혼조하는 양상을 보였기 때문이다.[1] 白鐵은 『新文學思潮史』(신구문화사, 1982)에서 다음

---

* 하남문인협회 회장

[1] 한국의 낭만주의는 서구유럽에서 유행한 감상주의, 상징주의, 퇴폐주의, 허무주의 등, 세기말적 사상으로 불리는 일말의 사상들이 혼류되어 있기에, 그 개념을 규정하기는 어려우나, 전기(1918-1921)와 후기(1920년 이후)로 나누어 볼 수 있다. 전기는 『태서문예신보』가 창간된 1918년을 기점으로 하여 『창조』발간시기인 1919년에서 1921년 5월까지를 말한다. 이때 작가로는 김억, 백대진, 황석우, 주요한 등이 있고 주로 주관성이 강한 서정시류의 낭만성이 돋보이는 시인들이었다. 막연한 집단위주의 정신에서 벗어나 개인의 서정을 강조한 것이 특징이라고 할 수 있다.
후기는 『폐허』(1920)창간이후부터 『장미촌』, 『백조』, 『금성』, 『영대』, 『생장』에 이르기까지 20년대 전체를 통틀어 말함이다. 노자영, 홍사용은 감상적 경향, 김억, 김소월은 서정적 경향, 황석우, 오상순, 박영희 등은 퇴폐적 경향, 한용운, 남궁벽은 관념적 경향, 변영로의 정신지상주의, 박종화, 이상화 등의 탐미주의, 이장희의 감각적 경향, 김동환, 양주동의 민족적 경향등으로 그 시대적 낭만성이 드러난 시기이다.
1936년 『시인부락』을 기점으로 하는 제3기 낭만주의는 '생명파'에 이어지고 있고 시인으로는 서정주, 유치환, 오장환, 김동환 등이 여기에 속한다.

과 같이 말한다.

> 1920년대 하반기 『廢墟』지의 창간을 전후한 시기와 1923년경
> 『白潮』시대 이후까지도 포함하여 한국문단에는 퇴폐적인 분위기
> 가 짙은 안개와 같이 흐르고 있었다.

懷月도 『思想界』(1958.11)에서 다음과 같이 말하고 있다.

> 한국문학은 이러한 고뇌와 모색에서 십구세기말 구라파를 휩쓸
> 고 일본을 거쳐서 한국에 들어온 세기말적 퇴폐사상을 비상한 공
> 명으로 환영하여 받아들이었다.

이같이 韓國文學의 浪漫性은 퇴폐주의(頹廢主義, 데카단이즘)와 밀접
한 관계가 있다. 서정성을 밑마탕에 깔고서 현실적인 상황에 슬퍼하고 우
는 죽음의 드라마가 바로 한국문학의 낭만성의 실체라고 볼 수 있는 것이
다. 이러한 낭만성의 실체를 잡고서 정서의 향락을 찾았던 시인이 박영희
이다. 회월은 우울한 시대상을 벗어난 꿈의 지점에서 정서의 향락을 찾으
며 환상적 세계를 그의 시의 낭만성으로 드러내 준 것이다.

> 朴懷月도 동일한 경향의 시인이었으니 1921년 『薔薇村』을 비
> 롯하여 『白潮』등에서 시작을 발표하였다. 『白潮』 창간호에 「微
> 笑의 虛華市」「幻影의 黃金塔」 등을 비롯하여 「꿈의 나라로」「
> 그림자를 나는 쫓이다」「幽靈의 나라」 그리고 同誌 3월에 「月
> 光으로 짠 病室」 등의 시편을 발표하였다. 모두 현실세계를 떠나
> 서 아름다운 幻影의 상징적 세계를 창조하는 이곳에서 고뇌와 우
> 울을 잊고 끝없는 정서의 향락을 찾았던 것이다.2)

문덕수, 『世界 文藝大辭典』(교육출판공사, 1994).p.331 참조.
2) 박영희, 「한국현대문학사(5)」, 『사상계』(1958.11) pp, 315-316.

이와같이 박영희 자신도 스스로가 데카단이즘의 후예임을 자처하였다. 이제 이 글은 박영희의 시에 나타난 낭만성을 짚어보고자 한다. 그의 시에 나타난 過去로의 夢幻性, 現在에의 憂鬱한 感傷性, 未來에의 憧憬性 등을 살펴보면서 懷月만의 浪漫的 特性을 分析해보고자 한다.

2. 本論

1920년대에 있어서 우리나라의 '浪漫性'에 대한 개념규정은 그리 간단하지가 않다. 상징시인으로 유명한 黃錫禹, 데카단이즘을 드러낸 金憶, 눈물과 애환의 洪思容, 관능을 그려낸 李相和, 현실의 절망에 흐느적거리는 朴鍾和 등이 자신들의 시에서 보여주듯이 한국문학의 낭만성은 그 다양성을 가지고 있다 할 것이다. 그러나 그 공통점도 있으니, 그것은 현실적 우울함을 그대로 드러내고 있는 頹廢性인 것이다. 이 퇴폐성은 현실을 직시하기보다는 도피하고자하고, 이상세계를 그려 빠져나가려 하고 그 아픔을 주무르면서 절규하고자하는 세기말적 현상과 일치한다. 이 세기말적 현상이 회월의 시에도 그대로 드러난다.[3] 이 세기말적 현상은 Decadence (데카당스)라고 지칭되며 理性的 예술정신이 약해지고 감수성과 향락성으로 일관하는 퇴폐적 경향의 문학작품들에서 나타나는 것이다. 唯美主義나 耽美主義, 혹은 惡魔主義 형식으로 나타나 기존의 예술을 공격하는 반역의 특성을 가지게 된 세기말적 현상은 우리나라에 들어와 현실도피성과 이상적인 세계의 동경, 그리고 우울한 감상성으로 그 특질을 드러내게 된다.

박영희의 시에서도 그러한 특질들은 발견된다. 박영희의 작품은 그 내부로 들어가면, 탐미적 경향을 띄기도 하나 큰 틀에서 보면 데카당스 문

---

3) 한국에서 퇴폐파는 김억, 오상순 등의 폐허 동인들과 이상화 박종화 박영희 등의 백조동인들이 있다. 문덕수, 앞의 책, p.1848 참조.

학으로 묶을 수 있을 것이다.

　이 데카당스 경향은 박영희가 과거, 현재, 미래를 어떻게 보느냐하는 관점에서 추적 가능할 것이다. 그것은 자신의 과거, 현재, 미래이자, 민족의 과거, 현재, 미래이며, 또 우리 문학의 과거 현재, 미래가 될 것이다. 그 時制別로 드러나는 데카당스 경향을 중심으로 그의 시에 드러난 낭만성을 짚어보기로 한다.

1) 過去로의 夢幻性

　몽환성이란 현실을 벗어나 꿈속으로 沈潛하는 심리적 현상을　말한다. 심리학적으로 보면 일종의 退行(Regression)이라고 할 수 있다. 자신이 속한 세계에서 상처를 받아 현실을 떠나 꿈의 세계로 가서 상상의 나래를 펴는 심리적 특이성이 이 몽환성인 것이다.

> 끝없는 蒼空에 뜬
> 閑暇히 흐르는 白雲같이
> 限없는 내 靈魂으로는
> 虛無하게도 내 過去는 흐르다
>
> 　　　　　　　　　　　— 「過去의 王國」1연

『薔薇村』창간호(1921. 5)에 발표된 이 시는 그 이상향을 '과거의 왕국'에 설정하고 있다. 일제의 현실은 항상 우울한 것이기에, 더욱이 삼일운동의 좌절로 인한 조선민중의 우울은 극도에 달한 시기이기에, 작자는 지식인으로서 현실에 아쉬움을 느끼면서도 과거로 시각을 돌려 그 우울한 심리를 드러내고 있는 것이다. 그 드러냄 속에는 현실을 벗어난 지점에서 느끼는 은밀한 쾌락이 있다. 즉 현실에서 충족 못하는 것을 꿈속에서 성취함으로써 느끼는 쾌락이 있는 것이다. 이는 이른바 작자의 입장에서 느끼는 은밀한 카타르시스인 것이다.

모든 것은 끝없는 뒤로 흐르다
흐르는 과거로 '美의 宮闕'을 삼다
나는 나의 '美의 宮闕'을 찾으려고
나의 愛人을 데리고 나는 過去로 흐르다

— 「過去의 王國」 2연

　이 시는 '미의 궁궐' , '애인' 등이 등장하는 것으로 보아 은밀한 분위기가 감돈다. 현실을 벗어나 과거에 침잠하여 숨고자하는 현실도피적인 심리가 농후하게 드러나는 이 시에 '애인'의 등장은 향락에 대한 추구라고 할 수 있다. 박영희 시의 퇴폐성이 여기에 있다. 현실도피를 혼자하는 것이 아닌 애인과 함께 하는 것이라면, 그것은 자신의 성찰을 위한 도피가 아니라, 은밀한 쾌락을 위한 도피가 되는 것이다. 이에 대한 해석은 여러 방향에서 나올 수 있을 것이나, 확실한 것은 박영희가 현실을 벗어나고자 한 것은 그 당시의 민족적 현실, 즉 삼일운동 직후의 우울한 사회적 분위기가, 또는 그가 카프계열의 작가였다는 점을 감안한다면, 일제의 정치적 현실이 맘에 안 들어서였다고 할 수 있을 것이다. 그런데 그 도피의 공간인 '과거의 왕국'에 애인을 데리고 들어가는 이유에 대해서는 곰곰이 짚어봐야 할 일이지만, 이는 쾌락을 추구하는 인간의 본성이 드러난 것이고, 또 과거로의 도피가 현실에서의 패배가 아닌, 오히려 현실을 능가하는 이상적 공간으로 제시하고픈 작가의 의도적 소산이라고 보여진다. 즉, 현실이 작가가 승리하지 못한 공간이라면 당연히 작가는 도피를 택했을 것이고 그 택한 공간이 과거라면 그 과거 속에서 도피한 작자는 우울한 나날을 보내야 할 것이다. 그러나 그곳에 쾌락을 같이할 애인을 동반한다면, 이제 그 과거의 공간은 향락의 공간이자, 이상의 공간이 될 것이요, 아울러 현실적 패배를 보상받을 공간으로 탄생하는 것이다. 이러한 보상받을 공간으로서의 과거는 박영희의 일제에 대한 또다른 저항의지의 화신처럼 보이기도 한다. 그러기에 작자의 입장에서는 카타르시스를 느낄 수 있는 과거의 공간이 되는 것이다.

  그러기에 현재의 공간은 다소 부정적으로 그려지게 된다.

> 많은 웃음을 벌여서 놓고
> 吐하는 魔王에게 파는 魔女여
> 어린이의 웃음을 다시 못보고
> 그의 몸에는 虛華市의 毒酒가 묻었도다
> 그러나 자는 어린이를 깨우지는 말아라
> 微笑의 虛華市는 어지럽도다
>
> ─「微笑의 虛華市」7연

『白潮』창간호에 발표되었던 이 시는 '마왕' '마녀' 독주' 허화시' 등의 시어 등을 통해 음울한 도시의 속성을 드러내고 있다. 이 시에 등장하는 허화시는 마치 현대인의 우울을 보는 듯한 분위기의 도시이다. 1행에서 보듯이, 허화시는 많은 미소가 넘치는 공간이기는 하다. 그러나 3행처럼 실제는 어린이의 웃음을 앗아가는 잔인한 곳으로 허화시는 묘사되고 있고, 또 음주에 취해 흔들리는 타락의 공간으로 허화시는 4행에서 서술되고 있다. 이는 허화시가 처한 현실에 대한 비판이다. 아울러 빼앗긴 어린이의 세계에 대한 막연한 꿈을 보여주는 경우이다. 어른의 입장에서 보면 어린이의 세계는 순진무구 그 자체요, 지켜주어야할 공간이다. 그것은 어린이의 세계가 다음의 우리세대를 이어갈 주체이기 때문이다. 그러한 어린이의 세계를 앗아가 버리는 허화시, 이 도시공간은 비판의 대상이자 비극의 공간이 된다. 그러한 공간에서 화자는 '어린이의 웃음'을 찾아 헤매고 있다. 이는 '어린이의 웃음'의 소중성을 암시하는 것이다. 현실이 척박하더라도 우리가 가져야 하는 순수, 그리고 그 희망성을 화자는 이야기하고 있는 것이다. 그러므로 이 시는 허화시에서 앗아간 어린이 꿈을 노래함으로써 그 꿈에 대한 환상을 보여주는 셈이 되는 것이다. 따라서 이 시는 1920년대 우리의 도시적 현실을 비판하면서 잃어버린, 혹은 추구해야 할 몽환적 세계를 보여주는 대표적인 작품이라고 할 수 있다.

> 너는 새王國에 다다를 제
> 푸른 새와 붉은 밤을 보리라
> 그리고 너의 아버지의 긴 꿈 속의
> 리듬 가진 코소리를
> 들으리라
>
> ― 「어린이의 航路」에서

이 시는 조시(弔詩)이다. 아마도 월탄의 아이가 죽은 것에 대한 위로의 작품으로 추정된다. 이 시는 죽음이 소재이며 또 죽음의 세계가 '새왕국'으로 지칭되어 있다. 죽음의 세계가 희망의 이미지로 바뀌는 역설적 순간이다. 이는 현세의 관점에서 볼 때에, 현실의 도피이며 또 죽음의 언저리에서 낭만적으로 꿈꾸는 몽환의 세계인 것이다. 어릴 때에 사람들은 죽음을 두려워 한다. 그러나 성장하면서 죽음에 대해 잠시 잊다가 늙어서야 죽음에 대해 생각하게 된다. 바로 잊고 살기 쉬운 죽음에 대해 회월은 잠시 아름다운 왕국으로 묘사했다. 현실적으로 보면 죽음은 아름다울 수가 없다. 그러나 시인이 꿈꾸는 죽음의 나라는 '새왕국'인 것이다. 따라서 시인이 꿈꾸는 이상향이 될 수도 있고, 또 영원한 신기루일 수도 있다.

더구나 2행의 '푸른 새'와 '붉은 밤'은 어두운 색채로 대변되는 죽음의 세계를 주관적인 색채로 바꾸어 놓는 시인의 언어 마술로 보여진다. 시인으로서는 죽음의 세계를 희망의 공간으로 채색하기 위한 노력이지만, 독자로서는 '푸른 색'이나 '붉은 색'에서 희망을 읽게 된다. 그러니 어린이가 죽어서 가는 곳이 어두운 죽음의 공간이 아니라 밝고 희망찬 생명의 공간이라고 말하는 시인은 독자에게 위안을 주게 되는 것이다.

아울러 그 공간에서 들을 수 있는 것은 '아버지의 코소리'이다. 편안하게 휴식하는 아버지의 코소리는 아늑한 분위기를 연출할 것임에 틀림없다. 아무리 밝은 공간이라고 하더라도, 어린이로서는 처음 가는 세계이기에 낯설을 것인데, 정다운 아버지의 코소리가 있다면, 그것같이 반가운 것이 없을 것이다. 따라서 이 시는 시각적인 밝음과 청각적인 아늑함이 어우러진 죽음의 세계를 묘사해낸 이색적인 경우라고 할 수 있다.

죽음의 세계가 아름답다는 것은 현실적으로 어불성설이다. 생명력의 저편의 세계는 항상 우울할 수 뿐이 없기 때문이다.[4] 그 우울함의 세계가 아름다움으로 치장될 수 있다는 것은 시인의 상상력이 발휘되었기 때문이다. 그러나 그것은 현재하는 것이 아니기에 몽환일 수 뿐이 없다. 즉 작자가 꿈꾸는 실루엣의 세계인 것이다.

2) 現在에의 憂鬱한 感傷性

感傷性이란 낭만주의 문학의 본질이요, 센티멘탈리즘이다. 이 센티멘탈리즘은 작자가 처한 현실에 대한 비애에서 비롯된 것이다. 회월의 시에서 발견되는 눈물과 어둠은 퇴폐적인 비애감을 조성해내는 제1의 시적 요소이다.

> 내 맘에 감추었던
> 사랑의 暗室을 열고 보니
> 끝없는 哀愁의 바다는 눈물에 차고
>
> ——「感傷의 廢墟」1연

---

4) 물론 엄밀히 말하자면, 죽음은 타인의 죽음과 나의 죽음, 그리고 육체적 죽음과 정신적 죽음 등 상당히 다양한 종류로 나눌 수 있다. 특히 이 중에서 자신의 죽음은 묘한 성격을 지니고 있다. 그 이유는 내게 주어져 있으되 내가 어찌할 수 없는 것이요, 나의 현실이면서도 마지막 순간에는 나의 현실로서 바라볼 수 없는 것이기 때문이다. 즉 나의 죽음에는 무소유와 소유, 존재와 비존재가 혼재된 기이한 형태인 것이다. 따라서 죽음이란 현실이 아닌 몽환의 세계이다. 그것은 우리가 정확히 인식을 못한다는 점에서 그렇고, 하나의 비현실체인 꿈이라는 점에서 그렇다.
이러한 죽음의 세계는 항상 우울하다. 그 실체를 잡을 수 없기에 그렇고 생명의 끝이라는 관점(직선적 시간관)에서 그렇다.

작품의 제목조차 그 퇴폐성을 강하게 드러내고 있는 이 시는 회월의 '눈물'이 일상에 상존하고 있음을 암시해준다. 늘 마음에 감추어 두었던 사랑의 마음, 이 마음은 아무도 모르는 것이기에 '暗室'에 숨어 있다. 그러나 막상 그 암실에는 사랑의 희망보다는 '哀愁'의 눈물이 가득 차 있다. 그것은 사랑에 대한 좌절감 때문이다. 그 좌절은 현실적 감정이다. 현재의 화자가 느끼는 애닲은 정서인 것이다.

목메어 불러도
못 들은 체 눈물의 바다에서
안개와 같이 사라지니, 내 歷史의 첫 章이러라

— 「感傷의 廢墟」 6연

화자는 과거의 사랑을 목메어 부르기는 하나 이미 그 실체는 사라져 버린 후이다. 그것이 현재 화자가 놓인 고달픈 처지인 것이다. 다소 상투적인 표현이 흠이기는 하지만, 회월 자신의 현재적 심정을 잘 드러낸 표현이라고 할 수 있다.

가을의 바람은
하늘의 한숨
땅 위의 낙엽은
아픈 내 마음

가을인 밤중에
잠 없는 내 눈
님 없는 가을의
죽음의 눈물

— 「가을의 詩」全文

회월의 뛰어난 감수성이 엿보이는 이 시는 회월이 우주적 현상을 의인화된 표현으로 잘 처리하고 있음을 보여주고 있다. 가을바람이 불면 으레 농부들은 풍년을 노래한다. 그러나 또 다른 한편에서는 생명의 凋落을 안타까워한다. 이같이 우리는 같은 자연현상인데도 긍정과 부정이 교차하기 마련이다. 문제는 어느 쪽에 화자의 감정이 가 있느냐 하는 것인데, 회월의 경우, 感傷性에 기울어져 있다. 그러기에 땅위에 낙엽은 아픈 내마음의 화신이요, 가을을 쳐다보는 내 눈은 죽음의 눈물을 흘리는 눈으로 묘사되어 있다. 철저하게 감상적이며 퇴폐적인 표현들이다. 이 시에서는 그 어디에서도 희망이란 찾아 볼 수 없으며, 오히려 어둠의 세계에 갇혀 그 어둠을 즐기는 새디스트적인 분위기가 물씬 풍긴다. 이것이 회월이 가진 현실성인 것이다.

　그런데 우리가 잘 보아야 할 것은 그의 시 어디에도 눈물의 원인을 찾아 볼 수 없다는 것이다. 김소월의 「진달래꽃」이 우리에게 심금을 울려준 것은 거기에 걸 맞는 남녀의 이별이 스토리로서 감지되었기 때문이다. 그러나 회월의 시, 범위를 좁혀서 말하자면 「가을의 시」에서는 까닭을 모를 눈물과 슬픔만이 존재하게 된다. 이것이 회월의 시를 감상성으로 판단케 하는 근거인데, 그러나 이러한 현상을 그 당시 우리 사회적 상황과 결부시켜 본다면 아마 새로운 해석이 나올 수도 있을 것이다. 회월이 결코 개인적 차원의 우울성으로만 시를 쓴 것이 아니다라는 관점의 해석이 나올 수 있다면5), 회월은 민족적인 우울을 이야기한 것이 된다.

　그런데 다음의 글을 보면 회월의 눈물의 원인을 다소나마 알 수 있다.

　　눈물은 悲哀로부터 나오는 것이다. 悲哀라는 것은 自己의 모든
　　힘과 情熱이 마음껏 표출되지 못하며 자기의 생활과 자유가 합일

---

5) 박영희는 카프(kAPF)의 이론적 지도자로서 1925년부터 활동을 하게되는 것으로 보아, 그는 작품 속에 개인의 심리투영보다는 민족적 심리투영에 더 노력한 것이 아니가하는 추측이 되기도 한다. 왜냐하면, 카프란 그 당시의 문학단체로는 개인보다는 집단을, 사회적적응보다는 혁명을 외쳤던 독특한 예술집단이었기 때문이다. 이걸로 보아 박영희는 개인보다는 민족이 우선이었던 시인일 가능성이 크다.

되지 못하야 자기자신의 可能化하려는 心的 要求가 그 以上가는
힘에 눌리우며 짓밟힐 때에 생기는 消極的 反抗이 이 슬픔이다.
　弱한 자에게는 다만 울음만이 있었다. 그러므로 어른보다는
어린이에게 울음이 많고 사내보다는 여자들에게 울음이 많다.
강한 나라보다는 약한 나라에 울음이 많고 권력자보다는 피지
배자에게 울음이 많으며 자유인보다는 壓迫人에게 울음이 많
다. 그런 故로 울음이라는 것은 소극적 반항이라는 것보다는
차라리 인생의 불행이라고 정의하자[6]

　회월이 정의한 눈물이란 개인적인 슬픔보다는 개인적인 나약함에서 오
는 것이요, 집단의 열등성에서 오는 것이다. 개인적으로나 민족적으로나
우수하다면, 그 눈물은 필요가 없어지게 된다. 그러기에 약자의 입장에서
눈물이란 어쩔 수 없이 흐르게 되는 신세타령 같은 액체가 된다. 이것을
회월은 인생의 불행이다라고 정의한다. 불행한 사람 혹은 불행한 민족에
게 많이 흐르는 눈물을 회월은 자신이 대신해서 흘려주었는지도 모른다.
그것은 일제시대 지식인으로서 선택할 수 있는 유일한 삶의 목표요, 저항
의 방법이었을 것이다. 그러기에 그 시대의 감상주의 시인들을 보면, 누구
나 다 눈물과 슬픔에 관한 많은 이야기를 한다. 그것이 그 시대의 흐름 속
에서 의미 있는 지식인적 자세이었을 것임에 틀림없다.

　　밤은 깊이도 모르는 어둠 속으로
　　끊임없이 굴속으로 또 빠져 갈 때에
　　어둠 속에 낯을 가린 微風의 한 숨은
　　갈 바를 몰라서 애꿎은 사람의 마음만
　　부질없이도 미치게 흔들어 놓도다

　　　　　　　　　　　　　　　― 「月光으로 짠 病室」 1연

---

6) 박영희 , 「번뇌자의 감상어」(『개벽』70호, 1926,6) p.2.

시의 배경으로 제시된 어둠의 밤은 '微風'이 불기에 차가운 겨울은 아닌 듯한데, 화자의 한숨은 여전하다. 박영희의 밤은 깊다 못해 굴속이다. 굴 속 같은 어둠은 칠흑같은 어둠의 표현이라고 볼 수 있는데, 이는 어둠의 절망성을 의미한다. 너무 짙은 어둠은 탈출구가 없는 상태이기에 바람이 건 듯 불어와도 그것은 희망이 될 수 없다. 그러기에 한숨의 바람이 되는 것이다. 그런데 그 미풍은 또 갈 바를 모르는 방황성의 바람이 된다. 물론 바람은 우리 시에 있어서 방황을 상징하는 경우가 非一非再하다. 그러나 이 바람은 어둠 속에서 길을 잃은 것이기에, 그 무방향성은 당연한 것인지도 모른다. 그러기에 바람의 무방향성은 짙은 어둠과 혼재하게 된다. 이 짙은 어둠은 그 당시의 시대성과도 연계되는 것인데, 1920년대에 우리민족에게 드리워진 심리적인 어둠이라고 할 수 있을 것이다. 이 심리적인 어둠은 현재를 가장 절실하게 인식했기에 발생하는 것이다. 그러므로 이 시도 작자가 우리의 시대적 현실과 우리민족의 현재를 얼마나 처절하게 느끼고 있는 가를 잘 보여주는 예라고 할 수 있을 것이다.

3) 未來에의 憧憬性

과거로의 도피가 몽환성의 꿈으로 나타난다면 미래에의 심리적 도피는 동경성으로 나타난다. 회월시에 있어서 "꿈과 환상은 미지의 세계로의 전진"이라고 일찍이 밝혀진 바도 있다.[7] 꿈과 환상은 시의 기본 구성요소이다. 그러기에 회월시에 있어서도 이러한 꿈과 환상의 요소는 박영희의 시 연구에 있어서 간과할 수 없는 부분이다. 더구나 그의 시의 낭만성을 분석하는데 있어서는 반드시 쳐다보아야 할 부분이다.

> 낭만주의는 본연의 현실을 무시하고 주관을 放射해 가는 곳에
> 있으니까 이른바 관념의 해방이다.------그들이 꿈을 즐겨 했다는

---

7) 孫海鎰, 『朴英熙 文學研究』(詩文學社, 1994) p.110.

것은 현실을 도피해서 부득이 그 세계를 간 것보다도 꿈의 세계
가 유일한 가치의 세계였기 때문이다.8)

이같이 박영희의 미래에의 동경인 꿈의 세계는 작자 생래적인 감성 때
문인 것도 있지만, 1920년대의 작가들의 정열이 자연스럽게 퇴폐주의로
물들어 갔음을 의미하기도 한다. 1920년대에 들어온 여러 문예사조 중에
서 퇴폐주의는 작가들의 낭만성을 자극하기 충분했고 우리 사회적 상황
또한 현실에 안주보다는 삼일운동의 후유증을 극복하고자 현실을 도피하
려던 경향이 농후했다. 그러기에 그러한 흐름의 일단으로서 박영희의 詩
도 미래에의 동경성을 드러내게 된다.

꿈 속에 잠긴 외로운 잠이
現實을 떠난 <빗의 고개>를 넘으려할 때
비에 무너진 잠의 님없는 집은
가엾이 깊이깊이 무너지도다

— 「꿈의 나라로」에서

『백조』2호에 발표된 이 시는 회월의 「月光으로 짠 병실」과 함께 그의
대표작에 속한다. 박영희 꿈에 대한 강한 동경성을 잘 보여주는 작품이다.
여기서 꿈은 우리가 밤마다 꾸는 꿈일 수도 있지만, '現實을 떠난 <빗의
고개>를 넘으려 할 때에'라는 표현으로 보아 이는 현실도피성의 꿈임을
짐작할 수 있다. 현실을 도피한 꿈이 어느 방향으로 가느냐의 문제가 제
기되겠지만, 그 다음의 표현으로 보아 절망의 세계로 침잠해 감을 볼 수
있다. 그런데 여기서 주목해야 할 것은 '빗의 고개'라는 표현인데, 이것은
'빛의 고개'로 다시 표기해 본다면, 화자는 지금 잠을 들려고 하는 시점에
서 빛을 보았다는 의미로 해석할 수 있다. 이 빛은 어둠을 밝히는 희망의

---

8) 백철, 『신문학사조사』(신구문화사, 1982), pp.208-209.

빛이요, 어두운 현실을 떠날 수 있게 하는 도피의 불빛이다. 담뱃불이 가장 밝게 보일 수 있는 조건은 주변의 어둠이 아주 짙을 때이다. 주변에 어떠한 희망의 상황이 안 보일 때에 시인이 발견한 꿈 속의 빛은 현실을 떠나 안주하기에 적당한 희망의 상징체가 될 것이다. 그런데 이러한 희망 속에서도 우울한 절망이 동반되는 것은 1920년대의 시대적 흐름 속에서 젖어드는 감상성일 것으로 판단된다.

> 꿈나라 수풀 속에 몸을 감추인
> 반가운 잠을 내가 잡고서
> 행복스런 꿈나라로 걸으려하나
> 그리운 그림자를 잠은 놓치다
>
> ─「꿈의 나라」6연

　불면증이 엿보이는 이 연은 화자의 소망성이 좌절됨을 암시한다. 꿈속으로 가려고 하나 화자는 잠을 놓치고 말았으니, 이는 미래에의 동경이 좌절된 경우이다. 그러기에 이 시의 화자는 미래에의 동경만 꿈꾼 채, 그 주변의 거리에서 서성이다만 불완전한 존재가 되어버린다. '꿈나라의 수풀'이란 숨김의 장소이다. 이 공간에 숨겨진 잠을 화자가 잡고서 매우 반가와 한다는 묘사는 그만큼 잠에 대한 열망, 즉 잠자고픈 피곤함이 화자에게 있음을 의미한다. 그러나 그 피곤함은 휴식하고자하는 피곤함이 아니라 현실에 지쳐버려 이상적인 꿈의 세계로 도피하고자하는 열망이다. 그러기에 잠은 안온한 휴식이 아닌 새로운 세계로의 전이체가 되어 버린다. '행복스런 꿈나라'가 그것을 대변해 준다. 그런데 화자에게는 그러한 이상적인 공간으로의 이동도 주어지지 않는다. 작자의 현실로는 잠을 깸이다. 화자의 현실로는 이상에 대한 좌절이다. 더구나 그것이 꿈의 세계에 대한 동경이었다면, 이것은 동경의 좌절인 셈이다.

> 나는 날마다 힘 센 백색의 거인같이
> 바람 몹시 불고 햇빛 잘 쪼이는

> 모래밭 위에 광채나는 황금탑을
> 날마다 몇 개씩 세워 놓도다
>
> —「幻影의 黃金塔」1연

　화자는 모래밭에다 광채나는 황금탑을 몇 개씩 세워 놓는다. 그 황금탑은 희망의 탑일 것이다. 그 희망의 탑을 화자는 힘들여 세워 놓는다. 그러나 그 탑은 '푸른 潮水에 모래와 마찬가지로 휩쓸려 갔도다'-「환영의 황금탑」2연 중에서.-라는 표현과 같이 부서져만 간다. 이른 바 희망이 부서져 가는 순간인 것이다.

> 끝없이 떠나가는 황금탑이여
> 너는 깨뜨려졌으나
> 많은 미래의 끝없는 愛의 幻影은
> 깊은 밤 눈물 많은 눈앞에
> 희미하게 신기루같이 보이도다
> 그러나 그것은 나의 金剛石같은
> 눈물 방울에만 나타나도다
>
> —「幻影의 黃金塔」7연에서

　눈앞에서 부서져 간 희망이 신기루같이 다시 보인다는 것은 희망에 대한 憧憬이다. 비록 그것이 再現된 희망이 아닐지라도, 미래에 대한 희망을 버리지 않는 화자의 태도야말로 인생을 긍정적으로 살고자 하는 의지인 셈이다. 그러기에 이 시에서 읽을 수 있는 것은 화자의 미래에의 동경성이다.

3. 結論

　우리나라의 1920년대는 낭만주의(Romanticism)가 득세한 시기이다. 그 당시 유명한 작가로는 이상화, 박종화, 노자영, 홍사용...등 이름만 들어도 알 수 있는 시인들이 상당히 많다. 마치 '시는 감정의 표출'이라는 낭만주의의 슬로건과도 같이, 1920년대 우리나라의 시인들은 자신들의 감정을 작품에다가 쏟아 부었다고 할 것이다. 그런데 그 감정들이 낭만적 경향을 띄게 되어 感傷的(Sentimentaltic) 표현으로 치달리게 되는 현상을 가져오게 되었다. 물론 그러한 원인에는 유럽의 낭만주의(Romanticism)와 세기말적 현상(Decadence)의 영향이 절대적이 된다. 유럽에서 유행한 세기말적 현상이 우리나라로 와서 민족적 정서를 대변하는 상징체(Symbol)가 되어 버린 것이다.

그러한 민족적 우울성(Gloomy)을 노래한 시인 중에 박영희(Park yong Hui)가 있다. 박영희의 작품은 항상 感傷과 憂鬱이 내포되어 있다. 과거에 대한 꿈도 버리지 못하고 현재에 대한 感傷도 버리지 못하고 미래에 대한 희망도 결코 버리지 못하는 奇形(Grotesque)의 시가 회월의 작품인 것이다. 그러기에 시적 분위기가 밝은 분위기는 찾아볼 수 없는, 우울한 어둠의 색조를 연출한다. 그러면서 그 희망들을 잡지 못해, 또는 놓지 못해 눈물만 흘리고 있는 화자(Narrator)가 등장하여 독자(Reader)로 하여금 연민을 느끼게 한다.

그러나 그러한 기형적인 화자의 모습이 개인적 차원이 아닌, 민족적 차원에서 그려진 것이라면 우리는 박영희의 시를 단순한 感傷性의 시, 즉 퇴폐주의(Decadence) 시라고 말할 수 는 없을 것이다. 그것은 시적 화자(Narrator)가 작품 속에서 기형의 포즈를 취하고 있는 것 자체가 우리민족의 당시 상황을 목도하고 있는 지식인의 어쩔 수 없는 선택의 자세였다고 생각되기 때문이다. 1920년대 하면 3.1운동이 좌절했다는 충격 속에서 우리민족의 독립에 대한 희망은 어느 곳에서도 찾을 수 없는 시기였기에 우리민족의 선봉에 선 지식인들은 그만큼 좌절이 클 수밖에 없었을 것임에 틀림없다. 그러기에 지식인들이 취할 자세는 항상 엉거주춤 그 자체였는데, 이것은 '예술작품은 그 사회의 거울이다'라는 말을 반증해 주는 것이다. 그러기에 우리가 박영희의 시에서 읽을 것은 그 시인의 개인적 문체보다는 그 당시의 사회적 모습이라고 할 수 있다. 따라서 박영희의 시에 내포되어 있는 感傷性은 1920년대를 대변하는 하나의 상징체임을 우리는 잊지 말아야 할 것이다.9)

---

9) 이 논문에 실린 시편들과 인용문들은 필자가 현대어적 표현으로 표기했음을 밝혀 둔다.

강남주, 「한국 근대시의 형성과정 연구」, 부산대 박사논문, 1983.

강우식, 『한국 상징주의 시 연구』, 문화생활사, 1987.

김　철, 「1920년대 데카당스 문학의 연구」, 연세대 석사논문, 1981.

김병택, 『한국 근대시론 연구: 1920년대를 중심으로, 민지사, 1988.

김병택, 「한국 초기 근대시론 연구」, 동국대 박사논문, 1987. 2.

김영민, 「회월 박영희 문학의 변모양상」, 『연세어문학』 제16집, 1983. 12.

김용직, 『한국 근대 시사 (상)(하)』, 학연사, 1986.

김학동, 『한국 현대시인 연구』, 일조각, 1974.

문덕수, 『世界 文藝大辭典』, 교육출판공사, 1994.

박영희, '번뇌자의 감상어', 『개벽』70호, 1926, 6.

박영희, '한국현대문학사(5)', 『사상계』1958. 11.

박종홍, '박영희의 지적 방황', 『한국어문학』, 한국어문학회, 1986.

백　철, 『신문학 사조사』, 신구 문화사, 1982.

손해일, 『朴英熙 文學研究』, 詩文學社, 1994

신현숙, '퇴폐주의, 그 예술운동', 『문학사상』, 1985. 2.

오세영, 『한국 낭만주의 시 연구』, 일지사, 1983.

이기서, 『한국 현대시의식』, 고대 민족문화연구소, 1984.

정한모, 『한국 현대 시문학사』, 일지사, 1974.

ABSTRACT

A Romanticism in Park Yong - hui's Poetry

KIM, TAE-JIN

In 1920's , it is the era of Romanticism. The famous writers are Lee Sang - hwa , Park Jong - hwa , Rho Ja - yeong , Hong Sa - yong......etc.

Wordsworth said like this , 'pome is exprssion of emosion' , they poured their emosions into their compositions.

By the way romantic tendency change Sentimentaltic. Of course , it was absolutely caused by the tendency European Romanticism and Decadence.

Decadence was became symbol of a national sentiment. That time , in Europe , it is popular.

Park Young - hui has composed such a national Gloomy. His compositions were always contained sentimental and gloomy. They were made an excursion that he never dismissed a dream of the past and sentimental of present finally , a hope of future. Not yet the poetic atmosphere is light , narrator was feeling compassion for reader.

But if such deformative narrator is national dimension or it is not individual dimension.

We must have not call the Park Young - hui's pome that has simple Sentimentaltic namely , it is Decadence. It was an avoidable circumstances. Narrator took their deformed pose. In 1920's era , people couldn't have held a hope of national independence everywhere. Because of the shocked that with frustration of 3.1 movement. So , an intelletual must broken down.

Therefore, they always have take a hesitative attitude. It was prove that 'artistic   composition is mirror of that time.' And then , we must have read the social environment instead of a private literary style.

In conclusion , we have to remember by symbol that Park Young - hui speak for Sentimentaltic , in 1920's era.

황순원 소설의 낭만성 연구

서재원*

1. 서론

황순원은 오랜 기간에 걸쳐 많은 작품을 발표한 작가이다. 황순원에 대한 기존 연구는 개별 작품론에서부터 주제적 접근과 미학적 접근에 이르기까지 다양하게 이루어져 왔다. 황순원 소설에 대한 연구는 크게 세 가지 유형으로 나누어 살펴볼 수 있다. 첫째는 황순원 소설의 문체에 관한 연구이다.[1] 황순원은 특유의 문체로 인해 많은 논자들의 관심의 대상이 되었다. 기존 논의에 따르면 황순원 소설은 심리묘사에 탁월한데, 이는 문체활용에 힘입은 바 크다는 것이다. 둘째는 황순원 소설의 상징에 관한 연구이다.[2] 황순원이야말로 "소설에 있어 상징의 묘를 살릴 줄 아는 작가"라는 논의이다. 다음으로 황순원 소설의 현실 인식과 관련된 연구이

---

* 서울산업대 강사

1) 권영민,「황순원의 문체, 그 소설적 미학」,『말과 삶과 자유』, 문학과지성사, 1985, pp. 148-159.

  김상태,「한국현대소설의 문체변화」,『말과 삶과 자유』, 문학과지성사, 1985, pp.130-147.

2) 조남현,「황순원의 초기 단편 소설」,『한국현대소설사 연구』, 민음사, 1984.

  이태동,「실존적 현실과 미학적 현현」,『황순원 연구』, 문학과지성사, 1985.

다.3) 여기에서는 황순원 소설의 인식적 측면과 미학적 문제가 중점적으로 논의되었다. 그런데 황순원에 관한 기존 논의에서 그 미학적 측면에서는 긍정적인 평가가 다수를 차지하는데 비하여, 인식적 측면에서는 황순원 소설에 대한 긍정과 부정이 공존해 있는 상황이다.

황순원 소설의 인식적 측면과 미학적 효과에 있어 '낭만성(romantic)'은 황순원 소설의 본질을 이해하고 그 문학사적 의의를 파악할 수 있는 적절한 척도로 판단된다. 일찍이 황순원에 대해, 김현 김윤식은 "황순원은 낭만주의적 성격을 밀고 나가면서 거기에 적절한 규제를 가하려 한 작가이다. 그런 의미에서 그의 낭만주의적 성격은 퇴폐주의적 성격에 가깝다. 그의 낭만주의적 성격은 그러므로 미적 이상(美的理想)을 긍정하고 그것의 효과를 노리는 신비주의적 측면과 완벽한 형태를 획득하여 그 질서 속에 그의 내부의 정열을 감추겠다는 기교주의적 측면을 가지고 있다"4)고 설명하고 있다. 이 논의는 낭만성이 중요한 테마임을 주목하기는 했으나, "퇴폐적, 신비적, 기교적"이라는 애매한 개념의 사용으로 '낭만성'의 구체적 특징이 무엇이며 어떤 성과를 거두었는지에 대한 심도 있는 논의까지는 이르지 못하고 있다. 이는 물론 '낭만성'이라는 개념 자체가 갖고 있는 복잡함에 기인한다.

낭만주의(romanticism)나 '낭만성(romantic)'에 대한 개념은 논자들에 따라 그 내포에 있어 차이를 보여왔다. 러브조이(Lovejoy)는 낭만주의는 다양하고 이질적인 내용을 포함하고 있으므로, 언표기호로서의 기능이 정지되어 버렸다고 보며 낭만성이라는 용어 사용에 대해 부정적인 시각을 드러낸다. 반면 웰렉(Wellek)은 낭만주의가 이런 다양함 가운데에도 기본적인 통일성이 있다고 긍정적으로 본다. 월렉은 나아가 낭만주의의 특징으로 시적인 이미지, 유기적 자연관, 상징과 신화의 양식을 들고 있다.5)

---

3) 김치수,「소설의 사회성과 서정성」,『말과 삶과 자유』, 문학과지성사, 1985.
4) 김현, 김윤식,『한국문학사』, 민음사, 1982, pp.239-240.
5) Mcgann, Jerome J. 『The Romantic Ideology』. The University of Chicago Press. 1983.

낭만적 인식은 현실을 부정하고 유토피아를 지향한다. 낭만주의자는 유한한 경험세계를 벗어나 무한한 유토피아를 추구한다. 낭만주의자는 현실을 부정하고 역사 속에서 끊임없이 자신을 유추할 대상을 찾는다.[6]이런 낭만적 인식은 유추적 비전(Analogical Vision)에 의거한다. 유추적 비전은 자아와 세계의 일원론에 의거하며 유기적 통합에 기반을 두고 있다.[7]

본고에서 '낭만성'이라는 개념은 현실을 부정하고 이상을 동경하는 인식과 직관에 의한 신비적인 교감을 추구하는 미학을 아우르는 개념으로 사용하고자 한다. 황순원 소설에 나타나는 인식적 측면이나 그 미학적 효과에 있어 낭만성은 황순원 소설의 본질을 이해하고 그 문학사적 자리를 측정할 수 있는 생산적인 척도로 판단된다. 본 논문은 황순원의 단편 소설을 중심으로 황순원 문학의 낭만성을 검토하는 것을 목적으로 한다.

2. 속악한 현실에 대한 부정과 유년에 대한 동경

황순원은 근대의 급속한 변화와 혼란을 부정적으로 보며, 자기동일성이 파괴되기 전의 상태로 되돌아가고자 하는 욕망을 드러낸다. 낭만적 인식에서는 끊임없이 '존재의 불변성(Unity of Being)'에 대한 회귀를 추구한다.[8]이는 현재보다는 과거를 더욱 가치 있고 행복했던 시대로 여기는 낭만적 인식이다. 황순원의 소설은 본래적인 것이 훼손되기 이전의 상태, '지금, 여기'보다는 '그때, 거기'를 이상향으로 설정하여 회귀하려는 경향을 보인다. 근대의 경우 자아와 세계는 분열되어 나타난다. 근대에서의 자

---

pp.17-18.

6) 지명렬, 『독일 낭만주의 총설』, 서울대 출판부, 2000, pp.420-430.

7) 옥타비오 파스,『낭만주의에서 아방 가르드 까지의 현대시론』,윤호병 역, 현대미학사, 1995,pp.79-99.

8) Mcgann, Jerome J. 『The Romantic Ideology』. The University of Chicago Press. 1983. p.40.

아와 세계의 통합이란 주관적 가상 속에서 재구성되거나 혹은 초월의식을 통해 성취될 수 있는 것이다. 이러한 낭만적 인식은 현실을 초월하여 이상공간으로 移行하거나, 현실과 이상의 괴리 속에서 이상을 동경하는 양태로 드러난다.9)

황순원의 소설에는 현실을 부정하고 이상을 지향하는 인물들이 등장한다. 현실 속에서 자기정체성을 충족 받지 못할 때, 작중인물은 현실을 부정하고 이상을 동경하게 된다. 황순원 소설에서 현실에 대한 부정은 행복했던 과거인 '유년'에 대한 동경으로 드러난다. 유년이란 훼손되지 않은 조화와 화해의 시공간이다. 황순원 소설에서 유년의 기억은 주로 '할아버지'에 대한 회상을 통해서 나타난다. 황순원이 동경하는 '유년'은 「그늘」과 「할아버지가 있는 데쌍」과 같이 '회상의 서사' 유형으로 나타났다.

황순원의 낭만적 현실 인식은 「그늘」을 통해 읽어낼 수 있다. 이 소설의 서술자는 화가인 청년으로, 남도 사투리를 쓰는 한 사내를 알게된다. 그 사내는 술집의 다른 인물들과는 다르게 혼자 조용히 들어와 술을 음미하며 마시는 인물이다. 청년은 이런 남도사내에게 관심을 표한다.

> 남도 사내의 기름한 얼굴에 그다지 고생으로 해 생긴 주름살 같지 않은 잔주름이 몇개 가로 건너간 이마와, 노르께한 수염발이 잡힌 코밑과, 어딘가 전날에 소홀하지 않은 지체 속에서 생활해 왔다는 위엄을 발산하는 듯한 턱. 그것은 곁에서 보기에 고독하고 쓰라리기까지 한 위엄이었다. 그러고 보면 이 남도사내는 남도의 어떤 몰락한 양반의 후예의 하나인 것만 같았다(1:243).10)

청년은 술집에서 남도사내를 발견하고 이내 그가 "몰락한 양반의 후예"임을 직감한다. 이 남도사내가 '할아버지'로 표상되는 '과거의 세계'에 속

---

9) 최문규, 「독일 낭만주의의 자연관 및 문학관」, 『외국문학』, 1997년 봄, pp.180-183.
10) 텍스트는 문학과지성사 전집 초판본을 쓰기로 한다. 이후 인용은 권과 쪽수만 표기하겠다.

한 사람이라고 생각한다. 황순원의 관심은 남도 사내 자체보다는 그 남도 사내가 환기하는 유년 시절에 대한 그리움에 집중되어 있다.

> 청년은 담뱃대 그림이 붙었던 벽을 등지고 누워있었다. 갑자기 어디선가 역한 냄새가 풍기어왔다. 하기는 지금 갑자기 풍기어온 것 같으나 실은 얼마 전부터 방안에 차있는 냄새이고, 그것을 지금에야 느낀 듯하기도 한 냄새였다. ..(중략)....그래도 냄새가 났다. 문을 전부 열어젖혔다. 그래도 냄새는 쉽사리 가실 것같지 않았다. 다른 냄새로 이 방안을 채우리라. 무얼로? 그렇지! 담뱃내로! 할아버지의 담뱃내로!
> 청년은 웃목에 놓여있는 낡은 함으로 갔다. 뚜껑을 여니까 함 속에서는 먼저 할아버지의 냄새가 풍겨나왔다. 할아버지의 냄새. 저녁과 함께 있는 냄새. 지금도 저녁때다. 이맘때로부터 할아버지와 함께 있는 술냄새며, 꽤는 자주 피시던 담뱃냄새. ...(중략)...... 청년이 어렸을 때 몰래 담배를 붙여 할아버지처럼 삼켰다 사레들려 혼난 일이 있는, 그 독하게 쓴 담배를 한결같이 오래 삼키곤 하시던 할아버지. 돌아가실 때만 해도 담배를 찾는 눈치시기에 대에 담배를 담아 물려드렸더니, 여전히 속깊이 빨아 삼키다가 종내 한 대를 다 못 피우시고 대를 입에서 떨어뜨리며 운명하신 할아버지(1:249-252).

실제로 방안에서 나는 역한 냄새는 어항 속의 금붕어가 썩어서 나는 냄새이다. 그러나 기실 이 냄새란 실질적인 냄새라기보다는 청년의 심리적인 상태를 표현하고 있다. 현실에 대한 청년의 부정은 "역한 냄새"로 상징화되어 드러난다. 즉 역한 냄새란 바로 속악한 현실을 의미한다. 이에 비해 청년이 긍정적으로 떠올리는 것은 "할아버지의 담배 냄새"이다. 특히 「그늘」에서 서술자는 돌아가신 할아버지를 담배 냄새나 술 냄새 같은 후각적 이미지로 기억하고 있다. 냄새란 유년기의 특징을 가장 잘 드러내는 감각이다. 냄새는 무의식적 기억의 은밀한 피난처이다. 후각적 인식이

다른 어떤 회상보다도 더 많은 위안을 제공할 수 있는 특권이 있다면, 그 것은 아마 냄새가 시간 감각을 전해주기 때문일 것이다.11)

할아버지에 대한 그리움을 갖고 있는 청년은 결국 남도 사내에게 말을 붙인다. 그리고 남도 사내에게 "늙은이의 미소"를 확인한 순간에 주영구 슬을 보여준다.

> 그러나 다음 순간 남도 사내의 손이 가늘게 떨렸는가 하자 그 만 구슬 꿰미를 떨어뜨리고 말았다. 구슬꿰미는 시멘트 바닥에 떨어지면서 끈이 끊어져 구슬알들이 사면으로 흩어졌다. 남도사 내가 허리를 굽히고 돌아가며 구슬알을 줍기 시작했다. 같이 허 리를 구부리고 남도사내가 줍는 구슬을 받아드는 청년은 구슬알 들이 깨지지 않고 그냥 온전함에 그만 소리를 내어 웃기 시작했 다. 그리고 청년은 웃음 사이사이, 아 너무 웃었드니 눈물이 다 난다, 눈물이 다 난다, 하고 혼자 중얼거렸다. 사실 청년의 눈에 는 눈물이 괴어있었다. 그러다가 청년은 무심코 구슬을 주워주는 남도사내를 보고, 노형은 웃지두 않았는데 웬 눈물이요? 했다. 남 도사내의 눈에도 어느새 물기가 어려있었다. 청년은 그늘 속에 희미하게 빛나는 온전한 구슬알들을 남도사내에게서 받아들고는 그냥 눈물 섞인 웃음을 웃곤웃곤 하였다(1:255-256).

청년과 남도사내는 '갓끈'과 '주영구슬'을 보는 순간, 과거에 대한 서로 의 그리움을 확인하면서 동질감을 느낀다. 주영구슬이란 곤전에서 하사 받은 수정 구슬알로, 과거의 영광이나 전통을 의미한다. 청년이 남도사내 에게 전해주는 구슬꿰미가 시멘트 바닥에 떨어져 사면으로 흩어지는 마 지막 장면은 상징적이다. 시멘트 바닥에 떨어진 주영구슬이란 이제는 사 라진 과거의 영광을 드러내는 부분이다. 그럼에도 불구하고 깨지지 않고 온전한 구슬은 그런 과거 또한 완전히 사라진 것은 아니라 기억 속에는 존재해 있다는 것을 담고 있다. 이렇듯 지나간 과거에 대한 청년의 심리

---

11) W. Benjamin, 『Illuminations』. New York: Schocken Books. 1969, p.184.

는 "눈물 섞인 웃음"이라는 양가적 표현에 고스란히 담겨 있다. "눈물 섞인 웃음"이라는 감각적 표현에는 '역한 냄새가 나는' 현실을 부정하고 '할아버지의 냄새'가 있던 과거를 이상향으로 여기지만, 그 과거로 이미 돌아갈 수 없음을 인지하고 있는 청년의 비애가 고스란히 드러난다. 이 비애는 현실과 이상의 괴리속에서 이상을 동경하지만, 현실을 떠나 이상으로 돌아갈 수 없음을 알고 있는 '낭만적 비애(悲哀)'로 볼 수 있다. 「할아버지가 있는 데쌍」 역시 할아버지에 대한 그리움이 강하게 드러나 있다.

> 돌아가시는 날 아침에도 당신께서는 분명한 의식으로 요강을 찾으셨다…… 그리고는 더운 물수건으로 온몸을 닦아달라고 하셨다. 물수건이 살없는 뼈마디엔 걸리곤 했다. 그것이 안되어 대충 훔치려 해도 샅샅이 닦아내라는 것이다. 뒤에 생각하니 당신께서는 이때 이미 다가온 죽음을 예감하셨던 성싶다. 점심때쯤 의식을 잃으셔 조금씩 베개를 높이 괴어드리고 물솜으로 입술을 축여드리는 가운데 조용히 밥이 잦듯이 숨을 거두셨다. 유언이란 한 말씀도 없으셨다. 애초부터 유언같은 것은 할 필요가 없다고 생각하셨던 것이리라. 나도 이후에 내 마지막 날을 이처럼 끝마칠 수 있기를 바랐다(4:160).

위의 예문은 할아버지가 운명하시는 순간에 대한 묘사로, 할아버지에 대한 그리움을 담고 있다. 「할아버지가 있는 데쌍」에서 "나도 이후에 내 마지막 날을 이처럼 끝마칠 수 있기를 바란다"라는 진술에 오면, 할아버지가 작중인물 '나'에게 이상적 인물로 자리하고 있음이 드러난다. 이런 점에서 "황순원의 문학이 근본적으로 자아와 세계 혹은 욕망과 현실 사이의 극단적인 대립보다는 화해의 모색에 그 바탕을 두고 있음은 분명해 보인다. 황순원에게 있어 이상적인 삶의 모델은 세상 밖에 있는 것이 아니라 세상 안에 있다."[12]는 지적은 참고할 만하다.

황순원의 소설에는 시대의 주류에서 밀려난 노인들이 많이 등장한다.13) 이광수를 위시한 근대주의자에게 노인이란 근대적 세계로 나가기 위해 청산하지 않으면 안 될 전근대적 세계를 의미하였으나, 황순원에게 노인이란 그리움의 대상이었다. 황순원이 근대와는 거리가 있는 노인들을 전면에 내세운 것은, 근대의 합리성에 대해 전면적으로 신뢰할 수 없었던 낭만적 현실 인식 때문이다. 그들에게는 현재보다 과거가 더욱 가치 있고 행복했던 시대로 인식된다. 그리하여 그들은 합리적인 것보다는 비합리적인 것에, 시대의 주동자보다는 시대에 밀려난 인물에게 이끌린다. 그들은 근대적 의식에서 벗어나 자기 완결적이고 순환적인 질서 속에서 지속성과 영원성을 유지하려 하였다.

3. 유년에 대한 회상을 통한 交感의 미학

속악한 현실을 부정하고 유년을 동경하는 황순원의 현실인식은 서술태도에 있어 주관적인 묘사로 나타난다. 황순원은 유한한 현실과 무한한 이상의 괴리 속에서 이상을 지향한다. 황순원은 시대와의 대결 속에서, 속악한 현실을 부정한다. 황순원은 단순히 현실을 부정하는 데에만 머무르지 않고, 부정적인 현실을 이상화(理想化)하기 위하여 현실과 이상을 접맥시키고자 노력한다.

황순원에게 현실은 작가에 의해 단순히 객관적으로 묘사되어야 하는 대상이 아니다. 그것은 궁극적으로 작가의 눈에 들어오는 외양의 객관성을 뛰어 넘어 '직관'14)과 관련된다. 직관에 의해 대상을 내면화시킬 때 나

---

12) 박혜경, 「황순원 문학 연구」, 동국대 박사논문, 1994, p.55.
13) 「병든 나비」, 「황노인」, 「맹산 할머니」, 「독 짓는 늙은이」 등의 작품에서 작가의 시선은 노인들의 세계에 밀착되어 있다.
14) 베르그송은 과학의 대상과 방법이 물질과 지성인 것에 반하여, 형이상학의 대상과 방법은 정신과 직관임을 밝히고 있다. 베르그송에 따르면, 직관이란 자기자신에 대

타나는 미적 효과로 교감(交感)을 들 수 있다.

교감이란 합리(合理)와 이성의 영역이 아닌 의식(儀式)의 영역 속에서만 가능하다. 교감은 기억의 역사적인 자료가 아닌, 역사 이전의 자료들이다.15) 교감의 창출은 과거 속에 잠재되어 있던 특별한 '어느 날'이 회상(recollection)을 통해 갑자기 솟아오를 때 이루어진다. 망각 속으로 사라져버린 과거의 특별한 '어느 날'이 뜻하지 않게 다시 솟아올라 지속을 통해 현재에 영향을 미치며, 그 과거 기억이 현재화될 때 존재는 교감을 느끼게 된다. 기억의 힘은 구체적으로 존재하는 어떤 상황이나 감정을 소생시키는 능력에 존재하는 것이 아니라, 현재와 관련을 맺는 '구성적인 행위'이다. 그 과거는 순수하게 형식적인 요소로서 작용한다.

황순원의 소설 가운데 이런 '교감의 미학'에 의거한 대표적인 작품으로 「황노인」, 「학」, 「소리그림자」를 들 수 있다. 이 작품들은 현실과 유년이 공존하며, 현실의 갈등이 유년의 회상으로 인해 비약적인 교감을 일으켜 화해에 이르는 결말이 나타난다는 점에서 유사한 구조를 나타낸다.

(1) 신분갈등의 주관적 화해: 「황노인」

「황노인」은 현재의 신분적 갈등을 유년의 교감을 통해 뛰어넘는 이야기를 다루고 있다. 환갑을 맞이한 황노인이 어릴 때의 친구인 재니를 우

해 의식적이고 대상에 대해 성찰로 무한히 확장해 갈 수 있는 본능으로, 우리를 생명의 내부로 인도하는 매개이다. 이 직관은 무엇보다도 내적 지속(duree)과 관련된다. 직관은 "병치가 아닌 계속을, 내면을 통한 성장을, 현재 속으로 부단히 연장되어 들어가는 과거"를 의미한다. 즉 직관 안에서 사유한다는 것은 지속 안에서 사유한다는 것이다. 지속이란 또 다른 하나의 순간을 대신하는 하나의 순간이 아니라, 과거가 미래를 잠식하면서 불어나는 연속적 전진이다. 과거가 증대하는 이상 그것은 또한 한없이 보존된다. 이러한 우리 내면의 지속은 현재 안에서 과거를 연장하는 기억의 연속적 삶이다.
앙리 베르그송, 『사유와 운동』, 이광래 역, 문예출판사, 1993, p.35.

15) W. Benjamin, 『Illuminations』. New York: Schocken Books. 1969, p.182.

연히 만나 그간의 신분의 벽을 뛰어넘어 음악을 통해 교감을 나누는 소설이다. 「황노인」은 우연히 어릴 때 친구였던 늙은 재니(광대)인 '차손이'를 만난 황노인이 과거를 회상하는 장면에서 시작된다. 그런데 소설 속에서 회상은 기억 그 자체라기보다는 그 기억이 환기하는 이미지와 정서이다.

　낭만적 인식에 있어서 대상인식은 자기자신에 대한 성찰의 고양 과정인 '자기인식'으로 이어진다. 차손이는 퉁소를 잘 불고 황노인은 타령을 잘 불러 친한 사이였다. 그러나 성장하면서 신분을 알게되면서 서로 외면하는 사이로 지내온 것이다. 황노인은 술을 가지고 늙은 재니가 있는 곳으로 찾아간다. 처음에는 존대말을 하던 재니에게 황노인은 둘 사이가 친구였음을 상기시킨다. 황노인은 과거의 기억을 되살리는 과정에서, 섬세한 심리 변화를 통해 과거에 대한 성찰이 이루어진다. 황노인과 재니가 어린 시절로 돌아가 어린 시절의 경험을 지속을 통해 현재화시킴으로, 두 사람은 현실의 신분적 갈등을 극복하고 교감을 나눌 수 있는 것이다. 더구나 여기에서 화해가 이루어지는 날이 환갑이라는 것은 의미심장하다. 우리 문화에서 환갑이란 의미 있는 날이다. 그 축제의 날을 중요하게 만드는 것은 지나간 삶과의 만남이다. 지나간 것은 교감 속에서 속삭인다.

> "타령을 켜게."
> 　늙은 재니는 잠시 먼 것을, 아주 머언 것을 더듬는 듯 허공 한 곳에다 눈을 주고 있더니 스르르 눈을 감으며 해금에 활을 긋기 시작했다.
> 　황노인은 저도모르는 새 눈을 감고 있었다./(빗금;필자)
> 　이런 그들의 앞에는 작은 개울이 나타나고, 개울둑에는 감탕칠을 한 벌거숭이 두 소년이 서서 한 소년은 풀피리를 불고 한 소년은 아직 어린 되잖은 청으로 타령을 부르고 있었다(1:312).

　빗금의 앞부분은 현재의 지각이고 빗금 뒷부분은 과거의 기억이다. 과거의 장면과 현재의 장면이 병치되어 있는데, 해금 소리는 현재와 과거를 이어주는 매개로 작동한다. 과거에 대한 회상은 현재의 지각에 작용한다. 여기에서 강조할 점은 회상과 지각의 동시성이다. 즉 회상의 형상은 결코 지각의 형성 뒤에 오지 않는다. 즉 그 둘의 형성은 동시성이다. 그리고 지각과 회상의 이러한 '동시성'은 바로 "과거와 현재의 공존"[16]을 의미한다. 어린 시절의 순수했던 기억에 대한 회상은 현재의 신분의 벽이라는 현실을 뛰어넘을 수 있는 힘을 발휘한다. 이로 인해 과거의 기억이라는 순간성과 신분이라는 갈등을 뛰어넘어 영원성이 하나가 되는 교감의 결말을 유도해낸다.

(2)이데올로기 갈등의 주관적 화해: 「학」

「학」은 성삼과 덕재가 '학사냥'이라는 유년 기억의 회상을 통해 교감을 나눔으로 남과 북의 이데올로기라는 현실의 갈등을 주관적 화해로 뛰어넘는 작품이다. 「학」은 남쪽과 북쪽의 이데올로기 때문에 적이 되어 마주친 두 사람이 이데올로기의 벽을 뛰어넘어 '학 사냥'을 통해 화해를 이루는 소설이다. 「학」은 전쟁 직후 남쪽의 입장이었던 성삼이가 북쪽의 입장에 섰던 덕재를 호송하며 어린 시절에 대한 회상과 현재의 상황진술이 병치되는 가운데 시작된다. 성삼과 덕재는 38선 근처 마을의 친구였다. 그러던 것이 전쟁통에 성삼이는 남쪽의 편에 덕재는 북쪽의 편에 서게 된 것이다.

「학」은 덕재를 호송하는 성삼이가 과거의 기억을 회상함으로써, 갈등이 화해의 결말로 해소되는 구조이다. 소설의 서사를 이끄는 추동력은 성삼이의 심리적인 변화이다. 그러한 심리적인 변화를 일으키는 것은 바로 유년시절에 대한 회상이다. 성삼은 어린 시절 덕재와 함께 밤을 훔치러 갔을 때의 기억을 회상한다. 더구나 덕재가 결혼한 꼬맹이라는 여자는 어렸을 때의 자신의 친구이기도 하다는 사실과 곧 아기아빠가 될 것이라는 사실로 인해, 성삼의 심

---

16) 질 들뢰즈, 『베르그송주의』, 김재인 역, 문학과지성사, 1996, p.79.

리는 조금씩 변화하기 시작한다. 과거의 기억에 대한 회상과 성찰을 통한 심리의 변화는 호칭이나 태도의 변화로 나타난다.

　지난날 성삼이와 덕재가 아직 열두어살쯤 났을 때 일이었다. 어른들 몰래 둘이서 올가미를 놓아 여기 학 한 마리를 잡은 일이 있었다. 단정학이었다. 새끼로 날개까지 얽어매놓고는 매일같이 둘이서 나와 학의 목을 쓰러안는다, 등에 올라탄다, 야단을 했다. 그러한 어느날이었다. 동네 어른들의 수군거리는 소리를 들었다. 서울서 누가 학을 쏘러 왔다는 것이다. 무슨 표본인가를 만들기 위해서 총독부의 허가까지 맡아가지고 왔다는 것이다. 그길로 둘이는 벌로 내달렸다. 이제는 어른들한테 들켜 꾸지람듣는 것같은 건 문제가 아니었다. 그저 자기네의 학이 죽어서는 안된다는 생각뿐이었다. 숨 돌릴 겨를도 없이 잡풀 새를 기어 학 발목의 올가미를 풀고 날개의 새끼를 끌렀다. 그런데 학은 잘 걷지도 못하는 것이다. 그동안 얽매여 시달린 탓이리라. 둘이서 학을 마주 안아 공중에 투쳤다. 별안간 총소리가 들렸다. 순간, 바로 옆 풀숲에서 펄럭 단정학 한 마리가 날개를 펴자 땅에 내려앉았던 자기네 학도 긴 목을 뽑아 한번 울음을 울더니 그대로 공중에 날아올라, 두 소년의 머리 위에 둥그러미를 그리며 저쪽 멀리로 날아가 버리는 것이었다. 두 소년은 언제까지나 자기네 학이 사라진 푸른 하늘에서 눈을 뗄 줄을 몰랐다./(빗금; 필자)
　"얘, 우리 학사냥이나 한번 하구 가자."
　성삼이가 불쑥 이런 말을 했다.
　덕재는 무슨 영문인지 몰라 어리둥절해 있는데,
　"내 이걸루 올가밀 만들어 놀께 너 학을 몰아오너라."
　포승줄을 풀어 쥐더니, 어느새 성삼이는 잡풀 새로 기는 걸음을 쳤다.
　대번 덕재의 얼굴에서 핏기가 걷혔다. 좀전에, 너는 총살감이라던 말이 퍼뜩 머리를 스치고 지나갔다. 이제 성삼이가 기어가는 쪽 어디서 총알이 날아오리라.
　저만치서 성삼이가 홱 고개를 돌렸다.

　　"어이, 왜 멍추같이 게 섰는 게야? 어서 학이나 몰아오너라!"
　　그제서야　덕재도 무엇을 깨달은 듯 잡풀 새를 기기 시작했다.
　　때마침 단정학 두세 마리가 높푸른 가을하늘에 큰 날개를 펴고
유유히 날고 있었다(3:69-70).

　「학」의 마지막 두 문단이다. 빗금의 앞 문단은 과거 유년시절의 학에
얽힌 기억의 회상부분이고 빗금의 뒤 문단은 현재의 상황이다. "지난 날"
로 지칭되는 유년이란 이념의 대립이 없는 행복한 시간을 의미한다. 회상
속에서 묘사되는 어린 시절에 대한 그리움에는 "지난날"이 되돌아올 수
없다는 비애감이 짙게 깔려 있다. 이는 전쟁의 상처가 물리적인 외상(外
傷)이기보다 정신적인 내상(內傷)과 관련된다는 통찰에서 연유하고 있다.
어린 시절과 현재가 내적인 대립구조로 표현되어 있는 황순원 소설의 의
도는 단순히 어린 시절의 아름다운 세계를 묘사하는 것이 아니다. 과거와
현재의 대립구조 속에는 이미 과거의 동경이 현재의 비판을 내포하고 있
는 것이다. 작가가 발을 딛고 있으며, 출발점으로 삼은 곳은 어디까지나
현재이다.
　현재와 과거를 매개하는 기억은 학에 얽힌 것이다. 둘은 어린 시절에
어른들 몰래 학 한 마리를 잡아 얽어매 놓고 놀던 기억을 갖고 있다. 어느
날 총독부의 허가를 받은 서울 사람이 학을 사냥하러 온다는 소식을 듣고
는 두 소년은 의기투합하여 학을 살려준 경험을 갖고 있다. 두 소년의 오
직 한가지 일념은 학의 생명에 대한 경외(敬畏)였다. 어른들의 꾸지람 같
은 것은 학의 생명에 비하면 중요한 것이 아니었다.
　이런 과거 상황은 현재와 대립된다. 과거의 학 대신에 지금은 덕재가
포승줄에 묶여있다. 과거의 서울에서 내려온 사람 대신에 이데올로기라는
위협이 존재한다. 덕재와의 경험의 지속을 통해 동질감(同質感)을 획득한
성삼에게 지금 이데올로기나 자신의 현실적 임무 같은 것은 덕재의 생명
에 비하면 아무런 의미도 없는 것이다. 그러기에 성삼은 '학 사냥'을 빙자

하여 덕재를 살려보낸다. 과거가 현재와 공존하지 않았다면, 그 과거는 구성되지 않았을 것이다. 과거의 기억과 현재의 상황이 공존하면서 소설의 주제를 드러낸다. 더구나 여기에서 화해가 이루어지는 곳이 38선 완충지대라는 것은 의미심장하다. 완충지대란 바로 이념이 무장 해제된 비무장지대이다. 현실의 법칙이 무장 해제된 비무장지대에서 두 사람은 이념보다 더욱 중요한 생명에 대한 깨달음을 얻게된다. 현대의 상황과 유년의 경험은 교감 속에서 비약적으로 화해한다.

(3)감정적 갈등의 주관적 화해: 「소리그림자」

「소리그림자」는 널리 알려진 작품은 아니지만 유년의 추억, 불구인 예술가의 불행과 승화, 추악한 어른의 세계와 순수한 아이의 세계, 죽음과 생명의 경계 등 황순원 단편미학의 특징을 알 수 있는 뛰어난 작품이다. 특히 구성에 있어 결정적 정보를 숨기며 조금씩 드러내 가는 서술의 효과인 '지연의 효과'를 사용함으로, 독자의 마음의 움직임을 조절해가면서 작중인물과 하나로 동화시키는 효과를 보여준다.

「소리 그림자」는 유년의 기억을 통해 현실의 갈등을 주관적 화해로 뛰어넘으려는 작품이다. 어릴 때 친구였던 종지기 아들의 부고를 받으면서, 과거로의 여행은 시작된다. 그 종지기 친구에 대한 기억은 종소리의 여운을 통해 되살아나며, 되살아난 과거는 시간의 두께를 가로질러 현재를 향해 거슬러 나타난다. 그 핵심은 바로, 교회 장로가 사다리를 치우는 바람에 떨어져 불구가 되었던 종지기 아들 친구와 관련된 아홉 살 때의 기억이다. 작중인물이 종지기 친구와의 기억을 되살리는 과정에서, 성찰의 고양과정인 섬세한 심리 변화가 드러난다. 아홉 살 때 종지기 아들과 친한 사이였던 나는, 종지기 아들이 곱추가 된 사건의 유일한 증인이기도 하다.

'나'는 사십여 년이란 세월 속에 까맣게 잊어버리고 있었던 어릴 적 동무, 그것도 불과 이삼년밖에 같이 놀지 못한 동무가, 직장까지 알고 있을

정도로 평생 자신을 지켜보고 있었다는 말할 수 없는 감동 때문에 고인의
유가족을 찾아 나선다. 그러나 옛날에 살던 마을의 교회 목사로부터 고인
은 가족이라고는 아무도 없었다는 소식과 고인이 운명하기 전에 작중인
물에게만은 자신의 죽음을 알려달라는 유언을 했다는 이야기를 듣는다.
이는 작중인물이 불구자인 한 사내가 지녔던 외로움을 인식하는 계기가
된다.

> 그림은 목탄지에 연필로 그린 것들이었다. 한 장 한 장 넘겨가
> 는 동안 나는 단순한 선들 속에 어떤 공통된 요소가 들어있음을
> 느꼈다. 무엇인가가 그림 속에서 불타고 있는 것이었다. 얽힌 나
> 무뿌리에서도 구부러진 곡선마다 불티가 튀고 있었다. 찬송가를
> 부르는 교인들의 수많은 입들도 불을 뿜고 있었다. 헐벗은 산에
> 박힌 울퉁불퉁한 바위에서도 불길은 일고 있었다(5:12).

나는 그림들 속에서 '불길'의 이미지를 본다. 그리고 고인이 그린 그림
을 가지고 무덤 앞에 선다. 그는 아무 허물도 없는 어린이의 일생을 망쳐
버린 장로에 대한 분노에 휩싸인다.

> 고인의 무덤이었다. 정작 무덤 앞에 섰건만 그 속에 들어있을
> 고인의 실체는 아무것도 잡혀지지가 않았다. 그저 되살릴수 있는
> 것은 고통으로 뒤덮였던 한 어린이의 헬쑥한 모습이었다. 가슴에
> 어떤 분노가 서렸다. 그것은 외투주머니에 꽂혀있는 그림을 처음
> 보았을 때부터 머리를 들기 시작한 분노 같았다(5:13).

이 분노는 '희망의 분노(the anxiety of hope)'라 일컬은 것으로, 조화와
화합으로 나가기 전 단계에 해당한다.17) 분노와 용서라는 두 가지 사이에
서 갈등하며 끊임없이 조화와 화해를 향해 상승하려고 한다. 그러다 어느
순간 그림 속에 담겨있는 진정한 의미를 깨달으며, 측정할 수 없는 즐거

---

17) Jerome J, Mcgann, op.cit., p.40.

움이 샘솟는 것을 느낀다. 이런 변화는 합리적, 객관적으로 설명해 낼 수 있는 것이 아니라 주관적 비약인 것이다.

> 그러는 내 가슴에 불현듯 종소리가 울리기 시작했다.
> 두 어린아이가 종을 치고 있었다. 이제는 종지기인 성일이아버지는 거기 없고, 단지 두 어린아이만이 같이 종줄을 잡고 있었다. 줄을 잡아당겼을 때의 뗑 소리와 줄을 늦출 때의 강 소리 사이의 간격, 그리고 다음 뗑 소리와의 약간 긴 간격, 이러한 뗑과 강 소리가 되풀이되면서 내는 가락에 어울려 일종 특이한 여운이 울려 퍼지고 있었다. 그 여운의 파문이 자꾸만 내 가슴을 채워왔다.
> 이때 나는 보았던 것이다. 앞에 펴놓은 그림이 이상한 변화를 일으킨 것을. 아니 변화라기보다는 이 그림을 그린 고인의 본뜻을 비로소 알아볼 수 있었다는 게 옳았다. 그림의 붓놀림이 어쩌면 이렇게 즐거울 수 있을까 불꽃처럼 보였던 선 하나하나가 실상은 어쩔 수 없는 즐거움에서 우러나오는 율동이었던 것이다. 킬킬킬 티없는 웃음이 연필 자국마다 스며있다가 되살아 오는 것이었다. 우리는 40여년 전 웃음을 나눠 가질 수 있었다(5:15).

「소리 그림자」의 마지막 역시 화해의 장면으로 끝맺는다. 주인공이 '불현듯' 종소리를 듣는 장면은 바로 시간과 공간을 뛰어 넘어 현재와 과거의 교감이 현현(顯現)되어 나타나는 순간이다. 종소리는 현재와 유년을 병치시키는 매개로 작용한다. 처음에 주인공은 그 그림에서 '불꽃'으로 표현되는 분노를 읽는다. 그러나 어느 순간 분노를 넘어선 웃음을 읽어낸다. 과거의 기억이 회상을 통해 지속되고 그 지속이 현재화됨으로 현재와 과거가 교감을 일으킨 것이다. 이런 교감은 바로 순순한 유년을 향한 동경을 드러내는 인식의 소산이다. 어린 시절의 순수했던 기억에 대한 회상은 현실을 뛰어넘을 수 있는 힘을 발휘한다. 그것은 승화로서의 예술, 원초적 순수함으로서의 즐거움, 그리고 분노를 용서할 수 있는 힘이다. 불구인 친구는 평생 그림을 통해 분노를 승화시키는 경지에 이른 것이다. 이러한 그림 속의 본질에 대한 깨달음으

로 인해 주인공은 승화의 감정을 느낀다. 이로 인해 분노라는 감정적 갈등을
뛰어넘어 화해와 용서라는 결말에 이른다.

4. 결론

　본고에서는 황순원 소설에 나타나는 인식적 측면이나 그 미학적 효과
에 있어 낭만성은 황순원 소설의 본질을 이해하고 그 문학사적 자리를 측
정할 수 있는 생산적인 척도라는 가설 하에, 황순원의 단편 소설을 중심
으로 황순원 문학의 낭만성을 검토하였다. 우선 2장에서는 황순원 소설의
낭만적 인식을 「그늘」과 「할아버지가 있는 데쌍」을 통하여 살펴보았다.
이 두 작품은 모두 유년시절 할아버지에 대한 그리움의 정조를 담고 있
다. 또한 속악한 현실을 부정하고 유년을 이상적인 과거로 상정하고 있다.
황순원에게 현실과 이상은 괴리되어 있으며 이상적 인물은 할아버지로
설정되어 있다. 이런 점에서 황순원 소설은 현실을 부정하고 과거를 이상
으로 여기는 낭만적 인식을 드러냄을 밝혀내었다.
　3장에서는 황순원이 현실의 갈등을 그의 이상향인 유년과의 지속을 통해
화해와 조화로 이끄는 '교감의 미학'인 낭만적 미학에 기반을 두고 있음을 「
황노인」, 「학」, 「소리 그림자」를 통해 구체적으로 살펴보았다. 「황노인」의
신분 갈등이나 「학」의 이념 갈등이나 「소리 그림자」의 감정적 갈등은 분노
는, 유년의 행복했던 기억의 회상을 통해 교감에 이르면서 화해의 결말에 이
른다. 이러한 화해와 교감의 결말은, 자아가 세계를 자신의 내면 속에서 결합
시키는 절대적 주관의 표현이라는 점에서, 낭만적 미학을 드러낸다.
　교감의 미학을 드러내는 작품들은 이상과 현실의 대립에서 이상을 묘
사하는 결말을 맺음으로 인해 감동을 전달하고 있다. 조화의 상태는 현실
속에서 발견할 수 있는 것이 아니고 언젠가는 실현되어야 할 이상이다.
황순원 소설 속에서 묘사하고자 했던 유년의 풍경은 "황홀경의 풍경들"

로, 과거 삶으로의 귀환이다. 이런 면에서 교감(交感)이란 황순원 소설이 동경하는 '시적인 근원'을 표현하는 미학이다.

낭만주의는 시를 인간의 총체성을 포함하고 있는 생생한 경험이라고 생각하였다. 낭만주의자들이 걸어간 길은 자신의 運命을 詩化하는 것이었다. 낭만주의자들이 걸어간 길은 내면화의 길로 주어진 것들을 유기적으로 융해, 융합시키고 사물들의 아름다운 조화를 이룰 수 있다는 점에서 심미적인 것이었다. 황순원 소설의 심미적 특성은 이렇듯 현실을 심미적으로 변형시키는 낭만성의 원리가 구현된 것으로 볼 수 있다.

권영민. 「황순원의 문체, 그 소설적 미학」.『말과 삶과 자유』. 문학과지성사. 1985.

김치수. 「소설의 사회성과 서정성」.『말과 삶과 자유』. 문학과지성사. 1985.

김상태. 「한국현대소설의 문체변화」.『말과 삶과 자유』. 문학과지성사. 1985.

김현, 김윤식.『한국문학사』. 민음사. 1982.

박혜경. 「황순원 연구」. 동국대 박사논문. 1994.

이태동. 「실존적 현실과 미학적 현현」.『황순원 연구』. 문학과지성사. 1985.

임철규.『왜 유토피아인가』. 민음사. 1994.

조남현. 「황순원의 초기 단편 소설」.『한국현대소설사 연구』. 민음사. 1984.

지명렬.『독일 낭만주의 총설』. 서울대 출판부. 2000,

최문규. 「독일 낭만주의의 자연관 및 문학관」.『외국문학』. 1997년 봄,

Beguin, Albert.『낭만적 영혼과 꿈』. 이상해 역. 문학동네. 2001.

Bergson, Henri.『사유와 운동』. 이광래 역. 문예출판사. 1993.

Frank, L.『신비평 이후의 비평이론』. 이태동 외 역. 문예출판사. 1994.

Freedman, R.『서정소설론』. 신동욱 역. 현대문학. 1989.

Furst L. R.『낭만주의』. 이상옥 역. 서울대학교 출판부. 1978.

Hauser, A.『문학과 예술의 사회사』. 염무웅 외 역. 창작과비평사. 1999.

Johnson, R. V.『심미주의』. 이상옥 역. 서울대학교 출판부. 1979.

Octavio, Paz.『낭만주의에서 아방가르드까지의 현대시론』. 윤호병 역. 현대
미학사. 1995.

R. L. Brett.『공상과 상상력』. 심명호 역. 서울대 출판부. 1987.

Benjamin. W.『Illuminations』. New York: Schocken Books. 1969.

De Man, P.『Blindness and Insight』. 2nd Edition. University of Minnesota
Press. 1983.

Mcgann, Jerome J.『The Romantic Ideology』. The University of Chicago Press.
1983.

ABSTRACT

The study of Romanticism in Hwang, Soon Won's Novel

Seo, Jae-Won

The main purpose of this study is to review romanticism in Hwang, Soon Won's novel analyzed by the perspectives of romantic consciousness and esthetics.

Romantic consciousness is well represented in his novel Shadow 「Dessin in Grandfather's portrait」.   The common message from both two novels reveals in author's childhood against his grandfather. In addition, the meaning of reality is neglected and dreams Utopia passed by reflection of childhood memories. His grandfather always stands in as an idealistic character.

Romantic esthetics is also another main theme in his novel. This theme is coincided in the three novels : The old man-Hwang, A crain, The sound from shadow are his outstanding.   Emotional conflict leads to structural forms of these three novels. Conflict in social class, conflict in ideology and conflict in emotion express in main aspects of   disharmony in these novels, respectively. Happy memories in childhood might blow up all unsolved conflict in reality. This type of esthetic beauty describes 'intuition' which may exceed external manifestation. This conception is very similar with 'correspondancies' It comes from mysterious intuition, not rational thought. In conclusion, it represents to combine the 'self' and the 'world'

His novels, especially, would deliver a deep impression going through the contradiction between reality and ideal. Utopia always empowers to realty and it is willing to be described in his childhood.

나도향 소설에 나타나는 '낭만적 사랑'의 문제
—『환희』를 중심으로—

김윤선*

1. 머리말

이 글은 1920년대 나도향의 대표작인 장편『환희』에 나타나는 낭만성
의 문제를 사랑과 성을 중심으로 검토하고 그 양상을 살피는 것을 목적으
로 한다.

문학사에서 한국의 낭만주의는 작품을 통한 검증보다는 문예사조적인
이해로 선취되어 왔다. 즉 1919년 3 · 1운동 이후 국민적 희망을 잃고 식
민지 지배 하에 놓이게 된 문인들은 실의와 허탈에 빠져 자포자기적이고
퇴폐주의적인 문학을 낳았으며, 1922년 1월 동인지 ≪백조≫가 발간되면
서 한국의 낭만주의 문학은 본격적으로 싹트게 되는데, 이들은 건전한 이
상과 미래를 내다볼 수 없는 시대적 여건 속에서 절망에 빠진 결과, 그 도
피구(逃避口)로서 몽상(夢想), 즉 낭만의 세계를 추구하게 되었다는 것이
다. 그리고 1920년대에 동인지(同人誌) ≪백조(白潮)≫를 중심으로 일기
시작한 낭만주의 문학은 불과 2년도 안 되어 퇴색하기 시작하여 1924년

____

* 고려대 강사

에는 완전히 종말을 고하고, 다만 그 영향만이 30년대의 서정시와 서정소
설로 이어졌다는 것이 일반적인 통론이다.

≪백조(白潮)≫를 중심으로 한 한국의 낭만주의 문학의 이해는 곧 나도향
문학에 대한 이해로 집중되어 왔다. 낭만주의 문학에 대한 제 평가의 공통점
중 하나는 나도향이 한국의 낭만주의 문학의 기수였다는 데서 출발하고 있다
는 점이라고 해도 과언이 아니다. 1921년 ≪백조(白潮)≫동인으로 참여함으
로써 문단에 진출한 나도향은 「젊은이의 시절」, 「별을 안거든 울지나 말걸」,
장편『환희(幻戲)』 등을 발표한다. 나도향의 초기 작품에 해당되는 이 작품
들은 애상적이고 감상적인 작품이라는 평과 함께 그의 낭만주의 문학을 대변
해왔다. 1922년 11월 21일부터 1923년 3월 21일까지 ≪동아일보≫에 연재
되고, 1923년 8월 조선도서주식회사에서 단행본으로 간행된『환희(幻戲)』는
신비적이고 낭만적인 죽음의 미의식을 발휘한 작품이며 다소 산만하기는 하
나 낭만적인 애정문제를 다룬 연애소설로 나도향 문학의 초기 감상적 낭만
주의 문학을 대표하는 작품이다.

이에 본고에서는 낭만주의 문학의 기수로서 자리잡은 나도향 문학의
낭만성을『환희(幻戲)』의 작품 분석을 통해 다시 구명하고자 한다. 특히
이 작품의 분석을 위해 본고에서 주목하는 것이 낭만적 사랑이다. 서구에
서 낭만적 사랑이란 개념은 19세기의 산물로서 개인주의와 세속적인 양
상이 두드러진 문화, 이 세상에서의 삶이 소중하다고 생각하고 개인의 행
복이 중요하다고 강조한 문화로부터 탄생하였다. 낭만주의는 개인주의에
입각해서 인간이 살아가는 길에 있어서 자유로운 존재이며 그 자신이 목
적이라고 믿었다. 낭만주의는 인간의 삶이 외적 요소에 지배당하는 것이
아니라 인간이 스스로 선택하고 섬기는 가치관에 의해 지배받는다고 믿
었다. 이런 사고가 사랑에 투영될 때 등장한 것이 낭만적 사랑이다.

『환희(幻戲)』는 유치한 낭만과 기교의 미숙성이 나타나며 인과관계가
분명하지 않다는 비판을 받기도 했지만 인물들 간에 나타나는 애정의 삼
각구도는 독자들의 관심과 주목을 이끈 요인이기도 했다. 본고는 낭만적

사랑이라는 개념에 입각해서 이 작품에 나타나는 서사 구조 즉 애정의 삼
각구도에 나타나는 애정의 문제, 사랑과 연애의 문제를 통해, 나도향 문학
의 낭만적 사랑의 양상과 이를 중심으로 그의 소설에 나타나는 낭만성의
문제를 분석함으로써 나도향 문학에서의 『환희(幻戲)』가 갖는 의미와 그
성격을 밝히고, 낭만주의 문학의 기수로서 이후 한국 현대 소설에 미친
나도향 문학의 가능성을 조명하고자 한다.

2. 낭만주의의 사랑과 한국의 낭만적 사랑의 전개

　낭만주의자 노발리스의 "사교관계-복수주의는 우리의 가장 내면적인 본
질"[1]이라는 말에서처럼 낭만주의는 교우와 사교를 중시하였다. 우정을 통해
서 접촉할 수 있는 개성이야말로 중요하다는 신념에서 그들은 정신적 협동생
활을 통해 자신의 정신적 밑바닥을 다른 사람의 정신적 거울에 반영시킨다.
따라서 교우, 사교는 낭만주의적 생산성의 기인이 된다. 낭만주의에서의 교
우 관계는 우정과 함께 사랑을 통해서 확인될 수 있다. 그들은 애정과 우정의
개념을 명확하게 구별하는데, 사랑을 우정보다 더 높이 평가하였다. 또한 완
전한 종합이 사랑 또는 결혼에 의한다면 남성중심 사회에서는 그 대상이 여
성이기 때문에 또한 문제시되는 것이 여성관이다.

　낭만주의자들이 전 세기의 작가와 근본적으로 다른 점은 그들의 연애
관에서 나타난다. 18세기의 이원적 여성관에 반하여 낭만주의는 정신적
사랑과 육체적 사랑 사이의 구별을 철폐하였다. 육체와 정신을 이원론적
으로 보는 시각이 잘못이라는 사고가 애정과 결혼에 관한 낭만적 사랑의
중심을 이루고 있다. 낭만주의자들은 사랑과 결혼은 본질적으로 일체라는
관점에 도달함으로써 18세기 초의 이원론을 지양한다.

---

1) 지명렬, 『독일낭만주의 총설』, 서울대 출판부, p.447

또한 낭만주의는 인간이 사랑에 의해서 자신의 본질을 직관하고 인식한다고 보았다. 사랑하는 사람들만이 세상을 볼 수 있다고 믿은 낭만주의자들에 의하면 인간은 미완상태에서 벗어나 완전한 인간형성에 도달하기 위해 사랑을 통한 내면적인 상호 보완작용이 있어야 한다. 따라서 사랑은 완전한 상호 신뢰와 지속적이고 해소되지 않는 인간관계, 즉 결혼을 전제로 해야 한다. 결혼이야말로 사랑의 완전한 실현이며 진실한 사랑은 성실과 정조를 바탕으로 한 결합이며, 이혼은 진실한 결혼이 아니었다는 증거에 불과하다. 대부분의 낭만주의자들은 '사회의 공동사회 형성력'을 높이 평가하였으며, 결혼의 소생유무와는 상관없이 성실하고 정직한 결혼은 항상 유익한 것이며, 결혼에 의하여 형성된 가정은 공동생활의 근본이 되어 사교와 교우의 온상이 되고, 또한 국가사회의 기본세포가 된다는 사회학적 관점에 도달하였다. 이상 낭만주의자들에 의해 제기된 낭만적 사랑의 이론은 한마디로 정신적 사랑과 육체적 사랑의 일치, 사랑과 결혼의 일치라고 말할 수 있다.

그러나 사랑의 결합을 생사를 초월해 영속하고자 하는 또 하나의 열망은 <죽음>에 대한 동경으로 이어져 사랑이 종교로 승화하는 단계로 나아가기도 하고, 낭만파들의 사교 과정에서 여성이 단지 문학화를 위한 기인으로 작용하여, 이별이나 재혼이 빈번하게 일어나기도 했던 것 역시 사실이다.

그렇다면 1920년대 한국에서의 사랑의 지형도는 어떠한지를 살펴보도록 하자. 근대 계몽기에 들어서면서 남녀간의 정을 살피고 그것을 빌미로 섹슈얼리티를 천지만물의 이치로 파악하는 식의 특이점은 봉쇄, 금지의 영역으로 들어간다. 푸코의 말에 의하면 "성적 욕망은 생식 기능의 중대함 속에 남김없이 흡수되어"버리고 "합법적이고 생식력이 있는 부부가 규범으로 자리잡"았다. 여성성이 모성성으로 영토화되고 부부간의 열정조차 허용되지 않는 확고부동한 성적 규범화가 이루어지자 성적 욕망은 쾌락의 수준을 넘어 악의 표상이 된다.[2] 가족을 위하는 것이 국가를 위하는 일이며, 오직 생식과 가족과 국가를 위한 성만이 있을 뿐이었던 계몽기 성담론에서 자유연애론 역시 철저히 이성적 통제 하에서만 이루어졌다. 결혼은 열정이 아니라 치밀한 관찰과 합리적 타산에 기초하는 근대적 계약의 산물이었다. 예기치 않은 만남, 격정적 이끌림, 그리고 파국 등으로 이어지는 낭만적 사랑이란 상상조차 하기 어려웠으며, 오히려 '자유연애, 자유결혼'은 여성의 탈성화를 더 한층 강요하는 결과를 낳을 뿐이었던 것이다.[3]

그러나 본격적으로 일본 유학이 전개되었던 1910년대 이후의 사랑, 연애, 결혼은 개화기의 계몽 사상과는 달랐다.

> 원래 연애는 이론이 아니요 정열이며, 객관이 아니라 주관이라 유시로 빈부의 한계가 무흐며 귀천의 계급이 무흐며 토지의 원근이 무흐며 지식의 비교가 무흐느니 환언하면 만금의 부가 연애를 횡단흘 수 업스며 삼군의 위가 연애를 쟁투할 수 업스며 백옥의 빈이 연애를 변개흘 수 업스며 천리의 원이 연애를 쟁탈 흘 수가 업스며 지식의 력이 연애를 해부흘 수 업나니 차는 우주의 신비요 인정의 기미라 [4]

인용에서와 같이 당시의 연애관에는 낭만적 사랑의 요소가 나타나기 시작한다. 이 같은 낭만적 사랑에 대한 인식은 이후 이광수의 결혼과 연애에 관한 논설들로 이어지는데, 여기서 가장 주목할 것은 상대방의 '개성'의 발견이다. 상대방에게서 남에게서는 발견할 수 없는 어떤 특성이나 의미를 발견하고 그것에 끌리는 것이 사랑의 감정이다. 단순한 육적 사랑이 부정되고 비판되는 것 역시 낭만적 사랑의 한 특성이기도 하다.[5] 1910년대 이광수는 자신의 논설에서 과거 양반들의 성적 욕망의 체제 및 방식, 혈통유지를 위한 혼인과 욕망 해결을 위한 기생계층의 이용을 철저히 비판함으로써 지식인 계층에 걸맞는 성적 욕망을 재정립한다. 계급이 생

---

2) 고미숙, 『한국의 근대성 그 기원을 찾아서』, 책세상, p.110
3) 고미숙, 같은 책, pp.109-110
4) 송진우, 「사상개혁론」, 『학지광』(1915.5)
5) 최혜실, 「무정」에 나타난 근대성, 사랑, 성, ≪여성문학연구≫ 창간호, 1999, p.164

득적으로 결정되는 사회가 아닌 교육이 위계화된 질서를 만드는 계층에서는 교육이 지위를 결정하므로 교육을 받은 계층끼리 결혼을 하게 됨으로써 개인의 욕망이 기생과 같은 다른 계층과 이루어지는 방식은 철저하게 부정된다. 이광수는 육적 사랑을 맹비난하고 사랑에는 '정신생활' '영적 만남' '내면의 미'가 있어야 함을 강조함으로써 상대가 자신과 같은 교육을 받은 존재여야 한다는 점의 논리적인 기반을 만든다. 이광수는 '애정없는 결혼은 상행위요 매음'6)이라고 비난하고 대화가 통하지 않는 부인과 살아서 영육의 조화로서의 결혼 생활을 취하지 못하는 것은 인간의 신성한 감정인 연애에 대한 모욕이라고 주장한다. 그러나 그에게 사랑에서 육이나 성욕은 소외되었던 것 역시 사실이다.

계몽기 이래 1910년 낭만적 사랑의 대두는 새로운 결혼 제도를 낳았지만, 근대의 낭만적 사랑에 입각한 일부일처제가 적용되면서 이미 근대적 사랑에 가까운 사랑을 해왔던 기생 계층과의 연애를 허용하지 않게 된다. 첫눈에 반하면서도 그 사랑이 평생 유지되어 결혼으로 이어지는 낭만적 사랑의 속성에 비추어 기생의 존재는 남성들의 육체만의 사랑, 천박한 쾌락을 대변하는 상징이 되기도 했던 것이다.

3. 낭만적 사랑의 실패와 변주

『환희』7)는 유치한 낭만과 기교의 미숙성이 나타나며 필연적인 인과관계가 분명하지 않다는 비판을 받기도 했지만8), 당시 독자들의 이목을 집중케 해서 도향을 문단의 총아로 만든 작품이며 ≪백조≫의 낭만주의적 이념이 대중의 공인을 받은 작품이기도 하다. 이처럼 문단적 현상을 넘어 대중적

---

6) 이광수, 「신생활론」,『매일신보』(1919.9.6〜10.9)
7) 이 작품은 ≪동아일보≫에 연재가 끝난 후 1923년 8월 조선도서주식회사에서 단행본으로 간행된다. 나도향은 이 소설로 일약 천재작가라는 칭송을 받는다.
8) 김우종,『한국현대소설사』, 성문각, 1982, pp.189〜194

공인을 받을 수 있었던 이유는 무엇보다도 작품의 주인공 '설화'가 기생이라는 사실 때문이다.[9] 그러나 이 작품은 나도향을 작가로 부상시킨 작품임에도 불구하고 도향의 다른 작품에 비해서 연구자들에 의해서는 오랫동안 대중성과 낭만성이라는 이유로 폄하되어 왔다. 이 작품에 나타나는 낭만성은 혹자에게는 긍정적 평가의 근거가 되고 다른 연구자에게는 부정적 평가의 근거가 되기도 했다. 따라서 이 작품에 나타나는 '낭만성'은 이 작품의 성격을 파악하기 위한 의미가 될 뿐 아니라 이 작품의 문학사적 의의를 가늠하기 위한 기제이기도 하다. 그리고 그의 낭만성이 다른 무엇보다도 낭만적 사랑의 형식을 통해 형상화되고 있다는 점은 주목을 요한다. 이 작품에 나타나는 낭만적 사랑의 전개를 분석해 보면 다음과 같다.

3.1 육체의 발견에서 자본의 발견으로

나도향은 자신의 첫 작품인 「黜學」(『배재학보』1921. 4)에서부터 사랑의 문제를 자신의 작품 세계의 주테마로 삼았다. 「黜學」은 성적 방종으로 학교에서 쫓겨난 여주인공이 과거의 애인에게 남기는 참회의 편지를 내용으로 한다. 이후 그의 작품세계에서 발견되는 사랑은 계몽기의 사랑과 결혼, 그리고 1910년대 이광수로 이어지기까지 유학생 집단들이 주도했던 사랑과 연애, 결혼과는 다른 양상이 나타나는데, 그것은 바로 성욕에 대한 발견에서부터 시작된다. 알 수 없는 열정으로 옛부터 사랑했던 약혼자와의 사랑을 저버리고 속죄하는 「출학」에서나 예술가의 애인으로부터 배반당하는 여인의 이야기를 다룬 「젊은이의 시절」에서 작품의 여주인공들에게 갈등을 일으키는 요소는 성욕을 가지고 있는 육체 때문이다. 그것은 이성이 통제해야 하는 사랑과는 다른 것이기도 하다.

---

9) 설화라는 인물이 기생이었기 때문에 나도향은 料亭에 가서도 기생들의 호기심의 대상이 되었으며, 기생들은 설화의 운명을 자신들의 운명처럼 안타까워하였다고 한다. (김우종, 앞의 책, pp.194~195) 작품의 주인공인 설화가 기생이었다는 사실은 무엇보다도 이 작품의 인기를 배가시킨 요인임에는 틀림없다.

사랑은 이 세상 모든 것에서 떠나고 뛰어넘는 것이고, 벗어난 것이다. 문학가가 신의 부르는 영의 곡을 받아 써놓는 것이나, 음악가 미술가 배우들이 그 예술 속에 화하여 이 세상 모든 것으로부터 떠나는 것과 같은 경우를 생각하고 시기를 생각하는 것은 참사랑이 아니다.

경애는 영빈을 사랑한다. 영빈도 경애를 사랑한다. 경애는 사랑이요 사랑은 영애요 영빈은 사랑이요 사랑은 영빈이다. 사랑과 영빈과 경애는 한 몸이다.10)

경애는 「왜 내가 한 번도 거짓말을 하여 보지 못한 나의 오라비에게 거짓말을 하였을까? 아— 육체의 쾌락은 모든 것의 죄악이다. 아무리 사랑하는 자에게 안김을 받은 것일지라도 죄악이다. 그 죄는 나로 하여금 가장 사랑하는 나의 아우를 속이게 하였다.」11)

두 인용문에서와 같이 모든 것을 초월해야 하는 사랑은 사랑하는 연인을 한 몸, 하나의 육체라는 인식으로 이끌지만 또 반대로 육체의 쾌락은 그것이 사랑하는 사람 사이에서 일어났다 하더라도 가장 큰 죄악이라는 의식을 갖고 있기도 하다. 나도향의 초기 소설의 주인공 특히 대부분의 여학생들은 이렇게 사랑과 육체 사이에서 갈등한다. 그들이 추구해야 하는 것이 사랑이지만 그 사랑은 육체를 받아들일 수 없는 기형적인 사랑이기도 했던 것이다. 육체의 쾌락은 각 인물들을 학교에서 쫓겨나게 하고 사랑하는 애인과의 결별로 이끄는 역할을 한다. 그러나 이성적인 인간이 통제할 수 없는 영역, 그것이 육체의 애욕으로 나타나는 지점에서 나도향의 소설 세계가 시작되었다는 사실이 중요하다. 당시 가장 이상적인 시대적 인물로 표상되었던 여학생들, 그녀들 역시 이성이 통제할 수 없는 성적 욕망을 가진 육체적 인간이라는 것을 나도향은 자신의 작중 인물들을 통해 형상화한다. 서로 대화하고 정신적 교감을 나눌 수 있어야 한다는 1910년대식 낭만적

---

10) 나도향,「젊은이의 시절」,『나도향 전집 上』, 집문당, 1998, pp.32-33
11) 같은 책, p. 38

사랑은 이제 그럼에도 불구하고 통제할 수 없는 육체를 지닌 또 하나의 인간들의 사랑을 다룬 나도향에 의해 1920년대식 낭만적 사랑으로 전개되어 나갔던 것이다. 그리고 그 극점에 『환희』가 자리잡는다.

이 작품의 주인공은 여학생이 아니라 기생 '설화'다.12) 기생 설화는 여학생이 가장 이성적인 인물이라고 한다면 가장 육적인 인물이라고 할 수 있다. 여학생과 기생을 두 주인공으로 하는 이 작품의 구조는 이들을 중심으로 전반부와 후반부로 나뉘는 2개의 삼각형 구조로 나타난다. 이는 주인공의 변화를 통해 분할되는데, 전반부에서는 혜숙이 여주인공이고, 후반부에서는 설화가 여주인공이다. 두 여주인공에 대한 스토리가 이 작품의 가장 큰 골격을 이룬다. 그러나 양적으로나 내용으로나 전반부보다는 후반부가 더 비중이 크다.13) 작품의 전반부에서는 기생 설화의 역할이 없다. 작품 전반부는 가족 소설적 특성을 보이기도 하는데, 영철의 가정사에 관한 내용이 이영철과 그의 아버지인 이상국과의 부자간 갈등을 중심

---

12) 나도향의 작품 중에서 기생을 주인공으로 삼은 작품으로는 1926년에 발표한 단편 「지형근」이 있다. 두 작품은 기생이 나온다는 점에서, 그리고 기생의 삶에 대한 관심과 그녀와 남주인공의 갈등을 보여준다는 점에서 동일한 모티프를 갖지만, 서사구조나 작품의 주제와 성격은 현격히 다르다. 두 작품의 제목부터가 이러한 작가의 의도와 주제의 차이를 보여준다. 기생이 주요 인물인 동시에 그녀의 삶이 작품의 중요한 제재임에도 불구하고 「지형근」이라는 제목이 그녀를 바라보는 지형근의 시선과 태도, 그리고 그녀를 통한 지형근의 변화에 주목했음을 보여주는 제목이라면 『환희』는 인물의 이름이 아니라 이 인물들 사이에 맺어지는 관계를 통해 보여지는 세계의 성격을 드러내는 제목이다. 따라서 『환희』에 대한 작품론은 인물의 성격에 대한 고찰에서 그칠 것이 아니라 인물 상호간의 관계와 갈등을 통해 드러나는 서사구조에 대한 분석이 무엇보다 중요하다. 또한 「지형근」에 비해 『환희』의 남주인공 영철은 기생의 현실을 좀 더 긴밀하게 관찰하고 있으며, 지형근에 비하면 기생에 대한 호의적인 태도로 그녀들의 삶에 적극적으로 개입한다.

13) 우선 양적으로 보았을 때, 이 작품의 전체 쪽수는 278쪽이다. 이 중 혜숙이 여주인공으로 등장하는 전반부는 72쪽 정도다. 작품의 양적인 쪽수가 4분의 1이 지나면서 주인공은 설화로 바뀐다. 따라서 전·후반부의 구분은 양적 구분이 아니라 인물의 주인공과 내용에 따른 구분이며, 전반부는 후반부의 스토리 전개를 위해 전제되어야 했던 부분이다. 구체적인 것은 본문을 볼 것.

으로 소개된다. 이 갈등의 제일 원인은 기독교이다. 젊었을 때 향락적인 생활을 하다 늙어서 죽음이 두려워 기독교인이 된 재산가 이상국은 기독교 교리를 따르고 천국에 가기 위해서 젊었을 때부터 첩으로 두었던 혜숙의 어머니와 그녀에게서 태어난 딸 혜숙을 버릴 뿐 아니라, 아들에게도 기독교인이 될 것을 강요한다. 이에 이영철은 '사랑하는 여자와 사랑하는 딸을 희생하여, 죽어 천당으로 가려 하는 아버지의 말씀은 저는 못 듣 겠'14)다고 반발, 가출하여 서모와 이복 여동생 혜숙의 집을 찾아 그들과 함께 생활한다. 혜숙은 미모와 지식을 겸비한 당대 이상적인 인물인 여학교 2년생이지만, 첩의 딸이라는 점에서 그 신분적 특성을 지닌다. 혜숙에게 영철은 자신의 친구인 가난한 문학청년 선용을 소개해주고, 이 두 사람은 연애 감정을 갖게 되지만 백우영의 출현으로 작품 전반부의 새로운 갈등 구조가 나타난다.

> 혜숙은 백우영을 오늘 만나기 전까지는 김선용에게 모든 촉망을 두었으며 모든 공상에현실을 기대하였으나 백우영을 만나 보고 나니까 거미줄 얽듯 공중에 얽어 놓은 공상이 한낱 꿈같이밖에 생각되지 않는다. 백우영에게 모든 환희(歡喜)와 열락(悅樂)을 얻을 수 있을 것 같을지라도 김선용의 보이지 않는 장래에서는 그것을 찾아볼 것 같지는 않았다. 백우영은 모든 미(美)의 소유자라 할 수 있을지라도 김선용은 그렇지 못하였다.15)

인용에서와 같이 백우영을 만난 혜숙은 그에게 마음이 이끌리면서 일본 유학생 출신으로 가난하고 외모도 별 볼 일 없는 문학 청년 선용과 중앙은행 아들로 방종한 생활을 하지만 재력과 외모가 출중한 백우영 사이에서 갈등하게 된다. 이로써 이 작품의 첫 번째 삼각구조인 선용과 혜숙 그리고 백우영의 애정의 삼각형이 나타난다. 그러나 이 삼각형 구조는 작

---

14) 나도향, 『환희』, 『나도향 전집 下』, 집문당, 1998, p.125
15) 나도향, 『환희』, 앞의 책, pp.206~207

품의 전반부에서 나타날 뿐 이후 이 작품은 설화를 중심으로 한 새로운 삼각형의 구조가 만들어지면서 첫 번째 삼각형의 갈등은 더 이상 전개되지 않는다. 작품의 전반부에서 이혜숙이 두 남자 사이에서 누구를 선택하느냐가 문제였다면, 중·후반부에서는 설화를 중심으로 새로운 삼각형 구도가 형성되면서 그녀의 사랑과 연애가 중심 스토리가 된다. 그리고 작품의 전반부와 후반부에 나타나는 두 삼각형을 연결해주는 역할을 하는 사람이 이혜숙의 남편이 된 백우영과 그녀의 오빠 영철로 이 두 남자는 모두 설화와 함께 새로운 삼각형 구조의 중심 인물이다. 두 삼각형을 중심으로 이 작품의 서사구조를 도형화한 것이 <표 1>이다.

<표1>

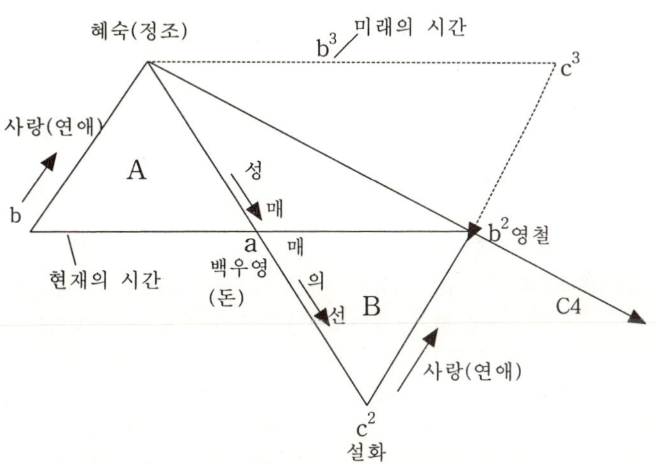

\ cc^2 성매매와 폭력의 선·자본의 선
／ bc ／c^2b^2 ∴ab^3 ∴b^2c^3 사랑(연애)의 선
— bb^2 현재의 시간
… cc^3 미래의 시간
△ cb^2c^3 사랑에의 욕망, 환희의 삼각형
△ cc^2c^3 『환희』의 삼각형

삼각형 A(△abc)는 작품의 전반부의 서사 구조로, 서모의 딸이지만 여학생인 혜숙과 가난한 문학청년 선용, 부자 백우용으로 형성된 삼각관계를 보여준다. 이 삼각형에서 주요갈등은 여학생 혜숙이 누구를 선택하느냐의 문제였고, 그녀는 처음에는 일본 유학생 선용을 사랑했음에도 돈 많은 갑부 백우용을 선택한다. 낭만적 사랑의 여주인공이 돼야 할 여학생인 혜숙은 그 사랑을 선택하지도 않으며, 그녀의 결혼은 이상적인 배우자로서 영육의 교감을 나눌 수 있는 사랑하는 사람과의 결혼이 아니라 외모와 돈을 갖춘 백우영의 겁탈을 통해 성사된다. 낭만적 사랑의 완성으로서의 결혼이 아니었다는 점에서 이미 혜숙의 비극은 예견되고 있다. 선용은 혜숙을 사랑하지만 혜숙은 백우영에게 시집을 간다. 선분 bc 가 '사랑'을 지향하는 선이라면, 선분 ca는 '돈'을 지향하는 선이고, 바로 a에 백우영이 자리한다. 선분 ca는 또한 혜숙이 백우영을 선택하게 되는 과정이 백우영의 겁탈을 통해 이루어졌기 때문에, 겁탈·폭력의 선이기도 하다.[16] 표면적으로는 백우영이 가지고 있는 돈을 지향하는 선으로 '돈' 즉 '자본'의 흐름을 보여주지만, 심층적으로는 자본 뒤에 숨어있는 '폭력'을 드러내는 선이기도 하다.[17] 더이상 여학생이 낭만적 사랑의 주인공이 될 수 없다.

---

16) 삼각형 A에서의 갈등은 이내 소멸된다. 물론 이미 혜숙의 마음이 백우영에게 향해 있었기는 하지만, 세 사람의 갈등이 절정에 이르기 전에 백우영이 혜숙을 겁탈하는 사건에 의해 이 갈등은 해소되고 애정의 삼각 관계 역시 소멸되고 마는 것이다. 그런 면에서 선분ca의 방향은 ＼로 향해있으며, 이 하강하는 사선이 겁탈의 형식을 통해 진행되었다는 점에서 선분ca는 폭력의 선을 의미하기도 한다.

17) 겁탈·폭력의 양식이 이 작품의 구조에서 심층구조로 나타나고 표면화되지 않는 것은 겁탈·폭력의 양식이 은폐되었음을 의미한다. 동시에 이렇게 자본 뒤에 숨어 있는 폭력의 양상은 실제 작품의 스토리 전개에서도 그 구체성이 드러나지 않고 있어서 그 은폐성을 배가 시키고 있다. 즉 이 작품에서 백우영이 혜숙을 겁탈한 장면은 작품에 나오지 않고, 그 전후 사건 전개만을 서술해 주고 있다. 백우영은 혜숙을 자신의 집에 오게 하고 그녀를 겁탈했다는 것, 그리고 겁탈사건 이후 혜숙과 백우영의 심리가 서술될 뿐 겁탈 장면은 나오지 않는다. 겁탈 사건이 있은 후 혜숙은 자신이 육체의 오점이 생겼고 죄의식을 느끼는 반면, 백우영은 자신이 혜숙을 더럽힌 사실을 스스로 의심하면서 결혼을 통해 죄의식에서 벗어나야겠다고 생각하다가 이내 곧

당시 1920년대 소설에서 여학생 주인공이 사랑과 돈 사이에서 갈등하다 돈을 선택하는 내용은 빈번하게 등장한다. 따라서 이 작품의 흥미와 의미를 더 해 주는 것은 이후 a를 기점으로 다시 형성되는 삼각형 $B(\triangle ac^2b^2)$에 의해서이다. 삼각형 A가 여학생 혜숙을 중심으로 형성되었다면, 삼각형 B는 기생 설화를 중심으로 혜숙의 남편 백우영과 혜숙의 오빠인 영철의 관계를 통해 드러나는 삼각형이다.[18] 이 두 삼각형은 점 a를 통해 대칭을 이룬다. 점 a는 인물로는 백우영이 위치하는 점이며, 의미로는 돈(자본)을 상징한다. 즉 이 작품의 구도는 무엇보다도 돈을 매개로 두 개의 삼각형이 대칭을 이루면서 각 인물들의 갈등 구조를 보여줌으로써, 낭만적 사랑이라는 시대이념과는 상충하는 돈, 자본의 힘을 가시화하고 있다. 낭만적 사랑의 여주인공이어야했던 여학생은 낭만적 사랑의 이념 아래서 더 이상 사랑과 육체 사이에서 갈등하지 않는다. 그들은 현실의 법칙을 따라가는 인물들로 사랑보다는 돈을 선택하거나 선택당한다. 이제 낭만적 사랑의 주인공은 여학생이 아닌 다른 인물에 의해 진행되는데 그 인물이 바로 기생 '설화'이다.

여학생과 결혼한 백우영은 낭만적 사랑의 완성으로서의 결혼이라는 이상과는 맞지 않는 인물이다. 낭만적 사랑의 결합으로서가 아닌 그들의 결혼의 파국은 백우영이 설화에게 접근하는 것을 통해 진행된다. 백우영이 기생 설화를 비롯하여 혜숙을 제외한 다른 성매매 인물들에게 접근함으로써 선분 ca는 선분 ac^2로 이어진다. 그는 돈으로 설화에게 접근하고 그녀를 유혹하지만, 설화는 기생임에도 불구하고 영철을 사랑함으로써 선분 c^2b^2가 나타나며 이러한 관계를 통해 드러나는 것이 삼각형 B이다. 오히

혜숙이를 제외한 모든 여성의 사랑을 단념해야한다는 사실 때문에 낙담한다. (나도향, 『환희』, 앞의 책, p.219. p.225 참조할 것.)

18) 이 삼각형에서 혜숙은 삼각형의 주요 인물로 등장하지는 않지만, 그녀의 남편과 그녀의 오빠가 설화와 관계를 맺기 때문에 그녀 역시 이미 이 관계 안에서 작동하고 있는 인물이며, 그녀의 역할은 이후 설화의 운명에 결정적인 전환점을 제공하게 된다.

려 기생 설화에 의해 낭만적 사랑은 현실의 작동원리로 기능하게 된다. 그녀는 교육이라는 낭만적 사랑의 여주인공이 갖추어야 할 조건을 갖추지 못했으며 자신의 성을 이용하여 '돈'을 버는 인물이라는 점에서 이전 시대의 여학생과는 성격이 다른 인물이다. 육체의 발견에서 시작된 나도향 소설의 낭만적 사랑이 '돈', 자본의 발견으로 이어지고 있으며 이는 곧 사랑을 통한 세계의 발견이기도 하다. 개성의 발견, 개성 존중이라는 낭만적 사랑은 이 사랑을 둘러싸고 있는 현실 속에서 쟁투하게 되고 그 쟁투가 바로 설화의 사랑을 통해 진행된다. 그 사랑은 1910년대의 낭만적 사랑과는 다른 1920년대식 낭만적 사랑의 변주였다.

3.2 낭만적 사랑의 변주와 현실의 발견

작품의 구조에서 확인할 수 있듯이 이 작품에서 서사의 가장 핵심이 되는 선은 바로 cc^2 (↘)[19]로 인물로 봤을 때는 여학생 혜숙과 기생 설화를 잇는 선이다. 이 선이 현실의 선, 자본의 선이라면 선분 bc(↗)와 선분 c^2b^2(↗)는 상승하는 선으로 인물들의 사랑과 연애를 표상하는 선이기도 하다. 이 두 선은 당시 학생과 기생의 理想을 나타내기도 한다. 그러나 이 두 선분은 같은 사랑과 연애를 지향함에도 불구하고, 인물의 위치에 의해 차이가 있다. 선분 bc(↗)가 선용이 혜숙에게로 향하는 선인 반면, 선분 c^2b^2(↗)는 기생 설화가 영철에게 향하는 선이다. 물론 혜숙이나 영철이 자신들의 상대자인 선용과 설화를 사랑하지 않는 것은 아니지만, 혜숙이 백우영에게 결혼을 하고, 영철 역시 자신의 여동생의 생각을 따르게 되는 결과에 의해 이 두 선분은 선용이 혜숙에게, 설화가 영철에게로 향하는 방향성을 좀 더 강하게 보여주면서 상승하는 사선으로, 또한 각 삼각형의 한 변으로 기능한다. 사랑과 연애는 누구보다도 여학생들이 지향

---

19) 여기서 '↘'는 편의상 사선 ca의 ' ↘'과 사선 ac^2 '↘' 두 개의 선을 이은 선을 표시한다.

한 그녀들의 이상이자 최고의 가치였다. 그러나 이 작품에서는 그 가치가 여학생에게서가 아니라 오히려 기생 설화의 지향을 통해 드러나고 있다. 여학생들이 보여주었던 '사랑'의 서사와는 다른 變奏가 나타난 것이다.

기생 설화는 돈과 폭력을 통해 만날 수 있는 당시 사회의 기저층인 성매매 인물을 대표한다. 그런데 그녀의 갈등은 자신이 위치하고 있는 상황인 돈과 상품화된 성을 매매하는 현실의 법칙(사선cc^2(↘))를 따르기보다는 새로운 가치 곧 사랑을 지향하게 됨으로써 갈등하는 인물이다. 설화는 자신의 처지를 통해 당시 조선에서의 여자들의 처지를 이해한다. 설화는 모든 여자들이 자기처럼 속아 지내는 줄 안다. 그래서 사회 안에서 여자는 사람으로써 대우받지 못한다고 인식한다. 즉 기생 설화는 당시 사회에서 불평등한 계층을 대표하며, 그것은 거대한 근대화와 식민화의 권력 앞에 무력한 식민지였던 조선을 대표하는 인물이기도 하다. '나이가 열여덟이 될 때까지 사람에게 가장 크고 가장 중한 사랑을 맛보다가 잃어버리고 속임을 당하고 버려졌'[20]던 설화, 그리고 불평등한 관계의 피해층으로 사회의 밑바닥 인간을 대표하는 설화가 현실의 법칙을 벗어나 새로이 찾은 길이 바로 사선 c^2b^2(↗)가 보여주는 '사랑'의 선이며 이것이 바로 나도향 소설에서 나타나는 1920년대 한국의 낭만적 사랑의 선이기도 하다.

> 『영철 씨, 이 세상에는 저를 참사랑으로 사랑하여 줄 다정한 이가 한 사람도 없을까요?』하였다. 이 말을 들은 영철의 가슴에는 그 무슨 무거운 것으로 때리는 것 같이 다만 핑하게 울릴 뿐이요, 아무 예리한 감각은 없었다.
>
> 설화는 또다시 극도의 흥분된 어조로,
>
> 『얼굴에 분칠하고 입술에 연지바른 더러운 계집의 가슴 속에도 참사랑이 있는 것을 알어 줄 사람이 있을까요?』하고 구슬구슬 떨어지는 눈물이 그의 옷깃을 적시었다.
>
> 영철의 가슴은 무엇을 날카롭게 내리흐르는 듯이 쓰리고 아픈

---

20) 나도향, 『환희』, 앞의 책, p.189 참조

중에도 설화가 불쌍하였다. 영철의 마음에는 설화를 사랑할 만한 사람이라 함보다도 세상에 가장 불쌍한 사람이라 하였다. 그리고 는 구하여 주고 싶었다.[21]

　인용에서 영철에게 향한 설화의 고백은 크게 두 가지이다. 하나는 자신의 외모에 대한 것이고, 다른 하나는 내심에 대한 것으로 두 가지는 대조적이다. 그녀는 외모로는 '얼굴에 분칠하고 입술에 연지바른 더러운 계집'이지만 내적으로는 자신도 '참사랑'이 있는 사람으로 '사랑'을 원하는 자신의 욕망을 고백한다. 사랑은 기생 설화를 통해 새로운 방향성을 찾고 이 작품의 구조에서 사선 $c^2b^2(\nearrow)$로 구현된다. 여학생 혜숙이 결혼을 통해 전락하고 있는 반면 표면적으로 매춘부인 설화는 사랑을 통해 상승하는 인물로 나타난다. 그러나 이 사선 역시 방향이 상호적이기보다는 설화가 영철에게로 향하는 사랑의 정도가 더 강하다는 데서 설화의 비극은 예견되어 있다.

　　『영철 씨는 이렇게 더러운 여자라도 참으로 사랑하십니까? 저 같은 사람이 영철 씨의 사랑을 바랄 수가 있을까요? 저는 영철 씨! 다만 한 가지 원할 것이 있에요. 그것은 언제든지 영철 씨가 저를 잊어 주지 않으신다면 그 외에 더 행복이 없어요.』
　　영철의 전신의 맥이 풀리었다. 그리고 떨리는 목소리로,
　　『설화! 설화는 다시 살았다. 설화는 다시 처녀가 되었다! 아아, 나는 영원히 잊지 않을 터이야.』
　　『고맙습니다. 잊지 말아 주세요. 영원히 잊지 말아 주세요. 네?』[22]

　설화는 영철을 사랑하고, 영철 역시 그녀를 기생으로보다는 인간으로 바라보고자 하다는 점에서[23] 두 인물 사이에 존재하는 사랑은 낭만적 사

---

21) 나도향, 『환희』, 앞의 책, pp.190~191
22) 나도향, 『환희』, 앞의 책, p.232

랑의 조건을 충족한다. 그러나 사랑의 영속성을 조건으로 하는 낭만적 사랑이라는 기준에서 볼 때 설화의 갈등은 바로 그 영속성에 대한 불안에 자리잡는다. 설화는 두 사람의 사랑의 영속성에 대해 계속 고민한다. 그것은 무엇보다도 설화 자신의 정조 없는 더러운 육체 때문이다. 그녀는 '사랑'을 지향하지만 '기생'이라는 현실 사이에서 불안감을 느낀다. 위 인용

---

23) 영철이 기생 설화를 기생으로보다는 '인간'으로 바라보는 태도는 그가 설화를 두 번째 만났을 때부터 나타난다. 이 작품에서 기생 설화를 바라보는 영철의 태도는 인간으로도 보지 않고 음부 독부라는 시선에 고착되어 있었던 「지형근」에서 지형근이나 돈으로 설화를 자기 수중에 넣을 수 있다고 보는 백우영의 태도와는 대조적이다. 그는 설화를 같은 인간이라는 입장에서 바라보고자 한다. 기생을 팔자소관이나 운명, 혹은 그 개인의 탓으로 보지 않고 같은 인간이라는 인식, 그리고 인습과 환경에 따라 인간이 변화될 수 있다고 생각하는 영철은 따라서 기생도 그 환경과 인습이 만들어 낸 인간이라고 생각한다. 때문에 개인적이고 운명적인 이유로 그들을 단죄하지 않는다. 그러나 이러한 생각이 아직까지도 관념적이고 이상적인 한계에서 벗어날 수 없었다는 것 역시 간과할 수 없다. 설화에 대한 연민은 설화를 사랑으로 이끌지만 아이러니하게도 영철이 설화를 사랑하게 되면서 오히려 기생을 운명론적인 존재로 보기보다는 인습과 환경의 지배를 받는 사회적인 존재로 인식하는 그의 태도는 흔들리기 시작한다. 영철이 기생 설화를 바라보는 시선은 다음 인용문을 참고하라. '설화는 불쌍한 여자다. 기생인 설화, 세상 사람에게 천대를 당하고 유린을 당하는 설화는 피 흘리고 제단 위에 누운 어린 양과 같이 불쌍하다. 기생도 감정이 잇고 사랑이 있는 사람이다.'(나도향, 『환희』, 앞의 책, p.183)

'사람도 총리 대신이 되고 거지가 되고 학자가 되고 도둑놈이 되고 열녀가 되고 매춘부가 되고 이루 셀 수 없는 무엇무엇이 되지마는 생각을 갖고 감정을 가진 사람은 누구든지 마찬가지일 것이다. 물이 그릇과 흐르는 곳을 따라 다름과 같이 사람도 다만 그 인습과 환경에 따라서 달라질 뿐이다. 설화는 기생이다. 비록 기생이라 하지마는 그의 가슴에도 사랑이 있으며 끓는 피가 있으며 애타는 눈물이 있으리라 하였다. 어여쁜 처녀의 붉고 달콤한 사랑은 아닐지라도 가슴 쓰리고 마음 아픈 푸른 사랑일 것이라 하였다. 설화는 참으로 맵고 쓴 세상을 알 터이며 때 없는 눈물과 한없는 한숨으로 비운에 부르짖고 불행에 울기도 여러번 하였으렷다 하였다. 그리고 설화 같은 여자가 참말 눈물을 알고 참 한숨을 알아 줄 여자일 것이라 하였다. 이러한 생각을 하는 영철의 가슴속에서는 갑자기 불 같은 애련의 정이 타오른다. 인력거를 돌리어 설화의 집으로 쫓아가고 싶었다. 그리고 설화의 따뜻한 가슴에 엎디어 끝없이 울고 싶었다.'(나도향, 『환희』, 앞의 책, pp.184~185)

은 이러한 설화의 불안감과 영철을 통해 회복되는 그녀의 새로운 현실의 자리를 보여준다. 설화의 번민에 찬 고백을 들은 후 그녀가 다시 살았으며 다시 처녀가 되었다는 영철의 답변으로 인해, 설화는 c^2에서 b^2로 이동하는 인물로 그 위치가 움직인다. 이제 설화는 백우영을 손님으로 맞이해야 하는 성매매 인물로 존재할 때는 c^2에 자리하지만, 영철을 사랑할 때는 $c^2b^2(\nearrow)$의 선 위에서 움직이는 인물로 나타남으로써 변주된 사랑의 서사의 주인공이 된다. 즉 설화는 영철을 손님으로서가 아니라 연인으로 사랑하게 되고, 이후 자신의 현실과 이상 사이에서 갈등하는 인물로 나타나며, 이러한 갈등과 대립의 양상이 삼각형 B를 통해 구현되고 있다. 설화가 지향하는 사랑은 이미 강력하게 자신을 향해 내려오는 선분 cc^2의 힘을 이길 수 없었지만, 그럼에도 불구하고 설화가 사랑을 지향하는 것을 나타내는 사선 $c^2b^2(\nearrow)$가 존재함으로써 삼각형 B는 완성될 수 있었으며, 이 삼각형은 설화가 손님 백우영(a)와 연인 영철(b^2) 사이에서 갈등하는 전형적인 삼각형 구도로 나타난다.

그러나 더욱 중요한 것은 이 작품이 삼각형 A와 삼각형 B, 두 개의 삼각형의 대립구도로만 나타나지 않는다는 점에 있다. 만약 두 삼각형만이 존재한다면 단순히 여학생의 사랑과 기생의 사랑을 병렬한 단순한 구조에서 벗어날 수 없었으며, 주제 역시 두 사랑의 단순한 비교에 그쳤을 것이다. 그러나 이 작품은 <표 1>에서 드러나듯이 실제 인물과 사건을 통해 드러나는 삼각형 뿐 아니라, 여러 개의 다른 삼각형 구도가 그려질 수 있는 가능태로서의 삼각형들이 내재되어 있다. 특히 그 중에서도 삼각형 cc^2c^3은 삼각형 B를 포함하는 미완의 삼각형이지만, 이 작품의 주제를 드러내는 삼각형이다. 이 삼각형은 폭력적으로 자본과 성, 사랑이 결합됨으로써 하강하는 현실의 선인 변cc^2와 선용과 혜숙, 정월과 선용이 지향했던 사랑의 방향과 평행하면서 설화와 영철의 사랑을 통해 당시 사회의 이상을 나타내는 사랑의 선인 변c^2c^3, 그리고 이 두 선을 이어주면서 사랑과 학문으로 지금(bb^2)의 시간과는 다른 미래의 시간(c^3c)선으로, 당시 사회의 이상이 실현된 미래 사회를 드러내는 변c^3c로 만들어지는 삼각형이다. 다시 이 삼각형은 선b^2c를 축으로 이등분된다. 이렇게 이등분 된 두 개의 삼각형 $\triangle cc^2b^2$와 $\triangle cb^2c^3$에서 가장 확실하게 나타나는 선은 변cc^2이며, 나머지 변들은 미완성이거나 가상의 선·가능성의 선으로 존재한다. 변c^2c^3은 설화가 영철을 사랑함으로써 형성된 선이다. 그러나 이 두 사람 사이에 끼어 든 혜숙 (cb^2) 때문에 설화의 사랑은 b^2c^3으로 계속 나아가지 못하고, b^2에서 멈춰 버린다. 오빠와 설화의 사이를 안 혜숙은 자신을 오빠의 애인이라고 속이고 설화를 찾아간다. 그래서 만들어지는 삼각형이 $\triangle cc^2b^2$이다. 이 삼각형은 가짜 삼각형이지만, 이 삼각형 안에서 설화의 사랑은 cb^2의 강력한 힘을 이기고 b^2c^3으로 전진하지 못하고, cb^2의 연장선인 사선 b^2c^4으로 꺾이고 만다. 즉 설화는 자살한다. 결국 뒤늦게 설화의 죽음을 알게 된 혜숙 역시 그녀가 선택한 죽음의 길을 뒤따름으로써, 선cb^2c^4로 이어지는 선은 죽음의 선이 된다.

> 자기도 설화의 뒤를 좇아가 설화에게 자기 잘못을 사과하고 또는 자기를 위하여 여기저기 자기를 도와주고 좇아다니고 애쓰던 오라버니의 마음을 놓게 하고 또 한 가지는 이 이름 곱고 아름다운 역사를 영원히 전하는 그 백마강 아래에서 언제든지 끊어져버리고야 말 자기의 생명을 끊어 버리면 이후에 이곳을 지나는 선용 씨의 애끊이는 가슴에서 새어나오는 눈물을 받는 것이 무슨 아름다운 명예를 자기 몸에 부어 줄 것 같았다.[24]

> 아— 과연 죽어간 정월이 설화의 원혼을 죽음으로 위로할 수가 있고, 이후에 선용이가 이 자리를 거칠 때에 정월의 죽어간 자리를 찾아낼 수 있을는지? 이 모두 우리 인생이 한낱 환희(幻戱)인 까닭이로다.(끝)[25]

---

24) 나도향, 『환희』, 앞의 책, p.378
25) 나도향, 『환희』, 앞의 책, p.379

위의 인용은 이 작품의 종결 부분으로 하나는 설화가 간 죽음의 길을 뒤따르는 혜숙의 심정이고, 다른 하나는 이 죽음을 바라보는 서술자의 해설이다. 즉 이들의 죽음은 자신들의 사랑이 현실적으로 불가능하기에 선택한 죽음이다. 영철을 더 이상 사랑할 수 없게 되자 과거의 자신으로 돌아가지 못하고, 결국은 죽음의 형식으로라도 그 사랑을 진행시킨 것이 설화라면, 혜숙의 죽음 역시 선용과의 불가능한 사랑에 대한 돌파구였다. 또한 여학생 혜숙이 기생 설화와 화해하기 위한 죽음이라는 점에서 그들의 죽음은 사랑의 좌절이지만 사랑에의 욕망이기도 한 삼각형 $\triangle cb^2c^3$를 제시한다. 서구에서의 낭만적 사랑이 사랑의 영속성에 대한 희구로 죽음에 이르거나 종교로 이행되었던 반면 1920년대 나도향 소설에서의 낭만적 사랑은 낭만적 사랑의 좌절과 실패로 인한 파국으로서의 자살로 끝을 맺는다.

설화는 영철을 사랑함으로써 기생의 세계, 성매매의 공간, 육체와 자본이 결탁한 더러운 현실에서 벗어나고자 했지만 그것이 좌절되면서 죽음을 선택, 결국 영철과의 만남은 설화로 하여금 사선 cc^4를 선택하게 만들었다. 설화의 자살은 새로운 세계로 진입하지 못하고 현실에서 좌절, 다시 성매매 공간(수평선 bb^2 아래 공간이자 하강 직선 cc^2가 강력한 권력으로 그 힘을 행사하는 공간)으로 회귀하는 삶을 의미하며, 그 공간은 사랑이라는 새로운 가치를 지향하게 된 그녀에게는 더 이상 존재할 수 없는 죽음의 공간이 된다. 이 과정에서 여학생 출신이자 지금 예술가라고 자처하는 혜숙에 의해 더욱 죽음에로의 방향으로 설화의 운명이 꺾이고 만다. 그들에게 사랑은 이미 사선 cc^2의 힘을 이길 만큼의 힘을 갖지 못했던 것이다.

혜숙의 삶 역시 이미 낭만적 사랑의 실패를 보여준다. 백우영과 결혼 후, 정월이라는 이름으로 개명하고 불행한 결혼 생활과 그것을 벗어나기 위한 예술 생활을 하고자 한 그녀는 다시 선용을 만난다. 이미 결혼한 이후였지만, 그녀는 선용과의 사랑을 기대한다. 만약 그녀가 이 사랑을 이룰 수 있었다면, a에서 선분 ca는 선분 ab^3과 ac^2로 분화될 수 있었을 것이다. 이렇게 분화된 선은 새로운 삼각형△cab^3을 만들고 혜숙은 선분 ab^3이 나타내는 선용과의 사랑을 통해 새로운 삼각형△cab^3 안에 존재하면서, cb^3의 긴장을 통해 미래에도 이상적인 인물로 생존할 수 있었다. 그러나 사랑의 사선 ab^3↗은 실패로 끝나고, 결국 혜숙은 계속 사선 ca↘의 연장선 위에서 움직이는 현실적 인물로 작동하고, 설화와의 만남을 통해 설화와 영철의 사랑의 방해꾼이 된다. 그리고 설화의 죽음을 따르는 그녀의 삶 역시 이미 현실을 뛰어넘은 사랑의 열망보다 더욱 큰 세력이 된 자본이라는 현실의 힘을 이기지 못하고 좌절하는 인물로 나타날 뿐이다.

4. 맺음말

이상과 같이 『환희』는 설화를 중심으로 한 삼각형을 비롯한 여러 개의 삼각관계를 나타내는 삼각형 구조와 각 삼각형을 이루는 선들을 통해 1910년대의 사랑이 아닌 1920년대 식민지 조선에서의 낭만적 사랑의 변주와 좌절을 보여주는 작품이다. 이 작품에 나타나는 사랑과 연애의 선이 계몽기 이래로 추구되어 온 사랑과 자유연애, 낭만적 사랑이었다면 그 사랑은 낭만적 사랑의 조건을 갖춘 이상적인 여학생 뿐 아니라 기생이라는 하층 계층에까지 저변화된 보편적인 시대이념이었으며, 여학생보다는 오히려 기생에 의해 추구된 사랑이었다. 설화는 비록 기생이었지만, 당시 누구보다도 여학생이 주도해 온 최고의 이상이었던 낭만적 사랑을 실천하는 인물이다. 그러나 여학생이건 기생이건 여성들이 추구했던 사랑은 실패한다. 혜숙이 낭만적 사랑의 완성으로서의 결혼을 한 것이 아니었던 것처럼 사랑하는 인물들은 그 사랑의 완성에 이르지 못한 채 좌절한다. 작품 구조 분석을 통해 확인할 수 있었듯이 이들의 이상과 사랑의 실패는 강력하게 등장한 폭력적인 자본의 힘을 나타내는 현실의 선 때문이었다.

　육체의 발견과 성욕을 가진 인간으로서의 나도향의 개성의 발견은 개성적인 인물들이 자아의 실현으로서의 사랑, 인격의 완성으로서의 사랑이라는 낭만적 사랑의 이념에 도달하기에는 이미 파행적으로 진행되어 온 근대화, 식민지 조선의 자본화라는 현실의 발견으로 나아간다. 그래서 그의 소설에 나타나는 낭만적 사랑은 서구에서의 낭만적 사랑이라는 이념에 비추어 봤을 때는 기형적인 사랑으로 끝났을 지 모르지만 개성을 통한 세계를 발견, 사랑을 통한 조선의 발견으로 이어짐으로써 낭만주의 정신에는 충실했던 식민지 조선에서의 낭만주의 문학의 전개를 보여준다.

　육체, 성욕을 지닌 인간으로서의 개성의 발견 그리고 사랑을 통한 세계의 발견, 그 개인과 세계가 충돌하는 자리, 식민지 조선의 피폐한 현실 속에서도 사랑을 추구하던 인물들의 좌절과 죽음을 보여주는 나도향의 『환희』는 낭만적 사랑을 통해 현실을 발견하게 된 나도향 문학의 정점에 자리한다. 종교도 자본도 사랑도 낭만적 사랑이라는 이상을 지닌 인간을 구원해줄 수 없었던 현실, 그것이 바로 『환희』가 구현하고 있는 현실이다. 낭만적 사랑이 실현될 수 있으리라는 기대나 낭만적 사랑에 대한 욕망이 환상적인 유희에 지나지 않은 세계가 『환희』의 세계이고 나도향 소설의 '1920년대 현실'이다. 따라서 『환희』를 비롯한 초기 나도향 소설에서의 낭만적 사랑은 낭만주의 역시 '현실' 속에서 존재하는 '인간' 이해의 뚜렷한 방편임을 보여준다. 그리고 그의 문학이 후기에 이르러 낭만적 사실주의 혹은 사실주의로 '발전'했다는 기존의 평가를 수용한다면, 그 발전이 가능했던 문학적 힘, 창작 원리로 자리잡은 분수령에 나도향 문학에서 『환희』가 갖는 의미는 새롭게 재평가되어야 할 것이다. 『환희』 이후의 나도향의 작품 세계는 '현실에 대한 객관적인 고려가 거의 부재한 상태'26)에서 갑자스런 변화로서의 '발전'이라기 보다는 나도향식 낭만주의의, 나도향의 낭만적 사랑의 자연스러운 전개였으며 낭만적 사랑을 통해

---

26) 진정석, 나도향의 『환희』 연구, ≪한국학보≫, 1994 가을, p.142

개성을 발견한 인물들의 세계 이해의 서사, 그 세계에서 쟁투하는 개인과 세계의 자연스러운 귀결이었다. 바로 이 점에서 한국 현대 소설의 낭만성은 식민지 현실에 패배하지 않는 '건강한' 소설로 그 출발을 삼을 수 있었으며 여기에 나도향 문학의 낭만성이 갖는 의미는 다시 한번 긍정되어야 할 것이다.

나도향, 『나도향 전집』, 집문당, 1988.

고미숙, 『한국의 근대성 그 기원을 찾아서』, 책세상, 2001.

지명렬, 『독일 낭만주의 총설』, 서울대출판부, 2000.

앤소니 기든스, 배은경 황정미 역, 『현대 사회의 성·사랑·에로티시즘, 친밀성의 구조 변동』, 새물결, 1996.

김진수, 『우리는 왜 지금 낭만주의를 이야기하는가』, 책세상, 2001.

졸 고 , 『1920년대 한국소설에 나타난 성담론 연구』, 고려대 박사, 2001.

한국여성문학협회, ≪여성문학연구≫, 태학사, 1999.

ABSTRACT

A Sturdy on the romantic love in Na, Do-Hyang's Fan-Hee(Fantastic Play)

Kim, Yoon-Sun

The purpose of Thesis is to analysis the romantics in the Na, Do-Hyang's novels, especially his novel Fan-Hee(Fantastic Play). This has the triangle structures, and the lines in that appears 1920' romantic love in Korea, which differs from 1910's that.

In the work, the love and the love-making are love, free-love, romantic love which have been lasted from the period of enlightenment. But the love in this work is the idea of the times, which the kisaengs as well as girl students have been pursuit.

Sel-Fa is kisaeng, she practices romantic love, but in this work the feminine characters's love ends a failure. Because it is the lines of the real, which appears the capital violence. In this work, romantic love differs from love in the Western countries. But it's appears Romantic spirit, which discover the world by means of personality. This work is the top in Na, Do-Hyang literature which is find out the reality by romantic live. In his novel, romantic love is unsuccessful, which describes the 1920's real socity.

The result of this research is that the romantic love in Na, Do-Hyang's early novels devices for understanding humans. This is his literature power that can advance the later Na, Do-Hyang's novels, exactly his romantic realism or realism. Therefore Romanticism in Korea literature is affirmed.

일반논문

17세기 가사의 장르적 특성

박연호*

1. 서론

　가사의 장르적 특성에 대한 연구는 주로 16세기 이전과 18세기 이후의 작품들을 대상으로 하고 있다. 송강가사를 중심으로 한 초기 작품들은 가사의 원형을 상대적으로 온전하게 담지하고 있다고 여겨져, 가사 장르의 본질적 특성을 하기 위한 주 대상이 되었다. 반면에 18세기 이후의 가사 작품들은 가사 장르의 변모양상을 살피는 연구에서 다루어졌다. 이 중 장르진화론적 관점(운문→산문, 서정→서사)에서 서사성 내지 서사화에 주목한 경우가 압도적이다. 따라서 17세기는 관심의 대상에서 벗어날 수밖에 없었다.

　제한적이나마 17세기에 주목한 논자가 이혜전이다. 그는 가사가 조선전기부터 서술성에 기반한 서사성을 갖고 있었으며, 후기로 갈수록 서사성이 확대된다고 보았다. 또한 17세기를 가사 장르 변모의 분기점으로 규정하고, <陋巷詞>에서 서사성 확대의 단초를 찾고 있다. <陋巷詞>의 소를 빌리러 가는 대목은 소를 빌리는 가는 정경을 서사적 행동 중심으로 담아

---

* 서남대 국어국문학과교수

내고 있으며, 화자와 소주인과의 대화를 객관적으로 드러냄으로서, 경험적 현실을 충실히 반영하려는 작가의 변모된 의식을 보여준다고 하였다.[1] 하지만 그의 논의는 서사성의 확대에 초점을 맞추었기 때문에, 그 이외의 부분들은 제외될 수 없는 근본적인 한계를 갖는다.

가사 장르에 대한 시각은 교술, 전술, 수필 등 단일장르로 보는 시각과, 서정과 교술, 또는 서정, 서사, 교술의 복합으로 보는 시각, 그리고 어디에도 속하지 않는 중간장르로 보는 시각 등이 있다. 그런데 단일장르로 보든 복합장르로 보든 조선후기에 이르면 가사의 장르적 특성이 전기와는 다른 방향으로 변화된다는 점에 대해서는 대체로 견해가 일치하는 것으로 보인다.

대표적인 예가 김학성의 논의이다. 그는 조선후기 가사의 장르적 특성을 '서정적 주제양식의 극대화', '서사적 주제양식의 극대화', '교술적 주제양식의 극대화' 등으로 실현화된다고 하였다.[2] 가사는 기본적으로 주제적 양식에 속하며, 조선후기에 서정적, 서사적, 교술적 양식의 특성들이 전기에 비해 상대적으로 강화된다는 의미로 이해된다.

김학성의 논의는 지금까지 제출된 가사 장르론 중 조선후기 가사의 장르운동 양상을 가장 포괄적으로 구획하고 있다는 점에서 연구사적 의의를 갖는다. 하지만 이 논의는 기본적으로 18세기 이후 가사의 근대성에 초점이 맞추어져 있기 때문에 17세기 가사는 관심의 대상이 되지 못했다.

이제는 양식적 차원이든 장르적 차원이든 서사, 서정, 교술 등의 특성이 극대화된 현상 그 자체를 넘어 그렇게 결과된 과정과 원인에 대해 고찰할 단계라고 생각한다. 실상 16세기 이전과 18세기 이후의 가사들은 주제나 담화양식의 측면에서 전혀 이질적인 양상을 보인다. 16세기 까지 가사의 중심적인 주제였던 강호가사가 자취를 감춰버리고, 유배가사나 기행가사

---

1) 이혜전, 「조선후기가사의 서사성 확대와 그 의미」, 이화여대 석사논문, 1991, pp.8~10.
2) 김학성, 「가사의 실현화과정과 근대적 지향」, 『국문학의 탐구』(성균관대 출판부, 1987).

도 화자의 정서 표출보다는 경험적 사실의 구체적 전달에 초점을 맞춘다. 또한 서사장르에 해당하는 작품들이 나타나는가 하며, 유흥공간에서 이별의 슬픔이나 연정을 노래한 서정장르의 작품들이 다수 나타나게 된다. 17세기는 이와 같은 가사 장르의 변화의 양상들이 다양하게 나타난다. 즉 17세기 가사는 16세기 가사의 장르적 특성을 계승하면서, 동시에 18세기 이후의 가사의 장르변화의 단초를 함께 지니고 있는 시기이다. 이에 본고에서는 17세기 이전과 이후 가사와 지속과 변화의 양상을 비교함으로서 17세기 가사의 장르적 특성을 해명해 보도록 하겠다.

2. 서술태도

가사문학은 16세기까지 주로 서정적 양식의 지배를 받았다.3) 그런데 18세기 이후 사대부 가사의 경우 교훈가류, 농부가류, 세덕가류 등 윤리적 당위나 객관적 사실을 전달하거나, 여행을 통한 새로운 경험 등을 구체적으로 전달하려 하기 때문에 주제적 양식의 지배를 압도적으로 받는다. 그리고 <노처녀가>, <신가전> 등과 같이 plot의 지배를 받는 서사장르가 규방가사를 중심으로 나타난다. 그리고 서정장르는 유흥공간에서 불리던 작품이나 규방가사의 일각에서 나타난다. 서정장르는 16세기 가사의 지배적인 장르였으며, 이 시기 주제적 양식의 지배를 받는 작품 즉, 서사장르에 해당하는 작품은 <서왕가>와 <남정가> 등에서 제한적으로 나타났다. 그리고 서사적 양식의 지배를 받는 작품은 전혀 없었다. 그러던 것이 17세기에는 주제적 양식의 지배력이 현저하게 확대·강화되고, 일화를 통해 가사가 장차 서사장르로 실현될 수 있는 계기를 마련한다.

---

3) 장르에 대한 개념은 졸고, 「장르구분의 지표와 가사의 장르적 성격」, 『고전문학연구』 17집(고전문학회, 2000) 참고.

2.1. 직접 제시

대상을 직설적·단정적 담화양식을 통해 객관적으로 제시하는 것은 주제적 양식의 전형적인 서술태도이다. 17세에는 이런 경향을 가진 가사작품들이 16세기 이전에 비해 훨씬 광범위하게 나타난다. 이는 가사가 주로 내면의 정서를 표출하던 도구에서 대상 자체에 대한 객관적 정보를 전달하는 도구로 그 영역을 확대시키고 있었음을 의미한다.

이 시기 가사 중 주제적 양식의 지배를 받는 작품들은 교훈이나(허전의 <雇工歌>, 이원익의 <雇工答主人歌>, 임유후의 <牧童歌>, 김기홍의 <농부사>), 개인의 경험(박인로의 <太平詞>, 작자미상의 <燕行別曲>과 박권의 <西征別曲>, 박사형의 <南草歌>, 강복중의 <墳山恢復謝恩歌>, <爲君爲親痛哭歌>, 김충선의 <慕夏堂述懷歌>)을 전달하는 데 초점을 맞추고 있다.

허전의 <雇工歌>와 이원익의 <雇工答主人歌>에서는 국가의 흥망성쇠를 가문의 흥망성쇠에 비유하여 표현하고 있다. <雇工歌>는 몰락한 가문의 상황과 망하게 된 원인, 권계 등을 직설적·단정적 담화양식을 통해 구체적으로 제시하고 있다. 그러나 <雇工答主人歌>는 고공들에게만 모든 책임을 돌리고 있는 <雇工歌>의 내용을 비판하며, 주인의 잘못도 지적하고 있다. 즉 두 작품의 지향은 구체적인 근거를 들어 전란의 원인을 구체적으로 제시함으로서 역사의 교훈을 전달하는 데 있는 것이다.

임유후의 <牧童歌>는 문답형식을 통해 바람직한 삶의 자세를 제시하고 있다.

問歌에서는 유한하고 허무한 인생에 입신양명하는 것만이 대장부의 일이라고 역설한다. 그리고 입신양명을 이룬 인물과 행적 등을 구체적으로 제시함으로서 입신양명의 중요함을 확인시킨다. 答歌는 문가에 대한 반박이다. 먼저 입신양명을 위해 노심초사하는 問歌 화자의 모습을 묘사하고 있다. 이어서 입신양명의 성취여부는 命에 달렸으며, 사람은 저마다 나름대로 살아가는 방법이 있다고 한다. 그리고 입신양명의 화려함 뒤에 숨어 있는 구속과 위험성을 비유와 고사를 통해 구체적으로 제시하고 있다. 결국 세속적인 욕망에서 벗어나 자유롭게 사는 삶을 지향한다.

김기홍 <농부사>는 세속적인 욕망을 버리고, 분수를 지키며 인간의 도리에 충실하며 사는 가장 중요하며, 그것이 가능할 수 있는 필수적인 조건이 恒産, 즉 농업임을 역설하고 있다. 그런데 농업의 중요성과 바람직한 사람살이에 대한 화자의 생각을 직설적인 언어로 드러내고 있다.4)

이상 세 작품은 직설적·단정적 담화양식으로 진리나 그렇게 인식되는 것들을 제시하는 데 중점을 두고 있다. 따라서 지향과 담화양식의 측면에서 전형적인 주제적 양식의 특성을 갖추고 있다고 할 수 있다.

이와는 달리 박인로의 <태평사>, 강복중의 <墳山恢復謝恩歌>, 김충선의 <慕夏堂述懷歌> 등은 傳記 형식으로 개인의 경험을 객관적으로 제시하는 초점을 맞추고 있다.

박인로의 <태평사>는 직접 제시의 형태로 작가의 參戰 경험을 서술하고 있다. 조선건국으로부터 자신이 참전하기 전(1593년)까지의 상황은 요약적으로 서술되어 있다. 반면에 자신의 참전경험과 승전 이후의 상황을 서술한 본사는 훨씬 자세하게 서술되어 있으며, 설명보다 묘사가 많다. 특히 전력을 재정비한 후 왜군을 몰아내기까지의 상황은 각 장면을 상징적인 언어와 짧은 호흡으로 마무리함으로서, 전투상황의 박진감을 생생하게 전달하게 전달하고 있다. 즉 이 작품은 직접적인 설명과 묘사를 통해 급박했던 전투상황과 승전이후의 환희와 화려한 모습을 객관적으로 제시하는 데 초점을 맞추고 있다고 할 수 있다. 이는 이 작품이 자신의 상관인 성윤문의 代作이었다는 점이 무엇보다 중요한 계기로 작용했다고 생각한다.

강복중의 <墳山恢復謝恩歌>는 甲戌年(1574)에 일어난 선산의 偸葬을

---

4) 농업의 유래와 四民(士農工商)의 본분, 1년 농사에서 중요한 일들을 요약적으로 설명하고 있다.

당한 후, 이 문제를 해결하기 위해 60여 년 동안 온갖 고초를 겪다가 1638년에 마침내 동악 이안눌의 판결로 문제가 해결되기까지의 과정을 사건중심으로 구체적으로 서술하고, 문제 해결의 기쁨과 고마움을 노래한 작품이다. 그리고 김충선의 <慕夏堂述懷歌>는 가등청정을 따라 임진왜란에 참전했다가 조선에 귀화한 이후의 인생역정을 서술하고 있다. 두 작품은 시종일관 직설적 담화양식을 사용하여 지난 과거를 사건중심으로 설명, 정리하고 있다.

그 외에도 새로운 경험(작자미상의 <燕行別曲>과 박권의 <西征別曲>, 박사형의 <南草歌>)이나 개인의 인생역정(강복중의 <墳山恢復謝恩歌>, <爲君爲親痛哭歌>, 김충선의 <慕夏堂述懷歌>) 등을 주제적 양식으로 서술하고 있다.

<연행별곡>과 <서정별곡>5)은 사행가사로, 연경까지의 여정에서 견문한 바와 감회를 서술하고 있다. 특히 처음 접하는 중국의 광대한 땅과 絶險한 관문, 웅장하고 화려한 건축물과 거대한 도회지와 성곽, 엄청난 물화, 경유지의 역사적 인물 또는 사건과 관련된 일화나 흔적 등을 중심으로 작품을 서술하고 있다.6) 즉 개인적인 감회보다는 생소하고 특별한 경험을 보다 생생하고 구체적으로 전달하는 데 초점을 맞추고 있는 것이다. 조선후기 기행가사에서 견문한 바를 자세히 서술한 이유의 하나도 이런

---

5) 두 작품은 모두 사행의 일원으로 숙종 20년(1693) 11월 3일부터 이듬해 봄까지 연경에 다녀온 경험을 담고 있다. 시기와 장소가 같기 때문에 작품에 서술된 여정도 대동소이하다. 다만 <서정별곡>에는 귀로에 대한 서술이 없는 것이 다르다. 두 작품 모두 국내 여정의 여정은 전체 서술분량의 30% 미만으로 중국에서의 여정에 초점을 맞추고 있다.

6) <燕行別曲>은 웅장하고 화려한 중국의 외형적인 모습에 초점을 맞추고 있으며, '거룩하다', '宏麗하다', '壯하다'라는 감탄으로 일관하고 있다. 반면에 <西征別曲>에서는 지난 역사에 많은 관심을 보이고 있으며, "요동(遼東) 옛 지계(地界)를 거의 회복(恢復) ᄒ련마ᄂᆞ 천츄(千秋)의 창망(悵望)ᄒᆞ니 속졀 업슬 뿐이로다", "만고(萬古) 졍영위(丁令威)ᄂᆞ 어ᄃᆡ 가고 못 오던고 홍망(興亡)을 뭇ᄌ ᄒᆞ나 옛일을 뉘 알소니"라고 하여, 나름의 역사의식을 보이고 있다.

점에 있는 것으로 생각된다.

박사형의 <南草歌>는 南草를 재배하게 된 경위와 담뱃잎의 모양, 맛, 약효 뿐만 아니라[7] 담뱃잎을 잘라 장죽에 넣어 불을 붙여 피우는 모습까지 구체적으로 제시되어 있다.

이상은 17세기에 새롭게 나타나는 경향들로, 생소한 경험을 주제적 양식으로 서술함으로서, 경험적 사실을 객관적으로 전달하는 데 초점을 맞추고 있다. 그런데 주제적 양식은 16세기까지 서정적 양식으로 서술되던 유배가사와 강호가사에서도 지배력을 확장시켜 나가고 있다.

조선전기 유배가사는 유배의 경위보다는 방축 당한 상황에서의 애절한 슬픔과 변함 없는 충성심을 표출하는 데 초점을 맞추고 있다. 그런데 송주석(1650~1692)의 <북관곡>은 유배의 경위와 여정, 유배지로 가는 과정에서 겪은 경험적 사건들이 시간적 순서에 따라 구체적으로 서술되어 있다. 즉 사건의 전말을 기록함으로서 당사자의 무죄를 적극적으로 해명하는 데 초점을 맞추고 있다.[8]

이 작품의 본사는 내용상 3개의 문단으로 나눌 수 있다. 첫 번째 문단은 1, 2차 예송의 전말과 송시열이 유배를 가게된 경위를 요약적으로 설명하고 있다.

작품에 서술된 내용과 사건의 전개과정을 이렇다. ① 효종의 부름을 받고 조정에 들어와 유비와 제갈량의 관계처럼 충성을 다했으며, 임금을 여읜고 피눈물을 흘렸는데, 喪制처럼 중요한 일을 그릇되게 처리했을 리가

---

7) 翠鳳의 꼬리ᄀᆺ치 프르고 프론 닙흘 / 黃鶴의 느리ᄀᆺ치 누러케 크워 너여 / 먹던 챠 믈리치고 試驗ᄒᆞ야 맛슬 보니 / 燻燻흔 너 흔 줄긔 喉舌의 ᄀᆺ 너무며 / 氤氳흔 氣運이 腸腑의 ᄀᆺ득ᄒᆞ니 / 從前 싸힌 痰이 흔 쩌예 다 니리게 / 宿病이 다 調和ᄒᆞ니 ᄯᅩ흔 興을 이라리라.

8) <북관곡>이 <만분가>나 <사미인곡>과 달리 사건의 전개과정과 유배의 여정을 구체적으로 서술할 수 있었던 것은 작가가 두 작품과는 달리 유배의 당사자가 아닌 손자였기 때문이다. 유배가 부당하다고 생각하는 손자의 입장에서는 일의 경과를 자세하게 설명함으로서 조부의 억울한 사정을 풀어줄 필요가 있었던 것이다.

없다. ② '기년복 중자설(己亥禮訟 ; 1659)'은 예를 따른 것인데, '해윤 흉소 후에 사설이 횡유하야 비주 이종설과 국본이' 정해지지 못했다. 이런 상황에서 송시열에 대한 참소가 점점 드세지자 顯宗이 더 이상의 예송논쟁을 금지하여 "망타할 흉한 계교 발뵈디 못"했다. ③ 그러나 '인선후 복제일(甲寅禮訟 ; 1674)이' 터지가 '참언이 망극하야' 임금도 의혹을 갖게 되었고, 결국 유배를 가게 되었다. 현종도 처음에는 송시열을 두둔했으나 거듭되는 상소에 결국 마음을 바꾸었다. ④ 특히 君父(효종)를 貶損하고 國統을 降黜시켰다는 말은 전혀 사실무근이라고 하였다. 이어서 송시열이 죄를 받은 후 조정에 賢士大夫들이 모두 유배되어 아무도 남지 않은 상황에서 남인들은 기필코 송시열을 죽이려 하는 상황을 안타까워하며, 문단을 마무리한다.

인용문에서 ②와 ③은 단정적이고 직설적인 담화양식으로 사건의 전개과정을 요약적으로 제시하고 있다. 반면에 ①과 ④에서는 감탄형과 의문형을 사용함으로서 수용층과의 정서적 공감대를 형성하려 하고 있다.9) 이런 양상은 여정을 서술한 두 번째 단락에서도 나타난다. 하지만 여기에서 화자의 정서표출은 상황이나 여정별로 단락을 마무리하는 기능을 한다. <북관곡>의 이러한 서술상의 특성들은 18세기 이후 유배가사가 사건의 전개과정, 여정과 배소에서의 경험 등을 구체적으로 서술하는 전통10)

---

9) ①에서는 감탄형을 사용함으로서 송시열과 효종의 특별한 관계와 임금에 대한 절대적 충성심을 부각시킴으로서, 그런 송시열이 喪制를 소홀히 했을 리가 없음을 강조하고 있다. 그리고 ④에서는 송시열의 죄목인 貶損君父와 降黜國統의 근거 없음을 특별히 부각시키기 위해 의문형을 사용하고 있다.

10) 李眞儒(1669~1730)의 <續思美人曲>(1727)에서는 배소인 추자도에 배를 타고 도착하기까지의 고난이 구체적으로 서술되어 있다. 李邦翼(1745~1829)의 <鴻罹歌>(1783)는 龜玆島(全南 康津)에 귀양가서 지은 작품으로, 귀양을 가게 된 동기와 여정, 배소에 도착해서는 관가에서 점고를 받는 상황과 마을의 풍속, 자신의 처참한 생활 등을 서술하고 있다. 金鎭衡(1801~1865)의 <北遷歌>(1853)는 明川에 유배되어 지은 것으로, 배소에서의 七寶山 紀行, 本官의 융숭한 대접, 그곳 기생 君山月과 애정행각 등 유배지에서의 생활을 서술하고 있다. 安肇源(1765~?)의 <萬言詞>(1798년

을 마련하는 계기가 되었다고 생각한다.

17세기 강호가사에서도 객관적 사실을 직설적·단정적 담화양식으로 제시하려는 경향이 나타난다.

> ① 臥龍山이 臥龍形을 지에ᄒ고 / 남역크로 머리드러 구의구의 느릿혀 됫다가 / 구죽기 니러 안자 구만리 장공을 울워러 천주봉이 되야 이셔 / ᄒᆞᆫ 활기 버더ᄂᆞ려 中央애 믻쳣거ᄂᆞᆯ / 저좀ᄭᅴ 黃鼠年에 先塋을 安葬ᄒ니 / 千峯은 競秀ᄒ야 ᄂᆞᆫ 鶴이 놀개 편듯 / 萬壑은 爭流ᄒ야 怒ᄒᆞᆫ 龍이 쏘리 치듯 / 길고 깁푼 고리 거후러 ᄂᆞ리거ᄂᆞᆯ / ② 山家 風水說에 洞口모시 죠타 홀시 / 十年을 經營ᄒ여 ᄒᆞᆫ ᄯᅡ홀 어드니 / 形勢ᄂᆞᆫ 좁고 굴근 岩石은 하고 만타 / 녯 길홀 새로 내고 半畝塘을 푸단 마리 / 活水을 혀드러 가는 거슬 머므로니 / 明鏡이 픠 업서 山影만 좀겨 있다. <지수정가>

인용문은 다음과 같은 정보를 담고 있다.

> ① 臥龍山이 臥龍形을 이루어 남녘으로 뻗어 내리다가 우뚝 솟아올라 천주봉이 되었다. 천주봉에서 중앙으로 뻗어 내린 혈에 黃鼠年(戊子年, 1588)에 先塋을 安葬했다. 그곳의 지형은 鶴이 날개를 편 듯, 怒한 龍이 꼬리를 친 듯 길고 깊은 골짜기를 따라 흐르고 있다. ② 山家 風水說에 洞口못이 좋다는 말을 듣고 十年을 經營하여 조그마한 땅뙤기를 얻었다. 그런데 그곳의 形勢가 좁고 굵은 岩石이 많고 많았다. 이에 옛길을 새로 내고 못(半畝塘)을 팠으며, 活水를 끌어와 못에 가두니, 明鏡같은 수면에 山影이 비쳤다.

이어지는 내용은 원림의 모습과 원림을 둘러싼 산과 강의 모습을 그리고 있다. 그리고 이를 통해 공간의 완전성(명당)과 이념적 고답성을 부각

경)도 配所인 추자도에서의 처참한 생활을 그리고 있다.

시키고 있다. 이러한 경향은 공간구성뿐만 아니라 생활양태를 서술한 부분에서도 나타난다.11) 특히 이상의 내용을 포함하여 <止水亭歌>의 상당 부분이 <止水亭記>와 대동소이하다는 점은 인용문이 객관적 사실을 전달하는 데 초점을 맞추고 있음을 의미한다.

한편 현실의 문제를 다루고 있다고 해서 모두 주제적 양식으로 서술되는 것은 아니다. 최현의 <용사음>과 작자미상의 <시탄사>는 감탄형과 의문형을 사용하여 부정적인 인물들의 행태와 그로 인해 초래된 부정적 현실을 비판·개탄하고, 이와 같은 심정을 수용자와 함께 공유하는 데 초점을 맞추고 있다.

따라서 주제적 양식의 지배력 확대는 경험적 현실이라는 서술대상보다는 대상을 객관적으로 제시하려는 경향이 강화되면서 초래된 결과라 할 수 있다. 즉 이 시기에 들어 작가의 경험이나 교훈, 이념적 고답성 등을 객관적으로 제시하려는 경향이 강화되면서 주제적 양식의 지배력이 확대된 것이다.

한편 앞서 언급한 바, 김득연의 <止水亭歌>와 <止水亭記>는 내용상 대동소이하여 주목된다. <지수정가>와 <지수정기>에서는 터를 잡고 원림과 소정을 조성한 과정을 시간적 순서에 따라 서술하고, 산과 강, 원림의 구성, 생활양태 등을 서술한 후, 화자의 생각을 피력하는 것으로 마무리하고 있다. 사건의 전개과정을 시간적 순서에 따라 서술하거나, 경험적 사실이나 대상을 사실에 근거하여 서술하고, 議論으로 끝맺는 것은 '記'의 전형적인 서술방식이라고 할 수 있다. 강복중의 <분산회복사은가>와 김충선의 <모하당술회가> 등도 傳記 형식으로 서술되어 있다. 이러한 경향은 18세기 이후로 넘어가면서 규방가사에서 일대기형식으로 발전하기도 하고, 기행가사가 遊山記형식의 서술되는 결과를 초래하기도 하였다. 전형적인

---

11) 자세한 논의는 졸고, [장르론적 관점에서 바라본 17세기 강호가사의 추이], (미발표 논문, 근간예정) 참조.

산문양식인 '記'의 양식적 특성을 가사가 상당부분 활용한다는 것은 그만큼 주제적 양식의 지배력이 강화되었음을 의미한다.

2.2. 장면화

17세기에 대상을 객관적으로 제시하려는 경향은 장면화로까지 발전하였다. 장면화는 구체적인 상황을 입체적으로 묘사한 것으로, 상황을 평면적·요약적으로 서술한 것과 대비된다. 17세기 가사에서 장면화가 가장 두드러지게 나타나는 작품은 <누항사>이다. <누항사>에서 장면화된 부분은 모두 일화형식을 갖고 있다.

<누항사>는 세 개의 일화를 갖고 있다. 1. 밥상을 받았는데 아이들이 몰려들어 숭늉으로 요기를 하는 부분, 2. 쥐에게 얼마 안 되는 양식을 빼앗기고 碩鼠三章을 읊조리며 탄식하는 부분, 3. 소를 빌리러 갔다가 빈손으로 돌아오는 부분 등이 그것이다.

앞에 제시된 두개의 일화는 서술자의 목소리만으로 서술되어 있다. 그리고 세 번째 일화는 이중적 시점으로 서술되어 있다. 또한 화자뿐만 아니라 상대가 되는 인물인 소주인도 前景化 foreground 되어 있으며, 갈등이 나타난다.[12]

이중적 시점은 이미 <관동별곡>의 꿈 부분에 등장하고 있으며,[13] 이 때

---

12) <누항사> : '① 논에 물을 댔는데 소가 없다 → ② 그리고 이전의 소주인이 소를 빌려 주기로 약속한 것을 생각했다 → ③ 약속을 믿고 황혼에 소임자를 찾아갔다 → ④ 소를 빌려달라고 부탁했다 → ⑤ 소주인이 이유를 들어 거절했다 → ⑥ 실망하며 집으로 돌아왔다 → ⑦ 새벽까지 잠 못들며 자신의 신세를 한탄했다'로 요약된다. 위 인용문은 중심화자의 입장에서 '상태적 사건A(약속) → 행동적 사건(주인의 거절) → 상태적 사건A'(실망과 탄식)'이라는 최소스토리와 소주인의 입장에서 '상태적 사건A(약속) → 행동적 사건(건넌집 사람의 부탁) → 상태적 사건(약속위반)이라는 최소스토리'를 읽어 낼 수 있다.

13) <관동별곡>의 꿈부분에서 1인칭 화자는 꿈밖에서 꿈 속의 상황을 들여다보는 서술자의 입장에 있다. 꿈 속의 화자는 꿈밖의 화자와 구별되는 등장인물이라 할 수 있다.

문에 서사성의 측면에서 주목된 바 있다. 그러나 <관동별곡>에서 꿈 부분
은 <누항사>에 비해 서술분량의 비율이 훨씬 적으며, 1개의 최소스토리
만을 갖고 있다.

이에 비해 <누항사>의 세 번째 일화는 두 개의 최소스토리가 과거와 현
재의 시간을 오가며 유기적으로 연결되어 있어서, <관동별곡>의 꿈 부분
보다 훨씬 발전된 서사성을 갖으며, 이 부분만을 독립시킨다면 서사장르
로 성립될 수 있다. 조선후기에 서사장르로 서술된 작품들이 나올 수 있
었던 것은 이런 정도로 발전된 일화의 존재가 중요한 계기가 되었다고 생
각한다.

그러면 이런 일화들은 어떻게 나타날 수 있었던 것일까? 그것은 작가가
굳이 일화를 삽입하여 작품을 창작한 이유와 밀접한 관련이 있을 것이다.
<누항사>에서 세 번째 일화는 없어서는 안될 대단히 중요한 부분이다. 물
질적인 궁핍을 탈피하기 위해 버둥거리다가 현실의 장벽에 막혀 좌절한
후, 자신의 분수와 본분을 다시 깨닫게 되는 과정을 그린 작품이 <누항사
>이며, 깨달음의 계기를 다룬 부분이 바로 소빌리는 대목이기 때문이다.
화자는 소빌리는 경험을 통해 물질적인 궁핍을 해결하기 위해서는 "건넌
집 져 사람"처럼 "목불근 수기雉을 玉脂泣게 쑤어너고 간이근 三亥酒을
醉토록 勸"해야만 된다는 현실이 正道가 아님을 깨닫는다. 이러한 깨달음
은 반대로 迂闊하게 사는 자신의 현재의 삶에 의미와 새로운 전망을 부여
하게 하는 계기가 되었던 것이다.

<누항사>에 나타난 현실의 모습은 결코 화자가 원하거나 이상적으로
생각하는 상황이 아니다. 오히려 화자가 벗어나고 싶어하는, 이상의 반대
편에 위치하고 있다. 화자의 갈등은 바로 이와 같은 현실과 이상의 괴리
에서 발생한 것이며, 그것을 해소하지 않고는 현재의 삶의 의미도 찾을
수 없다. 갈등을 해소하기 위해서는 현재 결과된 삶의 원인을 찾을 필요
가 있었고, 그러기 위해서는 자기 자신과 세계를 객관적으로 바라볼 필요
가 있었던 것이다. 이것이 바로 <누항사>에 자아와 세계를 대상화, 객관

화하는 일화가 나타날 수 있었던 이유라고 생각한다. 자아든 세계든 객관화하여 표현한다는 것은 그것을 자신에게든 남에게든 누구에겐가 보여주기 위한 것이다. 이덕형의 물음에 대한 답이었다는 사실은 이점에서 중요하다. 즉 이 일화는 자신의 현재의 삶의 모습과 지향을 객관적으로 확인하고, 동시에 이덕형에게 자신의 상황을 구체적으로 보여주기 위해 삽입된 것이다.

한편 가사에서 장면화는 주인물 시점에서 관찰자 시점으로 시점을 전환시킨다. 주인물 시점을 통해 요약적이고 평탄하게 화자의 정서나 생각을 전달하다가 특정 부분을 관찰자 시점으로 장면화함으로서 평탄한 서술에 굴곡을 만드는 것이다. 즉 흰 바탕에 검은 글씨 일색인 인쇄물의 특정 부분에 색칠을 하거나 밑줄을 그음으로서 좀더 깊은 주의를 기울일 수 있도록 하는 것과 같은 기능을 한다. 이러한 서술방식은 수용자로 하여금 평탄한 서술이 주는 지루함을 극복하고 주의를 환기시키는 기능을 한다. 또한 관찰자시점을 통해 작중 상황을 객관적 사실로 받아들이게 한다. 때문에 가사에서 장면화는 주제와 긴밀하게 관련된 부분에서 사용된다.

17세기 가사에서는 장면화가 <누항사>에서 두드러지게 나타나지만 18세기 이후에는 훨씬 광범위한 영역에서 주요한 서술기법의 하나로 자리잡는다. 이런 점에서 <누항사>는 18세기 이후 가사가 보다 입체적으로 서술될 수 있는 중요한 서술방식 중 하나를 완벽하게 고안해 냈다고 할 수 있다.

정훈의 <탄궁가>도 <누항사>와 마찬가지로 궁핍한 현실을 탄식하는 가운데, 구체적인 상황을 설명이나 묘사, 대화체 등을 통해 장면화함으로서 서술에 변화를 주고 있다. 때문에 이를 통해 독자는 화자의 상황을 입체적으로 들여다볼 수 있게 된다.

17세기에 장면화와 직접제시를 통해 역사적 사실이나 경험적 현실을 담아내고 있다는 것은 또 다른 의미에서 주목을 요한다. 조선전기에는 가사가 物과의 교감을 통한 현재의 순간적 감흥을 비유적으로 간략하게 표현하였다. 반면에 17세기로 넘어오면서 대상을 설명적으로 서술하거나 장면화를 통해 입체화시킨다. 그런데 이것들은 모두 대상에 대한 객관적 관찰과 분석의 결과로, 시간적 개념에서 본다면 과거의 경험을 서술하는 것이다. 과거의 경험에 plot을 부여하면 서사장르가 된다는 점에서 경험적 현실에 대한 장면화나 설명적 서술은 가사가 서사장르로 실현될 수 있는 중요한 계기가 되었다고 볼 수 있다.

3. 주제구현방식

독립된 시상의 나열과 통합은 조선전기뿐만 아니라 조선후기에도 여전히 가사에서 시상을 전개하는 기본원리로 작용하고 있다. 뿐만 아니라 조선전기에 그것은 작품을 완결시키고 주제를 구현하는 원동력이기도 하다. 그러나 17세기 이후에 그것은 모든 가사 작품에서 주제를 구현하는 핵심적인 요소나 원동력으로 작용하지는 않는다. 즉 17세기 이후의 가사는 시상전개방식에 있어서는 조선전기 가사를 그대로 계승하면서도, 주제구현방식에 있어서는 훨씬 다양한 방식들을 개발하고 있다. 이것이 일차적으로 17세기 가사에서 나타나는 장르적 특성이라 할 수 있다.

조선전기 가사에서 독립된 시상의 나열과 통합이 시상을 전개하는 기본원리이자, 주제를 구현하는 원동력으로 작용할 수 있었던 것은 이 시기 가사들이 동일한 시상을 나열하고 있기 때문이다. 16세기 이전까지 가사는 독립적인 시상을 나열함으로서 보다 큰 시상을 형성하며 단락을 이룬다. 그리고 이렇게 형성된 단락들이 나름의 질서-시간적, 공간적-에 따라 나열되어 전체적인 시상을 형성하고, 결사를 통해 통합되어 하나의 완결된 세계를 구성하게 된다. 이렇게 개별적인 시상들이 주제적으로 통합될 수 있는 것은 동일하거나 유사한 시상들을 나열하고 있기 때문이다. 달리 말하면 모든 개별적인 시상들이 주제를 향해 응집되는 것이다. 17세기에도 이런 방식은 여전히 가사의 주제를 구현하는 중요한 방식으로 사용되고 있다.

17세기 가사 중 동일한 시상을 나열하고 통합함으로서 주제를 구현하는 방식은 강호가사(박인로의 <사제곡>, <독락당>, <소유정가>, <입암별곡>, <노계가>, 김득연의 <지수정가>, 조우인의 <매호별곡>, 정훈의 <용추유영가>, <수남방옹가>, 신계영의 <월선헌십육경가>, 윤이후의 <일민가>), 기행가사(박권의 <서정별곡>, 작자미상의 <연행별곡>, 조우인의 <출세곡>, <관동속별곡>), 유배가사(조우인의 <자도사>, 송주석의 <북관곡>) 등 조선전기부터 꾸준히 창작되어온 주제들에서 사용되고 있다. 그리고 17세기에 새롭게 나타난 주제 중 정훈의 <우활가>, 최현의 <龍蛇吟>, 강복중의 <위군위친통곡가>, 작자미상의 <시탄사>, 박사형의 <南草歌> 등도 동일한 차원에서 이해할 수 있다.

그러나 17세기에는 이외에 대립적인 시상을 병치하거나 인과적 시상을 나열하기도 하고, 사건을 순차적으로 나열함으로서 주제를 구현해 나간다. 이런 방식들은 구조적인 차원에서 작용하기도 하고, 문체적인 차원에서 활용되기도 한다.

3.1. 대립적 시상의 병치

17세기에는 동일한 시상뿐만 아니라 대립적인 시상을 병치하고, 그것들을 주제적으로 통합함으로서 주제를 구현하는 방식이 사용되고 있다. 병치된 대립적 시상은 어느 한 쪽을 선택함으로서 주제적으로 통합된다.

대립적 시상의 병치는 조선전기 가사에서도 사용된 바 있다. 放逐당한 화자의 내면적 갈등을 그린 정철의 '양미인곡'이 그것이다. <사미인곡>과 <속미인곡>은 과거와 현재, 세계와 자아 사이의 갈등을 정서적으로 노정하고 있다. 이 작품들에서 화려한 자연은 초라한 화자의 모습이나 정서와 대립되면서 화자의 비극적 처지와 정서를 부각시키는 기능을 한다. 그러나 이 작품들에서 대립적 시상의 병치는 주제를 구현하는 원리로까지는 발전하지 못하며, 다만 화자의 비극적 형상을 또렷하게 부각시키는 기능을 하는 수준에 머물 뿐이다. 여기에서 주제는 비극적 처지와 정서로 이루어진 시상의 나열과 통합을 통해 구현되는 것이다. 조선후기에도 이와 같은 방식은 화자의 비극적 정서를 표현하는 중요한 방식의 하나로 사용되고 있다. 본고에서 다룰 작품들은 대립적 시상의 병치가 구조적 차원에서 작용하고 있는 것이다.

한편 대립적으로 병치된 시상은 교훈가사에서처럼 善-惡이나 肯定-否定이 명확하게 나뉘는 경우도 있지만, 모두 그런 것은 아니다. 17세기에 이상과 현실의 문제를 다룬 작품들에서 이런 양상이 나타난다. 17세기 향촌사족에게 이상과 현실은 현실이 생존과 관련되어 있다는 점에서 조선전기처럼 일방적으로 이상(이념)만을 옹호할 수 있는 상황이 아니었다. 즉 이상과 현실 중 어느 것도 긍정하거나 부정할 수 없는 상황이 된 것이다. 이 시기 작품들에서 현실이 '紅塵'을 넘어 구체적인 삶의 양태로 형상화되어 나타나는 것은 이런 상황에서 고뇌하고 방황하는 향촌사족들의 내적 갈등이 투영된 결과이다. 이처럼 내면적인 갈등이 해결되지 못한 채 제시되면 개별적 시상의 주제적 통합은 불가능하다.

<누항사>에서는 전반부와 후반부에서 세속적 욕망-이념적 가치라는 대립적 시상을 병치시킴으로서, 세속적 욕망을 극복하고 이념적 가치를 지향하게 되는 화자의 태도를 제시함으로서 자신의 이념적 견고성을 드러내고 있다. 하지만 표면적으로 귀결된 후자에로의 지향에도 불구하고, 전반부에 장면화를 통해 제시된 삶의 양태는 이념적 견고성만으로 극복할 수 없는 현실의 문제에 만만치 않은 비중을 두고 있음을 의미한다.

이런 점에서 대조적 시상을 병치하면서도 주제의 비중을 어느 한 쪽에 두기 어려운 <누항사>는 문제적이다. <누항사>는 표면적으로 안빈낙도라는 주제를 표명하면서도, 실질적인 창작의도는 자신의 능력과 상황을 구체적으로 제시함으로서 어려운 현실로부터 구제 받기를 요구하는 작품이기 때문이다. 이 작품은 이와 같은 작품의 의도를 전반부와 후반부의 대

립적 시상의 병치를 통해 성취하고 있다. 전반부에서는 자신의 궁핍한 상황을 구체적으로 보여주고, 후반부에서는 그럼에도 불구하고 '강호의 꿈'을 굳건히 지키겠다는 의지를 표명함으로서, 궁핍한 생활과 이념적 견고성을 동시에 각인시키고 있는 것이다.

정훈의 <탄궁가>는 작품 창작의 목적은 다르지만 주제구현방식에 있어서는 <누항사>와 닮은 점이 많다. 서사와 본사 첫 번째 단락의 개별적인 시상들은 모두 궁핍이라는 시상으로 통합된다. 본사 두 번째 단락의 궁귀와의 대화는 구체적인 일화를 통해 깨달음에 이르는 과정을 보여주고 있다. 그리고 결사에서는 깨달음의 귀착점을 보여주고 있는 것이다. 즉 본사에서 궁귀를 쫓아 내려다가 궁귀와의 대화를 통해 새로운 깨달음에 이르고, 결사에서 守分의 지향함으로서 앞서 전개한 시상을 주제적으로 통합한다.

따라서 이 작품도 <누항사>와 마찬가지로 인식의 전환을 통해 주제를 구현하고 있다. 인식 전환의 구체적인 모습은 본사 첫 번째 단락과 두 번째 단락에서 대립적인 시상을 병치함으로서 극명하게 드러난다. 이로 인해 서사와 결사도 대립적 인식을 보여주고 있다. 따라서 이 작품의 주제구현방식은 대립적 시상과 인식의 병치라 할 수 있다. 다만 이 작품에서 특징적인 것은 논쟁을 통해 대립적인 시상이 병치되고 있다는 점이다. 논쟁구조는 대화나 문답구조와 동일한 구조로, 17세기부터 빈번하게 등장한 기법이라 할 수 있다. 다만 <누항사>나 <탄궁가>는 두 개의 대립적인 시상이 善惡으로 구분되지 않는다는 점이 다르다.

대립적인 시상이 善惡, 是非, 肯否의 가치판단에 의해 뚜렷이 구분되어 병치되는 경우는 후자가 전자를 부각시켜 주제를 보다 명확하게 드러내는 역할을 한다. 이 경우 개별적인 시상은 주제적으로 통합되나. 후자는 전자를 부각시키는 보조적 기능에 머물기 때문이다. 이 경우 대립된 시상이 구조적으로 병치되어 있을 경우에는 대립적 시상의 병치 자체가 주제를 구현하는 가장 핵심적인 원리로 작용한다. <목동문답가>가 그 예이다.

이 작품에서는 삶의 방식과 목표라는 문제에 대해 문답형식을 통해 是非를 가리고 있는데, 여기에서 문답형식은 주제를 구현하는 원동력이 된다. 문답형식을 통해 대립된 시상을 병치하는 것은 주로 설득을 목적으로 하는 작품들에서 사용되는 방식이다. 이와 같은 방식은 조선후기 화답가류에서 공통적으로 발견된다.

박인로의 <선상탄>은 가 선조 38년(1605)에 統舟師로 부산에 갔을 때 지은 <船上嘆>도 대립적 시상의 병치를 통해 주제를 구현하고 있다. <船上嘆>에서는 왜적 생성의 근원이 된 배와 魚舟를 대조적 이미지로 제시하고 있다. 그리고 이 두 가지 이미지는 大劍長槍이 난무하는 板屋船과 杯盤이 낭자한 배, 전란과 태평성대 등의 이미지와 짝이 된다. 화자는 끊임없이 후자를 지향하며, 이것이 가능할 수 있도록 심신을 바치겠다는 것이 이 작품의 주제이다. 대립된 이미지는 후자를 지향함으로서 통합된다. 여기에서 부정적 이미지는 긍정적 이미지의 필요성과 그것을 향한 화자의 희원을 부각시키는 기능을 한다.

한편 구조적인 차원에서 대립적 시상을 병치시킨 경우에도 각각의 시상들은 독립적인 시상의 나열과 통합에 의해 보다 큰 시상을 형성하며, 대립적인 시상과 병치되고, 병치된 대립적 시상은 어느 한쪽만을 지양한다는 점에서 주제적 통합된다. 따라서 독립된 시상의 나열과 통합의 원리는 그대로 작용하고 있는 것이다.

3.2. 시상의 인과적 나열

17세기 가사의 장르변화에 결정적인 영향을 미친 주제구현방식은 인과적 시상의 제시와 사건의 순차적 제시이다. 두 가지 모두 무언가를 객관적으로 증명하거나 보여주는 것을 목적으로 하고 있기 때문이다. 또한 인과적 시상의 제시는 원인과 결과를 나란히 제시함으로서 주제를 구현하는 방식이 있다. 17세기에 인과적으로 구성된 작품들은 부정적인 원인과 결과를 다루는 경우가 대부분이다.

　먼저 <고공가>를 살펴보도록 하자. 이 작품은 종들의 부정적 행위와 결과가 독립된 시상을 형성하며 나열되어 있고, 그것들이 각 문단에서 원인-결과(부요-이기심-파산, 근면-부요)의 구조로 결합되어 보다 큰 시상을 형성하며 주제를 구현한다. 원인과 결과가 결합되어 하나의 독립된 시상을 형성하기 때문에 독립된 시상의 서술 분량이 전기가사에 비해 상대적으로 늘어날 수밖에 없다. 또한 고공들에 대한 비판-권계-비판의 구조를 갖음으로서, 전체적으로 고공들에 대한 비판과 각성의 촉구라는 결사의 주제로 귀결된다. 결사에서는 앞에서 전개한 내용들을 압축적으로 요약, 정리함으로서 주제적 통합을 이룬다.

　<雇工答主人歌>는 이와 다르다. 본사의 전반부에서는 종들의 부정적인 행위(원인)를 서술한 후 후반부에서는 그 결과를 서술하고 있다. 결사에서는 마누라의 책임과 올바른 처신을 이야기하고 있다. 따라서 이 작품도 원인-결과의 구조로 서술되어 있다. 다만 종들의 행위가 독립적인 시상을 형성하며 나열되어 보다 큰 시상을 형성하고, 결과도 각각 독립적인 시상을 형성하며 나열되어 보다 큰 시상을 형성한다는 점이 다르다. 이 작품에서 부정적인 결과의 원인은 종들의 행위와 마누라의 잘못된 처신 모두에 있다. 따라서 결사의 권계는 앞서 제시한 내용들을 포괄하고 있으며, 이 점에서 주제적 통합이 이루어지고 있다.

　작자미상의 <시탄사>는 민심이 이반된 현실(결과)을 개탄한 후 그러한 현실을 만들어낸 이해당사자들을 비판하고 있다. 따라서 서술의 초점은 집권층의 실정, 산당의 무능, 붕당정치, 소장파의 과격성 등 민심 이반의 원인제공자들을 비판하는 데 맞추어져 있다. 결사에서는 화자가 산중에 은거하여 세상을 등지고 현실 전체를 부정함으로서 앞서 전개한 시상을 주제적으로 통합한다.

　이 시기에 나타나기 시작한 인과적 시상의 나열은 18세기 이후 교훈가사의 가장 중요한 주제구현방식이 된다.

3.3. 사건의 순차적 제시

사건의 순차적 제시는 일련의 사건들을 시간적 순서에 따라 제시하는 것이다.[14] 사건의 제시 presentation는 사건의 재현representation과 구분된다. 전자는 일인칭 시점으로 사건을 평면적, 요약적으로 제시하는 것이고, 후자는 이중적 시점으로 사건을 입체적으로 재현하는 것이다. 전자는 역사서술이나 신문기사처럼 사건의 전개과정을 보고하는 글이, 후자는 소설이 각각 전형적인 예에 해당한다. 17세기 가사에서는 사건을 재현하기보다는 제시한다.

강복중의 <위군위친통곡가>, <분산회복가>, 김충선의 <모화당술회가> 등은 자신의 일생을, 박인로의 <태평사>에서는 전란의 경험을 시간적 순서에 따라 순차적으로 제시하고 있다.

<태평사>는 독립된 시상들을 경우에 따라 연결어미로 결합함으로서 사건의 흐름을 제시하기도 하고,[15] 개별적인 상황들을 구체적으로 서술함으로서[16] 하나의 독립된 시상을 형성하기도 한다. 또한 왜적으로 침입으로 인한 피해와 격렬했던 전투상황, 승전 이후의 상황을 순차적으로 제시함으로서, 사건의 전개과정을 일목요연하게 보여준다.

---

14) 기행가사는 시간적 순서에 따라 서술되어 있지만 사건을 제시한 것이 아니다. 또한 시간의 흐름보다는 공간의 이동이 시상을 구성하는 핵심적인 요소이다. 따라서 주제를 구현하는 핵심적인 원리는 사건의 순차적 제시가 아닌 시상의 나열과 통합이라 할 수 있다.

15) 나라히 偏小ᄒ야 海東애 ᄇ려셔도 / 箕子 遺風이 古今업시 淳厚ᄒ야 / 二百年來예 禮義을 崇尙ᄒ니 / 衣冠文物이 漢唐宋이 되야쩌니 / 島夷百萬이 一朝애 衝突ᄒ야 / 億兆驚魂이 칼 빗츨 조차 나니 / 平原에 사힌 쎼는 뫼두곤 노파 잇고 / 雄都巨邑은 豺狐窟이 되얏거눌 / 凄凉玉輦이 蜀中으로 뵈아드니 / 煙塵이 아득ᄒ야 日色이 열위쩌니 / 聖天子 神武ᄒ샤 一怒를 크게 내야 / 平壤 群兇을 一劒下의 다 버히고 / 風驅南下ᄒ야 海口에 더져 두고 / 窮寇을 勿迫ᄒ야 몃몃 희를 디내연고.

16) 龍 ᄀ튼 將帥와 구름 ᄀ튼 勇士들이 / 旌旗蔽空ᄒ야 萬里예 이어시니 / 兵聲이 大振ᄒ야 山岳을 씌엿는 듯 / 兵房 御營大將은 先鋒을 引導ᄒ야 賊陣에 突擊ᄒ니 / 疾風大雨에 霹靂이 즈치는 듯.

따라서 이 작품을 이끌어가는 원동력은 무엇보다 시간의 흐름이라 할
수 있다. 시간의 흐름에 따른 사건의 전개과정을 객관적으로 제시하는 데
일차적인 목적이 있기 때문이다. 또 다른 힘은 대립적 시상의 병치라고
할 수 있다. 승전 이전과 승전 이후의 대립적 상황을 병치하여 제시함으
로서, 작품의 주제라 할 수 있는 태평성대의 소중함을 일깨우고 있기 때
문이다. 또한 결사에서는 앞서 서술한 내용들을 역사적 교훈이라는 주제
로 통합하고 있다.

강복중의 <분산회복가>는 전체적으로 시간의 흐름에 따른 사건의 전개
과정을 서술하고 있으며, '고난-극복노력-좌절-고난극복의 구조'로 되어
있다. 이것이 이 작품을 끌어가는 힘이다.

이 작품의 특징은 개별 단락의 사건 전개과정은 매우 유기적이고 인과
적으로 서술되어 있지만, 단락별 독립성이 강하다는 점이다. 이는 작품전
체를 통해 하나의 유기적인 사건전개과정을 보여주기보다는 개별 사건들
의 정황을 구체적으로 제시하는 데 초점을 맞추고 있음을 의미한다. 또한
각 단락의 말미에 부기된, 개별 상황에 대한 화자의 정서표출은 시상을
독립시키는 역할을 한다. 이는 이 작품이 일련의 사건을 서술하면서도 시
상의 독립과 독립된 시상의 나열이라는 가사의 장르적 특성에 지배를 받
고 있음을 의미한다.

<위군위친통곡가>는 앞서 제시한 세 가지 방식이 모두 사용되고 있다.
이 작품의 핵심적인 내용은 爲君陳達과 爲父私情이다. 서사와 결사는 조
응하며 이 두 가지를 통합한다. 내용적인 측면에서 전혀 결합될 수 없는
두 가지 내용이 하나의 작품에서 동시에 출현할 수 있는 것은 전체적인
작품의 유기적 통합보다는 개별적인 사건이나 판단을 독립된 단락을 통
해 개별적으로 담아내는 가사의 특성에 기인한 것이다. 본사 첫 번째 문
단부터 세 번째 문단까지는 爲君陳達이며, 네 번째 문단만이 爲父私情에
해당한다. 爲君陳達에 많은 비중을 둔 것은 爲父私情을 이미 <분산회복
가>를 통해 서술했기 때문이다.

한편 爲父私情 부분은 전체적으로 일관된 사건의 전개과정을 다루고 있으며, <분산회복가>와 마찬가지로 비교적 긴 문장으로 의미단락이 종결되어 있다. 반면에 爲君陳達 부분은 이에 비해 상대적으로 짧은 의미단락들이 개별적인 시상을 형성하며, 나열되어 단락 내에서 보다 큰 시상을 형성한다. 또한 개별적인 단락들이 모여 전란에 대응하는 인간군상들의 모습을 총체적으로 보여주고 있다. 유기적 연관성이 없는 인간군상들의 다양한 행태를 개별적으로 나열하고 있기 때문에 의미단락이 상대적으로 짧은 것이다. 부정적 행위와 긍정적 행위를 대비시키고, 각각의 행위에 대한 화자의 판단을 부기함으로서 교훈적인 성격을 갖는다. 그것이 爲君陳達이라는 내용으로 통합되는 것이다.

한편 <위군위친통곡가>는 <분산회복가>와 더불어 傳記적인 서술특성을 보이고 있다. 즉 경험적 사실들을 시간의 흐름에 따라 나열함으로서 사건의 전개과정을 보여주고 있는 것이다. 하지만 개별적인 단락들간의 유기적인 연결보다는 개별적인 단락 자체가 일화형식으로 서술되어 독립성이 강하다. 이점은 이후 나타나는 서사가사에서도 마찬가지 양상으로 나타나는데, 이는 부분의 독립성과 나열이라는 가사의 장르적 특성에 기인한 것이다.

김충선의 <모하당술회가>는 한 편의 自敍傳을 가사체로 쓴 것이라 할 수 있다. 주지하다시피 자서전은 일반적으로 산문의 傳記문학에 속한다. 산문의 전기문학을 가사체로 쓴 것은 가사가 그만큼 제재의 영역을 넓혔음을 의미한다. 경험적 사실과 각각의 상황에서 느낀 감회를 삽입, 부가함으로서 부분의 독립성을 유지하고 있는 것이다. 그러나 여타의 작품들에 비해 사건이 시간의 흐름에 따라 질서정연하게 나열, 제시되어 있다.

마지막으로 송주석의 <북관곡>은 사건의 순차적 제시, 그리고 나열과 통합이라는 두 가지 요소가 결합되어 주제를 구현하고 있다. 이 작품의 본사는 3개의 문단으로 구성되어 있다. 첫 번째 문단은 1, 2차 예송의 전말과 송시열이 유배를 가게된 계기를 설명적으로 제시하고 있다. 두 번째 문단에서는 구체적인 여정과 경험한 일들을 구체적으로 서술하고, 그 과정에서 느낀 감회를 표출하고 있다. 세 번째 문단에서는 고향을 생각하며 우울한 심회를 표출하고 있다. 따라서 첫 번째 문단에서는 사건의 순차적 제시, 두 번째와 세 번째 문단에서는 나열과 통합을 통해 주제를 구현하고 있다. 두 가지 방식을 함께 사용함으로서 사건의 전개과정과 억울한 유배에서의 고난을 동등한 비중으로 부각시키고 있다. 하지만 매 문단은 화자의 정서표출로 마무리된다. 그리고 마지막 문단에서 고향과 유배지를 비교함으로서, 유배지의 차갑고 스산한 분위기를 부각시킴으로서 앞서 전개한 시상 전체를 정서적으로 마무리한다. 따라서 이 작품은 궁극적으로 독자와의 정서적 교감을 통해 주제를 구현하려하고 있음을 알 수 있다.

4. 결론

이상에서 살펴본 바를 요약하는 것으로 결론을 대신한다.

본고에서는 서술태도와 주제구현방식의 측면에서 17세기 가사의 장르적 특성을 고찰해 보았다. 그 결과 17세기에도 여전히 강호가사나 유배가사는 서정적 양식의 지배를 강하게 받고 있으며, 현실의 문제를 다룬 작품들에서도 서정적 양식의 지배를 받는 작품들이 있다. 그러나 16세기와 비교할 때, 대상을 객관적으로 제시하려는 경향이 상대적으로 강함을 알 수 있었다. 이런 경향은 전통적으로 서정적 양식의 지배를 받던 강호가사나 유배가사에서도 나타나며, 특히 경험적 현실을 소재로 한 작품들에서 두드러지게 나타난다.

가장 기본적으로는 서술태도의 측면에서 직설적·단정적 담화양식을 통해 대상을 객관적으로 설명·제시하려는 경향이 강화되었음을 확인하였다. 이러한 경향은 <누항사>에서 보이는 바, 서술기법의 측면에서 장면화로 발전하기도 하였고, 문체적인 측면에서는 산문화가 촉진되는 결과를 낳기도 하였다.

한편 주제구현방식의 측면에서는 동일한 시상을 나열하고 주제적으로 통합하는 방식뿐만 아니라, 대립적 시상을 병치하거나 인과적 시상의 나열, 사건의 순차적 제시 등 다양한 방식을 사용하고 있다. 그리고 이러한 방식들은 18세기 이후 가사가 좀더 입체적으로 서술될 수 있는 계기를 마련하였다는 점에서 의미가 있다. 그러나 독립된 시상의 나열과 통합은 17세기 가사에서도 여전히 시상을 전개시키는 기본원리로 작용하고 있다.

18세기 이후에는 사대부가사 대부분이 주제적 양식의 지배를 받게 된다. 이는 기행가사나 교훈가사, 현실비판가사 등이 사대부가사의 중심적인 주제로 자리잡게 되면서 나타난 현상이다. 교훈가사나 현실비판가사는 물론이고, 기행가사도 여행의 생소한 경험을 사실적으로 전달하려는 의도에서 遊山記 형식으로 가사를 창작하게 된다. 17세기에 확대되기 시작한 주제적 양식의 의미는 바로 이러한 18세기 이후 조선후기 사대부 가사의 지배적 장르의 전조가 된다는 점에 있다.

또한 <누항사>의 '소빌리는 대목'에서 나타나는 바, 이중적 시점을 갖춘 독립된 일화의 존재는 가사가 서사장르로 실현될 수 있는 기법적 토대를 마련했다는 점에서 의의가 있다. 그러나 이런 양상이 곧바로 가사가 서사장르로 실현될 조건이 되지는 못했다. 서사장르는 가사의 시상전개방식과는 다른 원리에 지배를 받기 때문이다. 그러나 경험적 현실을 객관적으로 제시하려는 경향 자체가 갖고 있는 대상에 대한 관찰과 과거 시제 지향은 서사장르의 중요한 특성이기도 하다는 점에서 서사장르로 발전될 수 있는 또 하나의 중요한 계기가 되었다고 생각한다.

ABSTRACT

The Characteristic of 17C Gasa as a Genre

Park, Youn-Ho

This paper examines the characteristic and the meaning of 17C as a Genre.

Until 16C, most of Gasa was under the control of lyric mode. Because they focused on expression their emotion which was caused by sympathize with nature. But from 17C Gasa enlarged the management of thematic mode. Because they increase the tendency of showing the space arrangement of their residence, their life mode and their experience objectively. Generally speaking, after 18C Gasa tend to show the experiential actuality, objective fact and morality. In this respect, such inclinations of 17C Gasa is a beginning of the change of Gasa in the latter period of Jo-sun dynasty as a genre.

And a good many 17C Gasa was written by explanatory and assertive discourse. It means that Gasa gradually increase the function of a tool for present the experiential actuality or objective fact from 17C. This inclination com to the conclusion that urge secnic description(陋巷詞) or a prosaic expression.

And in 17C Gasa was used various way of theme's embodiment besides the arrange of same image. For example the juxtaposition of opposite image, the arrangment of cause-and-effect image and the presentation of a series of event, etc. Henceforth 18C, Gasa was described more various style. But arrangment of individual image and unification is the most important principle of embodiment of 17C Gasa.

And the episode, written by dual viewpoint, in Nu-hang-sa(陋巷詞) was a cause of appearance of narrative genre in Gasa.

<손 없는 색시> 설화와 여성 의식의 성장

신연우*

1. 머리말

세계적으로 분포하고 있는 설화인 <손 없는 색시> 설화1)는 이러한 이야기이다.

> 전실 딸이 계모의 구박과 모함으로 손을 잘리고 쫓겨난다. 정처 없이 다니다가 목이 말라 배를 따먹으려 하다가 배우자를 만나 결혼하게 된다. 아이를 낳았으나 계모의 음모로 다시 시집에서도 쫓겨난다. 샘물을 마시려 엎드리자 등에 업은 아이가 빠졌고 아이를 건지려 손을 내밀자 다시 손이 재생되었다. 남편을 만나 행복하게 잘 살았다.

이 설화는 국내에 모두 다섯 편이 채록되어 있다.2)

---

* 서울산업대 문예창작과 교수

1) 이 설화의 세계적 분포에 대하여는 조희웅, 「손 없는 색시(AT706)」,『한국 설화의 유형』, 개정증보판일조각, 1996. 279-300면. 또한, 채록자에 따라 여러 이름이 붙여졌으나, 조희웅이 처음으로 이 설화 유형을 「손 없는 색시」로 정했으며, 그 이후 이 설화는 「손 없는 색시」로 불린다. 본고도 이 명칭을 이용한다. 조희웅, 같은 논문, 같은 책 280면.

2) 본고는 2001. 4. 28. 한국고전여성문학회 제5차 학술대회발표문이다. 그 뒤 김혜정에

(가) 임석재, 계모가 팔을 자르고 내쫓은 처녀, <<한국구전설화>>, 평안
    북도편1, 평민사, 1991.
    채록은 1930년대 중반에 평안북도 지역
(나) 조희웅, 손없는 색시, <<한국구비문학대계 1-9>>, 한국정신문화연
    구원 어문연구실, 1984.
    채록은 1982년 경기도 용인군
(다) 최정여, 전처 딸 모해한 악독한 계모, <<한국구비문학대계 7-13>>,
    한국정신문화연구원
    어문연구실, 1985. 채록은 1983년에 경상북도 대구시
(라) 최정여, 계모에게 쫓겨난 손없는 처녀, <<한국구비문학대계
    7-14>>, 한국정신문화연구원
    어문연구실, 1985. 채록은 1984년에 경상북도 달성군 하빈면
(마) 임석재, 계모와 전실 딸, <<한국구전설화>>, 전라북도편 2, 평민사,
    1991.
    채록은 1924년 전라북도 정읍군 소성면.

이 설화를 어떻게 이해할 것인가? 국내에서의 채록은 다섯 편에 불과하
지만 전국적인 분포를 보이고 있다는 점, 우리 나라 뿐 아니라 전세계적
인 유형의 설화라는 점을 생각하면 이 설화에 대한 해명이 그 동안 충분
하지 않았던 것은, 이 설화가 중요하지 않기 때문이라기보다는, 이 설화가
해명하기에 난해한 이야기이기 때문이었다고 할 수 있다. 손을 자른다는
끔찍한 설정도 그렇지만 그 동기가 적절하지 않고, 다시 손이 생겨나는
비합리성도 해명하기 어렵다. 손도 없이 배나무에 올라가 배를 따먹는 것
도 이해하기 어렵고 손 없이 결혼하고 아이를 낳게 되는 의미도 설명하기

의해 관련 설화가 모두 아홉편으로 늘어났으나, 여기서는 발표당시의 논지를 살리기
위해 원래의 다섯편 설화로 범위를 제한한다. 김혜정, 「<손 없는 색시>설화의 유형체
계>, 경기대학교 석사논문. 2001.

어렵다. 이러한 이유로 흔히 구연되지는 않는 설화가 된 듯 하다. 그러나 이 설화의 광포성과 세계성에 주목해야 할 것이다.

조희웅은 아르네 톰슨 107번 유형의 하나로 세계 각지의 계모 설화를 소개하는 자리에서 이 설화를 '계모와 의붓딸의 갈등 양상만을 살피려 한다'[3]고 언급하였을 뿐이고, 주종연은 그림동화와 비교해서 이야기 구성의 차이점만 드러냈지 이야기의 의미를 밝히는 작업까지는 보여주지 않았다.[4] 김헌선에 와서야 그 의미를 이해하고자 하는 노력이 시작되었다.[5] 김헌선은 이 이야기의 참뜻이 죽음을 벗어나서 참다운 생명을 찾아가는, 생명의 갈증을 해소하는 이야기라고 풀었다. 또한 무당의 강신 체험을 통해서 새로운 삶의 전개를 경험하는 성무 의례의 표현일 수 있다고 하였다.

신화의 많은 부분이 자아의 재생의 과정을 기술하는 것으로 해명될 수 있다는 점을 생각하면, 그리고 이 설화가 다분히 신화적 면모를 보이고 있다는 점을 고려하면 그런 해석의 타당성은 충분히 인정된다. 다만 김헌선이 지적했듯이 어떤 이론도 한꺼번에 완전히 이야기의 모든 뜻을 해명할 수 없다. 특정한 측면에서 해명할 수 있을 따름이다. 이런 설화들은 베텔하임이 그의 책 서문의 제목으로 삼은 바 "의미를 찾기 위한 투쟁 (Introduction ; Struggle for meaning)"[6]이라는 말을 떠올리게 한다.

본고는 그 특정한 의미 구현 측면의 하나를, 여성 성 의식의 성장이라는 심리학적 견해로 이해될 수 있다는 의견을 제시한다. 모든 설화에 대해서는 아니지만 상당히 많은 부분에 대한 해명으로 그 견해를 고려해볼 가치가 있다고 여겨진다. 테리 이글턴은 정신분석학 문학이론을 소개하는 장의 결론 부분에서 '결론 삼아 언급해볼 가치가 있는 것은 정신분석과 문학 간에 나타나는 단순하고도 분명한 관련이다.'라고 했다.[7] 그의 말

---

3) 조희웅, 같은 책, 279면.
4) 주종연, 『한독민담비교연구』, 집문당, 1999, 61-86면.
5) 김헌선, 「<손 없는 색시> 설화의 문제와 의의」, 2000. 미발표원고.
6) Bruno Bettelheim, 『The Uses of Enchantment』, Penguin Books, 1978. <Introduction>.

때문이 아니라 심리학이 특히 신화나 민담을 해명하려는 노력은 여러 번에 걸쳐 경청할만한 해석들을 낳았고, 그것은 다른 난해해 보이는 설화들에도 심리학을 적용해보는 것이 필요할 수 있다는 생각을 갖게 했다. 물론 터무니없는 결과물들도 있기에 적용 결과에 대해서는 다시 철저한 검증이 필요할 것이다. 그러나 검증이 있기 위해서는 우선 시도와 결과물이 있어야 하기에 이 작업을 할 수 있다. 물론 심리학 이론을 엄밀하게 적용하고 그 이론에 일대 일로 대응하는 식의 해명은 생각하고 있지 않다. 이 설화를 해석하는 전체적 틀과 착상이 심리학적 경향을 갖고 있다는 점을 말하는 것이다.

2. 각편의 요약적 검토

다섯 편의 각편은 이야기 전체의 짜임이 대동소이하다. 어떤 것은 이야기 전개가 애매하기도 하지만 전체적으로 같은 이야기임을 이해하는데는 아무 무리도 없다. 다섯 편 전체를 포괄하여 하나로 정리할 필요가 있는데, 이윤경이 정리한 것을[8] 이용하도록 한다. 큰 항목만 보인다.

A. 어머니를 여의고 계모가 들어오다.
B. 처녀가 쥐를 키우다.
C. 계모가 처녀를 학대하다.
D. 계모가 거짓 임신을 조작하여 처녀를 모함하다.
E. 처녀의 손이 절단되다.

---

7) 테리 이글턴 저, 김명환 외 공역, 『문학이론입문』, 창작과비평사, 1993년 6쇄, 235면.
8) 김헌선, 위의 논문.
　　이윤경, 「<손 없는 색시> 설화의 소설화와 그 의미」, 『돈암어문학』 14. 돈암어문학회. 2001.

F. 처녀가 집에서 쫓겨나다.

G. 처녀가 나무 위에서 과실을 따먹다.

H. 부잣집 아들이 처녀를 숨겨주고 결혼하다.

I. 남편이 과거보러 상경하다.

J. 색시가 득남하고 편지가 조작되다.

K. 색시가 아들과 함께 쫓겨나다.

L. 샘물에서 손이 재생되다.

M. 색시가 아들과 함께 기식하다.

N. 과거에 급제한 남편이 색시를 찾아나서다.

O. 남편이 아들을 만나고 부부가 재회하다.

P. 계모의 처벌이 이루어지다.

Q. 부부가 행복하게 잘 살다.

다섯 편의 각편 중 A에서 Q가 모두 나오는 것은 없다. (가)는 쥐사육과 임신 조작이 없고 나머지는 다 있다. (나)는 쥐사육이 유일하게 나오는 각편이지만, 결혼 이후가 다른 각편가 매우 다르다. 손이 재생되고 계모를 징치하는 큰 흐름은 같지만, 남편이 상경하거나 편지가 조작되는 일, 남의 집에 기식하는 일 등이 모두 빠져 있다. 단지 친정으로 가다가 손을 얻었고 쉽게 행복해진다. (다)는 쥐사육과 임신조작이 없고 특징적으로 계모를 징치하는 단락이 없다. (라)는 쥐 사육은 없으나 임신 조작은 있고, 편지 조작 부분이 없다. (마)는 쥐사육과 임신조작이 없어 (가)와 거의 유사한 전개를 보인다. 임석재 채록의 두 편만 같은 전개를 보이는 것은 혹시 편찬자의 개입 여부에 대한 의문을 갖게도 하지만, 지금으로서는 그 두 편이 (가)는 1937년 (마)는 1924년에 채록된 것이어서 가장 오래전의 것이기도 하다.

그러나 (나)를 제외한 네 편이 모두 같은 이야기 전개를 보이고 있어 하나의 이야기라고 해도 무리가 없을 것이다. (나)의 경우는 신랑과의 재회

부분이 모두 없어진 반면 손의 재생이 어머니에 의한 것이며 아버지와 다시 반갑게 만나는 등 부모가 강조된 면이 어떤 관계가 있을 수 있을 것 같다. 여타 각편에서는 신랑과의 재회가 강조되고 친정 부모 이야기는 중요하지 않은 것이다. (다)에서도 어머니의 도움이 아닌가 하지만 그것은 손이 재생되고서 색시의 생각 속에서 나오는 것이어서 (가)에서 직접 죽은 어머니가 잘려진 손을 샘에 갖다 놓았다고 말하는 것과는 다르다.

3. 여성 성 의식의 변화

위에서 보인 화소를 좀더 줄여 이야기의 핵심만 간추리면 다음과 같다. <계모에 의해 손을 잘린 색시가, 목이 말라 배를 먹으려 나무 아래에서 애쓰다가 도령을 만나 결혼하고, 아기를 낳았으나 쫓겨나고, 샘에서 물을 먹으려다 빠뜨린 아이를 건지려고 팔을 내밀었는데 손이 다시 생겼다.> 이 이야기에서 가장 중요한 요소는 물론 손이다. 손이 잘라졌다가 다시 붙었다는 것이다.

손이 잘라진다. - 손 없이 지낸다 - 손이 다시 붙었다는 일련의 과정은 <분리 - 전이 - 통합>이라는 반 게넵의 통과의례의 특징과 같은 구조를 보이는 점을 상기시킨다. 게넵은 <분리 - 전이 - 통합>의 '근본적 배열이 언제나 동일하다'9)는 점을 강조하며, 전이 단계는 예를 들면 '선왕의 죽음과 즉위에 오르는 그 기간이며, 이도 저도 아닌 상태에 있게 된다'는 상태에 놓인다. 그것은 시련과 혼란이며 일상 중에서는 기피되어야 하는 것이다. 그래서 조심해야 되는 때이며, 공간적으로는 엘리아데가 지적한 바, 중간 경계를 나타내어 걸터앉는 것을 금지하게 되는 문지방의 역할인 것이다.10) 시몬느 비에른느도 통과제의 과정을 세 단계로 이해한다. <준비

---

9) 반 게넵, 전경수 역, 『통과의례』, 을유문화사, 1994년 초판2쇄. 267면
10) 엘리아데, 이동하 역, 『聖과 俗』, 학민사, 1983. 20,21면.

- 통과제의적 죽음 - 재탄생>11)이 그것이다.

이러한 구도는 <손 없는 색시>이야기가 통과제의적 구도를 갖고 있으며 그 이야기 전체가 통과제의의 과정과 기능과 의미를 보여주는 것일 수 있다는 것을 보여준다. 색시의 손이 잘렸다는 것은 삶과 죽음의 중간 단계, 전이의 단계, 정신적인 죽음의 단계를 나타내기 위한 설정이라고 볼 수 있는 것이다.

그런데 색시의 손을 자른 사람은 계모라는 점과, 목마른 그녀를 도와주고 결혼까지 하는 남편을 주목할 필요가 있다. 입사자를 의도적으로 불완전하게 만들어 추방하는 이야기는 위의 엘리아데나 게넵 등의 저서에서 많이 찾아볼 수 있다. 이것은 계모가 입사의 과정에 필수적으로 등장해야 하는 역할의 인물임을 말해준다. 이야기의 순서에 따라 이야기 속의 계모에 대해 좀더 상세히 생각해보자.

옛날 이야기에 계모가 자주 등장하는 이유는 무엇일까? 옛날 이야기에 왕자나 공주가 주인공으로 등장하는 이유가, 읽는 사람 자신들이 이 세파를 헤쳐나가는 점에서 영웅적 주인공이면서 한 가정에서 아이들이 왕자나 공주 대접을 받으며 자란다는 점을 고려하면서, 옛날 이야기가 한 사람의 성장의 과정을 그려보임으로써 특히 어린이로 하여금 다가오는 삶의 과정들을 수용하게 하고 준비시키는 것이라는 생각을 할 수 있다. 그런 점에서 보면 계모 또한 한 개인이 겪어야 할 어떤 상태를 나타내기 위한 장치로서 사용되기에 좋은 화소가 되는 것 같다. 그렇기에 전세계 많은 민담에서 계모가 등장하는 것이다. 실제 세계를 반영한 것이라면 결코 그렇게 많이 나타날 수가 없을 것이다.

계모는 어머니의 다른 모습이다. 보통 어머니는 아버지보다 자식과 더 친밀히 연결되어 있다. 유아에서 아동시절까지 어린이는 어머니와 한 몸이다. 그러나 자식이 해야 할 일 중 하나는 부모로부터 독립해야 하는 것

---

11) 시몬느 비에른느, 이재실 옮김, 『통과제의와 문학』, 문학동네, 1996. 79면.

이다. 좀 더 큰 아들의 경우에는 아버지로부터의 독립이 큰 과제가 되고, 조금 더 어린 경우에는 어머니로부터의 독립이 과제가 된다. 일반적으로 어린 시절에는 어머니와의 관계가 더 친밀하기에 아버지보다 어머니가 더 부각되는 것이고 어머니의 변형인 계모가 등장하게 된다.

자녀를 독립시켜야 할 어머니의 역할은 자녀 입장에서는 이해하기 어렵다. 이를 단적으로 설명하는 하나의 예는 젖을 떼기 위해 유두에 키니네를 바르는 것이다. 이제까지의 젖은 최상의 음식이었는데, 갑자기 젖맛이 써서 먹을 수 없게 된 아이는 몹시 당황하게 된다. 엄마를 수상쩍게 보게 된 아이는 때로는 엄마가 키니네를 바르는 것을 보게 되기도 한다. 그러면 큰 불신을 갖게 된다고 한다. 좀더 성장했을 때 이 키니네는 정신적인 것으로 다시 출현하게 된다. 어머니를 믿지 못하게 되는 일들 때문에 자녀는 어머니로부터 독립을 하게 되지만, 그 어머니는 자기의 친어머니가 아닐지도 모른다는 혐의를 받게 된다. 사실은 같은 어머니의 두 형상이지만, 그 다른 어머니 쪽이 옛 이야기에서 계모로 등장하는 것이다.

유종호는 부루노 베텔하임의 견해를 요약 설명하는 자리에서 그 점을 이렇게 정리했다. "고약한 계모에의 환상은 착한 어머니 상을 조금도 훼손시키지 않은 채 유지시켜주는 한편 어머니에 대한 노여움이나 노여움에 찬 소망에 대해서 죄책감을 느끼지 않아도 되도록 안전장치의 구실을 한다는 것이다."12)

특히 딸은 어머니와 친할 수 있는 가능성만큼의 경쟁 내지 적대적 가능성을 갖는다. 딸은 어머니로부터 특히 순결에 대해 그 중요성과 금지 사항을 교육받고, 성에 대한 억압을 경험한다.(얼마 전에 우리 사회에서 순결을 잃은 딸을 어머니가 그 이유 때문에 살해한 사건은 매우 시사적이다.) 성에 대한 부정적 인식과 억압은 딸로 하여금 성에 대해 인식하지 못

---

12) 유종호, 「문학과 심리학」, 김우창 김흥규 편, 『문학의 지평』, 고려대학교출판부, 1984. 226면.

　　Bruno Bettelheim, 『The Uses of Enchantment』, Penguin Books, 1978. pp. 67-70.

하거나 부정적인 생각을 갖도록 유도한다. 그 '인식하지 못함'이 손이 없는 것으로 형상화된 것으로 생각된다. 인식의 역할과 관련된 감각기관은 눈과 손일 것이다. 손의 인식은 눈의 인식에 비해 구체성 형상성이 떨어진다고 본다면, 손이 없게 되었다는 것은 성에 대한 인식이 억압되기는 했어도 눈의 인식으로서는 남아 있는 것이라고 볼 수 있다. 또한 성 자체가 감각적 성질을 갖고 있는 점을 말하는 것일 수 있다. 성에서는 눈으로 보는 것보다 손으로 접촉하는 것이 늘 문제가 되기 때문이다. 손목을 잡는다는 것은 성적인 접촉의 시발로 여겨진다.13) 따라서 손목을 자르는 것은 성적으로 발전할 수 있는 가능성 자체를 파기하는 행위이다.

또 다른 측면인 성에 대한 부정적 인식은 쥐로 나타난다. 색시가 쥐를 키운다거나 계모가 쥐를 잡아서는 색시가 낳은 아이라고 모함한다고 나오는 쥐는 성에 대한 부정적 인식을 의미한다. 껍질이 벗겨져, '시집갈 때가 된'(자료 나) 색시의 다리 아래로 떨어지는 쥐는 쥐가 아니라 태아라고 주장된다. 쥐를 키우는 것은 위험한 성적인 해악으로 연결되는 것이다. 쥐를 키운 색시는 결국 그것 때문에 손까지 잘리고 집을 나가게 된다. 그것은 더럽고 위험한 것이다. 성이 더럽고 위험한 것이라는 인식은 동서고금 널리 퍼져 있는 생각이고 특히 아이들에게 주입되는 사고방식이다.

용인지방의 (나)와 경북 달성의 (라)이야기는 계모가 껍질 벗긴 쥐를 처녀가 낳은 것이라고 해서, 진노한 아버지가 딸의 손을 작두로 자르는 것으로 되어 있다. 이는 '부녀 사이의 지나친 共棲關係를 끊어버리고 여성으로 하여금 독립하여 반려자를 만나게 하는 숨은 동기를 지니고 있는 것으로 이해'14)되는 일반적 현상 중의 하나로 생각된다. 또한 오빠들이 누이동생의 성적 순결함에 대해 매우 강한 보수성을 드러낸다는 점이 이 이야기에 등장한다. 임석재 채록본에서는 훗오마니가 데려온 아들 여럿이 내쫓을 바에는 양손을 잘라서 내쫓으라 하니까 그렇게 한 것으로 되어 있다.

---

13) 강명관, 『조선사람들, 혜원의 그림 밖으로 걸어나오다』, 푸른역사, 2001. 53면.
14) 이부영, 『한국민담의 심층분석』, 집문당, 1995년, 217면.

네 편 모두에서 색시의 손을 자르는데 남자가 등장하는 것은 주목할 만하다. (가)에서는 별 이유 없이 오래비들이 '내쫓을 바에는 양손을 잘라서 내쫓으라'고 하며, 나머지 세 편에서는 아버지가 딸의 손을 자른다. 특히 자료 (다)에서는 집안이 편해야 한다는 이유로 딸의 손을 잘라 내쫓는데, 아버지는 왜 그러시냐고 묻는 딸에게 '어른이 시키면 시킨대로 하지 잔소리가 많냐'며 꾸짖고 딸은 이에 순종해 손을 작두에 넣는다. 이들은 모두 색시의 손을 자르는 것이 합리적 명분을 내세울 수 없는 일에 기인한 것임을 알려줌과 동시에, 그 명분은 남성적 질서를 옹호하기 위해 마련된 것임을 보여준다. 그것은 여성의 성을 제한함으로 얻어지는 것으로 보는 것이 자연스러운 해석임을 말하는 것이다.

잘린 손이 하늘로 가거나 강에 버려진다는 설정도 네 편 모두에 공통적으로 나오는 것으로 그 의미를 생각해볼 필요가 있다. (가)에서는 양손을 각각 독수리와 매가 물어가고, (나)에서는 하늘로 날아가고 (다)에서는 하늘만큼 뛰어올랐다가 어디론지 사라져버리고, (라)에서는 강물에 넣는다. 이들 모두는 손이 자연에 속한 것이고 인간의 금지나 규율을 벗어나는 것임을 보여주는 것으로 이해할 수 있다. 그것은 남성적 질서를 옹호하기 위한 사회의 규범이 자연의 질서까지 금제하는 것이 타당하지 않다는 의식의 소산이며, 결국은 그 손을 다시 찾을 것이라는 복선이 되기도 한다.

후반부에서 그 손이 재생되는 데에는 죽은 어머니, 또는 하늘의 어머니의 도움이 있다고 설정되는데, 이는 다분히 신화적으로 이해된다. 이 어머니는 잘린 손을 가져간 하늘의 어머니이고 나중에 다시 손을 재생시켜주는 어머니이다. 이 어머니는 생명의 어머니, 더 큰 어머니, 대지의 어머니, 여성신격이다.

결국 색시는 손을 잘리고 집에서 쫓겨나 감나무 또는 배나무 아래서 과실을 따먹으려 하나 되지 않아서 애를 쓰다가 한 도령과 맺어지게 된다. 집을 나가 여기저기 돌아다니다가 얻은 결과가 바로 한 남자를 만난 점이라는 사실은 주목할 일이다. 색시는 임석재본에서는 감을, 나머지에서는 배를 먹으려 한다. 나무에서 배나 감을 따려는 행위는 색시가 가지고 있는 성적인 본능으로 이해할 수 있다. 그것은 바로 그 행위로 인해서 남자를 만나게 되는 것으로 보아 자연스럽다. 비록 손을 잘려서 맹목이기는 하지만 이성을 찾는 모습은 나무아래서 과실을 따려고 애쓰는 모습 또는 배를 꽉 깨무는 모습으로 형상화되었다. 성에 대한 욕구는 목마르고 배고파서 물이나 음식을 찾는 것처럼 자연스러운 현상이라는 것을 이렇게 나타냈다고 보아도 무방하다.

배가 성의 결과인 생명을 잉태하게 되는 계기로 사용될 수 있음은 함경도 함흥 망묵굿에서도 보인다. 김씨 부인과 이씨 부인이 시내 강변으로 빨래하러 갔다가 까마귀가 떨어뜨린 배를 나눠먹고 "그 날 그 시부터느 태주(胎中)의 몸이 되었"다고 한다.15) 색시도 배로 인해 혼인을 하게 되고 아이를 갖게 된다.

또한 나무를 통해 배필을 만나는 화소도 쉽게 찾아볼 수 있다. 세경본풀이에서 자청비가 문도령을 만나는 것이 버드나무가 매개가 된다. 에덴 동산의 이브가 나무의의 뱀과 이야기를 나누고 그로부터 과일을 하나 얻는다는 설정도 같은 것이다. 그 뱀이 남근의 상징이라는 점은 명백하며16) 나무는 뱀과 이브를 연결시키는 성적 상징이다. 색시가 나무 위의 과일을 따는 행위는 이브가 나무 위의 뱀에게서 과일을 받는 행위와 유사하다. 결국 남자가 있던 이브는 아담으로부터 멀어졌고, 처녀인 색시는 남자를 알게 된다.

그러나 색시의 손은 남자와 결혼하고서도 다시 생겨나지 않는다. 심지어는 아기를 낳고서도 생겨나지 않는다. 그것은 아직도 그녀의 마음에 성은 부정적이고 더러운 것이라는 인식이 남아 있기 때문이며, 가족이라는 사회 속에서 형성된 것이기에 가족과 함께 있는 한 생겨날 수 없는 것이다. 성은 여전히 위험한 것이다. 만일 색시가 이러한 생각을 지속하고 있

---

15) 김태곤, 『한국무가집 3』, 집문당, 1978, 98면.
16) 자크 브로스 지음, 주향은 옮김, 『나무의 신화』, 이학사, 2000년 2판, 346면.

고 태어난 아이가 딸이라면 색시는 딸에 대해 자신이 당한 것과 똑같은 위해를 딸에게 가할 것이다. 성은 너무 위험해 생명 자체를 내걸기보다는 손을 자르는 것이 낫다고 생각할 것이다.

그러나 색시에게는 결과적으로 좀더 나은 결과를 위한 시련이 잇따른다. 신랑이 과거 시험을 위해 집을 떠난 것이다. 신랑이 과거 시험을 치르는 사람이라는 설정은 신랑이 색시보다 사회적으로나 의식으로나 우위에 있음을 말하는 것이다. 신랑은 손이 없는 색시를 구해주고 먹을 것과 잘 곳을 마련해주는 우위에 있는 사람이며, 색시는 신랑의 우위를 인정함으로써 생활의 안정을 얻을 수 있었다. 이는 이야기 끝에서 신랑이 엿장수 등 미천한 신분으로 아내를 찾아 나서는 것과 짝이 되는 설정인 것이다.

그러나 이 이야기에서 신랑은 과거를 보기 위해 집을 떠난다는 점을 주목하자. 여기서는 과거가 중요한 것이 아니라 집을 떠났다는 사실이 중요하다. 색시는 시댁 식구들과 지내게 되었고 곧 아기를 낳는다. 그리고 그 아기는 여러 번의 모함으로 위태한 지경에 놓였다 구해진다. 그것은 바로 색시가 결혼했어도 아직도 성에 대해 순전히 긍정적인 생각을 갖지 못한 것을 보여주는 것이다. 아기는 성의 결과물이지만 위험에 노출되어 있다. 가족을 비롯해 사회는 성의 결과물인 아기를 없애려 한다. 그것은 다른 사람들에 의해 그 아기가 '흉칙하고 보기 싫은 괴상한'(임석재 채록, 임석재 전집1, 132쪽) 아이, '병신아이'(구비대계 7-13,)로 인식되고 있다는 점과 일치한다. 사회는 성을 지속적으로 위험하고 더러운 것으로 가르치는 것이다. 이러한 상황 하에서 색시는 여전히 성에 대한 바른 인식을 갖기 어렵다. 즉 손을 찾기 어려운 것이다.

그러나 사회의 모함에 의해서 이번에는 색시 자신이 집을 쫓겨나게 된다. 아이를 들쳐업고 이곳저곳 방황하게 된다. 자신의 성의 결과인 아이를 업고 이번에는 철저하게 혼자가 되었다. 그러다가 목이 말라 샘에 이르게 된다.

이 설화에서 두 번째로 목이 마르다는 화소가 나타난다. 같은 화소가 반복되는 것이지만 그 의미는 같은 것이 아니라 질적인 비약을 가져오는 것이다. 목이 마르다는 것은 무엇엔가 갈증을 느낀다는 것이다. 그것은 성일 수도 있지만 두 번째인 이번의 목마름은 좀 더 큰 무엇을 위한 것이라 생각된다. 샘에 이르러 샘물을 마시려는 순간 등에 업은 아이가 샘물 속에 빠지게 된다. 아이를 꺼내려고 손을 내밀자 손이 다시 생겨나는 감격적인 일이 생겼다.

널리 알려진 대로 물은 재생을 나타내려 할 때 가장 일반적으로 사용된다. 색시는 이번에는 성보다 더 큰 삶 자체에 갈증을 느끼고 있었던 것 같다. 자기 혼자 과일을 따먹으려던 과거보다 아기를 업고 물을 마시려는 것이 그 점을 나타낸다. 그런데 아기가 물에 빠진다. 아기는 물론 자신의 성의 결과물이고 모성의 대상물이고 어머니의 분신이다. 물에 빠진 아이는 죽음을 겪는 아이와 성과 어머니와 어머니의 삶을 보여준다. 색시는 이제 과거의 자신의 모든 것을 죽음으로 종결하는 의식을 거행하였다. 자료 (다)에서는 아예 아이와 함께 색시가 우물 속에 빠져버린다. 그것은 다분히 예수가 치렀던 종교적 의식과 동격으로 여겨진다. 그것은 당연히 새로운 삶을 위한, 가능하게 하는 전제조건이다. 살기 위해서는 과거의 자기가 죽어야 한다는 것은 신화의 기본 요소 중 하나이다. 아마도 색시는 철저히 혼자가 된 자신의 삶이 그만 청산되어야 할 것이라고 생각했을 수 있다. 사회와 단절된 자신의 모습이 삶을 영위하기에는 역부족이라고 생각했을 수 있다. 그러나 그것은 과거의 생각의 단견이었다. 또는 색시는 이제 혼자가 되자 자신의 삶을 자신이 감당해나가야 한다는 점을 '새롭게' 깨달았을 수 있다. 그래서 과거의 자신을 죽여야 새로운 삶을 살 수 있다고 생각했을 수 있다. 어느 쪽이든 색시는 죽음을 경험했고, 그 결과 다시 살 수 있었다.

어머니의 정신의 재생은 곧바로 손의 재생으로 나타난다. 삶의 감각과 방향과 수단을 제공해주는 손을 다시 얻음으로 해서 색시는 새로운 삶을 살 수 있게 되었다. 그네는 비로소 자기 손으로 노동을 해서 밥을 먹을 수 있게 되었다. 지난 날 손이 잘렸을 때 나무 아래서 먹을 수 없어서 애태웠던 것과는 달리 자신의 손을 쓸 수 있게 되었다. 주막집 또는 어떤 마을 또는 마고할미 집에서 일하며 살게 된다. 특히 자료 (3)에서 마고할미 집에서는 색시의 기지와 근면으로 농사 대신에 베짜기로 생계를 보다 윤택하게 꾸민다. 자신의 생계를 해결할 뿐 아니라 부를 이루기도 하게까지 발전하는 것이다. 자기 자신도 돌보지 못하던 색시가 이제 가족과 남까지도 돌볼 수 있는 자아로 성장한 모습을 이보다 더 잘 형상화하기도 어려울 것이다.

재생의 결과물로 당연히 다시 남편을 만나게 된다. 손 없는 처지에서 일방적 동정, 구원의 대상이었던 과거와는 달리 자료 (1)에서는 자신의 힘으로 남편을 알아보는 적극성을 띠게 된다. 대등한 관계가 되었음을 나타내기 위해, 상대적으로 남자가 작아졌음을 보이는 것이, 전반부에서는 과거시험을 보러 떠난 신랑이, 자료 (1)과 (4)에서 아내를 찾으려고 엿장수, 황아장수 등 미천한 사람이 되어 전국을 떠돌아다니는 것으로 형상화되었다. 이 화소를 일관성 있게 해석할 수 있었던 것이 본고의 시각의 타당성을 보여준다고 할 수 있다. 이 작품을 문학작품으로 인정할 때 작품 구성에서 필연적으로 등장하게 되어 있는 부분을 합리적으로해석하는 것이 관건이기 때문이다.

4. 더 큰 자아로의 성장

이제까지 본 바와 같이 <손 없는 색시>이야기는 한 여성이 부모와 사회에 의해 억압된 성 의식 때문에 삶의 방향성을 잃었다가 재생의 의례를 거쳐 다시 온전하고 새로운 삶을 인식하게 되는 주제의 이야기라고 풀 수 있다. 이 이야기는 재생의 의례를 다루는 통과제의적 요소를 가지고 있다. 그러나 이 이야기는 일반적으로 다루어지는 바, 죽음에서의 초극이라는 남성적 통과제의와 다른 양상을 보여주고 있다. 시몬느 비에른느가 지적한 대로 일반적으로 통과제의에서 여성은 부차적인 존재로 취급되기 쉬울 뿐 아니라, "여성 통과제의의 시나리오는 남성의 제의를 모방 반복하거나, 너무도 명백하고 노골적으로 여성의 조건과 연결된 구성요소로 이루어지기 때문에, 문학은 특히 기독교 이후로 여성의 통과제의로부터 착상을 얻지 않게 된다."17) 이러한 지적은 비에른느가 통과제의 일반의 모습에 대해서만 강조를 하기 때문에 여성의 통과제의에 대해서는 충분한 주의를 기울이지 않고 있다는 혐의를 갖게 한다. 비에른느는 통과제의라 하면 죽음의 극복이라는 과제의 해결을 통해 재탄생하는 남성적 양상만을 주목하고 있는 것이다. 그녀는 성의 비밀에 대한 것, 다산성과 연결된 초자연적 능력을 인식하는 것, 이상적 사랑을 회복하는 것을 여성 통과제의의 모습으로 인식하고 있다.18)

그러나 우리가 오늘 살펴본 <손 없는 색시>이야기는 여성 통과제의가 다른 면에서 주목될 가치가 있음을 보여주고 있다. 그것은 색시의 재생이 여성적 성 의식의 재생일 뿐 아니라, 인간 의식의 재생도 포함하고 있다고 여겨지기 때문이다. 그것은 다생산성의 인식이나 이상적 사랑의 획득과는 다른 것이다.

색시의 성에 대한 인식의 표현은 두 차례 나온다. 전반부는 손을 잃고 다니다가 과일나무에서 과일을 따려는 장면이다. 이것은 색시의 성이 생산으로서의 성이라는 점을 말해준다. 남근의 상징일 수 있는 나무에서 물을 마시고 배를 채우는 것은 본능적 행위이다. 그 동격의 결과물이 그 나무를 계기로 해서 얻어지는 남성이다. 물론 이 성은 사회와 가족에 의해 부정적으로 인식된 것이며 관습에 의해 결혼은 하지만 그 의의는 제한되어 있는 것이다. 후반부의 성은 그와는 다른 모습을 띤다. 색시는 남편이 집을 떠나자 혼자가 되기 시작한다. 모함을 받아 시댁을 나와서는 진정

---

17) 시몬느 비에른느 지음, 이재실 옮김, 『통과제의와 문학』, 문학동네, 1996. 84면.
18) 시몬느 비에른느, 위의 책, 83-84면.

혼자가 된다. 이 상태에서 색시는 사회나 가족의 의식을 강요받을 필요가 없다. 그는 비로소 자기의 눈으로 세상을 본다. 자기의식을 자기가 결정할 수밖에 없는 처지가 되었을 때 그는 비로소 거듭날 수 있다. 그것이 바로 샘에서의 거듭남이다. 그러자 잃었던 손을 다시 얻는다. 이를 다음과 같이 그림으로 명료히 나타내보자.

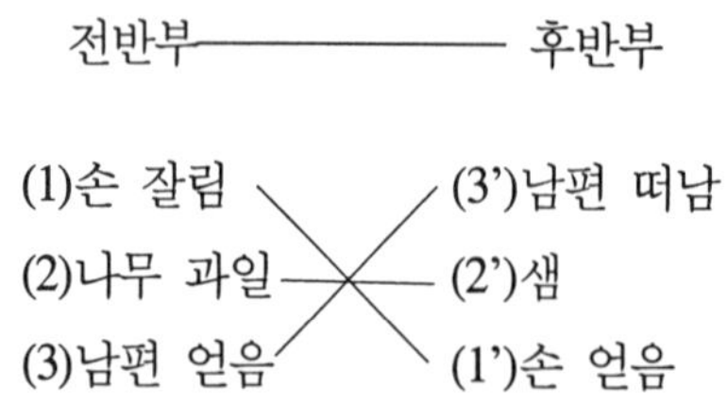

　(1) 이전과 (1') 이후는 현상은 같지만 함축은 크게 다르다. 본능적 성으로는 남편을 얻었지만 본질적인 위험이 있었다. 그러나 (1')에서 얻은 성은 첫째는 자기자신을 다시 찾게 한 것이고 나아가 남편과 아이를 다시 찾을 수 있게 하는 성이다. 이 후자의 성은 본능적 성의 위험함과 더러움을 소거시킨 것이다. 전자의 성으로 남편과 자식을 얻을 수 있었으나 자기 자신은 찾지 못했던 것이라면, 후자의 성은 자기 자신을 찾음으로써 남편과 자식을 얻을 수 있는 성이다.

　그렇게 하기 위해 여성은 통과의례 재생의 의례를 겪어야 한다. 그것이 어떤 것이든 남성에게 있어 죽음의 통과의례와 같은 의의를 갖는다는 것을 이 설화는 보여준다. 단지 초경으로 치러진다고 생각되는 여성의 통과의례의 일차원적인 모습이 아니라, 더 크고 생산적이어서 자기 자신까지도 새롭게 생산하는 여성의 성숙되고 진정한 통과의례의 모습을 보여준다. 그 결과는 자신의 성장뿐 아니라 아이와 남편과 부모와의 관계도 정당한 것으로 재편하는 힘을 갖는다.

　그런 점에서 각편 (나)에서 신랑과의 재회 부분이 생략되고, 반면에 어

머니의 도움이나 아버지와의 만남이 부각되는 것의 유형적 특성도 이해
될 수 있다. 신랑을 떠나는 과정이 있은 후에야 손을 얻는 것과 달리 각편
(나)는 그냥 아이를 업고 친정으로 가다가 손이 재생된다. 이 각편의 특징
은 어머니의 도움이 강조되는 것인데(잘린 손이 하늘 어머니의 도움으로
피 한방울 없이 하늘로 날아갔고, 나중에 샘에서 손을 재생시켜 준 것도
어머니이다), 그것은 남편과의 헤어짐이 없어졌으므로 그 자리를 다시 부
모가 채울 수밖에 없는 것으로 이해된다. 그래서 다른 각편들과 달리 어
머니의 도움이 강조되고 아버지와의 만남이 반갑게 이루어지는 것이다.
그런 점에서 보면 각편 (나)는 퇴행의 모습을 갖는다고 할 수 있다. 그것
은 다시 부모와의 성공적인 결합으로 이어지지만 아이를 업고 친정으로
향한 이후 남편은 더 이상 나타나지 않는다. 남편이 나타나지 않는 정당
한 이유를 주지 않은 채 남편 이야기는 사라져, 전체 이야기의 결말이 미
흡하고 자연스럽지 못한 느낌을 주는 것이다.

5. 요약과 과제

본고는 이제까지 본격적으로 논의된 바 없는 설화인 <손 없는 색시> 이
야기를 "여성 성의식의 성장과 그에 따른 자기 의식의 더 큰 성장"이라는
관점에서 풀어보았다. 부족한 면도 있겠지만 난해한 설화를 나름대로는
합리적으로 이해하려는 시도로서는 첫 작업이라는 연구 의의가 있을 것
이다. 어머니와의 관계와 손 절단의 의미, 쥐와 배나무의 성과 생산의 함
의, 남편과의 관계와 색시의 독립과 손의 재생의 상관관계 등을 고찰한
결과, 남성과는 다른, 그리고 여성의 일차원적 통과의례와도 다른 의미를
찾아낼 수 있었다. 그것은 "더 크고 생산적이어서 자기 자신까지도 새롭
게 생산하는 여성의 성숙되고 진정한 통과의례의 모습"이라고 평가했다.
앞에서도 언급했듯이 설화를 이해하는 방법은 여러 가지가 있을 터이

다. 설화의 전 모습을 확실히 밝힌다는 것은 불가능할 것이다. 그것은 설
화 자체가 합리적 차원으로만 설명되는 차원을 넘어서며, 설화의 해석이
설화 자체의 객관적 의미만을 갖는 것이 아니라 해석자의 조명 아래서만
눈에 띄기 때문이다. 그래서 우리는 한가지의 설화에도 가능한 다양하게
접근을 시도해야 할 것이다. 각편인 네 편 모두의 일정부분 화소에 대해
해명하지 못한 부분이 있기는 하지만, 본고에서 해석한 바가 어느 정도라
도 이 설화의 의미를 밝히는데 기여한 바가 있다고 생각하며 앞으로도 다
른 해석의 가능성에 대해서는 머리를 맞대고 의논을 거듭해야 할 것이다.
　이 설화는 우리 나라 뿐 아니라 중국, 일본, 그리고 프랑스와 독일에서
도 채록되는 세계적 설화이다. 그러나 아직까지는 체계적인 비교 연구가
이루어지지 못하고 있다. 조희웅의 연구가 독보적인데 주로 악한 계모 이
야기 중심으로 자료를 제시하고 비교하였다.[19] 주종연은 '한국의 것이 독
일의 것보다 훨씬 순수 민담에 가까운 인상을 준다' 고 지적하고 있는데
그것은 그림동화가 교훈적 각색을 거친 것이고 한국 것은 문자 그대로 구
비물이기 때문이라는 이유에 기인하는 것으로만 지적되어 있다.[20] 이러
한 차이를 포함해 세계 설화로서 <손 없는 색시> 이야기의 전체적인 의
미에 대한 비교문학적 해명이 필요할 것이다. 또한 이 이야기 전반부의
화소(악한 계모의 모함, 쥐를 이용해 추방 등)는 <장화홍련> 이야기(임석
재전집 1)와 그 변형인 여러 설화들과, <순금전><연당전> <김인향전> 등
고소설에도 등장하는 것이다. 이들 사이의 관계를 해명하는 것도 앞으로
이루어져야 할 과제일 것이다.
　본고에서는 계모의 역할을 심리학적 기능에 입각해 설명했지만, 조희웅
이 말한 바, 계모담이 전근대 사회 가족제도에 근거한 민중의 경험적 내
용으로, 의자녀의 계모에 대한 보상적 심리로 만들어졌다는 언급에 대하
여도, 역사적 사실을 토대로 한 해명이 필요할 것이다. 마찬가지로 김헌선

---

19) 조희웅, 위의 논문, 위의 책, 면.
20) 주종연, 위의 책, 86면.

이 지적한 바 죽은 어머니의 역할을 생각하면 이 설화가 생명을 낳는 신화적 구성에 근거하고 있다는 점에 대해서도 더 정치한 해명이 필요하다고 생각된다.

ABSTRACT

Folktale <Bride without Hands> and the Growth of woman consciousness

Shin, Yeon-woo
(Seoul National University of Technology)

<Bride without Hands> is world widely known folktale. It was registered as AT 706 in <<The Type of the Folktales>> by Arne and Thompson. A girl who lost her mother was cut and ejected by her stepmother. She got married to a bachelor and had a baby. But she was ejected again and happened to drop her baby into the fountain. She stretched her arm to relieve him, and her hands are regenerated. She punished the stepmother.

This folktale is very hard to understand. In this paper I interpreted it as a point of view of the growth of woman consciousness for the first time. I showed the meaning of the identifiation of her and the stopmother, the implication of the sex and the producing capacity of mouse and the pear tree, and the relation between the girl's self-support and the regeneration of her hands.

This research was arranged like this at the conclusion : A girl lost her life direction due to the oppressed sex consciousness by her parents and the society, but she was restored to new whole life through the rites of the Regeneration in the long run.

It is not a first degree rites of passage presented by women's first menstruation, but the real meaning of the matured rites of passage. It is more productive enough to rebirth herself. It leads the conscious-growth of herself and reorganizes the relation of her husband and child and parents.

〈夢見諸葛亮〉의 창작의도와 주제의식

심재숙*

1. 머리말

1900년대 후반 동양은 급격한 세력관계의 변화를 겪게 된다. 중국은 청일전쟁 이후 동북아시아에서의 영향력이 급속도로 위축되었으나, 일본은 청일전쟁 이후 러일전쟁을 거치면서 새로운 열강으로 부상하게 된다. 여기에 서구 제국주의의 침략이 가세되어 동양은 일대 격변의 물살에 휩쓸리게 되는 것이다. 이러한 세계체제 하에서 국가와 민족을 보전하고 자주독립국으로 살아남아야 하는 것은 이 시기 동양이 직면한 절대명제였다. 그런 만큼 동양의 위기를 진단하고 그 해결방안을 모색하려는 담론이 무성하게 제출되었다. 유원표의 <몽견제갈량>은 그러한 다양한 담론 가운데 하나인 바, 본고는 이 작품을 통해 현실을 인식하고 미래의 기획을 제시하고자 했던 다양한 변주의 한 경로를 살펴보려고 한다.

<몽견제갈량>에 대한 본격적인 연구로는 윤명구[1], 신재홍[2], 배삼주[3]의 논문이 있다. 이 작품에 대한 논의는 작가의 생애, 작품의 형식, 작품에

---

* 고려대 강사

1) 윤명구, 『개화기소설의 이해』, 인하대 출판부, 1986.

2) 신재홍, "몽유양식의 소설사적 전개에 관한 연구", 서울대학교 박사논문, 1992.

3) 배삼주, "유원표의 <몽견제갈량>에 대한 연구", 성균관 대학교 석사논문, 2000.

반영된 시대의식을 밝히려는 작업을 중심으로 이루어졌다. 윤명구와 배삼주는 작가에 관한 자료를 발굴하여 작가의 생애를 추정할 수 있는 단초를 마련하였다. 형식에 대한 논의는 이 작품이 몽유록 양식의 전통을 잇고 있다는 전제 아래 이루어졌으며, 이러한 양식이 이 시기에 새롭게 주목받게 된 배경을 밝히는데 그 초점이 맞추어졌다. 그리하여 이 작품이 작가 당대의 사회·정치적 제 문제를 깊이 있게 논의함으로써 몽유록이 비판적 문학양식으로 새롭게 부상하는 계기를 마련했다고 보았다. 작품분석은 이 작품이 담고 있는 시대의식을 추출하는 방식으로 이루어졌다. 이러한 논의를 통해 황인종의 화목(동아시아 연대의 모색), 관리에 대한 비판과 폭로, 민권사상, 후생이용의 실학사상, 국가혁신의 구상, 문명담론 등의 사상이 이 작품에 반영되어 있음을 확인하였다.

본고는 우선 그간 발굴된 유원표에 관한 자료와 새롭게 발굴한 자료를 바탕으로 작가의 행적과 의식지향을 추적하고, 기존 논의에서 언급되지 않았던 신채호의 서문을 통해 이 작품의 창작의도를 살펴봄으로써 작품 분석의 실마리를 마련하려고 한다. 이를 바탕으로 하여 작품을 분석하려 하는데, 작품에 반영된 사상을 파편적으로 추출하는 기존 논의의 방식을 지양하고, 동양의 위기를 진단하고 그 해결방안을 모색한다는 작품내적 구성에 주목하기로 하겠다. 그렇게 함으로써 이러한 형식을 통해 유원표가 드러내고자 했던 인식의 추이가 해명될 수 있을 것이다.

2. 작품분석을 위한 예비적 고찰

2-1. 작가 유원표와 <몽견제갈량>의 창작 연대

광학서포에서 발행된 <몽견제갈량>의 표지에는 '蜜啞子著 夢見諸葛亮'이라 씌어 있고4), 그 다음 장에는 '蜜啞子 劉元杓 寫眞'이라는 설명과 함께 유원표의 초상화가 실려 있다. 그래서 일찍부터 <몽견제갈량>의 작가가 밀아자 유원표임이 밝혀졌으나, 유원표가 어떤 인물인지는 분명하게 알려진 바가 없었다. 그러던 중 이 작품의 본격적인 연구의 단초를 마련한 윤명구에 의해 유원표에 대한 몇 가지 사실이 밝혀졌다. 그는 官報의 기록을 토대로 하여 유원표가 1900년부터 1903년까지 약 3년간 황해도 황주에서 육군 참위로 근무하다가 1년간 휴직하였고, 1904년부터 1906년 4월 3일 휴직할 때까지 육군 부위로 근무했다는 사실을 밝혔다. 최근에는 배삼주가 유원표의 생애를 확인할 수 있는 중요한 단서를 밝혀냈다. 조선시대 역과 합격자의 명부인『譯八世譜』와『譯科榜目』에서 유원표의 이름을 확인한 것이다. 이 기록을 통해 유원표가 대대로 역관을 지낸 집안에서 1852년에 태어났으며, 1880년 역과에 합격하여 漢學直長學官을 지냈다는 사실을 밝혔다.

　이렇게 해서 유원표의 생애가 대충 밝혀진 셈인데, 여기서 몇 가지 짚어야 할 문제가 있다. 우선 역관에서 군인으로 전직하게 되는 부분이다. 지금까지 밝혀진 사실을 종합한다면, 유원표는 1880년 역과에 합격하여 역관으로 지내다가 1900년 군인으로 전직한 후 1906년까지 복무한 것이 된다. 역관에서 군인으로 전직하게 되는 과정은, 이 시기 행정실무, 특히 중인 역관의 실무능력을 필요로 했던 군대의 요구와 관련이 있었을 것으로 짐작된다. 개항 이후 한국은 치열한 국제적 갈등 속에 휩쓸려 들어가게 되면서, 외국의 군사기술을 습득하여 자강책을 강구해야 한다는 논의가 일어나기 시작했다. 그리하여 청년관리와 기술자를 일본에 파견하여 일본의 군사시설을 시찰하게 하는가 하면, 중국에도 학생을 보내 군기제조와 군사조련법을 습득하도록 하였다. 또한 중국인 군사기술자 4명을 한

---

4) 題字 옆에는 '李種泰 題籤'이라고 씌어 있어서, 표지의 題字가 이종태의 필적임을 밝히고 있다. 이종태(1850-?)는 조선 선조 때 寫字官이었던 李海龍의 10대손으로 副卿을 지낸 인물이다. 이 집안은 대대로 글씨를 가업으로 하였으며 이종태 역시 서예가로 이름을 날렸다. 덕수궁 대한문의 額書가 이종태의 필적이다.

국으로 데리고 와서 각종 기계를 제작하기 위한 기기창을 설치하기도 했다.5) 사정이 이러했으므로 군대에서는 중국어에 능통한 사람이 필요했을 것이고, 이 과정에서 유원표와 같은 역관이 군인으로 전직하게 된 것이 아닌가 한다. 실제로 유원표는 군인으로 복무하던 1905년에 중국 천진에 갔었다고 한 것으로 보아, 그가 군인으로서 담당했던 역할은 주로 통역 혹은 번역과 관련된 업무였을 것으로 추정된다.6)

　다음으로 유원표가 1906년 4월에 육군 부위직을 휴직한 문제이다. 주지하다시피 이 작품은 몽유록의 서술방식을 취하고 있는 바, 몽유자로 등장하는 밀아자가 어떻게 형상화되어 있는지를 분석한다면 작가 유원표의 행적을 추적할 수 있을 것이다. 몽유록 양식에서 몽유자는 대개 작가의 의식을 강하게 투영하고 있기 때문이다. 더구나 <몽견제갈량>의 경우, 몽유자는 작가 유원표의 호와 동일한 밀아자로 설정되어 있는 만큼 밀아자의 모습을 통해 작가 유원표의 행적과 의식의 일단을 짐작할 수 있을 것으로 생각된다. <몽견제갈량>의 도입부는 밀아자가 1906년 봄에 관직을 사퇴하고 고향으로 돌아와 지내던 중, 어느 여름날에 잠시 잠이 들었다가 제갈량을 만나게 되었다는 것으로 시작된다.7) 여기서 밀아자가 자신을 소개하면서 "挽近世道가 騷擾ᄒ야 微官을 謝休ᄒ고 山林에 棲息ᄒ"(2쪽)게 되었노라고 하는 것으로 보아, 당시 한국의 상황 때문에 사퇴하게 되었던 것임을 짐작할 수 있다. 즉 1905년 11월에 을사보호조약이 체결되자 이에 분개하여 관직을 사퇴하게 되었던 것이다. 이는 유원표가 을사보호조약에 저항하여 자살한 민영환의 죽음을 애도하는 내용의 한시와 논설을 여러 차례 신문에 기고하였던 것으로 보아서도 충분히 짐작되는 바이

---

5) 이광린, 『한국 개화사 연구』, 일조각, 1980, 187쪽.

6) "蜜啞子가 年前에 遊於天津ᄒ싀" (<蜜啞子書>)

7) "粤在丙午春에 所帶殘啣을 休免ᄒ고 家族을 團合ᄒ야 農庄에 歸ᄒ니 雖非英雄事業의 功成身退也나 自擬昇平烟月에 擊壤逸民이로다. 雖然이나 東洋事勢와 自國情形을 思量ᄒ면 心膽이 冷落ᄒ고 計算이 沒策이라. 不勝感哀ᄒ야 或中宵無寐時에 庭際에 彷徨도 ᄒ고 或隣塾에 委往ᄒ야 學問을 講義도 ᄒ더니"(1쪽).

다.8)

　한편 유원표는 신문과 잡지에 여러 편의 글을 발표했으며, 그의 행적을 알려주는 기사가 신문이나 잡지에 여러 차례 실리기도 했다. 이러한 자료들은 그의 행적과 의식 지향을 확인할 수 있는 중요한 자료이다. 윤명구와 배삼주가 발굴한 자료에 필자가 새롭게 찾은 자료를 보완하여 정리하면 다음과 같다.

● 유원표 관련 기사

① 유원표가 대한자강회 회원으로 등록되었다는 내용 <대한자강회월보 6호>(1906. 12)
② <啞舌懸河>, 『황성신문』(1906. 12. 17)
③ <蜜啞演說>, 『황성신문』(1906. 12. 22)
④ <感淚沾襟>, 『대한매일신보』(1907. 1. 11)
⑤ <送蜜啞子入京>, 『대한매일신보』(1907. 2. 15)
⑥ <開城討論>, 『대한매일신보』(1907. 3. 5)
⑦ <蜜啞演說>, 『대한매일신보』(1907. 3. 12)
⑧ <平妓志學>, 『대한매일신보』(1907. 4. 10)
⑨ <양정의숙연설>, 『대한매일신보』 국문본(1907. 12. 18)
⑩ <會計員報告>, 서북학회월보(1908. 8)9)
⑪ <대한협회기념>, 『대한매일신보』 국문본(1908. 11. 20)
⑫ <開城旅行의 實記>, 新文界 1권 9호(1913. 12)

● 유원표의 글

① <前明後昧之由>, 『황성신문』(1900. 10. 17) 논설
② <警天下論>, 『황성신문』(1903. 8. 26) 논설
③ <讀孫貞○書>, 『황성신문』(1903. 9. 19) 한시
④ <開城義兵>, 『황성신문』(1904. 4. 13) 한시

---

8) 유원표는 민영환을 애도하는 시 세 편과 논설 한 편을 신문과 잡지에 기고했다.다음에서 살펴보게 될 유원표의 글 가운데 ⑦,⑨,⑩,⑰이 그것이다.
9) 유원표가 건축비로 10원을 냈다는 기사.

⑤ <敬次長谷川大將>, 『황성신문』(1905. 6. 14) 한시

⑥ <蜜啞子書>, 『황성신문』(1905. 8. 30) 논설

⑦ <靑樓哭忠>, 『대한매일신보』(1905. 12. 8) 논설

⑧ <述懷寄兪肯齋>, 『대한매일신보』(1906. 2. 22) 한시

⑨ <古詩>, 『황성신문』(1906. 7. 13) 한시

⑩ <哭閔忠正公小祥歸路作>, 『황성신문』(1906. 12. 31) 한시

⑪ <無題>(1, 2), 『대한매일신보』(1907. 4. 4 - 4. 5) 논설10)

⑫ <蜜啞欽歎>, 『대한매일신보』(1907. 4. 8)

⑬ <蜜啞子問答>, 『대한매일신보』(1907. 6. 8) 논설

⑭ <蜜啞子經歷>, 『대한매일신보』(1907. 9. 6) 논설

⑮ <祝辭>, 『대한협회회보』(1908. 4. 1) 논설

⑯ <民俗의 大關鍵>, 『서북학회월보』(1908. 9. 4) 논설

⑰ <哭閔忠正公大祥>, 『서북학회월보』(1909. 8. 15) 한시

⑱ <讀西友感起而作>, 『서우』 한시

⑲ <輓章>, 『유길준전서』5권(1914. 10이후) 한시11)

유원표 관련 기사는 ③, ⑤, ⑩, ⑫를 제외하면 모두 유원표가 학교 및
학회에서 연설을 했다는 사실을 전달하는 기사이다. 예컨대 ①은 대한자
강회 통상회의에서 연설을 하였는데 서양의 철학자와 겨룰 만큼 훌륭하
게 연설하여 대단한 호응을 얻었다는 기사이고, ②는 휘문의숙에서 '畏
懼' '羞恥' '奮發'하는 마음으로 신학문에 주력해야 함과 단발의 필요성을
주장하여 학생들의 마음을 격동시켰다는 기사, ⑦은 여자교육회에서 '男
女의 分擔義務'와 '時代의 的當方法'에 대해 명쾌하게 밝혀주어 박수갈
채를 받았다는 기사, ⑧은 유원표가 평양에서 있었던 대운동회에 참석하
여 연설한 후 요리집에 갔는데 기생을 한 명도 부르지 않자, 기생들이 이
에 감격하여 유원표가 연설한대로 여학교에 들어가 신학문을 공부하겠노

---

10) 이 글은 4월 4일에서 5일까지 두 번에 걸쳐 게재되었으나 연속성이 있는 글이므로
   여기서는 한 편의 글로 처리했다.

11) 이밖에 『西友』 상권에 실린 유원표의 한시는 ⑩번 작품과 동일한 작품인데, 謙谷生
   의 주석과 爽目子의 평이 덧붙어 있다.

라고 맹세하게 되었다는 기사, ⑨는 양정의숙에서 유익한 학문에 대하여 연설했다는 기사이다. 이를 통해 유원표가 학교 및 학회에서 여러 차례 연설을 했으며, 그 연설 내용은 신학문과 신문화의 필요성을 역설하는 것이었음을 확인할 수 있다.

또한 그는 신문과 잡지를 통해 많은 글을 발표하였는 바, 한시와 논설이 그것이다. 그의 논설은 보수적 관료층의 부패상(⑪), 구학문의 폐해와 실용학문의 필요성(①,⑬,⑭), 풍속의 완고함(⑯), 민영환의 죽음(⑦), 러시아의 야욕에 대한 경계(②), 국가의 중요성(⑥)에 대한 입장을 표명한 것이다.12) 그의 글은 대체로 구문화의 부정적 측면을 비판하고 신문화의 필요성을 강조하는데 초점이 맞추어져 있다고 하겠다.

이상의 자료를 통해 그의 행적을 대강 짐작할 수 있는 바, 이를 정리하면 다음과 같다. 그는 1880년 역과에 합격하여 역관으로 활동하다가 1900년 군인으로 전직하게 된다. 이 해는 그의 글이 신문에 게재되기 시작하는 시점과 일치한다. 이로써 보건대 1900년 군인으로 전직하게 되면서 신학문을 접할 기회를 얻게 되었고, 이를 계기로 전통적 지식인에서 계몽지식인으로 변신하게 되었던 것으로 짐작된다. 그러나 이 시기의 글은 대부분 한시이고 논설도 순한문으로 쓰여져 있는 것으로 보아, 아직은 구학문의 테두리에서 크게 벗어나지 못했던 단계였음을 알 수 있다. 그가 계몽지식인으로서 본격적인 사회활동을 하게 되는 것은 을사보호조약을 계기로 관직을 사퇴한 이후부터이다. 사퇴 이후 곧바로 대한자강회에 가입했다는 기사를 시작으로 하여, 『황성신문』과 『대한매일신보』에 그의 연설 기사가 빈번하게 등장하는 것으로 보아 그렇다. 또한 한시보다는 새로운 사상을 표출하기에 적합한 논설을 신문과 잡지에 활발하게 기고하고 있는 것으로 보아서도 그렇다. 이로써 보건대 유원표는 이 무렵부터 신문과 잡지의 필진으로 참여하게 되면서 신채호를 비롯한 계몽지식인들과 교류

---

12) 그가 남긴 논설에 대한 상론은 작품 분석을 하면서 하기로 하겠다.

하기 시작하였고, 이를 계기로 구군인에서 계몽지식인으로 거듭나게 되었던 것으로 보인다.13)

이처럼 유원표는 1906년을 기점으로 계몽지식인을 자임하면서 글과 연설을 통해 자신의 생각을 보다 폭넓게 전파하고자 하였고, 이러한 활동의 하나로 <몽견제갈량>을 창작하였던 것이다. 여기서 이 작품의 창작 연대와 관련하여 바로잡아야 할 부분이 있다. 이제까지 이 작품을 다룬 글에서는 <몽견제갈량>이 1908년에 창작된 것으로 보아 왔다. 현재 유일본으로 전해지는 광학서포본 <몽견제갈량>이 1908년에 간행되었으므로, 자연스럽게 그렇게 되었던 것이다. 그러나 광학서포본 <몽견제갈량>이 1908년에 발표되기는 했으나, 작품이 완성된 시기는 이보다 2년 앞선 1906년이었던 것으로 보인다.

작품 말미에 있는 "光武十年丙午重陽翌日扶山洞千初閣畢書"라는 기록은, 이 작품이 이미 1906년 9월 10일에 완성되었음을 보여준다. 또한 작품 내용을 통해서도 이 작품이 1906년에 창작되었음을 확인할 수 있다.

> 昔年에 日本의 豊臣氏가 無端이 朝鮮을 襲擊ᄒᆞᄂᆞᆫ 事롤 今日에 公言之ᄒ량이면(91쪽)
> 又於再昨年에 俄國과 開仗을 ᄒ고보면 是ᄂᆞᆫ 人種競爭이라(96쪽)

앞의 인용문은 일본이 조선을 보호국화한다는 을사보호조약을 체결한 일을, 뒤의 인용문은 러일전쟁을 언급한 부분이다. 을사보호조약이 체결된 1905년을 '지난해', 러일전쟁이 발발한 해를 '재작년'이라고 표현하고

---

13) 그가 교류했던 계몽지식인으로는 신채호와 이종태가 있다. 유원표와 신채호의 친분 관계는 신채호가 <몽견제갈량>의 서문을 써주었던 것을 통해 확인할 수 있다. 또한 <몽견제갈량>의 題字를 쓴 李鍾泰와도 상당한 친분이 있었던 것으로 보인다. 이종태는 중국인이 편찬한 몇 종의 개혁관련 서적을 한국인이 이해하기 쉽게 풀어쓴 『進明彙論』(1906)의 저자이다.

있는 것을 보면, 이 작품이 1906년에 창작되었다는 것은 보다 분명해진
다.14) 계몽지식인으로서의 본격적인 활동을 시작하면서, 신문에 기고하는
짧은 글로는 충분히 표현할 수 없는 자신의 생각을 보다 깊이 있게 개진
하기 위해 <몽견제갈량>을 창작하게 되었던 것이다.

이처럼 유원표는 1906년부터 1910년까지 계몽지식인으로 활발하게 활
동하지만, 1910년 이후에는 친일적 방향으로 선회한 것이 아닌가 한다.
합방 이후 유원표의 행적을 짐작하게 하는 자료가 신문계에 게재되었던
기사⑫이다. 최찬식이 쓴 <學術硏究 世界舟遊記>는 학생들에게 신사상
을 발양한다는 취지 아래 세계의 학문을 소개한 글이다.15) 여기서 주목하
려는 것은 최찬식이 개성의 풍물과 명승고적을 소개하기 위해 개성에 갔
다가 유원표를 방문하여 나누었다는 대화 내용이다. 그 내용은 대강 이러
하다.

최찬식이 여행의 목적을 설명하자 유원표는 "貴社의 莊擧를 祝賀ᄒ노
라"고 칭송한다. 이어 최찬식이 신문계 발간의 취지를 "本誌 新文界 編輯
人 竹內君은 朝鮮英材의 學藝를 獎勵코자 本誌의 頭腦는 學術文藝로 原
料를 作ᄒ고 簡易한 文法과 鮮美ᄒ 體裁로 發行ᄒ야 靑年學業家의 援助
를 與코자 홈"이라고 설명하자, 유원표는 "美哉라 余는 贊成ᄒ노라. 然이
나 今日의 靑年이 竹內君의 誠意를 知ᄒ는 者이 幾個人이 有홀지 未知
ᄒ깃도다"라며 얼마 전 자신이 겪은 일을 이야기한다. 유원표가 며칠 전

---

14) 그러나 지금으로서는 1906년에 이미 이 작품이 단행본의 형태로 발표되었던 것인지,
   혹은 1906년에 작품을 완성하고서도 혼자 간직하고 있다가 1908년에야 발표하게 된
   것인지는 확인할 길이 없다. 그런데 신채호가 쓴 서문 말미에 "聖天子隆熙二年孟夏
   高靈申采浩書于三洞精舍"라고 기록되어 있는 것으로 보아, 신채호의 서문은 1908년
   에 씌어졌음을 알 수 있다. 이로써 보건대 유원표는 1906년에 <몽견제갈량>을 완성
   했으나 어떤 사정에서인지 1908년이 되어서야 단행본으로 출간하게 되었고, 이때
   평소 친분이 있던 신채호에게 서문을 부탁하였던 것이 아닌가 싶다.
15) 이 글은 제목 옆에 (一)이라고 씌여 있는 것으로 보아 연재물로 기획되었던 것 같은
   데, 무슨 이유에서인지 일회로 마무리 된다.

수산장학생들의 졸업식에 참석하여 축사를 하였는데, 일본 사람들은 한국 말을 알아듣지 못하면서도 자신의 연설에 동조의 뜻을 표하는데 한국학 생들은 듣지도 않더라는 것이다. 그래서 한국 학생계의 절망적 상황을 한 탄하였다고 하면서 "竹內君은 益益勉勵ᄒ야 靑年界에 好影響이 波及키 를 祝ᄒ노라"고 하더란 것이다.

이 글에 등장하는 竹內君(타케우찌)은 1913년부터 1917년까지 발행된 신문계의 발행인이며, 최찬식은 이 잡지의 실질적인 편집책임자이자 대표 적 필진이었다. 일본은 합방 후 보다 효율적으로 식민지 한국을 지배하기 위해 한국인의 정신개조사업을 기도했는 바, 이 잡지는 이 같은 목적아래 발간된 것이다.16) 여기서 주목되는 것은 유원표의 반응이다. 최찬식이야 대표적인 친일적 작가이니 그렇다고 하지만, 유원표가 신문계와 타케우찌 의 입장에 동조하고 있으니 말이다. 거기다 한국 학생계의 상황을 일본과 비교하면서, 타케우찌에게 한국 학생계를 위해 훌륭한 역할을 해달라고 부탁하고 있는 것이다. 신문계와 타케우찌를 한국 학생계의 절망을 구원 해줄 은인으로 추앙하는 모습에서, 합방 이후 유원표가 의식의 변화를 일 으켰던 것은 아닌지 추정해본다.

2-2. 서문을 통해 본 창작 의도

<몽견제갈량>을 본격적으로 분석하기에 앞서, 이 작품의 창작 의도를 짐작하게 해주는 서문을 살펴볼 필요가 있겠다. 서문은 이 작품이 어떤 문제의식에서 출발하고 있으며, 주로 어떤 계층을 계몽할 목적으로 쓰여 졌는지에 대한 정보를 담고 있기 때문이다.

<몽견제갈량>의 서문은 신채호가 쓴 것이다. 유원표와 신채호는 이 작 품이 완성되기 이전에 작품 내용과 관련하여 서로 이야기를 나눌 기회를

---

16) 신문계에 실린 이 글은 세계의 학문의 소개한다는 애초의 취지와는 달리 한국 학생 의 학문을 장려한다는 신문계의 발행 취지를 전파하는데 더 적극적이었다.

가졌던 것으로 추정되며, 서문의 내용은 그때 둘이 나누었던 대화내용을 기록하는 형식으로 되어 있다.

서문은 신채호의 다음과 같은 질문으로 시작된다.

> 20세기 대한의 천지에 앉아 프랑스 혁명과 미국 독립을 꿈꾸지 않고 중국의 삼국시대를 꿈꾸며, 대도시 런던·장려한 베를린을 꿈꾸지 않고 隆中(제갈량이 은거하던 곳)의 초당을 꿈꾸며, 나폴레옹·워싱턴·크롬웰·비스마르크를 꿈꾸지 않고 제갈공명을 꿈꾸는가? 아! 뇌목과 포석(옛날 방어용의 무기)이 어찌 모젤총과 속사포를 대적할 수 있겠으며, 木牛流馬(제갈량이 위나라와 전쟁할 때 군량을 운반하기 위해 사용했던 기구)가 어찌 기선과 화차를 당해낼 수 있겠는가? 그러므로 지하에서 제갈량을 일으켜 말하게 한다면 '중국과 우리 한국은 졸연이 황당한 상황에 처하게 되었으니, 필시 학술을 학교에서 배우고 시세를 신문사에서 알아보더라도 적어도 사오 년간 머리를 쓴 연후라야 감당할 수 있을 것이다.' 라고 할 것이다. 그러므로 천백 번 제갈량을 꿈꾸는 것이 한 번 소학교 아이를 꿈꾸는 것만 못하다. 그런데도 지금 꿈꾸기에 족하지 않은 것을 꿈꾸고, 이어서 사람들에게 '제갈량이 내 꿈에 보였다'고 하니, (<몽견제갈량>은) 꿈에 취한 사람의 꿈인가 철학자의 꿈인가?[17]

이미 말했듯이 <몽견제갈량>은 1906년에 창작된 작품이다. 1906년이 어떤 해인가? 바로 전해에 을사보호조약이 체결됨으로써 국권 수호에 대한 위기의식이 어느 때보다도 팽배해있던 시기였다. 그럼에도 불구하고 작가가 제갈량에 주목하는 이유는 무엇인가? 중국 삼국시대의 제갈량을

---

17) 坐二十世紀大韓之天地不夢法國革命美國獨立而夢支那三國不夢倫敦都會栢林壯麗而夢隆中草堂不夢拿破翁華盛敦傑男偉一俾斯麥而夢諸葛孔明嗚呼檑木砲石其可以敵毛槍速射乎木牛流馬其可以退汽船火車乎起諸葛於九原日爾相我韓國卒然當之周章跋踣必也問學術於學校問時勢於報舘至少當費四五年之腦而後可然則千百回夢諸葛不如一夢小學中尺童今也不足夢而夢又從而語人曰諸葛見我夢夢人之夢歟哲人之夢歟.

꿈에 보았다고 하는 설정에 대해 "꿈에 취한 사람의 꿈"이냐고 반문했었노라고 한 것을 보면, 신채호 역시 이 점이 의문이었던 모양이다. 프랑스혁명과 미국독립을 견인했던 나폴레옹이나 워싱턴과 같은 서양의 국가적 영웅의 행적을 보여주는 것이, 중국과 한국이 졸연이 처하게 된 황당한 상황을 극복하는 데 보다 효과적이라 판단되었기 때문이었을 것이다.

> 그렇다. 이 꿈은 본디 내가 꾸고자 하는 것이 아니다. 지금 우리 국내의 사정을 보면, 사대부들이 소매를 나란히 하고 계책을 이야기할 때면, 남병산에서 바람을 빌리는 것(제갈량이 적벽대전에서 구사한 전술)이 아니면 금낭의 비결(제갈량이 유비에게 준 계책)이고, 서성에서 거문고를 타는 것(제갈량이 구사한 전술)이 아니면 어복포의 팔진도(제갈량이 구사한 전술) 따위이다. --- 대한독립이 이런 제갈량의 이야기들보다 뒤에 있는 문제인가 하여 내가 세계문명사로 그들에게 이야기하면, 그 눈이 휘둥그레져서 나를 보고, 지구의 위인전으로 이야기하면 눈썹을 찡그리며 어찌 이런 일이 있겠는가? 어찌 이런 일이 있겠는가? 하고 말한다. 이들이 그칠 줄 모르고 골몰하는 것은 오직 김성탄의 삼국지에 감탄하는 것뿐이다. 아! 이런 사람들과 아침 저녁으로 만나다 보니 내가 제갈량을 꿈꾸지 않고 누구를 꿈꾸겠는가?18)

신채호의 이러한 의문에 대해 "이 꿈은 본디 내가 꾸고자 한 것이 아니"었다고 한 것을 보면, 유원표가 제갈량을 선택한 것은 자신이 의도하는 바를 효과적으로 전달하기 위한 계몽의 전략이었음을 알 수 있다. 그가 이 작품을 통해 계몽하고자 했던 대상은 '제갈량에 골몰하는 사대부'이며, 이들을 계몽하기 위한 방편으로 제갈량을 선택했던 것이다.

---

18) 然斯夢也固非我所欲夢也而今觀乎吾國之內士大夫所聯袂而談計有非南屛之借風則錦囊之秘訣也--而大韓獨立後於此乎而吾語之以世界文明史則其目瞠示之以地球偉人傳則其眉蹙曰烏有是哉烏有是哉其所孜孜不知休者惟聖歎三國志是已吁與斯人朝暮遇吾不夢諸葛而誰夢.

그러면 '제갈량에 골몰하는 사대부'란 무엇을 의미하는가? 제갈량은 중국 삼국시대 촉한 때 인물이다. 이 시기는 오랫동안 통일되었던 중앙집권국가가 분열되어 각 민족이 할거하던 때였다. 그런 만큼 이 시기는 약육강식의 논리가 지배하는 세상이었다고 할 수 있다. 이런 상황에서 제갈량은 개혁적 정책과 실무능력을 기반으로 국가의 기틀을 세우는데 기여했던 인물이다. 유비와 그 아들 유선을 보좌하여 법령을 보완하고 구태의연한 관리의 폐해를 개혁하였으며, 실적에 따라 인재를 등용하였다. 또한 산지에서 곡물을 운반할 수 있는 목우류마를 고안하여 농업 생산력을 발전시키는 한편, 발사력이 매우 강한 연발형 쇠뇌를 발명하고 새로운 행군진법인 팔진도를 개발하여 군대의 전투력을 향상시켰다. 말하자면 제갈량은 여러 민족이 정치적 각축을 벌이는 대혼란기에 민족을 유지하고 국가를 건설하는데 지대한 공을 세운 영웅적 인물이다. 각 민족의 통치자가 정치적 각축을 벌이는 대전환기였다는 점에서, 그리고 약육강식의 논리가지배하는 세상이었다는 점에서 중국의 삼국시대와 20세기 초 한국의 상황은 매우 유사했다. 이런 까닭에 당시 사대부들은 한국이 처한 위기를 극복할 계책을 얘기하면서 제갈량에 골몰했던 것이다.

그러나 작가는 제갈량을 통해 한국의 위기를 극복하겠다는 사대부들의 인식을 인정할 수 없었다. 개항과 함께 한국은 서양의 선진문화의 세례를 받게 되는 한편 이를 등에 업고 밀려들어오는 서양에 대응하여 국권을 수호해야만 하는 이중의 고통을 안게 된다. 그것은 이제까지 겪어보지 못한 충격이었다. 계몽주체들은 이러한 극심한 혼란의 상황에 직면하여 국권을 지키고 살아남기 위해서는 무엇보다 서양의 선진문화를 수용하여 근대적 개혁을 단행하는 것이 시급한 과제라고 생각했다. 그러자면 완고하게 깔려있는 구제도의 청산이 전면적으로 요망되었다. 세계는 엄청난 변화의 속도로 나아가고 있는데, 아직껏 낡아빠진 구문화에 얽매어 있어서는 근대적 개혁도 국권 수호도 허망한 꿈일 뿐이었다.

말하자면 제갈량은 모젤총, 기선, 화차, 중학교로 상징되는 신문화와 대척점에 있는 구문화의 상징이며, '제갈량에 골몰하는 사대부'는 종래의 구학문, 구문화의 굴레에 갇혀 변화된 현실을 정확하게 인식하지 못하는 전통적 지식인을 빗댄 것이라 하겠다.

> 본디 내가 제갈량을 꿈꾸었으나 실은 제갈량이 나를 꿈꾼 것일 따름인 것이다. 아! 이 책을 읽은 사람 가운데 어찌 여전히 제갈량을 꿈꾸는 자가 있겠는가?[19]

　그러면 유원표가 구문화의 굴레 속에 갇혀 있는 사대부에 특히 주목하는 이유는 무엇인가? 일본과 달리 오랜 문화의 전통을 지닌 한국이나 중국의 경우, 엄청난 속도로 변하는 세계 속에서도 구문화의 전통은 완강한 힘으로 변혁의 흐름에 저항하고 있었다. 그 저항의 한 가운데에는 구문화의 굴레 속에 갇혀 있는 사대부들이 있었다. 변혁의 물꼬를 트고 이를 이끌어가야만 할 "상등 인류"인 그들이 이처럼 구문화의 굴레 속에 갇혀 있어서는 근대적 변혁이나 국권 수호는 요원한 일로 여겨졌던 것이다. 그런 만큼 시대의 변화를 외면한 채 구문화의 전통에 매몰되어 있는 이들을 설득하여 역사의 흐름에 합류할 수 있는 세력으로 성장할 수 있도록 하기 위해 이 작품을 창작하게 되었다고 하겠다.

　이렇게 구문화의 굴레 속에 갇혀 있는 사대부를 주 계몽대상으로 상정한 만큼, 유원표는 이들의 사유체계 안에서 중요한 위치를 차지하고 있는 제갈량을 등장시켜 그 허상을 폭로하는 글쓰기 전략을 취하였던 것이다. 제갈량을 구문화가 가지고 있는 부정적 모습을 함축하고 있는 가공의 인물로 설정하여 그로 하여금 수구적 지식인의 생각을 마음껏 발언하게 한 후 이를 반박하는 형식을 취함으로써 구문화의 허상을 폭로하고자 했던 것이다. 이러한 전략은 유원표가 중인 신분이었기 때문에 가능했다. 그 자신이 구문화의 전통에 비판적 거리를 둘 수 있는 중인이었으므로 구문화

---

19) 固余夢諸葛而實諸葛夢余耳嗚呼讀此書者其尙有夢諸夢者乎.

의 급소를 파악하는 것이 용이하였으며, 바로 그 급소를 찾아내 비판할 수 있었다. 이렇게 함으로써 유원표는 구문화의 굴레 속에 갇혀 있는 수구적 사대부들이 자기 자신을 되돌아보고 반성함으로써 근대적 변혁의 장에 합류하도록 하는 것으로 자신의 임무를 삼았다고 하겠다.

3. <몽견제갈량> 분석

3-1. 제갈량에 투사된 동양적 劣性의 폭로

유원표가 제갈량을 형상화하는 방식은 근대계몽기에 산출된 역사전기소설의 그것과는 매우 대조적이다. 역사전기류는 당시의 우리 민족에게 귀감이 될 만한 긍정적인 인물을 주인공으로 하여, 우리 민족이 나아가야 할 방향을 제시하려는 의도에서 창작된 것이다. 그런 만큼 역사전기류에서는 외세의 침략에 맞서 조국을 수호하거나 재건하는 데 기여한 주인공의 긍정적인 모습만 부각되어 나타난다. 그러나 이 작품에 등장하는 제갈량은 그렇지 않다. 제갈량은 현재적 시점에서 동양적 열성을 폭로하기 위해 가공된 인물이기 때문이다.

이제 제갈량의 모습이 어떻게 형상화되고 있는지 보기로 하자.

이 책의 목차는 다음과 같다.

1장 議者謂爲非計
2장 容或無怪十章
3장 先生歷史演義
4장 東土文學虛失
5장 黃白關係眞狀
6장 支那政略改良

1장부터 3장까지는 제갈량의 행적을 어떻게 평가할 것인가에 초점이 맞추어져 있다. 1장은 제갈량이 자신의 정책에 대해 바르지 못한 것이었다고 하던 당시의 평에 대해 불만을 품고, 밀아자에게 자신을 제대로 평가해달라고 부탁하는 내용이다. 당시 평자들이 잘못된 것이었다고 평가한 사건은, 제갈량이 중원을 평정하기 위해 여섯 번째 출사한 것을 말한다. 제갈량은 중원을 평정하기 위해 다섯 번이나 출사하여 위나라를 토벌하였으나, 위나라는 원래 강하고 제갈량의 촉나라는 약한데다 산길이 험해 군량 보급이 원활하지 못하여 결정적인 승리를 거두지 못했다. 그래서 제갈량이 여섯 번째 출정하려고 할 때는 군량을 자체 조달하여 지구전을 펴려고 하였다. 그러나 당시의 사람들은 이에 대하여 잘못된 것이라 비난하였다고 한다. 이를 두고 제갈량은 밀아자에게 정당한 평가를 해달라고 부탁했던 것이다.

이에 대해 밀아자는 군량을 자체 조달하여 지구전을 펴고자 했던 제갈량의 뜻에 동의하면서 제갈량의 재주와 충성심을 칭송한다. 그러나 "人情物態의 緊着헌 眞狀實蹟"(7)으로 말하면 議者들이 올바른 계책이 아니었다고 말하는 것이 괴이할 것이 없다고 하면서, "先生 生前에 所經萬事를 逐條分解ᄒ야 人情物理의 逼切흔 經緯를 詳核卞判"(10)하겠다고 응대한다. 밀아자 역시 제갈량 당시의 사람들처럼 제갈량의 행적에 잘못된 점이 있다는 사실에는 동의하지만, 그들과는 다른 입장에서 제갈량의 행적을 새롭게 평가하게 될 것임을 예고하고 있는 것이다.

2장은 제갈량의 행적 가운데 비난받을만한 여지가 있는 열 가지를 새로운 관점에서 재평가하는 과정이다. 그 열 가지는 다음과 같다.

1. 무력으로 익주를 공격하여 빼앗은 일과 익주를 취한 후에 돌려주겠다며 형주를 빌린 후에 돌려주지 않은 일.
2. 천자에게 아뢰지 않고 한나라 왕으로 즉위한 일.
3. 전쟁 수행시 작전을 잘못 시행한 일.

4. 법률을 엄격히 적용하지 않은 일.
5. 군법을 불공평하게 시행한 일.
6. 평화롭던 익주 백성으로 하여금 전쟁의 노역으로 고단하게
   한 일.
7. 用兵과 用人을 잘못한 일.
8. 전쟁할 여건이 갖추어지지 않은 상황에서 무리하게 전쟁을
   치룬 일.
9. 모든 정사를 홀로 독단한 일.
10. 임종시 양의에게 삼군절도를 맡겨 위연의 악감을 사서 반
    란을 일으키도록 한 일.

　유원표는 제갈량 당시의 평자들이 그의 행적에 잘못된 것이 있다고 하는 것이 이상할 것이 없다고 하면서도, 제갈량 당시의 평자와는 다른 입장에서 제갈량의 행적을 논단한다. 논단의 기준은 바로 1900년대 모든 가치의 최종규준이었던 '국가', '국권의 보전'이다. 이를 단적으로 보여주는 것이 1과 6이다. 당시의 평자들은 1에 대하여 신의를 저버린 것이라 하여 비난하였으나, 이는 외교상 흔히 있을 수 있는 일이라는 것이 밀아자의 입장이다. 오히려 평자들의 비난을 우매한 편견이라 몰아붙이기까지 한다. 6에 대해서도 당시의 평자들은 익주 백성으로 하여금 전쟁의 노역으로 고단하게 한 것이라 하여 비난하였으나, 밀아자는 개명한 국가 정신으로 볼 때 당연한 일이라 평한다. 말하자면 유원표는 1900년대의 시점에서 '국가'라는 최고의 가치 기준을 소급 적용하여 제갈량의 행적을 판단하는 것이다. 나머지 항목에 서도 제갈량 당시의 평자와는 다른 관점, 즉 현재적 시점에서 이루어진다. 법률의 엄격한 적용, 관직 등용에 있어서의 실무 능력 중시, 경제력 향상이라는 세 가지 가치를 기준으로 제갈량의 행적을 비판한다.

　3장에서는 제갈량의 실책을 좀 더 구체적으로 제시하면서 그렇게 된 원인을 분석한다. 제갈량은 밀아자의 혹평에 대하여 당시 지식의 수준으로

는 어쩔 수 없는 일이었으며, 지금 시대에 태어났더라면 일대 혁신을 이룰 수 있었을 것이라 변명한다. 그러나 밀아자의 입장은 단호하다. 왕의 전적인 신뢰를 받고 있었으니, 제갈량이 혁신을 이루고자 하는 마음만 있었다면 가능한 일이었다는 것이다. 여기서 밀아자가 말하는 혁신은 상하 의원의 설치, 헌정제도의 확장, 관리 단체의 조직, 실업사회의 지도, 교육을 통한 民智의 계몽 등이다. 1900년대 당시에나 가능할 법한 기획을 1700여 년 전의 제갈량이 실천하지 않았다고 하는 밀아자의 반박에는 현재적 욕구가 강하게 개입되어 있다고 하겠다. 그러니 1700여 년 전에는 밀아자가 말하는 식의 혁신 사상은 "通地球에 夢想도 不及한 者"고 하는 제갈량의 반박은 어쩌면 당연한 것이다.

> 若使今日哲學家로 先生의 一生을 評論ᄒ라 ᄒ오면 不過獨善其身이오 獨忠其身이라 ᄒ올 者야ㅣ오. 復以近日各邦에 刻薄ᄒ 政治家나 法律家로 評論ᄒ라 ᄒ오면 先生이 當年에 無量ᄒ 權利와 地位만 享有ᄒ야 但一身生前에 帝室保管만 ᄒ얏지 死後百年에 國命計圖ᄂ 一切虛空ᄒ 天數에 付屬ᄒ얏다 ᄒ올지니(34쪽)

그러나 철저하게 1900년대 당시의 가치 기준으로 무장한 작가에게 제갈량은 '국가의식'과 '계몽정신'도 체득하지 못한 인물일 뿐이다. 제갈량은 대단한 능력과 힘을 갖고 있었으면서도 자기 한 몸과 황실을 보전하는 데만 급급하여 국가를 보전하지 못한 인물에 불과한 것이다. 이러한 평가의 기저에는, 국가는 어떤 가치와도 나란히 할 수 없는 독점적 권위라는 인식이 자리하고 있다. 국민 개개인의 능력은 오로지 국가를 위해서 발휘될 때에만 의미있는 것이며, 다른 대상을 향한 열정 - 그 대상이 황실이라 하더라도 - 은 무의미하다는 것이다.

제갈량이 비난받는 다른 이유는 그에게 국민을 지도하고 계몽하려는 정신이 없었다는 점 때문이다.

先生이 成都에셔 法律을 制定ᄒ얏스니 此ᄂᆞᆫ 法律家之始祖也 ㅣ
오 南屛山에셔 東南風을 借得ᄒ얏스니 此ᄂᆞᆫ 氣學家之始祖也 ㅣ오
交趾에셔 火跎炎獸룰 使用ᄒ얏스니 此ᄂᆞᆫ 化學家之始祖也 ㅣ오 祁
山에셔 木牛流馬룰 製造ᄒ얏스니 此ᄂᆞᆫ 工業家之始祖也이오 川中
에셔 連發弩룰 創造ᄒ얏스니 此ᄂᆞᆫ 機械家之始祖也 ㅣ라. ---- (그럼
에도) 伊時에ᄂᆞᆫ 此等事業이 夢想도 不及者-l라 ᄒ심은 無他라. 先
生 學問이 泥古ᄒ야 死而後에 已ᄒ올 貞忠一念만 堅持ᄒ심으로
如彼發明事業을 先生生前에만 一時 利用ᄒ시고 百代國家에 公益
될 必要룰 硏究치 아니심으로 公衆을 指導ᄒ고 社會에 傳及지 아
닌 者也ㅣ니 以若先生之天縱大智로 忠於君上도 ᄒ시려니와 忠於
天下ᄒᄂᆞᆫ 大義룰 發揮ᄒ야 梁盆之間에 實利實業을 培養ᄒ얏드면
先生死後에 國家도 不亡ᄒ려니와 當年 民智 啓發ᄒᆫ 事業이 支那
政治界에 嚆矢가 되야---(37-38쪽)

  제갈량은 법률, 기학, 화학, 공업, 기계 등 제반 실용 학문의 시초를 마
련했으면서도, 이를 국민에게 전파하고 계몽하는데는 인색했다. 지식인은
자신의 앞선 생각과 지식을 보다 폭넓게 전파해야 할 의무가 있는데, 제
갈량은 이를 실천하지 않았으니 비난받아 마땅하다는 논리이다.

  이상에서 우리는 제갈량이 매우 부정적인 인물로 평가되고 있으며, 그
평가의 기준은 작가 당대에 저널리즘을 통해 광범위하게 유포되었던 논
리에 근거하고 있음을 확인할 수 있었다. 여기서 이 작품의 의도가 역사
속의 인물 제갈량을 이야기하려는 데 있지 않음을 짐작할 수 있다. 제갈
량에 대한 비난은 역사적 실존인물 제갈량을 향한 것이 아니다. 그것은
구문화의 전통에 매몰되어 새로운 시대에서 요청되는 제반 가치를 외면
하고 있는 수구적 사대부들을 향해 있다고 보는 편이 옳다. 말하자면 제
갈량은 작가의 현재적 욕구와 미래적 기획을 말하기 위해 선택된 인물인
것이다.

  그러면 이처럼 제갈량이 국가의식이나 계몽정신을 체득하지 못한 이유
는 무엇 때문이라고 보는가? 그것은 전적으로 제갈량이 고집하는 낡은 학

문에서 비롯된다는 것이 작가의 생각이다.

> 物與事는 國家를 培養ᄒᆞ는 元素也-1오 文은 事物에 隨從ᄒᆞ야
> 服役ᄒᆞ는 附屬品에 不過ᄒᆞᆫ 者 | 라. 是以로 物勝於事ᄒᆞ고 事勝於
> 文이면 國必興旺ᄒᆞ고 文勝於事ᄒᆞ고 事勝於物이면 國乃衰亡者는
> 天地間 定理也 | 라.(42쪽)

작가는 기본적으로 事와 物이 국가를 유지하는 근간이고, 文은 그 부속
품일 뿐이라고 생각한다. 그러므로 국가를 보전하기 위해서는 事와 物이
승해야 하는데, 동양의 역사는 그렇지 못했다. 사물의 實地는 부족하고
文을 숭상하는 분위기가 지배적인데다, 그 文도 실용학문은 없고 격식과
명분만을 중시하는 공허한 학문뿐이다.

여기에서 그의 사유의 핵심에는 실용적이고 실무적인 학문이 있음에
주목할 필요가 있다. 예컨대 제갈량이 중국에 이미 우뚝 솟을 맹아가 드
러났다고 하며 미래를 낙관적으로 전망하자, 밀아자는 세 가지 논거를 가
지고 이를 부정한다. 명분을 중시하는 외교정책, 실용학문을 배척하는 풍
조, 실용학문을 가르치는 전문학교의 부재 등이 그것이다. 외교정책에서
중요한 것은 실리이지 명분이 아니다. 그러므로 서양은 다른 나라를 병합
할 때 그 나라 왕을 황제로 높여주어 명분을 세워준 후 실리를 챙긴다는
것이다. 그럼에도 동양은 여전히 명분을 앞세우다가 실리를 놓치는 우를
범하고 있다. 학문이나 교육도 마찬가지이다. 史書와 같은 낡은 학문으로
는 새로운 시대에 대처할 수 없다. 서양처럼 실용학문과 전문교육이 활성
화되어야만 각 분야의 발전을 도모할 수 있다. 말하자면 동양의 미래가
낙관적이지 못한 것은 전적으로 이처럼 실용성을 무시하는 풍조에서 비
롯된다는 것이다.

이상에서 살펴본 바와 같이 제갈량으로 대표되는 동양적 열성은 국가
의식, 계몽정신, 실용정신의 부재로 요약될 수 있으며, 이것은 전적으로

실용학문을 천시하고 낡은 학문만을 중시하는 풍조에서 비롯된다. 상황이
이러한데도 역사를 주도해나가야 할 '상등지식인'인 사대부들은 이러한
동양적 열성을 제대로 파악하지 못한다.

> 先生은 原來 支那에 生長ᄒ야 文學에 從事ᄒ심으로 俗常에 潛
> 濕이 되야 此 文字의 弊害됨을 省悟키 難ᄒ 者인즉(44쪽)

그들은 이미 이러한 풍조에 너무나 깊이 침윤되어 있기 때문에 스스로
는 그 폐해를 깨닫기 어렵게 된 것이다. 따라서 작가는 이 작품을 통해 동
양적 열성을 폭로하고 비판함으로써 구문화의 허상을 드러내고, 그렇게
함으로써 이들을 변혁의 장으로 이끌어내고자 했다. 이것이 중인 역관 출
신으로 실용학문의 가치를 일찍이 깨달을 수 있었던 선각적 지식인으로
서의 임무라 생각했던 것이다. 그들이 영웅의 전범으로 추앙하던 제갈량
조차도 자신의 착오를 인정하고 "足下의 三條証據ᄒ 一場說辭가 支那 實
況에 的當ᄒ 公談이라 할지라. 雖然이나 此亦 過去情況이니 無足可言이
어니와 將來就緖를 復可思量ᄒ라"(63-64쪽)며 근대적 변혁의 필요성을
절감하게 되었다고 함으로써 그 계몽의 효과를 극대화하고자 했다고 하
겠다.[20]

이처럼 작가가 동양적 열성을 철저하게 비판하면서 변혁의 필요성을
강조하는 이면에는 절박한 위기의식이 자리하고 있다.

---

20) 유원표가 신문에 기고했던 <蜜啞子經歷>은 작가의 이와 같은 인식을 잘 보여주는
글이다. 이 글은 밀아자가 예전에 친하게 지내던 재상의 집을 방문했다가, 여전히
사서삼경과 같은 옛날 책으로 자식을 교육시키는 것을 보고 상등사회에서부터 옛것
을 혁신하고 새로운 것을 만드는 모범을 보여 문명한 세계로 나가야 할텐데, 이처럼
완고한 교육방법을 계속해서는 안된다고 하였다는 내용이다. 그러면서 청년들은 각
급 학교에 보내어 교육시키고, 장년층은 梁啓超의 『飮氷室文集』을 보라고 한다. 재
상과 같은 양반들이 이처럼 변해야만 망국의 위기를 극복할 수 있다고 다시 강조했
다는 것이다.

今日 萬國의 文明之氣가 天地에 充溢ᄒ고 銃砲之聲이 海陸롤
震盪ᄒᄂ 熱鬧場中에셔 猶此酣酒만 ᄒ오니(48쪽)

작가가 보기에 1900년대 후반은 총성이 海陸을 진동하는 전쟁터이다.
서양은 선진적인 문명과 무력을 앞세워 동양을 위협하는데 동양은 이에
맞설 문명도 힘도 갖고 있지 못하다. 거기다 일본은 강제적으로 한국을
식민지화하려는 의도를 노골적으로 드러내기 시작했으나, 한국은 속수무
책이다. 1906년에 창작된 이 작품은 바로 이와 같은 절박한 위기의식에서
출발한다. 말하자면 동양적 열성에 대한 탐구는 궁극적으로는 국가적 위
기를 타개하고자 하는 열망에서 비롯된 것이라 하겠다.

3-2. 동양의 위기를 극복할 두 가지 기획

작가는 5장과 6장을 통해 중국과 한국이 대면한 국가적 위기(국권상실)
를 극복할 방책으로 두 가지 기획을 제시하고 있다. 황인종 단결론과 동
양적 근대의 창출이 그것이다. 여기서 흥미로운 사실은 밀아자와 제갈량
의 관계가 이 부분부터 새로운 양상을 띠게 된다는 점이다. 동양의 구문
화가 가지고 있는 열성적 측면을 비판하는 4장까지에서는 밀아자가 절대
적 우위에 서서 제갈량을 비판하는 식으로 진행되었던데 비해, 현재의 위
기를 타개할 방책을 기획하는 5장과 6장에서는 서로 대등한 입장에서 변
혁의 방책에 대해 논의하게 된다. 따라서 제갈량의 모습도 동양의 열성을
대표하는 인물이 아니라 진보적 지식인의 모습으로 형상화된다.

① 황인종 단결론

近今 西勢東漸ᄒ야 黃種白人이 種族을 各自 愛護ᄒ야 各其樹黨
ᄒᄂ 此時에 黃種의 韓日淸 三國人心이 裂缺ᄒ야 不相和睦이면
是ᄂ 骨肉相殘과 無異ᄒ 者ㅣ니 韓日淸 政府의 意志方略이 如何

홀느지 微嫌과 細利는 切勿思念ᄒ고 大勢와 巨利롤 各自 計圖홀
者ㅣ 今日也ㅣ니(85쪽)

작가는 동양의 위기가 거세게 몰아닥치는 서구 제국주의의 팽창주의로부
터 비롯된다고 보고 있다. 이러한 진단은 자연스럽게 황인종이 단결하여 백
인종의 침략에 맞서야 한다는 황인종 단결론으로 이어진다. 황인종과 백인
종이라는 이분법적 구도로 세계 정세를 파악하고 있음은, 러일전쟁에서 일
본이 승리했을 때 환호했다는 작가의 변을 통해 확인할 수 있다.[21]

數百年 蟄屈흔 黃人種之代表로 數百年 行惡ᄒ든 白人種之先鋒 俄國을
大打擊을 ᄒ얏스니 幸莫大焉이오 慶莫大焉이라. 然則 日本之此擧가 顧
我黃色人種界에 第一義務가 된 者ㅣ니(97쪽)

서세동점의 위기가 고조되면서 아시아권에서는 일본을 재평가하려는
움직임이 나오기 시작했다. 서구문명을 재빠르게 수입하여 근대화를 이루
는데 성공한 일본의 저력을 재조명하려는 논의가 시작된 것이다. 이는 일
본을 오랑캐라고 냉대했던 시대의 종막을 뜻하며, 나아가 중국을 세계의
중심으로 이해해왔던 중화중심주의가 일본을 중시하는 방향으로 이동하
고 있음을 시사한다. 그런 만큼 당시 동양의 지식인들은 백인종의 위협에
구조대를 보내줄 나라는 일본밖에 없다고 판단하게 된다. 일본의 승리는
황인종의 승리라며 감격했다는 작가의 생각은 이러한 인식의 연장선에
있다고 하겠다.
그러나 이러한 기대는 1905년 일본이 조선에 대해 취한 행동을 보면서
무참히 깨지게 된다.

---

21) 이러한 견해는 매우 자주 나타나는 바, 일본이 러일전쟁에서 승리하고도 미국의 개
입으로 적절한 보상을 받지 못한 것은 일본이 백인종이 아니었기 때문이라는 식의
분석이 그러한 예라 하겠다.

東洋人種이 一致團結하여 西勢東漸의 弱肉强食 ᄒᆞᄂᆞᆫ 禍患을 防
禦홈이 第一主点에 綱이 됨은 雖尺童이라도 瞭知홀 터인데 以若
日本之當世英雄으로 何若是懵然 ᄒᆞ야 主客의 判別과 綱目의 次序
를 茫然 不知 ᄒᆞᄂᆞᆫ지. 昔年에 日本의 豊臣氏가 無斷이 朝鮮을 襲
擊 ᄒᆞᄂᆞᆫ 事를 今日에 公言之 ᄒᆞ량이면 蠻行이라 홀터이오(91-92쪽)

일본은 러일전쟁에서의 승리로 제국주의 열강의 대열에 합류하게 되며,
이후 일본이 보여준 일련의 행동은 서구 제국주의 열강의 무력적 팽창주
의와 크게 다르지 않다. 작가는 을사보호조약을 계기로 이와 같은 일본의
야욕을 정확하게 인식하게 된다.

千萬意外로 滿洲勝捷 ᄒᆞ든 當時에 最近最親ᄒᆞ 仁弱同種의 朝鮮
을 향 ᄒᆞ야 新條約을 搆結 ᄒᆞ야 人心을 驚動 ᄒᆞ고 國權을 削取 ᄒᆞ얏
스니 先生의 稱道 ᄒᆞ시든 日本에 大英雄이라 ᄒᆞ시든 元老의 事爲
가 果如是者乎잇가 譬喩之 ᄒᆞ면 萬金資本家가 於賈於商에 適足得
利홀 터인대 不此之爲 ᄒᆞ고 貧寒 ᄒᆞ고 幼穉한 同腹舍弟의 家에 來
ᄒᆞ야 廚中에 單一個의 食鼎을 奪取 ᄒᆞᄂᆞᆫ 格이오니(98-99쪽)

그러므로 제갈량이 일본의 大隈重信, 伊藤博文과 같은 인물을 영웅이
라 칭송했을 때, 밀아자는 그들의 행동은 가난한 형제의 솥을 탈취하는
격이라며 영웅이 아니라고 한다. 을사보호조약을 체결함으로써 같은 종족
인 한국의 국권을 빼앗으려고 하고 있으니, 이는 영웅이 할 만한 행동이
아니라는 것이다. 그럼에도 작가는 여전히 황인종과 백인종의 갈등이 동
양의 핵심 모순이라고 생각한다. 그러므로 한국을 식민지화하려는 일본의
야욕을 확인하고서도 작가는 강력한 적대감을 표시하기보다는 배신감을
먼저 토로한다.

그러면서 호소와 협박으로 일본을 회유하려 한다. 한편으로는 "至於朝
鮮은 十數年來로 隣誼를 敦修 ᄒᆞ야 果以先進國之義務로 凡百事爲에 或勸

告之ᄒᆞ며 或敎導之ᄒᆞ야 國體를 期於玉成코져흔 자"(111)이라고 호소하고, 한편으로는 "日本이 外釁으로 有事之日에 朝鮮이 果以愛黨之心으로 欲出一臂補助力耶"(112)라며 협박하기도 하는 것이다. 결국 작가는 "東洋事勢를 通而計算ᄒᆞ오면 往日 日本 名士 三本藤吉의 大東合邦論이 眞訣이라"(114)며 황인종 단결론을 재차 강조하면서 5장을 마무리한다.

이는 제국주의의 본질을 모르는 소치이기도 하지만, 그보다는 황인종과 백인종이라는 순진하고 과장된 이분법에 지나치게 경도되어 현실을 냉정하게 진단하지 못한 탓이라 하겠다. 동양의 위기를 진단하고 그 해결방안을 모색하고자 했으나, 위기를 제대로 진단하지 못하고 인종갈등이라는 관념적 도덕주의에 빠져 도덕적 명분을 축적하는데 치우치고 말았던 것이다.[22]

그러나 그의 황인종 단결론이 일본이 주도한 그것과 동일한 의미로 이해되서는 안 된다. 그의 황인종 단결론은 적어도 이상주의적인 차원에서 한국과 중국, 그리고 일본이 자주독립을 유지하는 대등한 관계로 설정되어 있다는 점에서 그러하다. 그에게 일본은 동양평화의 동반자로 이해되었다. 만일 일본이 한국과 중국의 변혁을 돕지 않아서 독립국으로서의 지위를 상실하게 된다면, 앞으로 닥치게 될 일미전쟁으로 동양의 평화는 깨지고 말 것이라는 논리를 통해서 이를 확인할 수 있다.[23] 그에게 황인종 단결론은 한국과 중국의 자주독립을 지키기 위한 방책으로 이해되었던 것이다. 그러므로 일본의 속셈이 표면화되었음에도 황인종 단결론을 포기

---

22) 이런 점에서 목전에 닥친 일제의 침략을 도외시하고 가상의 적인 백인종과의 전쟁을 운위하는 자들의 주장이 얼마나 허무맹랑한 것인가를 적실하게 지적한 신채호의 논설은 투철한 현실인식에 기반한 것이라 하겠다.(<與友人絶交書>, 『대한매일신보』, 1908. 4.)

23) 若使淸國으로 무自開明ᄒᆞ야 自國內에 所有흔 利藪와 財源을 他人의게 讓奪치 안코 淸國民族이 自擔組織이면 無事ᄒᆞ려니와 不然則 日美戰爭은 在所難免이니 太平洋上에 無邊風雲의 變色이 遠則 十年이오 近즉 五年矣ㅣ라(105쪽)

할 수 없었다.

② 동양적 근대의 창출

그러나 작가가 황인종 단결론 만이 동양의 위기를 극복할 수 있는 유일한 방책이라고 생각했던 것은 아니다. 위기가 있다면 그것은 단순히 외부에서 오는 것이 아니라 외부의 문제와 맞물린 내부의 문제와도 긴밀한 관련이 있다고 보았다. 그러므로 논의는 자연스럽게 동양 내부의 문제로 옮겨진다.

> 足下之所算이 可謂間不容髮일지나 何其煩瑣耶오? 蔽一言ᄒ고
> 淸國이 今日에 天下情勢를 顧察ᄒ고 腐敗ᄒ 舊習은 一切 滌去ᄒ
> 며 新鮮ᄒ 公道로 日夜繼續ᄒ야 速成科로 富强에 進就ᄒ량이면
> 初不受侮於日本矣오 且不借力於白人ᄒ고 自足行動일터인데 足下
> 의 思想은 何其誤路作行으로 千思萬念이 至此者乎아?(114-115쪽)

이 인용문은 밀아자가 동양위기의 원인을 인종갈등으로 보고 일본에게 구원을 호소했을 때 제갈량이 말한 것이다. 위기의 원인이 내부에 있으니 내부의 변혁을 통해 위기를 극복하는 것이 옳다는 말에 밀아자는 전적으로 동의하고, 변혁의 내용에 관심을 돌리게 된다. 그 내용은 관제개혁, 준법정신의 계몽, 풍속 개량, 문학 개량의 순으로 전개된다.

밀아자는 가장 시급하게 변혁해야 할 과제로 관제개혁을 꼽으면서, 선진국의 체제를 본받아 개혁함이 마땅하다고 강조한다. 이어 관리 임용자는 재능과 덕을 분별하여 해당관직에 적합한 실무능력을 기준으로 관리를 임용해야 할 것이며[24], 관리는 국가를 보전하겠다는 사명감을 갖추어

---

24) 예컨대 효행, 청렴, 산림처사의 절개 같은 가치는 해당관직의 실무능력과는 전혀 무관한 것인데도, 이러한 가치가 훌륭한 덕목이라는 이유만으로 관직에 등용하는 식으로는 맡은 일을 제대로 처리할 수 없다는 것이다. 또한 관리들이 관직을 돈벌이의 수단으로만 인식하는 것도 문제라고 지적한다.

야만 한다고 지적한다. 관리 임용자나 임용된 관리가 모두 명심해야 할 것은, 바로 국가의 이익이다. 그러므로 이러한 주장은 덕이 부족하더라도 재능이 있는 사람을 등용하는 것이 국가의 이익에 도움이 된다는 식의 극단적인 논리로 나아가기도 한다.

다음으로 법정신을 계몽하는 것이 시급한 과제라고 한다. 국가의 흥망이 법률의 준수에 달려있기 때문이다.25) 왜 그런가 하면, 어려서부터 국민들에게 법정신을 교육시켜 익숙하도록 하면 이에 어긋나는 정치와 풍속을 스스로 막을 수 있게 된다는 것이다.26) 법은 구문화에서 도덕이 안겨주었던 안정성을 대치할 수 있는 새로운 가치로, 그리고 강자의 횡포에 맞서 약자의 권리를 보호하고 약육강식의 질서를 견제할 수 있는 새로운 가능성으로 인식되는 것이다.

풍속의 개량에서는 동양의 풍속 가운데 肉刑과 같은 나쁜 풍속은 버리고, 三綱五倫은 아름다운 풍속이니 이를 개량해야 한다는 점을 지적한다. "三綱五倫者는 國家와 人類에 第一綱常이니 孰敢着手而能改良爲哉아?"(153쪽)라는 제갈량의 지적에 대해, 밀아자는 세상이 변했으니 새롭게 요청되는 덕목을 더하여 삼강오륜을 개량해야 한다고 한다. 그래서 제시된 것이 삼강오륜에 세 가지 綱과 두 가지 倫을 더한 六綱七倫이다. 새롭게 첨가된 三綱은 國爲君綱, 民爲國綱, 物爲民綱이며, 二倫은 將卒과 師生의 윤리이다. 1900년대는 국가에의 열정이 어느 시대보다 강렬하게 요청되던 시기였다. 개인의 삶은 언제나 국가를 위해 바쳐져야할 것이었다. 왕조차도 여기서 자유로울 수 없었다. 國爲君綱과 民爲國綱은 바로 이러한 시대 분위기에 부응하여 새롭게 부연된 윤리라 하겠다. 物爲民綱

---

25) 人或敬愛則 藥爲之用ᄒ야 使其國興隆ᄒ고 人或藝慢則 去而不返ᄒ야 使其國衰亡ᄒ나니(145쪽)

26) 若或不番而橫出範圍則 還有生疎之歎而自不果也요 又或有大慾ᄒ야 妄出範外則 自然世不相容ᄒ야 君之不韙는 臣必不承也요 臣之不韙는 民必不從也요 民之不韙는 世必不應也ㅣ니(148쪽)

은 실용성이 중요한 가치로 부각되었던 시대정신에 대처하기 위한 윤리로 더해진 것이다. 이에 더해 장졸과 사생의 윤리를 더함으로써 이 시대에 새롭게 주목받게 된 군대와 학교에서의 윤리를 세우고자 했다.

학문의 개량은 이미 4장에서 충분히 논의되어서인지 국가를 보전하기 위해서는 낡은 학문을 버리고 실용학문을 배워야 한다는 취지가 간략하게 제시된다.27)

이상에서 살펴본 변혁의 방책은 동양의 전통을 모조리 부정하지 않으면서 전통을 새롭게 개량하고 재해석하는 것으로 새 시대에 대처하고자 했다는 점에서 주목을 요한다. 삼강오륜을 계승하면서 새롭게 요청되는 덕목을 더하여 새 시대에 대처할 윤리체계를 마련한 것에서 전통을 새롭게 개량하려는 작가의 노력을 확인할 수 있다. 이러한 노력은 구문화의 전통 안에 내재되어 있던 근대적 측면을 추출하여 재해석하는 방식으로 나타나기도 한다.

> 泰西는 何其富强ᄒ고 東土는 何其貧弱ᄒ고? --- 何由로 聖人의 利用厚生하랴시든 心法을 不遵ᄒ고 自暴自棄ᄒ야 國家焉荒頹ᄒ고 人力焉殘弱ᄒ야 今日 泰西의게 無限ᄒ 凌辱을 甘受ᄒ는지 可謂不可思擬로다.(59쪽)

작가는 서구의 물질문명이 선진적임을 인정하면서도 물질문명을 숭상하는 心法은 동양의 유교에서 비롯된 것이라고 강조함으로써, 유교적 교양을 지닌 사대부들에게 매우 낯익은 논리를 가지고 동양적 근대 창출의 가능성을 설득하고 있다. 물질문명을 숭상하는 정신이 이미 동양의 구학문 안에 내재되어 있었으니, 이러한 정신을 계승한다면 동양적 근대를 창출할 수 있을 것이라는 논리이다. 이러한 논리는 神農氏의 농업에서 토질

---

27) 我도 不可不 如彼ᄒ 實物을 準備ᄒ여야 可히 抵敵이요 可以報讐홀지니 不得不 實地의 文學과 實地의 事物을 取用ᄒ며(155쪽)

분석법과 비료제작술의 단초를, 格物新編에서 물리학의 단초를, 軒轅氏
의 배와 수레, 창과 칼에서 증기차와 화륜선의 단초를 확인하는 방식으로
나타나기도 한다.

이 점이 독립신문, 매일신문, 제국신문의 논설진으로 대표되는 서구지
향적인 지식인과 다른 점이다. 독립신문의 논조는 대체로 문명과 야만이
라는 이항대립적인 구도하에 지탱되고 있다. 즉 '서양사람들은 이러이러
한데 조선인들은 그렇지 않다. 우리가 이런 야만의 상태에서 벗어나기 위
해서는 이리저리 해야 한다' 식의 논설 구성 아래, 서양의 문명을 추종해
야만 서양의 문명인과 동일해질 수 있다는 서구지향적 태도를 보여주는
것이다.[28]

이에 비해 유원표는 동양 문화의 전통을 개량하거나 새롭게 재해석함
으로써 동양적 근대 창출의 가능성을 시험해보고자 했다. 이 점은 유원표
가 신문에 기고했던 논설 <前明後昧之由>를 통해서 보다 분명하게 확인
된다. 이 글은 작가 자신을 빗댄 인물인 밀아생이 無何先生을 만나 중국
의 문명이 서양의 문명보다 뒤쳐지게 된 원인에 대해 문답하는 형식의 논
설이다. 원래 서양은 동양보다 문화적으로 뒤쳐진 곳이었으나, 지금 이처
럼 서양에 뒤지게 된 근본원인은 유교의 변혁정신을 제대로 계승하지 못
했기 때문이라는 것이 이 글의 논지이다. 유학은 본래 사회적 개혁의지를
뚜렷하게 보여주던 학문이었다. 예컨대 공자의 兼善이나 노자, 묵자 등
제자학의 개제의 정신은 변혁의 정신을 그 근간으로 하는 것이다. 그러나
이후 수천 년 동안 자구 해석을 주로 하는 훈고학이 유학의 본류처럼 인
식되면서, 유학이 본래 갖고 있던 변혁의 정신은 쇠퇴하게 된다. 말하자면
유원표는 동양문화의 전통 안에 내재되어 있던 정신적 측면, 즉 변혁의
정신을 계승하여 동양적 근대를 창출해야 한다고 보고 있다. 작가는 구문
화의 劣性은 버리되, 그 안에 내재되어 있는 근대적 측면을 계승함으로써

---

28) 정선태,『개화기 신문 논설의 서사수용 양상』, 소명출판, 1999.

동양적 근대 창출의 가능성을 모색하고자 했던 것이다.

4. 맺음말

<몽견제갈량>은 1900년대 후반 동양이 마주치게 된 위기의 원인을 진단하고 그 해결방안을 모색하려는 다양한 담론 가운데 하나이다. 유원표는 이 작품을 통해 위기의 원인이 동양의 구문화가 가지고 있는 劣性적 측면에 있다고 진단하고, 이를 회고하고 유지하려는 전통적 지식인에게 그 열성적 측면을 폭로하고 비판함으로써 그들이 변혁의 장으로 합류하여 동양적 근대를 창출하고 국권을 보전하게 되기를 기대했다. 이처럼 근대적 변혁의 문제를 민족문제와 함께 극복하고자 했다는 점에서 이 작품의 이념적 정당성이 있다고 할 수 있다. 그러나 아쉽게도 시대변화를 거역하는 양반계층을 변혁의 장으로 이끄는 것이 동양적 근대 창출과 국가 보전의 지름길이라 파악함으로써, 위기를 제대로 진단하지 못하고 그 맥락을 헛짚은 결과가 되고 말았다.

이제 본론에서 미처 거론하지 못한 몇 가지 문제를 살펴보는 것으로 맺음말에 대신하기로 하겠다. 우선 이처럼 전무후무한 국가적 위기에 직면하여 이를 극복할 방책을 모색하면서, 중국의 정치적 상황을 상세히 거론하고 한국이 아닌 '동양'에 주목하는 이유에 대해서 보기로 하자.

> 지나와 조선이 양지가 상접ᄒ고 문물이 상통ᄒ야 성상근ᄒ고
> 습상동ᄒ 풍기가 경동일가인즉 휴척상간에 피차불가민묵이옵기
> 금이지나의 소조ᄒ 시운과 망애ᄒ 국세롤 약언지ᄒ올이다.(43쪽)

근대계몽기에 이르러 한국과 중국은 여러 면에서 동일한 역사적 경험을 하게 된다. 양국은 이제까지 경험하지 못한 대전환기를 맞이하여 발빠르게 대처하지 못하고 국권상실의 위기에 직면하게 되었던 것이다. 그리

고 그 위기의 배후에는 서구 제국주의의 거친 물결이 있었다. 이러한 동질성이 작가로 하여금 중국의 제갈량을 끌어들이게 한 요인이다. 말하자면 작가는 중국이라는 창을 통해 한국의 위기를 극복할 방안을 이끌어내고자 한 셈이다.

다른 한편으로는 중국과 일본을 동아시아 세력 균형의 한 축으로 이해하고, 이러한 세력균형 속에서만 동양의 평화가 유지될 수 있다는 작가의 의식이 작용한 결과이기도 하다. 근대화에 성공한 일본은 다른 동양권 국가가 자주독립을 유지할 수 있도록 도와주고, 한국과 중국은 근대적 변혁을 통해 자주독립의 기틀을 세우게 될 때 서구의 침입으로부터 동양을 지킬 수 있다고 보았던 것이다.

다음으로 당대의 절박한 문제를 다루면서 하필 몽유록이라는 낡은 양식을 선택하게 된 배경에 대한 점이다. <몽견제갈량>은 제목에서 드러나듯 조선시대부터 서사양식으로 즐겨 사용되었던 몽유록 양식을 취하고 있다.29) 이는 유원표가 전통적 교양의 바탕 위에서 성장한 지식인이라는 사실과 긴밀한 관련이 있다. 유원표를 비롯한 많은 지식인들은 그 학문의 뿌리를 동양의 전통학문에 두고 있었으나, 개항 이후 전환기를 겪으면서 신학문을 수용한 후 계몽사상가로 변신하였다. 이들은 저널리즘을 통해 자신이 선취한 생각과 사상을 전파하는 것을 임무로 삼았으며, 작품의 창작도 그러한 노력의 일환으로 이루어졌다. 그러나 이들은 소설을 창작할 만한 역량을 갖춘 전문적인 작가는 아니었다. 그렇기 때문에 이들은 자신들에게 익숙한 중국소설을 번안하거나, 전통적 서사양식을 빌려 자신의

---

29) 이러한 몽유록 양식은 1900년대에 이르러 다시 한번 주목을 받게 된다. 김광수의 만하몽유록, 안국선의 금수회의록, 박은식의 몽배금태조와 같은 작품뿐만 아니라, 신문 논설란에는 몽유록 양식의 논설이 빈번하게 등장하게 된다. 이처럼 이 시기에 몽유록 양식이 새롭게 주목받게 된 것은, 이러한 양식들이 역사적 전환기의 제반 문제를 예각화해서 드러내면서 새로운 이념적 방향을 모색하기에 적합한 방식이었기 때문이다.(심재숙, "근대계몽기 신작고소설의 현실대응양상 연구", 고려대학교 박사논문, 2000, 210쪽)

생각을 표출했다.[30] 유원표가 몽유록 양식을 선택하게 된 일차적 이유는, 이것이 자신에게 익숙한 서사양식이면서 격변기에 대두되는 문제를 예각화해서 드러내기에 적합한 형식이었기 때문이다. 다른 한편으로는 당시 저널리즘을 통해 토론체 서사양식이 폭발적 인기를 누리게 된 것과도 무관하지 않다. 몽유록 양식은 전통적으로 토론체적 성향이 농후한 서사양식인 바, 작가는 당시 유행하던 토론체 서사양식과 가장 근접한 몽유록 양식에 주목하게 되었던 것이다. 말하자면 옛 것에서 새로운 것의 단초를 발견하고 이를 보다 확대하여 적극 활용하려 한 셈이다.[31] 이런 점에서 <몽견제갈량>은 새로운 서사양식을 미처 찾지 못한 상황에서, 이를 표출하기에 적합한 전통적 서사양식을 변형하여 질적 전환을 모색해나가던 과도적 단계의 산물이라 하겠다.

---

30) 심재숙, 앞의 논문, 201-204쪽

31) 이런 점에서 <몽견제갈량>이 전통적 몽유록 양식보다 토론체적 성격이 강해진다는 배삼주의 견해는 적절한 지적이라 하겠다.(배삼주, 앞의 논문)

ABSTRACT

The creative intention and theme of <Monggyunjegalyang>

Sim, jae-suk

<Monggyunjegalyang> is one of the various discourses which tried to diagnose the cause of crisis which East faced and grope for its solution in the second half of 1900s.

Yuweonpyo diagnosed the cause of crisis as inferior aspects of old culture of East in this work. He also revealed that the traditional intellectuals tried to reflect and preserve its inferior aspects and criticized their inferior aspects. He expected that they would create Eastern modernism and assist state power attending the stage of reform by doing this.

Unfortunately, because he thought that guiding ananchronistic upper class toward the stage of reform was the short cut of creating Eastern modernism and preserving state, he couldn't diagnose the crisis exactly and resulted in miscalculating intricacies

화청(和請)의 문학적 성격에 대한 一考察

한 창 훈*

1. 서론

　이 글은 불교 음악의 한 종류인 화청(和請)에 문학적 관심을 집중하여, 그것이 가지는 성격의 일단을 드러내는 것을 목표로 한다.

　화청(和請)은 한문으로 되어 있는 범패(梵唄)에 대비되는 것으로, 주로 일반 백성들에게 불교를 널리 전파하기 위하여 우리말로 된 가사를 민요 같은 곡조에 얹어 부르는 불교 가요의 일종이다.[1] 원래 화청(和請)은 齊를 올릴 때 쓰는 음악인 범패(梵唄) 속의 한 의식 음악이었으나, 불교의 대중화 과정에서 여러 형태의 가요로 변화를 겪게 되어서, 그 담당층과 내용의 확대를 가져왔다. 화청(和請)의 본래 뜻은 여러 불교의 菩薩을 고루 청한다는 것으로 음곡을 수반하기 마련인데, 따라서 화청(和請)이란 음악상의 용어요, 문학상으로는 불교 가사에 속한다.[2] 이처럼 화청(和請)에 대한 관심을 문학쪽으로 기울인다면 이는 곧 불교 가사의 문제를 다루는 것과 동일시되는데, 여기에는 아직까지 학계의 관심이 되고 있는 歌辭 문학의 발생 규명을 포함한 적지 않은 문제점이 도사리고 있다.

---

* 전북대 교수 인문학 연구소
1) 송방송, 『한국음악통사』 (일조각, 1984) p. 475. 참조.
2) 이상보, 『한국불교가사전집』 (집문당, 1980) p. 127. 참조.

그러나 이런 연구 가치에도 불구하고 그 동안의 연구사를 검토해보면3), 화청(和請)에 대한 관심은 국악계에서나 국문학계에서나 의외로 소략함을 알 수 있다. 여기에서 우리는 화청(和請)의 연구를 통해 그 특성을 밝히고 위상을 세우는 일의 필요성이 시급함을 알 수 있다. 불교는 국내 유입이래 한국 문화의 기층을 이루면서 그 흐름의 중심이 되어 왔으며, 이는 국문학계나 국악계에 있어서도 예외일 수 없다. 특히 화청(和請)을 중심으로 한 불교 가사는 우리의 불교 문학 중에서 식자층이 아닌 민중에 파고든 것으로 그 나름의 독특한 의의를 가지고 있다.

여기에서는 국문학적 측면에서 현전하는 화청(和請) 작품들의 범위에 대해서 살펴 보고, 그 작품의 구조적 특성과 성격을 고찰함과 동시에, 歌辭 문학의 발생 문제를 포함한 화청(和請)의 시가사적 의의를 고찰해 보고자 한다.

2. 연구 대상의 범위와 한계

화청(和請)에 관한 연구를 하고자 할 때, 우선적으로 참고할 수 있는 자료는 조사보고서 『화청(和請)』이다.4) 여기에는 부록을 합쳐 모두 41편의 작품이 소개되어 있는데, 그 양에서 뿐만 아니라 질에서도 다른 자료집의 모범이 되고 있다.5) 여기에 수록된 대부분의 작품은 1969년 채록 당시 주

---

3) 연구사가 소략함으로 특별히 여기서는 언급하지 않고, 뒤에 부기하는 참고문헌으로 대신한다. 그러나, 이후 논의의 필요에 따라 본문 전개 과정에서 주요 부분을 골라서 언급하기로 한다.

4) 문화재관리국, 『화청(和請); 무형문화재보고서 제65호』 (문화재관리국, 1969)

5) 그 이전의 자료집으로는 1907년 만하 스님에 의해 이루어진 『권왕문』과 1935년 安震湖 禪師의 『釋門儀範』을 들 수 있고, 그 이후 자료집으로는 이상보의 『불교가사전집』 (집문당, 1980)을 들 수 있는데, 그 수록 작품수나 '화청(和請)'에 대한 독립성 부여 등의 측면에서 조사보고서 『화청(和請)』이 우위에 있다. 문제는 자료집을 구해 보기가 쉽지 않다는 데 있다. 이에 대한 자세한 언급은 강석일, 「화청(和請)에 관한 연

로 서울 지방의 화청(和請) 기능 보유자를 중심으로하여 조사된 것인데, 그 작자를 알 수 있는 가장 오랜 작품은 나옹화상의 <西往歌>로 이는 곧바로 歌辭 문학의 발생론 문제를 제기한다.

물론 나옹화상의 <西往歌>가 화청(和請)의 효시 작품으로 인정되지는 않지만, 歌辭 문학의 효시 작품일 것이라는 주장이 강하게 대두된 바 있다.6) 때문에 만일 이를 인정한다면, 국문시가의 한 갈래인 歌辭는 불교 가요인 화청(和請)의 발전 과정에서 이루어진 것이라는 가정이 성립될 수 있다.

여기서는 이외에도, 『화청(和請)』 자료집 중에서 서산대사의 작으로 여겨지고 있는 <回心曲>류의 작품들과 작자를 알 수 없는 <自責歌><白髮歌><夢幻歌> 등의 작품을 그 검토의 대상으로 삼았다. 이는 41편 모두를 여기서 다루는 것은 불가능할 뿐 아니라, 이들 세 가지 유형의 작품이 그래도 『화청(和請)』을 대표할 수 있는 작품이라는 나름의 판단 때문이기도 하다.

그리고 한 가지 지적하고 넘어가야 할 사항은, 여기서 『화청(和請)』을 보는 시각은 기본적으로 문학 작품으로서의 성격에 주목한다는 것이다. 한만영은 그의 논고에서 보고서 소재의 『화청(和請)』을 음악적으로 다시 검토하여, 이들이 음악적으로는 1. 화청(和請) 2. 祝願 화청(和請) 3. 平調念佛 4. 告詞先念佛 5. 뒷 念佛 6. 悟調 7. 반멕이로 구분됨을 밝히고, 악보를 통해 이를 입증하기도 하였다.7) 이는 보고서 소재 『화청(和請)』 작품을 음악적으로는 일률적으로 다룰 수 없음을 보여주는 중요한 연구 업적이며 마땅히 고려되어야 하나, 여기서는 이들 모두를 불교 가사로서 다

구」(고려대 석사논문, 1987) pp. 34-35. 를 참고할 것.
6) 김종우, 「나옹과 그의 가사에 대한 연구」, 『논문집』 17집 (부산대학교, 1974)와 최강현, 「가사의 발생사적 연구」, 『가사문학 연구』 (정음문화사, 1986) 참조.
7) 한만영, 「화청과 고사 염불」, 『불교음악연구』 (서울대학교 출판부, 1981) pp. 96-154. 참조.

루는 기본적 시각으로 하여 이러한 변별을 무시하고 논의를 진행한다. 이 점은 본 고찰의 한계이기도 하면서, 『화청(和請)』의 특수한 위상을 다시금 확인시키는 것이기도 하다.

3. 화청(和請)의 구조적 특성과 성격

『화청(和請)』은 일반 서민들에게 불교를 전파하고자 하는 목표를 가진 일종의 목적 문학이라 할 수 있다. 따라서 그 구조적 특성 또한 이러한 목적에서 자유롭지는 못할 것으로 이해된다. 화청(和請)이 문학적으로는 가사의 모습을 띠고 있는 것도 종교의 포교라는 목적과 유리된 것으로 생각되지는 않는다.[8]

이처럼 포교 문학이라는 나름의 제약을 안고 있는 화청(和請)은 우선 무엇을 권계하는 내용이 많다는 점, 그 수용층이 일반 서민이므로 그 내용이 비교적 쉽게 이해될 수 있도록 구성되어 있다는 점, 작품에 보이는 언어들이 비교적 쉬운 일상어가 많다는 점 등의 특징을 가지고 있다.

화청(和請)에서 이러한 갈래 존재의 기본적 제약들은 나아가 화청(和請) 작품들의 어떤 정형화 된 틀(구조)을 선험적으로 규정하고 있지 않은가 하는 생각도 든다.[9] 여기서는 화청(和請)의 일부 작품만을 그 논의의 대상으로 삼고 있는 바, 이런 식의 접근이 모든 작품을 이해시켜주지는

---

[8] 이런 점에서 '가사는 불교의 민중 포교 과정에서 생성된 갈래로서 후에 유교, 도교, 천주교, 천도교, 심지어 최근의 聖德道 포교에까지 가창되고 있는 한국의 대표적인 종교 갈래'라는 임기중의 언급은 주목할 만 하다.『고전시가의 실증적 연구』(동국대학교 출판부, 1992) p. 586.

[9] 이런 가설은 물론 문학 현상을 극도로 단순화 시켜 이해하는 위험을 내적으로 가지고 있을 뿐만 아니라, 화청(和請) 41편을 모두 설명할 수 없다는 한계를 아울러 가지고 있다. 따라서 여기서 제기되는 것은 화청(和請)을 보다 효과적으로 이해하고자 하는 수단으로서, 이들 작품들의 어느 한 특징적 양상들을 지적해보고자 하는 다소 소박한 시도임을 전제로 한다.

못한다 하더라도 부분적이나마 여기에서 이 틀(구조)은 어떤 식으로 규정
될 수 있는지 살펴보기로 한다.

화청(和請)은 기본적으로 대승 불교적 성격을 가진 것이다. 이에서 포
교라는 성격이 더욱 뚜렷하게 나타나게 된다. 여기서 포교 혹은 교화의
대상은 물론 일반 서민이다. 이들을 교화하려면 우선 지금의 현실을 인식
시킬 필요가 있다. 그리고 불교는 대체로 현실을 긍정적으로 보기보다는
부정적인 시각에서 보는 경향이 있다. 여기서의 부정적인 현실은 작자의
것이기도 하고, 수용자의 것일 때도 있다.

<blockquote>

나도 이럴만졍 世上의 人子러니
無常을 싱각ᄒ니 다 거줏거시로쇠
父母의 기친 얼골 주근 후에 쇽졀 업다
져근닷 싱각ᄒ야 世事를 후리치고　　　<西往歌> 서두

야쇽홀셔 末世風俗 忠孝信行 다 ᄇ리고
愛慾網에 깁히 드러 兄弟鬪爭 마단ᄂ니
可憐ᄒ다 白髮父母 의로홀더 바히 업셔
門外예 바잔일며 홀리나니 눈물일다　　　<回心曲> 서두

</blockquote>

앞의 경우는 작자가 직접 느끼는 현실의 인식이며, 뒤의 경우는 당대
서민들이 느낄 수 있는 현실의 모습을 작자가 대신 이야기해 주고 있다.
이외에 <別回心曲><夢幻歌><白髮歌><自責歌> 등의 서두도 이런 식으로
의 일반화가 가능한 것으로 보인다. 이렇게 작품들 서두에서 현실(주로
부정적인)의 인식을 강조하는 것은 삶의 현실을 자각하여 극복하고자 하
는 일종의 문제제기라고 할 수 있으며, 궁극에 가서는 불교적인 수행과
극락왕생을 위한 밑바탕이 되고 있는 것으로 생각된다.

이처럼 부정적인 현실을 벗어나기 위해서는 어떤 노력이 필요한가? 여
기에서 불교가 강조하는 행동 윤리가 나옴은 어찌 보면 너무나 당연한 논

리의 귀결같기도 하다. 필자가 검토한 작품들에서는 대체로 위와 같은 문
제제기 이후 인간 본연의 마음을 되찾기 위한 노력, 다른 말로 수행을 강
조하고 있다.

이보시소 어르신네 권호노니 種諸善根 시무시소
今生애 호온 功德 後生애 슈호ᄂ니
百年貪物은 호ᄅ 아젹 듯글이요
삼일 호온 넘블은 百千萬劫에 다홈없는 삘쇠라   <西往歌> 본문

염불비방 죄를 보소 牛馬蛇身 저 아닌가
팔만장경 이른 뜻과 백천론소 삭인말삼
금한 것이 탐욕이요 권한 것이 염불이라   <回心曲> 본문

다시금 생각하니 靑春時節 뉘이친다
千萬年을 살 줄 알고 걱정 업시 지내다가
오날날 생각하니 세상일이 가소롭다
塵世五欲 탐착말고 善心功德 어서 하소   <白髮歌> 본문

세 가지 예들이 모두 공통적으로 욕심을 버리고 善心을 쌓을 것을 강조
하고 있다. 중생들이 올바른 인간이 되기 위한 올바른 수행을 제시하고
그 실천을 권유하고 있는 것이다. 이러한 수행 및 실천은 쉽게 이루어질
수 없음은 재언의 여지가 없는 것이다. 그리고 여기서는 자세히 나와 있
지 않지만, 그러한 실천의 수단으로 모든 작품들이 공통적으로 들고 있는
행위가 바로 念佛이다. 이는 아마 본래 화청(和請)이 '여러 불보살을 고루
청하는 뜻'을 가지고 있음과 무관하지 않으리라 생각된다. 이처럼 어떤
행동을 유발시키려는 강한 목적성 있는 내용이 화청(和請)의 본문을 차지
하고 있다는 것은 그 갈래의 성격을 잘 보여주는 것이라 하겠다.
　그러면 이러한 수행, 실천은 궁극적으로 무엇을 위한 것인가? 우리의
지금까지의 논의가 목적 문학이라는 화청(和請)의 기본적 성격에 주목하

면서 이루어졌으므로 이는 당연한 질문일 수 있으며, 그렇기 때문에 자연
스럽게 이에 대한 해답이 작품의 결말에 나와 있으리라는 생각에 이르게
된다. 그리고 이러한 우리의 추론은 다음과 같은 결과를 맞이한다.

> 바라나니 우리 兄弟 慈善事業 만히 하네
> 來生 길을 잘 닥가서 極樂으로 나아가세
> 나무아미타불 나무관세음보살　　<別回心曲> 말미

> 몽환 佛果 證得後에 몽환 悲智 運轉하야
> 夢幻衆生 제도하고 法性土 너른 뜰에
> 騰騰任運 논일면서 無生曲을 불러보세
> 나무아미타불 나무관세음보살　　<夢幻歌> 말미

> 마음 닥가 善心하여 極樂世界 드러 가세
> 저 世界를 드러 가면 靑春 白髮 도시 업고
> 生老病死 끈어지며 長生不死 하신다니
> 어서 가세 어서 가세 極樂世界 어서 가세
> 나무아미타불　　<白髮歌> 말미

> 세간 탐심 부디 말고 시시 때때 염불ㅎ야
> 전생 죄업 소멸ㅎ고 六途循環 밧지 말고
> 극락 세계 가자구나 가자구나 가자구나
> 극락 세계 가자구나 나무아미타불　　<四諦歌> 말미

　이들 작품의 결말부는 예외 없이 극락 왕생을 희구하고 있다. 종교라는
것은 현실적인 행복을 희구하는 것도 중요하지만, 사후의 문제 즉 내세관
이 더 중요하다고 생각된다. 불교에서는 因果應報와 輪廻思想으로 이 내
세관을 채우고 있는데, 극락은 지옥과 대조되는 것으로 중생들이 염원하
는 인생의 이상이자, 현세의 온갖 고통을 극복할 수 있는 방편인 것이다.
따라서 화청(和請)의 결말 부분이 이런 극락 세계에의 강한 희구로 이루

어져 있음은 그 의미가 단순하지 않게 보인다.

지금까지 다소 도식적이며 개략적으로 화청(和請)의 구조적 특징을 살펴보았다. 이에 따르면, 화청(和請)의 구조는 크게 세 부분으로 이루어져 있는데, 이를 다소 도식적으로 보이면, 현실에 대한 인식의 제시 - 이의 극복을 위한 수양의 권계 - 이를 통한 극락 왕생의 희구로 정리할 수 있다. 이러한 삼단 구조는 대중을 (대승 불교의 경지에서) 포교하려는 화청(和請)이라는 갈래의 존재적 특성에서 말미암은 것으로 여겨진다. 때문에 이러한 구조적 특징은 아울러 이 갈래의 성격을 극명하게 보여주는 것이다.

그리고 앞에서도 거듭 지적되었지만, 이런 작업은 화청(和請)의 한 일면을 잘 드러내기 위한 편의적인 것이지, 모든 작품에 적용될 수 있을지 혹은 화청(和請)의 모든 면을 설명할 수 있을지는 더 많은 검토가 요구된다 하겠다.

4. 화청(和請)의 성립과 歌辭 문학 발생의 문제

화청(和請)의 발생은 唐나라의 梵語梵文大德들이 불경을 중국적으로 토착화 시킨데서 그 뿌리를 찾을 수 있다. 이 영향으로 신라에도 講唱大德이 충현하며, 그들이 화청(和請)의 담당층으로서 불경의 한국적 토착화를 꾀하였다.[10]

이처럼 우리나라에서도 화청(和請)의 역사는 굉장히 멀리 소급되나 아깝게도 그 원형의 모습을 온전히 찾아보기는 어렵다.[11] 그러나 불교계 향가 특히 균여의 <보현십원가> 등은 아마 당시에 유행하던 화청(和請)의 요소가 대단히 짙게 배여 있는 작품으로 보인다.[12] 그러나 이들이 비록

---

10) 임기중, 앞의 논문. p. 579. 참조.
11) 우리나라에서의 최초의 화청(和請) 작품으로는 대개 원효의 <무애가>가 꼽히는데, 그 관련 기사가 『三國遺事』에 전할 뿐, 그 원형의 모습은 찾을 수 없다.

향찰로 전해지기는 하나 그 형식상 歌辭와는 다소 거리가 있는 듯이 보인다. 그러면 화청(和請)이 현재처럼 歌辭의 형식을 띠게 된 것은 언제부터인가?

화청(和請)은 그 전개 과정에서 형식과 담당층이 넓게 변화된 것으로 여겨진다. 화청(和請)은 태동기의 講唱 구조가 발전기에는 독립 단형으로 변모되고, 이것이 다시 講唱 구조의 독립 장형으로 변화되다가 담당층의 조직화와 전문화 과정에서 이른바 가사체라는 시형으로 고정된 것으로 보인다.13) 현재 알 수 있는 자료로 이러한 가사체의 시형을 보여주는 최초의 것은 역시 나옹화상의 작품들이다.

이와 같은 사실은, 歌辭는 고려때 소멸한 신라 향가 중에서 불교 가요의 잔영이 고려 시가의 장형화로 변화되고 발전하다가 다시 민요, 무가, 범패(梵唄) 등의 영향을 받아 생성된 것으로 파악할 수 있다. 따라서 歌辭라는 갈래는 불교 가사에서 시작되었으며, 화청(和請)의 일환으로 발생되었음을 짐작할 수 있다. 그리고 이렇게 시작된 歌辭는 그 영역의 확대로 하여, 불교를 배척하는 입장의 사대부들에게까지 영향을 주어 많은 사대부 작가들까지 배출하게 했던 것이 아닌가 추정된다.14)

이와 같이 생각할 때, 화청(和請)은 歌辭 문학의 발생을 논증하는데 중요한 자료가 됨은 물론 한국 시가문학사의 재구에서 차지하는 위치와 그 의의는 과소 평가하기 어렵다고 할 수 있다.

---

12) 박노준은 월명사의 향가를 논하면서 이를 화청(和請)과 관련지어 논하고 있는데, 이러한 작업도 우리의 가정을 뒷받침해주는 것이다. 「월명사론」, 『한국문학작가론』 (현대문학사, 1991)

13) 김성배, 『한국 불교가요의 연구』 (아세아문화사, 1973) : 강석일, 앞의 논문 참조.

14) 조선조 사대부들의 주요한 국문시가 갈래는 時調와 歌辭라고 하겠는데, 불교적 측면에서 보면 비교적 그 유산이 많은 歌辭에 비해 불교 관계의 時調는 극히 희소하다. 이러한 기현상은 그 갈래의 발생 문제에서 해결의 열쇠가 나오리라 생각한다.

5. 결론

　지금까지 우리는 고전시가 연구자들에게 있어 다소 생경한 위치에 있었던 화청(和請)에 대해, 그 문학적 성격을 중심으로 내용을 간략하게 살펴보았다. 지금까지의 논의 결과를 정리하면 대략 다음과 같다.

　첫째, 화청(和請)은 원래 대중의 교화를 목적으로 하는 불교 가요의 일종으로, 이를 문학적 갈래로 보면 곧 불교 가사가 된다.

　둘째, 화청(和請)은 포교라는 그 기본적 목적성으로 인해, 작품 구조에 일정한 정도의 제약이 가해진다. 그 내용을 거칠게 도식화한다면, 현실에 대한 인식의 제시 - 이의 극복을 위한 수양의 권계 - 이를 통한 극락왕생의 희구라는 삼단 구조로 파악할 수 있다.

　셋째, 화청(和請)의 역사적 전개 과정을 볼 때, 이것이 歌辭 문학의 발생과 깊은 연관을 가진다는 사실을 알 수 있었다. 이에 문제가 되는 작품은 역시 나옹화상의 작품들이며, 이는 歌辭 문학의 발생론에 있어 종래의 논쟁을 새로운 각도에서 볼 수 있게 하는 의의를 가지는 것이라 할 수 있다.

　한국의 고전시가는 詩歌라는 명칭 자체가 극명하게 보여주듯이, 문학과 음악의 공존 형태를 띠면서 지속되어 왔다. 따라서 이를 연구하는 연구자도 항상 이 둘의 상호적인 역동 관계를 염두에 두어야 함은 재론의 여지가 없다. 여기서 다루고 있는 화청(和請)의 경우는 더욱 더 그러하다 하겠다. 그럼에도 불구하고, 본 고찰은 이의 문학적 성격만을 강조한 한계를 자체내에 가지고 있다. 이처럼 미흡한 점에 대해서는 다른 기회를 통해 보강될 수 있기를 기대한다.

강석일, 「화청(和請)에 관한 연구」, 고려대 석사 논문, 1987.

김동국, 「불교민요 연구」, 고려대 석사 논문, 1990.

김성배, 『한국 불교가요의 연구』, 아세아문화사, 1973.

문화재관리국, 『화청(和請); 무형문화재조사보고서 65호』, 문화재관리국, 1969.

송방송, 『한국음악통사』, 일조각, 1984.

육경순, 「범패(梵唄)에 관한 연구」, 연세대 석사 논문, 1981.

이상보, 『한국불교가사전집』, 집문당, 1980.

인권환, 「불교문학, 어디까지 왔나」, 『불교문학』 1집, 불교문학사, 1988.

임기중, 「화청(和請)과 가사 문학」, 『고전시가의 실증적 연구』, 동국대학교 출판부, 1992.

장사훈, 「念佛에 관한 연구」, 『아세아연구』 7권 3호, 고려대 아세아문제연구소, 1964.

한만영, 「화청과 고사염불」, 『불교음악연구』, 서울대학교 출판부, 1980.

홍윤식, 「불전상으로 본 불교 음악」, 『불교학보』 9집, 동국대 불교문화연구소, 1972.

ABSTRACT

A Study on the literary characters of Hwacheong

Han, Chang-hun
(Professor, Chonbuk National University)

This study can be summed up as follows.

First, Hwacheong is the buddhistic song to enlighten the general public, and belongs to the buddhistic Gasa in the angle of the literary genre.

Second, owing to the finality-propagandism-, Hwacheong has the structural restriction.

Third, Hwacheong has the close relation with the origination of Gasa.

일반논문

개항기 계몽담론의 특성과 계몽가사의
주제 표출양상

고은지*

1. 문제제기

한국사회에서 19세기말 20세기초의 전환기는 매우 중요한 시기이다. 어느 세기이건 전환기에는 획기적인 변동의 물결이 당대의 사회를 휩쓸게 되고, 이러한 '시대의 변화'는 후대에도 막강한 영향력을 미친다. 그러나 특히 우리가 19세기말에서 20세기초의 전환기에 주목하는 이유는 이 시기의 '시대 변화'가 현대 우리들의 삶에 직접적으로 연결되기 때문이다. 실제 개항을 전후한 시기 한국사회에는 대내적·대외적 조건의 변화로 인해 사회 전반에 걸친 급격한 변동이 있었던 시기였다. 이 시기를 거치면서 한국사는 수세기 동안 중화중심의 계서적 질서를 토대로 구축되었던 '자기완결적인 역사'의 단계에서 벗어나 세계 자본주의 질서라는 보편적인 흐름으로 유입되었다. 이로 근대라고 하는 전혀 새로운 역사적 단계가 펼쳐지게 되었고, 지금 현대를 살아가고 있는 우리들의 삶 역시 그 자장권 내에 있다. 이처럼 19세기말 20세기초의 전환기는 한국 근대의 기점 혹은 근대의 시작이라는 점에서 연구자들의 각광을 받는 시기이며, 제학문의 영역에서 이 시기에 대한 연구가 활발히 진행되어 지금까지 양적 질

---

* 대진대 강사

적으로 매우 방대한 연구업적들이 축적되어 있다. 그러나 문제는 동일한 시기를 대상으로 하고 있음에도 불구하고 이 시기에 대한 명칭이 다양하다는 사실이다. 이는 연구자들이 이 시기를 바라보는 방식이 서로 다른 입지점에 있기에 파생된 양상이다.

19세기말 20세기초 문학연구가 용어의 정리에서 시작되는 이유는 이런 사정 때문이다. 이 시기에 대한 명칭의 선택은 단순한 용어 선택의 문제가 아니라 곧 연구자 자신이 해당시기를 어떤 관점으로 바라보는가에 대한 입지점을 마련하는 일이다. 일반적으로 이 시기, 정확히 말하자면 1876년 일본과의 강화도조약이 체결된 직후 1910년 8월 대한제국의 멸망까지 약 30여년에 걸친 한국사회는 흔히 '개화기'라고 통칭되며 당대의 문학사에도 이 명칭이 그대로 사용된다. 그러나 주지하다시피 이 '개화'라는 용어는 많은 문제점을 내포하고 있다. 그리하여 그에 대한 대안으로 '애국계몽기 혹은 근대계몽기 문학'이라는 용어를 사용하자는 주장이 제기되었다. 이는 19세기말 20세기초의 한국사회를 지배하고 있는 패러다임이 개화의 관점에서 계몽의 관점으로 이행되고 있음을 의미하는 것이다. 하지만 이들 용어가 당대의 문학적 현상을 명확하게 포괄하고 있다고는 볼 수 없다. 이 역시 '개화와 마찬가지로 대상 시기에 대한 평가를 내재화한 말이므로 본격적인 검토'[1]가 필요하다. 결론부터 말하자면 이들 용어는 모두 당대의 상황을 특징적으로 집약하기에는 나름대로의 의의가 있으나, 포괄적으로 설명해 내기에는 일정정도의 제한성을 지니고 있다는 것이 본고의 입장이다. 다음 항에서 개화와 계몽의 용어 문제에 관련하여 19세기말 20세기초 문학사 서술의 관점이 개화에서 계몽으로 이행시키는 시도는 타당하나, 계몽의 시선만으로는 당대의 문학적·문화적 현실을 다 포괄할 수 없는 이유에 대해 살펴보도록 한다.

---

1) 권보드래, 『한국 근대소설의 기원』, 소명출판사, 2000, p.17.

2. '개화'와 '계몽'의 용어문제;개화의 세계와 계몽의 사상

'개화'는 그것이 지닌 여러 가지 문제에도 불구하고 아직까지도 19세기 말 20세기초의 한국사회를 지칭하는 일반적인 명칭으로 사용되고 있다. 이 개화란 용어의 어원은 '開物成務 化民成俗'이라는 유교경전의 어구에 있으나, 그 개념은 1873년 이후 서양문화의 섭취에 전력을 다하고 있던 일본의 국가정책에 부응하여 당대의 일본사회에서 유행하던 '문명개화'에 서 유래한 것2)이다. 일본에서 유래한 이 개화라는 용어에는 다분히 서구 문화를 중심으로 한 서구문명세계에 대한 믿음과 그를 닮아가려는 열망 이 내포되어 있다. 이를 당대 한국인들도 유행어처럼 사용하곤 했는데, 그 안에는 서구 문명에 대한 기대3)와 함께, 그것을 맹목적으로 추수하는 태 도에 대한 비판이 함께 담겨져 있다. 그러나 이 비판에도 역시 서구문명 이 가져다 줄 새로운 세계에 대한 희망이 바탕하고 있다. '기화에 열심ᄒ' 면 대한국은 'ᄌ쥬독립의 권을 견실케 ᄒ고 문명뎨국'4)을 건설할 수 있는 데, 이런 사정도 모른채 '머리 ᄭ고 양복만 ᄒ면 다 된 줄노 아는'5) 개화 를 '허명개화'라 비난하고 있는 데서, 당대인들이 개화에 대해 지녔던 믿 음을 엿볼 수 있기 때문이다.

---

2) 이광린, 『한국개화사연구』, 일조각, 1974, pp.32-33.

3) 나는 셔울셔 몃 십 년을 살엇스되 기화란 물은 날마다 귀가 슬케 드럿스나 기화가 무 엇인지 ᄌ미를 몰낫더니 로형은 시골 싱쟝으로 셔울을 ᄒ번 보고 기화 맛을 깁히 아 니 고마온 일이로셰(…)셔울셔는 각 마을 관인들이 기화에 쥬의ᄒ야 법률을 실시ᄒ 매 도하에 원억ᄒ 빅셩이 업슬 ᄲᆫ 아니라 각처에 학교를 광셜ᄒ야 인지를 교육ᄒ고 각디 병뎡을 교련ᄒ야 외국를 방어ᄒ며 경찰 ᄒᄂᆫ 순검들은 인민의 싱명과 지산을 보호ᄒ야 졀도의 근심과 협잡의 폐단이 업게 ᄒ니 이것이 기화의 효험이 아니고 무 엇이며 셩니에 도로를 슈츅함과 밤에 쟝명등을 켜ᄂᆫ 것은 앗가 로형이 몬져 칭찬ᄒ 엿스니 더 말ᄒᆯ 것 업스되 근일에 더옥 긔긔 묘묘ᄒ 기화가 잇스니 월젼브터 경인 텰 도를 로량ᄭ지 필역ᄒ야 화륜거가 ᄒ로 몃번식 제물포를 리왕ᄒ니 우리 죠샹에셔는 다 보지 못ᄒ던 비라 엇지 신긔치 아니리오(『독립신문』 논설, 1898.11.2)

4) 『독립신문』 논설, 1899.6.9.

5) 『미일신문』 논설, 1898.7.28.

近世에 開化ᄒᆞᄂᆞᆫ 者ㅣ 다 西洋을 依慕ᄒᆞ니(…)我國의 開化ᄒᆞ다
ᄂᆞᆫ 者ᄂᆞᆫ 雨傘이나 持ᄒᆞ고 卷烟이나 吸ᄒᆞ고 長安大道上으로 無事
宛轉ᄒᆞ면셔 外國事物이면 如何ᄒᆞ던지 稱道ᄒᆞ고 本國事物이면 如
何ᄒᆞ던지 不美타 ᄒᆞ며 或 外國文字나 略通ᄒᆞ면 本國人을 慢視ᄒᆞ
ᄂᆞᆫ 獘가 有ᄒᆞ야 實地의 行함은 一毫도 無ᄒᆞ고 虛風만 依倣ᄒᆞ니
此를 엇지 開化의 目的이라 ᄒᆞ리오 曰 子言이 然則然ᄒᆞ나 其一은
知ᄒᆞ고 其二ᄂᆞᆫ 知치 못함이로다 大抵 開化라 ᄒᆞᄂᆞᆫ 者ᄂᆞᆫ 實狀과
虛名의 分別이 有ᄒᆞ니 實狀開化ᄂᆞᆫ 事物의 理寶와 根因을 窮究ᄒᆞ
며 其國의 處地와 時勢를 合當케 함이오 虛名開化라 ᄒᆞᄂᆞᆫ 者ᄂᆞᆫ
事物上에 知識이 不足함으로 他人의 景況만 欽慕ᄒᆞ야 前後를 推
量치 못ᄒᆞ고 每事를 施行함이라(…)今에 開化를 斥言ᄒᆞᄂᆞᆫ 者ㅣ
區而別之ᄒᆞ야 別樣事件으로 歸ᄒᆞ니 此ᄂᆞᆫ 開化의 罪人일뿐 아니라
伏羲神農黃帝唐堯周公孔子의 罪人이니라 客이 沈吟良久에 書案을
擊ᄒᆞ고 起ᄒᆞ더라(『황성신문』 논설, 1898.9.23)

위 신문 사설에서 개화의 의미는 허명개화와 실상개화로 구분되어 있
다. 허명개화는 마땅히 버려야 할 것이지만 실상개화는 모두가 추구해야
할 태도이다. 설사 허명개화라 할지라도 아예 개화를 배척하는 것보다는
나은 것이라고 설명하면서, 개화에 대한 단호한 의지를 보이고 있다. 이런
맥락에서 19세기말 20세기초의 상황에서 개화 역시 당대현실을 일정정도
반영할 수 있는 용어로 의의를 지닌다 하겠다. 그러나 문제는 그것이 당
대의 보편적인 인식틀인 시대정신, 혹은 시대사조를 서술하는 용어로는
부적합하다는 데에 있다. 시대정신이란 특정시대의 정치, 사회, 도덕, 문
학, 예술 등 다양한 영역에서 나타나는 사고방식에 연관되어 있으며 그들
의 배경을 이루는 사회적·정치적 상황까지 아우르는 한 시대의 정신적
전체구조6)라 할 수 있다. 개화가 '모든 문제의 유일한 해결책'으로 받아
들여졌던 것은 국가정책이 쇄국에서 개국으로 전환되던 초창기인 1870년

---

6) 마루야마 마사오, 박충석·김석근 공역, 사상사를 생각하는 방법에 대하여;유형·범
  위·대상, 『충성과 반역』, 나남출판사, 1998, p.379.

대이다. 이후 진행되던 문명화 지향의 개화운동은 1896년 경장내각의 붕괴로 유일한 해결책으로서의 기능을 상실했고, 민족적 모순이 첨예하게 드러난 상황에서 개화를 부르짖는 자들은 '수상쩍은 자들로', 개화파 인사들 중 많은 이들이 일제의 주구(走狗)로 전락7)해 갔다. 서구문명화를 지향하던 열망에 앞서 국권의 존재여부가 심각한 위기상황에 봉착해 있는 상황에서, 서구적 모델의 문명세계를 지향하던 개화사상은 당대의 시대사상으로 한계성을 지닐 수밖에 없었기 때문이다. 이를 대신해 우리는 계몽사상을 그 대안으로 거론할 수 있다. 이미 '개화사'의 초기 연구에서도 개화사상을 '선각자들이 무식한 대중들을 계도하여 문명의 단계로 이끌어 보려는 사상으로 서양의 계몽주의, 계몽사상과 통한다며, 개화사상을 대체할 수 있는 용어로 계몽사상이 제시되고 있는 바,8) 19세기말 20세기초의 대표적인 인식틀을 계몽사상으로 포괄하는 것이 바람직하다고 생각한다. 여기에서 논의의 편이상 개화와 계몽을 구분할 필요가 있다. 개화역시 제한적이기는 하나 앞서 살펴본 바처럼 당대적 상황을 반영하고 있고, 당대인들이 즐겨 사용한 어휘라는 점에서 계몽에 의해 폐기처분될 수 없기 때문이다. 다음의 인용문에서 이에 대한 시사점을 발견할 수 있다.

---

7) 최원식, 제국주의와 토착자본, 『한국근대소설사론』, 창작과비평사, 1986, p.238.

8) 이광린, 『한국개화사연구』, pp.31-33;開化思想은 舊韓末에 있어서 進步的인 思想이었다. 그 發生時期는 (…) 1870年代였고, 그 뒤 3,40年間 韓國의 政治·經濟·文化 全般을 支配하였다. 이처럼 舊韓末에 있어 開化思想은 韓國社會를 支配하였으나, 思想의 內容을 따져 보면 적어도 三段階로 變遷 發展하였던 것 같다. 우선 첫 段階는 1870년대로서「開化」는「開國」과 같은 槪念으로 사용되고 海外에 대한 知識을 가져야 된다는 것이 開化思想으로 看做되었으며, 둘째 段階는 1880年代로 소위 外國技術을 받아들이어 나라의 富强을 이룩해 보겠다는 思想이었다. 마지막으로 셋째 段階는 1890年代와 1900年代로 國家의 獨立(國權)과 國民의 權利(民權)를 主張하였다. (…) 그러므로 開化思想이라는 것은 先覺者들이 無識한 大衆들을 敎導하여 文明의 段階로 이끌어 보려는 思想이었다. 이러한 思想은 西洋의 啓蒙主義 혹은 啓蒙思想과 서로 통한다고 할 수 있다. 啓蒙은 교육과 같은 말이다.

여기서 문명개화란 용어가 사용되고 있는데, 그 문맥을 살펴보면 이는
앞으로 '나라'가 나아가야할 새로운 세계상을 서술하는 것임을 읽어낼 수
있다. 즉 '녯거슬 곳치고 시거글 죠치 빅셩과 국가롤 보죤'하여 백성과 정
부가 함께 건설해야 할 새로운 세계상을 형용하는 용어로 문명개화란 용
어가 사용되고 있는 것이다. 당시 기록들을 보면 실제로 개화세상, 개화세
계란 용어를 어렵지 않게 찾아볼 수 있다. 이들에는 모두 당대인들이 꿈
꿨던 이상향에 대한 열망이 담겨져 있다. 이런 맥락에서 당대에 '개화'란
용어가 즐겨 사용되었던 것이다. 그렇다면 그 경지로 나아가지 못하도록
방해하는 장매물은 무엇인가? 윗글에서 그에 대한 원인으로 '백성들이 어
두운 연고'를 들고, 나라가 문명개화의 지경으로 나아가기 위해서는 무엇
보다 그 어두움을 열어주는 것이 필요함이 강조되고 있다. 어두움을 열어
주는 것, 말 그대로의 계몽이다. 이는 문명개화란 이상향의 궁극적으로 도
달해야 할 세계의 모습이고, 계몽은 이에 도달하기 위한 행동적 실천들의
인식적 기반임을 알게 해주는 대목이다. 이에서 우리는 개화란 용어는 당
대인들이 지향하고 있는 궁극적인 미래상을 형용하는 말로 한정하고, 계
몽사상은 이를 현실화시킬 수 있는 실천적 인식틀, 사상적 태도를 지칭하
는 말로 개화와 계몽의 용법을 구별하여 사용할 수 있는 단서를 발견할
수 있다. 즉 개화의 세계로 나아가기 위한 계몽의 정신, 이것이 19세기말

20세기초를 지배했던 시대인식이었던 것이다.

이러한 계몽의 관점을 문학연구에 본격적으로 도입한 이는 최원식이
다.9) 역사・사회학계에서는 1980년대 초반에서부터 문명화 중심의 개화
적 시각에서 탈피하여 국가와 민족의 주체적 역량을 강조하는 '애국계몽'
을 강조하는 논의가 있어 왔다.10) 문학연구에도 이런 시각이 도입되어 청
일전쟁과 러일전쟁을 승리로 이끈 일제가 한반도 내에서 독점적 우위를
공식화하기 시작한 1905년 기점으로 1910년 대한제국의 멸망까지의 시기
를 애국계몽기로 특화시킬 것이 주장되었다. 이는 현재까지 개화기라고
하는 문제적 명칭을 대체하는 용어로 많은 연구자들의 공감을 얻고 있다.
이후 최원식은 이러한 시각을 더욱 확장하여 1905년 이전과 1910년 이후
까지 포괄하여 한국계몽주의 문학기라 명명하고 이 시기를 '맹아기-애국
계몽기-1910년대'로 구분하였다.11) 또한 최근에는 이 시기를 '애국'의 관
점에서 보는 태도에서 벗어나 '근대가 시작된 기원의 공간'으로 보고 당
대의 문학에서 우리의 전근대적인 사유체계와 삶의 방식이 근대적인 그
것으로 변환되는 방식을 읽어내는 것이 필요하다며 이 시기를 '근대계몽
기'란 용어로 지칭해야 한다는 주장이 제기된 바 있다.12)

이처럼 문학사 서술에 있어 19세기말 20세기초의 문학사를 애국계몽기
나 근대계몽기라는 용어로 집약해 내는 시도들은 계몽사상을 당대의 시
대를 추동해 가는 패러다임으로 상정하고, 당내의 문학적 현상들을 개화
의 관점이 아닌 계몽의 관점에서 파악하는 길을 열어 놓았다는 데에 의의
를 지적할 수 있다. 그러나 이 계몽의 관점에 대해서 그것이 과연 당대의
모든 문학적 현상들을 모두 포괄할 수 있느냐 하는 문제를 제기할 수 있

---

9) 최원식, 「제국주의와 토착자본」, 『한국근대소설사론』, pp.235-244.
10) 이에 대해서는 신용하, 『한국근대사와 사회변동』, 문학과지성사, 1980 참고.
11) 최원식, 한국 계몽주의의 문학의 세단계, 『민족문학사연구』 14, 민족문학사연구소,
    1999.
12) 고미숙, 근대계몽기-그 생성과 변이의 공간에 대한 몇가지 단상, 『민족문학사연구』
    14, 민족문학사연구소, 1999.

다. 19세기와 20세기의 교체는 단순한 세기의 교체가 아니라 중세봉건의 문명에서 근대문명으로의 교체를 의미한다. 인류역사에서 문명의 전환기에는 그전의 문명형태와 새로운 문명형태가 혼합진행하는 시기가 최소한 한 세대 이상이라는 진행13)된다. 때문에 20세기초의 상황 안에는 여전히 19세기적 상황이 유력한 형태로 남아 있을 수밖에 없다. 계몽의 관점이 당대 문학사 전반을 서술하는 용어로 지닌 문제성은 바로 이런 맥락에서 제기된다.

3. 19세기말 20세기초 문화적 상황과 계몽의 관점

名城巨都와 鄕村閭落에 성행ᄒᆞᄂᆞᆫ 이약이 책이 有ᄒᆞ니 曰「조웅전」이며 「대봉운전」이며 「충열전」이며 「대성전」이며 「삼국지삼권」이며 「임진록」이라 ᄒᆞᄂᆞᆫ 것을 鋟梓以國文으로 飜膽以細書ᄒᆞ야 陳陳堆續ᄒᆞ고 矻矻玩覽ᄒᆞ야 일력만 費ᄒᆞᆯ 뿐 아니라 쏘ᄒᆞᆫ 痴癡을 永結ᄒᆞ야 必曰我國之事ᄂᆞᆫ 吾人의 能ᄒᆞᆯ 비 아니라 如此ᄒᆞᆫ 영웅이 出ᄒᆞᆫ 後에 可爲라ᄒᆞ나 史를 攷ᄒᆞᆫ 人도 或無ᄒᆞ고 實을 據ᄒᆞᆫ 즉 事도 未有ᄒᆞ니 如此ᄒᆞ고 民志를 合ᄒᆞ며 國魂야 聚ᄒᆞᆯ것소(『대한매일신보』 잡보-告每日申報, 1906.9. 26.)

긔쟈가 엇지 춤아 연희쟝을 말ᄒᆞ며 엇지 춤아 한국의 연희쟝을 말ᄒᆞ리오 한국의 연희쟝을 볼진더 다만 협률사나 단셩샤 등을 셜시ᄒᆞ야 허다ᄒᆞᆫ 쳥년ᄌᆞ뎨를 유인ᄒᆞ야 그 심ᄉᆞ를 산란케 ᄒᆞ며 그 지긔를 손샹케 ᄒᆞ며 그 ᄉᆞ샹을 미혹케 홈으로 (…) 이런 연희쟝은 사름의 ᄆᆞ음을 현란케 ᄒᆞ며 풍속을 괴란케 ᄒᆞ야 샤회에 괴악ᄒᆞᆫ 영향을 끼치게 ᄒᆞᄂᆞᆫ 고로 의심업시 타파홀거시라 홈이어니와 만일 사름의 ᄆᆞ음과 풍속에 유익ᄒᆞ야 샤회에 됴흔 영향을 끼칠

---

13) 김용석, 『깊이와 넓이 4막 16장』, 휴머니스트, 2002, p.14.

연희쟝이 셜립될진더 우리는 이거슬 찬셩ᄒ며 이거슬 축슈ᄒ리니
(…) 오늘날 한국에 잇는 연희는 다만 유해무익ᄒ 것뿐이오 ᄒ나
도 볼만ᄒ 연희쟝은 업스니 이것도 또ᄒ 인민의 슈치로다(『대한
매일신보』 논셜-연희쟝을 기량ᄒ 것, 1908.7.12.)

위 인용문들에는 당대의 문학적 혹은 문화적 현상들이 계몽의 관점에
서 비판되고 있다. 여항에서 성행하는 이야기 책이나, 단성사나 협률사에
서 공연하는 레파토리가 '수치의 대상'으로 폄하되고 있다. 그러나 이러
한 독서물 혹은 연희들14)이 과연 무가치한 것인가에 대해서는 의문의 여
지가 있다. 위 인용문의 記者-글쓴이들은 철저하게 계몽의 관점에서 당대
인들이 즐겼던 읽을거리, 볼거리를 비난하고 있다. 그것들은 단지 '풍속을
괴란케 하여 사회에 괴악한 영향을 끼'칠 뿐 '사람의 마음과 풍속에 유익
하여 사회에 좋은 영향'을 줄 수 없다라는 평가는 계몽의 관점에서 보면
지극히 당연한 발언이다. 하지만 당대인들은 여전히 그 읽을거리, 볼거리
를 즐겼고, 이들은 계몽의 영역 외에 자신들의 문화권을 구축하면서 무시
하지 못할 대중적 기반을 차지하고 있었음도 분명한 사실이다. 이러한 문
화를 우리는 대중적·통속적 문화권이라 부를 수 있다.
　흔히 19세기 예술사의 향방을 논하는 데 있어 중요한 흐름의 하나로 대
중화·통속화의 문제들이 자주 거론된다. 18세기부터 진행되는 화폐경제
의 발달과 중세적 봉건질서의 와해는 상층 중심의 예술사를 대중적 차원
으로 확대시키는 계기를 마련하였다. 그 기세는 19세기말에 더욱 증폭되

---

14) 이 당시 연희장 공연물에 대해서는 다음의 신문광고를 참조할 수 있다;妓等 百餘名
　　이 京城 孤兒院 經費 窘絀ᄒ야 維持極難之說을 聞ᄒ고 爛商協議ᄒ야 慈善演奏場을
　　夜珠峴 前 協律社에 開催하야 收入金을 沒數히 該院에 寄附ᄒ 터이옵고 順序는 如
　　左ᄒ오니 慈善ᄒ신 仁人君子는 來院玩賞ᄒ심을 伏望, 順序 平壤랄탕피 / 幻燈/ 倡夫
　　짱직조/ 僧舞/ 劍舞/ 佳人剪牧壇/ 船遊樂/ 項莊舞/ 포구樂/ 무고/ 향웅영무/ 북춤/ 사쟈
　　舞/ 鶴舞, 其外에도 滋味잇는 歌舞를 臨時ᄒ야 設行ᄒ, 發起人 宮內府 行首妓生 桂玉
　　/太醫院 行首妓生 蓮花/尙衣司 行首妓生 錦花, 竹葉, 桂仙, 鸚鵡, 採蓮 등 고백(『대한
　　매일신보』 광고, 1907.12.24)

어 상층의 전유물로 여겨졌던 제 양식들이 하층의 범주로 확산되면서 상층의 고급화 지향과는 다른 대중화·통속화의 경향을 노정한다는 것이 19세기 후반 예술사를 바라보는 일반적인 시각이다.15) 1906년의 상황이 반영되고 있는 위 인용문에 거론되는 작품들은 바로 그 19세기 후반의 상황에서 통속적 대중화의 경향에 속하는 작품들이다. 그리고 이들은 다음 인용문에 보이는 바와 같이 1930년대가 마감될 때까지도 여전한 영향력을 지니고 있었다.

> 재래의 소위 이야기册이라는 옥루몽, 구운몽, 춘향전, 조웅전, 유충열전, 심청전 가튼 것은 年年히 數萬券式 出刊되고 이것들 外에도 秋月色이니 江上淚니 再逢春이니 하는 이십전 삼십전 하는 소설책이 십여판씩 重版을 거듭하야오되 이것들은 모다 통속소설의 圈外에도 참석하지 못하여 왓다. 이것들 옭웃붉웃한 표지에 四號活字를 바다 가지고 문학의 圈外에 멀리 쫏기어 온 것이 사실이다. 그러나 신문지에서 길너낸 문예의 使徒들의 통속소설보다도 이것들 이야기册이 훨씬 더 놀라울 만큼 비교할 수도 업게 대중 속에로 전파되어 잇는 것도 쏘한 사실이다16)

위 인용문은 1929년 당대 독서계의 실상을 증언하고 있는 글이다. 여기서 '옭웃붉웃한 표지에 四號活字'로 출판된 소위 딱지본 소설들, 즉 고소설이 「추월색」이니 「강상루」니 「재봉춘」이니 하는 신소설과 더불어 당대에 많은 독자층을 확보하고 있었음을 확인할 수 있다. 또한 그 기세는 1930년대까지 이어져, 1938년 당대 메이저급 출판사에 해당하는 박문서관의 경영주 노익형은 '춘향전, 심청전, 유충렬전 이 셋은 농촌의 교과서이지요'17)라고 증언하고 있다. 이와 같은 고소설의 막강한 대중적 영향력

---

15) 이에 대해서는 고미숙, 『19세기 시조의 예술사적 의미』(태학사, 1998) 참고.

16) 김기진, 대중소설론, 『동아일보』, 1929.4.14(백현미, 창극의 역사적 전개과정 연구, 이화여자대학교 박사학위논문, 1996, p.175에서 재인용).

17) 노익형, 출판업으로 대성한 諸家의 포부, 『조광』, 1938.12(백현미, 위의 논문, 같은

은 1910년대에 갑작스럽게 생겨난 것은 아니다. 앞서 시적했듯이 18세기·19세기 사회적 조건의 변화에 따라 꾸준하게 성장해온 고소설의 대중적·통속적 기반을 바탕으로 하여 형성되었던 것인 바, 그에 힘입어 계몽적 주제의 문학이 새롭게 등장함에도 불구하고 그에 아랑곳하지 않고 20세기초에도 여전히 그 세력을 행사할 수 있었던 것이다.

20세초의 문학사에서 19세기후반적 상황의 지속은 시가사의 흐름을 통해서도 확인된다. 19세기 후반 시가사의 경향을 「가곡원류」로 대표되는 '전문적인 고급예술'과 「남훈티평가」로 대표되는 '통속적 대중예술'로의 분화과정이라 요약할 수 있다.[18] 이러한 경향은 20세기초에도 지속되었는데, 특히 대중적 노래의 수요가 증폭되자 잡가의 파급력이 점차 확대되어, 동시대의 시가양식들을 吸수하면서 1900년대를 지나 1910년대에는 가장 대표적인 시가양식으로 성장하게 된다.[19] 20세기초 잡가가 확보하고 있었던 대중적 기반은 당대의 시가양식에 있어 다른 어떤 양식을 압도하면서 가장 대표적인 양식으로 떠오르게 했으며, 이는 당대 시가사의 경향이 전대 '통속적 대중화'의 자장권내에 있었음을 짐작하게 한다.

계몽의 관점에서 이러한 통속적 문화는 당연히 교정의 대상이 될 수밖에 없다. 당시 발간된 신문과 잡지들에서는 통속적 내용의 문학을 '사회의 풍속에 유익한' 새로운 내용으로 개량하자는 의견들이 종종 발표되었다.[20] 특히 잡가의 경우에는 독자들에게 계몽의지를 전달하는 새로운 노랫말들로 개량되어 소개되기도 했다.[21] 그러나 계몽주의자들의 이러한

면에서 재인용).

18) 이에 대해서는 고미숙, 위의 책 참고.

19) 이에 대해서는 정재호, 雜歌攷(『민족문화연구』 6, 고려대민족문화연구소, 1972), 이노형, 잡가의 유형과 그 담당층 연구(서울대 석사학위논문, 1987), 고미숙, 대중가요의 선구 20세기초반 잡가연구(『역사비평』, 1994 봄)를 참고.

20) 이에 대한 대표적인 글로는 近今 國文小說者의 主義(『대한매일신보』, 1908.7.8, 논설), 歌曲改良의 異見(『대한매일신보』, 1908.4.10, 잡보) 등을 살펴볼 수 있다.

21) 고은지, 애국계몽기 시조의 창작배경과 문학적 지향, 고려대학교 석사학위논문,

교정 노력에도 불구하고, 당대의 통속적 경향은 일순간에 정리될 만큼 만만한 것이 아니었다. 여전히 '음란하고 괴이한 소설'들이 널리 읽혔고, '난삽하고 음담패설로 엮어진' 노래들이 대중의 사랑을 받았다. 그 결과가 바로 1910년대에 이르러 전성기를 맞이한 활자본 고소설과 잡가의 성장인 것이다. 이처럼 19세기 후반 예술사의 통속적·대중적 경향은 1900년대를 지나 20세기 전반기를 통과하면서 사그라지지 않고, 당대 중요한 문화적 현상으로 자리하고 있었다.

이처럼 19세기말 20세초 계몽의 주제의식으로 무장한 작품들이 많이 생산되고 있었기는 분명하나, 이와 더불어 이와 대척적인 지점에 있는 통속적 문학들도 많이 향수되고 있었던 것이 당대의 문화적 상황이었다. 현실이 이러함에도 불구하고 19세기말 20세기초의 문학사를 계몽의 관점으로 총괄했을 경우, 당대의 문학적 현상은 제한적인 관점에서만 서술될 우려를 낳게된다. 계몽의 관점으로 해석할 수 있는 것만이 관심의 대상이 될 뿐, 이와 무관한 경향의 문학적 현상들을 발견되지 않거나 발견된다 하더라도 그것들이 지닌 의미가 제대로 설명될 수 없을 것이기 때문이다. 계몽의 관점이 당대의 중요한 인식틀이고 새로운 문학적 현상들을 만들어냈음은 분명하다. 그러나 이러한 새로운 문학적 현상들이 어느순간 갑자기 일어난 돌출적 현상이라고 볼 수는 없다. 그것은 동시대에 존재하고 있었던 다양한 문학적 현상들과의 관계 속에서 새롭게 만들어진 문학적 현상이고, 그것의 의미는 당대 제문학 현상들이 존재하고 있었던 문화적 양상 속에서 살펴 볼 때 더욱 분명하게 포착될 수 있을 것이다. 따라서 당대 문학사 서술에 주제적 관점이 강력히 내포된 용어보다는 당대의 제현상을 객관적으로 포괄할 수 있는 개항기란 용어를 사용하는 것이, 당대 문학연구에 좀더 폭넓은 시야를 제공해주리라 생각한다.

이미 사학계에서는 개화기를 대체하는 용어로 이 개항기가 일반적인

1997, pp.24-34.

것으로 자리하고 있다. 그러나 문학계에서는 이것이 사회·경제적 함의로 편향되었다는 이유로 그 사용을 꺼리고 있는 형편이다.22) 하지만 이 '개항'의 의미는 비단 여기에만 머무르고 있지는 않다. 개항은 '어떤 상징적인 사태의 표현으로도 일정한 역사적 현실을 가리키는 용어로도 이해될 수 있다'23) 전자의 경우에는 1876년 소위 강화도조약으로 이루어진 개항조치의 단행을 지칭하는 협의의 의미이다. 그러나 후자의 경우에는 그것을 '이른바 통째로 바깥에서 다가온 국제사회에 대해서 좋든 싫든 간에'24)에 적응해 가는 일련의 역사적 현실을 지칭하는 광의의 의미를 지닌다 하겠다. 우리가 19세기말 20세기초의 한국사회를 '개항기'라고 지칭하였을 때에는 바로 이 광의의 개항을 의미한다.

물론 20세기 초가 사상적으로는 계몽주의의 시대임에는 분명하다. 하지만 문화적인 측면을 보면 계몽주의 문예사조로 일관되어 있었던 것만은 아니었다. 앞서 살펴본 바처럼 이와는 별개의 문학적 현상들이 존재하고 있었고, 이러한 현상들은 계몽주의 관점으로는 포착될 수 없는 것이다. 어느 시대이건 새로운 문학사조는 당대의 돌출적인 특이 현상이 아니다. 그 기반의 한 축은 전대의 경향과 맞닿아 있는 '혼합의 지대'에서 형성되며, 당대 존재했던 제문학 혹은 제문화현상과 조응하면서 자신만의 영역을 구축해 간다고 할 때, 한국의 계몽주의 문학 역시 예외가 아니기 때문이다. 당대의 문학사를 좀더 풍부하게 포착하기 위해서는 계몽주의의 성향과 다른 성향들을 한데 아우르는 포괄적인 관점이 필요하고, '개항기'란 명칭은 이런 점에서 당대 존재했던 다양한 제문화현상들을 포괄할 수 있는 시대 명칭으로 적절하다고 생각한다. 이렇게 본다면 개항기 문학사는 한편에서는 19세기 후반의 상황의 연속으로 여전히 대중적 통속화의 경

---

22) 권보드래, 『한국근대소설의 기원』, 소명출판사, 2000, p.17.
23) 마루야마 마사오, 박충석·김석근 역, 개국(開國), 『충성과 반역』, 한길사, 1998, p.173.
24) 마루야마 마사오, 개국(開國), 『충성과 반역』, p176.

향이 지속되고 있었고, 또 한편에서는 당대의 시대적 조건에 대응하는 문학, 즉 계몽적 경향의 새로운 경향이 탄생하여 주요한 문학적 양상으로 자리하고 있었던 시기라 할 수 있을 것이다.

한국을 비롯한 중국, 일본도 마찬가지로 이들 나라는 모두 개항을 기점으로 '유럽에서 장기간에 걸쳐서 성장한 많은 문화적 요소-기독교, 자본, 양로원, 대포, 군함, 의무교육, 전신(電信), 국가주권-가 한꺼번에 겹쳐서 서양이라고 덩어리가 되어 다가왔'25)고, 이로부터 근대라고 하는 새로운 역사적 단계가 시작되었던 것이다. 그러 한국적 근대의 시작은 일제에 의한 식민지화의 정지작업의 시작이기도 했다. 그리하여 주시하다시피 결국 1910년 8월을 기점으로 한국사회는 일제의 식민지로 접어들게 되었던 것이다. '개항기'란 개항조치 이후 일제강점기 직전까지 약 30여년에 걸쳐 있는 역사적 시기로, 식민지화라는 역사적 결과에 비추어 부정적인 평가를 내릴 수도 있겠다. 역사적인 결과가 그렇다 하더라고 이 30여년 동안 한국사회는 전적으로 무기력하게 일제의 식민지화 정책에 동화되어 갔던 것은 아니다. 이 기간동안 근대와 반식민지화를 향한 자구적인 모색들은 치열하게 이루어졌고, 개항 직후부터 시작된 '일제의 식민지화 야욕을 30년간이나 유예시킬 수 있었던 것은 이러한 자구책들이 있었기 때문'이다.

한국사회를 휩쓸었던 계몽에의 열정도 바로 이러한 자구책들 중 하나이다. 최소한 청일전쟁(또는 광무개혁) 이후 일어난 학술, 문예운동으로부터 기반이 마련된 이러한 계몽의 열정26)은 당대 문학사에도 영향을 미쳐 계몽주의 문예사조라는 새로운 경향을 탄생시켰고, 이 장권내에서 제 장르에 걸쳐 많은 문학작품들이 생산되었던 것이다. 그 실질적인 문학작품들이 1905년이후부터 생산되었으나, 그것이 1905년을 계기로 급작스럽게 촉발된 것은 아니다. 1900년대의 상황은 바로 앞서 살펴본 학술, 문예운

---

25) 마루야마 마사오, 개국(開國), 『충성과 반역』, p.173.

26) 이에 대해서는 임형택, 20세기초 신·구학의 교체와 실학(민족문학사 편역, 『근대계몽기의 학술·문예사상』, 소명출판, 2000, pp.416-436) 참고.

동의 연장선 상에서 발생한 것이었고, 이런 이유로 1900년대의 상황은 그 자체로 특화되는 것이 아니라, 19세기 후반의 상황과 연계하여 살펴봐야 할 것이다. 그러나 1910년 국가상실을 계기로 계몽주의 문예사조는 이전의 시기와 그 실질을 달리할 수밖에 없다. 1910년 이후에도 계몽주의 문예사조는 건재했다. 한국계몽주의 문학의 대표주자인 이광수의 본격적인 활약이 이루어진 시기가 1910년대라는 사실이 이를 증명해 준다. 그러나 1910년 국가상실을 기점으로 그 전과 이후 계몽주의 문학은 분명한 경계선을 가진다. 이 경계선은 1910년 8월 이후 『대한매일신보』가 『매일신보』로 명칭이 바뀌었다는 사실에서 상징적으로 드러난다. 『대한매일신보』 당대 최고의 신문이었다. 발행부수가 다른 신문매체를 월등히 능가했을 뿐 아니라,27) 그것이 가지고 있던 첨예한 현실인식은 신채호로 대표되는 바, 최전선에 있었던 진보언론이었다. 이것이 1910년 8월 이후 언론통폐압의 과정에서 살아남아 총독부의 기관지로 흡수되면서 『매일신보』로 이름을 바꾸게 되었는데, 이 과정에서 '대한'이 빠진 이유는 그것이 주는 상징성 때문이다. 이 '대한'의 상징성이 지니고 있는 것이 개항기의 계몽주의와 이광수로 대표되는 이후 시대 계몽주의의 차별성이다. 이 차별성이 바로 개항기에 생산되었던 계몽주의 문학작품의 주제의식을 설명하는 데 중요한 관건이다.

계몽사상의 실천적 행동양상들을 중에 가장 두드러지는 것은 계몽언론의 활약이다. 계몽사상은 『독립신문』을 계기로 비약적 성장을 이룩해, 이후 터져 나온 각종 신문과 잡지 등 계몽언론을 통해 놀라운 속도로 일반대중의 의식 속으로 퍼져 들어갔다. 이로 한국사회는 계몽의 열정으로 들

---

27) 한국문학사에 계몽주의를 도입한 최원식은 그 대상시기를 1905년에서 1910년까지로 한정했던 기존논의를 더욱 확장하여, 이에 포함되지 않았던 전후시기까지 포괄하여 '한국계몽주의문학'을 설정하였다. 즉 1905년 이전을 맹아기로, 1905년에서 1910년까지를 애국계몽기로, 1910년에서 1919년까지를 1910년대라고 명명하였다(한국 계몽주의의 문학의 세단계, 『민족문학사연구』 14집, 민족문학사연구소, 1999).

끊게 되었고, 이의 선두에 선 개항기의 출판 인쇄물들은 보통교육의 기관으로 인식[28]될 정도였다. 이 과정에서 계몽사상의 언어적 실천행위로서 계몽담론들이 폭발적으로 생산되었다. 이것은 사회·정치·경제·문화적 차원에서부터 학술 문예 및 생활 습속의 문제에 이르기까지 폭넓은 범위에 걸쳐져 있었다.[29] 계몽주의 문학은 이러한 계몽담론의 문학적 현상에 다름 아니다. 따라서 거기에서 표출되는 주제의식을 밝혀내기 위해서는 우선 개항기 계몽담론의 실질을 살펴볼 필요가 있겠다.

3. 개항기 계몽담론의 특성;국가주의 지향

계몽은 일반적으로 '무지몽매한 인간의식을 계발'한다는 의미를 가지고 있다. 하지만 이것이 특정한 역사적 단계에서 나타나는 사상적 형태를 지칭하는 의미로 사용했을 경우 흔히 18세기 서구사회에서의 계몽을 의미하게 된다.[30] 이 시기를 흔히 근대사회라 지칭하는 바, 이런 맥락에서 계몽사상을 근대 형성기의 주류적 사상이라고 하는 것이다. 서구의 사정이 이렇다 해도, 이것을 그대로 한국사회로 이행시킬 수는 없다. 서구 계몽사상은 전통적인 권위에서 탈피하여 인간의 이성에 전폭적인 신뢰를 둔 정신과 태도로 중세의 종교적인 권위와 마법에서 벗어나, 인간의 본성인 이성을 바탕으로 합리적인 삶을 영위하는 데 그 초점이 맞춰져 있다.[31] 이

---

28) 『황성신문』 논설, 1909.4.28;現時代에 至ᄒ야는 國文으로 發行ᄒ는 新聞雜誌와 小說 等屬이 皆普通敎育의 機關이라 此오 有ᄒ야 毋論貴賤富貴ᄒ고 一般國民된 者는 皆 國家에 對ᄒ 關係를 覺知ᄒ 바 有ᄒ지라.

29) 이에 대해서는 김봉희, 『한국개화기 서적문화 연구』(이화여자대학출판부, 1999), 강명관, 근대계몽기 출판운동과 그 역사적 의의(『민족문학사연구』 14, 민족문학사연구소, 1999), 민족문학사연구소편, 『근대계몽기의 학술·문예사상』(소명출판, 2000)을 참고.

30) 김영작, 『한말 내셔널리즘 연구-사상과 현실』, 청계연구소, 1989, p.116.

31) 이에 대해서는 L. 골드만, 『계몽주의의 철학』, 청하, 1983 참고.

에 비해 개항기 한국사회에서 계몽사상은 외세 침탈의 앞에서 '외국의 슈
모로부터 임군과 백성, 나라'를 지켜내는 일에 맞춰져 있었기 때문이다.

> 대한이 이 위태홈을 면호고 문명진보호야 안으로는 법률과 긔
> 강이 셔고 스룽공샹이 흥호야 사름마다 직업이 잇게 되고 밧그로
> 는 외국에 슈모를 면호야 외국이 대한 정부와 인민을 겸존케 대
> 졉호게 홀 도리는 (…) 그것은 다름이 아니라 만일 당신 목숨 스
> 랑호기를 당신이 당신의 대황뎨 폐하를 스랑흔 이보다 더 즁히
> 홀 디경이면 당신 당신의 직무를 호는 것이 아니니 당신이 참 당
> 신 님군과 동포형뎨를 위홀 ᄆ옵이 잇실 것 ᄀ흐면 당신의 목숨
> 을 싱각홀 묘리도 업고 당신이 당신 힘것 일호다가 일 아니 디는
> 것도 샹관홀 일이 아니라 (…) 당신은 죽어도 올흔 신하요 올흔
> 빅셩이요 셰계에 겸쟌흔 사름이라 (『독립신문』 논셜, 1898.1.18)

> 웨 그런고 호니 사름이 만일 혼이 업스면 죽는 것ᄀ치 국민의
> 게 만일 나라혼이 업스면 곳 망국이 되는 거슨 현연흔 리치라 대
> 뎌 나라혼이라 호는 거슨 일반 국민의 스샹이 내 몸과 나라 스이
> 에 관계된 거슬 확실히 ᄭᅵ다라 내가 곳 나라히오 나라히 곳 내라
> 나라히 흥호면 나도 흥호고 나라히 망호면 나도 망호는 리유를
> 뢰슈졍신에 삭여 나와 나라 스이에 관계된 거시 일호라도 용납홀
> 틈이 업는 거슬 확실히 안 후에 출호리 몸을 죽일지언뎡 나라의
> 터럭ᄀ흔 슈치라도 도라오지 안케홀 ᄆ옵으로 죽는 것 (『대한매
> 일신보』, 별보 샹항 공립신문 등지, 1907.7.30)

대한국이 '이 위태함'을 벗어날 수 있는 도리를 설파하고 있는 첫 번째
인용문에서는 '님군과 공포형제'를 자신의 목숨 보다 더 지극히 사랑함이
강조되고 있다. 이러한 '님군과 동포형뎨'를 위하는 마음은 두 번째 인용
문에서 보듯이 모든 것의 가치판단에 있어 국가가 최종의 규준으로 적용
되는 국가주의로 확대된다. 여기서 '나라혼'은 개인적이 가치보다 더 중
요한 것으로, 차차리 내 한 목숨 버리는 한이 있더라도 '나라에는 터럭 같

은·수치라도 도라오질 않게 할 마음'으로, 이것이 개항기 계몽담론이 일
반대중에게 깨우쳐 주고자 하는 바로 그 계몽의 실질이다. '먹으나 닙으
나 자나 씨나 나라를 스랑ᄒᄂᆞᆫ ᄆᆞ음'은 잠시라도 떠나서는 안되는[32] 것이
었으며, 나라에 대한 그 열렬한 열정으로 가득 찬 '챵ᄌᆞ에ᄂᆞᆫ 피박휘가 흥
샹 돌아단니며 그 눈의ᄂᆞᆫ 피눈물을 흥샹 홀니며 그 몸은 피로 목욕하며
그 ᄆᆞ음은 피로 갈아서 그 빅셩은 피빅셩이 되고 그 나라ᄂᆞᆫ 피나라이 되
어'야 했다.[33] 이러한 열렬한 국가주의는 모든 행동의 최종적인 가치로
작동하였고, '나'라고 하는 개인적 존재는 당연히 국가적 차원에서만 인
정받을 수 있었다.[34] 개항기의 계몽담론을 지배했던 이와 같은 국가에 대
한 열정은 당대의 계몽사상에 대해 '인간오성의 전폭적인 신뢰에 기반한
열정'[35]이라는 판단을 주저하게 한다. 인간오성이란 중세적 마법에서 벗
어나 모름지기 자연에 대한 법칙적 이해와 지식을 바탕으로 세계를 분석
하고 비평하면서 끊임없이 시험하고 관찰하는 능력, 진리에의 확실한 길
을 보장해 주는 인간의 본성으로 정의되나,[36] 한국의 계몽은 그 초점이
'전국의 리익을 싱각ᄒᆞ고 ᄒᆞᆫ몸에 위태ᄒᆞᆫ 거슬 도라보지 아니ᄒᆞ야 아모도
록 빅셩의 지혜를 발달ᄒᆞ고 국권을 회복ᄒᆞ야 붓그러움을 씻고져 ᄒᆞᄂᆞᆫ ᄆᆞ
음'[37] 즉, 국가주의에 있기 때문이다.

> 오늘날 시셰형편을 언론ᄒᆞᄂᆞᆫ 사ᄅᆞᆷ들이 당파 둘이 잇스니 ᄒᆞ나
> ᄂᆞᆫ 골ᄋᆞ디 인죵을 보젼ᄒᆞᆫ다ᄒᆞ여 보죵파 ㅣ라 ᄒᆞ며 ᄒᆞ나ᄂᆞᆫ 골ᄋᆞ디
> 나라를 보젼ᄒᆞᆫ다ᄒᆞ여 보국파라 ᄒᆞᄂᆞ니 보죵파의 쥬쟝ᄒᆞᄂᆞᆫ 언론은

---

32) 『대한매일신보』 서호문답, 1908.3.13.
33) 『대한매일신보』 논설-학계의 꽃, 1908.5.16.
34) 니가 업스면 나라에 일 개인이 업셔셔 나라의 일분 힘이 감하ᄂᆞ니 그러ᄒᆞᆫ즉 니가 곳
　　나라롤 맛튼 자라 엇지 귀중치 아니ᄒᆞ리잇가(현채, 『유년필독』, 휘문관, 1907,
　　pp.1-2).
35) 고미숙, 근대계몽기-그 생성과 변이의 공간에 대한 몇 가지 단상.
36) 골드만, 『계몽주의의 철학』, 청하, 1983 참고.
37) 『대한매일신보』 논설-츙셩론, 1907.12.15.

굴으디 국가의 일은 우리가 엇지홀 수 업다흐야 (…)홍인죵의 젼
감을 보아 사름의 씨나 보전하기를 싱각홈이 올타흐고 (…) 인죵
을 보젼흐쟈는 언론은 본긔쟈도 일직 말흐던 바 ㅣ어니와 그 말흔
범위가 오늘날 의론흐는 쟈의 말과 곳지 아니흐니 인죵을 보젼흔
다 홈은 이 빅셩이 뎌 빅셩의게 멸망홈을 당흐지 아니흐는 거슬
닐옴이니 이 빅셩이 뎌 빅셩의게 멸망홈을 당치 아니흐는 그 도
리가 어더 잇느뇨 (…) 그 나라의 권리를 닐코 디위가 써러지고
도 그 인죵을 능히 보젼홀 줄노 그릇 아는 거시니 이는 어리셕은
사름이며 (…) 인죵 보젼흐기를 싱각지 아니흐고 나라보젼흐기만
구흐면 그나라를 능히 보젼흐고 그 인죵은 스스로 보젼흐려니와
만일 나라보젼흐기는 싱각지 아니흐고 인죵을 보젼하기만 구흐려
다가는 그 나라라 보젼치 못흐고 그 인죵이 쏘라 망홀거시니 두
가지 언론중에 뎍당흔 거슬 구홀진디 나는 반드시 인죵을 보젼흔
다는 언론은 취지 아니흐고 나라를 보젼흔다는 언론을 취흐겟노
라(『대한매일신보』 논설-보죵과 보국론, 1907.11.19)

　(…)國家가 既是 民族精神으로 構成된 有機體인즉 單純한 血族
으로 傳來한 國家는 姑舍흐고 混雜한 各族으로 結集된 國家일지
라도 必也 其中에 恒常 主動力되는 特別種族이 有흐여야 於是乎
其國家가 國家될지니(…)(『대한매일신보』 讀史新論, 1908.8.27-12.1
3)[38]

　개항 이후 한국사회에 밀어닥친 절박한 위기상황은 사회개혁의 과제,
반봉건=근대화의 길에 앞서 외세로부터의 민족적 자존을 지켜내는 과업

---

38) 『대한매일신보』는 1904년 7월 18일에 창간 이후 1905년 3월까지는 한글·영문 合本
으로 발간되다가 1905년 8월 11자부터는 국한문판과 영문판 두 가지 형태로 분리되
어 발간되었다. 순한글판이 별도로 발간되기 시작한 것은 1907년 5월 23일자 부터이
다. 이후 국한문판·순한글판·영문판 세 가지 형태로 발간되다가, 1908년 5월 31일자
로 영문판이 폐간된 후에는 국한문판과 순한글판 두 가지지 형태로만 발간되었다.
본고에서는 주로 인용되는 『대한매일신보』의 기사나 논설, 작품들은 1907년 5월 23
일자 이후는 순국문판에서 인용하도록 한다. 다만 「독사신론」과 같이 국한문판만에
있는 경우에는 국한문판에서 인용한다.

의 성취에 몰두하게 하였다. 따라서 서구 계몽사상의 전통을 이어받은 어떠한 근대적 사회사상, 예컨대 자유주의나 사회주의 같은 사상도 독자적인 사상으로 완결성을 갖추기 보다는 민족주의와 결합됨으로써만 인정받을 수 있었고, 그 자체로 민족주의의 권위와 도덕성을 압도하지 못했다. 이것은 비단 한국사회의 특수성만이 아니라 식민지 종속국의 근대화 과정에서 나타나는 일반적 현상이다.39) 민족주의는 개항 이래 한국사회의 지배적 패러다임이었다. 민족의 독립이 최우선 과제일 수밖에 없었던 식민지시기에는 더욱더 강화되어, '민족의 이익'이 모든 가치판단의 중심을 차지했던 것이다. 식민지 종속국의 근대화 과정에 있는 피압박 민족에게선 우선 자국의 언어와 문화, 역사를 연구하는 일단의 지식인들이 형성되고 이들에 의해 애국적인 열정이 일어나며, 이어 대중에게서 민족의식이 일어나 민족운동으로 나아간다40)고 한다. 개항기의 한국사회에서는 일어났던 일련의 '애국계몽운동' 역시 이런 맥락이다.

따라서 계몽담론의 지향 역시 민족주의에 맞춰져 있다 하겠다. 그러나 여기에서 민족주의와 구별하여 국가주를 내세우는 이유는 개항기의 역사적 상황 때문이다. 사실 한반도라고 하는 특정한 지역 내에서 오랜 세월 동안 정치적·문화적·혈통적 공동체를 꾸려 온 우리의 경우에는 국가와 민족의 문제를 분리시켜, 민족주의나 국가주의의 함의를 구별해 내는 것은 불가능할지도 모른다. 하지만 개항기의 특수한 상황은 당대인들에게 민족의 보전을 위해 국가의 보전을 강조하는 국가주의가 더 절박한 인식으로 자리하게 했다. 위 인용문들에서 민족생존의 전제조건으로서 요청되는 국가주의의 강조를 읽어 낼 수 있다. 한국의 식민지화가 이미 1905년 소위 을사조약을 기점으로 기정사실화 되었다 하더라도, 1910년 이전까지는 '대한제국'이라는 국가가 엄연히 존재하고 있었고, 어찌하면 이 국가

---

39) 이상의 논의는 김동춘, 사상의 전개로 본 한국의 '근대'모습(역사문제연구소편, 『한국의 '근대'와 '근대성' 비판』, 역사비평사, 1996, pp.300-301) 참고.
40) 한국서양사학회편, 『서양에서의 민족과 민족주의』, 까치, 1999, p.19.

를 다시 일제의 '보호'에서 되찾을 수 있는 희망도 있었다. 이런 상황에서 중요한 것은 우선 국가를 지켜 내는 일이었고, 인종을 지켜 내는 것은 국가의 존재가 전제된 상황에서 가능한 일로 인식되었던 것이다. 그리하여 마땅히 나라를 보전하는 것이 인종을 보전하는 것보다 중요하다고 보국론(保國論)이 보종론(保種論)보다 더 절실한 것으로 요구되었던 것은 당연한 결과이다. 또한 '민족정신'은 국가를 구성하기 위한 조건으로, '주동력되는 특별종족'의 정신의 발휘는 국가의 존재가 전제된 상황에서 비로소 그 의미를 인정받을 수 있었던 것이다. 바로 이러한 국가주의가 개항기 계몽담론이 지니고 있는 특징이다.

> 셩인의 말슴에도 짓기를 말지 아니ᄒ면 필경 군ᄌ가 된다 하엿스니 ᄒ 거롬으로 날마다 나아가면 만리 길을 가달을 것이오 ᄒ 삼티 흙을 이즈러 틔리지 말면 아홉길 산이 얼우나니 아모쪼록 졍셩을 다ᄒ고 힘을 다ᄒ여 교휵을 밧고 ᄉ업을 일우워 너머지 집을 붓들고 기우러진 그릇을 바루는 것이 남ᄌ의 직분될 쑨 아니라 녀ᄌ의 직분도 당연ᄒ니 우리 ᄌ민형뎨들은 일시라도 방심치 말고 더욱 셜력ᄒ야 태셔의 문명교휵ᄒᄂ 법을 본밧아 남녀가 동등으로 ᄉ업을 삼아 츙군익국ᄒᄂ 일심으로 사롬마다 기유ᄒ고 집집마다 쥰힝ᄒ야 억쳔년 죵샤를 보젼케 ᄒ심을 희망ᄒ여 이 국문신보에 긔지ᄒ오니(…)(『대한매일신보』 기서-남녀동등, 금화산인, 1907.7.9)

> 대개 ᄌ유라 ᄒᄂ 것은 싱활ᄒᄂ디 일기 큰 긔관이니 자유로써 도덕을 죵ᄉᄒ며 ᄌ유로써 의무를 실힝ᄒ며 ᄌ유로써 ᄉ업을 발달ᄒ야 제 직분을 다아시에 일치 아니ᄒ며 명예를 후셰에 드리우ᄂ니 ᄌ유가 엇지 즁ᄒ지 아니ᄒ며 엇지 크지 아니ᄒ리오 (…) 우리동포 형뎨들은 졍신을 가다듬고 의긔를 분발ᄒ야 일심단톄로 비록 위급ᄒ 디경을 당ᄒ여도 긔운을 썩기지 말고 ᄆ음을 변ᄒ지 말아서 샤회 보젼ᄒ기를 금옥ᄀ치 ᄒ면 국가의 슈치를 씻고 ᄌ유의 권리를 회복ᄒ야 삼쳔리 강토와 이쳔만 싱령을 태평ᄒ 디경에

두어 영국과 미국 ᄀ치 진보가 될 터이니 엇지 아름답지 아니ᄒ
가 어느 나라와 어느 사름이던지 ᄌ유의 권리ᄂ 하ᄂ님이 쥬신
바ㅣ니 늠의 ᄌ유를 쎄앗ᄂ 쟈ᄂ 하ᄂ님의 죄인이오 저의 ᄌ유를
늠의게 쎄앗기ᄂ 쟈ᄂ 죄가 더 크다 ᄒ엿스니 가령 나라 임군이
주신 은혜도 귀즁히 녁이거든 ᄒ믈며 하ᄂ님이 쥬신 은혜야 말ᄒ
여 무엇ᄒ리오 (…)(『대한매일신보』 논설-ᄌ유론, 1907.10.25)

남녀동등과 자유는 근대적인 가치이다. 중세의 질곡에서 벗어난 인간 주
체성의 독립을 주장하는 표어이다. 하지만 윗글에서 그 최종적인 지향점은
국가에 놓여져 있다. 남녀 무론하고 성적 차별에서 해방되는 인간으로 동
등한 위치를 확보하는 것이 남녀평등론에서 기대되는 일반적인 결론이다.
하지만 국가의 유지가 무엇보다 중요했던 한국의 개항기에서 남녀평등론
의 실질에는 국가가 최종의 목표로 자리했다. 그리하여 남녀평등은 남녀
모두 모름지기 나라를 위한 사업에 종사하는 것으로 규정되었던 것이다.
또한 근대적 가치로서의 자유는 일반적으로 이성을 갖춘 인간 개개인의 주
체적 자유로 여겨진다. 하지만 개항기의 한국에서는 그것 역시 국가적 지
평 위해서 해석되어, 다른 나라의 압제에서 벗어나 '국가의 수치를 씻는
것'으로 그 실질적 내용이 규정된다. 개항기 당대 계몽담론에서 주장되고
있는 바 자유의 실질이란 바로 이 국가 권리의 자유로 이해해야 할 것이다.
이렇듯 민족의 생존을 위해 국가가 최상위의 가치규준으로 자리하고 있는
개항기의 계몽담론은 1910년 8월 국가상실 이후 전개되는 계몽의 사유와
차별성을 지닌다. 아직은 외세로부터 지켜내야할 국가가 엄연히 존재하고
있었던 개항기와는 달리 일제강점기에는 이미 국가는 소멸하고 오로지 민
족만이 남아있게 된다. 이 시기 계몽운동은 이 시기의 대표적인 계몽운동
가인 안창호가 개항기에서부터 명망있는 계몽인사로 활약했다는 것에서
알 수 있듯이 개항기 계몽운동의 연장선에 있다.

　하지만 국가가 사라진 상황에서 보국(保國)을 지향하는 국가주의적 계
몽운동은 불가능한 것이었다. 이런 사정이 바로 개항기 최대의 진보지였

던 『대한매일신보』가 총독부의 기관지로 흡수되면서 '대한'이란 글자가 빠지고 『매일신보』로 바뀐 사실에서 상징적으로 드러난다. 더 이상 '대한'이 목적이 되지 않은 일제강점기의 계몽은 그 운동의 방향이 개항기 계몽운동의 그것과 달라질 수밖에 없을 것이다. 1910년 이후 계몽운동은 새로운 사회건설을 목적으로 하여 인격수양과 의식의 개혁을 강조하였고, 이를 위해 도덕관념의 고양, 지식의 보급, 체력증진, 위생관념의 주입 등을 내용으로 하는 이른바 '근대'적 성격의 계몽으로 진행되었다. 이 과정에서 일제 식민정부의 적극적인 개입이 이루어졌고, 민족주의 진영에서 진행되었던 계몽운동은 이에 밀려 위축되거나 중단될 수밖에 없었다. 특히 일제에 의해 주도된 계몽운동은 한국인들에게 근대로 일컬어지는 문명과 문화에 대해 스스로 열등하다는 부정적인 자아 의식을 은연중에 주입하게 되었고, 이는 식민지배를 유지지키는 중요한 기능을 하게 된다. 이것이 '민족개조론'으로 상징되는 이광수의 계몽사유가 지닌 특성이다.41)

이상에서 개항기를 전후하여 각 시기의 계몽담론이 지향하고 있는 바의 실질이 달라짐을 확인했다. 개항기의 계몽담론은 이후 식민지 시기의 그것과는 달리 국가주의적 성향을 강하게 내포하고 있었다. 이 자장권 내에서 형성된 계몽주의 문학이 국가주의에서 자유로울 수 없었음은 어렵지 않게 추측해 볼 수 있다. 이러한 국가주의적 성향은 한국계몽주의 문학의 전개 과정에서 개항기의 계몽주의 문학을 1910년 이후에 전개되는 계몽주의 문학과 구별짓는 당대적 특질을 형성하는 중요한 자질로, 개항기 계몽주의 문학에서 우리가 읽어내야 할 것은 당대의 국가주의가 문학적으로 표출되는 제양상들이다.

계몽주의 문학은 미학적 견지에서 볼 때 썩 달갑지 않은 연구테마이다. 사실 한국 개항기의 계몽주의 문학은 노골적으로 표출되는 국가주의적

---

41) 이상 1910년 이후 일제강점기의 계몽사상에 대해서는 김경일, 근대성과 헤게모니의 역사적 변화-식민지 시기의 경우(『한국사회사학회 논문집』 47, 문학과지성사, 1995) 참고.

성향 때문에 '현실을 재조직해는 것이 아니라 현실에 이끌린 나머지 그것에 압도'[42]된 문학이기를 포기한 문학이라는 평가를 받고 있다. 그러나 계몽주의 문학이란 당대 현실문제에 대한 적극적인 문학적 대응으로, 그 주제의식의 직접적인 표출은 그 창작의도를 그 문학의 수용자들에게 효과적으로 전달하기 위한 한 방편으로 볼 수 있다. 이런 이유로 계몽주의 문학에서 당대인들의 삶은 문학적 장치를 통해 여과되어 형상화되기보다는 노골적인 방식으로 드러나게 되었던 것이다. 미학적인 측면을 강조하는 문예적 관점에서 보면 이에 대한 평가는 긍정적일 수 없다. 하지만 계몽성이 새로운 시대의 비전을 대중들에게 각인시키고 대중들을 그 비전에 알맞은 새로운 삶의 방식으로 재편시키는 것으로 의도한다는 사실을 이해한다면, 계몽주의 문학에서 나타나는 주제의 노골적인 표출양상은 계몽이라는 목적의 효과적인 수행이라는 점에서 긍정적으로 평가해 볼 수 있다. 이런 관점에서 계몽주의 문학의 연구에서 중요한 것은 바로 새로운 시대의 비전이 무엇이며, 그에 맞는 삶의 방식이 작품에 어떻게 투영되고 있는 것을 밝히는 일이 것이다.

그런데 여기서 우리가 주목해야 할 점은 그 계몽성이 교훈성과 어떤 차별성을 갖는가 하는 문제이다. 문학사조에서 교훈주의란 문학을 통해 지식을 전달하고 도덕적 가르침을 전달하고자 하는 태도를 말한다. 이 경우 문학에서 중요한 것은 현실적 효용성이며, 사회의 어떤 실질적인 변동을 가져오기 위하여, 독자들의 직접적인 행동으로 자극하는 것이며, 이런 점에서 '계몽은 다른 말로 교육'이라고 할 수 있다.[43] 그러나 한국문학사에서는 이 교훈주의와 계몽주의를 구분할 필요가 있다. 전자의 경향은 이미 전대의 문학사에서 교훈가사나 교훈시조 등의 작품군을 생성해내면서 전통적인 문예사조로 자리하고 있으며, 후대의 경향은 개항기에 새로이 등장한 문예사조로 전대적 양상과는 다른 문학 사조이기 때문이다.

---

42) 김용직, 『한국근대시사』 1부, 새문사, 1983, p.75.
43) 이상섭, 『문학비평용어』, 민음사, 1976, pp.17-19, 26-29 참고.

4. 계몽가사의 주제의식 표출 양상 ; 교훈가사와의 비교

한국문학사에서 교훈주의과 계몽주의를 구별해야 하지만, 이 둘이 전적으로 다른 존재기반을 지닌 별개의 것으로 다룰 수도 없다. 계몽주의 문학이 태동되어 성장하기 시작하는 시기인 19세기말 20세기초에도 교훈주의 문학은 여전한 세력을 지니고 있었기 때문이다. 우리는 그 사례를『초당문답가』의 존재를 통해서 확인할 수 있다. 교훈류 가사의 일종인 이『초당문답가』는 19세기중반부터 20세기초반까지 유통되면서, 가사양식으로서는 드물게 15종의 이본을 파생시켰고 1908년과 1914년에는 각각『편편긔담 경세가』,『萬古奇談警世歌』라는 이름으로 활자본으로 간행되기도 하는 등, 향촌에서 도시에 이르기까지 폭넓은 범위에서 유통되었고 대중적인 인기를 끌었다.44) 이외에도「오륜가」라고 하는 또다른 교훈가사들이 19세기말 20세기초에 적지않게 존재하고 있었다.45) 일반적으로 교훈가사와 계몽가사는 전근대적 양식과 근대적인 양식으로 여겨져 전자는 고전문학의 영역에서 후자는 신문학의 영역에서 다루어지고 있다. 하지만 사실 이 둘은 동시대 존재하고 있었던 양식이며, 모두 당대에 발생한 문제를 해결하기 위한 문학적 대응이란 공통점을 지니고 있다. 그러나 이 둘은 분명한 경계선을 지니고 있는데, 바로 이 경계가 교훈성과 계몽성이 분기되는 지점이며, 전대의 사유방식이 근대적인 그것으로 재편되는 과정을 읽어 낼 수 있는 '혼합의 지대'이다.

　　◎ 문일지십가

　　◀일국을 흔동ᄒ니 니각대신의 권리로다 나라 권리 다 풀아셔
　　　ᄌ긔디위 미득ᄒ니 독젼기리 됴홀시고
　　◀이천만즁 우리 동포 싱명지산 엇지ᄒ나 불고싱령 뎌 관리들

---

44) 이에 대해서는 권순회, 초당문답가의 이본 양상과 주제적 의미(고려대 고전문학 · 한문학연구회 편,『19세기 시가문학의 탐구』, 집문당, 1995) 참고.

45) 이에 대해서는 박연호,「조선후기 교훈가사연구」, 고려대학교 박사학위논문, 1996.

탐학에만 종ᄉᆞ하니 쥰민고틱 됴흘시고

◀ 삼빅ᄉᆞ십여 군 중에 놈은 토디 얼마런고 류리쳥산 뎌긔 잇다
류국산쳔 굽어보니 쵸잠식지 됴흘시고

◀ ᄉᆞ방산쳔 바라보니 풍진도 요란ᄒᆞ다 가련홀손 무고싱령 도탄
중에 드단말가 비참ᄒᆞᆫ 이 눈물을 어디다가 ᄲᅳ리리오 보도즈항
됴흘시고

◀ 오대신쩍 시졀브터 신됴약이 셩립되야 국권타락 되던 날에 립
졀ᄉᆞ의 멋멋친고 민츙졍공 장흘시고

◀ 류대부쥬 렬강국에 대한독립 공포터니 일로강화 된 연후에 보
호권이 웬말인가 약육강식 됴흘시고

◀ 칠됴약을 셩립ᄒᆞ니 대한강산 ᄒᆞᆫ번 쩌짜 노례셩질 뎌 대신아
당시에ᄂᆞᆫ 공명이오 쳔츄에ᄂᆞᆫ 죄악이라 유취만년 됴흘시고

◀ 팔도강산 도라드니 맑은 긔운 졍영ᄒᆞ다 영웅호걸 누가 잇나
긔북야 쳔리마ᄂᆞᆫ 빅락을 못 맛낫나 남양초당 와룡션싱 츈몽을
느지씨나 시지시지 됴흘시고

◀ 구곡간쟝 다 썩ᄂᆞᆫ다 압계밋헤 잇ᄂᆞᆫ 인싱 우마만도 못ᄒᆞ도다
이 슈치를 엇지ᄒᆞ나 하ᄂᆞ님젼 등쟝가세 텬고쳥비 됴흘시고

◀ 십싱구ᄉᆞ ᄒᆞ더리도 일심으로 단톄ᄒᆞ야 ᄌᆞ유종을 크게 치며 독
립긔를 놉히 들고 굴네밧게 버셔나셔 동양에 호령ᄒᆞ면 당당뎨
국 됴흘시고(『대한매일신보』 시ᄉᆞ평론, 1907.12.18)

위 작품은 『대한매일신보』에 실린 계몽가사 중 하나이다. 여기서 당대
의 현실은 '稍蚕食之, 風塵擾亂, 弱肉强食, 壓制下' 등의 용어로 상징되고
있다. 이 작품에는 이렇게 문제적 현실이 반영되어 있는 데에 그치지 않
고 그에 대한 해결방안까지 제시되고 있다. 맨 마지막 연에 나오는 결론
처럼 제시되고 있는 일심단체, 자유종, 독립 등의 용어가 바로 그것이다.
이는 단지 심적태세만을 의미하는 것이 아니다. 압제 하에 있는 우마만도
못한 인생들이 수치를 씻고 기반에서 벗어야 동양에 호령할 수 있는 당당
한 제국으로 나아갈 수 있는 행동규범들로, 구체적인 행동으로 실천되어
야 할 덕목들이다. 이처럼 계몽가사는 사회에 어떤 실질적인 변동을 가져

오기 위하여 독자들을 행동으로 자극하는 문학, 선전과 선동의 문학[46]의 성격을 강하게 내포하고 있다. 이는 교훈가사도 마찬가지이다. 교훈가사들 역시 변화해가는 시대상이 야기하는 문제적 상황에 대한 문학적 대응이다. 시기별로 그 구체적인 양상은 다르지만 교훈가사들은 모두 공통적으로 그 주제의식은 심각한 위기상황에 봉착한 유가적 세계질서의 회복과 그에 대한 확고한 신념의 확인이라는 방향으로 표출된다.[47] 이런 점에서 교훈가사와 계몽가사를 현실적 효용성을 강조하는 문학이라 할 수 있겠다. 여기서 우리는 계몽가사의 탄생이 교훈가사의 전통적 맥락과 무관하지 않았음을 짐작해 볼 수 있다.

계몽가사의 주제표출 양상을 동시대 존재했던 『초당문답가』의 작품들과 비교해 보는 작업은 계몽가사가 교훈가사의 맥락에 닿아 있으면서도 분기되는 경계지점을 포착할 수 있는 몇가지 흥미로운 관점을 제시해 준다. 『초당문답가』는 「우부편」, 「용부편」, 「경신편」, 「치산편」, 「백발편」 등 몇 개의 개별 가사작품들이 모여 있는 가사집으로, 이들 개별작품들은 오륜의 조목과 그 실천방향을 제시하는 부분과 오륜을 실천하지 않는 인물들을 징험한 부분, 그리고 오륜을 실천했을 때 얻게되는 기쁨을 노래한 부분 등 세단계의 의미단위로 구성되어 있다.[48] 이 중에서 특히 대중적인 흥미를 유발시키는 부분은 「우부편」, 「용부편」이다. 이들은 모두 교훈의 덕목들을 지키지 않는 인물들을 대상으로, 그들의 행태와 말로를 구체적으로 보여줌으로써 '오륜을 실천하지 않는 인물들을 징험'하고 있다. 이러한 우부나 용부 유형의 인물들을 계몽가사에서도 어렵지 않게 만날 수 있다.

◀ 심령거울 놉히 들고 시국인물 빗춰 보니 국스위급 불고ᄒᆞ고

---

46) 이상섭, 위의 책, p.29.
47) 이에 대해서는 박연호, 위의 논문 참고.
48) 권순회, 「초당문답가의 이본 양상과 주제적 의미」 참고.

데 신샹만 보호ᄒᄂ는 구구틱도 부패물이 허다ᄒ다

◀ 산슈 됴흔 명ᄌ 차져 빅슈잔년 쇼견홀 졔 평싱국은 즁컨마는
죠뎡득실 샹관 업고 디방풍진 소요ᄒ나 깁히 누어 불고ᄒ니
로지샹이 썩엇고나

◀ 전국 권리 내여주고 아첨ᄒ여 엇은 디위 무슴 풍파 나려는가
돗디ᄀᆺ치 흔들닌다 귀에 디고 의론ᄒ나 공고방침 전혀 업네
각대신이 썩엇고나

◀ 나라 일은 위급ᄒ고 창싱들은 도탄인디 됴흔 시디 맛난드시
밤낫으로 츄츅ᄒ야 돌녀가며 연회홀 졔 쥬식에만 침혹ᄒ니 뎌
황죡이 썩엇고나

◀ 일진회로 요공ᄒ야 의외 공명 놉헛스나 뿌리브터 흔들니니 지
엽인들 견고ᄒ랴 일진회원 네 관찰이 츄풍락엽 넘려되니 뎌
관찰이 써것고나

◀ 어두귀면 모집ᄒ야 매국노를 ᄌ원ᄒ니 희산쇼식 랑쟈키로 염
량셰티 쓰르는지 연셜ᄒ는 독립관에 회원들이 불참ᄒ니 일진
회가 써것고나

◀ 일등긔명 ᄌ칭ᄒ고 새공긔를 마신 드시 외국에 가 입젹키로
번화풍긔 환장ᄒ야 조샹나라 싱각 업고 락이망반 류련ᄒ니 독
립협회 슈챵쟈가 써것고나

◀ 황실비를 도득ᄒ야 샹히 별당 비치ᄒ고 무릉도원 쳐ᄉᄀᆺ치 무
졍세월 허송홀 졔 본국 환난 불고ᄒ고 외국풍쇽 착미ᄒ니 뎌
쳑신이 써것고나

◀ 쳔신만고 도득ᄒ야 도임흔 지 멋 날만에 디방풍진 소요키로
ᄌ긔 싱명 넘려되여 ᄉ직쳥원 ᄒ노라고 너부보고 분주ᄒ니 뎌
군슈가 써것고나

◀ 령바람에 신이 나셔 놉흔 모ᄌ 쓰덕이며 인력거를 횡치ᄒ다
양양ᄌ득 뎌 관인이 긔화ᄌ데 분명ᄒ나 알머리만 늠엇스니 금
옥관ᄌ 써것고나(『대한매일신보』 시ᄉ평론, 1908.2.19)

위 인용작에 등장하는 '시국인물'들은 정계에서 은퇴한 노재상에서부터
개화자제 자처하나 '알덕가리만 남은' 관인에 이르기까지 모두 부정적 인

물유형이다. 그런데 이들의 모습을 형상화 방법에서『초당문답가』의 가장 대표작인「우부가」의 그것과의 유사상을 발견할 수 있다. 우선 진술의 방식을 보자.「우부가」의 진술방식은 '내 말슴 狂言인가 저 화상을 구경하게'란 3인칭 객관서사의 시점을 도입하여 구체적이고 개별적인 인물들의 행위의 연쇄에서 인물형상을 창조해내고 있다.[49] 위 계몽가사의 '심령거울을 높이 들고 시국인물들을 비춰 보고 있는' 시점 역시 3인칭 객관서사의 시점이라고 할 수 있다. 또한 각 연마다 특정인물들을 거론하면서 그들의 행태를 비유나 은유없이 구체적으로 그려내고 있는 점 역시「우부가」에서 '기똥이, 꾕생원, 꼼생원' 각 인물의 행위들을 묘사하고 있는 방법과 유사하다 하겠다.

계몽가사 내용 중에서 아마 가장 많은 부분을 차지하고 있는 것은 무능하고 부패한 정치적 지배층에 대한 비난일 것이다. 계몽가사 전편에 걸쳐 이들의 행태를 폭로하고 규탄하는 내용은 거의 필수적일 정도로 자주 등장하여, 그것이 주된 내용을 설정되지 않더라도 다른 내용에 관련되어 있는 작품이더라도 그의 일부를 차지하고 있다.[50] 이는 계몽가사의 내용 중에 가장 많은 비중을 차지하고 있는 것은 부정적 인물유형을 다루고 있는 작품들이며, 그만큼 우부형 인물의 등장이 빈번하다는 말로 이해할 수 있다. 이러한 우부형 인물들의 빈번한 등장은 이들의 행위를 통해 당대의 문제적 상황을 구체적으로 드러내고자 하는 의도에서 이루어졌다고 볼 수 있다. 하지만 더 근원적인 것은 이들의 비참한 말로를 보여줌으로써 그들을 이러한 지경으로 내 몬 원인이 되는 문제적 행동을 교정하고 훈계하는 데 있다 하겠다. 이것이 바로 문제적 상황을 해결하기 위한 '실질적 변동을 가져오기 위해 독자를 행동으로 자극하는 문학'의 의도이다. 이렇게 본다면 계몽가사는 큰 범주에서 교훈주의 문학에 소속시킬 수 있을 것

---

49) 강명관,「우부가(愚夫歌)」연구,『조선시대 문학예술의 생성공간』, 소명출판, 1999, pp369-370.
50) 장성진, 개화가사의 서술구조와 현실인식, 경북대학교 박사학위 논문, p.148.

이다. 그러나 여기서 우리는 이 둘 사이에 존재하는 경계를 찾을 수 있는데, 그것은 교훈가사가 '급변하는 사회경제적 변화 속에서 성리학적 이념으로 통어되지 않는 현실에 직면하여 기존의 가치규범을 재확인'[51]하고 그에 기준하여 인물들의 행동을 판단하는 데 비해, 계몽가사에서는 새로운 모럴의 모색이 이루어지고 그에 따라 인물들의 행동이 평가된다는 사실이다.

계몽가사에서는 모범생과 문제아, 긍정적 인물과 부정적 인물을 평가하는 기준은 물론 개항기 계몽담론의 지향하는 바, 국가주의이다. 위 인용작인 계몽가사에서 비난의 대상이 되는 우부형 인물들이 문제적인 것은 그들의 '오륜적 삶을 실천하지 못한 패륜아'들이여서가 아니다. 그들의 행위가 국익에 위배되었기 때문이다. 노재상은 평생 나라로부터 입은 '국은(國恩)'이 중함에도 불구하고 조정의 상황이나 나라 돌아가는 상황은 돌아보지 않기에 썩은 인물이다. 또한 일등개명 자칭하였으나 '열강풍기(列强風氣)'에 환장했는지 돌아올 줄 모르고 해외에 머물면서 그곳에 입적한 독립협회의 수창자는 결국 조국사상이 없는 인물로 비난받고 있다. 이외에 이 작품에 거론되는 모든 인물은 결국 '나라 일'을 기준으로 평가되고 있다. 국가가 모든 가치판단의 기준으로 자리하고 있는 국가주의가 인물의 가치판단에 적용되고 있는 것이다.

이 국가주의는 긍정적 인물을 제시하는 데도 적용되고 있다. 『초당문답가』에서는 우부와 용부의 형상을 통해 그른 일을 알았거든 고치기에 힘을 쓰고, 오른 말을 들었으며 행하기를 위주로 하라고 당부하면서 그 구체적인 실천 방식으로 수신에서 삼가야 할 내용(「수신편」)과 제가의 바탕으로써 농사와 근검절약을 통한 건전한 부의 축적(「치산편」)을 제시한다.[52] 하지만 계몽가사에서 제시되는 문제 해결 방안의 모색에서는 국가의 문제가 최우선적인 고려의 대상이 된다.

---

51) 권순회, 「초당문답기 이본양상과 주제적 의미」, p.356.
52) 권순회, 「초당문답기 이본양상과 주제적 의미」, p.355.

◀동퇴셔뷔 큰 집 안에 무의무탁 흔 부인이 어린 ᄋ히 픔에 안
쏘 숨흔 눈물 흘니다가 이즈흐는 ᄆ옴으로 노래 흔 번 불너
보니 노래 쯧이 격결흐야 듯는 사롬 칭찬흔다
◀금즈동아 옥즈동아 인싱빅년 만수 중에 츙군익국 뎨일이라 일
신부귀 탐을 내여 매국적이 되지 말고 만고츙신 되여볼까 둥
긔둥둥 내 아들아
◀금즈동아 옥즈동아 하ᄂ님이 사롬낼 제 의무권리 주엿스니 놈
의 노례 되지 말고 나의 의무 진력흐야 즈유권리 차져볼까 둥
긔둥둥 내 아들아
◀금즈동아 옥즈동아 사롬되여 무식흐면 금슈들과 일반으로 쳔
역밧게 홀 것 잇나 각죵학문 공부흐야 지식발달 흐여 보세 둥
긔둥둥 내 아들아
(…)
◀금즈동아 옥즈동아 대한독립 흐는 날에 태극긔를 놉히 들고
문명디에 나가거든 풍우대작 흐드리도 다시 퇴츅 흐지 말세
둥긔둥둥 내 아들아
◀한인들아 한인들아 놈의 부모 되엿스니 부모직칙 일치 말고
금옥ᄀ치 귀흔 즈식 진심으로 스랑커던 뎌 부인을 본 밧아서
이 노릭로 훈계흐쇼 (『대한매일신보』 시스평론, 1908.9.26)

‘동퇴서비(東頹西圮) 큰 집’은 당대 서세동점의 물결에 밀려 위기상황
에 봉착한 현실이다. 여기에서 제시되고 있는 문제해결을 위한 행동은
‘충군애국, 자유권리, 지식발달, 대한독립’등이다. 민족 생존의 절대적인
전제였던 국가체제의 유지는 바로 이러한 의식과 행동들의 실천을 통해
서만이 가능한 것이었다. 이러한 덕목들이 계몽가사에서 문제해결을 위해
제시되고 있는 새로운 모럴이다. 곧 여기저기 무너져 내려 퇴락 직전의
집처럼 치사상태에 빠진 지금의 대한국을 수습하여 ‘태극기를 높이 들고
문명대로 나아갈 수’ 있게 하는 ‘오른 말’인 것이다. 이처럼 계몽가사가
교훈가사가 나뉘는 지점은 그것이 문제해결 방안으로 제시하고 있는 바
에서 찾을 수 있다. 교훈가사가 문제해결을 위해 기존의 유교적 이데올로

기의 재건으로 회귀하고 있다면 계몽가사는 새로운 미래의 비전을 제시하고 있다는 점에서 교훈성과 계몽성을 구분할 수 있겠다. 계몽가사에서 보여지는 미래의 비전은 교훈가사에서 재건하고자하는 도덕적 세계와는 다르다. 위 인용작에서 제시되는 바와 같이 계몽가사에서 지향하고 있는 미래의 세계는 문명국으로 상징되는, 근대적 국가관을 기반으로 하여 형성된 것이다.

계몽가사에 나타난 주제의식은 단적으로 '충군애국'에의 구호로 요약할 수 있다. 이 충군애국의 구호는 비단 계몽가사 뿐에서만 아니라 당대 계몽담론에서 빈번히 등장하여, 어떤 분야의 글이거나 그 최종적인 목표는 충군애국에 맞춰져 있는 경우가 대부분이다. 얼핏 표현 그 자체로서는 그것에서 근대적인 의미를 포착해 내기는 힘들다. 왜냐하면 이 충군애국의 정신은 조선조의 수많은 문헌들에서, 그리고 문학작품 등에서도 어렵지 않게 찾을 수 있기 때문이다. 하지만 조선조 관인들에게 나오는 충군애국에의 맹세는 사실 국가나 군주가 그 대상이 되었던 것은 아니다. 그것은 자기가 소속해 있는 문벌적 족당에 있었고, 국가적 차원에서의 그것은 다만 명목뿐이었다. 이들에게 있어 국가는 형해적 존재였던 것이다.[53] 하지만 개항기에 있어 국가는 실질적 존재였다. 이 시기 충군애국에의 맹세는 개항기에 '외국에 대해 새롭게 인식되기 시작한 하나의 정치적 단위로서의 국가를 대상'으로 한 것이었고, 이 국가에 대한 인식은 개항기 이후 한국사회가 근대로 재편되는 과정에서 새롭게 파생된 것이었기 때문이다.

이처럼 계몽주의 문학은 한국문학사의 전통적 장르인 교훈장르와의 관계 속에서 형성되었으나, 새로운 세계에 대한 비전을 담지하고 있는가의 여부에 있어서 교훈주의와 근본적으로 다른 것임 확인할 수 있었다. 즉 전래의 교훈주의가 기존의 유교적 사회질서의 회복을 지향하고 있다면, 계몽주의 문예사조는 기존 사회질서에서 파생된 모순들을 해결하기 위한 새로운 사

---

53) 김영작, 『한말 내셔널리즘 연구』, pp.129-136.

회질서의 확립을 지향하고 있고, 그것의 인식적 기반은 근대적인 국가관을 바탕으로 한 새로운 형태의 국가주의라는 점에서 교훈주의와 구별될 수 있다는 말이다. 따라서 앞으로 계몽가사 연구에 있어 중요한 것은 당대의 계몽담론의 핵심인 국가주의가 어떤 방식으로 문학적으로 형상화되고 있는가를 밝히는 작업일 것이다. 이를 통해 전통적 장르였던 가사가 당대의 새로운 사회적·역사적 조건의 변화에 부응하면서 변모해 가는 양상과 그것이 지닌 문학적 의미를 밝혀 낼 수 있을 것으로 기대된다.

5. 맺음말

이상에서 19세기말 20세기로 개항기 공간에서 가장 특징적인 문학양상을 생산해 낸 추동력이었던 계몽담론의 성격과 그 자장권 내에서 생산되었던 계몽가사의 주제의식이 표출되는 양상을 살펴보았다. 개항기 당대 계몽담론이 기저하고 있는 국가주의는 곧 민족주의로 대체될 수도 있다. 하지만 한국문학사에서 계몽주의 문예사조는 1870년대에 발생하여 개항기를 지나 1910년대 이후에도 지속되었다. 사실 계몽주의란 국가 혹은 민족을 계몽의 궁극적인 목표로 삼고 있어,54) 거기에서 국가주의와 민족주의를 구분해 내는 것은 무의미할지도 모른다. 하지만 한국사회에 있어서 계몽주의는 1910년을 기점으로 국가가 최우선이 되었던 국가주의의 시기와 민족이 모든 것의 가치규준이 되는 민족주의의 시기로 구분된다 하겠다. 물론 1910년 이전에도 민족의 보존은 중요한 문제였고, 모든 가치판단의 최종적 규준은 민족생존 그 자체였다. 하지만 그를 위한 전제조건으로 국가의 유지가 다급해진 상황에서 더욱더 중요한 것은 '보국(保國)'이었던 것이 1910년 이전 개항기의 상황이었다. 따라서 개항기의 계몽주의

---

54) 손정수, 1910년대 문학에 나타난 계몽성의 변모양상에 대한 고찰, 문학사와 비평연구회편 『한국문학과 계몽담론』, 새미, 1999, p.61.

문학은 1910년 이후 계몽주의 문학의 대표주자인 이광수의 '민족적 정체성의 구축과 함께 가는 민족주의적 기획으로서의 민족주의적 담론'55)과는 구별되는 특성을 지닌다 하겠다.

이런 이유로 개항기에 생산되었던 계몽가사에 있어 국가의 문제는 매우 중요한 문제로 대두된다 하겠다. 이것이 바로 계몽가사가 교훈가사와 구분되는 독자적인 영역이다. 교훈주의란 현실의 문제적 상황에 대한 문학적 대응으로 한국문학사에서 오랜 유래를 지니고 있다. 이런 점에서 전대미문의 역사적 격변기에 이르러 계몽가사라고 하는 새로운 문학적 현상이 탄생하는 데 교훈가사의 전통이 무관하지는 않았을 것이다. 특히 거의 동시대에 존재하고 있었던 『초당문답가』의 주제표출 양상과의 유사성은 이런 추측을 뒷받침 한다. 그러나 계몽가사는 교훈가사와는 달리 당대 현실 문제의 확인에만 그치는 것이 아니라 그를 해결하기 위한 새로운 모럴의 모색과 그것으로 달성할 수 있는 새로운 세계의 비전을 제시한다는 점에서 교훈가사와는 다른 그만의 개별성을 확보한다 하겠다. 이 지점에서 계몽가사의 근대적 속성을 찾아낼 수 있는 관점을 마련할 수 있을 것이다. 계몽가사가 제시하고 있는 새로운 세계의 비전은 유교적 이데올로기로 집약되는 전근대적인 것이 아니라, 당대의 사회위기에서 벗어나 '세계각국과 동등한 자주독립한 정부'56)로 진입하는 근대적 국가의 모습이기 때문이다.

---

55) 황종연, 문학이란 譯語-「문학이란 何오」 혹은 한국 근대문학론의 성립에 관한 고찰, 위의 책, 참고.

56) 『독립신문』 논설, 1896.9.11;(…)지금은 세계각국과 동등이 되어 각국에서는 이왕에는 영사만 보내더니 지금은 전권공사와 판리공사와 대리공사롤 보내고 각국정부에셔 조선경부 대졉ᄒ기롤 자주독립ᄒᆞᆫ 정부고 대졉ᄒ고 조선대군쥬 폐하 폐현ᄒᆞᆯ 째에도 각국사신들이 자기나라 제왕 뵈이ᄂ 례와 굿이 ᄒ고 공문상에도 대죠선국이라 ᄒ니 어찌 조션사룸이 되어 ᄆᆞᆷ에 경축ᄒᆞᆯ 싱각이 업스며 이 독립ᄒᄂ 권을 영구히 지켜(…)

'ABSTRACT

The characteristic of a discussion of enlightenment and the main subject of enlightenment
-Gasa in the peorid of habor open to foreign

Ko, Eun-ji

The history of literature in the late 19th and early 20th century is referred in various terms, ranging from the 'peorid of civilization' to the more modern concept, the peorid of patriotic enlightenment or the peorid of modern enlightenment. In this paper, the problems these terms imply are examined carefully and, consequently, this period is named with the more appropriate concept the peorid of habor open to foreign. This peorid is currently replacing its older term, 'civilization peorid' in historical studies. But this terminology is not accepted in literature studies, because the peorid of habor open to foreign is believed to be an economics concept. However, a habor open to foreign is not simply limited to an economical event. Rather, a habor open to foreign is a much broader event which started the conflict between traditional and western cultures, resulting ideological and cultural shifts, which led to many changes in entire Korean society at that time. For these reasons, the peorid of habor open to foreign will be defined as a timeline between 1876 and 1910, and literary movement which took place in these times will be defined as enlightenment literature, which will be studied thoroughly through out this paper.

The most important concept about the peorid of habor open to foreign-born enlightenment literature is nation. From this point of view, we can discuss Lee-kwang soo, who is a leader in enlightenment literature in the history of Korean literature, and his enlightenmentism along with enlightenment literature. Lee-kwang soo who has enlighment-intercourse with foreign nations after 1910 and helped the history of Korean literature join Koreas modern history, argued the concepts and problems of being modern since the loss of the country, and this is the why its called 'modern enlightenment'. But before Lee-kwang soo, the discussion of enlightenment at that time were aimed at fighting foreign powers and rebuilding our nation, and therefore enlightenment knowledge was focused on enlightenment ordinary people into members of the nation. enlightenment literature, which was born within these movements, is obviously deeply involved with these problems. To study these issues, one must carefully take a look not only at literatures but also at non-literary writings during the peorid of habor open to foreign.

In this paper, the analysis is focused on enlightenment-Gasa, which had been evaluated as resistant poetical composition in terms of patriotism. But this point of view, which is quite political, is responsible for the low quality poetical composition research. Therefore, this paper is focusing on nation-people relationships, which is the core concept of enlightenment, rather than maintaining the narrower view described above. Also in relations with these problems, other significant concepts are the disposition that connects with the past and the disposition of instructive moral. During the peorid of habor open to foreign, the discussion of enlightenment is not necessarily a conflict among the past, premodern, and traditions Instead, it is cited through modern context and coexisting with modern concepts. Not only the form of enlightenment-Gasa is born within tradition, but also its contents are tradition-friendly. Keeping this in mind, enlightenment-Gasa should not be under-evaluated as a shadow of tradition, instead it should be interpreted more actively along with the spreading the discussion of enlightenment. Enlightenment has quite instructive purpose. The reason to think about the disposition of instructive moral in enlightenment-Gasa is that instructive moral-Gasa in former generations groups were already created and existed in those days, and instructive moral-Gasa such as 「Chdangmoondapga(草堂問答歌)」 were widely popular in the peorid of habor open to foreign. This is why it is important to pay attention to the significance of common points and dist inctions between instructive moral-Gasa and enlightenment-Gasa.

현실의 재현과 소설의 묘사 *
— 김기진 · 박영희의 비평을 중심으로

조계숙**

1. 서론

문학과 현실의 관계는 문학의 기원과 역사를 같이한다. 현실을 구체적으로 재현하는 글쓰기 방식은 소설의 경우 여러 가지 면에서 시도될 수 있는데, 본고에서는 특히 '묘사'에 의거한 방식에 초점을 맞추어 보려고 한다. 1920년대부터 시작된 문학의 현실주의 경향이 이론적 · 조직적 정립기를 맞이하는 20년대 후반기는 카프의 내실화를 향한 도정에 해당한다. 따라서 카프의 핵심 비평가였던 김기진과 박영희가 카프 기간 내에 발표한 비평문들을 대상으로 '문학과 현실'을 어떤 방식과 논점으로 드러냈는가를 연구하는 것이 본고의 목적이다.

'묘사'의 개념은 몇 가지 측면에서 정의될 수 있다. 먼저, 일반적으로 묘사라고 하면 회화의 한 장면을 떠올리는 경우가 있다. 마치 시에서 시각적 이미지를 가진 시어가 독자에게 불러일으키는 인상적인 그림처럼 소설에서도 묘사는 회화와 유사한 성격을 띠기도 한다. 이런 개념은 좁은

---

* 이 논문은 2000년도 BK21 고려대학교 한국학 교육연구단 연구지원비에 의하여 연구되었음.

** 고려대 강사

의미의 수사학적 관점에서의 정의에 해당한다. 수사학이란 남을 설득하는 기술 또는 문학의 화법인 문체이다.[1] 이는 소설의 기본적인 서사를 어떤 전략으로 재구성할 것인가의 문제로서, 묘사도 그 전략 중의 하나에 해당한다. 또한 중세 수사학에서 막대한 수효의 문학적 묘사문들이 등장하게 되는데, 그 기원을 보면 수사학의 세 장르 중 재판적 장르에 해당하는 것으로서 소송사건의 진술을 위해 사건의 장소에 관한 생생한 논증이 필수적이었던 데서 기인하는 것이다.[2] 따라서 그때부터 묘사는 장소나 인물에 대한 부분 묘사문이 더욱 발달하고 규범화되기 시작하였다. 이태준은 일찍이 묘사에 대해 "묘사란 그린다는, 워낙 회화용어다. 어떤 물상이나 어떤 사태를 그림 그리듯 그대로 그려냄을 가리킴이다. 역사나 학술처럼 조리를 끌어나가는 것은 기술이지 묘사는 아니다. 實景, 實況을 보여 독자로 하여금 그 경지에 스스로 들고, 분위기까지 스스로 맛보게 하기 위한 표현이 이 묘사다."[3]라고 정의한 바 있다.

이를 위해서는 그림을 그리는 것처럼 원근법이나 화면 분할 등 질서있게 묘사의 순서를 지켜야 할 때도 있고, 공간성이나 장식성을 높이는 방향으로 진행되기도 한다. 또 지배적인 인상을 부여하기 위해 언어의 적절한 선택이 요구되기도 한다.

둘째로, 소설의 서사이론이 매우 발달해 있는 만큼 '묘사'를 '서사'와의 관련성 아래에서 정의하려는 시도가 있다. 우리 나라 학교 국어 교육 현장에서 가장 선호하는 정의이기도 한데, 묘사와 서사를 공간성과 시간성으로 대조하는 방식이다.[4] 이 정의에 의거하면 묘사는 서사를 지연시키면서 공간을 확대하며 서사는 사건이 일어나는 원인과 결과를 시간적인

---

1) 올리비에 르불, 『수사학』, 박인철 역, 한길사, 1999.
2) 롤랑 바르트, 「옛날의 수사학」, 김편 편, 『수사학』, 문학과 지성사, 1985, p.86.
3) 이태준, 『문장강화』(1940), 임형택 해제, 창작과 비평사, 1988, p.213.
4) 초·중·고뿐만 아니라 대학국어에서도 모든 교재가 취하고 있는 개념이다. 이는 글쓰기 방식으로서 묘사와 서사를 대조적으로 주입시키는 데 효과가 있을 수는 있겠으나, 묘사와 서사를 공간과 시간으로만 재단한 협소함이 있다.

구성으로 보여주는 것이라는 개념이다. 그러나 묘사와 서사를 대조적으로 분리하는 경향에서 벗어나서 서사와의 유기적 기능을 구명하려는 시도도 진행되고 있다. 소설에서 어떤 묘사장면은 소설의 전체성 속에서 분리되어 하나의 독립적이며 장식적인 부분으로 있기도 하지만, 대개는 어떤 방식으로든지 이야기 즉 서사와 관계한다. 소설의 묘사 장면을 엄밀하게 분석하면 완전한 묘사부분을 갈라내기가 쉽지 않다. 묘사가 시간적으로 정지해 있으면서 서사를 지연시킨다고 하는 것도 불완전하다. 하나의 묘사 장면 안에도 미세하게 시간이 흐르고 있으며, 그 자체 내에도 미세한 줄거리가 있기 때문이다.

따라서 최근에는 서사와 묘사의 유기적 소통에 관심을 보이는 학자들이 등장하였다. 프랑스에서 가장 권위있는 묘사 전문가는 필립 아몽인데, 그는 「묘사란 무엇인가?」라는 논문에서 묘사가 어떻게 서사 안으로 삽입되는가, 독립된 묘사의 내적 기능 방식은 무엇인가, 묘사가 소설 전체 속에서 어떤 역할을 맡고 있는가를 매우 상세하게 연구하고 있다.5)

이 개념은 묘사와 서사를 대조적으로 볼 때보다 묘사를 원천적으로 종속적 위치에 놓고 볼 위험성이 잠재해 있다. 그러나 묘사와 서사에 대한 각각의 가치판단을 유보하고 소설의 전체성을 구축하는 유기적 관계로 바라볼 때 묘사의 기능적 면모가 드러나는 정의라고 볼 수 있다.

셋째로, 문학이 현실을 모방하는 목적을 묘사로도 수행한다는 정의이다. 문학 속에 재구성된 현실이 사실적이며 진실감을 줄 때 모방의 목적이 달성될 터인데, 이는 문학의 기원부터 있어온 관점이면서도 역사적으로 가장 많이 도전받아온 개념이다. 일제 강점기의 비평가들은 현실모방

---

5) 원전은 Philippe Hamon, Qu'est-ce qu'une description?, 「Poetique」 12, Paris:Seuil, 1972이며, 롤랑 부르뇌프 · 레알 윌레의 『현대소설론』(김화영 역, 현대문학, 1996), 하태환의 「묘사에 관하여」(『외국문학』 1997 여름호, 열음사), 김정숙의 「소설의 언술체계로서의 서사와 묘사의 상호작용」(『불어불문학연구』 33집, 한국불어불문학회, 1996) 등 최근의 소설 묘사 분석에서 기본 서적으로 인정되어 있다.

론적 관점에 서서 인물과 환경의 전형이나 총체적 현실을 묘사하는 방안을 모색하는 경우가 많았다. 그들에게 묘사란 하나의 회화적 장면은 아니었고, 현실의 모습이 총체적으로 확연하게 그려지는 경우에만 묘사의 목적이 달성된 것으로 여겼다.6)

그런데 현실 재현적 입장의 묘사론에서 묘사를 두 방향으로 분리하여 규정하고 나중에 통합한다. 그 하나는 묘사가 세부의 진실을 드러내는 기법이라는 의미로 쓰이는 경우이다. 이것은 가장 기초적 요건으로서 현실을 구성하는 요소요소들에 대한 상세한 목록과 정보를 제시하는 데 필수적인 작업이 된다. 이는 독자가 읽었을 때 "독자의 현실 모방의 상상력, 그가 보았을 수도 있는 비슷한 인물과 환경에 대한 기억 속의 영상에 호소"7)하여 현실의 그림을 그리는 것을 의미하는 점에서 묘사의 회화적 정의에도 일부분 수용한다.

또하나는 총체적 현실을 재현하는 의미로서의 묘사이다. 이때에 묘사란 하나의 장면이나 세부를 그리는 데서 나아가 소설을 성립시키는 모든 요소에 관여한다. 사건의 핍진성·인물의 사실성·배경의 그럴듯한 재현 등등이 유기적으로 연관될 때 가능한 매우 다층적이며 입체적인 정의에 해당한다.

문학이 현존하는 실재를 반영할 수 있다는 믿음이 있는 경우와 없는 경우는 서로 상이한 방향으로 문학을 이끌고 나간다. 특히 현대에 이르러 현실을 종잡을 수 없는 비합리와 부조리의 상태로 인지하는 경우에 심리묘사소설로 방향을 선회하거나 환상이라는 다른 현실 속으로 이동한다.8)

---

6) 김남천은 「소설의 당면과제」(조선일보, 1939. 6. 24)에서 묘사에서 敍景같은 것을 연상하는 것은 폐단이라고 하면서 협소한 문장론 수준을 극복하고 위대한 표상의 문학을 향하여 묘사가 쓰여야 한다고 주장한 바 있다.

7) 에리히 아우얼바하, 『미메시스 II - 서구문학에 나타난 현실묘사』, 김우창·유종호 역, 민음사, 1987, p.179.

8) 헨리 제임스의 경우 프랑스의 플로베르 그룹과 친교를 맺으면서도 실재는 객관적 실체가 아니며 단지 경험의 연속적 기능일 뿐이라는 인식에 이르면서 심리묘사 소설로

이런 관점에서 보면 에리히 아우얼바하의 『미메시스』와 캐더린 흄의
『환상과 미메시스』9)라는 저술은 현실모방론에 대해 매우 대조적인 입지
에 있는 것으로 흥미의 대상이 된다. 현대는 세계를 인식하는 것이 불가
능하거나 혼돈에 빠져 있다. 따라서 현실의 재현론은 많은 도전을 받고
있다. 그러나 일제 강점기의 문학을 되돌아볼 때 많은 소설가들과 비평가
들은 객관적 현실에 대해 강하게 추종하고 있었다. 따라서 본고에서는 카
프의 결성과 함께 이론적 정비에 힘쓴 김기진과 박영희의 비평론을 살펴
보면서 현실과 묘사의 상관성이 어떻게 논의되고 자리매김 되었는지 연
구하고자 한다.

2. 형식론과 내용론의 길항

　김기진은 우리 나라에 프로문학을 본격적으로 소개하면서, 박영희는 낭
만주의 경향을 떠나서 카프의 전신인 파스큘라의 주요 회원으로 김기진과
같은 지점에서 프로문학을 시작하였다. 두 사람은 임화, 김남천 등의 소장
파가 주도권을 잡기까지 우리 프로문학의 중요한 비평가로 자리해 있었으
며, 특히 33년에 전향을 한 박영희와 달리 김기진은 35년에 카프 해산계를
제출할 때까지 문학부 책임자로서 카프조직과 운명을 같이 했다.

　김기진과 박영희는 이렇게 같은 문학관을 가지고 출발하였는데, 카프
내에서 프로문학의 방향에 대해 이견을 보인 것이 내용·형식논쟁이다.
박영희는 계급적 태도와 사상의 명확한 작품화를 강조한 반면 김기진은
같은 태도와 사상을 명시하면서도 문학으로서의 형식적 요건까지 아울러

　방향을 선회한다. 또한 환상소설의 경우는 현실에 대한 우화적이며 상징적 의미를 가
　지고 있는 경우도 있지만 문학이 현실을 재현한다는 것은 하나의 환상일 뿐이라는
　인식에 닿아 있다.
9) 한창엽 역, 푸른나무, 2000.

야 프로문학이 완성된다고 주장했다.

두 비평가는 같은 지점에서 문학론을 출발시킨다. 카프가 결성되기 전의 초기 경향소설은 살인·방화·자살 등 절망의 폭발이나 개인적 복수의 형태를 띤 구성상의 문제로 인하여 진정한 무산자의 혁명에 이르기 어렵다는 인식이 팽배해 가는 당시 상황에서 김기진은 문학의 형식적 보완을 제시하였고, 그것이 묘사론으로 구체화 되기에 이른다.10) 한편 박영희는 프로문학이 생장기를 지나 투쟁기에 접어든 현실에서 과격한 종결의 구성은 '비사회적'이며 '일 노동자가 일 자본가를 살해하였다고 자본가 계급이 소멸되는 것은 아니다.'라고 하여 개인과 개인의 복수는 계급 대 계급의 집단적·사회적 해결이어야 하며 이를 위해서는 무산계급의 '살려는 힘'을 더욱 부각시켜 침체되었던 내용을 고양할 것을 제시한다.11)

두 비평가의 기본적인 비평적 태도에 대해 살펴보면 논쟁이 길항하는 방향을 잡을 수 있다. 먼저, 김기진은 박영희와 내용의 측면에서 공통된 목적을 가지고 계급문학이 명일의 문학이 될 것을 주장하면서 '감각의 혁명'을 통해 생활을 변혁하는 것이 필요하다고 하였다.

> 미의식이라는 것은 생의 비참에서 나온 것이다. - 그리하여 예술이라는 것은 유쾌와 유익의 양면을 가지고 있는 즉 심미와 공리를 합해서 가지고 있는 것인데, 상업주의·자본주의 아래에서 예술품은 장식품이 되고 유희만을 위해서 생산되게 되었다.
> 그것을 구원해 내오라는 역사적 필연을 가지고 있는 무산대중과 악수하여 그 效績을 급속하게 할 일, 그러자면……동일한 생활을 전민족이 생활할 일, 즉 무산대중과 동일선상에 설 일, 그리하여 우리는 감각을 혁명하고 건전한 감각을 가져야 할 일, 그리고 신흥문학은 개성에 철저·보편화·신주류의 표현으로 중심점을 가지고 있으니까 세계의식에 눈 뜰 일, 그러면 자연히 프로와 악

---

10) 김기진, 「무산문예작품과 무산문예비평」, 『조선문단』, 19호, 1927. 2.
11) 박영희, 「신경향파 문학과 무산파의 문학」, 『조선지광』, 64호, 1927. 2.

수하게 된다.12)

김기진은 새로운 시대에는 미를 감지하는 의식 즉 감각의 틀을 바꿔야 한다는 주장으로 이어진다. 감각한 것이 문자로 표현된 것이 문예 즉 문학이라고 보았고, 감각은 착각이나 환각과 달리 정확성을 필요로 한다는 것이다.13) 착각이나 환각에 의한 부정확한 감각에 의존한 문학은 자본주의 아래에서 예술이 장식이나 유희로 전락하며, 정확한 감각에 의한 것은 철저하게 무산대중의 문학에 기여한다고 본 것이다.

반면 박영희는 형식의 문제보다 내용에 힘을 기울이게 된 원인은 자연주의의 묘사법을 극복하고 부르조아 문학과 차별되는 무산계급문학을 정립·강화하기 위해서였다. 박영희는 "자연주의 문학이 있다 할 것이면, 그것은 진실한 의미에서 보면, 인생의 암면이라는 것의 묘사보다도 주인공의 타락을 서술한 데 불과하였다. 따라서 묘사는 병적으로 불활발하였고"14)라고 지적하여 방관적이고 객관적 묘사였던 자연주의의 묘사법을 건조하고 도식적이라고 비판하였다.

> 더 세밀하게 분석해보면 아직껏 그 중의 혹자는 전형적 형식에서 해방되지 못하고 자연주의나 낭만주의 시대의 묘사법이 많이 보인다. 그러나 그들은 형식에는 불만한 그만큼 본질에는 충실하려 하였다. 또한 형식에 매몰되었던 그만큼 그 주인공의 최종은 파괴, 살인, 조소, 선전…… 등의 답변이 있었다. 이에서 우리는 고민기에서 환멸기로 환멸기에서 활동기에 이르렀다, 물론 형식의 고전적 전통을 파괴해야 할 것은 무산계급문학을 세우는 데에 가

---

12) 김기진, 「금일의 문학, 명일의 문학」, 『개벽』 44호, 1924. 2.
13) 김기진, 「감각의 변혁」, 『생장』, 2호, 1925. 2.
14) 박영희, 「자연주의에서 신이상주의로 기울어지려는 조선문단의 최근 경향」, 『개벽』 44호, 1924. 2. 박영희는 『개벽』(1924. 7, 9)에 「중요 술어사전」이라고 '문학'과 '사상'용어를 실었는데, 그 중 묘사와 관련된 것을 찾아보면, 암면묘사·외면묘사·자연묘사·심리묘사·자연주의 등이 있다.

장 필요한 요소일 것이다. 그러나 현금 우리의 창작이 불완전한
만큼 완성될 날이 명확히 있을 것이다. 우리는 형식보다도 절규
에, 묘사보다도 사실표현에, 미보다도 力에, 타협보다도 불만에,
과장보다도 진리에 나아갈 것도 한 가지 각오해야 할 것이다.15)

김기진이 미의식을 문제삼았다면 박영희는 힘있는 문학을 주장한다.
형식에 매몰되었다고 판단한 이전의 묘사법에 대해 비판적으로 본 박영
희는 형식·묘사·미·타협·과장을 버리고 절규·사실표현·力·불
만·진리를 지향해야 한다고 주장한다. 그러나 '형식의 고전전 전통'을
파괴하는 제안은 형식의 문제점을 형식 내에서 보완하려는 것이 아니라
형식을 버리고 내용을 취하자고 한 데서 문제를 회피한 오류를 드러내면
서 김기진과 대립하게 된다.

이렇게 두 비평가는 똑같은 문제인식을 하면서도 해결의 방안으로 제
시한 것은 내용과 형식의 두 방향으로 나뉘었다. 그들의 문학에 대한 근
본적인 인식은 건축론과 치륜론으로 매우 다른 지점에 서 있었다.

김기진은 건축론에서 소설 한 편에서 내용과 형식의 요소들이 제자리
를 해야 한다는 것이고, 소설도 하나의 조직이라고 보며, 소설의 문체·
묘사·설명 등은 소설 표현의 방법인 동시에 내용이라고 한다.16) 박영희
는 치륜론에서 문학이 아닌 프로문화의 건설에 소설이 하나의 톱니로써
기능한다는 주장이다. 따라서 박영희는 혁명적 열정이라는 하나의 요소로
전체적인 프로문화의 건설에 충분히 이바지한다는 생각을 가지고 있었다.

김기진은 문학은 언어에 의해 표현된다는 기본 입장을 가지고 있었지
만, 러시아의 형식파가 아니라 마르크스주의자의 차이에 대해 형식파는
수법에 주의하며, 마르크스주의 평론가는 목적에 주의하는데, "내재적 비
평을 취입한 외재적 비평은 '내재'도 아니고 '외재'도 아니다. 이것은 둘

---

15) 박영희, 「신경향파문학과 그 문단적 지위」, 『개벽』, 64호, 1925. 12.
16) 김기진, 「내용과 표현」, 『조선문단』, 20, 1927. 4.

이 아니고 온전한 하나다. 이것이 내가 말하는 마르크스주의적 문예비평의 방법이다.”17)라고 밝힌다. 자신은 수법에 주의하는 형식파가 아니라 목적에 주의하는 마르크스주의 평론가임을 확실히 한 것이다. 당시 세계 문학의 주도적인 흐름인 러시아 형식주의와 마르크스주의에 대한 소개 및 자신의 입지를 분명히 함으로써 카프 조직 내에서 독자적인 위치를 점하려고 하였다.

3. 김기진의 형식론에 나타난 묘사론

(1) 문학적 진실 획득과 소설의 묘사

김기진이 추구한 형식론은 묘사의 문제를 발단으로 시작되었다. 그 내용을 살펴보면 첫째, 그는 박영희의 소설에 대한 월평에서 그의 소설에 나타난 묘사의 부재를 지적하는 가운데 추상성을 배제하고 구체성을 높이는 묘사론을 주장한다.

> 소설이란 한 개의 건축이다. 기둥도 없이, 서까래도 없이, 붉은 지붕만 입히어놓은 건축이 있는가?……나는 「철야」의 일편에서 명진이의 성격도 포착하지 못하고 주인집에서 쫓겨나서 그의 친구 A라는 사람에게 가서 밤중에 괴로움을 끼쳤다는 사건에 대하여 조금도 실재감을 맛보지 못하였다……「지옥순례」가 작품으로 성립되기 위하여서는 칠성이 아버지 진달이의 그 단말마적 기갈에 대한 실감의 고조가 無하고는 만두장사를 죽이고 감옥으로 가는 것이 아무리 하여도 작자의 고의이지 사실은 아니다……실감의 고조가 소설의 가장 큰 요건인데…… 묘사의 공과는 실감을 줌에 있다. 그런데도 여기에 그 묘사가 없다.18)

---

17) 김기진, 앞의 글.
18) 김기진, 「문예월평」, 『조선지광』, 1926.12.

묘사의 정의는 작자가 자기의 기도를 사물의 연락과 사건과 사
건의 관계와 정서와 행동의 연락을 통해서 표현하고자 하는 일수
단이다.[19)

세부의 진실을 묘사하는 것은 현실 모방론적 묘사론에서 가장 기초적
인 작업에 속한다. 이런 상세한 밑그림 위에서 총체적 현실의 표상이 가
능하기 때문이다. 김기진은 박영희의 소설에서 사건의 진행이나 구성이
고의적이며 작위적이라고 보았다. 이런 언술은 현실을 재현하는 가장 기
본 요건이 개연성 내지 핍진성임을 뒷받침하는 주장으로서 천천히 실감
을 고조시켜 나가는 과정에서 문학 속의 현실은 진실감을 획득한다는 인
식에 대해 말한 것이다.

따라서 김기진은 묘사를 정의함에 있어서도 연락·관계라는 단어를 사
용한다. 하나의 묘사 장면이 단독적으로 분리되면 소설의 전체 구성에서
유기적 기능을 상실하고 묘사를 위한 묘사가 될 위험성이 있다. 당시 프
로문학 비평가들이 부르조아 문학에 대해 장식성 또는 유희성을 비난하
였던 점과 연결시켜 볼 때, 김기진의 묘사의 정의는 매우 긍정적인 의미
를 가진다. 사건과 사건의 관계와 정서와 행동의 연락을 가능하게 하는
묘사를 통한다면 장식적인 단독의 묘사로 그치지 않고 입체적이며 개연
성 있는 묘사로 충만한 소설이 탄생할 수 있는 것이었다.

그런데 묘사를 통해 실감을 고조시킬 수 있는 방법은 묘사의 첫 번째
개념인 '회화성'을 높이는 수사적 측면에서도 가능할 수 있다. 정경을 직
접 눈으로 보듯이 재현함으로써 묘사 본래의 회화적 기능을 부각시켜
서[20) 소설 속의 진실감을 획득하는 방법도 있는 것이다.

박영희의 「지옥순례」에서 "바로 눈이 개이든 날 밤이엿다. 바람이 첩

---

19) 김기진, 「무산문예작품과 무산문예비평」, 『조선문단』19, 1927. 2.
20) 롤랑 부르뇌프·레알 윌레, 『현대소설론』, 김화영 역, 현대문학, 1996, pp. 216~218
  에서 공간을 묘사하는 데 있어서 회화적 기능을 추가하기 위해 화가를 등장시키거
  나 그림, 사진들까지 삽입하고 있다고 말한다.

첩이 싸인 눈썹이 우를 휘갈겨 불어 새파런 달빗해 캀긋 가튼 푸른 눈가루가 사람의 살을 점점이 비여낼 듯이 춤추며 휘도는 날 밤이엿다.”21) 는 묘사 장면은 철거촌에 사는 도시빈민인 주인공이 처한 상황과 심리를 짐작하게 해주는 인상적인 장면 묘사이다. 파란 달빛에 빛나는 눈가루가 칼끝으로 비유되고, 눈보라가 휘도는 모습을 사람의 살점을 베어내는 듯하다고 묘사한 것은 공간의 회화적 묘사뿐만 아니라 소설의 사건을 예고하는 분위기를 제공하고 복선을 까는 역할을 담당하여 문학적 진실감을 높이고 있다.

그렇다면 이렇게 지배적인 인상을 주는 장면의 묘사가 단독으로 분리되어 회화적 장식성만을 노렸다면 이 장면에 주의할 필요는 적어진다. 그러나 이 묘사가 주인공이 살인을 저지를 수 있는 주변 환경을 만들어주고 진실성을 뒷받침할 수도 있는 것이다. 그렇다면 김기진은 위의 눈보라치는 장면의 진실성 획득에 전혀 관심을 보이지 않는 이유는 무엇인가. 오히려 김기진은 주인공의 살인에 이르는 ‘기갈에 대한 실감의 고조’가 없어서 만두장사를 죽이고 감옥으로 가는 것이 작가의 작위적 구성에 해당한다는 비판을 가했다.

여기에서 김기진의 비평적 태도인 건축론을 다시 생각해 볼 필요가 있다. 김기진은 「지옥순례」를 비판하는 첫지점에서 소설이란 한 개의 건축이라고 하였다. 건축의 재료들이 하나씩 설치되고 연결되었을 때 소설의 완성이 보장된다는 것이다. 그렇기 때문에 ‘사물의 연락’·‘사건과 사건의 관계’·‘정서와 행동의 연락’을 묘사의 개념으로 잡고 있다고 보인다.

「지옥순례」에서 주인공은 해고된 노동자로 철거촌에 마지막 남은 집의 가장이다. 그는 가난과 추위를 견디지 못하고 호떡장수 아이와 부딪히자 떡을 빼앗다 아이까지 죽이게 된다. 김기진이 지적한 것은 ‘단말마적 기갈’에 대한 것인데, 그렇다면 주인공이 왜 가난과 추위라는 환경에 처하

---

21) 박영희, 「지옥순례」, 『조선지광』, 1926. 11.

게 되었는가를 상세하게 묘사했어야 했음을 말하는 것이다. 왜 해고가 되었으며, 도시의 미관을 손상한다면서 철거촌민들을 내모는 정치경제적 원인에 대한 언급이 전혀 없는 채 가난과 추위로 어쩔수없이 살인을 할 수밖에 없다는 것과 그 살인의 대상도 노동자의 적이 아니라 역시 추위에 행상을 떠난 한 아이였다는 것에서 당대의 무산자 현실에 대한 진실된 재현이 부족했다는 설명으로 받아들일 수 있겠다.

그렇게 때문에 김기진은 눈보라 치는 장면 묘사의 회화적 기능과 사건의 분위기 예고에 대한 관심 또는 세부적 진실에 대한 기초적 요건보다는 '건축론'의 입장에서 작품 전체적인 구성을 진실되게 하는 묘사의 총체적 재현의 임무에 대해 강조하였다고 볼 수 있다.

언어라는 건축의 재료로 진실감을 획득하는 구성물을 창조해내는 작업인 소설쓰기는, 현실의 세부적인 진실감에서 총체적 진실감에 이르는 목적을 달성해야 현실의 온전한 재현이 가능하며 그 과정에 묘사적 글쓰기가 수행하는 역할은 중대한 것이다.

⑵ 대중문학론과 묘사론의 변화

내용 · 형식 논쟁이 정리되면서 김기진은 프로문학론 · 대중소설론 · 농민소설론 등 이론의 정립에 집중한다. 그는 '묘사'라는 단어를 전면에 내세우지 않고 '형식'이라는 큰 범주를 대상으로 일반화된 논의로 선회하는데, 그 과정에서 형식 속의 묘사로서 논의는 줄어든다. 김기진은 '양식문제에 대한 초고'라는 부제가 달린 프로문학의 형식적 탐구론을 내놓는다. 그는 '존재를 주는 것은 형식이다'라는 형식주의의 기본 명제를 바꾸어 '존재를 최후로 결정하는 것은 형식이다'라고 언명한다. 존재론적 비평의 관점인 형식주의와 자신의 형식론이 오해되지 않기를 매우 염려했던 김기진인 만큼 현실주의의 입장에서 새롭게 형식론을 탐구하는 자신의 입장을 분명히 한다. 형식은 문학 작품의 여러 요소 중의 하나이면서 마지막으로 작품에 존재의 의미를 주는 것이라고 조심스럽게 주장한다.

　그는 프로 작가의 형식적 요건을 여덟 개 항목으로 규정하면서, 묘사의 수법은 객관적·현실적·실재적·구체적이라야 한다고 조건을 지운다.[22] 그런데 대중문학론을 펼치는 가운데 묘사와 설명은 간단해야 하며, 성격·심리묘사보다 상황·사건의 기복을 뚜렷이 해야 한다고 주장한다.

　구체적이라야 한다는 조건과 간단해야 한다는 항목은 전적으로 배치되는 개념이다. 그는 대중문학론을 제시하면서 처음에는 일반적인 하나의 '마르크스주의적 통속소설의 구도'를 제안하였다. 그러나 노동자와 농민을 대중의 개념에 끌어넣자 곧 그들의 문학에 대한 의식이 전근대적인 경향이 남아있음을 간파하게 된 것이었다. 따라서 「변증적 사실주의」에서 구도한 이론을 「대중소설론」에서는 대폭으로 하향 수정하게 된 것이다. 문장은 평이해야 하고, 난삽한 어휘를 피할 것, 문장은 운문적으로 하여 낭독할 때 편하게 할 것, 문장은 화려한 것 등등의 대중소설론을 편다.

　운문과 낭독이라는 규정은 근대의 소설이 읽는 소설로 변화한 것과 달리 전근대적 듣는 소설을 의미한다. 그렇다면 이야기 중심으로 전환하는 것을 의미하고, 그렇기 때문에 '묘사는 간결'해야 하며, '성격·심리묘사보다 상황·사건의 기복을 뚜렷이' 해야 한다는 조건을 달게 된다. 묘사보다 사건 즉 서사가 대립적으로 설정되면 묘사는 서사와의 유기성을 상실한다. 이는 현실의 재현을 목적으로 하는 당시의 소설에서 가장 치명적인 위기가 된다. 세부의 진실성을 드러낼 수 있는 구체적 묘사가 지양되고 뚜렷한 사건 즉 서사가 그 자리를 대신하여 묘사의 역할은 매우 제한되게 된다.

　김기진은 「사실주의 문제」라는 비평문을 통해서 '실감나는 묘사'와 '사실적이지만 지리한 묘사'에 대해 염상섭과 논쟁을 벌이지만, 그 차이점에 대해 구체적인 기준을 마련하지 못한 채 프로문학과 부르조아 문학의 대

---

22) 김기진, 「변증적 사실주의」, 동아일보, 1929. 2. 25 ～ 3. 7.

결로 이끌고 간다. 이때의 김기진은 이미 대중소설론의 구도를 잡은 후였기 때문에 대중의 흥미를 잃게 하는 '지리하고 사실적'인 묘사보다는 '간단 명료하고 약간은 과장과 선정성'이 있도록 하더라도[23] 대중을 프로문학 안에 흡수해야 한다는 논리를 편다.

그는 당시 문단을 부르조아의 성욕적 묘사와 연애담 중심의 내용으로 가득찬 통속문학 시대로 파악하였고[24], 대중이 거기에 감염되지 않도록 하기 위해서는 대중에 맞는 프로문학을 제작하여 그들을 끌어와야 했다. 그는 부르조아의 통속소설, 예를 들면 이광수의 센티멘탈리즘 소설과 최독견의 영화 탐정소설적 요소가 들어간 소설 등이 대중에게 부정적인 영향을 준다고 비판하면서도 마르크스주의적 통속소설의 구도를 제시한다. 그 당시로서는 매우 생경하다는 '대중 소설'이라는 명사로 노동자와 농민을 부르조아의 통속소설로의 감염에서 구출해야 한다는 신념을 보인다. 그것은 긍정적으로 보면 카프조직을 중심으로 한 비평가들의 시대적 과제이기도 하였다.

그러나 형식 상 프로 문학을 부르조아 문학의 통속 형식에 편승시키는 결과를 낳는다. 독자 중심의 묘사는 프로문학의 내용을 쉽게 독자에게 전달하기 위한 묘사의 목적을 가진 것이다. 그러나 그 부정적 측면으로 묘사는 양적으로나 질적으로 매우 위축되는 결과를 맞이한다.

프로 소설을 양분화하여 논의한 것도 문제이다. 그는 프로 소설을 모두 대중화하자는 것이 아니었다. 대중을 상층과 하층으로 구분하여 상층에게는 종래의 프로레타리아 소설을, 하층에게는 대중소설을 읽게 해야 한다는 것이다.

이것이 대중소설이 따로 필요한 이유이다.

---

23) 김기진, 「사실주의 문제」, 조선일보, 1928. 6. 13 ~ 6. 25.
24) 김기진, 「문예시대관 단편 - 통속소설 소고」, 조선일보, 1928. 11. 9 ~ 11. 20.

　(2) 그러면 이 두 개의 프롤레타리아 소설은 여하한 관계에 있을 것인가? 그것은 프롤레타리아 계급을 위하여 제작되는 것임에 있어서 그 이데올로기에 있어서 그 목적과 정신에 있어서 동일하다. 다만 종래의 프롤레타리아 소설은 제재와 문장이 고등하고 논리적이어도 무관할 것이고 대중소설은 제재와 문장이 평범하고 통속적이어야 할 것이고 논리적이어서는 적당치 못할 것이다……이 두 개의 소설은 하나가 왼손이면 하나는 바른손과 같이 동일한 목적과 정신 하에서 밀접한 관계를 가질 것이다.25)

　대중문화라는 것은 엘리트 문화와 대조적인 관점으로 성립되어 있다. 근대를 맞이하면서 산업화의 진전에 힘입어 대량생산의 문화를 수용하는 시민층을 대상으로하여 대중문화라는 말이 등장하였다. 대중문화를 고급 엘리트 문화와 대립시키면서 문화적·미적 판단의 기준을 절대화하는 것은 "사회적 차별성을 고정시키고 합리화하는 방식일 뿐"이다.26) 역사적으로 문화담론을 이끌어 온 집단이 하나의 관습적 태도로 자신들보다 상대적으로 저급한 미의식을 지니고 있다는 판단하에 양분화해 놓은 개념에 지나지 않는 것이다. 이런 태도는 근본적으로 반대중적인 견해를 기저에 두고 있다.

　김기진은 두 프로소설이 왼손과 오른손이라고 비유하였는데, 그렇다면 하층의 형식이 언제 상층의 형식과 만나서 하나의 완성된 형식을 이루어 두 손을 맞잡게 될 것인지에 대한 언급이 없는 한 프로문학은 양분된 상태로 결렬될 것이었다. 또한 김기진이 프로문학의 형식을 추구하고 있지만 종국에는 사상성의 표상을 목적으로 하고 있다는 점에서 목적이 지나치게 간섭한 형태의 형식론으로서 생명력이 적었던 것으로 보인다.27) 카

---

25) 김기진, 「대중소설론」, 동아일보, 1929. 4. 14. ~ 4. 20.
26) 김창남, 『대중문화의 이해』, 한울 아카데미, 1998, p.39.
27) 최근 한국대중문학에 대한 일련의 연구를 보면 정덕준의 경우, 김기진의 프로 대중문학이 독자적인 미학을 찾아내는 데 한계를 드러내는 원인으로 지나친 목적의식을 들고 있다. 이로써 대중문학론이 빛을 발하지 못하고 70년대에야 비로소 본격화된

프의 문학 담론을 이끌고 있는 비평가로서 김기진의 대중문학에 대한 양분된 태도와 이론은 엘리트의식에 갇힌 자가 노동자와 농민에게 베푸는 시혜적 이론이 되어서 실천력이 떨어진 결과를 낳았다.

「지옥순례」 비판에서 김기진이 세부의 진실과 총체적 진실을 향한 묘사를 주장하며 현실 재현을 향한 묘사에 다층적으로 다가갔던 반면에, 대중문학론을 제시한 이후에는 종래의 프로레타리아 소설에서는 계속 구체적이며 실재적인 묘사를 추구했지만 노동자와 농민 대중을 위한 문학의 요건으로서 묘사가 간결해지면서 현실의 전체적 재현에서 멀어지는 결과를 빚는다. 양방향으로 전개된 현실의 묘사론은 화합하지 않는 문제점을 노정하게 된다.

4. 박영희의 내용론에 나타난 묘사론

(1) 묘사에 대한 원천적 부정의식

박영희가 묘사에 대해 매우 부정적인 태도를 가지는 원인은 자연주의 묘사법이 낳은 문제점과 묘사가 부르조아의 비평기준이라는 점 등에서 출발한다. 박영희가 비평문들을 통해서 비난한 묘사의 실례를 찾아보면 그의 묘사에 대한 부정적 태도와 인식이 드러난다.

먼저 졸라류의 자연주의 묘사법을 대상으로 한다. 박영희는 묘사가 실감을 준다는 것에 대해 회의하는 태도를 가지고 있었다. 자연주의 시대의 객관묘사에 대해 방관적이라 보았고, 묘사·미·형식 등의 고전적 전통을 파괴하고 사실표현·힘·절규 등 새로운 프로문학에 임해야 한다고 주장했다.

다고 진단하고 있다. 「한국대중문학에 대한 반성의 고찰」, 『어문논집』 42, 안암어문학회, 2000, p.196 참고.

자연주의 시대의 소설대가는(불국 졸라) 사람이 아래층에서 이 층에 올라가는 데 묘사로써 3,4페이지를 허비하였다. 이것으로 보아 소위 김군 말로 하면 '실감'이 많이 있을 것이다...... 군은 "묘사의 공과는 실감을 줌에 있다."라고 하였다. 그러나 나의 생각으로 말하면 "묘사의 공과는 가공의 미를 창조함에 있다." 하고 싶다......완전한 형식이란 묘사의 형식이 아니라 그 주의를 ××(선전)하는 데 ×××수단을 말하는 것이다. 묘사의 시대, 해석의 시대는 부르조아 사회와 한가지로 지나갔다. 다만 ××××, 건설의 시대, ××(혁명)의 시대가 있으니 그것이 우리의 시대이다.[28]

그는 졸라가 이층을 올라가는 데 몇 페이지씩 묘사로 일관하는 것에 대해 '허비'한다는 생각을 하였다. "由來에 나려오는 所謂 描寫를 위한 描寫같은 張皇한 美文"[29]인 불필요한 묘사를 부정하는 태도였다. 그리고 그는 "君은 「描寫의 功過는 實感을 줌에 있다.」라고 하였다. 그러나 나의 생각으로 말하면 描寫의 功過는 加工의 美를 創造함에 있다고 하고 싶다."[30]고 하여 기교적 수사로만 흐르는 '가공의 미'에 대해 부정적 태도를 보였다.

자연주의의 객관묘사가 방관적이라는 견해는 당대의 문단에서 합의된 사항이었다. 김동인의 경우도 자연주의의 객관묘사가 주인공의 심리를 깊이 묘사하는 데 부적절하다는 인식 하에 일원묘사론을 주장한 바도 있었고,[31] 여러 작가들이 자연주의의 평면적 묘사를 비판하고 입체적 묘사를 해야 한다는 실제비평문도 등장하고 있었다.

그러나 박영희가 자연주의 묘사법에 대해 원천적으로 부정적 의식을 가지게 된 것은 자연주의의 묘사에 대한 이해가 부족한 것도 원인이었고, 자연주의의 묘사법을 부르조아의 형식미학과 동일선상에서 연결지은 오

---

28) 박영희, 「투쟁기에 있는 문예비평가의 태도」, 『조선지광』, 63, 1927. 1.
29) 박영희, 「신년의 문단을 바라보면서」, 『개벽』, 1926. 1.
30) 박영희, 「투쟁기에 있는 문예비평가의 태도」, 『조선지광』, 63, 1927. 1.
31) 김동인, 「소설작법」, 『조선문단』 10호, 1925.

판에서 기인하기도 하였다.

　박영희는 묘사를 소설의 형식 요건으로 보면서 그것은 부르조아의 비평기준이라고 비난하고 자신의 프로문학비평의 기준에서 배제하려는 태도를 보인다. "그들은(쁘르쥬와 評家) 作品을 評할 째에 먼저 「엇더케 描寫하엿나」하는 것이며 그 作品은 評家 自身에게 「얼마나 아름답게 보이엇든가?」하는 것이다."[32]라는 언급은 부르조아의 묘사라는 형식적 비평기준과 주관적 미의식이 얼마나 개인주의의 소산인가를 비판한 것이었다. 이는 대조적인 관점에서 프로 비평이 주인공의 의식과 작품 전체의 이상에 새로이 성장하는 사회의식을 드러내고 있는지를 비평의 기준으로 삼고 있음을 강조하기 위한 것이었다.

　또한 박영희는 부르조아 문사들의 성욕적 묘사에 대한 거부감이 심했다. 염상섭의 「전화」에 대해 변태성욕적이며 불건전한 묘사라고 하며, 현진건의 「B사감과 러쁘레터」에 대해 육정적 묘사를 문제 삼았다.

> 　작자의 描寫 가운대 보면 「분홍 적삼과 灰色 장갑이 쏐드라진 그 입에 반창고 만한 효험도 업는 것을 생각하면 삼원륙십전만 올려 보낸 것이 앵하다.」한 것이 보는 사람으로 변태성욕적 기분을 써올느게 한다……
> 　한아는 暗面描寫에 허무러진 作者의 肉情的 描寫와 한아는 쎄끗한 新境地를 憧憬하는 心質을 엿보앗다. 가령 예를 들면 「머리쏘리가 뒤통수에 염소쏭 만하게 부튼 것이라든지」의 句節이다. 누른 얼굴을 곰팡스른 굴비로 보는 官能的 描寫가 너무도 吐氣를 재촉하는 듯하다……이것은 極度에 達한 官能的 描寫法이다……바라건대 作者는 時代에 써러지는 官能的 描寫에만 充實할 것이 안이라 좀 더 나아가서 新境地를 開拓하는 者의 思想에 充實하기를 바란다. 儉朴한 描寫에 堅實한 思想이 잇다 하면, 華麗한 背景을 가진 畸形兒의 獨白보다는 훨신 나흘 것이다.[33]

---

32) 박영희, 「문예평론」, 『조선지광』, 1927. 9.
33) 박영희, 「이월 창작 총평」, 『개벽』, 1925. 3.

박영희는 이 작품의 관능적 묘사와 과장된 묘사에 대해 부정적으로 보았다. 또 B사감의 얼굴 묘사는 '토할 것 같다'고 하였는데, 이는 주관적 감정 판단이 개입되면서 현진건의 인물 묘사에 대해 인지하지 못한 것이었다. 묘사를 포함한 형식에 대해 비판적인 태도로 인하여 소설 문장의 발전에 기여한 이 작품을 간과하였다.[34] 프로문학의 내용을 강화하여 사상성을 확충하려는 주장을 하면서 김기진과 대립하고 있었던 만큼 박영희의 비평적 이론은 기존의 묘사론을 전면적으로 확대하여 부정하고 애써 배제하려는 작위적 태도를 보인다.

박영희의 묘사 의식은 묘사의 시대는 곧 부르조아의 시대라는 생각으로 발전한다. 그는 전시대의 문학이 부르조아를 위한 묘사의 시대라면 이 시대는 프로를 위한 혁명적 열정이 필요한 때라고 말해서 프로문학에서는 묘사를 버려야 한다고 묘사에 대해 완전히 배타적인 인식에 이른다. 대신 그는 프로문학의 묘사는 검박하여야 하며 오히려 견실한 사상이 전면에 나서야 한다는 최종적 견해에 도달한다.

그 이론적 근거로 그는 '도스토예프스키식의 묘사법'이라는 것을 비판한다.[35] 박영희는 기본적으로 프로 문학은 예술을 요구하지 않는다고 전제한다. 작품의 정신에서 사회적이며 집단적이라면 서까래나 지붕이 없어도 무산자문학이 된다고 말한다. 그는 김기진이라면 아마 노동자가 어떤 행동을 감행할 때까지의 심적 고민과 과정을 묘사로써 보여주길 바랄 테

---

34) 임화는 「소설문학의 20년」(동아일보, 1940. 4. 13)에서 빙허와 동인을 비교하였는데, "기술적 의미에서 자연주의를 일보 앞서게 한 작가는 동인보다도 빙허 현진건이다…… 그의 작품은 소설의 근간이 될 성격묘사의 문제를 표면에 끌어내어 본 것은 사실이다. 무엇보다도 성격을 소설의 초점에서 생각한 것은 동인의 왕성하고 다채한 정신보다는 훨씬 진보된 것이다."라고 하였다. 김인환은 『비평의 이론』(나남, 1994, pp.171~178)에서 B사감의 인물 묘사에 대해 '낯설게 하기' 또는 '내세우기'라는 문학적 장치로 보고, 사감과 학생들의 인물 묘사를 대립적으로 한 것은 연민과 화해로 진행되는 해학적 구성에 기여하는 묘사라고 보았다.
35) 박영희, 「투쟁기에 있는 문예비평가의 태도」, 『조선지광』 63, 1927. 1.

지만 그것은 이미 작품에 그려진 사회 자체가 우리에게 묘사하여 주었으니 다시 길게 쓸 필요가 없다고 말한다. 김기진의 이런 과정의 묘사를 박영희는 '도스토예프스키식의 묘사법'이라고 지칭한다.

박영희가 '이미 작품에 그려진 사회 자체가 우리에게 묘사하여 주었으니'라고 매우 소박하게 김기진에 대응하는 태도를 점검해볼 필요가 있다. 김기진은 '연락·관계' 등의 유기적 연결로 묘사가 전체 현실을 재현하는데 세밀하게 관여할 것을 주장한 반면 박영희는 검박한 묘사로도 견실한 사상을 힘있게 드러낸다면 세부의 진실 묘사가 없이도 현실은 재현된다는 입장을 표명한 것이다. 묘사의 장황함이나 지루함에 대해 부르조아 문학의 유희적이고 가공적인 형식 기준으로 본 박영희는 원천적으로 '문학적 진실을 보장하는 묘사'를 지향하면서도 매우 소박한 견해를 머무르게 되었다. 이는 내용과 형식논쟁에서 필요이상으로 형식에 대해 부정적인 의식으로 김기진과 대항하려던 결과이자, 카프 조직의 내실화는 강력한 혁명적 내용을 강화하는 데서 오는 것이라는 목적의식에서 비롯된 부정적 현상이었다.

박영희가 김기진의 '실감있는 묘사'에 대한 반대 의견을 개진하는 동안 사실상 묘사에 대한 매우 구체적인 비판들이 속출했고, 그런 묘사를 반대하기 위한 묘사론을 많이 제출하여 당시의 문학 형식에 대한 많은 단서들을 얻게 된 점은 매우 역설적이었다.

(2) 전향 후 묘사 의식의 변화

박영희의 전향과 묘사 의식의 변화는 실로 큰 것이었다. 박영희는 1929년부터 카프조직에 회의를 하였다고 하면서 1933년 10월에 카프를 탈퇴하였다. 그가 탈퇴를 한 이유는 소장파들에 의해 주도된 조직의 배타성이나 강압적인 창작 지도는 창작가를 평론가에게 종속시키는 것이라는 등 여러 가지가 있었는데, 그 하나로 하층 노동자·농민에게 이데올로기를

이해시키기 위해 평이하게 쓰자는 정책론은 발전된 예술이 아니라는 주장을 펴게 된다.36)

그는 자신의 이데올로기로 인하여 '잃어버린 예술'을 찾는 과정에서 창작의 방법으로서의 형식에 대한 관심으로 옮겨간다. 그는 「문체와 형식의 요소」(『학등』, 1934. 11.～12.)라는 외국이론까지 번역하기도 한다. 또한 전향 후 자신이 전에 부정했던 묘사와 실감에 대한 관계를 긍정하는 일이 벌어진다.

> 먼저 寫實主義라고 하면……「잇는 그대로」,「事實」대로에 作家의 注意를 集中시키는 것이다. 가령 畵幅에 나타난 自然의 一景은, 조곰도 틀임업는 自然 그대로를 抽出하며 表現하며 文學的 作品에서, 一人의 主人公의 生活은 곳 讀者 自身이 體驗하는 듯한 感을 바들 수 잇을 만치 事實的이며 事實的이여야 한다……프로베르, 소라, 빨삭 등 이외에도 수만흔 寫實主義的 作家, 自然主義的 作家들은 어떠한 한 場面의 行動을 멋 페지식 虛費하면서 그 眞實을 그리엿다. 가령 「소라」의 有名한 例지만, 그는 가장 細密한 것까지 描寫하기를 이저 버리지 안엇다……우리는 거진 支離滅裂할 만큼, 正確하고 緻密한 描寫를 하엿다. 描寫 이러한 寫實主義的 作品의 效果라는 것은 대단히 巨大한 것이니, 읽은 사람이 곳 主人公이 되어가지고, 가티 울고 가티 웃으며, 가티 憤怒하게 되는 것이다. 우에서도 말하엿거니와, 藝術의 特性이 感染에 잇다면, 이 寫實主義的 作品은 보다 더 實感的이며 感染的일 것이다.37)

자신이 김기진과 논쟁할 때 공격했던 졸라의 묘사법을 다시 긍정하고 있으며 오히려 졸라는 몇 페이지씩 묘사를 하면서 '진실'을 그리느라 애를 썼다는 말로써 예전의 자신의 견해를 번복한다. 사실주의 작품은 보다 더 '실감

---

36) 박영희, 「최근 문예이론의 신전개와 그 경향」, 동아일보, 1934. 1. 3.
37) 박영희, 「문학의 이상과 실천」, 조선일보, 1934. 7. 3.

적'이라는 말을 통해 박영희는 김기진의 내용·형식 논쟁 때의 묘사론에 완전히 합치하게 된다. 두 비평가는 내용과 형식의 길항을 거쳐 종국에는 묘사와 문학적 진실의 목적론에서 동의하는 결과가 나온 것이다.

묘사는 장황하거나 지루할 경우 어떠한 이유로도 어떤 시대나 사조에서도 긍정적 평가를 받을 수 없다. 그러나 하나의 묘사 장면을 두고 장황하고 지루하다고 평했다가 다시 진실을 그리느라 애를 쓴 결과라고 평가하는 이율배반적 태도는 박영희 개인의 문제이기도 하지만, 당대의 카프 조직의 이론적 강경함이 묘사의 필요성을 배제시켰고, 묘사로서 현실 재현에 요구되는 세부의 진실성과 총체적 현실을 획득할 수 있는 가능성을 지연시킨 결과였다.

5. 결론

본고는 1920년대의 현실주의 문학경향이 이론적으로 공고화되는 시기에 발생했던 김기진과 박영희의 논쟁에서부터 계속되는 비평문들을 대상으로 하여 문학의 현실 재현과 소설의 묘사라는 측면에서 연구를 진행하였다. 소설을 묘사와 관련하여 볼 때 회화적 개념, 서사와의 관련, 현실 모방적 개념 등의 정의가 있을 수 있다. 특히 현실 모방적 개념은 세부의 진실을 드러내는 기초적 요건을 수행하기 위해 세밀한 묘사적 글쓰기가 요구되며 총체적으로 현실을 드러낸다는 점에서 소설의 모든 요건에 묘사가 관여하게 된다. 카프 비평가들에게 있어서 소설은 현실을 재현하는 중요한 장르로서 인식되어 있었기 때문에 그들에게 묘사란 하나의 회화적 장면으로 그치는 것이 아니라 나아가 현실의 모습이 입체적으로 묘사되면서 문학적 진실을 획득하는 목적에 다가가는 수단이었다.

두 비평가는 프로문학이 생장기를 지나 투쟁기에 접어든 현실에서 과격한 방식의 구성에 대한 자기비판적 태도를 견지한 것에 공통되었으나,

김기진은 '감각의 혁명'을 통해 새로운 미의식을 가져야 한다는 형식론적 입장에 서게 되며, 박영희는 미의 형식 보다는 힘을 가진 사상성을 충만시켜야 한다는 내용론적 입장을 표명한다.

김기진이 박영희와 대립하게 되는 첫 지점은 박영희의 소설 「지옥순례」에서 묘사가 부족하다는 지적에서 비롯된다. 김기진은 묘사를 '사물의 연락과 사건과 사건의 관계와 정서와 행동의 연락'을 가능하게 하는 수단이라고 정의한다. 이는 묘사를 수사적 의미에서 축소하지 않고, 자신의 건축론을 바탕으로 묘사가 소설 구성적 측면에서 진실된 재현을 향하여야 한다는 주장이었다. 또한 무산자가 사회구조적으로 고통받는 현실에 대한 상세한 과정의 재현이 없이는 총체적 현실을 재현하는 묘사가 불가능하다는 의식이었다.

대중문학론을 묘사론의 관점에서 해석하면 매우 부정적 결론에 이른다. 김기진이 대중소설과 종래의 프로소설로 양분화하여 종래의 프로소설은 형식·내용 논쟁 때의 그의 이론을 수정없이 밀고 나가 구체적이며 실재적 묘사를 핵심으로 둔다. 그러나 대중소설은 노동자와 농민만을 대중의 구성원으로 설정하면서 그들의 문학적 취향이 전근대적이라는 인식이 이어지고 묘사론은 매우 위축되고 만다. 과거의 고대소설처럼 운문의 낭독형 소설로 사건이 부각되며 상세한 묘사는 배제되는 것이다. 김기진의 이러한 사고의 이분법은 엘리트의식에서 기인한 것으로 그의 대중소설론은 매우 반대중적 입지로 떨어질 위험성을 내포하게 된다.

박영희의 묘사 의식은 원천적으로 부정적인데도 불구하고 역설적으로 묘사를 부정하기 위한 묘사론을 많이 제출하였다는 데 이 논의의 가치가 있다. 그는 자연주의의 세밀한 묘사가 지루하고 장황하여 묘사를 위한 묘사에 그치고 있으며, 묘사는 부르조아의 전유물이라는 오판에 이어서, 부르조아 미학의 이항대립적 위치에 서려면 묘사를 전면적으로 부정할 수밖에 없다고 주장한다. 도스토예프스키식의 묘사법으로 명명된 묘사법은 현실을 재현하는 데 매우 구체적인 기여를 할 수 있는 기법인데도 김기진의 주장과 도스토예프스키식 묘사법이 근접해 있다는 이유로 원천적으로 배제한다. 박영희는 혁명적 목적에 부응하는 혁명적 열정은 소설의 내용에서 전적으로 나오며 묘사는 검박해도 된다고 보면서 문제를 회피한다. 그러나 전향 후 그는 자신의 견해를 번복하면서 '잃어버린 예술'을 찾기 위해 과거의 플로베르나 졸라의 묘사를 장황하고 지루하다고 했던 주장에서 '진실'을 그리는 묘사라는 주장으로 옮겨간다.

카프조직의 이론적 강경함과 강한 목적의식은 두 비평가에게 공통된 것이었으나, 내용과 형식론으로 대립했던 것처럼 소설의 묘사에 관련해서도 매우 대립적으로 나가다가, 최종지점에서는 두 비평가가 문학적 진실을 획득하는 묘사의 의의를 인정하는 데서 합의를 보게 된다.

현실의 재현과 소설의 묘사는 매우 관련이 깊다. 특히 문학이 현실을 모방·재현할 수 있다는 믿음이 강했던 일제강점기의 현실주의 비평가들의 비평문들을 '묘사'라는 측면에서 검토한 결과 현실과 문학의 관련이 더욱 유기적으로 드러나게 되었다.

* 참고문헌은 각주로 대신함

Representation of Reality and
the Description of Novel
—Focused on the Criticisms of Ki-jin Kim and Young-hee Park—

Cho, Gye-sook

Mimesis or representation of reality is said to be in a most deep relation with the description of novel. Especially, when considering in the respect of 'description' the criticisms of the realistic critics under the rule of Japanese imperialism who firmly believed that literature should imitate and represent reality, we will come to find that literature should be organically correlated with reality. This thesis will investigate the theory of 'description' Ki-jin Kim and Young-hee Park advocated in their criticisms in the latter half of the twenties.

Firstly, the theory of form and content Ki-jin Kim and Young-hee Park started claiming in 1926 was the critical theme in those days. Ki-jin Kim was so much trying to obtain the literary truth by bestowing an accident with gradual and concrete motivation, as to elevate the intensity of representing the reality. He defined the description as "the means to represent the reality through the connection of objects, the relation of events, and the association of emotions and actions", and asserted that the representation of reality should be realized only if we exclude the abstractness, promote the concreteness, and connect the formal elements of novel organically.

Secondly, Young-hee Park considered the description of Naturalism as only a critic element of bourgeois, negated the description fundamentally. After turning from KAPF, however, he came to face the ironic situation that he should acknowledge the description for the literary truth in his theory of description, as in Ki-jin Kim's.

Ki-jin Kim's and Young-hee Park's theories of description seemed to be simple, but the critics in thirties such as Hwa Leem and Nam-chun Kim was able to develop them into a more powerful description as both the end and the means for representing the total reality.

60년대 전후소설에 나타난 유토피아 이미지

―정한숙의 『끊어진 다리』와 박경리의 『시장과 전장』을 중심으로―

류지용*

1. 과거의 시간과 전쟁의 기억물

전후소설이 가지는 성격에는 전쟁이라는 체험적 소재가 직접적으로 혹은 간접적으로 다루어지는 방식에 특징이 있다. 작가 의식에 수반되는 것인 한 전쟁의 체험은 실재적인 기억물이다. 작가의 실재적 기억물이 문학에서의 창조적 재현과정을 거칠 때, 개인적인 기억은 사회적인 기억의 등가물로서 환원된다. 전후소설의 성격은 전쟁 기억의 재생적 이미지와 이데올로기의 추상적 개념을 서사적으로 정합한 것이다. 전후소설에서 전쟁 소재의 의미는 실재했던 과거의 진실성을 추적해내는 것에 있지만, 그것의 진정한 의미는 기억의 온전한 복원에 있는 것이 아니라 전쟁을 그 본래적 차원으로 환원시켜 인간적 현실의 전체성으로서 직관하는 방식에 있다. 1950년대의 전후소설은 전쟁이라는 단일한 사건이 물리적이고 병리적인 압력을 가중하여 실질적인 체험의 양태로 나타났으나, 1960년대의 전후소설은 전쟁이라는 사건에 대한 직접적이고 체험적인 시간에서 물러나와 과거의 사건을 성찰하는 인식론적 거리가 상정되어 보다 철학적인

---

* 고려대 박사과정

형태로 자리매김 되었다. 즉, 50년대는 김현의 평가처럼 단순한 인정론적 휴머니즘[1])에 머물러 있던 시기인데 반해 60년대는 인간을 인식의 주체로 설정해서 과거의 성찰이라는 형식으로 현실과의 상호작용이 구체적으로 모색[2])된 시기였다. 싸르트르에 의하면, 하나의 사건이 과거를 향할 때에 그 사건은 존재함을 멈추는 것이 아니라 단지 작용함을 멈추는 것이다. 그러므로 전쟁의 사건이 그 고유한 日字에서 물러나온 시간적인 거리는 바로 인식론적인 성찰의 거리로 연계되며, 시간의 표지로 換算된 이 물리적인 거리는 존재론적인 의미에서 인식론적인 의미로 변용되는 거리이다. 서사전략에서 볼 때, 과거 사건의 의미화 과정에서 주도권을 잡은 현재적 의식은 기억 속에 잠재해 있는 과거의 시간을 끊임없이 불러내온다. 이렇게 불려나온 과거의 사건은 어떻게 현재적 의식의 한 양상으로 조직되는 것인가.

대부분의 기억물이 감정적 요소 없이 반영될 수 없고, 모든 의식의 지향성이 정서를 수반하는 것인 이상 기억은 바로 상상적인 가능성이라 할 수 있다. 기억이 상상력에 관계하는 相卽性은 그 현실성을 떠나 상상적이라는 독특한 의식현상의 영역성 의식에 있어서이다.[3]) 상상력을 가지고 있다는 것은 내적 풍요, 이미지의 자발적인 부단한 흐름을 향유한다는 것이다.[4]) 소설 속에서 전쟁이라는 세계의 표상(기억물)을 상징적인 형태로 구현해주는 것은 이미지이다. 전쟁은 이데올로기의 한 양상으로 나타나있지만, 엄밀히 따져보면 그 이데올로기의 정체성은 아직 실현되지 못한 미래의 상(像)으로서 이미지의 형태로만 존재해 있는 것이다. 작품의 서사를 이끌어 가는 것은 이데올로기에 대한 인과적 추론이지만, 서사의 배경

1) 김현,「테러리즘의 문학」,『사회와 윤리』, 문학과 지성사, 1991, p.109.
2) 하정일,「주체성의 복원과 성찰의 서사」,『1960년대 문학연구』, 민족문학사연구소, 깊은샘, 1998, p.23
3) 원형갑,「소설의 제문제5」,『현대문학』, 1963, 8월호, p. 285
4) 미르치아 엘리아데, 이재실 옮김,『이미지와 상징』, 까치글방, 1998, p.24

에서 이데올로기의 정체성을 비유적으로 함의하는 것은 작중 인물의 의식 속에 숨어들은 이미지이다. 싸르트르의 말대로 상상은 부재하는 것의 이미지이며, 그것을 내적인 속성으로 함의하는 것이 문학이다. 우리는 이데올로기의 문제를 유토피아적 이미지로 환원해 볼 수 있다. 인간의 의식 속에서 유토피아는 관념적 허구성에 의존해 있다. 그런 속성 때문에 유토피아는 곧 부재하는 것의 이미지이다. 유토피아는 ou-topos, no where, 이 세상에 없는 곳과 eu-topos, good place, 좋은 장소라는 두 가지 의미가 중첩되어 있다. 하나는 이 세상에 없는 곳, 비현실적이고 실현 불가능한 것, 환상적이고 공상적인 것을 가리키며, 다른 하나는 더 좋은 사회, 더 좋은 세계에 대한 꿈과 동경, 그것의 가능성에 대한 사색, 그러한 이상이 실현되리라는 기대와 희망5)을 함의한다. 유토피아는 그 자체에 이미 현실적인 절망과 이상적인 희망을 양가적인 의미로 내포하고 있다. 그러므로 전쟁과 유토피아는 현실 속에서 두 개의 상반된 변주를 이루는 것이다.

정한숙의 『끊어진 다리』6)와 박경리의 『시장과 전장』7)은 작중인물의 현재적 의식 속에 잠재해 있는 기억과 현실의 상관관계를 보다 분명하게 드러내는 소설들이다. 본고는 이 두 소설들이 부재하는 것의 이미지로서의 상상적 서술기법과 이데올로기의 논리에 입각한 해설적 서술기법이 긴밀하게 결합되어 있는 양상을 보인다는 점에 주목한다. 작가의 기억은 작중인물의 기억으로 전이되어 있으며, 전쟁의 기억물은 평화의 기억물로 환치되어 있다. 과거는 시간상으로 이미 작용함을 멈춘 것이며, 유토피아는 아직 존재하지 않는 미래의 것으로서 작중인물의 현재적 의식 속에 교접해 있다. 그러므로 작중인물의 현재적 의식은 그 상정된 거리에 대한 향수를 본능적으로 드러내게 된다. 이러한 점에서 작중인물의 의식 속에 침투된 과거의 기억은 근본적으로 유토피아와 성질이 같다. 부언하면 작

---

5) 김영한, 『르네상스의 유토피아 사상』, 탐구당, 1995, pp.18-19 참조
6) 정한숙, 한국신작문학전집3, 을지문화사, 1962, 이후 ( )안에 면수만 표기
7) 박경리, 나남, 1999, 이후 ( )안에 면수만 표기

중인물의 기억 속에서 환기되는 과거는 유토피아의 성질을 상징적으로 내포하고 있는 것이다. 왜냐하면 과거나 유토피아는 시간상으로 모두 현재에서 거머쥘 수 없는 성질8)의 것으로 존재하고 있기 때문이다. 본고는 이 소설들에서 보여지는 개인의 기억이 유토피아 이미지를 어떠한 양상으로 내포하고 있으며, 나아가 그것이 주체의 어떠한 인식과정을 거쳐 실존적이며 역사적인 담론으로 확대되는지의 측면을 고찰한다. 그러므로 이 소설들에서 나타난 유토피아 이미지가 역사와 개인을 어떠한 방식으로 엮어내고 있는지를 추적하는 데 의의를 둔다.

2. 실낙원(失樂園)을 향한 유토피아 - 『끊어진 다리』

2-1. 평화적인 기억의 기원(紀元)

기억의 재생은 과거의 경험을 이미지의 형태로 복원해내는 것이며, 사고(思考)는 추상적 개념을 논리적으로 전개하지만 이미지에 의존하지 않는 것이다. 그러므로 화자가 기억해내는 시간의 경계는 모호하고 불명료한 데 비해 기억되는 표상들은 분명하고 단편적이다. 비연속적이고 불명료한 과거의 시간들은 그 자체에 고유한 힘을 가지고 있지만 작중서사가 진행되고 있는 현실 위에서 작용하는 것인 한 현재적인 성격을 부여받는다. 이 소설은 한 소년의 성장 과정 속에서 체험된 일련의 사건들이 어른 화자의 의식을 통해 재배열되는 특징을 가진다. 화자는 기억을 더듬는 불명료한 어조로 자신의 과거를 서술한다. 과거의 순간들은 기억의 편린들이 되어 부분 부분 서사 속으로 들어온다. "질서를 잃"은 기억들은 엄밀히 말해 잠재적 기억(reminiscence)이다. 현재와 과거가 두서없이 뒤섞이는 것은 사건들이 화자의 의식적 통제를 받고 있기 때문이다. 화자의 기

---

8) 이 말은 엠마누엘 레비나스의 용어를 빌린 것이다.

억들은 순전히 이미지에 의존해 있다. 이미지는 사진처럼 하나의 상(像)으로만 존재해 있는 것일 뿐이다. 그러므로 화자의 의식이 들어가 있는 곳은 장면 장면이 단절된 모자이크 속이다. 이러한 단절감을 완화시키는 역할을 하는 것이 한 장면에서 다른 장면으로 이행되는 과정에서 나타나는 연상(聯想)이다. 사건은 사건 자체의 추동력을 가지고 진행되는 것이 아니고 심리적인 연상의 과정에서 수동적으로 진행된다. 이러한 현상은 이야기1에서 두드러지게 나타나는데, 여기에서 연상작용은 4번 나타난다. ① 근면성 → 6년 개근 → 융통성 없는 성품 ② 뽕나무밭→ 자줏빛 오디 물 → 검둥이란 별명 → 흑인 병사 ③ 장로 → 댕기장수 ④ 괭이의 눈매 → 죤의 어머니의 눈매. 이러한 연상은 화자의 의식이 과거와 현재의 시간대를 두서없이 넘나들게 하는 요인이 되기도 한다.

이 소설의 서사는 전쟁의 단초를 일제시대까지 소급해 올라가는 시간대를 형성하고 있어 기본적으로 전쟁의 기원을 주종관계를 형성하는 두 주체를 상정한 데서 출발한다. 즉, 이데올로기에 대한 통시적인 해법을 쓰고 있는 것이다. 과거의 이데올로기들은 기억 속에 이미지로 저장되어 있는데, 그 기억들 속의 원형으로 자리하고 있는 것이 정원(庭園)이다. 과거의 시간들이 가지는 이미지들이 원형으로 변형되고, 신화화된 과거에 대한 향수를 고백하고 있다는 것, 이 과거는 사라진 시간에 대한 회한 이외에도 수많은 다른 의미를 포함하고 있다. 이 과거는 존재할 수도 있었지만 그렇게 되지 못한 모든 것, 다른 존재로 머물러 있기를 포기해야만 존재할 수 있는 것, 그리고 현재 순간과는 완전히 다른 어떤 것, 완전히 잃어버린 어떤 것, 즉 낙원에의 희구를 표현하고 있다.9) 향수를 불러일으키는 과거의 시간은 아버지가 모리스선교사댁의 정원에서 일하던 시절이다. 아버지는 정원사라는 일의 속성을 가지고 과거에 머물러 있다. 아버지의 정원은 평화로운 유토피아의 의미를 가지며, 이것은 아버지가 기독교인이라는 데에서 얻어지

---

9) 미르치아 엘리아데, 같은 책, p.20

는 상징성이다. 아버지는 "선교사 댁 젖소와 정원과 채소밭을 돌보"는 인물이며, 주일에는 새벽부터 밤까지 종을 친다. 아버지의 정원에는 하나님의 복음과 평화롭던 유년 시절이라는 서정성이 있다.

 이 조화로운 자연 속의 신적인 조건을 상징하는 정원은 중의적 의미를 가지고 있다. 아버지의 정원은 신의 관념과 관련된다. 종교적으로 볼 때, 하나님은 주(主)이고, 하나님을 믿는 자는 주(主)의 종(奴婢)이다. 아버지는 主의 종(奴婢)이기 때문에 결국 아버지의 정원은 하나님의 정원인 셈이다. 아버지는 하나님의 땅을 가꾸는 노역을 하고 있는 것이다. 신이 최초로 정원을 만들고, 정원을 사랑한 것은 그 공간이 이른바 질서와 복종을 상징하기 때문이다. 정원 속에서는 일체의 자연이 규칙에 복종하며, 질서를 지니게 되고, 따라서 폐쇄적인 성격을 띠게 된다.10) 아버지가 주의 종인 바와 같이, 실질적으로 아버지는 땅의 소유주인 모리스 선교사 댁에서 일하는 종(奴婢)이다. 아버지의 정원은 종속 관계를 이루는 봉건주의 체제를 암시하고 있는 것이다. 그러나 한 번도 나의 아버지는 상전 격인 모리스 선교사로부터 종(奴婢)으로 불린 적이 없다. 그러나 실제적으로 '나'의 아버지는 종(奴婢)이다. '나'의 아버지가 하는 일은 교회의 종(鍾)을 치는 일이며, 선교사 댁 정원을 가꾸는 일이며, 젖소의 젖을 짜는 일이다. 교회의 종(鐘)이나 정원(樂園)이나 젖소의 젖은 젖과 꿀이 흐르는 가나안 땅을 연상시킨다.

> 나는 잠자코 맞은편 벽을 바라다보았다. 거기엔 죤의 조부 사진이 걸려 있었다. 내가 그 사진을 보고 죤의 조부라고 안 것은 그와 같은 사진이 우리 교회에도 걸려 있을 뿐 아니라, 교회 앞마당에 세워져 있는 큰 기념비가 바로 그 사람을 기념하기 위하여 세워져 있다는 말을 어렸을 때부터 듣고 있었던 까닭이다. (p.50)

---

10) 이승훈 편저, 『문학상징사전』, 고려원, 1995, p. 430-431

이야기1이 함의하는 정원의 이중성은 이야기 2에서 보다 직접적인 언술로 드러난다. 아버지의 정원으로 상징되는 평화로움은 현실의 척박함으로 방향을 튼다. 이야기1에서는 유토피아 이미지를 환기시키는 묘사적 서술이 많은데 비해 이야기2에서는 화자의 비판적 서술이 주를 이룬다. 이야기1이 아버지의 이야기라면, 이야기2는 어머니의 이야기이다. 어머니는 화자의 간접화된 이중적 언술을 직접적으로 노출시키는 인물이다. 이야기 2에서 어른 화자는 "우리 부모는 선교사 댁 머슴이다, 어머니는 나를 업고 하는 과중한 노동 때문에 등이 굽었다."라고 분명하게 언급한다. 이야기 2에 와서야 어른 화자의 의식은 어린 '나'의 경험을 논리적으로 재구성하게 되는 것이다. 아버지에 비해 어머니의 일은 노비가 하는 노역(奴役)이며 과중한 노역(勞役)으로 나타난다. 그 차이점은 일의 경중(輕重)에서 오는 것이 아니고, 아버지보다 어머니가 보다 현실적인 모습을 상징하고 있다는 데에서 온다. 아버지와 어머니는 각기 신과 인간의 영역에서, 이상과 현실의 영역에서 구별된다. 두 영역 사이에서 아버지의 노동과 어머니의 노동이 의미의 변용을 일으키고, 아버지의 젖과 어머니의 젖이 의미의 변용을 일으킨다. 젖소의 젖을 짜는 아버지의 모습은 가나안의 풍족함을 연상시키는데 비해, 어머니의 젖은 종속적 모순체제를 상징한다. 젖이 풍족했던 어머니는 나와 존에게 젖을 나눠 먹였는데, '나'에게는 늘 어머니의 빈 젖이 남겨져서 그 보충을 암죽으로 대신했던 것이다. 화자의 언술은 세계의 표상(아버지의 정원)이 가지는 신성성(神聖性)으로부터 이미 빠져 나와 있다. 기독교의 신성성(神聖性)은 현실에 준거하는 하나의 이데올로기로 변용된다. 홉스가 말한 종교가 가진 공동선(共同善, commonwealth)의 범주 안에서 안정과 평화의 시대를 지내던 '나'의 일상은 존 모리스 가족이 떠남과 동시에 또 다른 권력체계인 식민지 상황에 전격적으로 노출된다. 기독교, 토속신앙, 일제의 신사참배의 세 가지 종교는 현실적인 권력 관계로 나타난다. 결국 아버지의 정원은 훗날 전쟁의 상흔으로 가기 위한 전초적인 의미를 함축하고 있는 것이다. 화자는 아버지의 정원을 통하여 모리스 선교사 댁으로 대표되는, 즉 외세가 한반도에 들여놓은 이식(移植)의 종교성을 드러내고 있는 것이다.

나의 과거는 나의 표상으로서 존재하는 것은 아니다. 나의 과거가 존재함은 내가 나의 과거를 스스로 표상하기 때문인 것은 아니다. 오히려 나의 과거가 세계 안으로 들어옴은 내가 나의 과거이기 때문이다. 그리고 내가 어떤 심리적 과정에 따라서 나의 과거를 자기 스스로에게 표상할 수 있음은 내가 과거의 세계 안의 존재로부터 출발하여서이다.[11] 과거를 현재에 연결할 때엔 과거라고 하는 형태에 있어서의 현실 존재적 殘留가 근원적으로 나의 현실적인 현재에서 출현하는, 즉 나의 어제의 과거가 하나의 초월로서 나의 오늘의 현재의 배후에 존재하는 것[12]이어야 하는 것이다. 다리 불구가 된 '나'가 눈이 멀게 된 '미혜'와 함께 있는 곳은 척박한 황무지이다. 과거의 시간으로 회향하는 낙원에의 노스탤지어는 어른 화자인 '나'가 접하고 있는 현재의 상황을 부각시키는 기제로 작용해 있다. 과거로의 시간 여행은 현재의 상황에 대한 가역반응에서 출발되어진 것이다. 그러나 화자가 과거를 기억해내고자 하는 것은 현실의 척박함을 과거의 풍요로움으로 위로 받고자 하는 것은 아니다. 인간은 역사의 본질을 알아나가는 과정을 겪고 난 뒤에 비로소 주체적 의지를 가지게 된다. 현재의 시점에서 바라보는 과거의 정원은 기억심상(memory image)으로 나타나는 것이다. 심상은 화자의 마음속에 시각적으로 나타나는 재생표상이다. 그러므로 아버지의 정원은 황무지라는 현실적 대상에 대한 기억의 부호이다. 유토피아를 상징하는 정원은 재생의 기호로서 '나'의 회상을 유도하는 기제였던 것이다. 아버지의 정원은 현재의 시간 속에 의미 있는 정보를 남긴다. 이 시점에서 재생되는 정원은 과거의 정원과는 다르다. 진정한 유토피아는 종교나 이데올로기처럼 관념상으로 제시되는 것이 아니고 현실에 실제적으로 부응하는 것이어야 한다. 현재의 '나'가 지향하는

---

11) 엠마누엘 레비나스, 『시간과 타자』, 문예출판사, 1996, p.176
12) 엠마누엘 레비나스, 같은 책, p.170

유토피아는 신의 관념을 상실해버린 실낙원(失樂園)이며, 그것은 주체적인 의지로 일구어야 할 옥토(沃土)의 의미를 가진다. 그러므로 '존'의 한국 방문이 암시하고 있는 계급적 시혜(施惠),즉 선진국가임을 표방하는 우방국가가 자본적으로 예속된 후진국가에게 베푸는 시혜의식은 현재의 시간에도 연속되어 있지만 '나'는 그것을 단호히 거부하게 된다.

3. 동화(童話)적 세계를 향한 유토피아 -『시장과 전장』

3-1. 환상적인 기억의 기원(紀元)

이 소설에서의 환상 이미지는 현재와 과거 사이를 오가는 시간의 경계선을 교묘히 타고 있다. 기억은 과거의 경험에 대한 현재적 인식작용이다. 인물의 의식 속에서 과거와 현재는 구별 없이 통합되어 있다. 시간의 경계선은 인물의 의식 속에 잠재해 있는 지각(知覺)의 경로를 통한다. 인물의 지각(知覺)은 단순히 대상을 변별하는 인식작용을 넘어서 과거의 경험이 현실적인 감각과 연합을 이룬 상태로 나타난다. 그러므로 인물의 현재적 의식 속에서 불러내오는 과거의 시간은 그 자체의 고유한 힘으로 구분되거나 변별되지 않고 현재의 시간 속에 모호하게 흡수되어 있다.

> 꿈속에서도 여자와 아이들 그리고 차이코프스키의 음악이 있었다. 꿈에서는 눈이 쏟아지고 지금은 햇빛이 쏟아지고 있다. 꿈과 지금은 두 장의 슬라이드가 되어 기훈의 눈앞에 겹쳐진다.
> "가끔 그 골목길을 빙빙 돌아다니고 있으면 목마를 타고 빙글빙글 돌아가는 것 같아요. 그러다가 돈다 돈다 생각하면 머리가 멍해지면서 아주 기분 좋은 현기증이 오는 거에요."…… "곡마단에 참 멋있는 여자가 있었습니다. 금발의 외국여자, 사자를 다루는 여자였어요. 그 여자가 입었던 옷이 지금 저 강 건너의 불빛 같더군요. (pp. 61~62)

회상은 현재와 과거 사이의 매개로서 씌어지지마는 그것만으로는 전적인 현재도 아니고 또한 전적인 과거도 아니다. 왜냐하면, 그 어떤 쪽에든 속할 때에는 이 말은 그 존재를 표시하는 때의 내부에 간직될 일이기 때문이다. 따라서 '있었다'란 단어는 과거 안에서 현재의 존재론적 비약을 표시하고 시간성은 이 두 개의 양상의 근원적인 종합13)을 나타내는 것이다. 그러므로 여기에서 시간은 과거, 현재, 미래라는 흐름을 나타내는 성장(成長)의 요소로 작용해 있지 않다. 오히려 작중인물이 꿈꾸는 환상은 현실 속에서 항상성(恒常性)의 의미로 작용해 있다. 항상성은 작중인물이 현실 속에서 지극히 감성적인 시선으로 감지되는 욕망의 표지로 나타난다. 항상성은 과거와 현재라는 시간성을 상실해 있거나 혹은 이미 그 경계선을 넘어서 있다. 그러므로 과거와 현재, 꿈과 지금은 이러한 항상성의 속성 안에서 오히려 인물의 의식이 요구하는 실체성을 상실해 있다고 보는 편이 옳다.

> (바이칼호… 바이칼 호수…) 지영은 러시아의 호수 이름을 중얼거려본다. 소설에서 본 호수의 환상 그리고 다시. (사하라 사막… 사하라 사막…) 시장은 축제(祝祭)같이 찬란한 빛이 출렁이고 시끄러운 소리가 기쁜 음악이 되어 가슴을 설레게 하는 곳이다. 동화의 나라로 데리고 가는 페르시아의 시장-그곳이 아니라도 어느 나라, 어느 곳, 어느 때, 시장이면 그런 음악은 다 있다. 시장의 음악과 시장의 얼굴들은 어린 날과 조금도 다름이 없다. (pp.131-132)

현실을 경험하고 있는 자기 자신의 의식 안에 든 또 하나의 자아는 반사적으로 현실과 반대되는 생활을 동경하는 환상을 가지게 된다. 현실 속의 자신이 자기의 약함이나 현실의 허무함을 느끼고 있다면, 자신 속의 자아는 그것과 반대되는 자기의 절대성과 영구성을 마음속에 꿈꾼다. 두

---

13) 엠마누엘 레비나스, 같은 책, pp.174-175

개의 자아 중 한쪽은 현실을 직접적으로 경험하고 있는데 반하여, 다른 한쪽은 그것과 반대의 것으로 서로 모순되는 두 개의 자기로 분열하고 분리된다. 여기에서 '분리된다'라는 것은 자기가 경험하고 있는 것과는 반대인 그 공상의 관념이 자기의 주관적 관념이 아니고 하나의 실재와 같이 느껴지는 것이다. 그래서 그 공상의 '실재'를 거꾸로 자기가 경험하고 있는 것처럼 느끼게 된다.[14] 이러한 환상, 공상, 몽상의 이미지는 그 자체의 상상(想像)적인 힘으로 추동력을 부과하여 작중서사가 지나치게 낭만적 성향으로 치닫게 되는 요인으로 작용한다. 여기에서 문제시 되는 것은 세계의 표상과 주체의 인식작용과의 상호관계이다. 사물을 인지하는 인식작용에서 나타나는 사실성의 결여는 서사의 핍진성을 유보한다. 이 소설에서 주된 이미지로 작용하고 있는 지영과 시장의 환타지, 그리고 기훈과 가화의 에로스는 작중서사에 어떠한 방식으로 기여하고 있는 것인가. 그것은 미래와의 관계, 모든 것이 현존해 있는 세계 안에서는 결코 현존해 있지 않는 것과의 관계요, 모든 것이 현존해 있을 때는 그곳에 있을 수 없는 것과의 관계이다. 이 관계는 타자성(다름)의 차원 자체와의 관계이다.[15] 가화가 느끼는 현기증이나, 기훈이 가지고 있는 곡마단의 기억, 지영이 동경하는 바이칼 호수와 페르시아의 시장, 작중인물이 보이는 이러한 낭만적 정서상태는 이미 감상적 차원을 넘어서고 있는 것이다. 환경 속에서 느끼는 심미감(審美感)은 실재성이나 그 자체의 속성을 상실하고 인물의 정서 속으로 변용되어 들어온다. 환경은 환경 자체로 느껴지지 않고, 작중인물의 의식이 원하는 모습으로 변용되는 것이다. 이렇게 변용된 심미감은 환경에 지배되고 있는 상태의 것이 아니고 오히려 잠시 환경을 떠나있는 상태에서 느끼는 감정이다. 지영은 시장의 환타지를 선택하고 기훈은 가화와의 에로스를 선택한다. 지영의 의식이 머무는 곳인 시장과 기훈이 가화를 사랑하는 이유와 가화의 알 수 없는 현기증, 그리고 기훈과 가화의 맹목적인 사랑은 환

---

14) 이태복,『어떻게 생각할 것인가』,『산업신서13』, 광민사, 1981, p.24 참조

15) 엠마누엘 레비나스, 같은 책, pp. 108~109

상의 영역에서 본다면 모두 동일한 성질의 것이다. 환상은 어른의 의식이 개입하지 않는 어린이의 나라인 동화의 세계로 나타나기도 하고, 이데올로기의 대립이 없이 순수 그대로의 생활이 있는 곳인 시장의 형태로 나타나기도 하고, 목마를 타고 빙글빙글 돌아가는 것처럼 아련한 황홀함을 주는 현기증의 느낌으로 나타나기도 하고, 곡마단의 외국 여배우가 보여주는 신비한 마술의 세계로 나타나기도 한다. 환상은 현실을 넘어서 무언가에 이르려는 초월지각이며 욕망이다. 이럴 때의 욕망은 이미지가 수반되는 생각16)일 뿐이다. 인물들의 지각이 가지는 이러한 환상은 전쟁이 일어나고 있는 현실과 어떠한 조응관계를 이루는 것인가.

이데올로기가 궁극적으로 유토피아를 지향하고 있듯이, 인간의 의식은 본질적으로 유토피아를 꿈꾼다. 인간이 가진 유토피아 지향 의식에서 모든 이데올로기들이 발생한다. 이데올로기가 도출되는 지점과 유토피아를 희구하는 지점은 동일한 축에서 발생된다. 유토피아에 대한 본능적인 희구(希求)는 반어적으로 현실의 절망적 상황을 반증한다. 판도라의 상자에 숨어 있는 희망처럼, 현실 속에서 유토피아는 그렇게 존재해 있다. 현실의 강압에서 신성(神聖)을 구하는 신화가 사람들에게 희망을 주고, 과거의 평화롭던 시절을 노래하는 음악에는 인간의 본능적인 감성과 사랑이 있어 위태로운 사람들의 정서를 위무(慰撫)한다. 인물들이 꿈꾸는 동화적 환상의 세계는 유토피아적 선(善)의 공간이다. 이데올로기가 미래를 향해 단선적 진보 방향을 제시하고 있는 것에 반해, 인물들이 가지고 있는 유토피아의 세계는 어린 시절의 순수함으로 돌아가 마법의 환상을 현실과 동일시하는 과거로 회향하고 있는 것이다. 이러한 환상은 기훈이 가지고 있는 사회주의 사상이 한낱 공상가(空想家)의 꿈에 불과한 것이라는 점을 중의적으로 상징하고 있다. 기훈을 찾아간 가화가 죽는 것과 가화를 살려

---

16) 이 말은 크리슈나무르티의 용어이다. -크리슈나무르티, 박영철·김정우 공역,『존재의 근원』, 삼진기획, 1986, p.103-

보내는 데에 실패하고 연인을 잃어버리는 귀결은 작중인물들이 가지고 있는 순수와 환상이 현실 속에서 찾을 수 없는 파랑새와 같은 것이라는 허무인식을 단적으로 드러내는 것이다. 기훈과 가화의 에로스는 더 이상 현실에서 하나의 가능성으로 존재하지 않는다는 점을 증명하는 것이다.

> "치루치루 미치루는 산을 넘어 파랑새를 찾아갔다가 못 찾고 집에 와서 파랑새를 보았다 하지만 그건 바보였을 거라는 거예요. 제일 바보들이 회색 새를 파랑새라 믿고 살고, 그 다음 바보들이 때때로 회색 새로 보면서 파랑새로 볼려고 애를 쓰고, 그 다음 눈이 바로 박힌 사람들이 제대로 회색으로 본다는 거예요. 제일 바보가 인생을 속아 살아서 병신이지만 저 자신은 좋고, 다음은 비겁하고 미련스런 인생을 살고, 세 번째는 숫제 아무 것도 없다는 거예요. 진리는 공이라는 거예요. 그래서 그 애는 세 번째에 속하니 자기는 아무래도 죽을 수밖에 없다는 거죠."(p.75)

자살은 현실의 허무(虛無)를 더 이상 견딜 수 없어서 극단으로 선택하게 되는 피안(彼岸)이다. 현실적 경험이 파랑새라는 비존재를 나에게 드러내 보인 것은 아니다. 부정은 오히려 인식 주체인 나의 내면으로부터 나오는 것이다. 그것은 내가 기대했던 결과와 내가 얻은 결과를 비교한 경우의 판단적인 행위의 수면에 나타나는 것이다. 그래서 부정은 지각된 것이며 다만 판단하는 하나의 성질인 것이다. 부정의 인식은 다음의 명제로 나타난다. '세계의 표상은 파랑새가 아니다.' 파랑새라는 비존재는 단지 인간적인 기대의 한계 안에서 나타나는 것이다. 세계는 비존재를 가능한 것으로서 세워놓지 아니한 자에게는 그 비존재를 보여주지 않는다. 그렇다고 이러한 비존재가 순전한 주관성으로 환원되는 것은 아니다.[17) 그것은 기본적으로 세계의 표상과 본질이라는 내적인 연결관계에 의한 것이기 때문이다. 이상

---

17) 쟝.폴.싸르트르, 같은 책, pp.37-38참조

과 현실의 간극은 기대된 현실과 경험된 현실의 차이에 있다. 우리는 여기에서 작중인물이 인식하는 하나의 추상(抽象)을 본다. 현실에서 無나 부정을 말하기 위해 필요한 조건은 비존재가 인간의 의식 안에 있어서 항구적인 존재[18]라는 것이다. 비존재가 가지는 항구성은 바로 본고가 항상성의 문제로 출발한 환상의 논리를 뒷받침하는 것이 된다. 비존재는 인간 사회의 근원적 결핍을 의미하는 것이다. 현실에서 찾는 파랑새는 인간의 의식이 궁극적으로 지향하는 유토피아이다. 모든 종교적 관념들이나 사회 관념에 기초하는 이데올로기들은 본질적으로 유토피아의 세계를 상정해 놓고 출발한다. 종교의 교리는 현실을 지배하지만 신의 실체는 없다. 종교에서는 인간이 가진 이러한 한계를 분명히 전제해 놓고 신과 인간을 분리하고 구별한다. 현실적인 인간이 신의 유토피아에 도달할 수 있는 길은 죽음뿐이다. 그러나 사회의 이데올로기는 근본적으로 인간의 유토피아를 지향한다. 사회의 이데올로기는 현실에 바탕하고 있는 이론의 도출이 되어야 하고, 그 지향점을 향해 변화하고 발전해가야 한다. 그러나 종교를 통하든, 사회의 이데올로기를 통하든 인간은 자신이 신의 고원(高園)에 설정해놓은 절대 선(善)이나 절대 완전(完全)에 도달하지 못한다. 시지푸스처럼 늘 이상(理想)을 향해 되풀이하는 노고(勞苦)만이 있을 뿐이다. 그러므로 동화적 환상 세계가 드러내는 바는 사회의 결핍에 대한 허무적 인식이며, 바꿔 말하면 현실과 이상 사이의 근원적 간극의 확인이다.

4. 유토피아가 내포하는 역사 담론

본고에서 살펴본 유토피아 이미지는 두 가지로 나타난다. 하나는 『끊어진 다리』에서 보여진 낙원이다. 낙원은 표상과 본질이 유리되지 않고 일체화된 곳이며 신과 함께 하는 신성화된 영역이다. 그리고 다른 하나는

---

18) 쟝.폴.싸르트르, 같은 책, p.45

『시장과 전장』에서의 동화적 환상 세계이다. 이곳은 현실의 대립들을 무화(無化)시키는 마술적(魔術的) 세계이다. 유토피아 이미지는 현재의 작중인물의 의식 속에서 과거의 시간으로 회향하여 낙원, 동화적세계, 꿈과 환상, 동경 등의 가장 원초적인 감성을 환기시킨다. 그렇다면 유토피아는 개인적 차원의 순수한 환상적 이미지인가. 단적으로 말해 이 원체험적 공간들이 상징하는 것은 역사적 시원으로의 회귀이다. 유토피아는 작중인물의 의식 속에서 볼 때 현실의 경험적인 환경에서 떠나있는 상상적인 곳이며, 정치적으로나 사회적으로나 완전한 곳을 가리킨다. 우리는 여기에서 경험적 환경의 현실과 상상적인 완전한 곳에 대한 함수관계를 생각하지 않을 수 없다. 하나의 이데올로기는 현실 속에서 강화되어 힘을 가질수록 그 자체에 이미 사회의 모순과 대립을 전제하는 것이다. 그러므로 유토피아 의식은 곧 현실에 대한 부정의 의식이다. 유토피아 이미지는 현실인식의 부정과 비판의 의미에서 역사에의 인식으로 의미가 확장되는 것이다. 이것은 곧 서론에서 제기된 60년대의 전후소설이 세계의 표상에 대한 인간 주체에의 인식을 보여준다는 점을 증명하는 부분이다. 칼·만하임은 이데올로기와 유토피아가 현실초월적 의식임에는 같지만, 이데올로기는 현실의 은폐성향을 가진 지배계급의 수단개념으로, 유토피아는 현실의 해방을 원하는 피지배계급의 의식으로 파악한다. 이데올로기와 유토피아는 동일한 지향점을 가지고 있으나, 그것이 발생되는 지점은 상호대립적이다. 결국 대중을 향한 절대 선(善)으로 무장된 이데올로기가 현실에 적용된 리얼리즘의 정신에서 완전한 선(善)의 실현으로 발전하지 못하고 억압적인 기제로 변형되어나갔을 때 남는 문제는 이데올로기의 본질에 대한 의문만이 남게 된다. 두 소설 속에서 보여지는 유토피아 이미지가 내포하는 역사 의식은 두 가지 상반된 틀거리로 나타난다.

　『끊어진 다리』는 역사의 연대기를 통한 무수한 이념과 제도들에 대한 비판을 가한 소설이다. 사회주의 국가나 하나님의 나라나 하나는 무력을 통해, 나머지 하나는 포교를 통해 그들만의 이데올로기를 다른 나라에 이식(移植)하려 한다는 점에서는 성질이 같다. 인간의 제의적 욕구(ritual need)에서 출발하는 종교는 교묘하게도 집단의 이익과 권력에 결부되어 있다. '나'의 종교의 기저에는 신성현현(神聖顯現)의 과제가 있었지만, 모든 일련의 사건들은 신이 아닌 외세라는 '타자에 의한 것'이었음이 부정적 인식을 통하여 드러난다. 이 소설에서 나타나는 유토피아 이미지는 이렇게 신성화(神聖化)된 세계의 비밀을 노출시키고 환기시키면서 어리고 순진한 '나'가 알아나가야 할 주체적 인식의 성장(成長)의 의미를 가지는 것이다. 그러므로 유토피아는 역사의 시원이며 권력 현상의 사회적 기원에 대한 확인이 된다. '나'의 의식은 앞 선 시대에 대중을 장악했던 관념적 제도들에 대해 부정에 부정을 거듭한다. 이 부정의 의식은 과거의 시간을 현재의 시점으로 전환시키는 역할을 한다. 어린 주인공을 따라 과거로 시간 여행을 떠났던 독자는 현재의 시간 속으로 돌아와 어른 화자의 의식에 개입된 역사 담론을 확인하게 되는 것이다. 현재의 시간은 과거의 시간에 대한 기억이고 통찰이며 변증법적 인식의 결과로 나타난다. 그러므로 과거의 시간에 대한 '나'의 주체적 인식은 바로 현재의 시간을 이끌고 나갈 역사 속의 개인을 함의하는 것이며 유토피아 이미지는 현실에 대한 혁명적 인식으로 변용되는 것이다.

『시장과 전장』에서 나타난 유토피아는 사회의 이데올로기적 신화(神話)이며, 그것은 대중에게 던져진 '미래의 행복'이라는 공수표이다. 이데올로기는 행복이라는 추상(抽象)으로 미래의 시간을 선취(先取)한다. 그러므로 이데올로기는 아직 실현되지 못한 현실 속의 허구(虛構)이다. 작중인물들의 꿈과 낭만과 환상은 현실의 이데올로기가 하나의 허구에 지나지 않는다는 점을 반증하는 것이다. 민중은 허구적이고 환상적인 미래에 마취되어 이데올로기가 횡행하는 역사에 휘말려 갔을 뿐이다. 종교든, 맑스주의든 하나의 이상세계를 향하여 가는 진리의 도정이라 본다면, 현실에 부응하지 못하는 '주의(主義)'는 일종의 허구적 관념론에 불과한 것이다. 그러므로 공산주의라는 이상(理想)을 향하여 가는 냉혹한 컴니스트는 아이러니컬하게도 현실의 로맨티시스트이다. 공산주의라는 이데올로기에 철저히 복무하는 이상 그것 역시 하나의 이상화(理想化)된 허구에 불과하며 그것은 또한 현실 사회의 결핍을 드러내는 것이다. 그러므로 가화라는 여인의 모호한 정체성은 공산주의의 이상(理想)이 가지고 있는 필연적인 결핍을 비유하는 것이다. 결국 냉혹한 컴니스트인 기훈과 가화의 에로스는 냉혹한 컴니스트가 이데올로기의 현실에서 서서히 도달해가는, 종국에는 죽음으로 귀착될 수밖에 없는 탈주(脫走)의 선(線)을 탄 것이다. 이 소설에서 니힐리스트, 로맨티시스트, 컴니스트는 모두 역사 밖의 개인일 뿐이다. 역사밖의 개인이 선택하는 길은 현실의 냉혹한 선(線)을 낭만적 환상으로 끝없이 탈주(脫走)하는 것 뿐이다.

상기(上記) 두 소설에서 근거해 보았을 때, 60년대 전후소설에 나타난 유토피아 이미지는 작중인물의 뇌리에 각인된 과거의 시간들에 대한 내면화의 과정 속에 있었다. 지극히 심미적이고 탐미적이며 마술적인 그 세계를 통해 현실 속의 자아가 현실극복 의지를 보이기도 하지만 낭만화의 탈주로 변용되어 현실의 선(線)에서 무한히 이탈해가는 면도 확인해 볼 수 있었다. 현실의 이상화로 무한히 질주해 간 유토피아 이미지는 오히려 개인의 행복을 도구화시켜버린 역사에 대한 사실주의적인 통찰로 드러나고 있다. 전쟁 이데올로기에 대한 끝없는 회의와 부정의 의식이 순수한 동심의 세계로 회귀하는 유토피아 이미지를 나타내고 있는 것은 과거의 기억물인 전쟁의 비극적 서사가 드러낼 수 있는 반어적인 귀결이다. 전쟁은 실존의 역사 속에 내재하는 이데올로기적 지향성의 결과물로 나타난 것이며, 유토피아 이미지는 전쟁의 냉혹한 선을 이탈하여 환상성과 낭만성의 무한한 탈주로 생성된 이데올로기의 진정성으로 나타나 있다.

참고문헌

1. 기본자료

정한숙, 『끊어진 다리』, 한국신작문학전집3, 을지문화사, 1962
박경리, 『시장과 전장』, 나남, 1999

2. 단행본

김 현, 「테러리즘의 문학」,『사회와 윤리』, 문학과 지성사, 1991
하정일, 「주체성의 복원과 성찰의 서사」,『1960년대 문학연구』, 민족문학
        사연구소, 깊은샘, 1998
김병익, 『한국문학의 의식』, 동화출판사, 1976
김영한, 『르네상스의 유토피아 사상』, 탐구당, 1995
이태복, 『어떻게 생각할 것인가』,『산업신서13』, 광민사, 1981
쟝. 폴. 싸르트르, 양원달 역,『존재와 무』, 을유문화사, 1983
미르치아 엘리아데, 이재실 옮김, 『이미지와 상징』, 까치글방, 1998
이승훈 편저,『문학상징사전』, 고려원, 1995
엠마누엘 레비나스,『시간과 타자』, 문예출판사, 1996
크리슈나무르티, 박영철·김정우 공역,『존재의 근원』, 삼진기획, 1986
임철규,『왜 유토피아인가』, 민음사, 1994

3. 정기간행물

송호근, 「이데올로기의 사회학」,『계간 사상』, 1990, 겨울호
한승옥, 「한국 전후소설의 현실극복 의지」,『숭실어문 제3집』, 숭전대학
        교 국어국문학회, 1986
원형갑, 「소설의 제문제5」,『현대문학』, 1963, 8

ABSTRACT

Novels that appeared around 1960 portrayed a Utopian image
—primarily Jung Han-sook's "Broken Leg" and Park Kyung-li's "Market and Battlefield"—

Ryu, Ji-yong

The main characters of both Jung Han-sook's "Broken Leg" and Park Kyung-li's "Market and Battlefield" reveal the correlation of memories with the reality which existed in the main characters potential consciousness. The individual memories of the main characters in these novels reveal certain aspects of the Utopian image and through certain steps of recognition we can investigate the magnified existence of the historical discourse. The garden which appears in "Broken Leg" is a symbol whose intrinsic nature is not to be separated, but rather becomes whole and represents a place of divinity and closeness to the gods. Also, the fairy-tale world described in "Market and Battlefield" is a magical world because all the oppositions which occur in reality were removed. The place and time of childhood experiences are returned to the beginning of history. (We want to return to the times of our carefree youth.) The Utopian image shows in the recollection of past times that are remembered in the minds of the main characters. We consider the relationship between the experiences of reality and the imagined concepts of Utopia. The Utopian image was broadened as the meaning of historical recognition came to include the negation of reality. The awareness of denial and doubt about the ideology of war revealed the Utopian image as thoughts turned back toward the purity of childhood. It is an irony of reality that reveals the tragic story of war. It is ironic that throughout history wars were waged over different ideologies, but the Utopian image transcends ideology and calls upon fantasian and romantic emotions to escape the heartlessness of war.

전후 비평의 과도기적 성격과 창작방법론의 모색

-1950, 60년대 소설 비평의 흐름

최성윤*

I. 서론

1950년대와 1960년대 평론에서 눈에 띄는 것은 비평가들이 한국 소설의 왜소성을 나름대로의 기준으로 지적하고 있다는 사실이다. 전후 한국 소설이 세계 현대 문학의 보편성에 대응하지 못하고 있었다는 것이 그들의 실질적인 주장이라면, 반세기가 지난 지금 당시 비평가들 나름의 논거를 세심히 고찰하는 일은 해방 이전의 근대 소설과 1970년대 이후의 한국 소설을 사적(史的)으로 총람하는 과정 속에서 일정한 현재적 의의를 가질 수 있을 것이다.

비평가들은 한국 소설의 왜소성을 현상적으로 지적하는 것은 물론 그 왜소성의 근본적인 원인을 구명하기 위해 애쓰기도 하고, 그 극복 방향에 대해 나름의 대안을 제시하기도 했다. 당대의 한국 소설이 비평가들의 눈에 무엇인가 부족한 것으로 느껴졌다면, 그들의 평론을 통해 드러나는 원인과 대책은 저마다의 이상적 소설의 형태와 연관되지 않을 수 없고, 이 과정에서 알 수 있는 사실은 평론가들이 창작을 선도하는 비평으로서의

---

* 고려대 강사

직업의식을 가지고 있었다는 점이다.

창작과 비평 중에 어느 것이 우위에 있는 것인가는 논외로 치더라도 그 두 가지가 상호 영향과 견제 속에서 문학사를 구성해 나간다는 것은 일반적으로 납득될 수 있는 사항에 속한다. 게다가 우리의 근대문학사가 현장 비평에 지대한 영향을 받고 있는 작품의 양식을 보여 주고 있었다는 점을 감안한다면, 그리하여 각 시기별로 주류와 비주류의 뚜렷한 구분을 나타내고 있었다는 점을 부정하지 않는다면 한국문학사에 있어서의 확고한 비평의 입지를 짐작하기 어렵지 않다. 한국의 비평사는 논쟁의 역사이거나 그렇지 않으면 한 쪽의 우세 혹은 압도의 형태로 드러나는 역사인 것이다.

1950년대와 1960년대의 비평은 그 당대가 논쟁의 역사를 형성함으로써 전체 한국 문학사의 일부분을 이루고 있다는 것을 보여 준다. 논쟁은 과도기의 형식이다. 주류가 무너졌을 때 논쟁의 장은 마련된다. 무너진 주류적 형식이 무엇이었던가, 당시의 논쟁이 다시 무슨 주류로 수렴되었는가는 후세 연구자들의 관심 영역으로 편입된다.

논쟁기의 비평가들은 저마다의 모색의 과정을 보여 주기 마련이다. 물론 5, 60년대 비평가들의 모색이 어떤 기준과 수준에서 이루어졌던가를 살피는 일은 논쟁기의 성격을 염두에 둔 상태에서 이루어져야 한다. 그들이 사용한 당위적 명제나 용어는 각각의 비평적 입장, 즉 차이를 고려한 상태에서 분석되어야 하는 것이다. 이는 생각만큼 쉽지 않은 일인데, 어쩌면 그들의 주장은 다양한 스펙트럼 속에서 존재하다가 논쟁의 격화에 따라 일정한 두 줄기로 수렴된 것일 수 있기 때문이다.

소설론에 국한하여 비평가들의 입장을 정리하고자 할 때 고려하지 않을 수 없는 논쟁의 양상은 세대론, 민족문학론, 순수론, 참여론 등과 관련된 것들이 된다. 연구자는 세대론 속에서 당시 신진 비평가들의 현대문학적 기준, 즉 근대문학 부정의 방법론을 읽을 수 있다. 순수와 참여의 대립 속에서는 소설의 본질과 관련된 양자의 상대방 부정의 논리를 파악해야 한다. 이때 중요한 것은 그 부정의 논리가 끊임없이 한국소설의 왜소성과 편향성 인식에 맞닿아 있음을 먼저 확인하는 일이다. 그들은 모두가 자신의 기준을 만족시킬 만한 작품을 당대 한국 소설 속에서 찾아내지 못하고 있었다.

세계적 수준에 부합하는 현대 한국 소설을 찾아내는 것, 없다면 그것으로 이끌어 가는 것이 그들의 소명의식이었다고 볼 때, 각각의 불만과 지향점을 논쟁의 외연과 결과의 측면에서 살피는 것과는 별도로 평론 텍스트의 분석을 통한 동일성과 차이의 해석이 필요한 시점이다. 20세기 한국 소설과 소설 비평의 주류가 리얼리즘에 입각한 창작과 비평으로 이끌어져 왔다는 성급한 결론을 내리기보다는, 다양한 목소리들이 공존하는 모색의 시기를 되짚어보며 실현되지 못한 가능성들을 다시 한 번 스펙트럼으로 구성해 보는 일이 요긴하게 느껴지는 시대를 살고 있는 탓이다.

II. 사상성과 예술성의 이율배반 지적

소설이 타 문학 장르와 구분되는 명확한 기준은 산문정신이다. 가장 근대적인 장르로서의 소설의 위치는 그 속성인 산문정신과 밀접하게 연관되어 있다. 산문정신은 역사와 현실을 분석하고 작가의 사상을 논리적으로 현현하는 기본적 바탕이 된다. 그러나 소설 또한 문학이며 예술이므로 예술성을 포함하고 있어야 한다는 요구가 따른다. 산문정신은 그것의 이성적, 논리적인 특성 때문에 미적 감수성을 자극하는 매체로서의 예술의 속성을 배반할 수도 있다.

5, 60년대의 비평가들은 작가의 사상을 담는 그릇으로서의 소설과 문학 예술의 한 갈래로서의 소설이 한국 전후소설사에 있어 지속적으로 갈등, 충돌하고 있다고 판단한다. 다음의 인용문에는 위와 같은 두 가지 성격이 총화된 소설미학을 획득하고자 하는 한 비평가의 고민이 나타난다.

유력한 비평가들은, 대개 소설이 비예술적인 방향으로 나가는
것이 본연의 자세라고 말하고들 있다. 이것은 소설이 예술에만
충실하려고 하면, 오히려 소설이 인생적, 사회적 방면에서 수행할
수 있는 기능을 충분히 발휘할 수 없다는 것으로 해석된다.
(……) 소설의 인생적, 사회적 기능은 예술성과는 전연 배반적인
것인가? 어떻게 양자가 합칠 수 있는 그러한 소설의 미학은 성립
할 수 없는 것인가?
원래 소설은 미적=예술적인 욕구보다도 오히려 인생적, 사회적
인 욕구에서 발생한 것이 아닐까 한다. 이 점은 근대의 선구적인
소설들을 보아도 분명하다. (……)
이 사정은 우리들도 마찬가지다. 작가들은 그의 작품을 위대한
예술을 창조하기 위해 쓴다고 말하기보다는 사회를 올바로 교정
하고 인생을 바른 길로 이끌겠다는 포부를 말한다. 그래서 어떤
작가의 문학적 중량을 말할 때에도 휴머니즘이니, 민족주의의 또
무엇 무엇 등 인생적, 사회적인 방면의 지도적 역할을 어느 정도
로 일구웠는가를 따지는 것이 우리들의 습성으로 되어 있다.
소설의 인생적, 사회적 역능이 예술성을 배반하는 것이라면, 우
리들의 이러한 경향은 분명히 예술성을 무시한 행위라고도 말할
수 있겠다. 그러면 소설의 인생적, 사회적인 기능은 절대로 예술
성과는 부합될 수 없는 것일까?[2]

일군의 문학사가들이나 비평가들이 작품을 논하면서 인생적, 사회적 측
면을 편향적으로 부각시켰다는 것은 일리가 있는 말이다. 그러나 그것이
한국 비평사의 전반적 현상인 양 확대해석되어도 좋은 것은 물론 아니다.
어쨌든 예술로서도 성공을 거두면서 작가의 고매한 사상까지를 뚜렷이
드러내는 서사 작품을 한국의 비평가들이 기다리고 있었던 것은 보편적
으로 인정될 수 있는 사실인 듯하다. 이와 같은 비평가들의 '고매한' 수준
에 값할 수 있는 작품이 당시 그들 사이에서는 좀처럼 거론되지 않고 있
음 또한 사실이다.

---

2) 정태용, 「소설의 미학」, <현대문학>, 1968. 11, 270 ~ 271쪽.

　예술성의 어떤 측면에 매달려 역사 현실에 등을 돌리는 것은 근대적 양식인 소설의 산문정신이라는 무기를 스스로 팽개쳐 버리는 결과로 나타날 수 있다. 그러나 작가가 자신의 사상을 드러내는 데 치중한 나머지 문학성 혹은 예술성을 등한시했다면 그 또한 직무유기로 판단될 수 있는 것이다. <무엇>을 <어떻게> 표현할 것인가. 작가들의 고민 또한 이와 같은 질문에서 자유로울 수 없었고, 대부분의 작품이 비평가들로부터 합격점을 받지 못했다.

　사상성과 예술성을 아우르는 창작과 비평에 대해 고민한 50년대 중반 평론의 실례로 홍사중과 정창범의 글을 들 수 있다.3) 이들은 현대소설의 맹점을 기법의 측면에서 파악했다는 점에서 공통점을 가진다.

　홍사중은 우리 현대문학이 기술의 측면을 도외시하고 있다는 문제제기를 한 뒤, 20세기 전반기 이후 기술의 문제가 부각되어 온 서구의 문학사를 푸르스트, 조이스 등의 예로 설명한다. 그에 따르면 "20세기로 접어들면서부터 정신적 제가치의 붕괴와 사상의 상극의 와중에 휩쓸린 작가들에게 있어서는 단순히 아이디아 자체만에 몸을 의탁하기 이전에 이를 확증할 수 있는 현실 응시의 가장 정확한 방법을 몸에 지니는 것이 급선무"4)였다는 것이다. 홍사중이 파악하는 문학적 기술이란 "작가가 한 주제를 발견하고 이를 추구하고 확충시키는 동시에 이 주제가 갖는 의미를 평가하고 논증하기 위하여 작가가 사용하는 모든 수단"이며 "감성과 지성에 의하여 현실사회의 제사상 가운데서 어느 주제를 선택하고 소설로서 구성하고 조형의 조작을 가하고 또 이들을 담기에 가장 적효한 형식에 집어넣는 것"이다. "문학적 기술이란 작가의 사회적 문학적 경험을 바탕으로 하여 그가 필연적으로 선택하게 되는 수단=자세"5)이다.

---

3) 홍사중, 「창작수법을 위한 시론」, <현대문학>, 1955. 10.
　정창범, 「현대소설과 그 작용력에 대한 반성」, 1957. 5.
4) 홍사중, 위 글, 185쪽.
5) 위 글, 186쪽.

홍사중의 견해로부터 주목할 점은 그가 문학적 기술을 자세 혹은 태도의 문제로 간주하고 있다는 점이며, 그 자세나 태도를 현실사회의 제사상을 주제로 구현하기 위한 것으로 판단하고 있다는 점이다. 즉 홍사중은 문학적 기술을 강조하고 있으나 소설이 현실사회를 떠나서는 의미 있는 주제를 구현하기 어려운 것이며, 역사와 현실을 제대로 응시하는 방편이 될 때에만 문학적 기술의 효용이 발휘되는 것임을 강조한 셈이다.

정창범은 당대 전후소설이 독자로부터 멀어지고 있는 현상을 소재 선택과 형상화 방법의 오류에서 찾는다. 그는 현대소설의 답보상태를 - 발자크의 용어를 빌려 - "장엄한 허위를 제시하는 데 필요한 세부의 진실을 탐색함에 있어 집중적이 못 되었거나, 혹은 틀에 박힌 세부의 진실만을 아무 융통성 없이 파들어 가거나 한 나머지의 부작용"[6]으로 이해한다. 전후 현대 작단에서 쓰이고 있는 소재의 문제에 대해서는 "신변에 벌어진 무의미한 사건을 의미화한 것"[7]일 뿐으로, 영화나 통속잡지에 매료되어 있는 독자대중의 흥미를 끌 수 없는 것으로 단언한다. 결국 과제는 기발한 소재를 추구하거나 관념적 조작 등의 기술을 개발하는 데 있는 것이 아니라 일상현실을 초월할 수 있는 상상력의 복원을 모색하는 데 있다는 것이 그의 판단이다.

홍사중과 정창범의 견해는 현대사회가 혼돈과 모색의 과정을 보여주고 있으며 그에 따라 소설이 새로운 방법론을 개척해야 한다는 것으로 요약된다. 전자가 역사와 현실을 정확히 파악하는 자세, 현실 응전력으로서의 문학적 기술을 요구했다면, 후자는 소설에서의 '로마네스끄'의 거세를 경계하면서 일상 현실에서 비약한 허구적 질서를 창조할 수 있는 상상력을 내세웠다는 점에서 차이점을 드러낸다. 그러나 이들은 모두 사상성과 예술성을 분리하여 이해하는 것을 거부한다는 점에서 공통되며, 이에 따라 한 사람이 기술을 옹호했다거나 한 사람은 기술을 부정했다거나 하는 피

---

6) 정창범, 위 글, 200쪽.
7) 위 글, 204쪽.

상적 해석은 의미가 없다.

1. 순수문학 전통의 현실도피적 성격 비판

홍사중과 정창범의 공통점과 차이점은 1950년대 후반 이후 1960년대의 순수와 참여의 대립 양상과 연관지을 때 시사하는 바가 있다. 두 글이 발표된 이후의 논쟁사가 극한대립으로 치달아 가면서 소설의 두 속성 중 어느 한 가지에 치중하는 비평적 태도가 범람하기 시작한 것이다. 마치 두 개의 입장 중 어느 한 쪽을 지지하도록 강요받고 있었다는 생각마저 들 정도이다. 소설의 사회적 기능을 중요시하는 태도가 있을 수 있다. 소설의 문학성 내지는 예술성을 강조하는 태도 또한 있을 수 있다. 그러나 그것이 상호 대립의 양상으로 나타나야만 하는 것인지에는 의심을 가져볼 만하다. 사회적 효용성을 강조하는 비평가는 참여파로 예술성을 내세우는 비평가는 순수파로 무조건 재단되는 것에는 분명 무리가 있다. 참여파는 예술성을 부정해야 하며 순수파는 현실에 밀착된 사상을 부정해야 한다는 논리는 더더구나 있을 수 없다. 비평가들의 격앙된 진술에 의거하여 그들의 소설론을 살피는 것에는 세심한 주의가 요망된다. '어떤 소설이 필요한가'와 '어떤 소설이 이상적인가'는 분명 다른 물음일 것이기 때문이다.

유종호는 문학의 공리성을 강조하면서 "모든 작가 시인들이 일률적으로 그래 달라는 것은 아니"[8]라는 말로 한국 전후 문학에 현실에 적극적으로 대응하는 문학도 필요하다는 것을 피력하고 있다. 그가 보기에 한국 문학은 도피적 색채로 메워져 있으며, 문학의 예술성과 공리성이 전혀 상반되는 개념은 아닌데도 공리성을 부정하는 흐름이 있어 왔다는 것이다.

창조된 문학은 그것이 독자에게 영향을 미칠 수 있고 나아가선

---

8) 유종호, 「작가·창조·현실」, <현대문학>, 1959. 3, 76쪽.

더욱 광범한 사회적 영향을 끼칠 수 있다는 점에서 작가의 願 不
願에 불구하고 어쩔 수 없이 공리성을 획득한다. 작품의 가치는
물론 그 공리성에 좌우될 수 있는 성질의 것은 아니다. 오히려
그러한 공리성을 의식하지 않는 경우일수록 작품이 빛나고 있는
경우가 많다는 것을 강조한다는 것은 구차스러운 얘기다. 그러나
인간적 현실에서 도피하여 창조한 예술이란 「현실」의 문제가 결
국 인간적인 것이라는 사실은 근본적으로 예술이란 인생을 위한
것이라는 것을 방증해 주고 있는 것이다. 그리고 사회성과 역사
성을 거세한 순수인간이란 현존할 수 없는 것이다.9)

공리성을 부정하는 흐름의 결과 우리 문학은 "패배의 정조"를 띠게 되
었다. "생생한 인간적 현실이 강인한 원색의 현실감각으로써, 불의에 대
한 휴매니스트의 숭고한 항거의 정신으로 절규기록되기를" 그러므로 요
망하게 된다는 것이다.10)

전후소설의 사상성 부족이 공리성의 약화를 가져왔으며 그 원인이 순
수문학의 전통과 그 현실도피적 성격에 있음을 보다 강경하게 주장한 비
평가로 김우종을 들 수 있다. 김우종은 한국 소설의 가장 뚜렷한 결점으
로 사상성의 부족을 들고 있는데, 그가 말하는 사상이란 역사와 현실에
정면으로 대응하여 행동하는 '참여론'과 따로 떼어 생각할 수 없다. 그러
므로 김우종이 생각하는 사상성이 부족한 문학은 곧 현실 도피적 문학이
된다. 좀더 과장하여 말하자면, 현실을 그리고 있는 작품이라도 참여적 성
격을 띠지 않으면 그 역시 현실 도피적 순수문학의 세례를 받은 사상성
부족의 문학에 귀속되고 마는 것이다.

현실에 눈이 먼 문학, 현실 참여의 의욕이 전연 거세된 이들의
문학을 우리는 한 번도 분명한 의식으로 거부해 온 일이 없이 오

---

9) 위 글, 76쪽.
10) 위 글, 76쪽, 참조.

늘에 이르렀다.

물론 오늘의 우리 문학이 이것을 전적으로 답습하고 있는 것은
아니지만, 문제제시에만 그치는 문학, 양심과 지성에의 호소로 그
치는 문학, 그리고 작가 자신이 현실 속에 뛰어들어 道標를 세우
고, 현실 문제 해결의 방편으로서, 그러한 목적의식 하에서 하는
문학을 기피해 온 것은 모두 그 인습적인 '순수'관에 매였던 탓
이라고 볼 수밖에 없다.11)

김우종이 처음부터 참여의 문학만을 고평가한 것은 아니었다. 그의 「복
종과 반항」은 서구의 전통적 정신을 반항으로, 한국의 전통적 정신을 복
종으로 보고 양자가 상호 보완적 틀 속에서 공존해야 함을 지적하고 있었
던 것이다.12) 그러나 「생활과 문학」에서는 작가들의 도피적 행태가 인간
에 대한 애정 상실의 결과라고 비판하고, 기교적 측면에 치중하는 것을
경계하였다.13) 한국문학의 사상성 결핍을 순문학 전통에 연관시켜 이후
의 당면과제가 사회 참여에 있음을 본격적으로 주장한 글은 「당면과제의
사적 고찰」이다. 여기서 김우종은 우리 문학사의 개요가 문학의 효용성을
강조하는 측면과 문학의 순수성을 강조하는 측면으로 정리되고, 60년대
당대에 순문학의 승리로 귀결되었다고 판단한다. 문학의 순수성을 무조건
부정할 것은 아니지만, 그것만을 지나치게 강조한 나머지 사상성의 결핍
이라는 중대한 결점을 노정하게 된 것이 현실이므로, 앞으로의 당면 과제
는 사상성의 획득과 표현에 있다는 것이다.14)

「복종과 반항」에서 「유적지의 인간과 그 문학」에 이르는 동안 김우종
은 지속적으로 사상성과 예술성이 조화된 것으로서의 이상적 소설을 생
각하고 있다. 얼마간 추상적인 이 소설관은 논쟁이 격화되는 과정을 따라

---

11) 김우종, 「유적지의 인간과 그 문학」, <현대문학>, 1963. 11, 235쪽.
12) 김우종, 「복종과 반항」, <현대문학>, 1959. 1, 참조.
13) 김우종, 「생활과 문학」, <현대문학>, 1959. 11, 참조.
14) 김우종, 「당면과제의 사적 고찰」, <현대문학>, 1960. 8. 참조.

조금씩 구체화되는 양상을 보이지만, 결국은 한 쪽을 지나치게 강조하는 태도로 귀결되고 말았다는 것은 저간의 논쟁이 어떤 성격을 지니고 있었던가 짐작할 수 있게 해 준다. 김우종과 유종호의 논의는 구세대의 산물인 순수문학의 전통을 부정한다는 측면에서 당시의 세대론 논의에도 얼마간 영향을 받고 있다고 판단된다. 그러나 김우종과 유종호는 구세대 문학만이 아닌 신세대의 문학도 패배주의적이기는 마찬가지라 주장하고 있다는 점에서 도식적인 신세대론에서는 어느 정도 비켜나 있다.

김우종, 유종호와 함께 최일수는 과거에 이어 당대까지 지속되고 있는 현실 도피적 문학의 양상을 '패배주의적'이라는 말로 규정한다. 최일수는 「현대소설의 행방」에서 우선 젊은 작가들의 소설이 새로운 역사적 현실에 대한 적응의식을 보여준다고 하여 기성 작가들과 차별화시킨다.

> 참으로 이제까지 우리 소설의 기성작가들은 6·25라는 엄청난 역사적 경험을 겪었음에도 불구하고, 또한 삼팔선이라는 민족분단의 쓰라린 현실 밑에 놓여져 있었음에도 불구하고, 나아가서 휴전선이라는 전쟁 재발의 위기를 노상 눈앞에 두고 있음에도 불구하고, 이러한 상황과는 아랑곳없이 일제 폭압에 짓눌려만 왔던 과거의 패배주의적인 고독감을 씻어버리지 못하고 현실에 둔감해 버린 도피증 환자처럼 순수한 인생성이라는 머언 하늘만 쳐다보고 있는 것이다.15)

최일수는 손창섭, 장용학, 김성한 등의 작가를 거명하면서 그들이 기존의 도피적이고 패배적인 문학에서 어느 정도 벗어나 있음을 평가한다. 유종호나 김우종이 기성과 신진을 포함한 한국문학 전반이 패배주의적 정조에 머물러 있음을 비판적으로 해석한 것과는 그러므로 이 지점에서 차별된다 할 것이다. 그러나 최일수가 신진의 작품에 대해 전적으로 긍정하고 있는 것은 아니다. 신진 작가들의 소설은 역사적 현실에 등을 돌리지

---

15) 최일수, 「현대소설의 행방」, <현대문학>, 1966. 2. 71쪽.

않았다는 점에서 긍정적이지만, 그들의 내면적 리얼리즘이 "주인공의 내적 독백이나 심상적인 기술로만 시종일관된 이른바 과잉관념의 포화 속에서 주관 편중에 사로잡힌 나머지 객관세계를 너무나도 무시해 버렸다는 치명적인 결함"16)을 가지게 되었다는 것이다.

2. 내면 진술 흐름의 과잉관념 조작 비판

최일수의 신진 전후 작가 비판은 그들이 내면의 세계에 칩거해 버렸다는 것으로 요약될 수 있다. 그들은 "인간 그 자체를 어떤 사회적인 유기적 연관이나 인과성에서보다는 그러한 것들이 사상되어져 버린 인간 그 자체의 내면적인 심상만을 표현"17)하고 있다는 것이다. 그 결과는 "反近代가 反客觀으로 흐르고, 그 反客觀이 드디어는 과잉관념의 주관 편중이라는 내실 속에 밀폐"18)되어 내용보다는 현상, 소재보다는 기교, 의미보다는 감각에 치우쳐 버리는 것으로 나타났다.

최일수와 마찬가지로 정창범도 기성 작가의 소설세계와 신진 작가들의 그것을 명확히 분리되는 것으로 인식한다. 정창범은 「전통의 허약성」에서 기성 작가들의 세계를 '소박한 리리시즘'으로, 신진 작가들의 세계를 '무방향성'으로 각각 진단한다. 그러나 그가 보여 주는 신진작가들의 전후소설 인식은 기성의 소박한 리리시즘의 경계를 넘어선 것이기는 하지만, 형상화 방법의 미숙으로 무방향성을 노정하고 말았다고 함으로써 최일수의 그것과는 구별된다 할 것이다.

> 전후 신진들은 우선 자세에 있어서 기성과 구별된다. 그들은 시선을 현실에 밀착시키고 현실을 파악한다. 그들은 문제성 있는 소재만을 선택하려고 한다. 그래야만 주제의 문제성을 기할 수

---

16) 위 글, 75쪽.
17) 위 글, 75쪽.
18) 위 글, 76쪽.

있다는 생각에서. 그들의 언어는 태반이 지적 개념의 언어이다. 그들의 주인공은 논리적 사고력을 가진 개인이다. 그들의 상황은 구조화되어 있는 현실사회다. 이미 울타리는 아니다. 리리시즘의 메아리는 없다. 기성의 일부 아류를 제외하곤 많은 신진들의 기조는 거의 비슷하다.

그러나 문제는 방법이다. 그들의 방법은 무방향적이다.

어떤 작가는 서구적 의미의 분석적 리얼리즘이 아닌 염상섭 이후의 평면적 리얼리즘을 고수한 채로 긴박한 현실을 소재로 정해 놓고도 그것을 마치 평범한 풍속도처럼 그려 놓는다. 어떤 작가는 인간의 내면풍경을 미시적 방법으로 투시하지 않고 망원경으로 전망하면서 그것을 설명해 준다. 어떤 작가는 한국적인 상황 속의 한국적인 인간상의 행동을 프랑스적 인간상의 행동처럼 그려 준다. 어떤 작가는 작품에 사상성을 부여하려는 나머지 작가 자신도 모를 난해한 관념적 개념의 언어를 나열하면서 아포리즘의 전시장을 꾸민다. 어떤 작가는 프롯트가 아닌 작품 설계도를 미리 꾸며 놓고 인간의 성격과 심리와 행동을 도식화한다. 어떤 작가는 실존주의의 영향을 받았다고 자처하면서 에세이를 써놓고도 소설을 썼다고 한다.19)

다소 긴 위 인용문은 관념에 치중한 나머지 소설 형상화의 방법을 체득하지 못한 전후 신진 작가들의 미숙성을 정창범 나름대로의 스펙트럼으로 제시한 부분이다. 신진 작가들은 현실에 시선을 밀착시키고 나름대로 작품에 사상성을 부여하려는 노력을 하고 있는 바 리리시즘의 영역을 벗어나지 못한 기성과는 구별되지만, 문학적 형상화 방법론을 찾지 못함으로써 반쪽의 성공만을 거두고 말았다는 요지이다. 그 결과는 소설의 수준에 미달되는 풍속도이거나 조감도이거나 아포리즘의 전시장이거나 에세이이거나 도식적 조작의 설계도이거나 우화로 나타난다.

이와 같은 주장을 달리 보면 신진 작가들이 현대라는 시대에 압도된 나

---

19) 정창범, 「전통의 허약성」, <현대문학>, 1964. 8, 238쪽.

머지 현대적 소재의 선택을 현대적 사상성 발현의 유일한 도구로 생각하고 있었다는 비판이기도 하다. 현대적 사상이라고 하는 것이 우리의 현실에서 해석되지 못하고 서구에서 수입된 의장을 통해서만 표현되고 있다는 것도 문제이다. 결국 현대적 제사상을 표현하려는 의지가 과잉되어 한국적 현대의 특수성을 도외시하고 말았다는 것을 지적할 수 있다. 정창범은 자신이 규정한 무방향성의 원인을 논리적 주체성보다 리리시즘이 주류를 이룬 전통의 허약성에서 찾고 있다.

원형갑의 「소설의 제문제」는 보다 강경한 어조로 신진들의 전후 현대문학을 비판하고 있는 예에 속한다. 그는 현대소설의 기조가 푸르스트나 헨리 제임스 등 서구 작가의 영향을 받아 의식 기술과 관점(point of view)의 강조로 특징지워지고 있다고 판단한다. 그는 이른바 '의식의 흐름'이나 내면 추구에 적합한 관점 이론이 현대적이고 매력적인 것이기는 하지만 정당한 현실 인식의 도구로는 부적합하다고 단언한다. 그는 '현실'을 중시하는 비평가들에게 도대체 '현실'의 개념이란 어떻게 한정되는 것인지 질문하면서, "말하자면 현실은 몇 발자국 떨어져서만 그 전 화폭에 있어 조화적이고 통일을 이루며 드러내 주는 한 폭의 그림과도 같다"[20]고 주장한다. 현실에 밀착하려는 노력은 도로에 그칠 수밖에 없으며, 그 현실이란 대상은 주체와의 일정한 거리를 확보한 상태에서 조감될 수 있는 것이라는 주장이다.

원형갑은 장용학의 『원형의 전설』을 거론하면서, "그렇게까지 지독하게 한 사람의 의식이나 작중세계가 하나의 고정된 관념으로 착색될 수가 있느냐"[21]고 비판한다.

> 『원형의 전설』은 조이스적 의식 추구와 까뮤적 부조리와 싸르
> 뜨르적 실존이론 일부와 그리고 프로이드적 세계의 따글따글한

---

20) 원형갑, 「소설의 제문제」(完), <현대문학>, 1963. 9. 279쪽.
21) 원형갑, 「소설의 제문제」(4), <현대문학>, 1963. 7, 100쪽.

안배물이라고 할 수 있다. 말하자면 위화적인 聚集인 것이다. 작
중인물의 일편향적 의식의 집착도 결국은 이 위화적 취집에서 비
롯된 것이라고 하겠다. (……) 인물과 상황은 그 모두가 주제를
연역제시하기 위해서 조종됐고 조직되었다. 그 결과 주제는 인물
과 상황의 전체적 분위기에 용해되지 못하고 (……) 논설조의 설
명은 독자의 정서적 憑移를 저해했다고 하는 것이 옳을지 모르겠
다.22)

생경한 소재나 주제, 관념적 조작에 의한 인물과 상황의 도식적인 설정,
주인공의 과잉의식과 논설조의 설명 등이 원형갑의 『원형의 전설』에 대
한 불만의 세목이다. 위 인용문에서 주목해야 할 용어는 "독자의 정서적
憑移"일 것이다. 장용학의 『원형의 전설』 같은 작품은 독자의 소설적 요
구를 충족시켜 주기 어렵고, 이때 독자가 소설에 요구하는 것이란 정서적
인 감정이입의 과정을 포함한 것이라야 하며, 그런 면에서 소설의 세계는
일단 현실을 부정하는 토대 위에서 창조된 것이라야 한다는 것이다.

3. 현실참여의 요구와 휴머니즘의 메카니즘화 비판

결국 원형갑의 주장은 현실 그 자체에 착목할 것이 아니라 - 그것을 부
정하는 과정을 거쳐 - 내적 변화와 발전의 동력을 지닌 소설적 현실을 창
조해야 한다는 것이다. 그는 일련의 참여론자들의 주장을 결국은 '비문학
적'이라는 것으로 단정하고 있는 셈이다.

현실의 폭로, 기술 또는 단순한 의식추구나 성적인 것에의 관
심이 그대로 문학에 있어서의 현실 참여가 될 수 없다. 또한 그
어떤 진지한 것이더래도 사회적 현실이나 역사적 현실에 대한 실
천적 논리적 비평 가담이 곧 그대로 문학에 있어서의 현실 참여
일수는 없는 것이다. 그렇다고 해서 그 현실의 비극적 의미나 인

---

22) 위 글, 100쪽.

간적 디렘마를 피하거나 단념하거나 방관하는 입장이라는 말은
물론 아니다. 그러는 것이야말로 안일한 문학에 빠지는 원인이다.
고뇌 없는 문학을 현대의 우리는 생각할 수도 없다. 인간적 현실
이라는 궁극적인 의미에 있어서의 고뇌야말로 문학이 그 존재가
치를 이어온 왕국인 것이다. 그러나 우리가 결정적으로 다짐해야
되는 점도 바로 여기에 있다. 그 고뇌를 현실적으로 해결하기 위
해서 문학이 있어온 것은 아니며 오히려 그 현실적 해결을 위해
서 뛰어들었을 때 문학은 벌써 그 존재의미를 상실하는 것에 다
름 아닌 것이다. 그런 점에 있어서의 현실 참여야말로 문학의 자
살행위다.[23]

　다소 과장되고 왜곡된 것이기는 하지만 원형갑의 위 주장은 당대 소설
과 비평의 일정한 한계를 지적하고 있다는 점에서 의미가 있다. 현실 참
여를 부정한다고 해서 현실 도피적 문학을 긍정한다는 것은 아니며, 그릇
된 의미에서의 현실 참여의 방법이 문제라는 것이다. 원형갑이 판단하는
잘못된 현실 참여의 방법론은 현실의 폭로나 기술에 그치거나 단순히 자
의식을 추구하거나 성적인 것에 집착하는 것으로 나타난다는 것이다. 게
다가 인간의 고뇌를 해결하기 위해 현실에 뛰어든다는 명목으로 안일한
화해의 휴머니즘을 도입하는 것도 문제다.

　어쨌든 악을 다루지 못하는 것은 우리 작가의 결정적인 결함이
다. 작가에 따라서 이같은 결함은 서너 가지의 원인을 가지는 것
같다. 생리적으로 악을 받아들이지 못하는 이, 인간적 현실에 대
한 추구를 도피하는 이, 그리고 악의 자체내 소화로 하여금 선으
로 변용하는 이가 그것이다.[24]

　이러저러한 이유에서 그녀는 불행에 빠졌다는 구성요소들의 인

---

23) 원형갑, 「소설의 제문제」(完), <현대문학>, 1963. 9, 288쪽.
24) 위 글, 281쪽.

과적 타당성이 아니라 그 현실적 인과의 타당성까지도 지양된 차
원에서 그녀의 불행이 누군가 준 것도 아닌 어떤 이유에서 명백
히 제시된 것도 아닌 알 수 없는 타당성이 각광을 받고 나타나는
정서적 마술의 현현을 일으킬려고는 하지 않는다는 것이다.[25]

원형갑의 주장은 우리 소설이 화해와 낙천의 서정적 공간 속에서만 문
학적 기능을 발휘하고 있다는 것으로 해석될 여지가 있다. 갈등과 투쟁의
형식으로서의 소설은 그 예를 찾기 어렵다는 것이다. 문학이 화해를 추구
해서 안 될 것은 없지만, 그 화해가 치열한 투쟁·갈등의 과정을 거치지
않고 마련된 도식적인 것이라면 문제가 없을 수 없다. 그런 면에서 문학
의 현실 참여를 주장했던 유종호의 견해를 함께 살펴보는 것도 좋겠다.

공식성은 위선 현실의 다양성을 부정하고 들어간다는 점에서
계기적이며 비사색적이다. 물론 써먹을 땐 아주 편리한 것이기도
하다. 그런데 우리는 최근 공식적이라고 확언은 할 수 없겠지만
공식에의 의지로 화할 위험성이 다분히 있는 경향을 발견하게 된
다. 그것은 소위 '휴매니티'라고 불리워지는 것이다. 가령 작중인
물이 어떤 사건에 부딪치거나 행동을 하거나 혹은 심리적 갈등에
부딪쳤을 때, 설령 비인도적인 방향으로 탈선했다가도 결말에 가
선 인간에의 신뢰를 나타낸다거나 인정을 쓴다거나 하는 식으로
끝나는 수가 많다. (……) 하지만 공식적인 '人情' 행위로 끝내는
게 반드시 휴매니스트의 결론이라고는 생각되지 않는다. (……)
소위 '휴매니즘'의 발현이라는 것이 작품 결론의 '메카니즘'으로
화하고 있다는 안이한 공식성만은 모든 작가들이 심심한 배려를
기울여야 할 것이라고 본다.[26]

소극적인 인간성의 수효를 넘어서 이른바 인간의 자기소외에
항거하는 적극적, 실천적 휴머니즘에의 길을 가는 것은 어디에서

---

25) 원형갑, 「현실과 문학의 구조」, <자유문학>, 1960. 11, 208쪽.
26) 유종호, 위 글, 254 ~ 255쪽.

나 용기를 요하는 일이다. 문학자들이 이른바 순수한 문학적인 가치만을 고집하는 한 휴머니즘이란 영원한 피안의 언어로 남아 있을 것이다.[27]

이들이 지적하고 있는 실질적 사항은 공통된 부분을 많이 가지고 있다. 우선 눈에 띄는 것은 인정적 화해주의적 결말이 공식화되는 데 대한 우려이다. 이들은 각각 순수론과 참여론의 입장을 대변하고 있으면서도 공식화된 휴머니즘에 대해서는 같은 목소리로 경계하고 있는 것이다. 그러나 동일한 양상에 대해 지적하고 있는 원형갑과 유종호의 차이점은 나름의 해결책을 제시하는 데서 뚜렷이 드러나고야 만다. 원형갑은 "정서적 마술의 현현"을, 유종호는 "적극적, 실천적 휴머니즘"을 주장하고 있는 것이다. 양 진영은 소설 문학의 본질에 대한 확연한 입지점의 차이에도 불구하고 자신이 주장하는 소설 혹은 문학이 진정한 휴머니즘이라고 믿고 있었다.[28]

기성의 작가들과 신진 작가들이 차별된다는, 최소한 차별화를 지향하여야 한다는 비평가들이 많았다. 일군의 비평가들은 근대와 현대를 구분하고 현대적 제사상이 산문정신에 입각하여 소설 속에 드러날 때 묵은 근대문학의 잔재를 씻을 수 있으리라고 생각했다. 이 과정에서 외국문학의 사례가 긍정적으로든 부정적으로든 지대한 영향을 끼치고 있었음을 추측하기란 어렵지 않다. 세계문학의 수준에 걸맞는 한국문학을 그들은 대망했고, 신진들만이 그것을 감행하고 성취할 수 있으리라 생각했다. 그런데 신진들의 작품에서도 비평가들이 요구하는 사상성과 예술성이 조화된 소설은 보이지 않았던 것이다. 어떤 이들은 그것을 현실 도피적인 순수문학의

---

27 유종호, 「한국문학에 있어서의 휴머니즘」, <사상계>, 1962. 9, 81쪽.
28) 김우종과 이형기의 논쟁을 통해 저간의 사정을 짐작할 수 있을 것이다.
　　김우종, 「유적지의 인간과 그 문학」, <현대문학>, 1963. 11.
　　이형기, 「문학의 기능에 대한 반성」, <현대문학>, 1964. 2.
　　김우종, 「저 땅 위에 도표를 세우라」, <현대문학>, 1964. 5, 참조.

전통 때문이라고 생각했고, 다른 이들은 섣부른 외국문학의 수용과 잘못된 현실 참여의 결과라고 주장했다.

III. 한국적 특수성과 산문정신의 모순 관계 인식

이와 같은 논쟁 상황에서 어느 정도 거리를 두고 한국 소설을 장르적 속성이나 역사적 사회적 특수성이 결과한 한국적 본성에 근거하여 진단한 논의들도 있었다. 물론 순수론자 혹은 참여론자들이 비슷한 견해를 가지고 있지 않았던 것은 아니다. 그러나 순수론자나 참여론자의 경우 당대 한국소설의 현황을 사적으로 혹은 학적으로 고찰하는 과정에서도 자신이 입각한 당파적 당위적 태도에 귀결시키기 위한 것이 대부분이었다고 볼 수 있는 것이다.

천이두의 「한국소설의 이율배반」에 다음과 같은 부분이 있다.

> 말하자면 무조건 모든 것을 긍정한다는 것이다. 무조건 선의로 받아들이며, 선의의 자세로 바라보자는 것이다. 이것은 우리나라의 특유한 체온이다. 이런 체온을 일컬어 한국적 '인정'이라 할 수 있을 것이다.
>
> 이러한 한국적 인정은 오영수 씨의 모든 작품에서 느끼게 되는 것이다. 그리고 오유권 씨나 하근찬 씨 같은 분들의 작품에서도 한결같이 느끼게 되는 체험들이다.
>
> (……) 이 다시없는 소중한 쾌락을 즐기는 동안 우리 정신의 영역에는 어딘가 빈 자리가 생기는 것이다. 아름다운 서정시를 읽었을 때나 노련한 가야금의 산조를 들었을 때의 그 아늑하고 다사롭고 부드러운 감촉을 누리는 것은 사실이다. 그러나 그 다음에 오는 것, 정신의 집중화, 의식의 고양……이라는 탁월한 산문에서 얻게 되는 체험은 생겨나지 않는다. (……)
>
> 가령 A의 소설은 매우 재미있다. 우리 생리에 맞는다. 소박한

> 시적 분위기도 마음에 든다. 그런데 테마가 너무 빈곤하다. ……
> B의 소설은 소재나 테마가 새롭다. 현대적 명제를 박력 있게
> 추구한 점도 마음에 든다. 그런데 작품으로서는 실패한 느낌이다.
> ……29)

천이두 역시 사상성과 예술성이 조화된 양식으로서의 소설을 기대하고 있는 것만은 틀림없다. 그리고 당대의 상황에서 그러한 기대를 충족시키는 작품을 찾기 어렵다는 인식을 보이고 있는 것 역시 다른 비평가들과 차이를 보이지 않는다고 할 수 있다. 천이두가 여타 비평가과 구별되는 점은 한국 소설이 지니는 왜소성의 원인을 분석함에 있어 한국인의 체질적 특성에 의거하고 있다는 점이다. 그 또한 한국 소설에 대해 일종의 불만을 갖고 있지만, 그 책임을 순수문학의 전통에 돌린다든가 잘못 이해된 휴머니즘의 결과로 단정하기에 앞서 한국적 특수성이 논리적 산문정신과는 잘 부합하지 않는다는, 일종의 기질적 특성을 이해하는 것이 필요하다는 것이다.

1. 단편양식의 문제

단편 양식이 한국 소설의 주류였다는 것을 많은 비평가들이 인정하고 있었다. 그에 따라 웅장한 스케일의 남성적 장편소설을 바라는 목소리들도 많았다. 유동준은 「소설문학의 양상」에서 한국 소설사가 단편 위주로 구성된 원인을 다음과 같이 정리하고 있다.

> 첫째 소설문학의 전통이 전혀 없었으므로 장편소설을 창조할
> 만한 역량이 작가들에게 없었다는 점.
> 둘째 문학행위에 있어서의 구체적인 방법을 일본문학에서 배웠
> 다는 점.
> 셋째 장편소설의 발표를 보장하는 기관이 없었다는 점.30)

---

29) 천이두, 「한국소설의 이율배반」, <현대문학>, 1964. 3. 225쪽.

그는 "우리의 문학이 오늘날까지 어떠한 인물을 보여 주지 못하고 어떠한 문제를 제기하지 못한 채 걸어 왔으며, 현재 그대로 존재하여 나간다는 것은 그 근본적인 원인이 단편소설적인 소설문학에 안착되어 있는 것으로 볼 수밖에는 다른 해석이 없을 것"31)이라 주장한다. 왜냐하면 "하나의 문학으로서 한 편의 작품으로서 그 통일된 정신과 성격을 표현하자면 장편소설의 형식이 아니고서는 처리할 수 없"32)기 때문이라는 것이다.

정창범은 "흔히 장편소설을 서사시, 단편소설을 서정시에 비유하는데, 우리 문학사의 경우에도 단편에 한해선 들어맞는 얘기"33)라고 진술했다. 우리의 단편소설은 서정성을 간직하고 있는데, 우리 장편소설은 서사시처럼 웅대한 스케일을 가지지 못했다는 뜻으로 해석할 수 있다.34) 그는 단편 위주의 소설사의 원인을 사회적 여건의 미숙성에서 찾고 있다. 장편은 개인과 사회의 관계를 다루는 양식인데, 우리 소설 문학의 형성기는 일제의 지배기와 겹쳐지므로 근대소설로서의 장편을 기대할 수 없었고, 작가들은 일제 지배 하의 현실을 외면한 채로 지면을 아끼는, 즉 단편의 길을 택할 수밖에 없었다는 논리이다.

홍사중 또한 한국소설의 단편소설적 한계를 지적하였다. 서구 소설의 기본적인 형식은 장편임에 반해 한국소설의 그것은 단편인 관계로, 서구 문학에서 단편에 기대하는 바와 한국문학에서 단편에 기대하는 바와는 적지 않은 차이점이 생기게 되었다는 것이다. 그렇다면 작가의 입장에서는 착상과 소재 선택, 주제 처리 방법 등에 있어서 서구 작가와의 차이가 발생하지 않을 수 없다.

---

30) 유동준, 「소설문학의 양상」, <현대문학>, 1957. 9, 119쪽 참조.
31) 위 글, 120쪽.
32) 위 글, 118쪽.
33) 정창범, 위 글, 236쪽.
34) 물론 정창범의 이 진술이 단편을 옹호하고 장편을 폄하하기 위한 것은 아니다. 장편은 서사시의 무게에 값하지 못하고 있으며, 단편은 서정적 세계에 안주하여 소설로서의 기능을 다하지 못하고 있다는 전반적 부정의 견해라고 할 수 있다.

근래에 이르러 이러한 차이는 많이 감소되었다. 그래도 장편소
설과 같은 단편소설이나, 단편소설과 같은 장편을 여전히 볼 수
있는 것은 단편소설만을 위주로 하고 있던 어제까지의 문학의 기
형적 발전이 남겨 놓은 영향을 벗어나지 못한 때문이다.[35]

표현이나 성격 묘사에 있어서도 그렇다. 우리가 생리적으로 그
래서인지, 또는 합리주의의 세례를 충분히 받지 못해서인지 논리
보다는 정서에, 객관성과 정확보다는 주관성과 시적 이미지에 기
울어지기 쉬운 것이다.[36]

결국 한국소설사의 단편 양식적 전통이 작품을 시적 세계에 함몰시켜
버리는 편향적 양상을 초래했다는 결론을 얻을 수 있다. 소설이 서정의
세계에 가두어질 때, 개인과 사회의 관계를 다루는 측면은 뒷전으로 밀리
고 만다. 홍사중의 견해에 의하면 한국소설의 표현이나 성격 묘사가 정서
와 시적 이미지에 기울어지기 쉬운 것은 합리주의의 세례를 충분히 받지
못해서일 수도 있고, "우리가 생리적으로 그래서"일 수도 있다. 한국적 특
수성으로서의 한국인의 생리란 무엇을 말하는가, 이 점에 관해 비교적 상
세한 논의의 전개를 보여 주는 평론은 천이두에게서 찾아 볼 수 있다.

2. 서정성과 패배주의의 문제

천이두는 우리 문학의 전통이 서정시에 의해 유지되고 있었을 뿐 장엄
한 남성적 정신의 미학, 산문의 정신은 성립될 수 없었다고 지적하고 그
원인을 다음과 같이 들고 있다.

첫째 우리의 근대화의 과정이 늦었기 때문이라는 것.
둘째 우리 말의 구조가 논리적 산문적인 것이라기보다 윤리적

---

35) 홍사중, 「어제와 오늘의 친화력」, <현대문학>, 1964. 8, 220 ~ 221쪽
36) 위 글, 221쪽.

정서적인 것이기 때문이라는 것.

셋째 한국적 기질 자체가 시적 정서적인 것이며 한국소설의 주조인 '인정' 또한 지나치게 파토스와 밀착되어 있어서 좀처럼 우람한 남성성이 성장할 수 없기 때문이라는 것.37)

천이두에 의하면 한국시의 주조인 '한' 뿐만 아니라 한국소설의 주조인 '인정'도 로고스보다는 파토스에 밀착된 것이기 때문에, 로고스에 밀착된 산문정신에 의한 남성적 문학세계로 나타나기 어렵다는 것이다. 그는 한국적 생리를 두드러지게 나타내는 대표적 현역작가로 황순원, 오영수, 오유권, 하근찬 등을 거론하고 있다. 그들의 소설은 '따뜻하고 아늑한 체온'이 느껴지는 세계 위에 구축되어 있으며, 독자에게 낙천적 무드를 제공해 준다. 그들의 낙천적이고 해학적인 무드는 평화로운 결말과 관련된다. "서구의 권선징악은 언제나 냉혹하고 결정적인 징벌주의로 나타나 있지만, 우리 소설에 있어서의 권선징악은 대부분 선의적인 화평으로 나타나 있다"38)는 천이두의 지적은 한국 현대소설의 주조인 '인정'이 얼마나 뿌리깊은 것이었는가를 보여주는 근거이다.

그러나 이 '인정'은 산문에 있어서는 어쩔 수 없는 악덕이다. 正과 反, 선과 악, 흑과 백……을 한결같이 따스한 선의의 손길로 무마하는 이 인정의 자리에서는 자기의 가장 가까운 벗이나 애인조차도, 아니 자기자신조차도 먼저 비판과 부정의 눈으로 바라봐야 하는 냉혹하고 날이 선 산문정신은 자라나기 어렵다. (……) 우리에게 생리적 충족, 시적 충족을 가져다 주는 일련의 가장 한국적인 작품들에서 정신적 충족(산문적 충족)을 기대할 수 없는 이유가 여기 있다.39)

---

37) 천이두, 위 글, 232쪽.
38) 위 글, 234쪽.
39 위 글, 235 ~ 236쪽.

한국문학에서 전통의 명맥을 잇는 것이 서정 장르의 쪽에서이고 서사 장르까지 서정적 특성을 가질 수밖에 없는 원인을 천이두는 한국적 생리에서 찾고 있다. 그 두 측면이 '한'과 '인정'이다. 두 가지 모두 로고스보다는 파토스에 밀착된 것이므로 한국문학은 시적 서정적 성격을 가지기가 쉽다는 논리이다. 특히 서사적 전통의 인정주의는 모든 것을 긍정하는 낙천적 성격을 띠게 되므로 비판적 부정정신으로서의 산문이 성장하기 어렵다는 것이다.

서정성(파토스)과 밀착된 '인정'의 서사가 패배주의와 만나는 지점을 천이두의 '처용설화' 해석에서 찾을 수 있다. 그에 의하면 처용 설화의 내용은 "산문적 서사적 액션의 드라마가 아니라, 정서적 시적인 인종의 미화"40)이다. 처용의 행동은 분명 패배주의로도, 체념에서 얻어지는 낙천으로도 이해될 수 있는 것이다. 그것을 패배로 보느냐 낙천으로 보느냐가 중요한 것이 아니라, 패배와 낙천이 같은 뿌리를 지닌, 동전의 양면과도 같은 개념이라 이해할 수 있다는 것이 중요하다. 그 뿌리는 물론 '인정'이다.

「한국소설의 이율배반」이 황순원, 오영수, 오상원, 하근찬 등의 서정적 소설의 계보를 고찰한 것이라면, 「내성적 자의식적 소설론」은 이상, 최명익, 손창섭, 장용학 등이 보여주는 내성적 자의식적 소설의 전개 과정을 고찰한 글이다. 천이두는 후자의 흐름을 '불안문학의 계보'라고 불렀다.

20세기 서구의 불안의식은 '하나의 구극적 원리'를 상실한 것에서 비롯되었다. 그 구극적 원리라는 것이 '인습'이라는 외적 권위에 불과했음을 깨달은 인간은 더이상 하나의 원리에 종속되어 <자기>를 희생하는 것을 거부하고 반항을 시도하게 되었다. 일체의 외적 권위를 부정하는 인간은 정신적 아나키즘 상태에서 니힐과 불안을 만나지 않을 수 없었다. 그들의 불안의식은 암담하고 음산한 그림자를 거느리고 있기는 해도, 적극적 방

---

40) 위 글, 231쪽.

황과 모색의 과정에서 결코 좌절하지 않는 견고한 자아를 구축한다.

서구의 불안문학이 보여 주는 이러한 대결정신을 한국 소설에서는 찾을 수 없다는 것이 천이두의 판단이다. 절망이나 니힐에 대한 초극정신, 즉 구원에의 모색이 모자란다는 것이다. 그러므로 한국의 불안문학은 그것의 포지티브한 측면을 보여주지 못하고 네거티브한 측면에 머물러 버린다. 서구와 차별되는 한국 불안문학의 특징은 결국 패배주의적 도피적 성격으로 요약될 수 있다. 일체의 외적 권위에 반항하는 정신의 산물로서의 불안이 아니라 불행한 객관정세에 울분을 터뜨리며 "내적 에너지를 정당하게 발산할 객관적 여건을 얻지 못하여 마침내 자기 에고 안에 칩거할 수밖에 없는 창백한 인텔리의 불안"41)이다.

> 한국 불안문학이 보여주는 소외의식은 서구의 그것에서 볼 수 있는 바 사회 대 개인이라는 변증법적인 관계양식에서 빚어지는, 인간의 숙명적 조건으로서의 소외의식이라기보다는, 암흑적 현실에 타협을 거부하는 지식인의 고고한 고립의식으로 나타난다는 것이다. 말하자면 서구 불안문학에 있어서의 소외의식은 사회 '속'에 있어서의 개인의식인데, 우리 문학의 그것은 사회 '밖'에서의 개인의식이라는 것이다. (……) 이러한 독선적인 선민의식의 차원에 있어서는 인간 에고의 복수적인 관계양식에서만 빚어질 수 있는 입체적 서사적 드라마는 이룩되지 않는다.42)

이러한 한국 불안문학의 특수성은 해방 이전 소설에서 '수난의식으로서의 불안'으로, 전후소설에서 '피해의식으로서의 불안'으로 각각 드러난다.

천이두가 보여주는 논리는 한국 소설의 어떤 특성을 밝히는 데 있어 한국 역사, 전통의 내적 계기와 연관짓고 있는 점이 특징적이다. 그러나 결국 그것이 서구의 기준에 눈높이를 맞추어 전통과 그에 영향받은 현재적

---

41) 천이두, 「내성적 자의식적 소설론」(상), <현대문학>, 1968. 11, 282쪽.
42) 위 글, 282 ~283쪽.

상황까지를 기형적이라는 말로 단죄하고 있다는 점에서, 한국소설의 수준을 서구의 그것으로까지 앙등시켜야 한다는 사대주의적 논리일 수 있다는 점에서 비판받을 소지를 남겨 놓는다.

그는 김승옥의 「서울 1964년 겨울」을 고평하면서 "에고와 에고 사이의 지평적 관계상황 속에서의 단절", "존재로서의 고독의 구체적인 표상" 등 서구 불안문학의 기준을 그대로 적용하고 있다.[43] 이를테면 한국적 불안이 아닌, 서구적 불안을 형상화한 것으로 성공을 거두었다는 말로 이해될 수 있는 것이 아닌가.

IV. 극복 모색으로서의 창작방법론

지금까지 1950년대 중반을 거쳐 1960년대에 주로 활동한 비평가들의 평론을 통해 그들의 한국 소설에 대한 불만과 그 원인 탐색의 과정을 살펴보았다. 한국 소설에 대한 평론가의 불만의 상당 부분은 왜소성과 편향성 혹은 기형성에 닿아 있는 것으로 판단된다. 그 원인에 대해서 비평가들은 각각 사상성이 결핍되어 있다거나, 기법적 측면이 미숙하다거나, 문학 본연의 자세를 망각했다거나, 숙명적인 한국적 생리에 근원한 것이라는 진단을 내렸다.

그렇다면 평론가들이 당대에 제시할 수 있는 대안은 무엇이었는가 생각해 보아야 할 것이다. 한국소설 작품의 제양상이 그들에게 미숙한 것으로 느껴졌다면, 자신이 생각하는 이상적 소설을 찾아내기 힘든 상황이었다면, 평론가들의 대안이 창작방법론적으로 드러났다는 사실은 우연한 일이 아니다.[44]

---

43) 천이두, 「내성적 자의식적 소설론」(하), <현대문학>, 1968. 12.
44) 이 과정에서 휴머니즘론이 대두되었던 사실은 주목을 요하는 문제이다. 30년대 초·중반 백철에 의해 논의의 장이 마련된 것으로 알려진 휴머니즘론이 해방 이후

최일수는 「우리 문학의 현대적 방향」에서 당대를 "문학사적으로는 피상적인 내면 표상의 묘사에만 그쳤던 그런 정관적인 자연주의 문학으로부터 내면의 의식세계까지도 분석하려는 이른바 심리주의 문학에서 한걸음 더 나아가 직접적이며 행동적인 인간을 민족적으로 형성하는 그러한 현대문학으로 이향해 오고 있는 시기"[45]로 규정한다. 그가 문학예술의 당면과제로 지적하고 있는 '민족정신의 창현'은 휴머니티의 형상화를 방법론으로 하여 구현될 수 있다. 여기서 최일수는 "새로운 인간을 형성하기 위하여 새로운 사회의 건설에 적극적인 참여가 있어야 한다는 이른바 문학에 있어서 행동적인"[46] <휴머니티>를 "고전적인 교양에 의하여 자기의 인간성을 회복하려던 이른바 전세대의"[47] <휴머니즘>과 구별하여 논하고 있다. 즉 현대의 <휴머니티>는 전대의 개인주의적 <휴머니즘>에서 탈피하여 단순한 인간 해방이 아닌 새로운 인간 형성을 기도한다는 뜻이다.

그러나 오늘에 있어서는 창조적 기능이 정체될 대로 되어 버린

5, 60년대에 들어 다시 대두하게 된 문학사적 배경은 어떤 것이었는가. 5, 60년대의 휴머니즘과 30년대의 휴머니즘은 어떠한 공통점과 차이점을 가지고 있으며, 그 논의의 수준은 얼마만큼이나 발전한 것인가. 주지하다시피 백철의 휴머니즘론은 그가 전향하기 직전 창작방법론의 일환으로 전개시킨 '인간묘사론'에 의해 논쟁의 형태로 전개된 것이다. 기존의 비평사는 30년대의 휴머니즘론을 백철 위주로 서술하면서 논쟁의 성격을 적절히 부각시키지 못했다. (이 점을 비판하면서 논쟁의 전개 양상과 영향관계를 따진 것이 김영민의 『한국 근대문학비평사』(소명, 1999) 11장이다.) '휴머니즘'이라는 용어를 내걸고 논쟁이 시작된 지점이 어디인지에 주목할 필요가 있다. 백철의 인간묘사론이 휴머니즘론으로 이행해 가는 과정과 휴머니즘 논쟁 자체의 전개 과정은 구분하여 연구되어야 할 것으로 판단되기 때문이다. 30년대의 휴머니즘 논의를 논쟁사적 측면에서 연구하려면 30년대 중·후반에 착목하여야 할 것이다. 특히 김오성의 '네오 휴머니즘론'은 60년대 휴머니즘 논쟁의 뿌리로 해석될 수 있다는 점에서 세심한 분석을 요한다. 이 문제에 대해서는 별도의 논문이 필요하다고 판단되므로 지면을 달리하여 기술할 것임을 밝혀 둔다.

45) 최일수, 「우리 문학의 현대적 방향」, <자유문학>, 1956. 12, 173쪽.
46) 위 글, 168쪽.
47) 위 글, 167쪽.

정관적인 근대문학을 지양하고자 몸소 신사조의 세계적인 대결의 첨단에 맞서서 역사의 계기를 두 번이나 넘어온 가운데 이미 회피나 체념으로 싸여진 그러한 전통 아닌 인습으로만 일방적으로 편향하여 이에 고착해 버릴 수는 없는 행동적인 「휴머니티」가 앞서고 있으며, 개방과 혼돈으로 얼켜진 성급한 서구의 「니힐」관을 오늘 우리 민족의 당면한 국토 통일로 이룩되는 새로운 민족 형성의 구현 과정에서 비판하고 지양하는 그러한 현실적인 초극 정신이 싹트고 있다고 믿는다.[48]

위 인용문에서 짐작할 수 있는 것은 최일수에게 있어서 당대 문학의 바람직한 전개 방향은 민족문학으로의 길이며, '휴머니티'는 그 방법론으로 이해될 수 있다는 점이다. 자신이 거론하는 휴머니티를 굳이 전대의 휴머니즘과 구분하려는 것에서도 최일수의 궁극적 지향점이 휴머니즘 혹은 휴머니티에 있었던 것은 아님을 알 수 있다. 최일수의 '휴머니티'론은 새로운 문학, 나아가 새로운 세상을 향해 가는 과정에서의 당대적 방법론이었다.[49]

앞 절에서 유종호와 원형갑이 휴머니즘의 메카니즘화에 대해 우려하고 비판했던 것을 언급했었다. 이와 관련하여 유종호의 「한국문학에 있어서의 휴머니즘 - 그 의장에의 의혹」을 살펴볼 필요가 있다. 유종호는 이 글에서 한국문학의 휴머니즘이 세가지 의장의 구도를 보여준다고 정리한다. 그 첫째가 동정의 미학이다. 둘째는 부정적 인간의 고발이며, 셋째는 회귀

---

48) 위 글, 174쪽.

49) 신동한 또한 「휴머니즘과 작가정신」에서 조국애 민족애를 본질로 하는 인간의 주체성 회복을 주장한다. 그는 휴머니즘을 작가정신과 연관시키고 있는데, 작가정신의 핵심인 휴머니즘을 한국이라는 풍토 위에서 어떻게 형성하느냐의 과제에 대해 윤리성, 저항정신, 새로운 인간형의 창조 등을 기준으로 논하였다. 원론적이고 모호하며 약간은 격앙되어 있는 이 글에서 주목되는 것은 그가 한국의 문학을 '현실도피의 세계'라는 말로 단정하여 저항정신이 필요함을 주장한다는 것, 그리고 그 방법은 새로운 인간형을 창조하는 데 있다고 주장한다는 것이다.(신동한, 「휴머니즘과 작가정신」, <자유문학>, 1959. 3, 참조.)

형 혹은 갱생형이다. 이에 따라 한국적 연상대가 조직하는 휴머니스트의 영상은 인정주의자이며 획일주의자이고 공민교과서 필자의 생리를 지닌 인간이 된다. 이러한 현상에 대해 유종호는 단편중심인, 그리고 서정적 소설 위주인 한국 소설사를 그 배경으로 지적하고 있다.

> 사회성을 사상하고 나서 인생 국면의 시적 효과만을 추구한 데에 한국 소설의 큰 약체성이 있다는 것은 부정할 수 없는 사실이지만 한편 이것은 한국작가로 하여금 허약무쌍한 휴머니스트로 낙착시키고야 말았다. 적어도 현대의 휴머니스트는 정치적 사회 현실에서 외면하고 소박한 성선설의 단조한 목가만을 부르는 사람은 아닐 터이니까.50)

최일수의 글과 유종호의 글 사이에는 분명 눈에 띄는 간격이 있다. 최일수가 민족문학 수립을 위해 방법적으로 휴머니티를 주장했던 반면 유종호는 한국의 현실에서 전개되고 있는 휴머니즘의 맹점을 비판하고 있는 것이다. 물론 최일수가 이야기하는 휴머니티와 유종호가 비판하는 한국적 휴머니즘이 차질된다는 점에서, 두 평론가 모두가 현실 참여의 문학을 주장한다는 점에서 양자 사이의 간격은 줄어들지도 모른다. 그러나 근본적인 태도에 있어 최일수가 궁극적 지향점을 따로 두고 휴머니티라는 개념을 적극적으로 인입시키려 하는 것은 유종호가 당대의 현상을 정리하고 부족된 부분을 지적하는 것과 구별될 수밖에 없다. 어쩌면 유종호에게는 휴머니즘의 방법론이 딱히 필요했던 것이 아니라 서정적 세계에만 머무르고 있는 한국 소설의 지평을 적극적 참여의 영토에까지 확장시키려는 노력이 절실했던 것일지 모른다. 한국의 소설이 그 양과 질에서, 소재와 주제의 다양성에서 특별히 빈 곳 없이 확충된다면 그가 참여의 문학을 고집할 필요가 없었던 것이라고 볼 수 있다.51)

---

50) 유종호, 「한국문학에 있어서의 휴머니즘」, <사상계>, 1962. 9, 79쪽.
51) 실제로 유종호는 60년대 후반 이후 60년대 신진작가들의 활동이 부각되면서 참여

김우종은 「유적지의 인간과 그 문학」에서 순수문학론에 바탕을 둔 작품 창작을 비판하고 새로운 문학관과 새로운 창작방법론을 수립할 것을 주장한다. 그의 견해에 따르면 당대의 창작 경향은 사회 현실의 문제를 제시하는 데는 일정한 성과를 거두었지만, 문제의 해결 방안에 대해서는 무관심한 편이다. 그는 현실을 외면하는 문학 뿐 아니라 문제 제시에만 그치는 문학, 양심과 지성에의 호소로만 그치는 문학 또한 바람직한 것이 아니라고 하여, "작가 자신이 현실 속에 뛰어들어 도표를 세우고, 현실 문제 해결의 방편으로서, 그러한 목적의식 하에서 하는 문학", "한국만이 홀로 떠밀려 나간 숙명의 유적지 이곳의 처참한 인간군들을 위해 직접 도표를 세우는 문학"52)을 내세운다.

현실을 외면하지 말고 똑바로 응시하라는 것, 바라보지만 말고 그 속에 뛰어들어 보라는 것으로서의 참여론을 재삼 언급할 필요는 없을 것이다. 문제는 어떻게 현실에 뛰어들 것이며, 어떻게 도표를 세우는 것인가에 있다.

김우종은 한국문학의 과제로 비참한 인간군들을 구원하고 인간 본연의 자세로 환원시키는 것을 들었다. 그 과제를 수행하는 주체가 휴머니즘으로서의 문학이 되는 것이다. 그의 생각에 한국 소설이 휴머니즘의 범주를 전혀 벗어나는 것은 아니다. 현실의 문제를 고발하고 고통받는 인간에게 위로를 주려는 의도로 씌어진 소설들이 있었다. 그러나 김우종은 그것들을 문제제시에 그친, 문제 해결의 의욕을 보여 주지 못하는 문학이라고 비판한다. 비극적 상황에 직면한 인물을 설정하여 그들에게 면죄부를 주는 결말은 현실적으로 아무 위로도 될 수 없다는 것이 그의 견해이다.53)

김우종은 오영수의 「안나의 유서」, 손창섭의 「포말의 의지」 두 작품을

혹은 사상성의 문학에 대해 그 필요성을 적극 주장하는 태도에서 얼마간 거리를 두게 된다.

52) 김우종, 「유적지의 인간과 그 문학」, <현대문학>, 1963. 11, 235쪽.

53) 이 같은 견해를 휴머니즘의 메카니즘화에 대해 경계했던 유종호나 원형갑의 것과 비교해 볼 수 있을 것이다.

전형적인 '위안문학'의 예로 들고, 이범선의 「오발탄」, 강신재의 「임진강의 민들레」, 전광용의 「꺼삐딴 리」, 선우휘의 「도박」을 '호소문학'의 범주에 포함시켰다. 위안문학과 호소문학이란 "「그들에겐 죄가 없다. 그들은 결백하다. 그들을 위로하라」는 결론을 노골적으로 내걸고"[54] 있는가 아닌가의 차이이지 본질적으로는 같다고 규정한다. 그것들은 모두 문제 제시에 그친 문학이라는 것이다.

이와 같은 문제의 원인이 순수문학의 인습에 있는 것인지 아닌지를 따지기보다 비평가 자신이 직접 제시한 대안을 살펴보는 것이 유용할 것이다.

> 「이것이 한국이다」 하고 문제만 내놓은 채 방관자와 다름없는 위치로 돌아가지 말고 적극적인 해결방법을 구체적인 도표를 제시하는 것이다. 그러한 방법 그러한 도표는 반드시 갈보에게 미장원을 차려 주고 상이군인에게 교문의 수위직을 알선해 주는 것만을 의미하는 것은 아니다. 우리는 페스트가 만연되어 가는 폐쇄된 항구 속에서 내일의 죽음에 직면한 한 딱터가 여전히 환자들을 찾아다니며 성실히 작업하고 있는 모습을 본 일이 있다. (까뮤의 「페스트」에서) 그는 절망 속에서 해결의 도표를 찾은 인간이다.[55]

김우종은 적극적인 해결 방법, 구체적인 도표를 제시한 작품으로 까뮤의 「페스트」를 들고 있다. 그 외에도 앙드레 말로의 「정복자」, 헤밍웨이의 「노인과 바다」, 펄 벅의 「해일」을 차례로 거론하였다. 이들 작품이 위안이나 호소문학과 다른 점은 무엇인가. 그들이 제시한 도표라는 것은 과연 무엇인가. 그 속에서 도대체 무엇이 해결되었다는 말인가.

외국문학의 소산인 이 작품들이 한국 소설의 문제 제시의 문학과 다른 점은 적극적이고 의지적인 인간형을 창조하였다는 데 있다. 그들의 행동

---

54) 위 글, 228쪽.
55) 위 글, 235쪽.

과 의지가 당면한 절망적 현실을 타개해 버렸다는 것이 아니라, 그것을 위해 투쟁하는 모습을 보여 주었다는 것이다. '의지적 인간형의 창조' 그것이 김우종이 생각하는 도표 제시의 창작방법론이었다고 볼 수 있다. 그런 점을 염두에 두고 다음과 같은 작품 평가를 읽어볼 필요가 있다.

> 전쟁에서 다리를 끊긴 '연'이나 생식기로 침입한 독균 때문에 눈이 먼 '미혜'는 모두 한국이라는 비극적인 운명 속에서 희생된 인물들이다. 운명 앞에 짓밟힌 가련한 인간상 - 그러나 작자는 여기서 인간의 의지의 위대성을 지적하여 의지에 의한 운명에의 대결과 그 승리를 암시해 주고 있다. 다만 작자가 말하는 그러한 의지를 우리가 어느 정도까지 믿을 수 있느냐 하는 것이 문제일 것이다. 그러므로 기술면에서 말한다면 그것을 형상화하면 될 것이다. 즉 의지를 관념적으로 제시함에 그치지 말고 그것으로서 생동하는 위대한 인간형을 창조해 나가는 것이다.[56]

정한숙의 「끊어진 다리」에서 김우종은 하나의 가능성을 보고 있다. 작품의 결말에 제시된 '연'의 진술을 통해 의지적 인간형의 모습을 상상해 보고 있는 것이다. 실제 작품에 대한 김우종의 긍정과 비판을 그대로 수용하자는 것은 물론 아니다. 김우종이 생각하는 작품의 결점은 형상화의 미숙으로 요약된다. 인물의 의지가 사건과 행동을 통해 구체화되지 않고 관념적인 진술의 형태로 제시되고 있다는 것이다. 어쨌든 의지적 인간을 창조하려 한 의도는 긍정적으로 평가될 수 있으며, 기법의 문제는 보완하면 될 것이라는 김우종의 단언은 그가 생각하는 한국 소설의 당면과제가 사상성의 확충에 있었다는 것을 반증한다. 또한 그가 말하는 현대 소설의 사상성이란 행동주의적 휴머니즘으로서의 그것이라고 추출해 볼 수도 있다.

이상의 휴머니즘 논의에서 우리가 주목하여야 할 것은 이를 언급한 논

---

56) 위 글, 234쪽.

자들이 한국소설의 당대 형편을 현실도피적 문학세계, 내면 집중의 문학세계로 한결같이 진단하고 있다는 점이다. 휴머니즘 혹은 휴머니티를 주장하는 논자들의 지향점은 '전망의 확보'에 있다. 의지적 인간형의 창조로서 무기력한 상황을 타개하려는 태도이다. 그러나 휴머니즘론은 60년대 중·후반 이후 점차 논의의 중심에서 벗어나고 만다. 이것은 분명 리얼리즘론의 대두와 관련이 있다 할 것이다. 사실 휴머니즘 주창자들의 '의지적 인간형'이란 보기에 따라서 '영웅적 인간형'일 수도 있고, '이상적 인간형'일 수도 있다. 휴머니즘론의 본질적 모호성과 창작방법론 상의 지나친 이상성은 결국 모색의 상태에 머무른 채 실제 소설 창작에는 별다른 영향을 끼치지 못했던 것으로 보인다. 그들이 생각했던 전망과 관련된 논의는 이후의 리얼리즘 비평과 창작을 통해 구체화되는 것이다.

V. 결론

1950년대와 1960년대의 평론을 살펴보면 비평가들이 한국 소설에 대해 왜소성이나 편향성, 혹은 기형적 전통에 의한 기형적 전개 정도로 인식, 평가하고 있었음을 쉽게 알 수 있다. 그들은 이러한 현상에 대한 원인을 사상성의 부족이나 기법적 미숙, 서구의 경우와 구별되는 한국의 생리적 전통에서 찾으려 했다. 이 과정에서 비평가들이 생각하는 이상적 소설의 모형을 추측해 본다면 사상성과 예술성이 조화된 것이거나 민족문학의 특수성과 세계문학의 보편성을 아우르는 것쯤이 될 것이다. 물론 이 정도의 애매한 차원에서 내릴 수 있는 처방이란 사상성을 확충해야 한다든가, 예술성을 회복해야 한다든가, 서구를 배우려면 좀 제대로 배워야 한다든가 하는, 역시 애매한 만병통치약 비슷한 것이 될 수밖에 없다.

비평가들이 전후소설을 이분법적으로 해석하고 있었던 원인은 일차적으로 당시 작품의 미숙성에서 찾아질 수도 있을 것이다. 그러나 어떤 비평적 상대를 가정하고 그것을 미리 부정해 버리기 위한 논리로서의 이분법적 해석이라면 문제가 있을 것이다. 세대론이나 순수·참여 논쟁 등 혼돈의 기록 속에서 비평가들 각각의 자질과 생리적 비평관을 추출해 내기는 쉽지 않다.

여러 개의 기준과 개념을 항목화하여 그것에 대한 각 비평가들의 견해를 이끌어내고 동질의 것과 차질의 것을 분석 종합하여 스펙트럼으로 구성하는 일은 그러므로 요긴한 방법론이 될 수 있다. 그런 점에서 비평가들의 비판이 집약되는 사항들을 세목화하고 그들의 비평적 태도가 어느 쪽의 거점 위에 서 있는가를 일단 배제한 상태에서 공통점과 차이점을 추출하려고 노력해 보았다.

1950년대 중반의 홍사중과 정창범의 견해는 현대사회가 혼돈과 모색의 과정을 보여주고 있으며 그에 따라 소설이 새로운 방법론을 개척해야 한다는 것으로 요약된다. 전자가 역사와 현실을 정확히 파악하는 자세, 현실 응전력으로서의 문학적 기술을 요구했다면, 후자는 소설에서의 '로마네스끄'의 거세를 경계하면서 일상 현실에서 비약한 허구적 질서를 창조할 수 있는 상상력을 내세웠다는 점에서 차이점을 드러낸다. 그러나 이들은 모두 사상성과 예술성을 분리하여 이해하는 것을 거부한다는 점에서 공통된다.

유종호와 김우종의 견해는 한국문학의 현실 도피적 성격이 문학의 공리성을 부정하는 일련의 흐름에 기인한다고 보는 것이다. 최일수의 견해도 그런 점에서는 같지만, 현실 도피적 성격을 드러내는 작품의 범위를 한정짓는 데서는 차이를 보인다. 유종호나 김우종이 현실도피를 한국 소설의 전반적 문제로 확대하고 있는 것에 비해 최일수는 기성 작가와 신진 작가들을 구별하여 기성 작가의 문제로 한정짓고 있는 것이다. 신진 작가들의 문제는 과잉관념에 있다는 것이 그의 생각이다.

기성과 신진을 분리하여 각각의 특성을 고찰한 비평가로 정창범을 함께 거론할 수 있는데, 그는 기성의 세계를 소박한 리리시즘으로, 신진의 작품세계를 무방향성으로 규정했다.

원형갑은 생경한 소재나 주제, 관념적 조작에 의한 인물과 상황의 도식적인 설정, 주인공의 과잉의식과 논설조의 설명 등을 근거로 신진 작가들을 비판했다. 또한 현실 참여론자들의 '현실'개념이 불분명함을 지적하고 비판했다. 그러나 원형갑도 한국 소설이 서정적이고 낙천적인 세계에 머물러 버리는 것은 긍정적으로 생각하지 않았다. 이와 함께 거론될 수 있는 것이 유종호의 '휴머니즘의 메카니즘화' 비판이다. 결말 구조의 낙천적 인정이 곧 휴머니즘으로 통한다고 보는 공식적 태도를 문제삼고 있다.

유동준은 한국 소설의 답보상태의 근본적인 원인이 단편소설적인 소설문학에 안착되어 있기 때문이라 주장한다. 왜냐하면 하나의 문학으로서 한 편의 작품으로서 그 통일된 정신과 성격을 표현하자면 장편소설의 형식이 아니고서는 처리할 수 없기 때문이라는 것이다. 정창범과 홍사중 또한 한국 소설의 주류가 단편적 양식에 매여 있었다는 점을 지적하고, 그것을 산문정신보다는 서정성에 가깝게 흐른 사실과 연관시키고 있다.

천이두는 한국 소설의 주조를 '인정'이라 규정하고 이 '인정'이 로고스보다는 파토스에 밀착된 것이라 하여 한국 소설의 서정성을 해석한다. 그에 의하면 한국 소설이 산문정신을 뚜렷이 구현하지 못하는 이유는 한국인의 생리적 기질이 논리보다는 윤리에, 이성보다는 감성에 밀착되어 있기 때문이다. 한국적 '인정'은 서정성으로 나타나기도 하지만, 패배주의로 흐를 위험성도 갖고 있다. 한국의 불안문학이 지니는 수난의식과 피해의식의 정조는 패배주의로 해석될 수 있으며, 서구의 그것과는 질적인 차이를 보인다는 것이 천이두의 생각이다.

당대의 상황을 타개하기 위한 대안으로 휴머니즘을 생각하는 평론가들이 있었다. 이들이 휴머니즘의 속성 중에서 주목한 것은 적극적이고 주체적인 행동성과 초극정신이었다. 휴머니즘을 작품 속에 구현하는 방법으로는 의지적 인간형을 창조해야 한다는 견해가 많았다. 특히 김우종은 실제 작품의 예를 들어가며 휴머니즘의 창작방법을 한국소설에 적용하기 위해 애쓴 대표적 평론가이다. 그러나 이 때의 의지적 인간형이란 영웅적, 혹은 이상적 인간형과 혼동될 여지를 남겨 놓고 있었으며, 결국 창작방법론으로서의 휴머니즘은 실제 창작에 크게 영향을 끼치지 못한 것으로 판단된다.

이상의 정리가 보여 주는 결과는 비평가들이 생각하고 있는 이상적인 소설과 한국소설이 하루속히 해결해야 할 당면과제가 무조건 동일한 것은 아니며, 그런 점에서 비평가의 소설관과 비평관의 차이가 발생한다는 것이다. 현실에 집착하는 것 자체가 불순한 의도로 의심되는 상황 속에서, 예술성을 주장하는 것이 순수문학의 망령으로 치부되는 상황 속에서 비평가들은 양자간 선택을 통해 분명한 태도를 보일 필요가 있었을는지 모른다.

이 시기가 모색과 논쟁의 시기였다면, 그 모색이 문단의 어떤 권위적인 주류를 부정하는 태도에서 출발한 것임을 상기할 필요가 있다. 권위적 주류를 거부하는 다양성의 모색만이 곧 한국 소설의 일편향성을 극복할 수 있는 유일한 대안이 될 수 있었을 것이다. 양극단은 언제나 존재하는 것이지만, 그 사이를 꼼꼼히 메워넣고 있는 미세한 차이들을 인정하지 않는 방향으로 비평이 전개된다면, 창작 또한 어느 면에서 양자간의 선택을 강요받는 결과가 된다. "1950년대 이후의 참여문학론이 리얼리즘론과 결합하여 논의의 깊이와 구체성을 더해가면서 70년대 이후 민족문학론으로 발전해 가는 과정이 곧 한국 현대문학비평사의 가장 큰 줄기를 이룬다고 보아도 별 무리가 없다"57)는 주장을 수용한다면, 5, 60년대의 모색은 다시 어느 하나의 권위적 주류로 수렴되었다고 보는 것 또한 무리가 없을 것이다.

---

57) 김영민, 『한국 현대문학비평사』, 소명, 2000, 373쪽.

김오성, 「네오·휴맨이즘 문제」, <조광>, 1936. 12.

김환태, 「금년의 창작계 일별」, <조광>, 1936. 12.

이헌구, 「평단 1년간 수확 점묘」, <조광>, 1936, 12.

정창범, 「역사소설의 사적 고찰」, <현대문학>, 1955. 2.

홍사중, 「창작수법을 위한 시론」, <현대문학>, 1955. 10.

홍사중, 「근대적인 것의 한국적 구조」, <현대문학>, 1956. 3.

최일수, 「우리 문학의 현대적 방향」, <자유문학>, 1956. 12.

정창범, 「현대소설과 그 작용력에 대한 반성」, <현대문학>, 1957. 5.

유동준, 「소설문학의 양상」, <현대문학>, 1957. 9.

이어령, 「한국 소설의 현재와 장래」, <지성>, 1958. 1.

최일수, 「문학상의 세대 의식」, <지성>, 1958. 2.

홍효민, 「역사소설의 근대문학적 위치」, <현대문학>, 1958. 8.

김우종, 「주제와 구성의 문제」, <현대문학>, 1958. 12.

김우종, 「복종과 반항」, <현대문학>, 1959.1.

신동한, 「휴매니즘과 작가정신」, <자유문학>, 1959. 3.

유종호, 「작가·창조·현실」, <현대문학>, 1959. 3.

원형갑, 「소설과 로마네스크」, <현대문학>, 1959. 4.

김우종, 「생활과 문학」, <현대문학>, 1959. 11.

유종호, 「소설의 실험과 장래」, <자유문학>, 1960. 1.

유종호, 「소설의 문제」, <현대문학>, 1960. 3.

김우종, 「당면과제의 사적 고찰」, <현대문학>, 1960. 8.

원형갑, 「현실과 문학의 구조」, <자유문학>, 1960. 11.

김우종, 「도피와 참여의 도착」, <현대문학>, 1961. 6

유종호, 「경험·상상력·관점」, <사상계>, 1961. 11(증간호).

유종호, 「한국문학에 있어서의 휴머니즘」, <사상계>, 1962. 9.

유종호, 「한국적이라는 것」, <사상계>, 1962. 11(증간호).

원형갑, 「소설의 제문제」, <현대문학>, 1963. 3 ~ 9.

김우종, 「유적지의 인간과 그 문학」, <현대문학>, 1963. 11.

이형기, 「문학의 기능에 대한 반성」, <현대문학>, 1964. 2.

천이두, 「한국소설의 이율배반」, <현대문학>, 1964. 3.

김우종, 「저 땅 위에 도표를 세우라」, <현대문학>, 1964. 5.

유종호, 「소설과 현실」, <사상계>, 1964. 8.

홍사중, 「어제와 오늘의 친화력」, <현대문학>, 1964. 8.

이유식, 「리얼리즘의 확대」, <현대문학>, 1964. 8.

문덕수, 「문장의 제삼혁명」, <현대문학>, 1964. 8.

정창범, 「전통의 허약성」, <현대문학>, 1964. 8.

윤병로, 「통속에의 탈피」, <현대문학>, 1964. 8.

박동규, 「한국소설의 방향」, <현대문학>, 1964. 9.

유종호, 「사회 · 역사 · 현실」, <사상계>, 1964. 12.

유종호, 「성장과 심화의 궤적」, <사상계>, 1965. 8.

천이두, 「한국단편소설론」, <현대문학>, 1965. 10 ~ 11.

박철희, 「한국소설과 자주성의 상실」, <현대문학>, 1966. 1.

최일수, 「현대소설의 행방」, <현대문학>, 1966. 2.

천이두, 「신변소설고」, <문학>, 1966. 6.

백낙청, 「한국소설과 리얼리즘 전망」, <동아일보>, 1967. 8. 13.

김상일, 「현대소설의 특성」, <현대문학>, 1967. 12.

홍사중 외, 「한국현대소설을 진단한다」, <현대문학>, 1968. 1.

정태용, 「소설의 미학」, <현대문학>, 1968. 11.

천이두, 「내성적 자의식적 소설론」, <현대문학>, 1968. 11 ~ 12.

민족문학사연구소 현대문학분과, 『1960년대 문학 연구』, 깊은샘, 1998.

김영민, 『한국 근대문학비평사』, 소명, 1999.

김영민, 『한국 현대문학비평사』, 소명, 2000.

Literary Criticism in Transition and the Search for a Theory of Writing: Trends in Fiction Criticism in Post-war Korea, 1950s-60s.

Choi Sung Yoon

The purpose of this study is to survey the field of post-war Korean literary criticism in order to elucidate its transitional character and examine the various theories of writing that emerged in the decades of 1950s and 60s. Diagnosing contemporary Korean fiction as dwarfed and deformed, literary criticism in this period sought both to articulate the causes leading to this phenomenon and to explore possible alternatives.

The second chapter of this essay is devoted to the arguments of literary critics who understood this dwarfism in Korean fiction as arising from the fundamental antinomy between ideology and aestheticism. For some of these critics, the lack of ideological character in Korean fiction had much to do with the tendency to escape from reality associated with the tradition of "pure literature." In a similar vein, critics took as their object of critique the predilection, noticeable among newly emerging writers, for seclusion in the inner world of consciousness. On the other hand, they also expressed concern that views of humanism were being reproduced in a formulaic or mechanical fashion, without gaining full incorporation accompanied by genuine understanding. Whether or not they located the blame in the tradition of "pure literature," these discussions revealed the common critical assess! ment that Korean fiction in the post-war era suffered from an escapist or defeatist character.

The third chapter analyzes the critical position which argued that the short story-dominated history of Korean literature, combined with the penchant for a particularly Korean brand of lyricism, has hindered the full-fledged development of prose literature in Korea. Contending that the root of Korean fiction's current state of stagnation was to be located in the predominance of the short story form, these critics viewed Koreans as remaining in closer physiological contact with ethics rather than reason, sensibility rather than rationality. In conclusion, they warned that the "humanity" of particularly Korean stamp, though often manifesting itself as lyricism, can lead to a defeatist outlook on life.

The fourth chapter engages with the particular conjuncture of critical views on humanism and theories of fiction-writing propounded as a means of breaking through the stagnation in the Korean literary world. These critics located the point of encounter between theories of writing and theories on humanism as the precise juncture where the "birth of a human type capable of willed action" can take place. The discussion thus reveals that the kind of modern humanism espoused by these critics was one that oriented itself toward praxis.

한국문학과 낭만성

인쇄일 초판 1쇄 2002년 06월 21일
　　　　　 2쇄 2015년 01월 22일
발행일 초판 1쇄 2002년 06월 30일
　　　　　 2쇄 2015년 01월 23일

지은이 우리어문학회
발행인 정 찬 용
발행처 국학자료원
등록일 1987.12.21, 제17-270호

서울시 강동구 성내동 447-11 현영빌딩 2층
Tel : 442-4623~4 Fax : 442-4625
www. kookhak.co.kr
E- mail : kookhak2001@hanmail.net
ISBN 978-89-6137-978-6 (93900)
가 격 17,000원

*저자와의 협의 하에 인지는 생략합니다.

머리말

　최근 한국근대의 성격을 어떻게 규정할 것인가에 대하여 근대화론이니, 수탈성론이니 하여 논의가 활발하게 이루어지고 있다. 한국근대라는 시기를 놓고 보자면 시기구분에 대한 견해차이를 감안하더라도 근대의 대부분을 차지하고 있는 것은 일제가 강점하고 있던 36년이었음이 분명하고, 한국근대는 외세를 물리치고 주권을 회복하여 국민의 합일을 통해 신국가를 수립하고자 하는 열망으로 가득했던 기간이라고 할 수 있다. 이러한 점에서 독립운동사연구는 한국인의 자존이라는 문제를 걸고, 대한민국의 정당성을 확인해 가는 과정과 동일시되어 왔다.

　실제로 독립운동사연구는 지금까지 괄목할 만한 성과를 거두어 왔다. 그러나 일제의 정책이 일관된 흐름으로 제시되고 있는데 비해, 독립운동은 전쟁을 표방한 거족적이고 투철한 저항이었음에도 불구하고 전체적인 맥락을 잡기에는 아직도 부족하게 느껴진다. 그 한 가지로 1910년대는 일제의 무단통치로 인해 국내에서는 구체적인 활동이 침체하여 있던 기간이었던 까닭에 상대적으로 연구성과가 적은 편이다. 그러나 이 시기야말로 잃어버린 조선을 되찾자는 데서 독립하여 새로운 민주공화국가를 수립하자는 쪽으로 의식을 전환시키게 되는 중요하고도 거대한 변화의 시기였다고 할 수 있다. 이러한 의식의 변화가 삼일운동과 그 이후 독립운동의 원동력이 되었음은 두말할 필요도 없다.

　독립운동의 일관된 흐름을 어디에서 찾을 것인가 하는 문제에 대하여 처음 착안한 것은 일제의 조서나 기록이 아닌, 운동주체 스스로 남긴 문건에서 이념을 찾아보자는 것이었다. 독립선언서는 그러한 점에서 가장 적절한 매체라고 생각되었으며, 특히 대동단결선언이나 대한독립선언서는 광복 이후 수립할 신국가의 정체와 독립운동의 구심점으로서 임시정부적 형태의 기구설립을 제안한 점 등에서 학계에서도 논의가 되고 있었지만, 개인적으로도 관심을 갖게 되었다.

독립선언서에 초점을 맞추고 자료를 찾아나가기 시작하면서 일은 생각보다 점점 커지고 있었다. 그간 독립기념관에 수집해 둔 독립선언서나 몇몇 독립선언서 자료집 등을 통해 독립선언서가 알려진 것보다 훨씬 많으리라는 것은 짐작했었지만 100여 종에 달하리라고는 애초에 생각지 못했었다. 본 연구 말미에 첨부한 독립선언서 일람표는 그러한 일차조사의 결과를 표로 간단히 작성한 것이다. 이 가운데는 격문이라고 해도 좋을 간단한 선언서도 간혹 포함되어 있고, 창당취지서 등도 들어 있다. 될 수 있는 대로 발표일자와 장소, 운동주체의 성향 등 몇 가지 기본조건을 충족시키는 한 최대한 포함하였기 때문이다.

이는 필자 개인 뿐만 아니라 다른 연구자에도 기초자료로써 활용될 수 있으리라고 생각한다. 다만 독립선언서 일람표에 사회주의 계열의 선언서들이 포함되어 있지 않은 것은 한계로 남는다. 이는 자료를 조사하는 과정에서 그 양이 너무 방대해졌을 뿐만 아니라, 그로 인해 본고의 주제를 1910년대로 한정하면서 후일을 기약할 수밖에 없게 되었다.

본고는 95년에 필자가 박사학위논문으로 제출하였던 것을 수정하여 출판하게 된 것이다. 본고의 주제를 1910년대로 한정한 것은 다음과 같은 몇 가지 이유에서이다. 첫째, 독립선언서를 발표시기에 따라 분석하였을 때 소위 한일합병의 시점으로부터 삼일운동의 열기가 이어지던 1920년 초까지의 10년간에 60여종에 달하는 선언서가 발표되어 숫적으로도 이 시기가 선언서라는 형태를 통한 독립운동의 시기로 규정할 수 있을 것이라는 점, 둘째로 의병운동계열과 애국계몽운동계열의 양대 독립운동세력이 삼일운동 전까지 하나로 이념을 합일해 나가는 과정을 살펴보고자 하였다는 점, 셋째로는 삼일운동 이후 독립운동에 있어 일반민중의 참여가 보편화되었다는 기존의 시각과 달리 이미 1910년대 전반을 통하여 일반민중은 의병운동의 맥을 이어 자신들의 주장을 해오고 있었음을 살펴보고자 한 점 등이다.

본고는 많은 분들의 격려 속에서 이루어졌다. 지치지 않는 열정으로 학문의 길을 몸소 보여주시는 것으로 항상 채찍질하여 주시는 조항래 교수님, 여러 가지로 배려해 주시며 지도해 주신 이현희 교수님과 박성수 교수님, 어려울 때마다 힘이 되어주시고 늘 걱정을 아끼지 않으시는 박경자 교수님, 이 책을 출판하기까지 도와주신 오 성 교수님께 감사드린다. 번거로우셨을 텐데도 늘 이해해 주시며 자상하게 대해주신 박 환 교수님께는 무어라 드릴 말씀이 없다. 또한 자료수집에 도움을 준 중국의 선우금 씨께도 고마움을 전한다. 가족들에게도 이 자리를 빌어 그간 하지 못했던 인사를 대신하고 싶다. 공부한다는 핑계로 허술해지기 마련인 자리를 대신 메워주시느라 애쓰신 부모님과 관심을 가지고 몇 번이고 원고를 되읽으며 격려해 준 남편, 부족한 엄마와 상관없이 잘 자라준 딸에게 사랑한다는 말을 전한다.

끝으로 출판을 맡아주신 국학자료원 정찬용 사장님과 편집을 맡아주신 한봉숙 실장님, 편집부 여러분께 감사드린다.

1998년 7월

金 素 眞

목 차

序　論

　　1910년 國權이 被奪되자 그 이전까지 實力養成論에 기초한 愛國啓蒙運動의 系列과 武裝鬪爭을 주장하였던 義兵運動系列은 모두 國權恢復運動의 단계에서 獨立運動의 단계로의 전환을 위해 새로운 理念과 方略을 모색하지 않을 수 없게 되었다. 양 계열은 모두 해외독립군기지 또는 근거지 건설을 통한 獨立戰爭論을 선택하였으며, 이는 國外의 지역 가운데 국내로 진입하기 좋은 위치를 선정하여 독립군기지 또는 근거지로 삼고, 병력을 양성하여 국내에 진입, 일제와의 血戰을 통해 피탈된 국권을 되찾는다는 방략이었다. 이러한 방략에 따라 新民會를 중심으로 한 애국계몽운동계열은 주로 滿洲로, 柳麟錫을 비롯한 의병운동계열은 주로 露領 沿海州로 옮겨 각각 활동을 지속하게 되었다.

　　國外로 독립운동의 중심이 옮겨진 가운데 이제 독립운동의 계열은 지역에 따라서 새로운 이념과 방략에 따라 재편성되어갔다. 해외 가운데서도 중국과 미주 등지에서는 주로 외교적인 활동이 중심이 되었던 반면, 만주·노령지역에서는 독립전쟁론에 근거하여 대일항전을 일차적인 목표로 삼고 있었다. 항일독립운동의 중심지로 부각된 만주·노령지역은 중국·미주지역과는 달리 국내에서의 의병운동과 애국계몽운동이라는 상반된 운동노선이 지역만을 달리하였을 뿐 지속되고 있는 상황이었으므로 그에 따른 차이를 극복하고 항일투쟁을 통한 독립이라는 대전제하에 운동노선을 합일·재편성할 필요가 있었다. 즉, 양자는 조국의 독립이라는 대전제에서는 일치하였으나, 독립된 이후 건설될 국가가 復國의 개념으로서 專制君主體制의 국가가 될 것인가 아니면 새로운 近代的 民族國家의 개념으로서 共和政體의 국가가 될 것인가 하여 그 지향하는 이념에 따라 차이를 나타내고 있었으므로 운동노선의 재편성은 이념의 차이를 어떻게 합일하느냐에 달려 있었다.

1919년 독립운동사상 최대의 민족항쟁이었던 3·1運動에 이르러 共和政體를 志向하는 민주주의 민족독립운동의 노선이 확립되기까지에는 이러한 독립운동노선의 재편성과정을 거쳤던 것이다. 그리고 1920년대 들어 민족주의계열의 독립운동노선과 사회주의계열의 독립운동노선으로 분화되었을 때도 3·1運動에서의 이념은 大韓民國臨時政府의 정치이념으로서, 그후 다시 大韓民國政府에 계승·발전되어 현재에 이어지고 있다. 그러므로 항일독립운동사에서 3·1독립운동은 거족적, 전국적인 규모의 항일투쟁으로서 항일독립운동의 분수령을 이루고 있으며, 3·1독립운동 이후의 독립운동은 보다 조직적인 운동으로 전환됨과 동시에 항일독립운동의 중핵으로 인정되어왔다. 그러나 3·1독립운동의 원류를 이루는 1910년에서 1918년에 이르는 항일독립운동에 대하여는 아직 그 연구가 미진한 형편이다.[1]

이제까지의 韓國獨立運動史研究는 사실 자체만을 밝히는데 치중하여온 감이 없지 않았다. 이러한 연구경향에 대하여 최근에 와서는 반

---

1) 1910년대의 항일독립운동에 대한 연구로는 朴永錫, 1986 「大韓光復會研究 - 朴尙鎭祭文을 中心으로 -」『한국민족운동사연구』1, pp.75~112 ; 趙東杰, 1989 「大韓光復會研究」『韓國民族主義의 成立과 獨立運動史研究』, 지식산업사, pp. 278~313 ; 崔永禧, 1977 「3·1運動에 이르는 民族獨立運動의 源流」『韓國近代史論』Ⅱ, 지식산업사, pp.9~25 ; 尹炳奭, 1977 「1910年代의 韓國獨立運動」『韓國近代史論』Ⅱ, pp.26~38 등이 있다.

성과 함께 理念的인 部分을 보완하여 나가고자 하는 시도가 행하여지기도 하였으나,[2] 대개 개별적인 독립운동 사실이나, 지역 등에 관련하여 이루어짐으로써 전체적인 조망에는 미흡한 한계를 지니게 되었다. 獨立運動이 일제에 저항하는 정반대의 실상임에도 불구하고, 일제의 일관적인 침략정책의 전개에 비하여 마치 불규칙적이고 산발적인 형태의 투쟁의 인상을 갖게 되는 것은 이러한 사실 중심의 독립운동사 연구 경향과 관련이 있을 것이다. 물론 침략의 측면이 아닌 저항의 측면에서는 상황의 급변에 따라 그 방략을 여러가지 형태로 변용할 수 있고, 지역적으로도 수시로 이동할 뿐 아니라 앞서 언급하였듯이 1910년 이후 독립운동자들이 대거 간도를 비롯한 중국·노령·구미 등지에 걸친 광역에 퍼져 활동하게 되었으므로 일제강점 전기간에 걸쳐 이어지고 있던 獨立運動의 전체적인 조망은 확실히 어려운 일임에 틀림없다. 여기서 독립운동의 이념을 통하여 본다면 어떠한 해결의 기미를 찾을 수 있지 않을까 하는데 착안하게 되었다.

　1910年 소위 「韓日合倂」 이후 전개된 抗日獨立運動의 이념과 사상을 가장 극명하게 나타내 보이는 자료는 독립이 될 때까지 수없이 발표된 각종 「獨立宣言書」라고 생각된다. 「獨立宣言書」는 獨立運動의 실상을 그대로 반영한 기록은 아니지만, 각 선언서의 발표 주체가 제시하고자 하였던 투쟁의 방법과 목표·이념적 근거 등을 시사하고 있으

---

2) 朴永錫, 1993 「日帝下 西間島地域 共和的 民族主義系列 韓國獨立運動團體에 관한 硏究 ― 그 脈絡과 政治理念을 中心으로 ―」『日帝下 獨立運動史硏究 ― 滿洲露領地域을 중심으로 ―』, 一潮閣(1983初版), pp.2~34 (1983.7 『省谷論叢』14, 省谷學術文化財團, pp.58~84 재수록) ; 朴永錫, 「日帝下 滿洲·露領地域에서의 복벽적 民族主義系의 抗日獨立運動 ― 脈絡과 政治理念을 중심으로 ―」, 같은 책, pp.35~61 ; 姜在彦, 1984 「韓國獨立運動の根據地 問題 ― 1910年前後における二つの思想的對應 ―」『朝鮮民族運動史硏究』1, 靑丘文庫, 東京, pp.9~68 ; 柳漢喆, 1994 「柳麟錫의 義兵 根據地論 ― 1907년 이후를 중심으로 ―」『한국독립운동사연구』8, 독립기념관 한국독립운동사연구소, pp.99~126 등을 들 수 있다.

며, 그 시사하고 있는 지향성이 바로 독립의 이념이다. 따라서 독립선언서는 救國의 문서로서 최고의 의의를 지니고 있는 것이며, 獨立運動史研究에 있어 제1차적인 연구대상으로서 가치가 있는 것이다. 이와 같은 獨立宣言書는 1910년 이후 1945년까지 지속적으로 발표되었으므로 당시 이념의 차이나 변화를 시사하는 매체이기도 하다. 그러므로 앞서 언급한 바와 같이 3·1운동의 원류라고 할 1910년에서 1918년까지의 독립운동과 그 이념을 살펴보기 위해 같은 시기에 발표된 독립선언서를 살펴보고, 이어 3·1운동과 그 직후에 발표된 독립선언서와 연결지어 1910년대를 정리하고자 한다.

「獨立宣言書」로서는 가장 잘 알려진 3·1獨立宣言書와 2·8獨立宣言書 외에 宣言書의 시초가 되는 1910년의 聲明會 宣言書, 大同團結宣言, 大韓獨立宣言書 등 수없이 많았다.3) 1919년의 경우만 보더라도 수많은 「獨立宣言書」의 발표가 집중적으로 이루어져 발표주체나 발표시기·장소, 혹은 그 宣言書와 관련된 운동의 형태가 명확하지 않은 선언서까지지도 상대적으로 많이 나오고 있었다. 그러나 여기서 한가지 주목할 것은 구한말 지배계층을 이루고 있던 개화파나 위정척사파를 계승하는 세력들 외에 농민층에 기반을 두고 성장한 일반국민들의 참여가 이때에 와서는 두드러진다는 점이다. 개항이래의 동학세력이나 화

---

3) 附錄 <獨立宣言書一覽表> 참조.
　　「獨立宣言書」는 제목만 남아있거나, 선언서발표와 관련한 제반 사실의 기록이 미흡한 것까지 합하면 더욱 많은 수에 이를 것이나, 본 논문의 「獨立宣言書一覽表」에서는 비교적 발표와 관련된 사실의 기록이 조금이라도 있고 선언서 본문을 접할 수 있는 것들을 선정하여 작성하였다.
　　또한 抗日이라는 측면에서 보자면 1910년 이전 義兵들의 檄文도 포함되어야 할 것이나 韓民族의 獨立을 목적으로 하는 「獨立宣言書」로 그 의미를 한정하였으므로 1910년 聲明會宣言書로부터 시작되었으며, 아울러 제목이 「宣言書」로 작성되지 아니하였어도 내용상 抗日의 意志와 獨立精神이 투철한 것은 「宣言書」로 간주하였다. 그러나 이 一覽表는 필자가 접할 수 있는 자료의 범주를 벗어나지 못하였으므로, 이에 대한 많은 研究成果를 통하여 수정·보완의 기회를 기대한다.

적 등 하층민의 저항세력은 乙未事變·丁未七條約 등을 통하여 조선이 반식민지로 전락해 가는 과정에서 의병운동이나 애국계몽운동에 참여하여 일제에의 저항을 지속하였을 뿐 아니라 1905～1910년간의 애국계몽운동의 성과와 1910년 이후 교육의 진흥에 힘입어 1919년 3·1運動에 이르면 獨立運動의 主體로 나서게 되었다. 따라서 獨立宣言書의 발표는 독립운동을 이끌어 나가는 주도층 뿐 아니라 일반국민에게도 고무적인 영향을 끼치는 활동이 되었으며, 露領 뎌한독립녀자선언셔나 老人同盟團宣言書, 河東 朴致和 등의 大韓獨立宣言書에서 보는 바와 같이 이들이 발표주체가 된 선언서들까지 나오기에 이르렀다.

　지금까지 독립선언서에 관한 연구는 몇 가지 宣言書에 한정되어 진행되어 왔으며, 그나마도 전체적인 宣言書와의 관련하에서 이루어지지 못한 상태이다. 研究가 진행되어온 宣言書로서는 聲明會宣言書[4], 大同團結宣言書[5], 大韓獨立宣言書[6], 2·8獨立宣言書[7], 3·1獨立宣言書[8]

---

4) 尹炳奭, 1993 「聲明會宣言書의 意義」『國外韓人社會와 民族運動』, 一潮閣, pp. 214～229 ; 金素眞, 1994 「聲明會宣言書를 통해 본 獨立運動의 理念」『한국민족운동연구』10, 民族運動史研究會 (本 論文 第2章 재수록).

5) 趙東杰, 1987 「臨時政府 樹立을 위한 1917년의 <大同團結宣言>」『韓國學論叢』 9, 國民大 韓國學研究所, pp.153～172 (1987.9 『三均主義研究論集』IX, 三均學會, pp.14～45와 趙東杰, 1989 『韓國民族主義의 成立과 獨立運動史研究』, pp.314～ 338에 재수록).

6) 김동환, 1988 「戊午獨立宣言의 歷史的 意義」『국학연구』2, 국학연구소, pp.155～ 183 ; 송우혜, 1988 「<대한독립선언서>(세칭 <무오독립선언서>)의 실체 - 발표 시기의 규명과 내용 분석 -」『역사비평』여름호, pp.144～178 ; 朴永錫, 1989 「大 韓獨立宣言書 研究」『汕耘史學』3, pp.5～40 ; 趙恒來, 1990 「戊午大韓獨立宣言書 의 發表經緯와 그 意義에 관한 檢討」『尹炳奭教授華甲紀念韓國近代史論叢』, pp.547～572 ; 趙恒來, 1991 「抗日獨立運動史에서의 大韓獨立宣言書의 位相」 『白山朴成壽教授華甲紀念論叢』, pp.293～305.

7) 鄭世鉉, 1969 「2·8學生運動에 대하여」『숙대사론』4, pp.37～71 ; 金成植, 1974 「2·8독립선언서의 정신」『일제하 한국학생 독립운동사』, 正音文庫 3, 正音社, pp.50～82 ; 金成植, 1977 「韓國 學生運動의 思想的 背景」『韓國近代史論』Ⅲ, pp.18～19 (1969.3, 『亞細亞研究』12-1 재수록).

8) 愼鏞廈, 1977 「3·1獨立運動勃發의 經緯 - 初期組織化段階의 基本過程」『韓國

등을 들 수 있다. 그 가운데서도 2·8獨立宣言書와 3·1獨立宣言書는 일찍부터 시작된 3·1運動의 研究와 함께 獨立宣言書로서는 일찍부터 관심의 대상이 되어왔다. 그 외에 聲明會宣言書가 1971년, 大同團結宣言은 1986년에야 각각 宣言書 原文을 접할 수 있게 됨에 따라 개별적인 연구성과를 내게 되었다. 大韓獨立宣言書는 1987년 이후 그 發表時期의 문제에 대하여 한동안 논란이 되었으며, 이에 따라 聲明會宣言書나 大同團結宣言書에 비하여 많은 연구가 있어왔다.

한편 이러한 연구가 진행되어 왔던 宣言書들을 통하여 부분적으로 理念의 脈絡을 정리하여 보고자 하는 시도도 행하여졌다.9)

1910년으로부터 1945년까지 35년간 발표된 독립선언서는 부록으로 첨부한 <獨立宣言書 一覽表>에서 보는 바와 같이 방대한 양이므로 본 연구에서 전부를 수용할 수는 없었다. 본 일람표의 103개 선언서를 시기별로 나누어보면 1910년대에 61개, 1920년대에 23개, 1930년대에 2개, 1940년대에 17개의 선언서가 각각 발표되었다. 그 가운데서 1910년대에 발표된 선언서들은 1919년 1년동안에만 57개의 선언서가 집중적으로 발표되어 이 시기야말로 선언서의 발표와 만세시위운동이라고 하는 형태의 항일독립운동이 定型化했던 기간이라고 할 수 있었다.

1910年代 獨立宣言書의 理念과 方略을 살펴보기 위하여 우선 1910年代 전반의 獨立運動을 각 方略別로 살펴보면 다음과 같다.

개항 이후 일제의 한국침략이 본격화하자 한민족은 이에 대응하여 여러 형태의 국권회복운동을 전개하였으며, 이는 소위 「한일합병」 이

近代史論』Ⅱ, 지식산업사, pp.39~112 ; 김상현, 1986 「한용운과 공약3장」『동국사학』19·20합집, pp.325~347 ; 洪一植, 1989 「3·1獨立宣言書 研究」『한국독립운동사연구』3, pp.195~221 ; 趙恒來, 1991 「3·1獨立宣言書의 理念的 背景」『汕耘史學』5, pp.1~17.

9) 趙東杰, 1989 「3·1運動의 理念과 思想 - 독립선언서와 선언자의 비교분석 -」『韓國民族主義의 成立과 獨立運動史研究』, 지식산업사, pp.393~417 ; 趙恒來, 1991 「3·1獨立宣言書의 理念的 背景」『汕耘史學』5, pp.1~17.

후 독립운동으로 계승되었다. 국권회복운동으로부터 독립운동에 이르기까지 그 궁극적인 목표는 일제를 한국에서 驅逐하고 독립을 달성한다는데 있었으나, 운동의 핵심주체들이 가지는 사상과 주의, 이념의 차이에 따라 서로 다른 투쟁의 방략을 노정하게 되었다.

독립운동사상 두드러지는 투쟁의 방략으로는 獨立戰爭論, 教育・殖産優先論, 無政府主義論, 義烈鬪爭論, 外交論, 準備論, 自治論 등을 들 수 있다. 이 가운데 1920년대 들어 대두된 無政府主義論과 自治論은 본 논문의 범주에 해당하지 않으므로 제외하기로 한다. 시기별로 볼 때 獨立戰爭論, 教育・殖産優先論은 각각 합병 이전 위정척사론의 의병과 개화계열의 애국계몽운동의 자강주의로부터 비롯되었으며, 그외에 義烈鬪爭論, 外交論, 準備論 등이 1910년대 후반 들어 대두되기 시작하였다.10)

獨立戰爭論은 무력에 의해 일제를 구축하자는 방략이다. 즉 勤王殉節의 愛國主義・無抵抗主義의 만세시위나 外交方式의 獨立請願運動으로는 민족독립을 쟁취할 수 없다는 인식에서 비롯된 抗日武裝鬪爭方略인 것이다. 따라서 독립전쟁론의 근원은 의병운동으로부터 출발하고 있으며, 1910년을 전후하여 의병대열이 국내에서의 활동에 한계를 느끼고 露領・間島지역으로 이동하면서 국권회복운동의 성격에서 독립전쟁으로 전환되었다.11)

教育・殖産優先論은 개화계열에 이어지는 愛國啓蒙運動의 自强主義에서 그 근원을 찾을 수 있다. 제국주의의 침략을 물리치기 위해서는 민족교육의 보급과 산업의 진흥을 통한 自主自强을 필수요건으로 꼽았으며, 이러한 자강주의의 궁극적인 목표는 近代民主主義國家의 수립이었다. 그러나 愛國啓蒙運動期의 여러 단체 특히 新民會에서 보듯이 教育・産業優先論에 있어서도 독립전쟁은 일제를 구축하기 위한 方略

---

10) 朴永錫, 1993 「獨立運動方略」『在滿韓人　獨立運動史研究』, 일조각, pp.83~117.
11) 第3章　聲明會宣言書의　理念과　思想　참조.

의 하나로 고려되고 있었다. 신민회의 독립군기지창건운동에 따라 間島로 애국계몽운동가들이 대거 이주한 후 건설된 한인촌에서는 교육·산업우선론을 계승하여 민족교육의 보급과 산업의 진흥에 힘쓰는 한편, 군사교육 역시 병행하였던 것이다.[12]

義烈鬪爭論은 강력한 군사력과 조직력을 보유하고 있던 일제에 맞서 효과적인 독립전쟁을 수행하고자 강구되었던 方略이다. 義烈鬪爭을 독립운동의 방략으로 삼고 국내외에서 활약하였던 대표적 단체로는 大韓光復會·義烈團·丙寅義勇隊·韓人愛國團 등을 들 수 있다. 이 가운데 1910년대에 활동하였던 단체는 대한광복회 뿐으로 의열투쟁론이 본격적으로 전개되었던 것은 1920년대 이후의 일이다. 그러나 1931년 이후 일제의 대륙침략정책이 본격화함에 따라 의열투쟁은 한계를 맞게 되었다. 대한광복회는 1913년 조직된 豊基의 光復團과 1915년 조직된 大邱 朝鮮國權恢復團이 발전적으로 통합되어 1915년 결성된 단체이다. 이 會는 국내에 활동거점을 마련, 독립운동자금을 조달하고 무기를 비축하는 한편 국외에서 독립군을 양성하여 혁명적인 수단으로 독립을 달성한다는 계획을 세우고 있었다.[13]

外交論은 開港 이후부터 일제의 한국침략을 견제하기 위하여 개화파에 의하여 추진되었다. 국권 피탈 이후에는 聲明會宣言書를 통하여 미국과 중국에 한국의 독립을 호소하였으며, 외교론이 활발하게 전개되기 시작한 것은 파리강화회의의 개최와 함께 미국대통령 윌슨이 민족자결주의를 제창하면서부터이다. 新韓靑年黨이 파리에 金奎植을 파견하는 외에 露領에서도 尹海와 高昌一이 파견되었으며, 김규식은 파리에 韓國通信局을 설치하고 선전활동을 하였다. 한편 미국에서는 1919년 4월 필라델피아에서의 韓國議會 개최 이후 본격적인 선전활동

---

12) 愼鏞廈, 1983 「新民會의 獨立軍基地 創建運動」『韓國文化』4, pp.90~103.
13) 趙東杰, 1989 「大韓光復會 研究」『韓國民族主義의 成立과 獨立運動史研究』, 지식산업사, pp.291~302.

을 통하여 한국의 독립을 주장하였으며, 한국의회에서 결의된 대로 韓國親友會 및 韓國通信部를 설치하고 지속적인 활동을 벌여나갔다. 뒤에 한국통신부는 임시정부의 공식적인 기관으로 승인받으면서 그 재정이 구미위원부로 이전되어 활동을 지속하였다.14)

準備論은 安昌浩에 의해 제창되었다. 그러나 그 맥락은 외교론과 함께 구한말의 개화운동과 애국계몽운동에 이어지는 것이다. 안창호의 독립사상은 신민회 운동 이래 敎育·産業의 민족실력양성을 독립을 위한 준비로서 관철하려는 점에서는 李光洙의 民族改造論과 논지를 같이하나, 市民的 民族主義와 民主共和制의 國民主權的 自由主義를 대변한다는 점에서 점진적 國民敎化論的 性格이 강하였다. 따라서 안창호의 독립운동방략은 실력배양의 준비론이었다. 민족독립에 앞서 이를 달성할 수 있는 자주적인 국력의 축적이 필요하다고 주장하였으며, 이는 독립전쟁론이나 의열투쟁론의 무력 급진적 독립운동방략과는 대립된다. 자주적인 국력의 실체에 있어서도 안창호는 개인주의적 접근을 시도하여 시민으로서의 인격수양에 비중을 두었으며, 이러한 배경에는 미국의 자본주의의 논리가 작용하였다. 1910년대 전반을 통하여 준비론이 활발하게 전개되었다고 볼 수는 없으나, 독립선언서를 통하여 볼 때 독립전쟁론이나 외교론적 지향 없이 국민 각자의 역량이나 생업에서 최선을 다할 것을 촉구하는 선언서가 간혹 보이고 있으며, 이러한 선언서는 방략상 준비론으로 구분하였다.

위와 같은 방략구분에 근거하여 1910년대 독립선언서를 방략과 독립이후 건설할 국가의 政體 혹은 獨立理念 등을 일별하면 다음과 같다.

---

14)　第2章　大同團結宣言과　大韓獨立宣言書의　理念과　思想　및　第7章　韓國議會宣言書의　理念과　思想　참조.

<표1> 1910년대 독립선언서 일람표

資料 番號	宣 言 書	發表日字	場所	宣言主體	方略	獨立以後의 國體(獨立理念)	備 考
1	a 韓國國民議會 宣言書	1910.8.23	블라디 보스톡	柳麟錫 등 8624人			
	b 與淸國政府書	1910.8.23	블라디 보스톡	柳麟錫 등 8624人			
2	大韓人國民會 中央總會 結成 宣布文	1912.11.20	美國	大韓人國民 (各 支會代表 12名)	자치제도 실시로 자 치력 배양	민주주의 국가 수립	
3	大同團結宣言	1917.7	上海	申檉(申圭植) 등 14人	통일기관 수립으로 통일국가 달성	法治로써 국민 주권과 평등을 보장하는 민주 주의 독립국가	
4	趣旨書	1917.9.2	上海	朝鮮社會黨			
5	大韓獨立宣言書	1919.2.1	吉林	金敎獻 39人	무장투쟁	자주독립과 평 등복리의 실현, 근대적 민주주 의 공화정체 민족국가 수립	
6	a 宣言書	1919.2.8	東京	崔八鏞 등 朝鮮靑年獨立 團 代表 11人	무장투쟁	정의와 자유를 기초로 한 新 國家 건설	●
	b 民族大會召集 請願書	1919.2.8	東京	崔八鏞 등 朝鮮靑年獨立 團 代表 11人			●
7	a 宣言書	1919.3.1	서울	朝鮮民族代表 33人		구체적 언급 없음(정의인도)	●
	b The Proclama -tion of Kor -ean Indepen -dence	1919.3	美國	朝鮮民族代表 33人			

資料番號	宣言書	發表日字	場所	宣言主體	方略	獨立以後의 國體(獨立理念)	備考
8	朝鮮獨立宣言書	1919.3.10		朝鮮民族獨立團	무장투쟁	구체적 언급 없음(자유평화)	●
9	獨立宣言布告文	1919.3.13	龍井	墾島居留朝鮮民族 一同	비폭력	구체적 언급 없음(정의,인도 생존,존영=민족적 요구)	
10	布告文	1919.3.15	美國	大韓人國民會中央會			
11	朝鮮獨立宣言	1919.3.17	시베리아	朝鮮國民議會 (우아文등 3人)	무장투쟁 (강도弱)	근대민주국가 지향 (서구민주적 자유,정의, 평화)	●
12	大韓獨立宣言書	1919.3.18	河東	朴致和 등	비폭력	구체적 언급 없음(정의인도)	●
13	檄	1919.3.18	日本	靈山生	집회요구 매국노처단	구체적 언급 없음(자유)	●
14	獨立宣言書	1919.3.19	大阪	在大阪 韓國勞動者 一同 代表 廉尙燮		구체적 언급 없음(자유)	●
15	宣言書	1919.3.20 이전	海蔘威	大韓國民議會 (에고르韓 ・ 金萬謙 등 9人)		근대민주국가 지향 (정의인도의 유지,세계평화의 보전	●
16	宣言書	1919.3.20	琿春	大韓國民議會	무장투쟁	근대민주국가 지향(자유)	
17	宣言書	1919.3	鐵山	朝鮮民族代表	비폭력	*3·1선언서와 동일	
18	宣言書	1919.3	木浦	朝鮮民族代表	비폭력	*3·1선언서와 동일	
19	通告文	1919.3	서울	獨立團	비폭력	구체적 언급 없음	
20	朝鮮獨立宣言書	1919.3	中國	郭鍾錫등 7人	비폭력	*3·1선언서와 동일	

資料 番號	宣 言 書	發表日字	場所	宣言主體	方略	獨立以後의 國體(獨立理念)	備 考
21	同胞에 檄하노라	없음	忠武	權南善등 9人	비폭력 생명투신	구체적 언급 없음(자유)	
22	반도의 목탁 (1호)	1919.1.1	서울	소년반도사			
23	獨立請願書	1919.4.5	廣東省	中國 廣東省 國民議會 康 基鎬등 331人	외교론 중국중심	구체적 언급 없 음	●
24	大韓民國臨時憲章 宣布文	1919.4.11	上海	李東寧등 8人	국제연맹 가입 등 외 교론적 요 소 추가	민주공화정체의 자주독립국가 수립	
25	宣誓文	1919.4.11	上海	大韓民國臨時政 府	무장투쟁	민주공화정체의 자주독립국가 수립	
26	宣布文	1919.4.14	美國	大韓獨立後援會 (徐在弼등)	외교론	민주공화정체의 자주독립국가 수립	
27	디한독립녀ᄌ선언셔	1919.4.	露領	김인종등 8人	무장투쟁	구체적 언급 없 음	
28	獨立聲明書	1919.4	서울	李容植·金允植	일제에 청 원	구체적 언급 없 음	
29	宣言書	1919.4	滿洲	在大陸大韓獨 立團 臨時	외교론 가 미된 무장 투쟁	민주공화정체 국가 수립	●
30	國民大會趣旨書	1919.4		13道代表 李 晩植 등 25人	무장투쟁	구체적 언급 없 음(국가적 독립, 민족적 자유)	
31	新韓民國政府 宣言書	1919.4	平安	李東輝 등 11人	외교론 선전홍보	구체적 언급 없 음	

資料 番號	宣 言 書	發表日字	場所	宣言主體	方略	獨立以後의 國體(獨立理念)	備考
32	請願書	1919.5.12	파리	新韓靑年黨 代表 金奎植	외교론	민주공화정체 국가 수립	●
33	宣言書	1919.5.20	서울	朝鮮民族大同團		민주공화정체 국가 지향	
34	通喩文(第1號)	1919.5	上海	大韓民國臨時 政府	외교론(무 장투쟁도 고려)	구체적 언급 없 음(민주공화정체 국가 지향)	
35	警告文	1919.5		京城獨立團	준비론	민주공화정체 국가 지향	
36	陳述書	1919.5	서울	京城 獨立會 本部		구체적 언급 없 음(민주공화정체 지향	●
37	時事陳述書	1919.5	上海	耶蘇敎代表(安承 源　등　11人)	외교론 가 미된 무장 투쟁	근대　민주국가 지향	
38	大韓國民會趣旨 書	1919.6	평남	臨時國民會規 則委員長	불분명	구체적 언급 없 음	
39	大韓民國臨時政 府大統領宣言書	1919.7.4	上海	大韓民主國臨 時大統領 李承晩	평화적　항 거	민주공화정체국 가수립	
40	請願書	1919.7.9	美國	大韓婦人愛團	외교론	근대　민주국가 지향	●
41	朝鮮獨立에　대 한 感想의 槪要	1919.7.10		韓龍雲		구체적 언급 없 음(국가적 독립, 민족적 자유)	●
42	赤十字會宣言書	1919.7	平安	大韓赤十字會 (安昌浩 등 78人)	외교론 선전홍보	구체적 언급 없 음	

資料番號	宣言書	發表日字	場所	宣言主體	方略	獨立以後의 國體(獨立理念)	備考
43	大韓正義團倡義檄文	1919.7	上海	大韓正義團	준비론 지향	근대적 민주 국가 지향	●
44	大韓國民老人同盟團 趣旨書	1919.3.4 경	海蔘威	없음	비폭력	구체적 언급 없음	
45	在露領大韓國民老人同盟團謹瀝血禱衷干	1919.7 하순	海蔘威	大韓國民老人同盟團代表金致甫 등 21人	외교론	민주공화정체 국가 수립	
46	警告文	1919.8.28	서울	없음	준비론 지향	민주공화정체 국가 수립	
47	朝鮮獨立申請書	1919.9.28	전남	全羅南道儒會所 發起人 海南 李濟岩·綾州 閔醒坡寶城 安强齊光州 朴一峯	청원서적 성격	임시정부 지지 (근대민주국가 지향)	●
48	敵의 官公吏가 된 同胞에게	1919.9.30	평북	大韓靑年團	의열투쟁의 성격	구체적 언급 없음(자유국민의 정신)	
49	警告	1919.10.20	평남	國民痛哭團	비폭력	구체적 언급 없음	
50	宣言書 (臨時政府宣言書 및 公約 3章)	1919.10.31	上海	大韓民族代表(朴殷植 등 30人)	무장투쟁	민주공화정체 국가 수립	
51	天主敎同胞에게	1919.10.31	전남		무장투쟁 요소 强	자유국가 거설	●
52	諭告	1919.10		大韓臨時政府十三道 總幹部	외교론 비폭력	민주공화정체 국가 수립	●
53	大韓靑年團聯合會 趣旨書	1919.11.1	滿洲	金時漸·金承萬 등 17人	무장투쟁 임정보조	구체적 언급 없음(민주공화정체 국가 지향)	

資料番號	宣言書	發表日字	場所	宣言主體	方略	獨立以後의 國體(獨立理念)	備考
54	a 宣言書	1919.11.15	上海	大韓僧侶聯合會(吳卍光 등12人)	무장투쟁	임시정부 지지 (민주공화정체 국가 지향)	
	b 宣言書	1919.11.15	上海	大韓僧侶聯合會(吳卍光 등12人)			
	c *The Manifest-o of theKor-ean Buddhis-ts*	1919.11.15	上海	大韓僧侶聯合會(吳卍光 등12人)			
55	宣言書	1919.11.	서울	大韓民族代表(義親王 李 등 33人)	무장투쟁	구체적 언급 없음(정의, 인도)	
56	警告文	1919.11	滿洲	獨立團員	무장투쟁	구체적 언급 없음 (민주공화정체 지향)	
57	警告! 我新大韓同胞	1919.11	滿洲	大韓獨立軍備	무장투쟁 군자금 모집	구체적 언급 없음 (민주공화정체 지향)	
58	國民會 告諭文	1919.11	滿洲	間島大韓國民會			
59	喩告文	1919.11	滿洲	大韓獨立軍義勇隊長 洪範圖등 3人	무장투쟁	구체적 언급 없음 (완전한 독립 주권국가 수립	
60	決死團員盟誓書	1919	昌寧	昌寧郡 榮山邑 天道敎人 23人	무장투쟁	구체적 언급 없음(완전한 독립 주권국가 수립)	
61	大韓獨立請願書	1919	서울	郭鍾錫 등 137人	외교론	구체적 언급 없음	

(備考의 ●표시는 파리강화회의나 민족자결주의에 대한 기대를 나타낸다
-필자주)

　위의 표에서 정리된 바에 의하면 1910년대 전반에 걸쳐 일관되게 주장되고 있던 방략은 무장투쟁을 주장하는 독립전쟁론이었다. 그리고

지역적으로도 이러한 무장투쟁론은 間島·露領을 중심으로 한 해외에서 강세를 보인 반면, 국내에서는 거의 나타나지 않고 있었다. 오히려 국내에서는 3·1독립선언서에서 비폭력 원칙을 내세운데 영향받아 비폭력주의에 입각한 선언서가 많았으며, 청원서적인 선언서도 나오게 되었다. 한편 파리강화회의의 개최와 함께 외교론에 입각한 선언서가 나오기 시작하였으며, 가장 본격적으로 외교론이 전개된 것은 미주의 한국의회선언서였다. 그외에 간헐적으로 의열투쟁론적 방략이나 준비론적 방략을 표방한 선언서가 발표되었다. 전체적으로 1910년대 독립선언서에 있어서 방략은 앞서 언급한 바와 같이 무장투쟁론이 우세한 가운데 1919년 3·1운동 이후에는 국내의 비폭력주의와 청원서적 선언서, 미주의 외교론, 間島·露領의 무장투쟁론으로 대별하여 볼 수 있었다.15) 그러나 각 선언서들 가운데는 하나의 방략을 철저하게 추구하는 대신 외교론과 무장투쟁론을 병용하는 경우도 있었다. 이러한 경향은 파리강화회의의 개최와 세계대전의 종결을 하나의 계기로 포착하여 독립운동의 기회로 삼고자 하였던 의지를 반영하고 있는 것이라 생각되며, 실제로 1919년 2월부터 1919년 7월 초순까지의 선언서에는 파리평화회의나 민족자결주의에 대한 기대가 집중되어 나타나고 있다.

1910년대 독립선언서에 나타난 독립이후 건설될 국가의 政體나 獨立理念에 대하여 살펴보면 1917년 大同團結宣言과 1919년 대동단결선언을 계승한 大韓獨立宣言書에서 法治에 의한 근대적 민주주의 공화정체의 민족국가의 수립을 제창한 이래 민주공화정체가 광범위하게 지향되었음을 알 수 있다. 선언서 가운데 이에 대한 구체적인 언급을 하지 않고 있는 것도 상당수에 이르지만, 선언의 주체나 선언서의 내용·연호표기에서 大韓民國 建國年號의 사용 등으로 미루어 볼 때 민

---

15) 1910년대 독립선언서 가운데 무장투쟁론은 19개, 비폭력주의는 13개, 외교론은 10개, 외교론과 무장투쟁론이 병행된 경우가 4개, 청원서적 선언서가 2개, 기타가 8개였다 (5개 선언서에 대하여서는 검토가 이루어지지 않았다).

주공화정체를 표방하는 선언서의 비중은 더욱 높을 것으로 판단된다. 구체적으로 朝鮮의 復權을 주창하는 복벽주의적 선언서는 소위「韓日合倂」 직후 발표된 聲明會宣言書에서 朝鮮을 그대로 유지하고자 하는 의지를 표명한 이외에는 찾을 수 없었다.

위와 같은 검토를 바탕으로 다음에서 1910년에서 1919년 3·1운동 직전까지의 선언서 가운데 복벽주의적 성향으로는 유일한 선언서인 聲明會宣言書와 민주공화정체이념을 公論化한 大同團結宣言과 大韓獨立宣言書를 살펴보고, 3·1운동 이후의 선언서로는 3·1운동과 관련하여 2·8獨立宣言書와 3·1獨立宣言書, 間島·露領지역의 항일무장투쟁을 주도한 노령의 대한국민의회의 활동과 관련된 大韓國民議會宣言書와 老人同盟團宣言書·ᄃᆞ한독립녀ᄌᆞ선언셔, 외교론을 대표하는 美洲의 韓國議會宣言書, 그외에 국내의 유림과 불교계의 선언서인 獨立請願書와 大韓僧侶聯合會宣言書와 함께 청원서의 성격이 강한 李容稙·金允植의 獨立聲明書를 아울러 宣言書의 內容과 救國理念, 宣言主體의 性向, 宣言의 背景 등을 전체적인 獨立運動史上에서 살펴보기로 한다.

第 1 章　聲明會宣言書의 理念과 思想

第 1 節　聲明會宣言의 背景

　　1910년 8월 韓國이 國權을 피탈당하게 되자 그동안 진행되어 오던 國權恢復運動은 獨立運動이라는 새로운 단계로의 전환을 맞게 되었다. 獨立運動으로서의 方略에 대한 모색은 당시까지 國權恢復運動의 양대 조류를 이루고 있던 衛正斥邪系列의 義兵運動과 開化系列의 愛國啓蒙 運動 모두에게 당면한 과제이기도 하였다.

　　이러한 시점에서 두 계열은 거의 동시에 한반도 國境에 인접한 國 外地域에 獨立運動의 據點을 설치할 것을 구상하고[1] 間島와 露領地域 으로 運動의 據點을 옮겨갔다. 두 계열은 모두 궁극적으로는 獨立戰爭

---

1) 獨立運動을 持久戰으로 계획하고 國外에 獨立運動의 據點을 설치하고자 한 내 용에 대한 논문은 다음과 같다.
　姜在彦, 1984 「朝鮮獨立運動の根據地問題 － 1910年前後における二つの思想的 對應」『朝鮮民族運動史硏究』1, 靑丘文庫, 東京.
　愼鏞廈, 1983 「新民會의 獨立軍基地 創建運動」『한국문화』4.

論에 해당하였으나, 衛正斥邪系列의 義兵出身者들이 즉각적으로 국내에서의 義兵運動을 연장하려 하였음에 비하여 愛國啓蒙運動者들은 역시 국내에서의 啓蒙運動의 연장선상에서 敎育·殖産優先論에 의하여 韓人을 정착시키고 기회를 보아 獨立戰爭에 나서야 한다는 입장을 고수하고 있었다.[2]

따라서 1910년 8월 소위 「韓日合邦」을 당하게 되자 즉각적인 대응이 최초로 聲明會宣言書[3]를 통하여, 衛正斥邪系列의 義兵들이 집결하여 있던 沿海州로부터 먼저 나온 것은 그 方略上 당연한 것이었다. 이러한 배경을 이해하기 위하여 우선 1910년을 전후한 시기의 義兵運動과 愛國啓蒙運動, 그리고 露領의 韓人社會의 형성과 활동내용에 대하여 간략하게 살펴보기로 한다.

의병으로 인하여 한국침략의 초기과정에서 일시나마 차질을 빚지 않을 수 없었던 일제는 의병의 무장저항을 타개하는데 우선순위를 두게 되었다.

한편 당시 의병들이나 일반민중들은 1907년 이래의 의병투쟁을 韓日간의 국제전쟁으로 인식하고 있었다. 이러한 인식을 단적으로 보여주는 것이 李麟榮의 「海外同胞에게 보내는 檄文 (Manifesto to all Coreans in all parts of the world)」이다. 이인영은 1907년 음력 9월 13道 倡義大將으로서 전국 13도 의병장을 총동원하여 서울로 진격작전을 실행하면서 서울주재 각국 영사관으로 호소문을 보냈다. 그 내용에는 고종의 勅書를 명시하고 의병의 투쟁과 당시 한국의 상황을 전쟁으로 규정한 후 이 전쟁의 합법성과 국제법상의 교전단체로서 승인해

---

2) 姜在彦, 위의 논문, pp.21~27.
  愼鏞廈, 위의 논문, pp.92~93.
  朴永錫, 1988 「獨立運動方略」『在滿韓人 獨立運動史研究』, 일조각, pp.84~92.
3) 聲明會宣言書는 현재 美國 워싱턴의 國立文書保管所에 1통이 보관되어 있을 뿐이며(*National Archives Microfilm No.M426의 Roll No.1*), 선언서원문은 尹炳奭, 1984, 『李相卨傳』(일조각, pp.218~246)에 전재되어 있는 것을 참고하였다.

줄 것을 요구하였다. 동시에 앞서 언급한 격문을 각지로 발송하였다.[4] 일제의 침략에 맞서 싸우면서 동시에 이를 국제간의 교전으로 인식하고, 국제사회에 이를 널리 알리려 하였다는 점에서 이인영의 호소문이나 격문은 커다란 의의를 가진다. 특히 아직 국권을 완전히 상실하기 이전에 정당한 국가로서 교전국으로 인정받고자 하였다는 점은 더욱 설득력을 가지는 부분이다. 따라서 의병들이 수없이 발하였던 격문의 개념으로부터 한차원 전환하는 것이었을 뿐 아니라 소위 「韓日合倂」 이후 수많은 독립단체 및 개인들에 의해서 발표되는 獨立宣言書에 대해서는 그 연원이 된다 하겠다. 또한 1907년부터 1910년까지의 의병운동이 무장투쟁을 통한 일제의 축출이라는 점을 명백하게 전제할 수 있었던 것 역시 이러한 인식으로부터 연유한다고 하겠다.

　1907년부터 1910년 사이의 의병운동은 지방유생과 평민들의 유대가 공고해지는 가운데 점차 유생들의 일방적인 주도형으로부터 평민의병들의 적극적인 참여를 통하여 그 성격의 변화를 취하게 되었다. 즉 의병활동의 대중적인 확산을 통해 다양한 계층이 참여하게 되었을 뿐 아니라 해산군인들이 합류하면서 무기나 전투기술이 향상되면서 적극적인 투쟁의 양상을 띠게 된 것이다.[5] 그러나 정작 중요한 변화는 이렇듯 대중적인 확산을 통해 군인 및 평민출신의 의병장들이 대거 출현하여 의병을 지휘하게 되면서 1895년 이후 줄곧 의병운동을 지도하여 오던 李恒老 系譜에 속하는 위정척사론계열의 유생의병장들의 비중은 상대적으로 감소되어 갔다는 점이다. 그 이유로는 첫째, 유생의병장들의 많은 희생을 들 수 있다. 1908년에서 1909년에 걸쳐 실시된 일제의 소위 南韓大討伐作戰으로 1908년 의병의 교전회수와 희생자수

---

4) 朴成壽, 1993 「1907년의 義兵戰爭」『獨立運動史 研究』, 창작과 비평사 (1980 初版), pp.148~151.

5) 權九熏, 1991 「韓末 義兵의 參加階層과 그 動向 － 後期義兵의 性格變化와 關聯하여 －」『한국독립운동사연구』5, 독립기념관 한국독립운동사연구소, pp.181~182.

는 최고조에 달하였다. 이와 동시에 유생·양반의병장의 숫자는 급속히 감소해 갔다. 이는 일제가 의병진압에 있어서 영향력이 있는 '적괴(의병장:필자)' 체포를 최우선하였으므로 일제의 정보망에 노출되기 쉬웠고, 군인·포수 등 평민 출신 의병장보다 민활성이나 전투력에 있어서 상대적으로 뒤떨어진 점, 대의명분을 중시하여 경직된 투쟁원칙을 고수하였기 때문에 전면전에서의 피해가 컸던 점 등과 연관시켜 생각해 볼 수 있다.6)

둘째로는 유생의병장들이 국외로 망명하여 持久戰을 계획하고 있었던 점이다. 여기에 대하여 나름대로의 논리를 가지고 주장을 설파하였던 사람은 李恒老의 門人으로 그 道統을 이은 毅菴 柳麟錫이었다. 柳麟錫은 이미 1896년 일본군에 패퇴하면서 자신의 잔여부대를 이끌고 압록강을 넘어 西間島로 이동하였던 바 있었다. 그후 그는 1900년 귀국하여 黃海道 平山의 山斗齋를 거점으로 하여 平安道의 泰川, 价川, 龍川 등지에서 강회를 열고 尊攘思想을 고취하며 의병들을 모집하였다.7)

---

6) 權九熏, 앞의 논문, p.202. 참고로 이 시기 의병의 교전회수와 희생자수 등의 통계를 인용하여 도표로 작성하면 다음과 같다.

연도	전투회수	전투참가 의병수	의병 전사자	체포자	부상자
1907	323회	44,116명	3,627명	139명	1,492명
1908	1,451회	69,832명	12,492명	1,417명	1,719명
1909	898회	24,783명	2,374명	329명	435명
1910	147회	1,891명	125명	48명	54명
1911	33회	231명	9명	61명	6명
도합	2,852회	140,853명	18,709명	2,139명	3,706명

（「朝鮮暴徒討伐誌」『獨立運動史資料集』3, pp.823~829 및 權九熏, 같은 논문, p.201의 <표4><표5> 참조).

7) 黃海道 平山은 申錫元·蔡葛山 등 柳重教의 門人들이 있었던 곳으로 柳麟錫을 받아들일 수 있는 인맥적 토대가 있었기 때문이었다(姜在彦, 「朝鮮獨立運動の根據地問題 - 1910年前後における二つの思想的對應 -」, p.19).

柳麟錫은 1908년 8월 노령으로 망명하기 전에 있었던 1907년 12월의 13道倡義軍의 서울進攻計劃에 대하여 그 卽戰卽決策을 비판하고 白頭山을 중심으로 하는 근거지를 건설하고 持久戰을 펼 것을 주장하였다. 백두산을 중심으로 하는 근거지건설의 이점으로 그는 첫째, 백두산은 그 가까이에 茂山·三水·甲山 등의 여러 읍이 있고, 이들은 지형적으로 준험하여 수비의 요지이므로 거사를 도모할 만 하며, 둘째로는 서북인은 강인하여 포술에 능하고 서·북간도에는 한국인이 많으므로 연계하면 병력과 재정의 문제가 해결가능할 뿐 아니라 무기의 제조·구입에도 편리하다는 점, 세째로 중국과 러시아가 연결되어 있다는 국제적인 차원의 조건까지 역설하였다8).

이러한 주장에 따라 1908년 7월 柳麟錫이 그 門人들과 함께 노령으로 망명함으로써 위정척사론에 입각한 의병운동의 무대는 만주·노령 지역으로 옮겨지게 되었다.

다음으로, 애국계몽운동은 교육·언론·문화·국학 등의 여러 분야에서 진전되었다. 특히 교육운동의 성과는 괄목할 만한 것이어서 1908~1909년 무렵 의병운동의 대중화에도 기여한 것으로 평가된다9). 1909년 의병운동이 전환기를 맞이하면서 신민회는 국외 독립군기지 장건운동에 본격적으로 나서게 되었다.

본래 애국계몽운동의 기본전략은 국내에서는 국민을 애국주의와 신지식으로 교육·계몽하고, 청소년들을 국권회복을 위한 민족간부로 양성하여 민족내부의 실력을 양성하는 한편 국외에서는 국경부근에 독립군기지를 설치하고 독립군을 양성하여 일제가 다른 나라와 전쟁을 벌이게 되는 등의 好機가 오면 독립군이 국내로 진공하여 독립전쟁을 일으키고 국내에서도 그간 양성한 실력으로 함께 봉기하여 내외호응

---

8) 「與諸陳別紙」『毅菴集』 上, p.592 (영인본, 景仁文化社, 1973).
9) 姜在彦, 「반일 의병운동의 역사적 전개」, p.335 및 愼鏞廈, 1991 『韓國近代民族主義의 形成과 展開』, 서울대학교 출판부, pp.254~255 참조.

한 한국민족의 힘으로 국권을 회복한다는 것이었다. 그리고 1907년 논의가 나온 이래 신민회 자체의 역량상 보류해 두었던 해외독립군기지 창건의 문제는 1910년 4월 安昌浩·李 甲·柳東說·申采浩·李鍾浩·李鍾萬 등이 망명하고 뒤이어 李東寧 등이 만주·노령 일대를 답사한 결과 구체화되기 시작하였다. 독립군기지를 창건하는데 필요한 자금은 李容翊의 손자인 李鍾浩가 조달하였다. 1910년 9월 노령 블라디보스톡에 도착한 이들은 8월의 일제강점 소식에 충격을 받고 애초의 계획을 변경하여 즉각 독립군을 조직하려다 유동열·김희선 등이 체포되면서 실패하였다.

신민회는 소위 105인 사건을 비롯한 일련의 대검거와 일제 강점후의 국내 사정 등으로 국내에서 활동할 소수의 간부와 회원을 제외하고는 국내간부들의 일부도 집단적으로 만주 서간도 지방에 이주하여 독립군기지창건사업을 수행하기로 하고, 1910년 이시영 일가를 포함한 선발대를 시작으로 滿洲 奉天省 柳河縣 三源堡 鄒家街에 이주하여 新韓村을 건설하기에 이르렀다.[10]

끝으로 露領 韓人社會의 形成과 活動에 대하여 살펴보면, 1910년까지 한인의 노령이주는 대다수가 경제적 곤궁에 기인하는 것으로 독립운동을 위한 정치적 망명자는 1910년 이후에야 대거 이주하고 있다[11]. 노령의 한인들은 90% 이상이 농업에 종사하고 있었으며[12], 러시아의 對韓人政策이 한국인들의 생활을 여러가지로 제한[13]하는 것이었으므로 귀화여부에 따라 經濟的·社會的 지위의 획득에 차이가 있었다. 1910년 노령의 한인이주자 54,076명 가운데 귀화인은 17,080명이었다[14]. 노령지역에 거주하는 한인들은 조선과 만주지역에 거주하는 한

---

10) 愼鏞廈, 1983, 앞의논문 참조.
11) 權熙英, 「在蘇韓人 1백30년」『서울신문』, 1990년 4월 13일자 참조.
12) 高承濟, 1973 『韓國移民史硏究』, 章文閣, pp.60~62.
13) 李東彦, 1991 「露領地域 初期 韓人社會에 관한 硏究」『한국독립운동사연구』5, 독립기념관 한국독립운동사연구소, pp.212~217 참조.

인들보다는 비교적 수입이 많아 생활이 용이하였으며15), 경제적으로 기반을 닦은 귀화한인들이 자신들의 재력을 바탕으로 노령지역 한인 사회의 언론·교육사업과 의병운동을 지원하고 있었다.

노령 연해주지역 의병부대의 활동 중심지는 노우키에프스크(煙秋)였다. 이 지역에는 1907년 李範允이 간도로부터 망명하여 彰義會를 조직하고 3,4천명 규모에 달하는 의병부대를 편성하고 있었다. 아울러 귀화한인 崔在亨과 협조하여 러시아軍의 5연발·14연발 소총등의 무기를 구비하였다. 李範允의 의병부대는 左軍將 嚴仁燮·右軍將 安重根으로 편성된 全濟德 부대와 金永先 부대로 조직되었으며, 長白縣을 중심으로 洪範圖 부대가 별도의 李範允 산하 부대로 활동하고 있었다. 이 의병부대들은 1908년 초에는 행동을 개시하여 1908년 여름에는 國內進攻作戰을 개시하였으나 일본군의 수비강화와 국내의병의 호응부족으로 실패하였다.16)

이후 노령지역에서의 의병부대의 재정비문제가 대두되었고, 마침 이 지역으로 망명하여온 柳麟錫과 그 문인 의병장들까지 포함하여 1910년 6월 21일 편성된 것이 13道義軍이다. 13道義軍은 聲明會가 조직되기 이전 노령지역에서의 대표적인 단체였으며, 궁극적으로 국내 전체 의병의 통합까지 염두에 둔 것이었다.

13道義軍은 柳麟錫을 都總裁에 추대하고, 李範允을 彰義總裁, 柳麟錫과 함께 망명하여온 李南基와 禹炳烈을 각각 壯義總裁, 都總所贊謀에 임명하였다. 아울러 洪範圖와 李鎭龍을 同義員으로 하여 시베리아내의 의병을 통솔하도록 하였다.17)

13道義軍에는 이러한 義兵系列의 義兵將 외에도 국내에서 해외독립

---

14) 李東彦, 위의 논문, p.215의 표3) 참조.
15) 李相九 譯, 1967 「日帝高等警察이 內査한 韓國獨立運動에 關한 秘密情報④ : 朝鮮總督府拓殖局, 朝鮮外에서의 朝鮮人狀況一般(秘)」『新東亞』 7월호, p.483.
16) 국사편찬위원회, 『한국독립운동사』1, pp.520~531.
17) 「毅菴年譜」『毅菴集』下, p.703 및 「行狀」 참조.

군기지창건을 위해 파견되어 있던 新民會의 安昌浩·李 甲 등까지 同義員으로 참여하였으며, 헤이그밀사로 파견되었던 李相卨이 미국체류를 마치고 鄭在寬과 함께 노령으로 건너와 別指揮에 안배되었다.[18] 이와 같이 다양한 성향의 인물이 참여하면서 형성된 특성은 이후 聲明會나 勸業會의 성격을 규정짓는 원초적인 요소로 작용하였다.

한편 국내에는 13道義軍都總裁의 지휘하에 전국 각도에 總裁·總領·召募·糾察·通信 등 조직을 두어 국내의병운동을 선도하고자 하였다. 柳麟錫은 13道義軍 都總裁의 명의로 된 「通告十三道大小同胞」, 「通告」, 「再告十三道大小同胞」 등 일련의 布告文을 통하여 통일된 의병대열의 정비와 항쟁을 촉구하고, 李相卨과 연명으로 작성한 上疏를 통해 高宗에게 軍資金의 보조와 연해주로 망명하여 亡命政府를 세울 것을 청하였다.[19]

13道義軍의 활동은 별다른 성과없이 1910년 일제의 국권강점 이후 聲明會의 조직으로 넘어가게 되지만, 13道義軍에서 柳麟錫과 李相卨이 주장하였던 亡命政府의 수립은 노령지역에서 독립운동의 핵심기관의 설립과 동일시되어 지속적으로 추진되어갔다. 다른 지역의 臨時政府 樹立과는 달리 노령지역에서는 1919년 2월 중순 종전의 在露韓族中央總會를 개편하여 大韓國民議會를 결성하고 3·1운동을 추진하는 한편, 임시정부를 조직하여 3·1운동과 임정의 수립이 동시에 진행[20]될 수

---

18) 위의 책, p.703.

19) 「毅菴年譜」『毅菴集』 pp.703~704.

20) 趙東杰, 1993 「大韓民國臨時政府의 組織」『韓國民族主義의 발전과 獨立運動史研究』, 지식산업사, p.318.
　　국민의회는 국민의회 명의로 된 선언서를 발표하면서 노령지역 일대의 3·1운동을 대대적으로 주도하였다(趙東杰, 1989 「3·1운동의 이념과 사상」『韓國民族主義의 成立과 獨立運動史研究』, 지식산업사, pp.393~417 참조).
　　그러나 이때 국민의회에서 발표하였다는 정부조직은 전단정부인 간도정부에서 발표하였다는 연구결과가 발표된 바 있다.(潘炳律, 「大韓國民議會의 組織과 活動」, 한양대학교 대학원, pp.53~60 ; 潘炳律, 「大韓國民議會의 成立과 組織」『한국학보』46).

있었던 것도 이 지역만의 운동적 배경과 연관지어 생각할 수 있다.

第 2 節 聲明會宣言書의 理念

聲明會宣言書[21]는 露文・佛文[22]・中文[23]으로 작성되었으며, 현재 미국 국립문서보관소에 소장된 선언서는 佛文으로 기록된 것이다. 聲明會宣言書는 聲明會 창설을 주도하였던 李相卨이 기초하고 柳麟錫이 中文本을 약간 수정하여 완성하였다[24].

聲明會宣言書[25]는 구성상 인사말을 겸한 도입부와 일제의 한국침략과 그 부당함을 알리는 부분, 일제의 침략에 대응하는 각오를 천명하는 부분, 국제사회에 한국의 보호를 호소하는 결말부분으로 이루어져 있다. 그 내용을 검토하여 보면 다음과 같다[26].

---

21) 聲明會宣言書의 原題는 "*Protestation du Comité National Coréen*" (佛文本) 및 "與淸國政府書" (漢文本)로 선언의 주도단체인 聲明會의 명칭은 명기되어 있지 않다. 불문본의 제목을 굳이 번역하자면 韓國國民議會宣言書라고 해야 할 것이나, 이 시기에 한국국민의회라고 할 만한 단체가 없었을 뿐만 아니라 이러한 명칭은 이보다 뒤인 1919년 露領의 大韓國民議會와 혼동될 소지마저 있어 본 논문에서는 尹炳奭, 1990 「聲明會宣言書의 意義」『國外韓人社會와 民族運動』, pp.214~229의 예에 따라 聲明會宣言書라 하였다.
22) 佛文으로 작성된 선언서의 本文과 署名錄은 각각 타이프로 작성한 4장과 毛筆로 작성한 112장으로 이루어져 있다고 한다.(尹炳奭, 위의 논문, p.214 참조).
23) 中文으로 작성된 선언서는 中國 政府에 발송하였던 것으로 내용은 佛文으로 작성된 선언서와 비슷하다.(尹炳奭, 위의 논문, p.220~221에 전재된 원문 참조).
24) 尹炳奭, 위의 논문, p.220.
25) 여기서는 尹炳奭, 1984 『李相卨傳』, pp.218~226에 전재된 국역 선언서 본문을 대상으로 하였다. 이후 내용분석에서는 行數만을 밝히기로 한다.
26) 聲明會宣言書에 대하여서는 趙恒來, 1991 「3・1獨立宣言書의 理念的 背景」『汕耘史學』5, pp.42~45에서 3・1독립선언서의 연원과 그 원초적인 이념의 근거로서 언급된 바 있다.

1. 日帝의 韓國侵略 暴露

한국이 독립국가임을 천명하고, 일제가 한국을 침략하여가는 과정
을 대체로 상세하게 서술한 것으로 선언서 本文의 많은 비중을 차지
하고 있다.

그에 의하면 일본은 한국과 1876년 友好條約을 체결하여 한국을 독
립국가로 인정하고, 청일전쟁과 노일전쟁 동안 한국의 독립을 보호하
겠다고 선언하여 다른 모든 나라들로 하여금 일본이 이 조약에 의하
여 極東의 평화를 유지하고 있는 것으로 알고 있게끔 해왔다는 것이
다[27]. 그러나 조약체결 이후 일본은 그들의 목적을 달성하기 위하여
한국의 여론에 압력을 행사하였고, 그것은 국제법을 유린한 처사라는
것이다[28].

선언서는 그러한 주장을 뒷받침하기 위하여 구체적인 사실을 열거
하고 있다.

첫째로, 명성황후의 시해사건을 들고 있다. 1895년 일본공사 三浦梧
樓 공사가 공범자들과 함께 황궁의 문을 부수고 들어가 황후를 시해
하고 궁전에 불까지 지르자, 황제가 러시아 공관에 播遷하기에 이르렀
다는 것이다[29]. 그럼에도 불구하고 일본정부는 다만 황후시해에 참가
한 80명의 일본인들에게 한국에서 떠나라고만 했을 뿐, 三浦 公使에게
조차 어떠한 처벌도 내리지 않음으로써 자신들의 무죄를 세계에 입증
하려고 하였다는 것이다. 또한 이는 문명의 관념이 조금도 없는 인간
이 취할 수 있는 가장 야만스런 행위라고 천명하였다[30].

---

27) 「聲明會宣言書」 7행~14행.
28) 「聲明會宣言書」 14행~16행.
29) 「聲明會宣言書」 19행~21행.
30) 「聲明會宣言書」 21행~26행.

둘째로는 소위 乙巳五條約의 勒結과 그에 따른 한국황제의 폐위와 한국군대해산을 언급하고 이에 대한 한국인들의 저항을 피력하였다.

1905년 일본대사 伊藤博文은 일본군 사령관 長谷川好道와 함께 무력으로써 5개항으로 된 조약을 체결시켰으며31), 이에 대항하여 한국의 황제는 미국인 헐버트를 각국에 순회시켜 이 조약의 체결이 한국의 의사에 反하는 것이었음을 설명케 하고, 한편으로는 헤이그평화회의에 밀사를 파견하여 일본의 만행을 각국의 외교사절에게 제시하도록 하였다고 밝히고 있다32).

그 결과 일본은 이 조약을 근거로 1907년에는 한국의 황제를 폐위시키고 군대를 해산시켰으며33), 이에 한국인은 의병을 일으켜 게릴라전으로 대항해 왔다는 것이다34).

세째는 교육에 대한 억압과 언론·집회·결사·여행의 자유에 대한 제한을 가하여 한국인에게 生存에 가장 가혹한 조건들을 강요하고 있다는 것이다. 즉 일본은 한국에 교육을 보급시키겠다는 선전과는 달리 한국내에서 한국학생들이 국가를 부르는 것을 금지하고, 역사책을 불지르고, 체육교육을 금하는 등 국민교육의 수준을 떨어뜨리기 위해 수단을 가리지 않고 있다는 것이다35). 또한 개인의 자유들을 억압하여 국경을 지나거나, 단체를 조직하거나 글을 마음대로 쓸 자유조차 금지하며, 여기에 반항하는 한국인은 체포당하며, 열렬한 애국자들은 교수형에 처하기조차 한다고 폭로하였다36).

넷째, 일본이 한국인들에게 폭력을 행사하여 생활의 기반을 빼앗기에 이르는 사실에 대한 언급이다. 이에 의하면 일본은 한국인들 중 최

---

31) 「聲明會宣言書」 26행∼30행.
32) 「聲明會宣言書」 31행∼34행.
33) 「聲明會宣言書」 34행∼35행.
34) 「聲明會宣言書」 36행∼38행.
35) 「聲明會宣言書」 39행∼43행.
36) 「聲明會宣言書」 43행∼52행.

하층민을 매수하여 一進會라는 단체를 만들어 그들의 목적을 위해 앞
장세우고 있으며, 이를 통해 세계를 속이고 있다고 폭로하여 일본의
불법성과 폭력을 규탄하였다37). 뿐만 아니라 일본군대와 경찰이 지나
간 곳은 황폐해지고 한국인들의 해골로 덮여있으며, 이러한 혐의는 다
시 한국인에게 씌워져 잔인한 형벌에 처해진다는 것이다38). 그리고 이
러한 폭력을 이용하여 일본 이주민들은 한국의 산업을 빼앗고 있으며,
이를 일본정부가 방관하고 있다고 주장하였다39).

  다섯째, 각국에 통보한 일본의 소위 '합병'이라는 것의 실체에 대한
폭로이다. 즉, 한국을 겉모양으로만 남겨둔 채 한국의 황실과 한국의
국기를 없애버림으로써 식민지로 만들었다고 폭로하였다40). 또한 겉으
로는 한국황제에 대하여 일본황실에 부여한 것과 같은 예우를 하면서
도 한국정부에 寺內正毅 總督을 임명할 것으로 예상하기도 하였으며,
이는 세계에서 가장 비열한 행위라고 성토하였다41).

2. 日帝侵略의 對應策

  선언서는 이미 앞부분에서 "일본인에 대한 憎惡感과 復讐心이 한국
인들의 가슴 속에서 불탈수록 愛國心은 그들의 가슴 속에서 커져가
고"42) 있다고 밝히고 있다. 그 애국심에 의해 "우리는 자유에 도달할
때까지 손에 무기를 들고 일본과 투쟁할 것"43)을 천명하고 있다. 또한
"세계 속에서 한국의 이름을 간직하고 국민들에게는 한국인이라는 지

---

37) 「聲明會宣言書」 50행~56행.
38) 「聲明會宣言書」 57행~61행.
39) 「聲明會宣言書」 61행~64행.
40) 「聲明會宣言書」 65행~67행.
41) 「聲明會宣言書」 67행~70행.
42) 「聲明會宣言書」 56행~57행.
43) 「聲明會宣言書」 75행~76행.

위를 계속 간직"44)한다 하여 한국이 독립국임과 합방의 무효를 선언하고 있으며, 이러한 한국인들의 의지를 세계각국에 호소하였다.45)

일본인에 대한 憎惡感과 復讐心이 한국인들의 가슴 속에서 불탈수록 愛國心이 한국인들의 가슴 속에서 커져가고 있다는 표현은 그야말로 당시 한국인들의 심정을 그대로 보여주는 것이라 하겠다. 그리고 일본인에 대한 憎惡感과 復讐心에 무기를 들고 일본과 투쟁하자는 것은 그 방략상 독립전쟁론으로 1910년 당시 연해주지역에 의병들이 많이 망명하여 있었다는 점과 무관하지 않다.

3. 國際社會에 日本의 韓國合併에 대하여 반대할 것을 요청

국제사회에 대하여 "국제법에 의하여 판단하고, 正義와 인간본성에 의해"46) 일제에 의한 한국합병을 반대할 것을 주장하였다. 일본의 한국합병은 무력에 의한 범죄이며, 동시에 文明의 歷史를 말살하는 것이기 때문이라 하여 한국독립의 정당성을 아울러 밝히고 있다. 따라서 한국의 합병을 반대하는 것은 세계각국의 권리와 정의를 옹호하는 것47)으로 국제사회속에서의 한국을 강조하고 있다.

한국을 옹호해 달라는 호소는 이미 국제사회의 지원없이는 독립을 이룰 수 없다는 판단의 결과였다. 이는 柳麟錫을 비롯한 위정척사계열의 의병들로서는 커다란 인식의 전환이었다.

선언서는 마지막으로 진정한 한국국민으로서 자신들의 自由를 획득하기 위해 죽을 각오48)가 되어있음을 천명하는 것으로 끝맺고 있다.

---

44) 「聲明會宣言書」 73행~74행.
45) 「聲明會宣言書」 76행~79행.
46) 「聲明會宣言書」 80행~81행.
47) 「聲明會宣言書」 85행.
48) 「聲明會宣言書」 90행~91행.

第 3 節 宣言書의 署名者

聲明會宣言書에 서명한 署名者들에 대한 검토는 聲明會宣言의 성격을 규명하고, 나아가 당시의 독립운동을 이해하는 데 도움이 될 것이다. 그러나 聲明會宣言書에 첨부된 서명자명단은 8,624명에 달하는 너무나도 방대한 숫자여서[49] 일일이 서명자를 파악한다는 것은 거의 불가능한 일이다. 여기서는 그 중에서 이후의 독립운동에 행적이 뚜렷한 이들을 가려내어 검토하였다.

柳麟錫

위정척사사상의 원류인 李恒老의 문하에서 주로 金平默과 柳重教로부터 春秋大義精神에 입각한 尊華攘夷思想을 철저히 익혔다. 이러한 사상을 기반으로 1876년 강화도조약체결 때에는 『斥洋疏』를 올려 개항반대운동을 전개하였다.

1893년까지 金平默과 柳重教가 차례로 세상을 뜨자, 華西學派의 대

---

49) 서명자 명단을 조사하면서 몇 가지 특기할 만한 사실을 발견하였다. 우선 첫째로는, 동일인으로 추정되는 이들이 있다는 점이다. 그 중에서도 朴陽燮, 李南基, 禹炳烈, 安鍾奭 등은 서명자 명단의 40명 서열 안쪽에서 나타나고 있으면서 또다시 앞부분에 이름이 올라 있는 것으로 보아 중복되었을 확률이 높다. 이는 선언서를 작성하면서 작성자들이 임의로 올린 성명과 선언서를 회람하여 서명을 받으면서 올린 성명이 중복된 것으로 보인다. 따라서 8, 624명이라는 선언서 서명자의 수는 명단 자체의 성명의 숫자일 뿐, 실제 서명자수와는 차이가 있다고 생각된다.
둘째로는 女性의 참여이다. 서명자 명단 612, 613번째에는 각각 '李範錫妻', '姜順己妻'이라고 서명되어 있다. 이외에도 여성들이 자신의 성명으로 서명하였을 가능성도 추정하여 보았으나, 이름만을 가지고는 性別을 구분할 수 없는 형편이다.
한편 署名錄은 112매에 달하고, 毛筆로 1장당 77인이 서명하였다고 한다(尹炳奭, 1990 「聲明會宣言書의 意義」『國外韓人社會와 民族運動』, p.214, 주2)참조).

표로서 正統道脈을 승계하여 이후 1895년 12월부터의 義兵運動을 주도하였다. 柳麟錫 義兵은 한때 3,000명을 넘는 대규모였으며, 지역적으로도 제천·충주·단양·원주 등지를 중심으로 중부지역일대를 석권하고 있었다. 장기렴이 이끄는 관군의 공격에 패하여 세력이 급격히 약화되자 서북지역으로 이동하여 재기항쟁을 도모하다 여의치 않자 서간도로 갔으나 1900년 7월 귀국하여 서북지역 각지를 주로 돌면서 李鎭龍·白三圭 등의 많은 의병장을 배출하였다.

1907년 高宗의 强制退位와 丁未七條約締結을 계기로 국내활동을 더 이상 지속할 수 없다는 판단하에 1908년 7월 對日方略을 결정하고 李鎭錫·朴正彬 義兵將 등 약 60명을 거느리고 원산항에서 블라디보스톡으로 망명하였다[50]. 이곳에서 李相卨·李範允 등과 함께 1910년 6월 13道義軍을 결성하고, 都總裁로 추대되었다. 그는 이때 <通告十三道大小同胞>라는 포고문을 발표하여 전국민이 최후까지 일치단결하여 항일구국운동을 벌일 것을 호소하였다. 그러나 13道義軍이 본격적인 무력항쟁을 개시하기도 전에 소위 「韓日合併」으로 국권을 빼앗기자 13道義兵 都總裁의 명의로 高宗에게 <播遷于俄領海蔘威>라는 상소를 올려 高宗이 露領 沿海州로 亡命할 것과 亡命政府樹立을 주장하였다. 이 무렵 李相卨 등과 聲明會를 조직하고 宣言書를 작성하였으며, 대표자로 추대받아 聲明會宣言書에 '一般人民總代 Lu in sek'이라고 署名하였다. 聲明會가 해산된 이후 창설된 勸業會에서 總裁團으로 선출되어 顧問의 역할을 맡아보았다.

그 뒤 1914년 3월 서간도의 奉天省 西豊縣으로 옮겼으나 얼마되지 아니하여 寬甸縣 芳翠溝에서 사망하였다[51].

---

50) 「毅菴年譜」『毅菴集』下, p.700.
51) 『毅菴集』; 尹炳奭, 『李相卨傳』; 李東宇, 1977 「義兵將 柳麟錫의 義兵運動考」 『成大史林』2, pp.5~29 ; 姜在彦, 앞의 논문, pp.11~68 ; 朴敏泳, 1986 「毅菴 柳麟錫의 衛正斥邪運動」『淸溪史學』3, pp.163~216.

李範允

훈련대장 景夏의 아들이며, 법부대신 및 駐露公使 範晉의 동생이다.
1903년 7월 間島管理使로 파견되어 한인을 보호하는 한편, 私砲隊를
조직하여 한인들에게 군사훈련도 시켰다. 1904년 러일전쟁중에는 부대
를 이끌고 참전하여 일본군과 싸웠다. 청국측의 요구로 1905년 정부로
부터 소환명령이 내리자 이에 불응하여 노령 연해주로 망명하였다.
1907년 무렵에는 노령내의 유력한 지도자로 부상하여 한인지도자로서
자산가였던 崔在亨의 원조를 받아 의병부대를 편성하였다. 1908년부터
는 安重根·全德濟·嚴仁燮 등의 휘하부대를 거느리고 소규모 단위의
부대로 나누어 국내진공작전을 펼쳐 많은 성과를 내었으나 큰 희생을
치르고 대종교에 입교하였다.

1910년 8월 聲明會를 조직하고 聲明會宣言書에 서명하였다. 1911년
11월 勸業會를 조직하고 총재로 추대되었으며, 이후에도 의병활동을
계속하였다. 이후 1919년 2월 중국 吉林省 吉林市에서 발표된 大韓獨
立宣言書에 서명하였으며, 1920년 金星極·洪斗植 등이 조직한 대한광
복단의 단장으로 추대되었다. 대한광복단은 대한독립군단 결성시에 가
맹하였고, 이범윤도 서일의 뒤를 이어 총재로 활동하였다[52].

金學萬

金學萬은 1905년 노령 블라디보스톡으로 망명하여 韓人民會에 가입
하였고, 1910년에는 회장에 선임되었다. 李相卨·李承熙 등과 蜂密山
부근에 韓興洞을 건설하였으며, 1910년 聲明會를 조직할 때에 참여하

---

52) 國家報勳處, 『獨立有功者功勳錄』1, pp.816~821 ; 金義煥, 『抗日義兵列傳』,
   pp.226~227 ; 李相九 譯, 1967「日帝高等警察이 內査한 韓國獨立運動에 關한
   秘密情報④ : 朝鮮總督府拓殖局, 朝鮮外에서의 朝鮮人狀況一般(秘)』『新東亞』
   7월호, p.488.

여 聲明會宣言書에 서명하였다. 1911월 11월 勸業會를 조직하고 總裁로 추대되었다. 그는 新韓村韓民會의 會長을 지내는 등 露領地域 韓人社會의 지도자로서 安重根義士의 구명운동에 앞장섰을 뿐 아니라 그 유가족을 위해서도 애썼다고 한다. 그는 이후 1919년 2월 중국 吉林省 吉林市에서 발표된 大韓獨立宣言書에도 서명하였다[53].

李相卨

약관 27세(1896)의 나이로 성균관교수 겸 관장을 지낼 만큼 뛰어난 유학자인 동시에 신학문에도 각분야에 능통하여 특히 경제와 국제법에 밝았다고 한다. 1904년 6월에는 朴勝鳳과 연명으로 일본의 황무지 개척권 요구가 부당함을 상소하여 이의 반대운동에 계기를 열었다. 같은 해 8월에는 보안회의 후신인 大韓協同會의 회장에 선임되었으며, 1905년말에는 學部協辦과 法部協辦을 거쳐 議政府參贊에 발탁되었다.

을사조약이후 이동녕·정순만 등과 북간도 용정으로 망명하여 서전서숙을 건립하고 민족교육을 실시하였다. 1907년 이준·이위종과 네덜란드 헤이그에서 개최된 제2회 만국평화회의에 고종의 특사로 참석하여 한국문제를 제기하고자 하였으나 뜻을 이루지 못하고 영국·프랑스·독일·러시아·미국 등을 순방하면서 한국의 독립이 동양평화의 관건임을 주장하였다. 1908년부터 약 1년간의 미국체류를 마치고 鄭在寬과 연해주로 돌아와 蜂密山부근에 韓興洞을 건설하였다.

1910년 6월 13道義軍건설에 참가하였고, 이어 聲明會를 조직하여 선언서를 기초하고 서명하였다. 1911년 勸業會를 조직하고 의장에 선임되었으며, <권업신문>의 주간으로 활동하였다. 이후 1914년 대한광복군정부 正統領을 지냈으며, 1915년에는 상해에서 朴殷植·申圭植·柳東說 등과 新韓革命黨을 조직하여 본부장에 선임되어 활동하던 중

---

53) 國家報勳處, 『獨立運動史』5, p.203 ; 韓國人名大事典編纂室, 『韓國人名大事典』, p.191.

1917년 3월 니코리스크에서 사망하였다[54].

金佐斗

新民會계열의 인사로서 1910년 8월 聲明會宣言書에 서명하였다. 1911년 勸業會를 조직하고 서적부장으로 활약하였다[55].

李南基

1908년 7월 柳麟錫이 블라디보스톡으로 망명할 때 수행하였다. 이후 1910년 6월 柳麟錫·李範允 등이 13道義軍을 창설할 때 壯義總裁에 선임되어 함경도 출신 의병을 지휘하였으며, 8월 聲明會宣言書에 서명하였다. 1911년 勸業會 창설 이후 記錄部長으로 활약하였다[56].

禹炳烈

황해도에서 의병장으로 활약하다가 1908년 7월 柳麟錫이 망명할 때 함께 노령으로 건너갔다. 1910년 5월 13道義軍건설에 참가하여 都總所 贊謀로 활동하였으며, 같은 해 8월 聲明會宣言書에 서명하였다[57].

李範錫

의병장 출신으로 洪範圖·嚴仁燮 등이 포함된 二十一結義同盟의 首席 書盟者였다. 1910년 8월 聲明會宣言書에 서명하였으며, 이후 1911년 勸業會의 창설과 함께 演論部長으로 활약하였다[58].

---

54) 朴殷植, 『韓國痛史』 下, pp.44~47(博英社, 博英文庫 65, 1975) ; 文一民, 『獨立 運動秘史』, p.39 ; 李相九, 앞의 글, p.483 ; 尹炳奭, 『李相卨傳』 참조.

55) 尹炳奭, 1990 「1910年代 沿海州地方에서의 韓國獨立運動」『國外韓人社會와 民 族運動』, p.190.

56) 「毅菴年譜」『毅菴集』 下, p.700 ; 尹炳奭, 위의 논문, p.190~191.

57) 「毅菴年譜」『毅菴集』 下, pp.700, 704~705 ; 한국일보사編, 1987, 『再發掘 한 국독립운동史』 I, pp.48~49.

58) 李相九, 앞의 글, p.488 ; 尹炳奭, 앞의 논문, p.191.

李奎豊

1909년 李範允부대의 국내진공작전 때 安重根·姜晚菊 등과 함경북도 경원·회령 등지에서 활약한 후 노령으로 후퇴하여 1910년 聲明會宣言書에 서명하였다. 1911년 11월경 勸業會의 演論部員으로 활동하기도 하였다.

1919년 4월 서울에서 열린 國民大會에서 신채호·조성환·박은식과 함께 評定官으로 선출되었다. 1926년 노령대표로 민족혁신파대표대회에 참가하여 고려혁명당을 조직하였으나 고려혁명당의 당기능 상실 이후 노령으로 돌아가 활동하였다[59].

安定根

安重根의 아우로 여순감옥에서 형을 만난 뒤 노령 연해주로 망명하여 1910년 聲明會宣言書에 서명하였다. 이후 제1차 세계대전 때에는 러시아 육군장교로 참전하기도 하였으나 1918년 일본군이 러시아에 출병하자 상해로 다시 망명하였다. 거기에서 1919년 대한독립선언서에 서명하였다. 당시 만주지역이 독립운동 단체간의 알력과 대립으로 대일투쟁에 차질을 빚게 되자 임정에서는 안정근과 王三德을 간도특파원으로 파견하였다. 그외에도 안정근은 임시정부 군자금 모금을 위해 연통제에 따라 함경북도에서 활약하였으며, 또 독립군을 모집하기 위해 러시아령에서 한인 장정들을 모집하여 간도로 보냈다. 이와 함께 의민단 고문으로 활약하는 한편, 북간도 明月溝 지역에 독립군 군사교육 기관의 설립을 추진하였다. 또한 그는 직접 청산리 독립전쟁에 참가하였고, 한국독립군이 청산리대첩 후 密山을 경유하여 러시아령으로

---

59) 蔡根植, 『武裝獨立運動秘史』, pp.139~140 ; 金承學, 『韓國獨立史』下, p.208 ; 文一民, 『韓國獨立運動史』, pp.40, 270~271 ; 國家報勳處, 『獨立有功者功勳錄』 4, pp.784~785

작전상 후퇴할 때 이를 지원하였다. 1921년 12월 이후에는 상해로 와서 孫貞道의 뒤를 이어 임정 赤十字社 회장 직을 맡아 활동하였다. 광복후에는 재중 한인의 권익옹호에 기여하다가 1949년 상해에서 사망하였다[60].

鄭在寬

1902년에 미국으로 이민하여 샌프란시스코에 거주하였다.1904년에는 샌프란시스코친목회를 조직하였으며, 1905년에는 『新韓民報』 주필로서 활동하였다. 1906년에는 共立協會 학무위원장을 지냈으며, 1907년부터는 『共立新報』의 주필 겸 공립협회 총회장에 선출되어 언론을 통한 독립운동에 주력하였다. 1908년에는 대한제국의 외국인 고문이었던 스티븐스가 일본의 한국지배를 정당화하려는 내용의 기사가 보도된 데 격분하여 구타하는 사건도 있었다. 1909년 共立協會와 合成協會를 통합하여 大韓人國民會를 결성하고 회장을 역임하였으며, 얼마 후 李相卨이 미국체류를 끝마치고 노령으로 돌아갈 때 동행하여 블라디보스톡에서 國民會 支部를 창설하였으며, 聲明會宣言書에 서명하였다. 1911년 勸業會를 창설하고 교육부장으로 활약하였다.그 뒤 1919년 중국 길림성 길림시에서 발표된 大韓獨立宣言書에도 역시 서명하였다[61].

兪鎭律 (러시아명 : 니꼴라이 빼뜨로비치 유가이)

러시아지역에서 국권회복운동의 일환으로 전개되었던 언론활동에 종사하여 1908년 5월 26일 정간된 海潮新聞에 이어서 발간된 大東共報의 편집인으로서 활동하였다. 한편 1909년 4월 창립된 블라디보스톡

---

60) 朴永錫, 「大韓獨立宣言書 研究」 『汕耘史學』 3, pp.25~26 ; 宋友惠, 「北間島獨立軍 '연결고리' 安定根」 『政經文化』 1986년 8월호, 경향신문사, pp.186~267.
61) 金承學, 앞의 책, p.265 ; 國家報勳處, 『獨立運動史』 5, pp.162, 164, 166 ; 韓國人名大事典編纂室, 앞의 책, p.847.

靑年敦義會에서 활동하기도 하였으며, 1910년 聲明會가 조직되고 선언서가 작성될 때 서명하였다.62)

洪範圖 (이명 ; 洪範道)

三水·甲山·北靑 일대에서 포수생활을 하다가 1895년 乙未義兵運動에 참가한 이후 의병활동을 계속하였다. 1908년 이후 北靑守備隊의 병력이 증강하고 같은 지역의 의병세력이 약화됨에 따라 노령으로 망명하여 13道義軍의 義兵을 이끌고 활약하였다. 1910년 8월 聲明會宣言書에 서명하였으며, 1911년 勸業會를 조직하는데 중추적인 역할을 담당하고, 警察部長으로 활약하였다. 특히 권업회의 최고목표는 독립전쟁론의 구현에 있었으므로 경찰부장의 직임이 상당히 막중하였을 것이다. 李鎭龍·趙孟善·尹世復·車道善 등과 長白·撫松 등지에서 砲手團을 조직하여 일제에 항쟁하였다. 1919년 3·1독립운동 이후에는 북간도에서 의병출신과 노령의 한인을 규합하여 대한독립군을 창설하여 국내진격작전을 지속하였으며, 중국영토안에서 대한독립군을 격파하려는 일제의 군대를 봉오동에서 대파하였다.

1920년 10월 청산리전투에 제1연대장으로 참가하였으며, 독립군부대들의 密山이동 이후 대한독립군단을 조직하여 金佐鎭·曹成煥 등과 함께 부총재에 선임되어 총재인 徐─을 도왔다.

1922년 6월 브라고에스첸스크에서 고려공산당과 한족공산당이 통합하여 高麗中央政廳이 조직되자, 崔振東·許根·安武 등과 함께 고등군인징모위원에 임명되어 활약하였다. 그러나 1923년 러시아 혁명정부의 체제가 확고하여짐에 따라 이용가치가 없어진 독립군 간부들은 신변의 위협을 느끼게 되어 각 방면으로 분산되고 말았으며, 홍범도 역시 연해주지방으로 이주하여 그 지역에서 사망하였다63).

---

62) 국사편찬위원회, 『韓國獨立運動史』I, pp.544~548 ; 박환, 1995 『러시아 한인민족운동사』, 탐구당, pp.83-87.

李甲

독립협회에서 만민공동회의 간부로 활약하였다. 한국육군무관학교와 일본의 成城學校, 육군사관학교 보병과를 졸업한 후 1904년 9월 대한제국 육군 參領이 되었다.

1905년 11월 소위 을사조약 이후 군인직을 사임하고 애국계몽운동에 종사하여 1906년 10월 朴殷植 등과 西友學會를 창립하였다. 1907년 4월에는 梁起鐸·安昌浩·李東輝·李東寧·柳東說 등과 함께 新民會를 창립하였다. 1908년 1월 서우학회와 漢北興學會를 통합하여 西北學會를 창립하였다.

1909년 10월 安重根의사의 거사이후 安重根의사와 친분이 있다 하여 3개월간 옥고를 치루기도 하였다.

1910년 4월 安昌浩·柳東說·申采浩·李鍾浩 등과 함께 신민회의 독립군기지창건계획에 따라 1차로 떠나 靑島를 거쳐 노령으로 망명하였다. 그해 8월 聲明會宣言書에 서명하였으며, 聲明會에 이어 1911년 창설된 勸業會에서도 활동하였다.

그뒤로는 密山에 무관학교를 설립, 교장으로서 민족교육과 군사교육 실시에 노력하였으며, 노령에서 李剛 등과 <正敎報>를 발행하기도 하였다. 大韓人國民會遠東地方會 會長을 역임하다가 滿洲 吉林省 穆陵縣

---

63) 國會圖書館, 『韓國民族運動史料』(中國篇), p.40 ; 國家報勳處, 『獨立有功者功勳錄』1, pp.976~979 ; 蔡根植, 앞의 책, pp.71~73, 92, 99~102 ; 金承學, 앞의 책, p.305 ; 文一民, 앞의 책, pp.12, 36, 52, 61~66, 251, 305~306, 319~321, 330, 392, 394, 424, 427, 557 ; 李相九, 앞의 글, p.488 ; 愼鏞廈, 1986 「洪範圖 義兵部隊의 抗日武裝鬪爭」『한국민족운동사연구』1, pp.33~73 ; 愼鏞廈, 1986 「홍범도의 대한독립군의 항일무장투쟁」『한국학보』43, pp.2~54 ; 朴永錫, 1988 「洪範圖將軍硏究」『在滿韓人獨立運動史硏究』(1993), pp.222~247 (『千寬宇先生 還曆紀念韓國史學論叢』 재수록) ; 張世胤, 1991 「<洪範圖 日誌>를 통해 본 홍범도의 생애와 항일무장투쟁」『한국독립운동사연구』5, 독립기념관 한국독립운동사연구소, pp.233~272.

에서 사망하였다[64].

李鍾浩 (이명 ; 李宗浩)

大韓帝國 內藏院卿을 지낸 李容翊의 손자로서 재정적 지원을 통하여 漢北興學會를 설립하였다가 후에 李 甲 등이 창립한 西友學會와 통합하여 西北學會를 창립하였다. 1907년 신민회 창립에 참가하여 활동을 지속하였으며, 서울에 鏡城學校를 설립하여 민족교육을 실시하였다.

1910년 이 갑 등과 함께 靑島를 거쳐 노령으로 망명하였다가 그해 8월 聲明會宣言書에 서명하였다. 1911년 勸業會를 창립하고 의사원에 선출되었으며, 1913년에는 의장에 선임되었다. 그는 勸業會 활동의 일환으로 勸業會에서 운영을 맡아하던 韓民學校를 재정적으로 지원하기도 하였다.

1917년 상해로 갔다가 일경에 체포되어 국내로 강제송환되었다[65].

車錫甫 (러시아명 : 니꼴라이 미하일비치 차가이)

블라디보스톡 한인사회에서 재산가로 알려져 있었으며, 1907년 노령 한인사회 최초의 발간물인 <晨鐘>의 주간으로 활동하였다. 그 뒤 1908년 11월 해조신문의 기계, 활자 등을 자신의 담보로 구입하여 대동공보를 간행하게 되면서 대동공보사 사장에 임명되었으며, 1910년 성명회선언서에 서명하기 직전에는 대동공보의 재무를 맡고 있었다. 1911년 勸業會 창설이후 경제부 부장으로 활약하였으며, 韓民會 評議員會

---

64) 國會圖書館, 앞의 책, p.5 ; 金承學, 앞의 책, p.217 ; 文一民, 앞의 책, pp.21, 75, 91, *445, 447, 470.

65) 國會圖書館, 『韓國民族運動史料』(中國篇), pp.4~5 ; 蔡根植, 앞의 책, p.46 ; 金承學, 앞의 책, p.220 ; 文一民, 앞의 책, pp.91, 389 ; 李相九, 앞의 글, pp.487, 489 ; 尹炳奭, 앞의 논문, pp.187, 193, 198 ; 李東彦, 1991 「露領地域 初期 韓人社會에 관한 研究」『한국독립운동사연구』5, p.223.

의 評議員도 겸하고 있었다[66].

崔在亨 (이명 ; 在衡·才亨·都憲, 러시아명 ; 뻬돌쏘오, 최뻬찌카)

9세때 노령 煙秋에 이주하여 러시아에 귀화하였다. 러시아 군대의 御用商人으로 치부하여 러시아 관리의 경력도 지녔다. 자신의 재력을 바탕으로 교포 유학생을 페테르부르크에 유학서키기도 하고, 1907년 군대해산 이후 노령으로 모인 해산군인들에게 군량과 군자금을 제공하여 이범윤의 거사를 뒷받침하였다. 1909년에는 블라디보스톡에서 이범윤과 함께 의병들을 모아 이들을 이끌고 국내진격작전에 참가하기도 하였다.

1910년 8월 聲明會가 조직되어 聲明會宣言書를 발표하자 이에 서명하였으며, <大東共報>가 재정난으로 폐간될 상황에 처하자 이를 인수하여 재간행함으로써 언론투쟁을 벌였다.

1919년 3·1운동이 일어나자 블라디보스톡 新韓村의 尹能孝[67]의 집에서 재러한인대표로 2명의 위원을 파리강화회의에 파견하는 문제와 그 경비로서 5만 루블을 갹출할 것을 의결하고 그 실행을 위하여 노력하였다.

1919년 4월 상해에 臨時政府가 수립된 직후 초대재무총장에 선임되었으나 사양하고 노령에서 계속 활약하였다. 1920년 4월 일제의 시베리아 출병시 시가전을 벌이다 잡혀 살해되었다[68].

金秉學

---

66) 尹炳奭, 1990 「1910年代 沿海州地方에서의 韓國獨立運動」, pp.189~190, 193 ; 李東彦, 위의 논문, p.224 : 박환, 앞의 책, pp.80-83.
67) 尹能孝는 역시 聲明會宣言書 署名者의 한 사람이며, 勸業會에서는 檢査部員으로 활동하였다(尹炳奭, 위의 논문, p.189).
68) 金正明, 『朝鮮獨立運動』Ⅲ, p.876 ; 文一民, 앞의 책, pp.28, 50, 54~55, 64, 469.

　　러일전쟁 이전에 노령으로 이주하여 러시아에 귀화하고 정치·경제적 지위와 신분을 획득한 계류의 한 사람으로서 자기 소유의 기선을 이용하여 무역업을 하였다. 이러한 재력을 바탕으로 <大東共報>의 경영을 후원하였다.

　　1910년 8월 聲明會宣言書에 서명하였다. 1911년 勸業會가 조직되자 외교부장으로 활약하였으며, 金學萬의 뒤를 이어 新韓村韓民會의 회장에 선임되었다[69].

李始榮

　　1885년(고종 22) 이후 10여년간 주요한 관직을 두루 역임하고, 1895년 관직에서 물러난 후에는 李會榮·李相卨 등과 근대학문탐구에 열중하였다. 1906년부터 다시 평안남도 관찰사를 비롯하여 한성재판소장·고등법원판사 등의 관직을 지내는 한편으로 신민회의 창설에 참가하여 애국계몽운동계열로서 국권회복운동을 전개하였다.

　　신민회의 독립군기지창건을 위해 6형제의 가산을 전부 모아 1910년 西間島 柳河縣 三源堡 鄒家街로 망명하였다. 1910년 8월 블라디보스톡에서 聲明會가 조직되고 선언서를 작성하자 여기에 서명하였다.

　　1911년 李東寧·李相龍 등과 함께 耕學社와 新興講習所를 주도적으로 설립하여 많은 독립군 간부를 양성하였다. 1919년 大韓獨立宣言書에 서명하였고, 국내의 3·1운동에 호응하여 독립운동을 전개하였다. 임시정부수립에 참여하여 임시정부 초대법무총장에 선임되었으며, 재무총장을 거쳐 1926년경까지 임시정부 국무위원을 역임하였다. 1929년에는 韓國獨立黨 창당에 참여, 감찰위원장을 역임하였으며, 1933년 국무위원 겸 법무위원에 임명되어 임정활동의 재건에 힘썼다. 1934년 『感時漫語』를 저술하여 한국사의 주체성과 독자성을 강조하였다. 1938

---

69) 尹炳奭, 앞의 논문, pp.183, 190 ; 李東彦, 앞의 논문, p.220, 224.

년 중일전쟁 발발 이후 임정이 重京으로 이동한 후에도 광복이 될 때까지 임정의 핵심적 역할을 하였다. 1948년 7월 대한민국 초대부통령에 당선되었으나, 1951년 이승만정권에 반대하여 사임하고 국민의 정신적 지주로서 역할하였다[70].

許　爀

許　爀은 의병장 許　蔿의 仲兄으로서 만주로 망명하였다. 1910년 8월 블라디보스톡에서 조직된 聲明會가 선언서를 발표할 때 서명하였다. 1911년 耕學社의 후신인 西間島 扶民團의 초대단장을 지내면서 재만 한인들의 권익옹호와 독립운동에 열심이었으며, 1919년에는 大韓獨立宣言書에도 서명하였다[71].

이외에도 서명자 가운데서 단편적이나마 그 행적을 찾아볼 수 있는 이들로는 첫째로 義兵將 出身者를 들 수 있다. 그들은 安鍾奭·朴陽燮·車載貞·崔于翼·禹文善·朴永實·金晩松·韓相悅·金斗運·朴勝衍·白慶煥·玄敬均·康基復·金東礪·安在熙·李重熙·韓鳳燮·白崇濟·李東燮·丁弘奎 등[72]으로 1908년 7월 柳麟錫이 원주에서 출발하여 블라디보스톡으로 망명할 때 거취를 함께 한 자들이었다[73].

둘째로는 1910년대 露領地域에서 각종 團體의 활동을 통하여 단편적으로 나타나는 인물들이다. 서명된 순서대로 보면, 韓民議會 副會長과 獨立團 副團長을 지낸 金萬謙[74], 大韓國民議會 財務 金永學, 暗殺

---

70) 蔡根植, 앞의 책, pp.16~49, 123, 201 ; 金承學, 앞의 책, p.216 ; 文一民, 앞의 책, pp.92, 186, 187, 254, 256, 334~375.
71) 李相九, 앞의 글, p.490 ; 朴永錫, 「大韓獨立宣言書 研究」, p.26.
72) 이들의 서명은 서명자 명단에서 540번째부터 571번째까지 집중적으로 나타나고 있으며, 특히 李南基·禹炳烈과 더불어 安鍾奭·朴陽燮 등이 중복되고 있음은 앞의 註 50)에서 언급하였다.
73) 「毅菴年譜」『毅菴集』 下, p.700.
74) 李相九, 1967 「日帝高等警察이 內查한 韓國獨立運動에 關한 秘密情報③ ; 間

團 團長 金敬奉[75], 勸業會 通信部長과 老人團 團長을 지낸 金致甫[76], 韓人勞動會 總務 金學寬[77], 全露韓族會 中央總會 大會長 崔萬學[78] 등을 들 수 있다.

　그러나 다른 어떤 단체보다도 聲明會 이후 1914년까지 露領 沿海州 地域의 獨立運動을 주도하였던 勸業會에 있어서는 聲明會署名者들의 活動이 두드러진다. 그것은 이미 勸業會가 聲明會의 理念과 活動을 계승하였음을 구체적으로 뒷받침하여 줄 수 있는 근거가 되리라고 생각한다. 勸業會의 創立總會를 구성하였던 인물들에 대한 기록이 없으므로 勸業會의 任員을 대상으로 하여 聲明會와의 관계를 살펴보면 다음과 같다.

島와 露領에서의 光復鬪爭」『新東亞』6월호, p.516 ; 李東彦, 앞의 논문, p.230.
75) 李東彦, 앞의 논문, p.230.
76) 李東彦, 앞의 논문, p.230.
77) 李東彦, 앞의 논문, p.230.
78) 李東彦, 앞의 논문, p.229.

<표2>   勸業會 任員組織[79]

總裁團	柳麟錫*	李範允*	金學萬*	崔在亨*	崔鳳俊

議　會	議　長	李相卨*
	議事員	李鍾浩*, 金翼瑢*, 金니콜라이, 이바노비치, 李敏馥*, 金成武, 尹日炳, 金萬松, 洪炳煥

執行部	部署	部　長	部　員
	總　務	韓馥權	朴東轅 ·李瑾鎔
	新聞部	申采浩	金奎涉 ·金顯土
	敎育部	鄭在寬*	金亨權* ·吳와시리
	實業部	崔學萬	劉相敦 ·嚴仁燮
	警察部	洪範圖*	金利演 ·金구리고리
	外交部	金秉學*	李可順* ·尹能孝*
	檢査部	崔文敬*	姜宅熙* ·蔡成河
	通信部	金致甫*	權裕相 ·高明浩
	記錄部	李南基*	咸東哲* ·金順若
	救濟部	高尙俊*	崔치모프에이 ·吳와시리
	宗敎部	黃公道	金泰奉 ·姜良五
	經濟部	車錫甫*	田慶善 ·張 潑*
	書籍部	金佐斗*	白元甫* ·李奎豊*
	演論部	李範錫*	

(*표시는 聲明會署名者 : 필자)

　　세째로는 日帝가 1914년 3월 당시에 沿海州와 西·北間島에서 활동
하던 抗日獨立運動者들을 파악하여 작성한 「排日鮮人一覽表」가운데
중요한 자로 표시된 명단과 중복하여 나타나는 인물들로서 沿海州지
역의 金道汝, 高尙俊, 金翼瑢, 金起龍, 李致權, 白元甫, 咸東哲, 李敏馥,
李鍾萬, 金仕允 등과 煙秋·琿春지역의 金秉洛, 金秉權 등을 들 수 있

---

79) 尹炳奭, 앞의 논문, pp.187~189 참조. 1911년 11월 창립총회 직후 의사원선출
　　내용과 집행부 조직내용을 기준으로 작성하였다.

다80).

이로써 본다면 聲明會宣言書는 규모에서뿐만 아니라 지역적으로도 滿洲를 포함하여 露領 全域이 참가하였다는 점, 또한 참가한 인물들이 1910년 당시까지 國外에 나와있던 獨立運動者들을 망라하고 있다는 점, 그리하여 그들이 이후 國外獨立運動의 主導的 役割을 담당하였다는 점에서 이후 獨立運動의 合一的인 源流로서 意義를 가진다.

이상에서 聲明會宣言書의 시대적인 배경과 내용 및 그 서명자에 대하여 살펴본 바는 다음과 같다.

1907~1909년 사이에 국내에서는 愛國啓蒙運動과 義兵運動의 系列이 각기 國外로 亡命하여 獨立軍基地를 건설하고 보다 장기적인 안목에서 투쟁하여 나갈 것을 계획하게 되었다. 그러나 이를 먼저 실천에 옮긴 것은 義兵系列로서 이미 1907년경부터 많은 의병장들이 間島나 露領地域으로 이동하여 國內進攻作戰을 지속하였다. 거기에 1908년 義兵運動의 精神的 支柱였던 柳麟錫이 根據地論을 내세우면서 그 門人 義兵將들과 함께 露領 沿海州로 망명함으로써 義兵運動은 실질적으로 1910년 이전에 국외로 근거지를 옮기게 되었으며, 그들은 李範允을 비롯하여 洪範圖 등 間島·露領지역에서 이미 활동하고 있던 의병들과 합류하여 沿海州를 중심으로 집결하게 되었다. 이것이 13道義軍이었으며, 13道義軍은 장차 국내에 남아있는 의병들과도 연계하여 투쟁할 것을 계획하고 있었다.

한편, 露領地域은 러일전쟁 이후부터 이주한 한인의 상당수가 사회·경제적으로 자립하기 위하여 러시아에 귀화하고 있었으며, 귀화한인을 중심으로 1910년 당시 전체한인 약 5만여 명이 대부분 농업에 종사하면서 한인사회를 이루고 있었다. 이러한 한인사회의 형성은 의병

---

80) 이미 앞에서 개별적으로 행적을 검토한 인물들은 제외하였다.

운동의 전략적 거점으로 연결되었으므로 이 지역으로 의병운동이 집결된 또 하나의 요인이라 할 수 있다.

따라서 13道義軍의 結成 직후 國權이 강점되자마자 노령 연해주지역에서 聲明會를 조직하고, 즉각대응에 나설 수 있었던 것은 이 지역을 중심으로 의병들이 집결하여 항일대열의 편성을 일단 마치고 있었기 때문이었으며, 그 기저에 한인사회가 어느 정도 사회·경제적으로 기반을 잡아 이러한 운동을 뒷받침하고 있었기 때문에 가능하였던 것이다.

聲明會는 그 宣言書를 통하여 객관적이고 상세하게 일제의 한국침략과정을 설명하고, 그것이 무력적이고 잔인한 것이었을 뿐만 아니라 무엇보다도 국제법상 불법적인 것임을 주장하여 소위 「韓日合倂」이 무효임을 전세계에 공표하였다. 그리고 더 나아가서는 한국민은 소위 「韓日合倂」의 무효화와 국권의 회복을 위해 무기를 들고 투쟁할 것임을 천명하였다. 이러한 적극적인 투쟁에 의한 獨立運動方略은 이후 露領을 비롯한 國外獨立運動으로 이어지는 것이었다.

署名者의 개별행적에 대한 검토는 聲明會宣言書가 1910년 당시의 국외한인사회를 총망라하는 대규모의 것이었을 뿐만 아니라 그 서명자들의 이후 행적을 통하여 그들이 1910년대의 국외독립운동을 주도해 나갔음을 알 수 있었다. 聲明會宣言書 署名者는 크게 나누어 露領沿海州地域에 이주하여 살고 있던 韓人들과 日帝强占 직전 망명하였던 義兵將 및 그 휘하의 義兵들, 그리고 海外獨立軍基地의 創建을 위하여 先發隊로 파견되었던 愛國啓蒙運動系列의 인물들로 구성되어 있었다. 서명자가 무려 8,624명에 달하게 된 것은 물론 露領地域 韓人社會의 韓人移住者들이 많이 참여하였기 때문으로 보아야겠지만, 지도부 가운데에서는 義兵系列이 다수를 이루고 있었다. 따라서 聲明會宣言書는 우선 '합방의 무효'를 선언하는데 중점을 두기는 하였으나, 직접적인 투쟁에 의한 獨立戰爭을 강조하였다.

第 2 章 大同團結宣言과 大韓獨立宣言書의 理念과 思想

大同團結宣言과 大韓獨立宣言書는 대중적인 만세시위운동이나 항일 무력전 등을 수반하지는 않았으나, 각각 당시의 국제정세와 항일독립 운동의 여건 속에서 현실상황을 정리하고 새로운 독립운동의 방향과 이념을 제시하였다는 점에서 커다란 의미를 가지는 선언서들이다. 그 러므로 1910年代 宣言書를 정리하기 위하여서는 이 두 宣言書를 반드 시 논급해 둘 필요가 있다. 두 宣言書에 대하여서는 그간 활발한 연구 진행으로 많은 성과가 있었다.[1] 이 章에서는 두 宣言書에 대하여 각각

---

1) 大同團結宣言에 관한 연구로는 趙東杰, 1989 「臨時政府 樹立을 위한 1917년의 <大同團結宣言>」『韓國民族主義의 成立과 獨立運動史研究』, 지식산업사, pp.314 ～338 (1987 『韓國學論叢』9, 國民大 韓國學研究所, pp.123～172 및 1987.9 『三 均主義研究論集』IX, 三均學會, pp.14～45 재수록)이 있다. 덧붙여 『韓國學論叢』 9에는 贊同通知書를 포함한 大同團結宣言書 全文이, 『三均主義研究論集』IX에 는 贊同通知書가 각각 실려있다.

　한편, 大韓獨立宣言書에 대한 연구로는 김동환, 1988 「戊午獨立宣言의 歷史的 意義」『국학연구』2, pp.155～183 ; 宋友惠, 1988 「'대한독립선언서'(세칭 '무오 독립선언서')의 실체」『역사비평』여름호, pp.144～178 ; 朴永錫, 1989「大韓獨立 宣言書 研究」『汕耘史學』3, pp.5～40 ; 趙恒來, 1990 「戊午大韓獨立宣言書의 發 表經緯와 그 意義에 관한 檢討」『尹炳奭教授華甲紀念韓國近代史論叢』, pp.547～

宣言의 背景과 宣言書의 內容, 署名者 등을 정리하고, 아울러 聲明會 宣言書와 大同團結宣言, 大韓獨立宣言書의 脈絡을 제시하고자 한다.

第 1 節 宣言書의 背景

獨立運動에 있어서 1910年代 초반은 海外獨立運動基地의 建設과 移住地域에서의 啓蒙·敎育期間이었다고 할 수 있다. 1910년을 전후하여 海外에 독립운동기지를 건설하고자 하는 움직임이 독립운동가들 사이에서 활발하게 진행되어 이 시기 滿洲·露領으로의 집단이주나 독립운동가들의 망명이 실행되기에 이르렀다. 이는 獨立運動의 方略상으로는 獨立戰爭論에 근거하고 있는 것이었지만, 獨立運動의 系列상으로는 新民會를 주축으로 한 愛國啓蒙運動系列과 柳麟錫·李範允·洪範圖 등을 중심으로 한 義兵系列이 서로 혼재하고 있는 상태였다.

소위 「韓日合併」소식에 바로 대응하여 나온 聲明會 宣言書는 日帝의 韓國强占 이후 가장 먼저 반포된 것이기도 하지만, 合併 以前 각각 활동하여 왔던 愛國啓蒙運動과 義兵運動의 系列이 民族受難의 克服을 위하여 합일하는 계기를 만들었다는 점에서 의의를 가지는 宣言書였다. 聲明會 宣言書의 頒布 이후 滿洲와 露領 지역에서는 점차 확장해오는 일제와 대치하는 가운데 獨立運動 基地의 건설 혹은 韓人團體의 활동이 한동안 활발하였다. 지역별로 간단히 살펴보면 우선, 露領에서는 일본의 외교적 압력을 무마하기 위하여 러시아 정부가 한국의 독립운동을 탄압함에 따라 1910년 9월 11일을 기하여 聲明會가 해체되고, 聲明會를 주도하였던 李相卨·李範允·金佐斗·李奎豊 등과 聲明

---

572 ; 趙恒來, 1991 「抗日獨立運動史에서의 大韓獨立宣言書의 位相」『白山朴成壽敎授華甲紀念論叢』, pp.293~305 등이 있다.

會의 母體라 할 '十三道義軍'의 간부 20여 명을 체포하는 한편 자국
내에서 일체의 韓人政治活動을 엄금하였다. 그러나 이러한 조처는 러
시아 정부의 의지가 아니었으므로 체포되었던 한인들은 다음해인 1911
년 석방되었으며, 바로 이해 勸業會가 시베리아 블라디보스톡 新韓村
에서 창립되어 露領 韓人들의 經濟主義團體를 표방하면서 강력한 抗
日獨立運動機關으로 운영되었다.2) 勸業會는 聲明會의 이념과 조직을
계승하여 愛國啓蒙運動과 義兵運動의 論理를 합일시킨 이념을 구현하
고자 하였다. 勸業會는 『勸業新聞』의 간행을 통한 啓蒙活動과 教育·
實業勸奬活動을 비롯, 自治制 등을 통하여 명실상부한 露領 韓人社會
의 중심으로 자리잡아갔다. 그러나 무엇보다도 勸業會는 光復軍 양성
에 주력하여 독립전쟁을 준비하는 것으로 韓日合倂에 직면한 민족의
대응방식을 獨立戰爭論에서 찾고 있었다. 勸業會는 1913년부터 東北滿
緩芬大甸子에 있는 羅子溝에서 勸業會의 중요임원인 李鍾浩·李東輝
·金 立·張基永·金河錫·吳永錫 등이 어려운 여건하에서도 大甸學
校라 부르는 獨立運動史上 최초의 士官學校를 운영하였을 뿐 아니라3)
광복군의 軍營地를 확보하기 위하여 러시아 정부로부터 土地租借를
추진하며, 養軍號와 海島號 등으로 불리우는 광복군 양성을 위한 비밀
결사를 운영하고 있었으며, 궁극적으로는 29,000여명 규모의 시베리아
전역의 韓人兵力을 光復軍 兵力으로 편성하고자 하였던 것으로 생각
된다. 권업회의 이러한 '獨立戰爭論'의 구현은 大韓光復軍政府의 건립
으로 이어져 1914년 블라디보스톡에서 李相卨을 正統領으로 하는 光
復軍政府를 출범하였다.4) 韓民族의 실력행사를 통한 自主的 獨立을 달
성하려는 勸業會의 이러한 이념과 활동이야말로 1910년 聲明會 이래

---

2) 勸業會의 組織에 대해서는 第 1 章 참조.
3) 뒤바보, 「俄領實記」 『독립신문』(상해판) 1920년 2월 20일~4월 12일 참조.
4) 尹炳奭, 1993 「1910年代 沿海州地方에서의 韓國獨立運動」 『國外韓人社會와 民
   族運動』, 一潮閣, pp.206~211 참조 (1986 『한국사학』8, 정신문화연구원 재수
   록).

1914년 제1차 세계대전이 일어나기까지 露領에서 海外獨立運動을 주도하게 되는 배경이 되었다.

그러나 1914년 제1차 세계대전의 발발과 함께 러시아와 日本이 同盟國으로 제휴하여 韓人의 정치·사회활동을 탄압함에 따라 光復軍政府는 그해 9월 그 모체가 된 勸業會와 함께 해산되었으며, 韓人社會의 지도자들도 대거 투옥되거나 추방당하였다.5) 聲業會의 활동에서부터 光復軍政府에 이르기까지 1910년대 초반 露領 韓人社會의 獨立運動을 주도하여 왔던 李相卨도 이때 추방당하여 1915년 上海로 옮겨와 박은식·신규식 등과 신한혁명당을 결성하였다.6) 이로써 1914년 제1차 세계대전의 발발 이후 露領에서의 獨立運動은 불가능하게 되어 韓人社會의 활동이 침체기에 빠지고 말았다. 露領에서 다시 韓人들의 활동이 재개되는 것은 1917년 러시아 혁명 이후 혼란을 거듭하던 露領의 형세속에서 다시 獨立運動의 기회를 모색하던 중 그 해 6월 全露韓族代表者會를 개최하면서부터이다. 이것이 다시 8월 全露韓族會로 발전하면서 점차 露領 韓人社會의 활동이 활발하게 이루어지는 계기가 마련되었던 것이다.

제1차 세계대전의 여파로 海外 韓人들의 獨立運動이 봉쇄당하였던 것은 露領만은 아니었다. 滿洲 역시 일본의 외교적 압력을 받게 된 中國政府가 자국내에서 韓人들의 정치적 활동을 금지하여 1919년 3월 大韓國民會가 결성될 때까지 滿洲에서의 韓人團體의 組織이나 活動은 불가능하였다. 이 기간동안의 韓人活動이라고 한다면, 北間島의 경우 白 純·徐 一·朴贊翊 등의 大倧教 施教堂이나 그의 학교 또는 金躍

---

5) 위의 책, p.211 및 劉孝鐘, 1986 「極東ロシアにおける朝鮮民族運動 - '韓國倂合'から第一次世界大戰の勃發まで-」『朝鮮史研究會論文集』22, 朝鮮史研究會, pp.137～138 참조.
　　李鍾浩·李東輝 등은 각각 일본이나 러시아에 의해 구금되었으며, 李相卨은 러시아에서 추방되었다.
6) 金正明 編, 『朝鮮獨立運動』Ⅰ, p.276.

淵·李同春 등을 중심한 기독교회나 明東學校 등의 민족교육 등을 꼽을 수 있다.7) 北間島는 일찍부터 독립운동기지로서 개척된 곳으로 李相卨·李東寧·呂 準 등이 1906년 8월경 龍井村에 정착하고 瑞甸書塾을 연 이후 용정촌·명동촌에 이어 1909년 가을부터 추진되었던 韓興洞 경영이 1916년 李承熙의 타계로 기울게 되었다. 또한 1912년 12월 중국의 연성자치제선포에 힘입어 한인자치와 독립운동의 활발한 추진을 위해 조직되었던 墾民會가 1913년 봄에는 중국정부의 허가를 얻어 韓人社會의 自治를 실시하고 지방조직으로 연길·화룡·왕청 등에 지방총회와 지회를 두기까지 이르렀으나 1914년 3월 14일 중국정부의 명령으로 해산되었다. 이후 이 지역 韓人들은 새로운 조직을 위해 노력하였으나 성공하지는 못하였으며, 이러한 정황들로 인해 북간도의 韓人活動의 내용은 상당히 위축될 수밖에 없게 되었다. 따라서 韓人社會는 기존의 활동 가운데 일제와 중국의 압력을 상대적으로 덜 받는 교육활동과 종교활동에 경도되었던 것이다. 특히 明東學校는 서전서숙의 폐숙 이후 그를 계승할 교육기관으로써 金躍淵에 의해 세워진 후 1920년 일제에 의해 강제소각될 때까지 항일 민족주의교육을 꾸준히 실시하였다.8) 종교활동으로는 1910년을 전후하여서부터 李東輝이 기독교 선교활동이 두드러졌다. 그는 普昌學校라는 민족교육기관을 설립하는 외에 캐나다 선교사인 具禮善 R.Griesson과 제휴, 金 立·尹 海·桂奉禹 등과 沿海州·北間島·咸鏡道를 포괄하는 韓·中·露 基督敎宣敎團을 조직하고 북간도로부터 활동을 시작하였다. 李東輝의 宣敎團 외에도 金秉浩·南公善·姜鳳羽 등 국내로부터 민족운동가들이 속속 망명하여 동일한 활동을 벌여나갔다. 한편 기독교 외에 서울로부터 大倧敎의 창시자인 羅 喆을 비롯하여 그 중요임원인 徐 一·朴贊翊·白

---

7) 趙東杰, 앞의 책, p.327.
8) 尹炳奭, 앞의 책, pp.14~21 및 李智澤, 「北間島」5~10회, 『중앙일보』1972년 10월 18일~23일자 참조.

純·南世極 등이 망명하여 和龍縣 三道溝 靑波湖 등지에 실업학교를 세워 민족교육에 힘쓰고 있었다.9)

西間島에서는 新興學校·東昌學校와 白西農莊이 중심이 되었다. 新興講習所를 발전시킨 新興學校는 1910년대 일반 중학교의 형식적인 학제를 내세우면서, 실질적으로는 '獨立戰爭論'을 구현할 많은 武官과 민족운동가를 양성하였으며, 新興學友團은 신흥학교 졸업생의 친목과 단결을 그 조직명분으로 내세우면서 역시 실질적으로는 서간도 한인 사회에서 효과적으로 한인의 자치을 향상시키면서 항일독립운동을 추진하고자 조직되었다. 처음 新民會의 新韓村 건설계획에 따라 이 지역의 개척을 주도하였던 李始榮·李東寧 등이 각각 떠나고10) 그 뒤를 이상룡·허혁·김동삼 등이 이어받아 신흥학교를 운영하였으나, 계속되는 흉작과 日軍의 내습정보 등으로 신흥학교의 유지조차 어려운 지경에 처하게 되었다. 1914년 부민단과 신흥학우단은 신흥학교와 각 分·支校에 설치한 勞動講習所 등에서 양성한 독립군 약 400명을 근간으로 백두산 서쪽편 산록에 '白西農莊'을 건설하고 서간도 독립군을 편성·훈련시키기 시작하였다.11) 한편, 동창학교는 尹世復·尹世감이 설립한 학교로 1917년 무렵에는 大倧教 人士의 거점으로도 활용되고 있었다.12) 이상에서 살펴본 것처럼 1914년 이후 露領과 滿洲에서의 韓人活動은 각국 정부의 압력에 의하여 봉쇄당한 형편이었다.

1914년 8월 23일 일본은 독일에 선전포고하고 세계대전에 참전하였다. 일본의 참전에 대하여 영국은 일본이 산동에 군사기지를 가지고 있는 독일의 해군력을 붕괴시킬 수 있을 것이라는 기대는 하고 있었지만, 중국에 대한 일본의 부당한 무력행사를 우려해 일단 참전은 하

---

9) 尹炳奭, 위의 책, pp.21~22.
10) 尹炳錫, 「1910年代 西北間島 韓人團體의 民族運動」, 위의 책, p.34.
11) 尹炳奭, 위의 논문, p.42.
12) 趙東杰, 앞의 책, p.327.

지 않아도 된다고 통고한 바 있었다. 그러나 독자적으로 중국 및 남태
평양에 세력을 확장시키고자 혈안이 되어 있던 일본 정부는 대뜸 독
일에 선전포고하고 나섰던 것이다. 9월 2일 일본의 혼성 1개 여단이
산동반도 북쪽의 龍口에 상륙했다. 원세개 정부는 세계대전에 대해 중
립을 선언하고, 膠州灣 부근의 범위를 넘지 말 것을 일본과 독일에 요
구했으나, 일본은 도리어 증강된 상륙부대를 교주만에 상륙시켜 濟南
까지 점령하고, 독일에 대해 중국에 반환하겠다는 명목하에 독일이 확
보한 권익의 전부를 일본에 양도할 것을 요구하였다. 10월초 일본은
산동철도 全線을 점령하고 11월 7일 독일군요새인 靑島를 점령하기에
이르렀으며, 다음해인 1915년 1월 18일 일본은 원세개 정부에 對中國
21個項 條約을 강요했다.13) 21個項 條約을 둘러싼 타협은 쉽사리 결말
이 나지 않았다. 일본정부를 상대로 비밀교섭을 벌이던 원세개 정부
는14) 점차 거세지는 국민의 반일여론을 의식해서 일본의 조약요구 수

---

13) 21個項 條約의 일부를 인용하면 다음과 같다.
　　제1호 산동성의 독일권익을 일본이 이어받을 뿐 아니라, 다시 산동성에서 새
　철도부설권도 갖는다.
　　제2호 여순·대련의 租借權, 남만주철도의 권리 기한을 다시 99년간 연장하
　고 동부내몽고·남만주 일대의 권익을 소유한다.
　　제3호 漢陽·大冶·萍鄕의 철·석탄광 경영을 독점한다.
　　제4호 중국의 연안과 섬을 외국에게 빌려주지 않는다.
　　제5호 중국정부의 군사·재정기관에 일본인 고문을 두되 다른 외국인 고문
　보다 일본인을 많이 둔다. 중국경찰을 일·중합병으로 하든지 고문을 둔다.
　중국군의 무기는 일·중 합병의 병기공장, 아니면 일본에서 수입한다. 중국
　전 영토에 일본병원·사원·학교의 토지 소유권을 인정한다.
　　즉, 21個項의 條約內容은 일본이 중국내에서 독일의 이권을 인수하여 독일
　세력을 구축하고 나아가 동부내몽고와 남만주일대까지 자국의 세력을 확장
　하는 것을 골자로 하는 것으로, 일본 군부의 요구나 재계의 희망은 말할 것
　도 없고 대륙낭인들이나 그 정객들의 바램까지 뒤죽박죽 섞여 있는 것이라고
　할 수 있었다. 후에 1931년 만주사변후, 국제연맹이 보낸 리튼 조사단도 한
　나라가 그 이웃 나라의 영토 안에서 이익을 보는 범위가 그 행정·경제면에
　걸쳐 이토록 넓은 일은 아주 드물었다고 비판하였다 (佐伯有一·野村浩一 等
　著, 吳相勳 譯, 1988 『中國現代史』, 한길사(1980初版), pp.230~236 참조).

락을 미루고 있었다. 이러한 와중에 중국내에는 중·일 국교단절의 소문이 파다하게 퍼지는 등 정국은 혼란을 거듭하였던 것이다.

이러한 정국을 이용하여 독립운동의 기회로 삼고자 한 해외한인들의 활동 가운데 가장 두드러지는 것이 新韓革命黨의 활동이다. 앞서 언급하였듯이 1915년 上海로 옮긴 李相卨을 중심으로 각지에서 모인 독립운동가들은 이 시기의 국제정세를 능동적으로 활용하여 독립운동의 기회로 삼고자 하였다. 그리하여 이상설을 비롯, 申圭植·朴殷植·柳東說·李春日·成樂馨 등이 1915년 3월 상해에서 新韓革命黨을 결성하였던 것이다. 이들은 일본의 對中 21個項 條約요구 이후 중·일 교섭이 진행되던 당시의 정국을 종합분석하여 각국의 일본에 대한 대응책을 예상하였으며, 이를 토대로 운동전략을 세워나갔다. 신한혁명당은 구체적으로 대전의 승자를 독일로 낙관하였으며, 그에 따라 歐洲戰의 종결 이후 독일이 일본을 공격하게 될 것은 필연의 일로 이때에는 중국이 합세할 뿐 아니라 미국이 이들을 지원할 것이라 예상하였다. 아울러 일본이 21個項 條約案에서 러시아의 몽고와 영국의 靑島지역을 비롯한 다수의 이권을 포함한 바 있으므로 영국과 러시아가 연합하여 일본을 공격하게 될 것으로도 예상하였다. 이로써 보면 세계대전이 종결되면 국제사회에서 일본이 고립될 것은 확실하므로 독립운동에 있어서는 절호의 기회가 아닐 수 없었다. 그러나 정작 제1차 세계대전의 결과는 독일의 패배로 끝났으며, 러시아·영국·미국 등도 일본과 적대적 관계로까지 이어지지는 않았다.[15]

---

14) 원세개정부는 일본에 발판을 마련하고 있던 재일혁명당을 일본정부를 이용해 탄압하고자 하였다. 따라서 황제가 되려는 야망을 뿌리치지 못하였던 원세개는 결국 군대·재정·무기 등에 일본이 직접 간여하려는 제5호만 거절하고는 21개 조항의 요구를 거의 다 받아들였다. 그 반대급부로 재일 혁명파 및 유학생에 대한 일본의 엄중한 단속과 불온한 장사꾼이나 일본 낭인들을 억압할 수 있는 보장을 얻어냈던 것이다.

15) 姜英心, 1988 「新韓革命黨의 결성과 활동」『한국독립운동사연구』2, pp.116~117.

신한혁명당은 상해지역을 중심으로 결성되었으나 본부는 北京에 두고 있었다. 당시 北京은 원세개 정권의 중심지로써 원세개가 대총통이 된 후 유럽열강들은 그가 정권을 장악하는 것을 지지하고 있었으므로 중국 특히 원세개정권의 지원을 얻기 위한 포석으로 北京에 본부를 설치하였던 것으로 생각된다. 또한 신한혁명당의 지부조직은 독립전쟁 발발에 대비하여 세워둔 군사작전상의 주요지역과 일치되는 곳이 많다. 즉 중국내 지부설치지역인 안동·봉천·장춘은 모두 일본의 안봉철도와 관련된 곳이며 국내의 나남·회령 등도 진격작전의 주요목표지였다.[16]

신한혁명당 당원들의 구성내용을 잠깐 살펴보면, 이들은 30대 후반에서 40대 전반으로 대부분 계몽운동에 적극 참여하였던 경력을 가지고 있었으며, 비슷한 시기에 국권회복운동을 전개하다 露領이나 滿洲로 망명하여 각지의 한인사회를 기반으로 文武雙全敎育을 실시하는 한편 墾民會·勸業會·同濟社 등의 단체조직을 통한 활동을 지속하고 있던 이들이었다.[17] 따라서 이들은 제1차 세계대전의 여파로 韓人들의 독립운동이 처하게 된 위기에 대하여 누구보다도 절감하고 있었고, 각지의 흩어진 운동단체들의 역량을 재결집할 비밀결사단체의 조직의 필요성 또한 절실하게 인식하고 있었다. 따라서 운동노선의 측면에서는 국제정세의 판단결과 동맹의 관계를 유지하여야 할 독일과 중국이

---

16) 姜英心, 위의 논문, pp.118~119.
17) 구체적으로 관여했던 학회들을 살펴보면,

　　　獨立協會　－ 박은식, 신규식
　　　大韓協同會　－ 이동휘, 이상철
　　　西友學會　－ 박은식, 이동휘, 유동열
　　　漢北興學會　－ 이동휘
　　　西北學會　－ 박은식, 이동휘, 유동열
　　　新民會　－ 박은식, 이동휘, 유동열

　등이다. 한편 종교적으로는 이상설, 신규식, 박은식이 대종교인이었던 데 비해 이동휘와 이동춘은 기독교인이었다 (姜英心, 위의 논문, p.121 참조).

군주정치하에 있다는 점을 중시, 각각의 운동노선과 이념의 차이를 일단 유보하여 광무황제를 상징적인 존재로써 당수에 추대하여 제정을 표방하는 전략을 세우게 되었다. 물론 여기서의 帝政은 입헌군주제적인 제정을 의미하는 것으로 보아야 할 것이다.

다음으로 조직면에서는 勸業會를 중심으로 한 露領의 운동세력, 墾民會를 중심으로 한 北間島의 운동세력, 北京과 上海 등의 운동세력, 그리고 美洲의 朴容萬을 중심으로 한 세력 등을 연합하였을 뿐 아니라 국내에서는 蘭會라고 하는 詩會組織을 통해 광무황제와 밀접한 관련이 있던 측근인물들을 포함하므로써 광무황제와 신속하게 연결될 수 있도록 하였다.

신한혁명당의 활동은 독립전쟁에 대비하여 독립군을 편성하고 군사작전을 수립하는데서 그치지 아니하고 독일의 보증하에 중국과 군사동맹을 맺어 독립전쟁이 발발하면 곧 중국으로부터 군비와 中級軍官의 원조를 받는다는 내용의 「中韓誼邦條約」체결전략을 추진하는데 집중되었다. 이 조약체결의 계획은 성공하지 못하였으나 일개의 독립운동단체로서 중국, 독일과 더불어 대등한 관계에서 군사동맹을 맺어 합법적인 군사원조를 확보하고자 하였던 점은 높이 평가할 만한 전략이었다.[18]

결론적으로 신한혁명당의 활동은 1915년 7월 국내에서의 활동 중 일제에 발각되어 모두 체포됨으로써 고비를 맞았다. 신한혁명당이 1914년 말에서 1915년 3월에 걸친 창당작업기간 동안 예상하였던 국제정세는 1916년 교착상태를 거쳐 1917년 미국의 참전으로 독일의 패전으로 끝나게 됨에 따라 정반대의 상황을 가져오게 되었다. 따라서 신한혁명당의 존립마저도 무의미하게 되었던 터에 원세개의 사망, 이상설의 사망 등이 이어지고 신한혁명당도 해체되었다. 이무렵 李 甲

---

18) 姜英心, 위의 논문, p.136.

역시 타계하였으며, 복벽주의 또는 보황주의 노선이 점차 탈락해 가는 가운데 해외독립운동계는 급변하는 국제정세에 대한 새로운 판단하에 새로운 운동노선을 정비해야 하는 과제를 안게 되었다. 1917년 7월의 大同團結宣言은 이러한 시점에서 제기된 것이다.

大同團結宣言 이후 海外 韓人의 力量을 총결집할 만한 독립운동단체의 조직이나 활동은 없었다. 다만 1917년 러시아 혁명 이후 露領 韓人社會가 착실하게 組織을 발전시켜 나가고 있었고[19], 美國에서도 大韓人國民會를 중심으로 韓人社會의 결속을 다지는 등[20] 地域別로 自治制적인 성격의 단체활동만이 재개되었을 뿐이었다. 上海에서 한인독립운동의 활동이 재개되는 것은 1918년 11월 新韓靑年黨이 결성되면서부터였다. 1918년 11월은 독일이 항복하는 것으로 대전이 종결되던 때로서 종결 이후의 국제정세가 앞서 언급하였듯이 그 이전까지의 예견과는 달리 일제가 전승국의 위치에서 상당한 발언권을 가지는 것으로 판가름났던 것이다. 따라서 독립운동의 방향도 단일적이었던 독립전쟁론에서 외교중심론으로 전환되었으며, 파리강화회의와 윌슨의 민족자결주의가 한국의 독립문제에 가져다 줄 영향을 정확하게 판단하는 것이 최우선의 과제로 부상하였다. 특히 미국이 전세계의 정세를 주도해 나가는 강국의 입지를 굳히게 되고 독립운동계에도 외교중심론이 일각을 차지하게 되자, 이미 1917년 이후 그 세력이 급격하게 쇠퇴하고 있던 복벽주의 혹은 보황주의 노선은 표면적으로 독립운동계에서 자취를 감추게 되었으며, 大同團結宣言에서 선언한 보황주의 노선의 종결은 1919년 2월 大韓獨立宣言書를 통하여 완전한 공화주의의 지향을 이루게 된 것이다.

---

19) 第5章 朝鮮獨立宣言書와 大韓國民議會 참조.
20) 第7章 韓國議會宣言書의 理念과 思想 참조.

第 2 節 宣言書의 理念과 思想

1. 大同團結宣言

大同團結宣言은 '大同團結의 宣言'이라 제한 본문과 '提議의 綱領' 7
개항, 宣言日字와 署名者, '贊同通知書'와 회신설명 등으로 이루어져
있다. 이 宣言書는 趙素昻이 기초하였으며,21) 國漢文으로 작성되었다.
  선언서의 내용을 간단하게 요약하면, 主權은 민족의 고유한 것으로
융희황제가 주권을 포기한 것은 국민에 양여한 것으로 보아야 한다.
그러므로 주권행사의 권리와 의무가 국민에게 있는데 국내동포는 일
제에 구속되어 있으니 그 책임을 해외 동지가 감당해야 한다는 것이
다. 그리고 그 국가적 행동으로서의 실질문제는 財政・人物・信用의
세 가지이며, 국가적 행동을 성취하기 위하여서는 統一機關・統一國家
・圓滿한 國家의 달성이라는 3단계의 요령을 제시하고 있다. 그 외에
국제정세에 대하여 러시아 혁명, 芬蘭(핀란드)・猶太・波蘭(폴란드)의
독립선언과 愛爾蘭(아일랜드)・特里波里(트리폴리-리비아)・摩洛哥(모로
코)・印度・西藏(티베트) 등의 독립운동, 聯合國의 散渙, 民權聯合會,

---

21) 기초자에 대하여서는 趙恒來・朴永錫 등이 趙素昻으로 단정한 데 비하여 (朴
   永錫, 앞의 글, p.20 ; 趙恒來,「抗日獨立運動史에서의 大韓獨立宣言의 位相」,
   앞의 책, p.303 참조), 趙東杰은 同 宣言의 발기자들이 모두 뛰어난 문사들로
   서 누가 담당해도 名文을 감당할 수 있었겠지만, 연령 등의 관계로 보아 素
   昻이 간사격으로 활약하며 여러 선배의 의사를 취합하여 작성했을 가능성이
   있다고 하였다. 즉 同 宣言의 첫머리가 소앙이 작성한 것으로 전하는 大韓獨
   立宣言書와 거의 같은 점, 또한 내용에 제2인터내셔널의 民主社會主義的 표
   방이 엿보이는 점 등을 고려하면 소앙이 문안 작성에 깊이 관여한 것은 확실
   하나 宣言 內容의 重大性과 提言의 節次 등을 고려하면 申圭植・朴殷植・申
   采浩 등 先輩의 協議內容을 정리했을 가능성을 배제할 수 없다는 입장이다
   (趙東杰, 앞의 책, p.321 참조).

萬國社會黨 등을 열거하여 이제 제1차 세계대전의 전세는 국민주권주의에 입각한 독립운동에 유리하게 변화한 것으로 진단하고 있는 것이다.

7개항의 綱領은 본문에서 언급되었던 국가적 행동의 성취를 위한 統一機關의 수립에 대하여 구체적으로 제시하고 있는 부분이다. 즉 1,2,3항은 해외각지의 단체를 紏合 統一하여 有一無二의 最高機關을 조직하고 그 중앙총본부를 상당한 지점에 두고 각지는 지부를 통하여 관할하며, 大憲을 제정하여 法治를 실행하자고 하는 수립에 대한 내용에 해당한다. 다음 4,5,6,7항은 獨立 平等의 권리를 주장하여 日帝가 내세우는 同化와 自治의 유혹을 뿌리칠 것과 국제외교·독립운동자들 사이의 단결의 강화를 주장하고 이러한 모든 내용은 會議를 통하여 合意하에 실천한다는 내용, 즉 統一機關의 운영에 대한 부분이다. 이로써 본다면 統一機關은 臨時政府에 상응하는 구상이라고 할 수 있었다.

즉, 大同團結宣言은 궁극적으로는 憲法의 제정을 통한 法治로써 국민주권과 평등을 보장하는 민주주의 독립국가건설의 초석으로써 임시정부를 수립할 것에 대한 제의에 일차적인 목적을 두었던 것이라고 생각된다. 그러나 1917년 7월 선언 당시에는 해외 독립운동계로부터 이렇다 할 반응은 얻지 못한 것으로 보인다. 그것은 새로운 독립운동의 방향을 정하는데 있어 중요한 잣대가 될 국제정세의 향방이 미국의 참전으로 어느 정도 가늠할 수 있게 되었다고는 하지만 제1차 세계대전이 진행중인 당시로서는 일단 관망하려는 자세를 취하고 있던 때문이 아닐까 한다.

大同團結宣言이 당시 독립운동계에서 이렇다 할 반응은 얻지 못하였다고 하더라도 우리는 이 선언서의 몇가지 점에 근거하여 볼 때 큰 의미를 발견하게 된다. 우선 國民主權의 이념에 관한 점이다.

　　隆熙皇帝가 三寶를 抛棄한 八月二十九日은 卽 吾人同志가 三寶를 繼承한 八月二十九日이니 其間에 瞬間도 停息이 無함이라 吾人同志난 完全한 相續者니 彼帝權消滅의 時가 卽 民權發生의 時오 舊韓最終의 一日은 卽 新韓最初의 一日이니 何以故오 我韓은 無始以來로 韓人의 韓이오 非韓人의 韓이 아니라 韓人間의 主權授受난 歷史上 不文法의 國憲이오 非韓人에게 主權讓與난 根本的 無效오 韓國民性의 絶對不許하난 바이라 故로 庚戌年 隆熙皇帝의 主權抛棄난 卽 我國民同志에 對한 默示的 禪位니 我同志난 當然히 三寶를 繼承하야 統治할 特權이 잇고 또 大統을 相續할 義務가 有하도다 故로 二千万의 生靈과 三千里의 舊疆과 四千年의 主權은 吾人同志가 相續하엿고 相續하난 中이오 相續할 터이니 吾人同志난 此에 對하야 不可分의 無限責任이 重大하도다 (띄어쓰기는 필자)

　　위의 인용부분은 선언서 가운데 國民主權에 관하여 밝힌 부분으로 대동단결선언의 요체라 할 수 있는 이념을 극명하게 보여준다. 즉 나라의 주권은 한순간도 정지될 수 없으며, 주권을 포기한 융희황제의 처사는 황제로서의 권한을 포기함이지 우리 국민이 주권을 포기한 것은 아니라는 것이다. 따라서 일제의 침략앞에서 융희황제가 주권을 포기한 것은 민족사의 종결이 아니라 도리어 국민이 주권을 양여받게 된 것을 의미한다는 내용이다. 더군다나 이러한 국민주권에 대한 천명 뒤에 바로 이어 주권행사를 하게 된 국민 개개인이 대동단결할 것과 확실한 주권행사를 위한 방법으로서 통일조직의 필요성, 운영방도 등이 서술되어 있다는 점은 대동단결선언이 일제에 대한 獨立宣言書라기 보다는 오히려 일제에 주권을 침탈당한 당시까지도 국민들의 정서에 깊이 뿌리박혀 있던 專制主義를 제거하고 근대적 민주주의 공화정체를 선언하고 나선 民權宣言書로서의 특징이 강해 보인다. 이로써 1915년까지도 상징적이나마 광무황제를 당수로 추대하여 망명정부를 수립하고자 하였던 것이다. 그리고 이렇듯 보황주의 노선에 대한 하고도 단호한 매듭은 이 선언의 발기자들이었던 신규식, 박은식, 신채호, 조성환 등이 신한혁명당의 주요 구성원이었다는 점과도 관련이 있다. 이들은 국제정세를 감안하여 일단 자신들의 이념이나 운동노선의 차이를 유보하고자 하였던 것이 판단오류였음을 확인하였을 때 본래의 이념이나 운동노선에 더욱 확고하여질 수밖에 없었을 것이다.

다음으로는 대동단결선언에서 말하는 통일조직에 관한 논의이다. 아직 臨時政府로 구체화되지 않았지만 분명히 선언서 상의 통일조직은 훗날의 임시정부에 대한 구상이었다. 이러한 임시정부 조직에 대한 필요성과 구체적인 운영의 방법 등에 대한 논의를 선언서를 통하여 정식으로 해외각지의 독립운동계에 최초로 제안하였다는 점에서 대동단결선언은 또한 의미를 가지는 선언서임에 분명하다.

선언서가 배포된 지역에 대한 구체적인 자료는 나타나지 않고 있으나 인쇄된 것이니 그에 상응한 부수가 반포되었을 것이고 또 『新韓民報』(北美洲)·『國民報』(하와이)·『太平洋週報』(하와이)·『韓人新報』(海蔘威)·『青丘新報』(니코리스크) 등의 보도기사를 통하여 선언의 취지가 널리 알려졌을 것이므로 당시의 독립운동자는 거의 모두 일단은 선언의 제의를 논의해 보았던 것으로 이해되어야 할 것이다.22)

2. 大韓獨立宣言書

大韓獨立宣言書는 國漢文으로 작성되었으며, 원래는 毛筆로 씌어진

---

22) 趙東杰, 앞의 책, p.334.
  『新韓民報』 4250년 9월 20일자 및 10월 4일자에는 大同團結宣言과 관련된 기사가 실려있으나 다른 新聞들은 입수조차 되지 않은 상태이다. 다만 『韓人新報』의 총무였던 金秉洽이 찬동하였다고 한 것으로 미루어 『한인신보』에 이와 관련한 기사가 나갔을 가능성이 있고, 하와이의 朴容萬이 발기인에 들어 있으므로 역시 하와이의 신문에도 취지가 실렸을 가능성이 있다는 것이다 (趙東杰, 앞의 책, pp.321~334 참조).

것을 石版으로 인쇄한 것이다. 宣言書의 구성은 大同團結宣言과는 달리 본문과 선언일자, 서명자 순으로 되어있다. 大韓獨立宣言書는 大同團結宣言과 함께 趙素昻이 기초한 것으로, 1919년 2월 초순(2월 1일~7일 사이)에 吉林에서 滿洲·露領의 韓人社會를 기반으로 하는 독립운동단체 약 90개와 민족교육기관(단체) 237개 가운데 특히 重光團과 大韓獨立義軍府가 주체가 되었다. 선언서의 명의는 金敎獻, 趙素昻, 申圭植 등을 비롯하여 당시 여러 곳에 있던 저명한 민족독립운동자 39인으로 발표되었으며, 세계대전의 종결 후 국제정세의 변동을 포착하여 독립선언을 발표한 것으로는 가장 앞선 것이었다.[23]

大韓獨立宣言書는 大同團結宣言과 理念的으로나 人的인 측면에서 하나의 맥락으로 이어지고 있었으므로 선언서의 내용 가운데는 서로 유사한 부분들을 찾을 수 있다. 우선 대한독립선언서의 서두를 보면 다음과 같다.

> 我 大韓同族 남매와 온 世界 友邦同胞여 我 大韓은 완전한 自主獨立과 우리들 신성한 平等福利를 我 子孫黎民에게 대대로 전하게 하기 위해서 여기에 異族專制의 虐待와 壓迫을 벗어나서 大韓民主의 自立을 宣布하노라

즉 일제의 침탈에 대하여 우리 민족의 독립을 선포하는 것과 동시에 우리 민족이 지향하는 독립은 '자주독립과 평등복리'의 실현을 통한 근대적 민주주의 공화정체의 민족국가 수립에 있음을 천명한 것이다.

이러한 獨立의 根據에 대한 부분은 앞서 본 大同團結宣言과 문장까지도 유사하다.

---

23) 趙恒來, 1992 「大韓獨立宣言書의 發表時期 經緯」『韓民族獨立運動史論叢』, 朴永錫敎授華甲紀念論叢刊行委員會, pp.513~536 ; 趙恒來, 「抗日獨立運動史에서의 大韓獨立宣言書의 位相」, 앞의 책, p.297.

大同團結宣言

　我韓은 無始以來로 韓人의 韓이오 非韓人의 韓이 아니라 韓人間의 主權授受난 歷史上 不文法의 國憲이오 非韓人에게 主權讓與난 根本的 無效오 韓國民性의 絶對不許하난 바이라

大韓獨立宣言書

　我 大韓은 無始以來로 我 大韓의 韓이요 異族의 韓이 안이라 半萬年史의 內治 外交는 韓王韓帝의 固有權이오 百萬方里의 高山麗水는 韓男韓女의 共有産이오 氣骨文言이 歐亞에 拔粹한 我 民族은 能히 自國을 擁護하며 萬邦을 和協하야 世界에 共進할 天民이라 韓一部의 權이라도 異族에 讓할 義가 無하고 韓一尺의 土라도 異族이 占할 權이 無하며 韓一個의 民이라도 異族이 干涉할 條件이 無하며 我 韓은 완전한 韓人의 韓이라

　두 선언서는 공통적으로 韓國固有의 主權은 韓人 자신들의 것일 뿐, 異族(日帝 : 필자)에게 양도할 수 없는 성질의 것임을 강조하였다.

　대한독립선언서는 이어 일본이 역사적으로 한국에 대해 지속적인 침략을 자행하여왔음을 壬辰倭亂으로부터 설명하고, 이제 강제로 보호합방하였으니 이는 反天逆人이라는 전제하에 일본의 죄악상을 3항으로 분류하여 설명하였다.

　여기까지가 독립의 선언과 정당한 근거의 제시 및 일제의 사기적인 한국합병과 합병후의 만행에 대한 부분이었다고 한다면, 이후의 부분은 한국의 독립을 위한 실질적인 문제에 대한 논의라고 할 수 있다.

　우선 앞의 부분에서 언급해 온 일제의 만행을 시정하기 위한 1차적인 과제는 제국주의적 침략의 철회임을 밝히고 있다. 즉 일본의 제국주의 침략상을 시정할 수 있는 것은 오직 각국이 원상을 회복하는 것뿐이며, 그렇게 함으로써만 각국의 평화는 물론 아시아의 평화를 유지

할 수 있다고 주장하였다. 그리고 지금은 '전제와 강권의 殘滓'가 없어
지고, '인류에게 부여된 평등과 평화는 명명백백하야 公義의 심판과
자유의 보편성은 실로 曠却의 액을 일세코자 하는 天意의 실현'이니
이러한 국제정세의 時運을 따라 우리의 自主獨立의 권리를 행사하고
더불어 일본도 이를 깨달아 公義를 실현하게 하여야 한다는 것이다.24)
제1차 세계대전의 종결 이후 제기된 민족자결주의의 원칙에 상당히
고무되어 있음을 엿보게 하는 부분이다.

다음에는 韓民族에 대하여 獨立의 目的을 설명하여 사명감을 고취
시키는 부분이다.

> 我 大衆아 公義로 獨立한 者는 公義로 進行할지라 一切方便으로
> 軍國專制를 산제하야 民族 平等을 全球에 普施할지니 此는 我 獨立
> 의 第一義오
> 武力兼倂을 根絶하야 平均天下의 公道로 進行할지니 次는 我 獨立
> 의 本領이오 密盟私戰을 嚴禁하고 大同平和를 宣傳할지니 此는 我
> 復國의 使命이오
> 同權同富로 一切同胞에 施하야 男女貧富를 齊하며, 等賢等壽로 智

---

24) 朴永錫은 이 부분에 대하여 "일제에게 세계적 추세를 바로 인식하도록 호소
하여 스스로 물러나게 함으로써, 한국의 독립을 이뤄 보겠다는 것이니, 제국
주의 특성을 제대로 파악하고 있지 못한 시대착오적 발상에서 비롯된 제약이
있다"(앞의 글, p.12)고 하였다. 그러나 이는 다음 문장과 선언서의 마지막 부
분까지를 연결하면 달리 해석될 수도 있다고 생각된다. 즉 이 부분의 바로
다음 문장은 "我 大衆아 公義로 獨立한 者는 公義로 進行할지라 一切方便으
로 軍國專制를 削除하야 民族 平等을 全球에 普施할지니 此는 我 獨立의 第
一義오"라 되어 있다. 여기서 "일체의 방편을 다하야 군국전제를 삭제하고
민족평등을 실시"한다는 것은 宣言書의 말미에서 "동양평화를 보장하고 인류
평등을 실시하기 위해서 … 육탄혈전함으로써 독립을 완성할 것"이라 한 것
과 동일한 것이다. 따라서 우리의 독립을 성취하고 민족평등을 완성하기 위
해서 육탄혈전을 불사하는 일체의 방편을 총동원할 것이며, 이 과정의 하나
로 일제에 時宜를 깨닫도록 한다는 것으로 이는 제국주의적 특성을 파악하지
못한 발상이라고 할 수 없는 부분이 아닐까 한다.

愚老幼에 均하야 四海人類를 度할지니 此는 我 立國의 旗幟오
　進하야 國際不義를 監督하고 宇宙의 眞善美를 體現할지니 此는 我
韓民族이 應時復活의 究竟義니라

　독립 이후 건설하는 국가의 이념으로서는 역시 大同論에 기초한
평등과 평화가 가장 기본적인 요소이다. '平均天下의 公道'라든가
'同權同富로 男女貧富를 齊하며, 等賢等壽로 智愚老幼에 均'한다는
것은 趙素昂의 民主社會主義 思想이나 三均主義 理念의 모체로서
의 大同的 平等思想을 시사한다.

　이와 같이 평등사상에 근거한 자주독립을 쟁취하기 위하여 肉彈
血戰으로써 獨立을 완성하자는 것으로 宣言書는 끝을 맺고 있다.

　大韓獨立宣言書는 大同團結宣言과 國民主權에 대한 認識이나 獨立
의 根據와 合倂의 無效 등에 대한 現實認識의 면에서는 확실히 동일
하다. 그러나 전체적으로는 大韓獨立宣言書가 大同團結宣言보다 한단
계 발전한 형태라고 할 것이다. 우선 선언의 대상에 있어서 대동단결
선언이 주로 한민족의 대동단결을 위한 것이었다면, 대한독립선언서는
한민족의 대동단결에서 나아가 세계의 大同建設을 강조하기 위해 서
두부터 '大韓同族男妹와 遍球友邦同胞'에게 고하는 글로써 시작하고
있다. 또한 韓國의 獨立에 대하여서도 대동단결선언이 통일기관→통일
국가→원만한 국가의 달성이라고 하는 점진적인 단계를 제시한 데에
서 더 나아가 대한독립선언서는 군국전제를 산제하고 대동평화를 달
성하여 정치·경제·사회적으로 균등한 국가를 완성하고 보다 크게는
국제불의를 감독하고 우주의 진선미를 체현한다고 하는 독립의 목적
을 역시 점진적인 단계에 의하여 제시함으로써 한국의 독립을 단순한
一國의 문제로서가 아니라 전세계, 또는 우주진리 체현의 기틀로서 인
식하고 있음을 보여준다. 이것은 현실인식이라는 문제와는 별개의 측
면으로 대한독립선언서 발기자들이 韓民族으로써 지니고 있던 강한

自尊의 인식을 반영한 것이다. 마지막으로 獨立運動의 方略에 대하여 大同團結宣言이 철저하지 못하였다면, 大韓獨立宣言書는 肉彈血戰에 의한 獨立戰爭論을 확실하게 천명하고 있다.

지금까지 살펴본 바를 종합하면 大韓獨立宣言書는 抗日獨立運動史 上 다음과 같은 歷史的 意義를 지닌다고 하겠다.

첫째, 大韓獨立宣言書는 제1차 세계대전 종결이후의 국제정세를 반영한 것으로 '獨立戰爭論'에 입각한 抗日獨立運動의 근거지인 間島地方에서 가장 먼저 발표되었다는 점에서 의의를 가진다고 하겠다. 뿐만 아니라 '2·8', '3·1'독립선언을 나오게 한 모체요 선구적 역할을 하였다는 점에서도 의의를 찾을 수 있는 것이다.[25]

둘째, 大韓獨立宣言書는 1910年代 海外獨立運動界가 일관하여 왔던 獨立戰爭論을 完成한 선언서라는 점이다. 大韓獨立宣言書는 2·8獨立宣言書나 3·1獨立宣言書보다 훨씬 신랄하게 일제를 비난하고, 완전한 독립을 위해서는 抗日武裝獨立鬪爭으로써만이 일제를 구축할 수 있다는 점을 강도높게 주장하였다. 그리고 이 宣言書는 그 발기자들을 통하여 일본 동경 유학생들을 자극하고 그 이념을 전달함으로써 2·8독립선언에 영향을 주었을 뿐 아니라, 국내 3·1運動의 源流로써 작용하였던 것이다.[26]

또한 제1차 세계대전의 발발 이후 각국 정부의 정치적 제재를 받아 침체되어 있던 滿洲·露領 등 海外 韓人社會에서 3·1運動 직후 바로 대대적인 抗日萬歲示威鬪爭을 일으킬 수 있었던 것 역시 滿洲나 露領의 韓人社會를 기반으로 전개되어 왔던 해외독립운동의 흐름이 大韓獨立宣言書의 理念을 통하여 적극적인 對日鬪爭으로의 質的 변화를 이루게 되었음을 의미한다.

세째, 趙素昻이 선언서를 기초하던 때에 三均主義思想이 배태되

---

25) 趙恒來, 1991, 앞의 논문, p.302.
26) 第3章 3·1獨立宣言書와 3·1運動, 第1節 참조.

었다는 것이다.[27] 선언서의 발표당시 아직 구체화되어 있지는 않았지만, 선언서에 나타나는 '平等福利' '民族平等' '同權同富' '等賢等壽' 등의 표현은 장차 三均主義의 골격을 이루는 均等의 개념이라고 할 수 있다.

또한 조소앙이 독립을 달성하기 위해서 진행할 방법을 復國·入國의 단계로 구분한 것은 후일 大韓民國 臨時政府 建國綱領에 반영되었다.[28] 建國綱領은 總綱·復國·建國의 3章 24個項으로 구성되어 있으며,[29] 특히 그 總綱에서는 임시정부를 세워 민족의 自力으로 異族專制를 전복하고 民主制度를 건립하기 위한 제1보를 착수하였으니 임시정부를 옹호 확립하여 共同血戰할 것과, 임시정부는 三均制度에 의한 建國原則을 발양 확대할 것임을 밝혔으며, 아울러 革命的 三均制度로서 復國과 建國期를 통하여 일관한 最高公理로 政治·經濟·敎育의 均等과 獨立·民主·均治의 방식을 동시에 실시할 것임을 분명히 하였다. 이로써 趙素昻의 三均主義가 大韓民國 臨時政府의 建國綱領의 기본개념을 이루는 이념이었음은 자명하다 할 것이나, 建國綱領에 나타나는 바 '共同血戰'과 '均等한 國家建設'의 이념이야말로 大韓獨立宣言書로부터 계승되었음을 주목하여야 할 것이다. 그리고 이와 같이 건국강령에 기본개념으로 도입되었던 삼균주의가 다시 大韓民國憲法으로 계승됨으로써 大韓獨立宣言書의 이념적인 맥락 역시 이어졌다.

---

27) 三均學會, 『素昻先生文集』(下), <回顧>, 횃불사, 1979, p.167.

28) 三均主義는 1930년 韓國獨立黨의 기본이념으로 채택 수용된 이래 한독당의 맥을 이은 再建韓獨黨·韓國國民黨·統合韓獨黨을 통해 계승 발전되어 갔고, 좌익계의 民族革命黨에서도 삼균주의를 기본이념으로 하고 있었다. 이와 같이 삼균주의는 1930년 이후 좌우익 독립운동 정당들에 의해 기본이념으로 채택 수용되어왔고, 1941년 임시정부의 건국강령의 기본이념으로 정착되었던 것이다 (韓詩俊, 1989 「大韓民國臨時政府의 光復후 民族國家 建設論 - 大韓民國建國綱領을 중심으로 -」『한국독립운동사연구』3, p.535).

29) 國會圖書館, 1974 『大韓民國臨時政府議政院文書』, pp.389~390 참조.

第 3 節   聲明會宣言書와 大同團結宣言 · 大韓獨立宣言書와의 脈絡

1910년의 「聲明會宣言書」와 1917년의 「大同團結宣言」 그리고 1919년의 「大韓獨立宣言書」는 시기적으로 하나의 연장선상에 놓여지는 것들로, 國內外의 情勢에 따라서 가장 민감한 시기에 獨立運動의 隊列을 정리한다는 의미를 각각 지니는 것이다. 「聲明會宣言書」가 1910년 소위 '韓日合邦條約'에 의하여 國權이 被奪되던 시점에서 소위 '韓日合邦'의 無效를 국제적으로 주장하고,대대적인 獨立戰爭을 위하여 國外 韓人들의 총궐기를 계획한 것이었다면, 「大同團結宣言」은 1914년 이후 1917년까지의 獨立運動을 결산하고, 새로운 단계로의 전환을 모색하는 시점에서 나왔다고 할 수 있다. 즉, 聲明會 - 勸業會 - 光復軍政府로 이어지는 露領地域의 獨立運動勢力은 1914년 제1차 世界大戰의 발발 이후 노일협상에 따라 러시아정부가 韓人들의 러시아내에서의 獨立運動을 탄압하면서 1910년이후 獨立運動의 根據地로 자리잡아온 露領 沿海州地域을 1917년 무렵까지는 포기하지 않을 수 없게 되었다. 이에 따라 李相卨 등은 1915년 上海로 와서 朴殷植·申奎植 등과 新韓革命黨을 結成했다. 이때까지는 聲明會에서 이미 주장되었던 亡命政府樹立에 대한 논의가 계속되었다. 新韓革命黨 내의 인적구성으로 볼 때 保皇主義的인 亡命政府樹立이 논의되고 있었다는 것은 다소 의외라고 할 수 있다. 그러나 新韓革命黨은 入憲君主的인 保皇主義路線을 채택하여 衛正斥邪系列의 복벽주의와 愛國啓蒙運動系列의 共和主義의 입장을 상호 절충하였던 셈이다. 1914년 勸業會가 해산직전까지 李相卨을 정점으로 하여 블라디보스톡을 중심으로 한 시베리아 전역에 편성하였던 光復軍의 대열이 형식상으로나마 新韓革命黨으로 승계[30]된 것을 상정할 수 있다면, 아직까지는 복벽주의자들의 입지가 유지될 수 있었을 것이다.

어쨋든 이러한 논의의 결과에 따라 新韓革命黨은 그 사업으로서 1915년 光武皇帝를 黨首로 추대하고 중국 및 독일과 對日 軍事協約의 체결을 추진하는 것부터 시작하였으나 실패하고, 국제정세의 오판과 내부적인 갈등으로 도리어 해체되기에 이르렀다. 더구나 비슷한 시기인 1915~17년에는 柳麟錫·李相卨 등의 복벽주의 내지 보황주의적 지도자들의 타계로 복벽주의 또는 보황주의적 노선은 점차 퇴조하게 되었다. 이러한 공백을 메우고, 공화주의노선하에 독립운동을 단결시키고자 의도하였던 것이 「大同團結宣言」이라고 할 수 있다.

「大韓獨立宣言書」는 1918년 11월 세계대전의 종결이 독립운동에 유리한 국제정세를 조성하리라는 기대하에 정세변화에 기민하게 대응하여 자주독립을 성취시키려는[31] 목적을 가지고 작성·발표된 것이었다.

「大同團結宣言」과 「大韓獨立宣言書」의 내용과 문체는 매우 유사하다. 이 두 선언서는 소위 「韓日合倂」의 無效를 주장하고, 그 점에 絶對完全獨立의 근거와 自主獨立의 當爲性이 있다고 주장하였다. 특히 「大同團結宣言」에서는 "帝權消滅의 時가 즉 민권발생의 時"라고 하여 국민주권을 기초로 하는 民主主義 新國家建設을 천명하여 바야흐로 공화주의노선에 입각한 독립운동을 공론화하게 되었으며, 이는 대한독립선언서에서 그 이념이 진전되어 "대한민주의 자립"을 선포하기에 이르렀다.[32]

이 독립선언서의 獨立運動方略은 「大韓獨立宣言書」는 '肉彈血戰'에 의한 獨立戰爭을 주장함으로써 1910년 이후 海外獨立軍基地建設 또는 根據地思想으로 대변되었던 애국계몽운동계열과 의병운동계열의 독립

---

30) 尹炳奭, 앞의 책, p.209.
31) 趙恒來, 1991, 앞의 논문, p.48.
32) 위와 같음.

투쟁논리가 합일·발전한 귀결점이라고 할 수 있다.

 이상에서 살펴본 「聲明會宣言」과 「大同團結宣言」·「大韓獨立宣言書」와의 맥락을 정리하기 위하여 이 세가지 宣言書들의 署名者를 검토하면 다음과 같다.

<표1> 「聲明會宣言書」·「大同團結宣言」·「大韓獨立宣言書」의 人的 系譜

	金奎植	金學萬	朴容萬	朴殷植	申圭植	申采浩	安定根	尹世復	李範允	李始榮	鄭在寬	曺成煥	趙素昂	許爀
聲明會宣言書	●					●		●	●	●			●	
大同團結宣言	●		●	●	●	●		●			●	●		
大韓獨立宣言書	●	●	●	●	●	●	●	●	●	●	●	●	●	●

 위의 <표1>에서 보는 바와 같이 聲明會宣言書와 大同團結宣言 및 大韓獨立宣言書는 署名者의 人的인 系譜에서 연계되고 있다. 聲明會宣言書와 大韓獨立宣言書의 경우가 6명[33], 大同團結宣言과·大韓獨立宣言書와의 경우는 8명이 각각 연계성을 가지고 있다. 즉 大韓獨立宣言書는 서명자 39명 가운데 14명이 선행된 선언서에 참가하였던 것이다. 이는 앞서 살펴본 대로 理念的으로나 獨立運動의 方略的인 측면에서 각 宣言書가 先行된 것을 계승하고 있다는 측면을 반증한다고 할 수 있다.

---

33) 趙恒來, 위의 논문, p.50에서는 5명으로 보았으나, 여기에서는 李始榮을 추가하여 6명으로 하였다.
　　그러나 선언서 서명자들의 서명이 과연 직접참여인가, 아니면 명의만을 빌린 간접참여인가 하는 점에 대해서는 개별적인 행적의 추적을 통하여서도 완전히 자신할 수 없는 부분이 있다. 이러한 점은 후고를 요한다.

第 3 章 3·1 獨立宣言書와 3·1運動

3·1獨立運動은 韓國民族獨立運動史上 커다란 의미를 지닌 운동이
었다. 그것은 개항 이후 조선사회 내에서 형성되어온 救國運動과 思想
들을 하나로 합일시켜 전민중적 단계까지 확산시킴으로써 한국독립운
동의 분기점을 이루게 하였다.

3·1운동의 전개과정에 대해서는 지금까지 많은 연구가 진행되어
성과 또한 적지 않으나[1] 아직까지 그 성격에 관하여서는 논쟁이 지속
되고 있는 형편이다. 특히 民族代表에 대하여서는 33人의 역할을 어떻
게 평가할 것인가에 따라 3·1운동의 성격규정이 달라진다는 점에서

---

1) 그간 3·1운동에 대하여서는 많은 연구자들이 다각적인 시각을 통해 접근하여
  왔다. 3·1운동에 관하여서는 李炳憲, 1959 『3·1運動秘史』, 時事時報社出版局
  ; 東亞日報社編, 1969 『3·1運動50周年紀念論文集』 ; 尹炳奭, 1975 『3·1運動
  史』, 正音社 ; 安秉直, 1975 『3·1運動』, 한국일보사 ; 尹炳奭·愼鏞廈·安秉直
  編, 1977 『韓國近代史論Ⅱ』, 知識産業社 ; 鄭光鉉, 1978 『三·一獨立運動史 -
  判例를 통해서 본 -』, 法文社 ; 李炫熙, 1979 『3·1運動史論』, 東方圖書 ; 金鎭
  鳳, 1980 『3·1운동』, 민족문화협회 ; 한국역사연구회·역사문제연구소편, 1989
  『3·1민족해방운동연구』 (3·1운동 70주년 기념논문집), 청년사 등이 두드러진
  다. 한편, 3·1運動 研究史에 대한 최근의 정리로는 역사문제연구소, 1990 「3
  ·1운동」, 『민족해방운동사』, 역사비평사를 들 수 있다.

이에 대한 논란이 치열한 바 있었다.

33인은 天道敎, 基督敎, 佛敎라는 각각의 종교인들로서, 이들에 의한 독립만세운동의 기획은 곧 '宣言書'를 작성·인쇄·배포하는 과정이었으므로 여기서는 宣言書를 중심으로 하여 먼저 작성과정을 살피고2), 다음으로는 서명자 33인의 인적 사항을 검토한 후 선언서의 내용을 토대로 하여 서명자들의 이념을 살펴보고자 한다.

아울러 3·1獨立宣言書를 살펴보기에 앞서 東京 留學生들의 2·8獨立宣言書와 1910년 이후 국내의 상황을 3·1獨立宣言書와의 맥락에서 언급하여 두고자 한다.

第 1 節 3·1獨立宣言書의 背景

1. 國內의 狀況

1909년 일제의 소위 남한대토벌작전에 타격을 받은 의병들은 1910년을 전후하여 다수가 만주나 노령으로 망명하였으나, 그 일부는 국내에 남아 항쟁을 계속하였다.

1910년 이후 국내 의병항쟁은 전국에 걸쳐 산발적으로 이루어졌으며, 독립운동이념이나 출신계층, 지방에 따라 여러 갈래로 나뉘게 되었다. 위정척사적 복벽주의단체로는 1913년 林炳瓚을 중심으로 조직된 獨立義軍府와 1915년 독립의군부 해체 이후 崔旭永·李東下·李殷榮 등이 조직한 民團組合 등이 대표적이다. 독립의군부는 8도에 각각 충의지사 2명을 택임하여 巡撫總長과 參謀約長을 삼고, 전국 13부에 각

---

2) 선언서의 작성·서명·배포 등 일련의 과정에 대하여서는 지금까지 많은 연구가 행해졌으며, 특히 愼鏞廈, 1977 「3·1獨立運動勃發의 經緯」(『韓國近代史論 II』, 지식산업사, 1977)에서 자세히 다루어진 바 있다.

각 관찰사와 道約長 1명씩을, 전국 340군에 각각 군소와 군약장을 뽑아 민사행정조직을 완성하고 군사행정조직으로는 중앙에 元帥府를 두고 京과 4郡에 5營을 설치하여 司令總長과 參謀副約長을 임명하며 병졸은 민사행정조직의 최하단위인 십호에서 1명씩 소집하는 원칙을 정하였다. 즉 독립의군부는 民事節制於巡撫總將하는 이원체제였으며 민사행정이 종국적으로 순무총장에 의해 일원적으로 통재되는 계엄군체제와 같았던 것이다. 그러나 이러한 군정체제의 수립에도 불구하고 대한독립의군부는 무력봉기를 포기하고 一齊挺身 投書作戰으로 일제통치를 규탄하는 평화적인 방략을 채택하고 있다. 임병찬의 군정체제는 일제에 항전하기 위한 목적 보다는 독립후 대한제국의 체제에 도전하는 공화주의자들의 불법운동이 일어날 경우 이에 대해서 鄕約을 바탕으로 하는 독립의군부의 군정체제를 통해 국민 각자가 모두 民權과 軍權을 아울러 갖게 함으로써 외국침략자는 물론 불법공화파의 내란책동도 예방할 수 있다고 하는 점에 비중을 둔 것이었다.3) 독립의군부는 조직계획의 일부를 실행하여 전라도와 충청남도 등을 중심으로 전국 8도에 도대표를 두고 전라도의 경우 각 군대표까지 선임하였으나 거사를 이루지 못하고 1914년 5월 일제에 그 활동내용이 노출되어 조직적인 항쟁에 큰 손상을 입었다.4) 충청북도와 경상북도를 중심으로 조직된 민단조합의 경우는 독립의군부에 비하여 규모도 작았을 뿐 아니라 군자금모집과정에서 발각되어 그해에 해체되었으므로 조직으로서의 존속기간도 짧았다. 1915년 전반에는 金雲老(報恩)·申在喜(奉化)·柳壯烈(高敞)·崔旭永(聞慶)·蔡應彦(成川) 등 이름난 의병장이 차례로 피체되어 의병항쟁은 일단락되었다. 그러나 의병들의 산발적인 투

---

3) 朴成壽, 1990 「義兵과 獨立軍 ― 組織, 編成의 連續性 ―」『韓國學의 世界化』 I, 한국정신문화연구원 제6회 국제학술회의 논문집, pp.496~498.
4) 趙東杰, 1989 「1910년대 獨立運動의 變遷과 特性」『韓國民族主義의 成立과 獨立運動史研究』, 지식산업사, p.367.

쟁은 1918년까지 계속되어 양반 특히 일제의 토지조사사업에 협조하던 지주가정 혹은 부호들을 공격하는 형태로 자주 나타났다.[5]

民團組合이 결성되었던 충청북도나 경상북도는 도리어 柳麟錫과 그 門人들과 같이 망명한 이외에 申采浩・申圭植・李相龍 등과 같이 신문화를 수용하여 위정척사적 복벽주의로부터 탈피해 나간 지도자들이 많이 나와, 그들에 영향받은 유림출신 청년들로 결성된 공화주의노선의 비밀결사조직이 발달하게 되었다. 그 대표적인 것이 1913년 결성된 豊基 光復團과 1915년 초 대구에서 결성된 朝鮮國權恢復團[6]을 계승하여 1915년 7월 대구에서 결성된 大韓光復會이다. 대한광복회는 1916년부터는 전국적인 조직으로 확대되었으며, 만주 지역의 독립운동가들과의 협의를 거쳐 新民會가 개척한 新興學校 등 독립군기지에서 혁명군을 양성하고 국내에서는 1백 개 이상의 잡화상을 기지로서 설치하여 무기를 비축하고자 하는 계획을 수립하였다. 朴尙鎭 등 대한광복회의 주도층은 유림출신이면서도 일본이 국제적 고립에 처할 때 전국적으로 일시에 봉기하여 독립을 쟁취하여 공화정치를 표방하는 근대국가를 수립하고자 하였으며, 이는 기본적으로 대종교적 민족주의에 귀결되고 있었다. 광복회조직은 1918년 해체되었으나, 그 일부는 1920년 주비단 및 암살단에 합류하였으며 암살단은 다시 의열단으로 계승되어 의열투쟁으로 이어지게 되었다.[7]

1910년대 국내에서는 이러한 단체들외에도 평양을 중심한 朝鮮國民會와 서울의 朝鮮物産獎勵契 등이 결성되어 활동한 바 있으며, 또한

---

5) 趙東杰, 1981 『의병들의 항쟁』, 민족문화협회, pp.226~233 ; 趙東杰, 1989 「義兵戰爭과 3・1運動의 關係」, 앞의 책, pp.442~449.

6) 朝鮮國權恢復團에 관한 연구로는 姜英心, 1990 「朝鮮國權恢復團의 結成과 活動」『한국독립운동사연구』4, 독립기념관 한국독립운동사연구소, pp.143~168 등이 있다.

7) 趙東杰, 1989 「大韓光復會의 結成과 그 先行組織」, 앞의 책, pp.261~277 및 「大韓光復會 研究」, 같은 책, pp.278~313.

천도교가 독립운동을 주도하고 있었던 사실 역시 감안해야 할 것이다.

2. 2·8獨立宣言書와 3·1獨立宣言書와의 脈絡

2·8獨立宣言運動은 최초의 순수한 학생운동으로서, 3·1獨立運動을 촉발시킨 선구적 운동으로서 대단히 큰 의미를 지니고 있다. 여기서 2·8獨立宣言書에 대하여 언급하고자 하는 것은 우선 3·1독립운동을 시간적으로 예상보다 빨리 이루어지게끔 국내 독립운동계에 자극제가 되었다는 점에서 3·1獨立運動의 준비기간의 연장으로서의 맥락을 살펴볼 필요가 있다. 또한 2·8獨立宣言書가 지니고 있는 사상적·운동적 배경을 통해 그 이전의 해외독립운동계의 운동성과와는 어떠한 관련이 있는가 하는 점도 살펴보고자 한다.

2·8獨立宣言書의 계기가 된 것은 무엇보다도 제1차 세계대전의 종결 이후 1918년 11월 미국의회에서 윌슨대통령이 제기한 民族自決主義의 원칙이었다. 윌슨의 제안에는 폴란드나 오스트리아, 터어키 등에 예속되어 있던 약소민족의 해방이 보장되어 있었고, 이 소식에 접한 유학생들은 이때를 한국독립의 기회로 이용할 수 있을 것인지에 대하여 기대하게 되었다.8) 더군다나 미국에 거주하는 韓人 중 李承晩·閔

---

8) 민족자결주의의 원칙이 한국의 독립을 보장할 수 없다는 사실을 인식한 것은 주로 지식인들 가운데 국제관계에 밝았던 이들로부터 비롯되었다. 대표적으로는 미국의 安昌浩, 중국의 呂運亨, 일본 유학중이었던 玄相允·徐 椿 등을 들 수 있다 (李普珩, 1969 「三·一運動에 있어서의 民族自決主義의 導入과 理解」, 東亞日報社 편, 『三·一運動 50周年紀念論集』, pp.176~184 참조).
특히 安昌浩는 대전 직후 미국내 한인사회에서 윌슨대통령에게 한국의 독립승인을 요구하자든가 미국이 일본에 압력을 가한다면 한국이 독립될 수 있을 것이라든가 하는 견해에 대하여 단호하게 비판하였다. 그에 의하면 '한갓 韓人이 日本의 羈絆을 願치 아니하는 뜻이나 發表하여 …(중략)…오늘에 무슨 효과가 있으리라 하면 이는 어리석은 希望이라'는 것이었다. 즉 '美國이 博愛의 德으로 아무 다른 理由 없이 오직 大韓의 獨立을 위하여 美·日戰爭을 일으키겠는가'를 생각해 보도록 하면서 한국의 독립을 위해서는 한국민족의 정신상

燦鎬·鄭翰景 등 세 사람이 한국민족대표로 한국독립을 提訴하고자 파리강화회담에 파견되었다든지9) 미국 샌프란시스코에 거주하고 있는 韓人들이 獨立運動 자금으로 30萬 圓을 모금하였다10)는 기사가 나가자 동경에 거주하고 있던 유학생들은 충격을 받고 실천적인 독립운동의 방도를 모색하게 되었다.11)

1919년 1월 6일 유학생들은 동경시내 朝鮮 YMCA회관에서 웅변대회를 개최하고 徐椿·李琮根·朴正植·崔謹愚·尹昌錫·金尙德·安承漢·金永基·田榮澤 등이 교대로 등장하여 해외동포들이 독립의 기회를 맞아 독립운동에 열심인 이때 자신들도 구체적인 운동을 전개할 것을 주장하였다. 이에 대해 金度演이나 崔八鏞 등이 시기상조론을 내세웠으나 이미 유학생들간에는 日本內閣의 각 대신과 각국 大使에 독립청원을 하는 편으로 기울어져 있었다. 그리하여 다음 날인 7일에는 독립청원의 방도를 강구하기 위한 유학생 대표로써 11명의 임시대책위원이 발표되기에 이른 것이다. 이날 발표되었던 11인의 명단은 徐椿·尹昌錫·李琮根·崔謹愚·田榮澤·金尙德·白寬洙·崔八鏞·宋繼伯·金度演·白南奎 등이었으나 이중 白南奎와 田榮澤이 빠지고 金喆壽와 李光洙를 새로 뽑아 최종 11명의 2·8독립선언서 서명자가 확정되었다.12) 이들은 일본경찰의 감시를 피하여 朝鮮靑年獨立團을 조직하고, 李光洙가 宣言書의 집필을 맡게 되었다. 이광수는 朝鮮靑年獨立團의 명의로 된 獨立宣言書와 決議文의 집필을 3일만에 끝내고 그것을 다시 일문과 영문으로 번역하였다. 이 문서들은 인쇄·등사·타이프

의 독립과 생활상의 독립이 선결문제임을 역설하였다 (주요한 편저, 1979 『安島山全書』, pp.520~522 참조).

9) 『Japan Advertiser』 1918년 12월 1일자, 日本 東京.

10) 『朝日新聞』 1918년 12월 15일자, 日本 東京.

11) 金成植, 1977 「韓國 學生運動의 思想的 背景」『韓國近代史論』Ⅲ, pp.18~19 (1969.3, 『亞細亞研究』12-1 재수록) 참조.

12) 姜德相, 『現代史資料』26, pp.18~20 참조.

등 가능한 방법들을 총동원하여 제작되었다.13)

  선언서의 집필을 마친 이광수는 1월 31일 神戶에서 출발하여 上海로 건너가14) 영문으로 된 2·8독립선언서를 파리에 있던 윌슨과 끌레망소, 로이드 조지 등에게 전문으로 보내는 한편, 2월 8일을 기다려 上海에서 가장 유력한 外紙인 『China Press』와 『North China Daily News』紙에 동경유학생들의 독립운동사실을 기사화하려 하였다. 그러나 현지통신원의 확인기사가 아니라는 이유로 거절당하고, 이튿날인 2월 9일, 『Daily News』의 평론란에 '靑年朝鮮의 熱望(Young Korea's Ambition)'이라는 제목으로 2·8독립운동의 내용이 처음 소개되어 10일에는 『China Press』紙에도 보다 상세한 보도가 나가게 되었다.15) 국문으로 된 선언서는 宋繼白과 崔謹愚에 의해 국내에 반입되었으며, 중앙학교 玄相允·宋鎭禹·崔南善·崔 麟 등이 이를 받아본 후 3·1독립선언서를 기초할 때 참고로 삼았다. 최남선은 이광수의 문장을 한층 다듬었으나 그 문맥은 같으며, 2·8독립선언서의 강력한 의사표시를 부드럽게 표현하였다.16)

  한편 2월 8일 동경유학생들은 오전 10시경 독립선언서 및 결의문과 民族大會召集請願書를 각국 大·公使館, 일본정부의 각 대신, 일본 양원의원, 조선총독부 및 각 신문사, 잡지사와 여러 학자들에게 우송하였다. 오후 2시에는 朝鮮 YMCA회관에서 유학생총회를 가장한 朝鮮靑年獨立團大會를 개최하였다. 약 4백 명의 남녀학생이 모인 가운데 崔八鏞의 사회로 白寬洙가 獨立宣言書를 낭독하였다.17) 선언식 이후 예

---

13) 金成植, 위의 논문, p.25 참조.
14) 姜德相, 앞의 책, p.31.
15) 金成植, 앞의 책, p.25 ; 趙恒來, 1988 「日本에 있어서의 獨立運動 － 2·8學生獨立運動을 中心으로 －」『韓國民族運動史硏究論叢』, 嶺南大學校 出版部, pp. 467~468.
16) 朴成壽, 1982 『韓國近代史의 再認識』, 東亞學硏社, pp.191~195.
17) 金成植, 앞의 논문, p.25의 註 43~45) ; 白寬洙, 「朝鮮靑年獨立團 2·8宣言略史」, 동아일보 1958년 2월 28일자.

정되었던 시가행진은 일경에 의하여 저지되었으며, 이광수를 제외한 서명자 전원은 출판법위반으로 실형을 언도받았다.[18]

선언서의 내용을 간략하게 살펴보면, 서두는 "朝鮮靑年獨立團은 我二千萬民族을 代表하야 正義와 自由의 勝利를 得한 世界萬國의 前에 獨立을 期成하기를 宣言하노라"는 獨立宣言으로부터 시작되고 있다. 여기서 한가지 주목되는 것은 다른 선언서들이 "독립을 선언"한 것과 달리 2·8독립선언서는 "독립을 期成하기를 선언"하고 있다는 점이다. 그리고 독립을 꼭 이룰 것임을 "정의와 자유의 승리를 얻은 세계각국" 앞에 선언하고 있다는 것은 다름아닌 제1차 세계대전의 전승국, 특히 미국을 염두에 둔 것으로 朝鮮靑年獨立團의 독립선언의 배경이 민족 자결주의에 근원을 두고 있다는 것을 보여주는 것이라 하겠다.

이어 선언서는 4천 3백년의 장구한 역사를 가진 우리민족은 世界最高民族의 하나로 민족의 주권을 잃어본 적이 없는데, 이제 일본이 사기적인 방법으로 朝鮮을 강제로 합병하였음과 그 후 우리 민족에 자행한 일제의 만행을 상당 부분에 걸쳐 서술하고 있다.

2·8독립선언서에 있어서 동경유학생들의 주장을 가장 극명하게 보여주는 부분은 선언서의 결말이다. 이들은 나름대로 파악한 당시의 국제정세와 독립관을 다음과 같이 피력하였다.

最後 東洋平和의 見利로 보건대 그 威脅者이던 俄國은 임의 軍國主義的 野心을 抛棄하고 正義와 自由를 基礎로 한 新國家의 建設에 從事하는 中이며 中華民國도 亦然하며 兼하야 此次國際聯盟이 實現되면 다시 軍國主義的 侵略을 敢行할 强國이 無할 것이라. 그러할진 대 韓國을 合倂한 最大理由가 消滅하엿슬 쑨더러 從此로 朝鮮民族이 無數한 革命亂을 起한다 하면 日本에게 合倂된 韓國은 反하야 東洋平和를 攪亂케 하는 禍源이 될지라

---

18) 金正明 編, 『朝鮮獨立運動』 I , p.300.

즉 당시의 국제정세를 군국주의 소멸의 시기로 보고 러시아와 중국이 專制主義로부터 변화를 모색하고 있다고 한 것은 그 표현에 있어서 아주 명확하다고는 할 수 없으나 자유주의가 팽배하고 있던 일본에서 세계의 정보를 자유롭게 접할 수 있었던 유학생들답게 현실에 접근한 인식을 보여주고 있다. 그리고 朝鮮의 民族이 계속하여 독립을 위한 투쟁을 벌인다면 동양평화를 해치는 화근이 될 것이라 하여 한국이 동양평화유지의 관건에 해당하고 있음을 시사한다. 이 점은 3·1 獨立運動 직후 露領 大韓國民議會 명의로 발표된 宣言書들에서도 동일하게 언급되고 있다.

宣言書의 결말은 血戰을 통한 獨立의 쟁취를 선포하는 것으로 맺고 있다.

> 吾族은 生存의 權利를 爲하야 온갖 自由行動을 取하야 最後의 一人씃지 自由를 爲하는 熱血을 천할지니 엇지 東洋平和의 禍源이 아니리오. 吾族은 一兵이 無호라. 吾族은 兵力으로써 日本에 抵抗할 實力이 無호라. 然하나 日本이 萬一 吾族의 正當한 要求에 不應할진대 吾族은 日本에 對하야 永遠히 血戰을 宣하리라.

최후의 1인까지 자유를 위하여 熱血을 흘릴 것이라는 단호한 抗戰意志를 천명한 것이다.

선언서에 첨부된 4개항의 決議文은 宣言書의 내용을 요약한 것이다. ① 韓日合邦은 우리 민족의 자유주의에서 나온 것이 아니며, 우리는 민족의 생존과 동양의 평화를 위해서 자국의 독립을 주장한다는 것, ② 日本議會와 정부에 朝鮮民族大會를 개최케 해서 우리 민족 스스로 운명을 결정할 수 있는 기회를 요구한다는 것, ③ 민족자결주의를 우리 민족에게도 적용해 줄 것을 청구하며, 이를 위해 파리만국평화회의에 위원을 파견할 것, ④ 이상의 요구가 실패할 경우 일본에 대하여 영원한 血戰을 선포한다는 것이다.

이상과 같은 2·8獨立宣言書는 이전까지의 독립운동계의 활동에 영향받은 바 컸으며, 또한 이후의 독립운동에 대해서도 영향을 끼친 바 크다고 생각된다. 우선 2·8獨立宣言書는 東京 留學生들이 자생적으로 운동의 준비를 하였음에는 틀림없지만, 그 준비과정에서 上海의 新韓靑年黨으로부터 파리강화회의의 대표파견과 관련하여 독립운동을 촉구하는 연락을 받고 있었다. 2·8獨立宣言書의 결의사항에서 파리만국평화회의에 2인을 파견키로 하고 '右 委員은 旣히 派遣된 吾族의 委員과 一致行動을 取함'[19]이라 하였던 것은 이러한 저간의 사정을 반영하는 것이다.

新韓靑年黨과의 관련은 조금 더 구체적으로 살펴볼 필요가 있다. 우선 新韓靑年黨은 3·1獨立運動을 가장 먼저 준비하여 國內와 연결을 맺었다는 점에서 의의를 가지는 독립운동단체이다.[20] 파리강화회의의 개최소식에 접한 新韓靑年黨은 1918년 11월 하순 파리강화회의의 열국대표와 미국대표에게 「한국독립에 관한 진정서」를 보내는 한편, 파리강화회의에 파견할 민족대표로 김규식을 선정하고, 국내에 자금지원을 종용하는 특사를 두 차례에 걸쳐 파견하는 한편 일본에도 제1차로 趙素昻과 제2차로 張德秀, 그리고 제3차로는 李光洙를 파견하여 유학생들에게 독립운동을 종용하였다.[21]

趙素昻은 1919년 1월경 上海를 출발하여 東京에 도착, 유학생들에게 신한청년당 대표 金奎植이 민족대표로서 파리평화회의에 파견되었음을 알리고 독립운동을 종용하였다. 이어 파견된 張德秀는 本國에 파견되어 가는 길에 日本을 경유하도록 하여 2월 3일 경 東京에 도착, 5일

---

19) 李鉉淙, 1979 『近代民族意識의 脈絡』, 아세아문화사, p.299 참조.
20) 愼鏞廈, 1977 「3·1獨立運動 勃發의 經緯」『韓國近代史論』Ⅱ, 지식산업사, p.48.
21) 愼鏞廈, 1977 위의 논문, pp.49~50 참조.

동경 시바(芝)공원 앞에서 趙素昻과 접촉하여 8일 동경 유학생들이 독립선언을 하기로 결정하였음을 통보받고 일본에서 긴급히 모금한 800 圓을 상해의 趙東祐에게 보내도록 趙素昻에게 위탁하고 17일 동경을 출발하여 서울로 향하였다. 그리고 李光洙는 1919년 1월 上海를 출발하여 北京을 거쳐서 東京에 도착하여 宣言書를 작성하게 된 것이다. 이로써 보자면 上海의 新韓青年黨은 東京 留學生들의 2 · 8獨立宣言과 직결되어 있음을 엿볼 수 있다.22)

그러나 이러한 직접적인 지원에 못지 않게 理念 또는 思想的인 면에서 생각해 볼 수 있는데, 이점은 新韓青年黨과의 人的인 系譜에서도 드러난다. 新韓青年黨의 黨員이었음이 판명된 31명은 다음과 같다.23)

呂運亨 · 張德秀 · 金　澈 · 鮮于爀 · 韓鎭敎 · 趙東祐 · 金奎植 · 申錫雨 · 李裕弼 · 徐丙浩 · 趙尚燮 · 金順愛 · 申國權 · 金仁全 · 李光洙 · 趙鏞殷 · 白南圭 · 金甲洙 · 林承(盛)業 · 金　九 · 金秉祚 · 孫貞道 · 都寅權 · 梁　憲 · 李元益 · 安定根 · 張　鵬 · 韓元昌 · 崔　一 · 李圭瑞 · 申昌熙

이중에서 大同團結宣言과 大韓獨立宣言書의 서명자였던 이들을 보면 다음과 같다.

韓鎭敎(韓　震)　; 大同團結宣言
金奎植(金　成)　; 大同團結宣言　·　大韓獨立宣言書
申錫雨(申獻民)　; 大同團結宣言
趙素昻(趙鏞殷)　; 大同團結宣言　·　大韓獨立宣言書
安定根　　　　　; (聲明會宣言書)·　大韓獨立宣言書
　　　　(괄호안은 大同團結宣言 署名時의 異名)24)

---

22) 愼鏞廈, 1986 「新韓青年黨의 獨立運動」『韓國學報』44, 일지사, pp.116~117.

23) 愼鏞廈, 1986 위의 논문, pp.103~104.

24) 趙東杰, 1989 「臨時政府 樹立을 위한 1917년의 <大同團結宣言>」, 앞의 책, pp.321~323 참조.

　　앞장에서 언급된 바와 같이 大同團結宣言은 이미 1917년 7월에 발표된 것이었던 반면, 大韓獨立宣言書는 1919년 2월 초순(1일~7일 사이)에야 발표되었으므로25) 大韓獨立宣言書와 2·8獨立宣言書는 비슷한 시기에 작성된 것이다.

　　大同團結宣言의 발기자는 모두 14명이었으나 이중에서도 위의 韓鎭敎(韓　震)·金奎植(金　成)·申錫雨(申獻民)·趙素昻(趙鏞殷) 등은 핵심적인 인물들이었다. 趙素昻은 大同團結宣言의 기초자였으며, 韓鎭敎와 申錫雨는 上海에서 안정된 경제력을 바탕으로 獨立運動의 財政的인 지원과 함께 활발한 활동을 펴고 있던 인물들이다.26) 金奎植은 1917년 당시에는 몽고 지방에서 사업을 하고 있었으나, 1918년 11월 新韓靑年黨의 대표로서 파리강화회의에 참가하였으므로 呂運亨과 함께 新韓靑年黨의 대표격이라 할 수 있는 인물이었다.

　　이로써 본다면 大同團結宣言의 핵심적인 청년층이 新韓靑年黨의 주류를 이루고 있었다고 하여도 과언이 아니며, 1919년 초 대대적인 民族獨立運動을 준비하는 과정에서 이들이 다시 大韓獨立宣言書와 2·8獨立宣言書에 관여하고 있음을 알 수 있는 것이다. 大同團結宣言과 大韓獨立宣言書의 기초자인 趙素昻이 新韓靑年黨員으로 일본에 파견되어 東京 留學生들과 접촉하였다는 것은 1918년 말~1919년 초에 걸쳐 上海 新韓靑年黨을 중심으로 계승되어 있던 大同團結宣言 理念의 실천적 의지를 전달한다는 점에서 누구보다도 적격이었을 것이라고 생

---

25)　趙恒來, 1991「抗日獨立運動史에서의 大韓獨立宣言의 位相」『白山朴成壽教授華甲紀念論叢』, p.297.

26)　申錫雨는 高麗僑民親睦會長을 역임한 바 있고 臨時政府 樹立 당시 議政院 議員으로 활약하였다. 1919년 당시 26세로서 파리강화회의에 金奎植을 파견할 때 5천 원의 거금을 내놓을 정도로 자금조달능력을 갖추고 있던 인물이었다. 또한 韓鎭敎는 상해에서 1901년부터 洋行을 경영하고 있었으며, 역시 臨時議政院에서 활발한 활동을 한 바 있었다. 1919년 당시 33세였다 (趙東杰, 위의 책, pp.321~323).

각된다. 끝으로 이미 大同團結宣言을 기초한 바 있는 趙素昻이 東京에 파견되었음에도 굳이 上海에 체류하고 있던 李光洙가 東京으로 돌아와 宣言書를 작성하였던 것은 2·8獨立宣言이 學生運動으로서의 순수한 주체성을 확보할 수 있게 하였다. 즉 비록 청년층으로 구성되어 있다고는 하나 旣成獨立運動界로부터 理念的인 指導와 運動을 실행하는데 있어서의 자극을 받기는 하였지만, 어디까지나 東京에서의 자생적인 留學生 運動으로써 일관된 진행을 보여주었다는 것이다.

第 2 節　3·1獨立宣言書의 成立過程

宣言書의 署名은 33人의 署名者가 얼마간의 기간을 가지고서 인원을 모으고, 다시 각 종교별로 인원수를 안배하는 작업이 선행되어 이루어졌다. 33人이 天道教 15人, 基督教 16人, 佛教 2人의 구성으로 이루어졌다는 것은 이미 주지의 사실이다. 여기서는 이들 33人이 각각의 교육정도와 활동상 가운데서도 종교에 있어서 다양한 내용을 가지고 있으면서도 民族代表로서 각각의 다양성을 통합하여 서명하게 되는 과정을 살펴보고자 한다.

첫째로, 서명자들의 人脈적 相關關係이다. 人脈을 매개체로 하여 우선 각 종교별로 서명자의 선정작업이 이루어진 후 전체적으로 조정하는 과정을 밟아 나갔다. 이 과정에서 천도교의 경우는 수직적인 조직체계를 그대로 이용하여 중앙조직내에서의 수직적 의사전달체계와 중앙과 지방간의 이원적인 구조를 보인 반면 기독교측은 장로교와 감리교의 교파적 구분, 지도자들간의 수평적 관계로 하여 뚜렷한 선정과정을 거치고 있었다. 다음 <표1>은 기독교측의 서명자가 결정되어 나간 과정을 표시한 것이다.

<표 1>   基督敎側 署名者의 選定過程

	長 老 敎			監 理 敎		
	姓名	出身地	活動地	姓名	出生地	活動地
1차	吉善宙	평남안주	평안도, 황해도	朴熙道	황해도 해주	서 울
	梁甸伯	평북 선천	평북 선천	申洪植	충북 청원	공주, 평양
	劉如大	평북 의주	평북 의주	李甲成	경북 대구	서 울
	李明龍	평북 철산	평북 정주	李弼柱	경기도 고양	서 울
	李昇薰	평북 정주	평북 정주,평양	鄭春洙	충북 청주	함남원산
				吳華瑛	서 울	함남원산
2차				金昌俊	평남 강서	평 양
				申錫九	충북 청주	개성, 원산
				崔聖模	서 울	해 주
3차	金秉祚	평북정주	평안도	朴東完	서 울	서 울

   위의 표에서 보는 바와 같이 咸台永의 調書에는 기독교계의 서명자
들이 한번에 정하여진 것이 아니라, 세번의 명단작성을 거쳐 구성되어
진 것으로 되어 있다.27) 여기서 눈에 띄는 것은 長老敎系의 출신지 및
활동지가 평안도 특히 북도에 집중되어 있는 것에 비하여 監理敎系의
출신지나 활동지는 보다 다양하게 분포하고 있다는 점이다.28) 또한 2
차에 추가된 감리교의 인사들 모두가 북감리교 목사들이었다는 점도
흥미롭다.

   한편, 1차에는 위의 도표에 열거된 인사들 외에 金志煥, 安世煥, 金
仁全 3人이 더 있었는데,29) 뒤에 안세환은 東京에 파견될 特使로 정하
여지고 나머지 두 사람은 회합지 못해서 2차에서는 제외되었다. 그러

---

27) 「咸台永 訊問調書(제3회)」, 『韓民族獨立運動史資料集』11.
28) 이는 당시 선교주체와 지역에 따라 기독교내에서도 각 종파별 교세확장성과
    에 차이가 있었던 것을 반영하는 것이라 하겠다.
29) 앞의 註 2) 참조.

나 김인전의 경우 그가 전주 장로교의 목사임을 들어 애초에 전라도 대표로 거론되었던 것을 볼 때 되도록이면 지역별로 고루 서명자를 선정하고자 했었던 것이 敎勢의 地域的 偏差에 의하여 변화되었던 것이 아닌가 한다.

둘째로, 3·1독립운동을 준비하는 과정에서 33인 상호간의 결속력은 어떠하였는가 하는 점이다. 이 문제는 이들 33인이 3·1독립운동을 준비하는 과정에서 어떻게 역할분담을 하였었는지, 3·1독립운동계획에 대하여 각각 어느 정도까지 알고 있었는지, 33인을 매개로 하여 지방으로의 확산은 어떻게 이루어졌는지를 밝히는 것과 긴밀한 관계가 있다. 이에 대해서는 일제의 조사도 치밀하여서 신문조서 내용의 상당부분을 차지하고 있다. 다만, 조서나 공판기록이 내란죄 성립 등을 둘러싼 신문자의 의도적인 유도와 이에 따른 피고의 사실회피 혹은 사실 과소화·무관성 주장이 반영되기 쉬운 특징을 갖는다는 점은 감안할 필요가 있다. 서명자 33인의 취조서를 살펴볼 때, 이들이 선언서와 선언계획 등에 대하여 공유하고 있는 내용에는 차이가 있다.

선언서와 관련하여 일제가 심문과정에서 서명자 거의 모두에게 공통적으로 추궁하고 있는 사실은 선언서의 발표에 대한 사전모의 가담의 정도와 폭동도발의 의도에 관한 것이었다. 선언서의 발표계획에 대한 서명자들의 답변을 보기 위해 다음 <표2>가 참고될 만 하다.

<표2>   民族代表의 組織體系 [30]

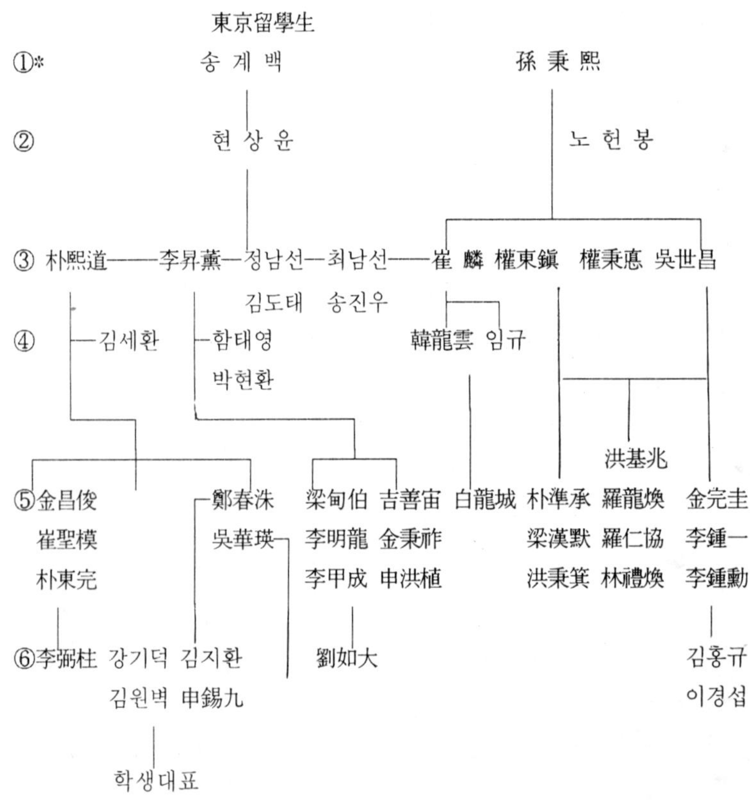

(*표된 숫자표시는 필자주 ; 漢字名은 33人, 한글名은 16人 민족대표임.)

위의 표는 民族代表 49人의 人間關係에 의한 組織體系를 圖式的
으로 나타낸 것이다. 이를 취조서 가운데 선언서의 발표와 관련한
문답들과 대조해 볼 때, 이들의 의도적인 사실회피 가능성을 전제

---

30) 위의 <표2>는 金泳謨, 「三·一運動의 社會階層 分析」, 『亞細亞研究』12-1,
1969, p.62에서 인용.

한다고 하더라도 대체로 ⑤·⑥의 선에 오면 선언서의 배포나 발
표사실에 관하여 명확하게 알지 못하고 있었음을 알 수 있다. 鄭
春洙의 경우는 자신의 명의가 선언서에 오르는 것조차 알지 못하
였다고 답하였다. 다음은 '정춘수 신문조서'의 일부이다.

> 문 : 피고는 三월 一일 발표 때 열석하려고 元山에서 서울로 나왔었는
> 　　　가.
> 답 : 그렇지는 않다. 선언서에 내 이름이 실려 있으므로, 그 이유를 물
> 　　　어보려고 생각하고 갔더니 딴 사람들은 벌써 잡혀갔었다. 나는
> 　　　二월 二八일에 선언서를 보고 내 이름이 실려있는 것을 알았
> 　　　다.[31]

다음은 33人 중 다른 이들의 신문조서 일부이다.

崔 聖 模 [32]

> 문: 지방에는 학생을 시켜 독립선언서를 가지고 가도록 되어 있었는가.
> 답: 나는 그것은 모른다.
> 문: 예수교측의 동지가 협의하여 학생을 시켜 지방으로 선언서를 가지
> 　　고 가도록 했던 것이 아닌가.
> 답: 나는 그런 것은 모른다.

申 洪 植

> 문: 독립선언서를 각지에 배포한다는 것은 알고 있었는가.
> 답: 그런 것은 몰랐다.[33]

---

31) 『韓民族獨立運動史資料集』12, p.78.
32) 「1919년 7월 28일 서대문 감옥에서 예심판사의 崔聖模 訊問調書(제2회)」, 『韓
　　民族獨立運動史資料集』11, p.183.
33) 「1919년 7월 28일 서대문감옥에서 예심판사의 申洪植 訊問調書(제2회)」, 『韓

문: 三월 一일을 기하여 서울에서 선언서를 발표하고 또 지방에서도
   그날을 기하여 선언서를 발표하기로 되어 있었던 것이 아닌가.
답: 나는 서울에서 三월 一일에 한다는 것만을 알고 있었으나 지방의
   일은 모른다.
문: 그러나 선언서를 각 지방에 배포한다는 것은 알고 있었던 것이 아
   닌가.
답: 모른다.
문: 선언서를 배포할 뿐 아니라 사람을 보내어 각 지방에서도 선언서
   를 낭독하고 발표하도록 하라고 전달한 일은 없는가.
답: 모른다.[34]

梁 甸 伯 [35]

문: 서울에서는 박희도, 이갑성이 연락을 취하여 학생으로 하여금 만
   세를 부르면서 시위운동을 하도록 하게 했다는 것을 들은 일이
   있는가.
답: 나는 그것은 모른다.
문: 각 지방의 중요한 곳에 독립선언서를 보내어 서울과 마찬가지로
   三월 一일에 발표하고 만세를 부르도록 되어 있었다는 것을 들었
   는가.
답: 선언서를 지방으로 보냈다는 것은 듣지 못했으나, 명월관지점에
   모였을 때 천도교의 어느 사람이 나에게 선천의 李君五를 알고
   있느냐고 묻기에 알고 있다고 대답했더니, 동인은 서울과 마찬가
   지의 일을 하기 위하여 오지는 않았다고 했으므로, 나는 각 지방
   의 중요한 곳에 서울과 같은 일을 하는 것으로 생각했었다.

____

民族獨立運動史資料集』11, p.184.
34) 「1919년 8월 25일 고등법원에서의 申洪植 訊問調書」, 『韓民族獨立運動史資料
   集』12, p.50.
35) 「1919년 7월 28일 서대문감옥에서 예심판사의 梁甸伯 訊問調書(제2회)」, 『韓
   民族獨立運動史資料集』11, p.184.

李 明 龍 36)

문: 독립선언서를 각지의 중요한 곳으로 보내어 서울과 같이 三월 一
  일에 발표하도록 했던 것이 아닌가.
답: 나는 그런 것을 들은 일이 없다.
문: 피고 등이 독립선언서를 배포했기 때문에 황해도·평안도·함경도
  ·경기도의 각지에서 폭동이 일어났는데, 그것은 처음부터 예상
  하고 있었던 것이 아닌가.
답: 나는 선언서를 각지에 배포한다는 것은 몰랐고, 따라서 그런 생각
  은 하지 않았었다.
문: 각 지방에 선언서를 배포할 것으로 상상했던 것이 아닌가.
답: 나는 서울에만 배포하는 것으로 생각했었다.
문: 그렇지 않고, 각 지방에 배포하기로 되어 있었던 것을 알고 있었
  던 것으로 생각되는데 어떤가.
답: 그렇지 않고, 나는 이승훈에게서 서울에 배포하고 또 각국 영사관
  에 보낸다는 것을 들었을 뿐이다.

  이렇듯 訊問過程에서 崔聖模, 申洪植, 梁甸伯, 李明龍 등은 宣言書의
配布計劃에 대해서 명확하게 알지 못하고 있었다고 답하였으며, 이외
에도 羅仁協이나 白龍城은 학생시위운동의 움직임이나 파고다공원에
서의 발표사실들에 대해 몰랐었다고 답하고 있다. 또한 林禮煥의 경우
도 선언서의 인쇄·배포·지방발표 등에 대해 알지 못하였다고 답하
였다.37)

---

36) 「1919년 7월 28일 서대문감옥에서 예심판사의 李明龍 訊問調書(제2회)」, 『韓
  民族獨立運動史資料集』11, pp.185~186.
37) 訊問過程에서의 33人의 答辯은 同一人의 것이라 하더라도 시일이 흐르면서
  일자별 진행과정 등 세세한 항목에 대해서는 전후가 상이한 내용이 있기도
  하고, 서로 차이가 나기도 한다. 또한 근본적인 참여 경위, 활동범위 등에 대
  한 답변도 취조라는 특성을 감안한다면 어느 정도 실제 내용과 차이가 날 수

대체로 ⑤⑥의 선에 이르러서 공통적으로 나타나는 것은 ⑴ 宣言書·請願書·通告書에 대해서 약간씩의 혼동이 일어나고 있다는 점과 ⑵ 宣言書 自體에 대해서는 선언서를 보지 못했다거나 아니면 충분히 읽지 못했다는 등의 답변, ⑶宣言書의 地方配布나 發表計劃에 대해서 알지 못한다는 답변 등이다.

특히 이러한 세부과정에 대한 답변은 때에 따라서는 사실의 過小化나 無關性의 주장이 가장 드러나기 쉬운 부분이다. 따라서 3·1독립운동의 계획 초기부터의 일정을 대조하는 것으로 검토를 해 보면, 우선 鄭春洙의 경우 본인의 기억으로는 2월 16일경 朴熙道의 勸誘로 가입하게 되었다[38]고 하는데, 이는 아마도 19, 20일경 朴熙道의 집에서 기독교인 일부가 회합하였던 것을 진술하는 과정에서 날짜에 착오가 생긴 것으로 보인다. 어쨌든 鄭春洙는 朴熙道의 집에서 李昇薰과 朴熙道·申洪植·吳華瑛·오기선의 5인과 함께 회합한 자리에서 독립운동계획에 찬성하고 가입한 것은 사실이었다. 그러나 그 날 이후 원산으로 돌아가고 나서는 거사계획을 모의하는 자리에 참석할 기회가 없었다. 3월 1일 거사를 앞두고 바로 전날 孫秉熙의 집에서 모두 모였을 때에도 그는 참여하지 못하였던 것이다. 서울과의 연락도, 나타난 바로는 吳華瑛과 郵便을 통한 서신왕래로서 하고 있었으므로 구체적인 사안들의 협의는 원활할 수 없는 형편이었다.

다음 李明龍의 경우, 그가 독립운동계획에 처음 가입하게 된 것은 2월 10일경 梁甸伯의 집에서 李昇薰·梁甸伯·金秉祚·劉如大·李明龍 등이 모인 자리에서였다. 이 자리에서 李昇薰의 권유로 劉如大 역시 가입하고 즉석에서 도장을 李昇薰에게 맡기고 돌아갔다.[39] 이후 李明龍이 상경한 것은 2월 27, 8일 경으로 역시 협의과정에 참가하지 못하

있다는 가능성도 배제할 수 없다.

38) 『韓民族獨立運動史資料集』12, p.77.
39) 『韓民族獨立運動史資料集』12, p.128.

였던 이 중의 하나였으며 상경한 일자로 보아서는 선언서의 인쇄 전에 회람할 수 있는 시간적인 여유가 없었다.

朴東完이나 申錫九의 경우는 이들이 가입한 것이 선언서에 조인을 하던 27일의 일이므로 협의과정에서는 빠져있던 이들이고, 白龍城은 韓龍雲에게 인장을 맡기고 독립운동에 적극 찬성하였으면서도 불교측의 인사가 더 이상 없었으므로 자체의 모임이 필요없었고, 天道敎나 基督敎側과는 韓龍雲이 접촉하고 있었으므로 협의과정에는 크게 개의치 않았던 것으로 보인다.

미루어 보건대 조서에서 마치 책임을 회피하는 듯한 인상을 주어오던 일부의 답변은 사실 과소화 혹은 사실과의 무관성 주장을 위한 것만은 아닐 것임을 시사한다.

이러한 사실들은 3 · 1독립선언서에 서명한 인사들이 거사계획자체에 시종일관해서 함께 한 것은 아니었음을 보여준다. 그것은 거사계획의 실질적 기간이 불과 한달여 정도의 짧은 것이었다는 점을 감안한다면, 組織體系에서 人間關係가 重疊되어 나갈수록 세세한 내용까지 완벽하게 전달되기는 어려웠을 것이라고 이해되며, 그렇다고 해서 이것이 宣言書의 成立過程에 영향을 미친다는 것은 아니다. 이들은 獨立運動이라는 자체에 공감하고, 뜻을 모은다는 의미에서 기꺼이 이름을 걸고 서명했던 것이다.

第 3 節 民族代表의 參與와 그 役割

3 · 1獨立宣言書에 署名한 33人의 民族代表들에 대한 個別的인 檢討는 3 · 1運動 당시의 실상을 파악하는 데 도움이 될 것이며, 또한 3 · 1運動 初期組織化 段階에서의 이들 民族代表들의 役割을 분명히 인식하는 데에도 필요한 일이라고 여겨진다.

　다만 여기서 지적하고 싶은 것은 3·1運動 이후의 民族代表들의 행적을 3·1운동의 시기까지 소급하여 그들의 성향을 판단할 지도 모르는 위험성은 당시의 상황에 대한 정확한 인식을 흐리게 할 수 있다는 점이다.

　따라서 33인에 대한 검토는 3·1운동이 일어나던 1919년을 전후한 시기까지만을 대상으로 하였다.[40]

1. 天道敎系[41]

　孫 秉 熙 (충청북도 청원)

　1882년 22세의 나이로 東學에 入敎하여 1894년 東學革命 때에는 北接統領으로서 참가하였다. 공주 우금치전투에서 패배한 이후 崔時亨을 비롯한 북접간부들과 일제의 탄압이 상대적으로 적었던 함경도·평안도지방으로 피신하여 그곳에서 교세확장에 힘썼다.

　1897년 12월 24일 실질적인 제3세 敎主로서의 일을 맡게 되었고, 최시형이 처형된 뒤 마침내 교주가 되었다.

　1901년 일본 나가사키(長崎)를 거쳐 오오사카(大阪)에 머물다 상해로 가서 미국행을 시도했으나 실패하고 다시 일본으로 돌아왔다. 이후 일본에 머물던 기간에 權東鎭·吳世昌·趙義淵·李軫鎬·朴泳孝 등 이미 일본에 망명해 있던 이들과 만나 교유하였다. 망명생활 중 본국내에서의 교세재건을 위해 계속 노력하였으며, 교도로 하여금 새로운 문명학술을 배우게 하고자 일본유학을 알선하여 유학생이 상당히 나오

---

40) 33인의 행적은 대개 1920년대 이후부터의 변화들로 인해서 논란이 많은 실정이지만, 그 부분에 대해서는 차후에 논하고자 한다.

41) 3·1운동시 천도교인에 대한 연구로는 李炫熙, 1974 「3·1운동 재판기록을 통해서 본 천도교대표들의 태도분석」『한국사상』12이 있다.

기도 하였다.

1904년 러일전쟁이 일어나자 국내에 '進步會'를 조직하여 정치개혁을 주장하고 나서기도 하였으나, 1906년 李容九 등 62명에 대하여 출교처분을 내리면서는 교세의 재건과 정교분리를 내세워 오직 종교활동만을 전개하기로 하고 '誠米法'을 제정하여 재정을 충당하기로 하였다.

일본망명 생활 중에서도 유학생들을 후원하는 일을 하였지만, 민족의 독립정신을 일깨우는 방법으로써 교육에도 힘을 쏟아 여러 학교를 후원, 또는 경영하였다. 귀국하여서는 普成學校, 蛤洞小學校, 光明小學校, 石村洞小學校 등에 형편닿는 대로 정기적이거나 일시적인 보조를 하여 학교운영난을 타개하도록 하였고, 후에는 보성학교를 인수, 경영하였다. 1914년 말에는 同德女子義塾을 인수하여 경영하였다. 지방학교들에도 관계하여 대구의 嶠南學校 · 日新普通學校, 청주의 宗學學校 등 7~8개교에 이르렀다. 그외에도 출판기관으로 '普成社'를 경영하고 있었다.

제1차 세계대전이 끝나갈 무렵인 1916년에는 이미 천도교내에서 민중봉기의 건의가 나오고 있었으며, 이러한 건의는 1917년 · 1918년을 거치면서 매년 지속되었다. 그러던 차에 1919년 日本 東京에서의 2 · 8宣言에 접한 崔麟 · 權東鎭 · 吳世昌 등 핵심측근인사들의 건의에 孫秉熙 敎主가 최종적으로 허락을 함으로써 3 · 1運動의 구체적인 진행이 시작되게 되었다. 1월 20일경 최린 · 권동진 · 오세창 등과 모인 자리에서 독립운동의 방침으로 一元化 · 大衆化할 것과 非暴力的으로 할 것 등에 합의하고 이후의 일을 최린 · 권동진 · 오세창 등에 일임하였다. 獨立宣言書의 인쇄도 천도교 직영의 보성사에서 2만 1천 매를 완성하였다.[42]

---

42) 國家報勳處, 『獨立運動史資料集』5, pp.11, 14, 16, 17, 20~22, 28, 38, 41, 43, 46, 50, 51, 54.; 『高等警察要史』, pp.14, 17, 20, 22, 72, 86, 113, 188, 253.; 義

權 東 鎭 (경기도 포천 출생, 서울에서 성장)

1907년 大韓協會 創立發起人으로 참가하여 대한협회의 정치적 활동에 깊이 관여하면서 민중계몽운동을 전개하였다. 11년간의 동경 망명생활중 사귀었던 손병희의 영향으로 천도교에 입교하여 도사가 된 후 전도활동에도 나선 바 있다.

大韓協會에서 함께 활동하였던 吳世昌과 그 외에 崔麟 등과 최초로 독립운동을 발의, 孫秉熙와 상의한 끝에 구체화함으로써 초기조직화 단계의 시작에 기여하였다.[43]

吳 世 昌 (서울)

吳慶錫의 長男으로 20세에 譯官이 되었다가 1886년 박문국 주사로서 『한성순보』 기자를 겸하였다. 군국기무처 총재 비서관·농상공부 참서관·통신원 국장 등을 거쳤다. 아관파천 직후 관직에서 물러나 1897년 일본 문부성 초청으로 동경외국어학교에 조선어교사로 1년간 체류하다가 1898년 독립협회 운동에 참가하기 위해 귀국하였다. 1902년 개화당 사건에 참여하였다가 사전에 발각됨으로 해서 최린 등과 함께 일본으로 망명하였다가 손병희를 만나 천도교인이 되었다. 1906년 손병희와 함께 귀국하여 천도교의 기관지인 『萬歲報』의 사장직을 역임하였으며, 대한협회의 기관지 『大韓民報』의 사장도 역임하였다.[44]

菴孫秉熙先生紀念事業會編, 1967.『義菴孫秉熙先生傳記』；趙恒來, 1994「愛國啓蒙運動에서 본 甲辰開化革新運動』『芝邨金甲周敎授華甲紀念史學論叢』, pp. 847~859.

43) 金承學, 『韓國獨立史』下, 獨立文化社, 1965, p.82.；權東鎭,「3·1運動의 回顧」,『新天地』1-2, 1946, pp.6~13.

44) 國家報勳處,『獨立有功者功勳錄』2, pp.386~387.；國家報勳處,『獨立運動史資

崔　麟 (함경남도 함흥)

1902년 一心會에 가입하여 정부의 개혁을 추진하다가 발각되어 일본으로 피신하였다가 귀국, 外部主事가 되었다. 이후 1904년 한국 황실 특파유학생으로 일본에 유학, 東京府立第一中學校, 明治大學 法科를 1909년 졸업하였다.

귀국 후 1911년 孫秉熙의 勸誘로 天道教에 入教하였으며 普成高等普通學校 校長에 취임하였다. 한편 新民會에 가입, 구국운동에 힘쓰기도 하였다.

3·1운동 거사계획의 초기부터 참가하여 천도교내에서의 의견을 규합하고, 손병희의 허가를 얻어 계획의 실행을 확정지은 다음, 참가할 세력들을 교섭하고 선언서의 작성을 崔南善에게 의뢰하는 등 실무를 맡아하였다.45)

李 鍾 一 (충청남도 서산)

1873년(高宗 10) 문과에 급제한 뒤 朴泳孝를 수행하여 1882년 일본에 다녀왔으며, 1894년 普成普通學校 校長으로 취임하였다.

獨立協會, 大韓帝國民力會, 青年愛國會 등에 관여하기도 하였으며, 『海國圖志』 등의 新書籍을 통해 해외교류의 필요성을 인식하고 신문사업에 투신하였다. 1898년 8월 『帝國新聞』을 창간한 이래 1910년까지 『皇城新聞』, 『萬歲報』, 『大韓民報』 등 언론을 통하여 계몽운동을 벌였

料集』5, pp.11, 14, 20, 28, 38, 41, 43, 44, 46, 50. ; 國家報勳處,『獨立運動史』
　　2, pp.67, 70, 76, 91, 270.;『高等警察要史』, pp.17, 22.
45) 國家報勳處,『獨立運動史資料集』5, pp.11, 14, 20, 28, 38, 41, 50.; 崔 麟, 1962
　　「自敍傳」,『韓國思想』4, pp.146〜189.

으며, 1906년 '大韓自强會'의 平議員으로서 활동하다가 자강회의 강제
해산 후 그 후신으로 조직된 大韓協會에서 다시 활동하기도 하였다.
1919년 3·1운동시에는 『朝鮮獨立新聞』이 그가 경영을 맡고 있던 천
도교 직영의 인쇄소인 普成社에서 창간되어 나오기도 하였다.
  천도교와의 관계는 1905년 12월 그가 천도교에 입도하면서부터이다.
입도 후에는 『天道敎會月報』의 발행과 집필을 맡아 하는 한편, 보성사
의 사장으로 취임, 천도교관계의 각종 서적을 간행하였다.
  3·1운동에는 33인의 한 사람으로 참가하였을 뿐만 아니라, 보성사
에서 독립선언서를 인쇄하여 전국에 배포하는 배포과정까지 책임짐으
로써 실무를 담당하였다.[46]

　權 秉 悳 (충청북도 청원)

  18세에 東學敎人이 된 후 1894년 東學革命에 참가하여 孫秉熙와 함
께 6萬의 교도를 이끌었다. 동학혁명 실패 이후 전국을 방랑하다가
1905년 12월 손병희가 일본에서 東學을 천도교로 선포하고 1906년 귀
국하자 1908년 천도교에 入敎, 典制觀長·理文觀長代理·金融觀長·普
文觀長 등을 歷任하였다.[47]

　金 完 圭 (서울)

1898년 麗水通信主事·漢城副主事 등을 지내다가 國權喪失 후 天道

---

46) 國家報勳處, 『獨立運動史資料集』5, pp.11, 14, 20~23, 26, 28, 30, 38, 41~46,
　　50.; 國家報勳處, 『獨立運動史』2, pp.70, 72, 76, 91, 286, 682.; 『默菴 備忘錄』,
　　『韓國思想』16 轉載, 1978; 李炫熙, 「默菴 備忘錄 解題」, 『韓國思想』16, 1978.
47) 國家報勳處, 위의 책, pp.355~356. ; 國家報勳處, 『獨立運動史』2, pp.70, 76. ;
　　國家報勳處, 『獨立運動史資料集』5, pp.11, 14, 20, 28, 38, 41, 46, 50.; 『高等警
　　察要史』, p.22.

敎에 入敎하였다. 천도교내에서는 奉道·法庵長 등을 歷任하였으나 3·1運動 당시 천도교 내에서 직책을 가지고 있지는 않았다.48)

　　　羅 龍 煥 (평안남도 성천)

23세 때 東學에 가담하여 1894년 동학혁명 때에는 羅仁協과 함께 참가하였다.49)

　　　羅 仁 協 (평안남도 평양)

19세에 東學에 入敎하여 1894년 동학혁명에 참가한 후에는 15년간 줄곧 天道敎 道師로서 布敎活動을 하였다.
　역시 1919년 2월 천도교 기도회 종료보고와 국장참배를 위하여 상경했다가 독립운동계획을 전해듣고 참가하였다.50)

　　　朴 準 承 (전라북도 임실)

1891년 東學에 入敎하여 1897년에 接主, 1908년에 首接主, 1912년 전라남도 장성군 천도교 대교구장 겸 전라도 순유위원장을 역임하였다.
　역시 1919년 2월 천도교 기도회 종료보고와 국장참배를 위하여 상

---

48) 國家報勳處,『獨立有功者功勳錄』2, pp.360~361.; 國家報勳處,『獨立運動史資料集』5, pp.11, 14, 20, 28, 39, 41, 42, 44, 46, 50. ;『高等警察要史』, pp.17, 22.
49) 國家報勳處,『獨立運動史資料集』5, pp.11, 14, 20, 28, 39, 41, 42, 44, 46, 50. ; 國家報勳處,『獨立運動史』2, pp.71, 76, 268, 354.;『高等警察要史』, pp.17, 22 ; 白世明, 1968「甲辰革新運動과 東學」『한국사상』6, pp.88~89.
50) 國家報勳處,『獨立有功者功勳錄』2, pp.368~369.; 金承學, 앞의 책, p.134.; 國家報勳處,『獨立運動史資料集』5, pp.11, 14, 20, 21, 28, 38, 41, 42, 44, 46, 50.; 國家報勳處,『獨立運動史』2, pp.71, 76, 355.;『高等警察要史』, pp.17, 22.

경했다가 독립운 동계획을 전해듣고 참가하였으며, 천도교계 대표 중 전라도 대표로서는 유일한 인물이었다.[51]

梁 漢 默 (전라남도 해남)

1897년 度支部 主事職을 사임하고 北京 등지를 거쳐 日本으로 건너가 세계정세를 살피다가, 1902년 나라(奈良)에서 孫秉熙를 만나 東學에 入敎하였다. 그 뒤 進步會 결성에 참가하였고, 李容九의 변절 후에는 憲政硏究會를 조직하였다. 손병희의 귀국 후에는 天道敎의 執綱眞理課長·右奉道·法道師를 지내는 한편, 大韓自强會의 조직에도 참가하였다.

한편 교육사업에도 참가하여 천도교에서 경영하고 있던 普成專門學校·普成中學校同德女學校의 경영에 참가하였으며, 서울에 師範講習所를 개설하였다. 1912년에는 敎理講習所를 개설하여 천도교인을 자체 수련하여 배일사상을 고취하다가 3·1운동에 참가하였다.[52]

李 鍾 勳 (경기도 광주)

1880년 東學에 入敎하여 1894년 동학혁명에도 참여하였다. 1902년 日本으로 망명하여 權東鎭, 吳世昌 등과도 교분이 있었으며, 귀국 후 天道敎 長老가 되었다.[53]

---

51) 國家報勳處, 『獨立運動史資料集』5, pp.11, 14, 20, 28, 39, 41, 44, 46, 50.;『高等警察要史』, pp.17, 22.
52)　國家報勳處, 『獨立有功者功勳錄』2, pp.384～385.;國家報勳處, 『獨立運動史』2, pp.70, 76, 91.;『獨立運動史』3, p.719.;『獨立運動史』8, pp.649, 663～664.
53) 國家報勳處, 『獨立運動史資料集』5, pp.11, 14, 28, 39, 41, 42, 46, 50.;『高等警察要史』, pp.17, 22.

林 禮 煥 (평안남도 중화)

1894년 동학혁명에 참가하였다. 1912년 天道教 道師가 된 뒤 3·1運動 당시까지 布教에 진력하였다. 역시 1919년 2월 천도교 기도회 종료보고와 국장에 참석하기 위해 상경하였다가 3·1운동의 거사계획을 듣고 참가하였다.[54]

洪 基 兆 (평안남도 용강)

1886년 東學에 入教하여 황해도와 평안도에서 활동하다가 1894년 東學革命에 참가하였다. 일제가 한국을 병탄한 이후에는 독립자금의 모집책으로 많은 독립운동자금을 모아 국외로 송금하기도 하였다.

1919년 2월 천도교 기도회 종료보고와 국장에 참석하기 위해 상경하였다가 3·1운동의 거사계획을 듣고 참가하였다.[55]

洪 秉 箕 (경기도 여주)

1894년 동학혁명에 참가한 후 天道教 道師로서 布教活動을 계속하였으며, 3·1運動 당시의 직책은 天道教 長老이었다.[56]

---

54) 國家報勳處, 『獨立運動史』2, pp.71, 76, 355, 383.; 國家報勳處, 『獨立運動史資料集』5, pp.11, 14, 20, 28, 38, 41, 42, 44, 46, 50.
55) 國家報勳處, 『獨立運動史資料集』5, pp.11, 14, 20, 21, 28, 38, 41, 42, 44, 46, 50.;國家報勳處, 『獨立運動史』2, pp.71, 77, 268, 355, 403.
56) 國家報勳處, 『獨立運動史資料集』5, pp.11, 14, 20, 28, 39, 41, 42, 44, 46, 50.; 『高等警察要史』, pp.17, 22.

2. 基督敎系

(1) 長老敎

吉 善 宙 (평안남도 안주)

28세에 基督敎에 入敎하여 이듬해인 1897년 29세 때 洗禮를 받은 후 1901년에는 평양 章台峴敎會의 장로가 되어 평남과 황해도 일대의 여러 교회를 통찰하는 助事가 되었다. 1903년 平壤神學校에 입학하여 1907년 제1회 졸업생으로서 평양노회에서 안수를 받아 章台峴敎會의 목사가 되었다. 그는 한국 개신교사상 최초의 부흥사로 활동하면서 가장 큰 영향력을 발휘하였고, 한국만의 부흥회 형식을 만들어 냄으로써 교회의 부흥운동에 주력하였다. 그것은 당시 한국이 처한 현실에서 상심에 찬 국민들을 위무하고, 교회안에서 국난의 극복을 도모하였던 것이었다.

이는 이미 獨立協會 평양지부에서 사업부장으로서 활동하면서 전개하던 구국운동의 연장이었다. 결과적으로 일제의 주목을 받게 되어 1912년 '105人 事件'에 연루되기도 하였다.

그는 崇實學校·崇德學校를 설립하는 등 교육사업에도 힘쓰는 한편, 교회내에서 남녀구별의 차이를 없애거나 우리 雅樂을 교회음악으로 도입하는 등 종교계안에서 가능한 계몽활동을 벌여 나갔다.

3·1운동 초기조직화 단계에서 직접적으로 사전계획에 참가한 것은 아니었으나, 선언의 의미를 충분히 납득하고 서명을 하는 것으로 참가하였다.57)

---

57)   國家報勳處, 『獨立運動史資料集』5, p.12 및 13, p.135.;國家報勳處, 『獨立運動史』3, p.805 및 9, p.228.;『高等警察要史』, pp.18, 20, 22.

金 秉 祚 (평안북도 정주)

1915년 平壤神學校를 졸업하고 목사가 되었다. 3·1운동계획에 참가하게 된 것은 1919년 2월 선천으로 장로회를 하러 간 길에 李昇薰을 만난 것이 계기가 되었다. 그는 3월 1일 당일에는 선천에서 독립선언서를 배포하며 시위를 주동하다가 상해로 탈출하였다.

상해에서는 임시정부 상임이사·임시의정원 평안도대표·상해거류민단의사회 의원 등을 역임하는 외에 사료편찬위원으로서『韓國獨立運動史略』을 1920년 간행하여 3·1운동의 전말을 기록하였다.58)

梁 甸 伯 (평안북도 선천)

26세에 기독교 신자가 되어, 1897년 예수교 장로회 전도사가 되었다. 1907년에는 평양신학교를 졸업하고 선천북교회에서 포교를 하였다. 교육사업에도 힘을 써 신성중학교와 보성여학교를 설립하였다.

1911년에는 '105人 事件'에 연루되어 2년간 투옥되었다. 3·1운동시에는 미리 자신의 인장을 咸台永에게 맡기고 서명에 참여하였다.59)

劉 如 大 (평안북도 의주)

23세의 나이로 의주 양실학교를 설립하였으며, 기독교 신자가 된 것은 27세 때 의주서교회에서 세례를 받으면서이다. 이후 전도사가 되어

---

58) 國家報勳處, 『獨立運動史資料集』5, pp.60, 97.;國家報勳處, 『獨立運動史』8, pp.131, 566, 568, 572, 580.; 金秉祚, 『韓國獨立運動史略』, 아세아문화사, 1974.
59) 國家報勳處, 『獨立運動史資料集』5, pp.11, 14, 20, 28, 39, 41, 42, 44, 46, 50, 51.;國家報勳處, 『獨立運動史』2, pp.67, 69, 71, 76, 442, 461.;『高等警察要史』, pp.18, 22, 86.;大韓예수教長老會總會資料委員會編, 1984 『대한예수교장로회100년사』.

전도사업을 하다가 1909년 장로교의 평양신학교에 입학, 목사가 되어 의주동교회에 부임하였다. 포교활동과 함께 그는 야학을 개설하여 민중을 계몽하는 일에 노력하였다.

3·1운동 당시의 행적은 다른 서명자들과 달리, 鄭命采·金斗七·都衡均·安碩應·康龍祥·許尙璉 등 20여명과 함께 의주에서의 만세계획을 별도로 세워 3월 1일에는 자신의 담당교구의 신자들과 養實學校 학생 등을 비롯, 7~800여명을 모아 찬송과 기도를 하면서 독립선언서를 배포하였다.[60]

李 明 龍 (평안북도 철산)

20세이던 1892년 기독교에 입교하여 철저한 신앙생활을 지켜나갔다. 1902년 정주군상업회의소 소장으로 추대되어 그 지역 식산흥업과 권익옹호에 극력 나서기도 하였으며 1911년에는 일본시찰을 다녀오기도 하였다.

1912년 105인 사건에 연루되어 3년간 옥고를 치르고 나온 후에는 덕흥교회의 장로가 되어 농장을 경영하면서 교회를 설립하는데 진력했다.[61]

李 昇 薰 (평안북도 정주)

1878년부터 본격적인 상인활동을 시작하여 민족기업가로 성장하기도 하였으나 갑오농민전쟁과 청일전쟁, 러일전쟁 등이 연이어 터지면서 그때마다 사업에 피해를 보았다.

---

60) 李炳憲, 1959 『三一運動秘史』, 時事時報社.
61) 國家報勳處, 『獨立運動史資料集』5, pp.12, 14, 20, 28, 39, 41, 44, 46, 50, 51.; 國家報勳處, 『獨立運動史』2, pp.71, 76, 461.

1907년 7월 평양에서 안창호의 <교육진흥론>강연을 듣고 난 뒤 민족을 위한 삶을 결심하고 금주와 금연, 단발을 강행하고 신민회에 가입하면서 인생의 방향을 달리했다. 특히 그는 교육사업에 힘을 기울여 講明義塾을 설립하고 이어 五山學校를 설립하여 많은 인재를 양성하였다.

1911년 2월에는 안악사건으로 제주도에 유배되었다가, 다시 그해 가을 105인 사건에도 주모자로 지목되어 형을 받았다. 1915년 가출옥 이후에는 이전의 오산학교에서 다시 교육사업에 힘쓰면서 평양신학교에 입학, 신학수업을 쌓던 중 1919년 3 · 1운동에 참가하게 되었다.[62]

金 昌 俊 (평안남도 강서군 증산면)

平壤 崇實中學, 崇實專門學校를 졸업한 뒤 일본에 유학하여 東京 靑山學院을 修了하였다.

18세 때 미국인 선교사 文約翰(Moore, J.W.)에 세례를 받았으며, 예수북감리교 전도사로서 平壤 中央敎會 · 박구리敎會 등에서 시무하였다.

2월 28일 咸台永으로부터 인쇄된 독립선언서 9백 매를 받아 이중 6백 매를 李甲成에게 건네주고 나머지는 李桂昌을 통해 평북 선천으로 운반하였다.[63]

---

62) 南岡文化財團, 1988 『南岡 李昇薰과 民族運動』 ; 金亨錫, 1985 「南岡 李昇薰 研究 - 3 · 1運動을 中心으로」, 『東方學志』46 · 47 · 48합집 ; 『高等警察要史』, pp.17~19, 86.

63) 國家報勳處, 『獨立運動史資料集』5, pp.12, 392.;國家報勳處, 『獨立運動史』2, pp.67, 71. 및 8, pp.590, 666.;9, p.175.;공보처, 『武裝獨立運動秘史』, p.21.;金承學, 앞의 책, p.123.

朴 東 完 (서울)

漢城外國語學校와 培材學堂에서 수학하였다. 監理敎 第一敎會의 傳
道師로 근무하면서 基督敎申報社 書記로 활동하여 전도와 독립사상의
고취에 힘썼다.
1919년 2월 朝鮮中央基督敎靑年會(YMCA) 幹事 朴熙道로부터 독립
운동계획을 듣고 이에 찬동하여 참가하게 되었다.64)

朴 熙 道 (황해도 해주)

해주 懿昌學校 보통과와 고등과를 졸업하고 1904년 기독교인이 된
뒤 平壤 崇實學校를 졸업하였다. 協成神學校와 연희전문학교를 중퇴하
고 중앙유치원과 永信學校를 설립하여 교감이 되었다.
1916년 6월 조선중앙기독교청년회(YMCA)의 회원확대운동에 참여,
크게 활약하였다. 1918년 6월 감리교 창의문 밖 교회 전도사가 되었으
며, 9월에는 YMCA 간사로 취임하여 동 12월 宋繼白을 통하여 알게
된 日本 留學生들의 2·8獨立運動計劃 등을 가지고 이듬해 1월부터는
YMCA에 회원으로 소속되어 있는 학생들과 토론을 거쳐 학생중심의
독립운동을 구상하고 있다가 학생들이 민족대표와 연결되면서 서명자
로 참여하게 되었다.65)

申 錫 九 (충청북도 청주)

어려서는 한학을 공부하였다. 33세 때 개성 남부감리교회에서 세례

---

64) 國家報勳處, 『獨立有功者功勳錄』2, pp.369~370.;國家報勳處, 『獨立運動史資料
集』5, pp.12, 15, 29, 39, 41, 43, 44, 46, 50, 51.;國家報勳處, 『獨立運動史』2,
pp.71, 76.;金承學, 앞의 책, p.146.
65) 國會圖書館, 『韓國民族運動史料(中國篇)』, p.649.;공보처, 『武裝獨立運動秘史』,
p.21.;『日帝侵略下韓國36年史』8, pp.289, 296, 402.

를 받고 신자가 되었다. 서울 협성신학교에서 3년간 수학하여 감리교 목사가 된 후 서울·개성 등 각지를 돌며 목회하였다.66)

申 洪 植 (충청북도 청원)

30세에 기독교 신자가 되었다. 1913년 협성신학교를 마치고 감리교 목사로 공주와 평양에서 포교활동을 하였다. 1919년 2월 평양에서 이승훈에게 3·1독립운동계획을 듣고 찬동하여 참가하였다.67)

李 甲 成 (대구)

1915년 세브란스 의학전문학교를 졸업하였다. 모교인 세브란스 의학전문학교를 비롯, 시내 각급학교의 학생들을 연계하여 학생운동을 이끌었다.68)

(2) 監理教

李 弼 柱 (경기도 고양)

한국군대 출신으로 장교로 재직하다가 군대해산 후 상동교회에서 기독교인이 되었다. YMCA의 초대체육교사 및 상동공옥소학교의 체육교사로 재직하면서 청소년들에게 민족의식을 고양하였다.

---

66) 國家報勳處, 『獨立運動史資料集』5, pp.12, 15, 20, 29, 39, 41, 44, 46, 50, 51. ; 國家報勳處, 『獨立運動史』2, pp.71, 76, 669.;김재황, 『巨星 殷哉 申錫九牧師 一代記』, 大邱監理教會, 1988.
67) 國家報勳處, 『獨立運動史資料集』5, pp.11, 14, 18, 20, 28, 39, 41, 44, 46, 50, 51. ;金承學, 앞의 책, p.175.
68) 國家報勳處, 『獨立運動史資料集』5, pp.12, 14, 20, 21, 23, 29, 39, 41, 43, 44, 46, 50.;國家報勳處, 『獨立運動史』2, pp.67, 71, 76.;『高等警察要史』, pp.22, 23.

신학교 졸업 후에는 정동교회에서 목회를 하면서 이상재 등과 교류
하여 독립을 위한 모색을 하던 중 3·1운동에 참가하였다.[69]

　　鄭 春 洙 (충청북도 청주)

京城神學校·協成神學校를 졸업하고 감리교 목사가 되어 전국적인
선교활동을 하였다. 1919년 3·1운동 당시는 원산 남촌동교회 목사로
시무하고 있었다.[70]

　　崔 聖 模 (서울)

협성신학교를 졸업하고 북감리교 목사가 되어 해주 남본정교회에서
시무하였다.[71]

3. 佛敎系

　　白 相 奎 (전라북도 남원)

16세 때 가야산 해인사로 출가하여 승려가 되었다. 그 후 금강산,
양주 보광사 도솔암, 양산 통도사, 조계산 송광사, 지리산 상선암 등을

---

69) 國家報勳處,『獨立運動史資料集』5, pp.12, 20, 29, 39, 41, 43, 44, 46, 51.;國家
報勳處,『獨立運動史』2, pp.67, 215, 352, 461, 669.;『高等警察要史』, pp.17~19,
86.

70) 國家報勳處,『獨立運動史資料集』5, pp.12, 29, 39, 183. 및 13, p.124.;14, p.293.;
國家報勳處,『獨立運動史』2, pp.71, 77, 669.; 李萬烈外,『한국기독교와 민족운
동』, 보성, 1986.

71) 國家報勳處,『獨立運動史資料集』5, pp.11, 14, 20, 28, 39, 41, 43, 44, 46, 50.;
『高等警察要史』, p.22.

두루 거치면서 불도에 정진하는 한편 저술활동과 후학의 지도에도 힘을 쏟았다.

특이한 것은 불교의 한문경전을 우리 말로 번역하는 사업과 포교의 현대化에 앞장을 섰다는 점이다. 이는 새로운 불교운동과 국민계몽을 합일화시켜 이루려는 시도였으며 모든 불교인에게 구국운동에 참가하도록 독려하였다.[72]

韓 龍 雲 (충청남도 홍성)

오세암으로 출가하였다가 다시 정식으로 득도한 것은 27세에 백담사에 다시 입산하면서였다. 그는 시베리아와 만주, 일본 등을 두루 돌아다니면서 견문을 넓히기도 하였는데, 최린과는 이미 일본에서 친교가 있었다. 합방이후에는 만주지방을 떠돌면서 독립군의 정신무장을 도왔다.

1918년 월간으로 불교잡지『惟心』을 간행하였다.

1919년 3 · 1운동 때에는 불교계를 대표하여 백용성과 함께 참여하였다. 그는 승려로서, 시인으로서, 독립운동가로서 괄목할 만한 활동을 하였다. 그러한 활동들은 이상적인 목표를 위해 현실을 과감하게 개혁하여 나간다는 점에서 공통분모를 가지고 있었다.[73]

이상에서 살펴본 民族代表 33人의 인적사항은 다음의 <표3>과 같다.

---

72) 國家報勳處,『獨立運動史資料集』5, pp.12, 15, 21, 29, 40, 41, 44, 50, 51.;『高等警察要史』, pp.18, 22.

73) 安秉直,「卍海 韓龍雲의 獨立思想」,『창작과 비평』5-4, 1970.;金相鉉,「卍海의 獨立思想」,『韓國學』28, 1983.;金相鉉,「韓龍雲과 公約3章」,『東國史學』19 · 20 합집, 1986.

<표3>   民族代表의 人的 事項[74]

이름	당시나이	직업	거주지	출신지	학력
손병희	60세	무 직	경성 가회동	충북 청원	★◆
최 린	43세	보성고등학교장	경성 제동	함남 함흥	◆메이지대법과
권동진	60세	천도교 도사	경성 돈의동	경기 포천	◆조선육사 2년
오세창	57세	천도교 도사	경성 돈의동	서울	◆
임예환	56세	천도교 도사	평양 경제리	평남 중화	★
이종일	62세	천도교회월보사장	경성 경운동	충남 서산	◆
나인협	49세	천도교 도사	평양 육로	평남 평양	★
권병덕	53세	천도교 도사	경성 제동	충북 청원	★
홍기조	56세	천도교 도사	평남 용강군	평남 용강	★
김완규	44세	무 직	경성 연지동	서울	
나용환	57세	천도교 도사	경성 諫洞	평남 성천	★
이종훈	65세	천도교 장로	경성 苑洞	경기 광주	★◆
홍병기	52세	천도교 장로	경성 소격동	경기 여주	★
박준승	55세	천도교 도사	전북 임실군	전북 임실	★
이승훈	52세	장로파 장로	평북 정주군	평북 정주	평양신학교
박희도	31세	YMCA 간사	경성 수창동	황해 해주	평양숭실, 협성신 卒, 연희전문 중퇴 협성신학교
최성모	47세	북감리파 목사	황해 해주군	서 울	협성신학교
신홍식	49세	감리파 목사	평양 대찰리	충북 청원	평양신학교
양전백	51세	장로파 목사	평북 선천군	평북 선천	
이명룡	48세	장로파 장로	평북 정주군	평북 철산	평양신학교
길선주	52세	장로파 목사	평양 관후리	평남 안주	세브란스의학
이갑성	34세	세브란스의학전문학교부속병원 사무	경성 남대문	대 구	학전문학교
김창준	31세	북감리파 전도사	경성 인사동	평남 강서	평양숭실, 동 嵩山學院수료
	52세	북감리파 목사	경성 저동	경기 고양	신학교 졸업 감리교신학전
	41세	남감리파 목사	경성 都染洞	서 울	문학교

---

74) 본문에서 33人에 대한 분석에는 이들에 대한 個別的 訊問調書를 많이 이용할
수밖에 없었으므로, 이 표에서는 체포 후 옥사한 梁漢默과 3·1運動 직후 해
외로 망명한 金秉祚 2人이 빠져있다. 따라서 이 표와 바로 다음의 <표4>는
33人 중 31人을 대상으로 한 것이다.

박동완	35세	기독교신보사 서기	경성 櫻下洞	서 울	한성외국어학교, 배재학당
정춘수	45세	감리파 목사	원산 남촌동	충북 청주	경성신학교, 협성신학교
신석구	46세	감리파 목사	경성 수표정	충북 청주	협성신학교
유여대	42세	장로파 목사	평북 의주군	평북 의주	평양신학교
한용운	42세	승 려	경성 계동	충남 홍성	한학 외
백상규	57세	승 려	경성 봉익동	전북 남원	한학 외

┌천도교 학력난의 ★표시는 1894년 갑오농민전쟁에 참가한 경력표시┐
└   ◆표시는 渡日경험자에 대한 표시   ┘

 이들 33인의 인적사항에서 나타나는 특징은 첫째, 천도교와 불교의 인사들이 거의 근대적인 교육기관에서 교육받은 경험이 없는데 비하여, 기독교의 인사들은 모두 神學校를 위주로 한 근대적 교육기관에서 교육을 받았다는 점이다. 神學校 외에도 평양숭실학교나 배재학당, 세브란스의학전문학교 등은 미션계통의 학교로써 민족의식의 고취에 진력하는 학교들이었다.

 이와 관련하여 천도교의 인사들은 대체로 두 가지의 성향으로 나누어 볼 수 있지 않을까 한다. 위의 표에서 쉽게 도식화 되듯이 1894년의 갑오농민전쟁 이전부터 입도하여 반봉건 · 반제국주의의 주역으로 활동하여 온 인물들과 1900년 이후 입도한 개화성향의 인물들로 구분하는 것이 그것이다. 후자의 인물들은 모두 일본에서 유학 또는 망명의 기간을 얼마쯤은 지낸 경험들을 가지고 있다. 이들 중 갑오농민전쟁에 참가했던 경험이 중복되는 이는 손병희와 그를 따라 도일했던 이종훈 뿐이다. 이들 외에 나머지 4인은 모두 관직을 거친 이들로서 국내에서 이미 개화당과의 연관들을 가지고 있었다. 그리고 손병희와 이종훈을 포함한 이들 모두는 일본에서의 생활을 통하여 계몽지식인으로서의 성향을 갖추게 되었던 것이다.

 둘째로 33인의 연령층은 4~50대가 주를 이루고 있었음을 알 수

있다. 다음의 표에서와 같이,

<표4>   民族代表의 연령분포표

종교	30대	40대	50대	60대	도합	평균연령
기독교	4	7	4		15	43.73세
천도교		3	7	4	14	54.92세
불 교		1	1		2	49.50세
도합	4	11	12	4	31	49.16세

기독교, 천도교, 불교 모두 4, 50대가 주가 된다는 점에서는 같지만, 기독교가 3, 40대 위주임에 비하여 천도교는 5, 60대 위주로 천도교의 평균연령이 훨씬 높게 나타나고 있다. 이러한 차이는 우선 이들이 각기 다른 종교의 지도자라는 점에서 비롯되었을 것이다. 천도교의 경우는 대개 천도교의 성립 이전인 동학의 단계에서부터 입도하여 지도자로 단계를 밟아온 반면, 기독교는 선교사들에 의해 교역자양성을 위한 신학교육이 실행되어진 것이 1900년을 넘어서면서부터[75]였으므로 상대적으로 연령층이 낮을 수밖에 없었던 것이다.

그러나 연령층의 분포나 평균연령의 차이가 다소 있을지라도 전체적으로 4, 50대가 주류를 이루고 있다는 것은 이들이 종교지도자로서의 위치로나 사회적 위치로써나 이미 중견에 들어선 이들로써 당시의 상황에서 가장 안정적인 사고를 할 수 있는 입장이었음을 말해준다.

셋째로, 이들의 政治·社會·宗敎團體活動을 살펴보면 이들은 다양한 방면에서 활동을 해오고 있었음을 알 수 있다.

---

75) 國際歷史學會議韓國委員會編, 『韓美修交 100年史』, 1982, pp.329~330 참조.; 참고로, 北監理會가 설립한 協成神學校는 1911년 12월 20일 제 1회 졸업생 45명을 배출하고, 長老敎 宣敎部가 설립한 平壤神學校는 1907년 9월 梁甸白·吉善宙 牧師를 포함한 7명의 제 1회 졸업생을 배출하였다.

개화당과 연관   — 권동진, 최린
독립협회   — 길선주, 이종일
신민회   — 이승훈, 최린
(105인 사건 연루 — 길선주, 양전백, 이명룡, 이승훈)
진보회   — 양한묵
헌정연구회   — 양한묵
대한자강회   — 양한묵, 이종일
대한협회   — 권동진, 오세창, 이종일
YMCA   — 박희도, 이갑성

여기서도 천도교 내에서 특히 개화적 인사들의 활동과 서북지역을 중심으로 한 기독교 인사들의 활동이 두드러진다. 한편, 서울의 YMCA를 중심으로 하여서는 학생들과의 연계를 담당한 박희도, 이갑성 등 젊은 세대들이 활동하고 있었다. 그 외에도 유여대, 이승훈, 손병희, 최린 등이 교육사업에 힘쓰고 있었고, 오세창과 이종일은 언론사업을 통해 계몽활동을 하였다.

네째로, 이들의 지역별 분포를 보면 거주지별로는 서울이 압도적으로 많고, 그 외에는 거의 평안도일 정도로 집중적인 양상을 보여준다. 이는 천도교나 기독교의 교세가 거의 서울과 서북지방을 중심으로 전개되고 있던 당시의 상황을 반영하는 것이다. 이러한 거주지별 분포에 대해서는 이미 앞의 <표 3>에서 언급된 바 있다. 그러나 이들의 출신지는 거주지별 분포와는 달라서 보다 다양한 것을 알 수 있다.

평북	4 ⌐ 10	경기	4
평남	6 ⌐	전북	2
충북	5 ⌐ 7	함남	1
충남	2 ⌐	황해	1
서울	5	경북	1

특히 충청도가 숫적으로 적지 않으면서도 거주지별 분포에서 나타나지 않는 것은 천도교의 경우 1894년 東學革命의 실패 이후 교세의 이동에 의해서, 기독교의 경우 선천과 평양을 중심으로 하는 선교형태에 의해서였을 것이다.

지금까지 33人의 행적 가운데 3·1운동 이전까지를 중심으로 하여 살펴보았다. 33人에 대한 평가에서 흔히 느껴지는 것은, 이들이 3월 1일 태화관에서 한자리에 모여 宣言式을 하고 일제에 투항함으로써 동시에 검거되었다는 것 때문에 3월 1일 이전의 준비기간 동안의 행적 또한 이와 동일시하는 경향이 있다는 것이다. 이러한 시각으로 본다면, 이들이 지향했던 운동의 방법을 간과하게 될 우려가 있다고 생각된다.

33人에 대한 평가를 위해서는 우선 서울과 지방을 동일시하여 취급하게 되는 오류를 지양하고 33인 각자가 속한 지역적인 차이를 감안한 검토가 요구된다.

선언서 배포과정을 추적해 볼 때, 서울에서 배포된 것은 겨우 4천 장 남짓에 불과할 뿐 나머지는 전국에 걸쳐 배포되었으며, 이 과정은 이미 밝혀진 대로 각 종파에서 나누어 분담하였다. 여기서 언급할 것은 서울에 거주하는 이들의 계층분포가 지방과는 현저히 달랐었다는 점이다. 서울에 거주하는 이들은 우선 인구밀도로 보아서도 지방보다 조밀한 데다 지식정도나 정치·국제정세에의 관심도가 지방보다 평균적으로 높다고 할 수 있었다. 또한 정보를 얻는 것도 용이하여서 시위를 주동한다고 할 때에 대중을 동원하는 것이 지방에 비하여서는 훨씬 쉬웠을 것이다.

이에 비해 지방은 유동인구가 많지 않고, 평균적인 지식수준도 떨어져서 대중을 동원한다고 할 때 다만 얼마간이라도 사전준비는 필요하였을 것이라고 생각된다. 아직까지 지방에서의 3·1운동 사례를 구체적으로 연구한 성과가 많지 않은 실정에서 이를 언급한다는 것은 어렵지만, 기본적으로는 선언서의 수송 · 배포를 맡았던 지방 종교인들을 주축으로 하여 지방에서의 시위가 파급되어 나갔다고 생각할 수 있다. 불완전하나마 그것을 뒷받침하는 것은 첫째, 3 · 1운동의 초기 사상자 수를 지역적으로 살펴볼 때[76] 서울지역 · 경상도지역 · 충청도지역 · 경기도지역의 순으로 선언서 배포과정이나 서명자 33인의 분포지역과 무관하지 않다는 점이다. 이는 시위가 전국적으로 이미 확산된 후인 중기(4.1~4.10)무렵에도 평남지역이 갑자기 전무한 상태로 떨어진 것을 제외하고서는 거의 같은 비중을 유지하고 있다.

둘째로, 入監者의 職業別 · 宗敎別 分布를 보면 우선 職業 가운데[77] 宗敎人은 3.13%에 불과하지만, 宗敎別 分布에서[78] 천도교 · 기독교 · 천주교 · 불교 · 유교 · 기타종교를 도합한 수치는 39.44%로 직업적 종교인의 12배가 넘는 비중으로 나타났다. 물론 무종교인이 60.56%에 달하는 것이었지만, 종교별 분포에서 한국의 고유신앙으로서 폭넓게 확산되어 있던 불교와 유교가 각각 1.17, 0.61%에 지나지 않았다는 사실은 이들 수감된 종교인 대다수가 천도교나 기독교인들이었다는 것이고, 이들 종교의 신자수를 다시 전국의 인구수에 대비시킨다면, 종교인의 수가 월등한 것이었다고 할 수 있다.

이러한 점에서 본다면, 서명자 33인들을 매개로 한 지방종교인들의 연계체제가 시위의 활성화에 선두역할을 하였다고 할 수 있지만 이에 대해서는 앞서 밝혔듯이 구체적인 사례연구를 통한 실증이 요구된다.

---

76) 朴成壽, 「3 · 1運動에 있어서의 暴力과 非暴力」 ; 尹炳奭 · 愼鏞廈 · 安秉直編, 『韓國近代史論 II』, p.129의 <표3> 참조.
77) 愼鏞廈, 「3 · 1獨立運動 勃發의 經緯」; 『韓國近代史論 II』, p.107 <표2> 참조.
78) 愼鏞廈, 위의 책, p.108 <표3> 참조.

第 4 節 宣言書의 理念

獨立宣言書라는 매체는 3·1독립운동의 지도이념을 표출하고, 독립의 절실한 필요성을 일반대중에 설득력있게 호소함으로써 운동이 전국적으로 파급되도록 하는 도화선의 역할을 충분히 수행하였다.[79] 따라서 3·1운동의 사상을 연구하기 위해 독립선언서를 분석하는 것은 하나의 방법이 될 수 있다.

3·1獨立宣言書는 동경유학생들의 2·8宣言에 직접적으로 자극을 받아 작성된 것이므로 양자는 先驅와 後身의 입장에서 비교되어져 왔다. 특히 2·8宣言이 철두철미 민족주의 정신을 근본으로 하여 시종일관 反日을 위한 자기결의를 구체적이고도 이론적으로 주장한 데 반하여 3·1독립선언서가 인도주의적 입장에서 일본에 대해 우호적으로 자기입장을 추상적으로 표명했다[80]는 점에서 후자의 무저항·비폭력 원칙이 무력하고 기회주의적인 것으로 인식되는 한 근거가 되기도 하였다. 여기에서 3·1독립선언서의 무저항·비폭력주의가 과연 어떠한 것이었는지를 알기 위해서는 다른 독립선언서들과 함께 살펴볼 필요가 있다. 검토의 대상으로 삼을 것은 다음 도표에 정리되어 있는 20종의 독립선언서이다.

---

79) "…바꾸어 말하자면 이 종이폭탄은 대중적 시위와 봉기의 조직자 및 선전자적 역할을 수행했던 것이다"(姜在彦,「思想史의 立場에서 본 3·1運動」,『植民地時代 韓國의 社會와 抵抗』, 백산서당, 1983, p.24).
80) 趙恒來,「3·1운동의 이념적 배경」, pp.12~15 참조.

<표5> 獨立宣言書一覽表 81)

번호	선언서	발표일자	장소	선언주체 및 선언자	투쟁의원칙(폭력·비폭력)
1	大韓獨立宣言書	1918.2.1	만주	金敎獻 등 39인	肉彈血戰하여" (폭력적 대항)
2	宣言書	1919.2.8	동경	朝鮮靑年獨立團 崔八鏞 등 11인	"영원히 血戰 (폭력적 대항)
3	디한독님녀자선언셔	1919.2.	만주	김인죵 등 8인	
4	宣言書	1919.3.1	서울	朝鮮民族代表 孫秉熙 등 33인	"배타적 감정 일주하지 말라"
5	The Proclamatio of Korean Inde -endence	1919.3	미국 등 33인	조선민족대표 손병희등 33인	
6	宣言書	1919.3	철산	조선민족대표	
7	宣言書	1919.3	목포	조선민족대표 손병희 등 33인	
8	동포에 격하노라	없음	충무	권남선 등 9인	"우리에게 自由가 아니면 죽음을 다오"
9	獨立宣言布告	1919.3.13	만주 龍井	간도거류민조선민족	"배타적 감정에 광분하지 말라
10	朝鮮獨立宣言書	1919.3.17	블라디보스톡, 니꼬리스크	朝鮮國民議會 우아文등 3인	"압제자 및 포학자에 대하여 용감히 분투"(폭력적 대항)
11	大韓獨立宣言書	1919.3.18	경북 하동	朴致和 등 12인	"최후의 일인, 최후의 일각까지 폭동과 亂擧는 행하지 말고"
12	獨立宣言書		일본 大阪	在大阪韓國勞動者 一同代表(廉尙燮)	

---

81) 위의 <표5>는 본책 附錄 <獨立宣言書 一覽表> 가운데 1919년에 발표된 선언서 일부를 가지고 작성한 것이다.

13	宣言書(한글) 宣言書(한문)	1919.3.20	만주 琿春	大韓國民議會黃炳吉 등	"영구한 혈전을 행할 것"(폭력적 대항)
14 15	朝鮮獨立宣言書 宣言書	1919.3.25 1919.4	만주 만주(?)	韓圭卨 등 7인 在大陸大韓獨立團臨時委員會	"일본관헌이 이제부터 이후 학살을 계속하면, 거족적으로 자유행동을 취할일"
16	宣言書	1919.10.31	중국	大韓民族代表 朴殷植등30인	"오직 최후 혈전이 있을 뿐" (폭력적 대항)
17	宣言書	1919.11	서울	大韓民族代表	"혈전을 不辭할 것을 玆에 성명 (폭력적 대항)
18	大韓僧侶聯合會宣言書(한글)(한문)(영문)	1919.11.15	중국		"혈전할 뿐" (폭력적 대항)

　　위의 선언서들은 1919년에 발표된 것으로 그 가운데서도 3·1운동이 일어난 3월에 발표된 것이 11종에 달하고 있다. 발표장소로는 만주가 6종, 기타지역까지 합해서는 중국에서만 8종으로 반수를 차지하고 있다. 그 외에 일본에서 2종, 시베리아와 미국에서 각각 1종이 있었고, 국내에서는 서울에서 2종, 국내전체로는 4종이었다.82) 선언서가 발표

---

82) <표5>에 의거한 국내 발표 선언서의 총수는 6종으로 집계되지만 자료번호 6, 7번의 선언서는 4번과 중복되는 것으로 간주하여 가산하지 않았다. 국내의 선언서 중 1919년 3월 철산(자료번호6번)과 목포(7번)에서 발표된 선언서들은 문안의 내용이 3·1독립선언서와 똑같은 것으로 보아 33인의 선언서를 그대로 다시 인쇄하여 지방에서 배포하고 있었음을 시사한다.

된 장소의 집계를 통하여 우선 국내적으로는 서울을 중심으로 하여
전국적으로 선언서가 파급되어 가는 형태를 띠고 있었음을 알 수 있
다. 소위 「한일합병」 이후 10년 동안 민족운동이 점차 봉쇄되어 간 국
내에 비하여 상황이 보다 자유로왔던 국외에서는 선언서의 발표주체
나 지역이 보다 다양한 것도 알 수 있다. 국내외의 이러한 환경적 차
이는 선언서의 내용에서 잘 드러난다.

 선언서 내에서 이끌고자 하는 일제에 대한 독립투쟁의 형태, 즉 방
략을 폭력·비폭력으로 양분하여 보면 모든 선언서에서 확실하게 표
현되고 있는 것은 아니지만, 대체로 3·1운동을 전후한 시기 국내에
서의 선언서와 3·1운동에 바로 이은 만주에서의 포고문[83]은 "배타적
감정에 일주하지 않는" 비폭력주의적인 것이었다. 이에 비하여 같은
무렵 국외에서 발표된 여러 건의 선언서들은 "영구한 血戰"까지도 각
오한 비장한 결의를 보이고 있었다.

 이러한 국내외의 서로 다른 투쟁의 양상은 선언서들의 내용에서 보
면, 1919년 가을부터는 국내외 모두 폭력적인 대항으로 기울어 가고
있는 것으로 보인다. 3·1운동은 결과적으로 보자면 현상적인 면에서
는 일제의 무력적인 탄압이 성공적으로 작용한 것처럼 보이지만, 그
규모나 파급효과라는 면에서는 실로 상상조차 하지 못하였던 성과를
거두었다. 특히 지도부가 운동초기에 모두 체포되었다는 사실을 감안
하고 보면 이는 무장독립론을 견지하고 만주나 노령에서 무장투쟁방
안을 강구하고 있던 각각의 단체·개인들이 끊임없이 선언서나 격문
이라는 매체들을 통하여 의지를 표명하였던 결과였다.[84]

---

83) 만주 용정에서의 독립선언포고문은 국내에서 이미 독립이 성취된 것으로 오
   인하고 독립을 선포한다는 의미에서 발표된 것이었으며, 내용도 3·1독립선
   언서를 거의 그대로 인용한 것이었다.
84) 여기서 외교독립론을 주장하고 실행하던 임정과는 별개의 문제이다. 임정이
   외교독립론을 견지하는 한편, 무장독립론을 포기하였던 것은 아니었지만 그
   렇다고 해서 무장독립군을 지도할 위치에 있었던 것도 아니었기 때문이다(노

비폭력의 원칙과 관련하여 덧붙이고 싶은 것은, 이들 33인이 선언서의 작성부터 배포에 이르기까지 누누히 비폭력주의만을 강조하면서 투쟁의 방법론을 제시하지 않았다는 점이다.85) 이와 관련하여, 여러 신문조서에서 나타나고 있는 바와 같이 33인 자신들이 폭동을 기도한 것은 아니었다는 비폭력주의가 전국적이고 대중적인 시위자체를 부정하는 것은 아니었다는 것이다. 이미 독립선언서를 구상할 단계부터 이들은 만세시위의 형태를 생각하고 있었으며, 나아가 전국적으로 확대시킬 방안까지도 가지고 있었다.86) 이렇게 상반되는 입장들을 같이 지니고 있다는 점에서 33인에 대한 논란의 여지가 있다.

이와 같은 맥락에서 독립선언서의 기초자가 최남선인가, 한용운인가 하는 논란의 발단도 독립선언서가 일관되게 보여주고 있는 비폭력주의라는 색채와는 달리 공약3장의 제2장 「최후의 일인까지 최후의 일각까지 민족의 정당한 의견을 쾌히 발표하라」는 조항87)

경채, 「국외 민족운동의 노선과 이념의 변화과정」, 『3·1민족해방운동연구』 참고).

85) 1919년 5월 중국 상해에서 대한민국임시정부가 발표한 通喩文에는 구체적인 투쟁방법으로서 납세거부운동, 재판거부운동, 철시운동 등이 제시되고 있다. "谷하노라 我兄弟姉妹야 敵의 一石穀이 我의 十包를 當하나니 다만 敵意로 敵의 物貨를 不用할 쑨 아니라 敵을 罷弊함이 一道가 是에 在하니 敵의 物貨를 排付하고 賣買를 絶하라…谷하노라 我兄弟姉妹야 敵의 納稅를 拒絶하라 寇糧을 엇지 供給할가 裁判을 請치 勿하라 我의 司法이 아님을 顯明할지니라 命令을 拒絶하라 我는 絶對로 敵의 國民이 안임을 表彰할지니라"(金秉祚, 『獨立運動史略』(1977, 아세아문화사 영인본), pp.139~140).

86) 「判決書」(孫秉熙 等 48人), 『獨立運動史資料集』5, p.43. 이 재판기록에 의하면, 1919년 2월 24일 李昇薰·咸台永·崔麟 의 모임에서 시위방법에 대한 구체적 방안으로 ① 京城에 있어서는 獨立宣言 當日 此(宣言書)를 公衆에게 配布하여 萬歲를 唱하며…② 此(宣言書)를 各地方에 分送하여 其分送에 있어서는, 京城에서 獨立宣言의 日時 及 宣言書 配布의 節次를 傳達하여, 各地方에 있어서도 京城에 倣할 것을 결정한 것으로 되어 있다.

87) 일제는 3·1운동에 대하여 치밀한 조사를 계속하였으며, 특히 이 조항에 대해서는 그 실질적 의미에 대하여 신문과정에서 신랄한 추궁을 하고 있었다. 그러나, 이것이 崔南善에게는 행해진 대신 韓龍雲에게는 公約 3章에 관한 추

이 투쟁적인 입장을 보여주고 있다는 점에서이다.

그렇다면, "최후의 일인까지 최후의 일각까지"가 가지는 의미는 무엇일까. 그것을 직접적으로 설명해 주는 자료는 없지만, 다음 權秉悳과 韓龍雲에 대한 訊問內容에서 어느 정도 이해할 수 있지 않을까 한다.

문 : 독립선언서에는 최후의 일인, 최후의 일각까지 민족의 정당한 의사를 쾌히 발표하라고 했는데, 최후의 일각까지 일본정부에 반항하라는 취지로 해석되는데 어떤가.

답 : 나는 선언서의 문장을 읽어 보지는 않았으나, 독립운동에 참가하는 사람은 어디까지나 일본정부에 반항하는 생각이 있지 않으면 안된다고 최린이 말했으므로 나는 그런 생각으로 가입했던 것이다

문 : 그러면 피고는 어디까지나 일본정부에게 반항할 것을 선동할 생각이었는가.

답 : 그 반항이란 것은 폭동이 아니고, 그 선언서의 취지에 찬성인 사람은 어디까지나 운동하고, 앞의 사람이 구속되면 뒤의 사람이 그 뜻을 계승하도록 하게 할 생각이었다.[88]

문 : 그러나 선언서의 취지는 그렇지 않지 않은가.

답 : 선언서의 공약 3장 제 2 항은 우리들이 독립의 의사를 발표해 두었다. 우리들로서 하지 못했을 때에는 또 뒤를 이은 사람이 그 의사를 이어서 독립이 되도록 하라는 그런 의사를 쓴 것으로 생각한다.[89]

궁이 없었다는 점에서 기초자가 崔南善이라는 한 근거가 되기도 하고 있다 (愼鏞廈, 「3 · 1獨立運動 勃發의 經緯」, p.87참조).

88) 「1919년 4월 12일 경성지법에서의 權秉悳 訊問調書」, 『韓民族獨立運動史資料集』11, p.80.

위에서 단편적이나마 나타나는 것은 독립선언의 방법이 보다 장기적이고 비폭력적인 의미의 것이었다는 점이다. 특히 "앞의 사람이 구속되면 뒤의 사람이 그 뜻을 계승"하는 식의 투쟁방법은 3·1운동 당시 실제로 실행되고 있었다. 예를 들어 『朝鮮獨立新聞』의 경우, 普成專門學校 校長 尹益善이 33人중 천도교측의 한사람인 李鍾一 등과 의논하여 그 제 1호를 3월 1일에 약 1만 매 인쇄하여 발간하기 시작하였는데, 尹益善이 체포되자 천도교월보 편집인 李鍾麟이 그의 동지들과 함께 제 2호~4호를 인쇄하였으며, 이종린 등이 체포되자 경성서적조합 서기 張悰鍵 및 京城專修學校 학생인 임승옥·최치환·최기성·강태두·김영조와 무직이었던 유병륜 등이 제 5호~9호를 발행하여 배포하였다. 이들이 체포되자 뒤를 이어 배재고등보통학교 교사 姜邁, 보성전문학교 교수 고원훈, 보성고등보통학교 교사 김일·이풍재 등이 『朝鮮獨立新聞』을 계속 발행하다가 3월 27일 일제에 피체되었다. 지식인들은 각기 상대방을 모르면서도 이 일을 릴레이식으로 계승하여 이 신문을 제 26호(1919년 4월 10일 발행)까지 발행하였으며, 8월 29일의 국치일에는 <국치기념호>를 내었다. 그외에도 알 수 없는 지식인들에 의하여 『朝鮮獨立新聞 號外』들과 『獨立新聞』 명의의 揭示文, 報告文들이 다수 등사되어 배포되었다.[90]

咸台永의 회고에 의하면, 독립선언서에 서명한 33인 외에 천도교에서 鄭延朝·吳相煥, 기독교에서 咸台永·朴容義 등은 재정을 맡아 33인이 체포된 뒤에 33인과 그 가족들의 뒷바라지를 하는 외에도 33인의 독립선언 후에 제 3차 독립선언자를 비밀편성할 사명을 가지고 있었다고 한다.[91]

---

89) 『韓民族獨立運動史資料集』12, p.89.
90) 愼鏞廈, 1983 「三·一獨立運動의 社會史(下)」, 『한국학보』31집, 일지사, p.144.
91) 咸台永, 1946 「己未年의 基督敎徒」, 『新天地』1-2, pp.56~58.; 같은 회고에서

이로써 본다면, "최후의 일인까지, 최후의 일각까지"가 가지는 의미는 폭력의 행사를 외치는 투쟁적인 구호라기 보다는 장기적으로 독립의 순간까지 최선을 경주할 것을 다짐하는 맹세라고 할 수 있다.

이상에서 33人의 인적사항과 함께 3·1운동의 특징적인 부분이라고 할 수 있는 독립선언서의 작성과 배포과정에 대하여 살펴보았다. 3·1운동은 선언서의 발표에서부터 점화되어 전국을 수개월에 걸쳐 만세운동으로 들끓게 하였으며, 3·1독립만세운동을 처음 기획·주도한 33人 역시 선언서의 발표에 상당한 비중을 두고 있었다는 점에서 3·1독립선언서의 의의는 자못 크다 하겠다. 따라서 이 선언서에 서명하였던 33人은 民族代表라는 이름 아래 지속적인 관심을 받아왔으나 이들에 대한 개별적인 검토는 잘 이루어지지 못하였다. 33人은 천도교·불교·기독교의 각각 다른 종교내에서 활동하던 종교적 지도자들로서 활동지역도 전국에 걸쳐 있었다. 선언서의 작성을 주도하던 권동진, 오세창, 최린, 이승훈 등은 서명자를 결정하는 과정에서 인맥을 통하면서도 종교간, 지역간에 균형을 맞추려는 노력을 기울이고 있었다. 이점은 후에 선언서를 전국에 배포하는 과정에서 유용하게 작용하였으며, 이들이 지역사회에서 명망있는 종교지도자라는 점은 각 지역의 국지적 만세운동에 민중의 신뢰를 모으게 할 수 있었을 것이다. 실제로 유여대나 이갑성의 경우는 자신의 활동영역을 중심으로 한 만세운동을 실행하고 있었다. 33인은 연령적으로는 4, 50대의 중견사회인들로서 학력이나 종교적 영향으로 인하여 반봉건 혹은 개화의 성향을 지

함태영은 서울 종로 네거리 종각 앞에서 8인의 제 2차 독립선언이 결행되었으며, 계속해서 문일평을 중심으로 한 독립선언이 준비되고 있었다고 한다. 3·1운동 이후 독립선언서가 여러 곳에서 작성·선언된 것은 사실이지만, 이것이 함태영의 회고에서와 같이 몇몇 선언서가 준비과정에서 어떤 연관성을 가진 채 선언되었는지에 대해서는 다른 자료가 첨부되지 않는 한 단언하기 어렵다.

니고 있었다. 따라서 이들의 사회·정치활동경력 또한 일찌기 1894년 동학혁명에서부터 1900년대 들어와 개화당 활동이나 독립협회·신민회·헌정연구회·대한자강회·대한협회와 같이 반제반봉건이나 개화, 애국계몽운동 등을 주도하는 단체를 거치고 있었다. 1910년대말 당시로서는 민중과 가장 가까운 지성이 바로 이들이었던 셈이다.

3·1운동에 대한 평가에서 지도부에 해당하는 33인의 참여 및 그 역할과 전국적인 운동의 확산을 담당해 내었던 민중의 역할을 어떠한 비중으로 가름하느냐에 따라 33인의 위상은 미묘한 차이를 노정하게 된다. 당시 사회단체가 전무하다시피 한 시기의 조선사회내에서 4, 50대에 걸친 중견사회인으로써, 종교적인 책임감을 가진 종교지도자로써 이들의 사명감은 충분한 근거가 있는 것이었다. 다만, 이것이 민중과 어떠한 형태의 관련성을 가지면서 전개되는가에 대한 문제에 있어서 33인이 민중의 존재를 어떻게 평가하고 있었으며, 민중의 주체적 역량에 의거해 독립을 달성하려는 인식은 어떠하였던가 하는 부분에 대해서는 다루지 못하였다.

33인은 구한말 이후 반봉건·반제국주의 운동을 해 온 동학 계열의 인물들과 동학에 개화사상을 불어넣으면서 천도교로의 도약을 주도한 천도교 계열의 인물들, 구미선교사들로부터 자유·평등·정의·인도 등을 포함한 민족주의·민주주의 사상을 받아 계몽주의적 사상을 견지하던 기독교 계열의 인물들, 그리고 '朝鮮佛敎維新論'에서 보듯이 개혁적이고 평등적 사고를 종교계 내부에까지 끌어들이고 있던 불교 계열의 인물들로 구성되었다. 즉 이들은 종교적으로는 서로 이질적인 집단임에 틀림없었지만, 복벽주의에 대항하여서 조선의 舊制를 청산하고 만민평등의 새로운 근대적 독립국가를 건설하겠다는 점에서 공통되고 있었다. 하지만 이들이 대전제인 "독립"을 두고서도 독립 이후에 대한 비전이 보다 명확하게 제시되고 있지 못하다는 것은 투쟁의 방법론 결여와는 달리 하나의 한계로서 지적될 수밖에 없다.

第 4 章 獨立請願書와 儒林界의 活動

　3·1운동에 주도적으로 참여하지 못한 유림계는 별도의 활동을 통하여 독립운동대열에 참가하고자 하였다. 3·1운동 직후인 1919년 4월 유림계에서는 두 가지의 請願書가 작성되어 발표되었다. 그중 한가지는 郭鍾錫을 비롯하여 137人의 儒林들이 파리강화회의에 제출한 獨立請願書이며[1], 다른 한가지는 金允植·李容稙이 작성하여 일본 총독부에 제출하고 일반에 발표한 獨立請願書이다.

　곽종석 등의 독립청원서 즉, 파리장서는 그 주도자들이 구한말 유림의 대표세력으로써 유림계의 전국적인 연합을 이루고, 이후 유림의 독립운동을 이끌었다는 점에서 주목되며, 김윤식의 독립청원서는 파리장서와는 여러가지로 대비되는 점이 있으나 당시 정부의 고위관리로서,

---

1) 흔히 파리장서라고 하는 이 독립청원서에 대한 연구로는 金龍基, 1959 「三·一運動과 巴里長書事件에 對하여」『문리대학보』, 부산대학교, pp.53~76 ; 許善道, 1969 「三·一運動과 儒敎界」『3·1운동 50주년기념 논문집』, 동아일보사, pp.281~300 ; 南富熙, 1984 「儒敎界의 巴里長書事件과 3·1運動」『한국의 철학』12, pp.109~131 ; 南富熙, 1993 「儒林의 獨立運動 硏究」 第3章 第1次 儒林團 義擧 － 巴里長書와 3·1運動, 경북대학교 대학원 박사학위논문, pp.112~145 등이 있다.

대표적인 유교출신의 지성인으로서의 인식을 보여주는 청원서라는 특징을 가진다. 따라서 이 두가지 청원서를 통하여 3·1운동의 발발에 고무되어 독립운동에 뛰어든 유림의식의 일단을 살펴볼 수 있으리라고 생각된다.

第 1 節 3·1運動과 儒林

3·1運動 당시 유림이 직접 활동하게 되는 배경을 살펴보기 위하여서는 3·1運動을 계획하는 단계부터 살펴볼 필요가 있다. 천도교를 중심으로 민족대표가 결성되는 과정에서 유림은 그 연합에 참여하지 못한 채 3월 1일 만세시위운동이 시작된 이후에야 유림계의 연합과정을 거쳐 독립운동에 참여하는 별도의 활동을 벌이게 되었다. 이것은 당시의 유림계가 아직 위정척사사상을 그대로 간직하고 있었다는 점에서 이미 독립이후 공화정체의 국가건설을 지향하는 여론이 반영된 3·1운동에서 어떠한 위상을 가지고 참여하게 되었는가와 관련된다.

3·1運動 계획의 초기단계였던 1919년 2월 상순경 최 린은 자택에서 최남선·송진우·현상윤 등과 수차 회합하고 독립운동을 대중화하기 위하여 전국적으로 명망있던 인물을 대표로서 추대해야 한다는 견해에 합의하였다. 이들은 尹用求·韓圭卨·朴泳孝·尹致昊 4인을 선정하여 최 린은 한규설, 최남선은 윤용구와 윤치호, 송진우는 박영효에 각각 교섭하기로 하였으나 이들 중 한규설만이 신중히 고려하여 보자고 하였을 뿐 모두 소극적인 반응을 보였다.2)

---

2) 崔 麟, 1962 「自敍傳」『한국사상』4, pp.166~167.
　한편 玄相允은 회고를 통하여 2·8독립선언에 자극받아 국내에서도 독립선언을 하기로 하고 그 서명자로 천도교의 孫秉熙, 기독교의 李商在·尹致昊, 귀족 가운데 朴泳孝의 4인을 거론, 최남선이 이상재와 윤치호를, 宋鎭禹가 박영효를 각기 분담하여 교섭하였으나 세 사람 모두 참여를 거절하였다. 그후 다

결과적으로 구관료 및 귀족과의 연합에 실패한 천도교 측은 기독교
·불교와 차례로 연합하고, 이어 유림과의 연합을 추진하였다.[3] 유림
과의 연합을 타진하는 과정은 최 린이 김윤식과 윤용구 등에 접촉하
는 외에 한용운이 영남의 곽종석을 접촉하는 두 갈래로 진행되었다.[4]
이 단계에서 김윤식은 독립청원이라면 생각하여 볼 수 있으나 선언에

시 한규설과 윤용구에게 송진우와 최남선이 각각 교섭하였으나 한규설이 즉석
에서 승낙한 것과 달리 윤용구는 참여를 거절하였다. 이후 기독교와 불교에
연합을 제의하기에 이르렀다는 것이다 (玄相允, 1946 「三一運動의 回想」『新天
地』1-2, p.28).
  최린의 자서전과 현상윤의 회고록은 각각 내용이 다르지만, 유림과도 관련되
는 구관료명사들이 선언서의 서명에 참여하기를 거부하였으며 오직 한규설만
이 긍정적으로 답변하고 있다는 점에서는 동일하다.

3) 愼鏞廈, 1977 「3·1獨立運動 勃發의 經緯」『韓國近代史論』Ⅱ, 지식산업사, pp.68
   ~81 참조.
4) 지금까지 3·1運動에서의 유림의 활동에 대해서는 3·1운동 계획단계에서 유
   림이 민족대표로서 연합하지 못한 부분에 집중되어 논란이 계속되고 있다. 천
   도교를 비롯한 민족대표 구성단계에서 유림측에 천도교·기독교 등 주도자들
   의 연합제의가 실질적이고도 적극적으로 행하여졌는가의 문제가 논란의 요지
   이다. 이러한 논란이 시작된 것은 金法麟이 3·1運動을 회고하는 중에 스승인
   韓龍雲으로부터 독립선언서를 발표하기 전 유림과의 연합을 위해 영남유림의
   영수인 郭鍾錫을 방문하여 일의 진행을 알리고 참여하기를 권하였으나, 그의
   회답이 너무 늦게 도착하는 바람에 서명에 참여할 수 없었다는 내용을 전하여
   들었다는 것에서 비롯되었다 (金法麟, 1946 「三一運動과 佛敎」『新天地』1-2호,
   pp.75~76). 민족대표의 연합과정에서 유림이 사전에 참가를 권유받고도 적극
   적인 의사표명을 하지않아 불참하게 되었다는 것에 대해 許善道는 유림측이
   사전에 연락을 받은 사실이 없을 뿐만 아니라 그것이 사실이라 하더라도 이미
   王政復古와는 거리가 있는 3·1獨立宣言書에 동조하기는 어려웠을 것이라는
   견해를 밝혔다 (許善道, 1969 「三·一運動과 儒敎界」『3·1운동 50주년기념 논
   문집』, pp.284~286). 이에 愼鏞廈는 김법린의 회고와 같은 맥락에서 민족대표
   의 연합과정 가운데 분명히 유림과의 연합시도가 있었음을 崔 麟 등이 金允植
   ·尹用求와 접촉한 점, 韓龍雲이 郭鍾錫으로 대표되는 지방유림과 접촉한 점
   의 두가지 사실을 근거로 주장하였다 (愼鏞廈, 1977 「3·1獨立運動 勃發의 經
   緯」『韓國近代史論』Ⅱ, 지식산업사, pp.79~81). 최근 南富熙는 許善道의 입장을
   그대로 계승하면서 민족대표측의 연락방법이 한결같이 제3자를 통한 간접의
   것이었음을 강조하였다 (南富熙, 1993 「儒林의 獨立運動 硏究」, 경북대학교 박
   사학위논문, pp.112~118).

는 뜻이 없다 하였고, 윤용구는 거절하였으며, 곽종석은 후에 회답을 하였으나 시일이 너무 늦어 참석하지 못하였으므로 민족대표에 유림이 연합하는 것은 실패로 돌아갔다.

유림은 민족대표에는 연합세력으로서 참가하지 못하였으나, 3·1운동이 일어난지 한달내에 김윤식과 곽종석이 각각의 청원서를 발표하는 것으로써 유림의 당시 입장을 표명하고 있었다.

김윤식은 한말의 대표적 지식인으로 탁월한 문장력에 힘입어 朝鮮末期·舊韓末·日帝初期에 걸쳐 外交家 내지는 文章家로 행세한 인물이었다.5) 온건개화파의 대표적인 인물로 활약하여 온 그는 1910년 한일합방과 동시에 일본으로부터 爵位와 함께 謝恩金을 받았을 뿐 아니라 日本 學士院賞을 수상하고, 經學院 大提學에 임명되는 등 친일적인 행적을 보이고 있었으며, 이로 말미암아 그가 독립불원서에 유림대표로서명하였다는 소문이 3·1운동 무렵 전국에 확산되고 있었다.6) 김윤식이 스스로 청원서를 작성하고 발표하게 되기까지에는 이러한 개인적인 행적이 배경으로 작용하였던 것이다.

한편 곽종석을 비롯한 유림들은 1910년 이전까지 의병으로 활동하였던 이들을 다수 포함하고 있었다. 국내에서 활동하던 많은 의병들이 1910년을 전후하여 대거 해외로 그 근거지를 옮겼으나, 그 이후에도

---

5) 흔히 온건개화파로 지목되는 그의 성향은 성장과정과 밀접하게 관련되어 있다. 그는 8세에 부모를 여의고 숙부 金益鼎의 집에서 성장하였는데, 그를 키운 숙모는 朴趾源의 손녀였다. 김윤식은 16세에 당대의 大碩學인 兪莘煥의 문하에 들어가 수학하였으며, 스승의 사망 이후 朴珪壽에게 전념하였다. 兪莘煥에게서 닦은 經學과 文章力, 朴珪壽에게서 배운 北學的 素養은 兩 先生의 同門에서 이루어진 人脈과 더불어 40세에 시작한 그의 관료생활이 출세가도를 달리게 하는 요인으로 작용하였다. 그러나 1884년 甲申政變을 정점으로 하여 이후의 정국에서 온건개화파로서 그는 1886에서 1907년까지 두번에 걸쳐 17년간 귀양살이를 하고 있다. 1908년 이후 畿湖學會 會長 및 興士團長을 역임하는 한편 大倧敎에 入敎하여 敎主 羅喆을 원조하기도 하였다(鄭玉子, 1989 「雲養 金允植(1835~1922) 硏究」『歷史와 人間의 對應』, 한울, pp.183~189).

6) 金正明 編, 『朝鮮獨立運動』I, pp.305~308.

국내에 남았다가 유림의 독립청원서에 참여한 이들로는 金福漢(乙未·
乙巳 洪州義兵)7)·安炳璨(乙未 洪州義兵)·金德鎭(丙午 閔宗植義兵)·
柳濬根(丙午 閔宗植義兵) 등을 찾아볼 수 있으며, 李來修는 獨立義軍府
의 總領으로 활약한 인물이다. 家門이나 同門의 관계를 통하여 살펴보
면, 宋喆洙는 庚戌年을 전후하여서 宋秉璿·宋秉珣 兄弟가 殉死한 바
있었고, 權相翊 등 一門은 安東에서 봉기하였던 義兵將 權世淵의 子姪
들이었다. 유림들은 해외로 망명한 李相龍·李承熙 등과도 교류를 지
속하고 있었다. 李相龍은 權相翊과 叔姪간이었으며, 그와 同門이었으
며 퇴계의 후손으로서 한일합방을 당하여 스스로 자결한 李晚燾의 아
들이었던 李中業은 金昌淑과 함께 유림의 독립청원서 운동을 실현하
는데 적극적으로 나섰던 인물이다.

郭鍾錫은 20대 초반에 학자로서의 명성을 크게 떨치며 心卽理說의
학문에 심취하였으나 관직에는 스스로 나가지 않았다. 1896년 居昌의
茶田으로 옮겨 살면서 미국·영국·러시아·프랑스·독일 등의 공관
에 열강의 각축과 일본의 침략을 규탄하는 글을 발송하였을 뿐 의병
에는 참가하지 않았으며, 1908년 간도로 망명한 李承熙가 망명을 제의
하였을 때도 이를 거절하였다.8)

이러한 유림들의 개별적인 행적과 관련지어 본다면 137명에 달하는
유림들은 척사의 기준이나, 독립운동에 관한 행동방침 등이 서로 일치
한다고 볼 수 만은 없었다. 특히 137명의 청원서가 영남유림과 기호유
림의 연합으로 이루어진 것이라는 점을 상기하여 볼 때 대체로 김복
한을 비롯한 기호유림이 의병으로서 활동하여온 인사들이었음에 비하
여 영남유림은 그 영수인 곽종석부터도 우선 의병의 활동을 스스로

---

7) 공주출신으로 1892년 별시 문과에 급제하여 관리가 되었으나 1894년 갑오경장
   이후 낙향하여 은거하다가, 乙未年(1895) 洪州城에서 義兵을 일으킨 이래 乙巳
   年(1905)에도 閔宗植과 다시 홍주성에서 의병을 일으켜 항쟁하다 체포되어 옥
   고를 치렀다 (許善道, 앞의 논문, pp.287~288 및 南富熙, 앞의 논문, pp.127~
   128).
8) 南富熙, 앞의 논문, p.130 참조.

거절하여 왔다는 점에서 서로 抗日의 방법론이 상이하였음이 짐작된다. 그리고 그것은 그들이 누대에 걸쳐 학파와 당론을 달리하여온 입장이라는 점에서 충분히 납득될 수 있는 것이다. 따라서 1910년 소위 「한일합병」 당시까지도 방법을 달리하여 왔던 양 계열이 불과 몇년 사이에 서로 연합하여 독립운동을 추진하게 된 것이나, 또한 1910년 무렵까지 강력하게 위정척사를 내세우며 의병활동에 전념하던 유림이 이때에 와서 세계열강 앞에 한국의 문제를 드러내 놓고 지원을 호소하게 되었다는 것 자체만으로도 커다란 변화라고 아니할 수 없다.

第 2 節 獨立請願書 作成·發表의 經緯

1. 郭鍾錫 등의 獨立請願書

1919년 2월 成泰英은 서울에서 金昌淑에게 편지를 보내어 고종의 인산일에 맞춰 국내 인사들이 거사를 일으키려 하니 바로 상경하여 참여할 것을 권유하였다. 김창숙은 親患으로 인해 바로 출발하지 못하고 28일에야 상경하여 3월 1일의 독립만세운동을 보게 되었다. 그는 선언서를 접하고 '유교의 나라에서 지금 광복운동을 선도하는 데 儒者는 한 사람도 참여하지 않았으니 부끄러운 일'9)이라 하고, 3월 2일 金丁鎬에게 손병희 등이 선언서를 발표하였다고는 하나 국제적인 운동이 있다는 말은 듣지 못하였으니 손병희 등과 서로 호응하여 파리평

---

9) 『心山遺稿』 卷5, 雜記, 벽翁 73年 回想記 上編 (국사편찬위원회 편, 1973 한국
  사료총서 제18집), ; 心山思想硏究會 編, 1981 『金昌淑』, 韓國近代思想家選集5,
  한길사, p.191.
  翁讀其書而痛哭曰 我韓卽儒敎國也 苟究亡國之原 寔以儒敎先亡 而國亦隨之矣
  今之倡光復運動也 惟三敎代表主之而所謂儒敎無一人與聞者 曰迂儒腐儒不足與有
  爲 吾人蒙此惡名恥孰甚焉.

화회의에 대표를 파견, 국제여론을 통해 우리의 독립을 인정받도록 할 것을 제의하였다.10)

  김정호의 찬동을 얻은 김창숙은 일의 주동을 유림의 宗匠이 나서서 맡아야만 전국의 유림을 움직일 수 있다고 판단하고, 居昌의 郭鍾錫을 추대하여 그의 지시를 따르기로 하고 우선 서울에 와 있던 李中業과 柳萬植에 각각 의논하여 이중업에게서는 승락을 얻었으나 유만식은 거절하였다.

  같은 날인 3월 2일 저녁 이들은 郭 奫·金 槻에게 논의된 경과를 전하고 거창의 郭鍾錫에게 이 뜻을 알려 유림대표가 파리평화회의에 보낼 글을 미리 준비하도록 부탁하였으며, 郭·金 兩人은 이튿날 거창으로 떠났다.

  3월 3일 김창숙·이중업·김정호·성태영·柳濬根·兪鎭泰 등은 성태영의 집에서 회합을 갖고, 각 지방에 연락하기 위하여 각기 담당지역을 정하였다.

> 김창숙 : 경상남북도
> 이중업 : 강원도, 충청북도
> 김정호 : 충청남북도
> 성태영 : 경기도, 황해도
> 유준근 : 전라남북도
> 윤중수 : 함경남북도
> 유진태 : 평안남북도

---

10) 『心山遺稿』, p.309 ; 『김창숙』, p.192.
  翁曰今儒敎人之集于京中者 殆數十萬人 吾與子極圖所以 團結可乎 苟能團結何憂乎 儒敎之不振也 今孫秉熙等卽發宣言鼓吹國人 而但未開國際運動之機關 與孫秉熙等 互相呼應 派遣代表於巴里平和會 訴請於列國代表 使之恢張公議 認我獨立 則吾等儒林 不愧爲光復運動之先驅矣.

　　이들은 이튿날 모두 출발하였다가 3월 15일경 다시 서울에서 회합을 가지기로 하고 각각의 담당지역으로 흩어졌다.　김창숙은 경상남북도의 각 인사들에게 연락을 돌리는 외에[11] 거창에 있던 곽종석을 만나 파리평화회의에 보낼 청원서를 전해 받았다. 곽종석은 晦堂 張錫英에게 청원서를 작성하도록 하였으나, 장석영의 초고가 사실면에 있어 자세치 못하다고 판단하고 이를 수정하여 김창숙에게 건네주었다. 김창숙은 곽종석의 수정본에 대하여 몇 군데 이의를 제기하여 다시 곽종석으로부터 수정을 받아 완성하였다.

　　곽종석은 청원서의 완성과 함께 파리에 갈 유림의 대표로 김창숙을 지목하고, 파리에 가기 위해 상해를 경유할 때 이승만·이상룡·안창호 등과 상의할 것과 파리에서 돌아오는 길에 중국에 머물게 되면 중국혁명당 요인과 친교하여 지원받을 것을 당부하였다.[12]

　　서울로 돌아온 김창숙은 이중업·성태영·유진태·유준근 등 각지에서 돌아온 이들과 합류하였다. 전라남북도를 돌고 온 유준근은 곽종석과 함께 유림의 대표적 인물로 거론되었던 田 愚가 유림대표의 파리청원서 제출에 끝까지 반대하였다는 소식을 전하였다. 이들은 여비와 외교문서를 직접 휴대하는 것이 불편하다 하여 중국상점인 東順泰의 서울 본점 점원에게 부탁하여 비밀리에 奉天分店으로 보냈다.[13]

---

11)　이때 김창숙의 여정은 다음과 같다 (『心山遺稿』, pp.310~311 ; 『김창숙』, pp.193~197). 경북 順興(金敎林) → 石灘(金東鎭) → 安東 海底(바래미:金昌根·昌洵·昌道·金漢植·뇌植·金鴻基) → 酉谷(닭실:權相元) → 왜관(李潤) → 大浦(한개:李基元) → 本第 → 居昌 茶田(郭鍾錫) → 岩浦(張錫英) → 茶田(郭鍾錫) → 서울

12)　『心山遺稿』, p.312 ; 『김창숙』, pp.195~197.
　　是日　從容謂翁曰　赴巴里代表非君實難其人　而事勢多有難强者　雖其已決於行初程亦恐的碍　已屬李鉉德副之　爲其曾有中國往來　故也關於旅費等節　當由儒林全體負責　君可勿慮也　今行　必由北京上海等地　而赴巴里　君於海外事情　不無生疎　順與在外先驅者　如李承晩 李相龍 安昌浩 諸人　隱事互商可也　君於巴里歸路若欲留在中國而活動　則必與中國革命黨要人相携　可以得其聲援　與吾舊相識之雲南人李文治　是中國國民黨中有文學重望者　君必與此人相携　求其聲援可也.

  곽종석을 비롯한 이들 영남유림이 기호유림과 연합하게 되는 것은
청원서를 이미 국외로 보낸 이후의 일이었다. 유진태와 李得年이 김창
숙을 찾아와 湖西 사람 林錫厚가 畿湖儒林의 영수인 金福漢 이하 17
명의 연명으로 파리강화회의에 보낼 문서를 가지고 상경하여 수일내
로 출발할 것임을 알렸다.14) 그날 저녁 이득년의 집에서 유진태·성태
영·임석후·김창숙이 회합하여 같은 일을 하는 이상 유림이 각각 활
동을 벌이는 것은 바람직하지 않다는 점에 견해를 같이하여 두 가지
문서 중에서 곽종석의 청원서를 쓰기로 하고, 서명자 명단은 양측의
것을 합하기로 하였다.15) 이러한 영남·기호유림의 연합은 각 유림의
파리파견대표였던 김창숙과 임석후가 全權을 위임받은 대표의 자격으
로써 추진한 것이었다. 양측의 명단은 합쳐서 137명에 이르게 되었으
며, 파리에 파견할 대표는 임석후가 국내에 남아 국내외의 聯通을 담
당할 것을 자처하여 김창숙이 단독으로 3월 23일 출발하게 되었다. 그
는 봉천에서 여비와 청원서를 찾은 후 李東寧·李始榮·曺成煥·金奎
植·李東輝 등이 상해에 집결하여 있다는 소식을 듣고 3월 27일 상해
에 도착하였다. 상해에서 이시영·조성환·申采浩·趙琬九·申奎植 등
을 만나 김규식이 민족대표로써 파리강화회의에 참석하기 위하여 이
미 7,8일전 상해를 출발하였다는 소식을 듣고 매일 이동녕 등 여러 인
사를 만나 거사의 진행을 의논하였다. 그 결과 김창숙은 자신이 직접

---

13) 『心山遺稿』, p.313 ; 『김창숙』, pp.197~198.
   『심산유고』에 의하면 김창숙은 3월 2~3일의 회합이후 경상남북도 각지를
   다닐 때 이미 일경의 집요한 추적을 받고 있었다. 따라서 여비와 청원서를
   먼저 국외로 반출하려 하였을 것이다.
14) 『心山遺稿』, p.313 ; 『김창숙』, p.198.
   一日 白隱與毅堂李得年同來 謂翁曰義理者 天下之公 可見不謀而同 今有湖西
   人林敬鎬錫厚者携畿湖儒林領袖志山金福漢先生以下十七人聯署之抵巴里講和會
   書入京 方不'日治發 與子伴行豈 非機事之偶者耶.
15) 『心山遺稿』, p.314 ; 『김창숙』, pp.198~199.
   咸曰免宇先生所著 極其該明 無容更評 …… 翁曰書用免翁所著 名單則合而一之

파리까지 가기보다는 곽종석의 청원서를 영문으로 번역·인쇄하여 파리강화회의에 우편으로 발송하는 외에 각국 외교관 및 중국의 정계요인과 해외동포가 거주하고 있는 각지에 배포하고, 자신은 한학적 소양을 바탕으로 중국에 대한 외교를 담당하고자 중국에 남기로 하였다.16)

2. 金允植·李容稙의 獨立請願書

金允植·李容稙은 구한말의 관료로서 한말의 정계에 지대한 비중을 지닌 인물들로서 합방후 각기 친일귀족으로서, 고위관료로서의 지위를 지니고 있었다. 김윤식은 1919년 2월 9일경 최남선으로부터 3·1독립선언서에 서명자로서 참가할 것을 권유받았으나17) 자신은 독립의 선언에는 반대하며 도리어 請願書를 제출해야 할 것으로 생각한다 하여 거절하고, 대신 儒敎를 확장한다는 명분하에 3·1독립선언서에는 儒林에서 날인하게 할 것을 요구하였다.18) 3·1운동의 계획단계에서 고위관료로써 민족대표 추대가 거론되었던 김윤식이었으나, 망국 이후 일

---

16) 『心山遺稿』, p.315 ; 『김창숙』, pp.200~201.
　　翁乃遍告於在上海諸同人 停罷巴里之行 遂以免翁所撰抵巴里書 譯以西文 俱付印刷 由上海郵筒直投於巴里和會 又轉敎於各國大公使領使館及中國各政界要因并散布於海外各港市同胞所在之處.
　　한편, 南富熙는 김창숙이 상해에 도착한 직후 상해의 비밀결사조직인 朝鮮國權恢復團 中央總部와 연결되었다고 하였다. 즉, 조선국권회복단 중앙총부도 4월 상순경 단원인 曹肯燮이 집필한 독립청원서를 파리강화회의에 보내기로 하였다가 영남 유림의 장석영에게 단원 禹夏敎를 파견하여 청원서의 사용을 요청하여 허락을 받았다. 金應燮은 이를 英文으로 번역하여 南亨祐와 함께 상해로 가 김창숙을 만났으며, 이후 김창숙은 파리행을 포기하였다는 것이다. 그리고 이러한 연계는 유교계의 세력기반이 넓어지고 있었다는 점, 3·1운동의 참가를 해외로 확대시키고 있었다는 점을 의미하며, 제2차 유림단의거는 여기에서 기인하는 것이라고 평가하였다 (南富熙, 앞의 논문, pp.125~127).
17) 『續陰晴史』下 己未年 1~2月條 (국사편찬위원회 편, 1960 한국사료총서 제11집), pp.483~488 참조.
18) 愛國同志援護會 編, 1956 『韓國獨立運動史』, p.96.

본이 恩賞으로 베푼 子爵의 敍勳과 5만원의 위로금을 받은데다 1915
년 4월에는 日本 學士院의 일원으로 가입, 자신의 문집인『雲養集』으
로 學士院賞을 수상하고, 다음 해인 1916년 7월 朴齊純의 후임으로 經
學院 大提學에 지명되었다.[19] 거기다가 3·1운동 무렵 그가 독립불원
서에 유림대표로 서명하였다는 소문이 유포되어 그의 親日行蹟을 둘
러싸고 의견이 분분하였다. 이러한 사정은 이용직의 경우도 크게 다르
지 않았을 것이다. 이용직은 합방 이후 중추원 고문, 경학원 부제학
등을 역임하고 있어 친일관료로 인식되고 있었다.

　이 두사람이 청원서를 제출하게 된 배경은 두가지로 볼 수 있다. 첫
째, 김윤식이 독립불원서에 서명하였다는 소문이 유포되었던 점이다.
김윤식은 이러한 소문이 퍼지게 되어 독립청원을 통해 자신의 견해와
소문이 낭설임을 밝히려 했음을 스스로 언급한 바 있다.[20] 즉 김윤식
이나 이용직 모두 구한말의 관료로서 합방 이후 관료로서의 지위를
유지함으로써 소극적인 친일파로 매도되었고, 이러한 여론의 지탄에
대해 자신들의 입장을 표명하고자 하였던 것이 이들 독립청원서의 일
차적인 계기가 되었다고 생각된다.[21]

　둘째로는 3·1운동에 대한 일제의 무자비한 탄압이다. 3·1독립신인
서에의 참가권유를 거절하였던 것이 독립선언 자체를 부정하였던 것

---

19) 鄭玉子, 1989「雲養 金允植(1835~1922)硏究」, 앞의 책, pp.189~190.
20)『續陰晴史』下 己未年 6月 7日條, p.499.
　　又於近日 有獨立不願書之傳布者 以余爲儒林代表 捺章之說 此又全無根據 而
　　萬口傳播 登於國民布告書中 …… 無證無據 百口難明 遂決計以 獨立請願
21) 이용직의 예심조서에 의하면 "흉설이 전국에 퍼져 그 일에 김윤식 이름도 들
　　어 있으나 물론 낭설에 불과하므로 자연 소멸됨은 명백하나 김윤식은 연로하
　　므로 그의 생전에는 그런 시기가 오지 않으니 자기 심정을 13도에 공표하기
　　위하여 청원서를 제출하기로 하였다"고 한다 (「大正 8년 7월 11일 경성지방
　　법원에서의 金允植 등 判決文」『독립운동사자료집』5, p.213). 이 기록 역시 자
　　신의 입장을 밝히려는데 많은 비중을 두고 있었음을 시사한다. 그리고 같은
　　판결문의 「김윤식 조서」에 의하면 김윤식은 한일합병에 반대한다는 입장을
　　분명히 하고 있다 (위의 판결문, p.212).

은 아니었다. 백성들이 3·1운동을 당하여 죽을 지경에 빠져 있으니 이를 동정하며 살 것이 아니라 차라리 백성들과 같이 죽을 각오로 해 보는데까지 독립운동을 하겠다는 것이 김윤식의 입장이었다.22)

김윤식은 3·1운동에 참가한 한국인들을 일제가 무자비하게 탄압하는 것에 분개하여 1919년 3월 20일경 서울 鳳翼洞 11번지의 자택에서 청원서 초고를 작성하고, 22일경 이용직에게 제시하며 청원의 뜻을 밝혀 이용직으로부터 찬성을 얻었다.23) 24일 김윤식은 손자인 金麒壽에게 청원서 초고를 건네주고 정서하도록 하였다. 25일 3통을 정서하여 김윤식에 보이고 이용직의 자택으로 가서 그에게 날인을 받았다. 이들은 조선총독과 일본 총리대신에게 청원서를 각각 우송하는 외에 신문사에 배포하기로 하였다. 25일 김윤식은 李建台에게 청원서 5통을 일본으로 가지고 가서 日本 內閣 總理大臣 原敬과 東京 朝日新聞社·時事新報社·報知新聞社·大阪 每日新聞社에 우송하도록 하였으며, 동경에서 청원서의 사본을 가능한 대로 작성하여 다른 신문사들에도 우송하기로 하였다. 26일 청원서를 휴대하고 서울을 출발, 부산에 도착한 이건태는 일경의 감시가 엄중하여 청원서를 지니고 일본으로 건너가는 것이 위험하다고 판단하여, 27일 부산에서 청원서 5통을 원래 목적하였던 수신인 앞으로 발송하였다.24) 한편 서울에서는 27일 김윤식의 지시를 받아 김기수가 조선총독 長谷川好道와 경성일보사·매일신보사에 우편으로 청원서를 발송하였다.25)

---

22) 위의 판결문, p.212.
23) 위의 판결문, p.211.
24) 위의 판결문, pp.210~211.
　　부산에서 발송한 청원서는 30일 각 수신인들에 도착하였다 (위의 판결문, p.211).
25) 위의 판결문, p.214.
　　종래의 연구에서는 金允植의 『續陰晴史』를 유일한 자료로 삼고, 『續陰晴史』에 3월 28일 이전까지 청원서에 대한 아무런 언급도 없다가 3월 28일의 기록에, "余與剛庵李台相議 遺書于總督府及日本政府 爲言民情可矜 非說論威力可制 宜

그외에 김윤식와 이용직은 각각 자택에서 김기수·金裕問과 李忠珪를 시켜 등본을 수십 장씩 작성하여 청원서의 작성을 알고 찾아오는 사람들에게 나누어 주었다.26)

第 3 節 獨立請願書의 內容

1. 郭鍾錫 等의 獨立請願書

郭鍾錫 等의 獨立請願書는 原本과 發送本의 두 가지가 남아있다.27) 발송본은 1,422字의 漢文本으로서 작성과정에는 張錫英·郭鍾錫·金昌淑 등이 여러 차례의 수정과정을 거쳤음은 앞절에서 언급하였다.

청원서의 내용은 네 부분으로 나누어 살펴볼 수 있다.

첫째, 일본의 한국침략사실을 폭로하고, 한국의 정당한 독립의 권리를 주장하는 부분이다.28) 청원서는 서두를 천지만물의 이치로 시작하여, 강국이 약소국을 강권으로 합병하고 그 위세를 함부로 떨치는 때

順時宜 認我獨立云云 此是日本最大忌惡之語 固知禍必及身 而不暇恤也"라 하였음을 근거로 하여 김윤식 등의 청원서가 3월 28일 제출되었다고 하여 왔으나 (許善道, 앞의 논문, p.299 및 南富熙, 1984 「儒敎界의 巴里長書事件과 3·1運動」『한국의 철학』12, p.112 참조), 여기서는 김윤식 등의 판결문자료를 인용하여 3월 27일까지 각각 우편으로 발송되었다고 하였음은 본문에서 언급한 바이다. 따라서 김윤식 등이 일경에 의해 체포된 것이 3월 28일 경이었으리라고 추정된다.

26) 위의 판결문, pp.211·213~215·216 참조.
27) 원본은 免宇先生年譜 初刊本 卷6 己未年 2月條에, 발송본은 朴殷植,『韓國獨立運動之血史』(1946, 서울신문사 출판국, pp.143~144)에 순한문 그대로 실려 있다. 그외에 金秉祚,『獨立運動史略』(1974, 아세아문화사, pp.103~106)에는 순한문의 발송본에 한글로 토만 달아 국한문의 형식으로 기록하였다. 여기서는 발송본을 위주로 하여 내용을 살펴보기로 하였다.
28) 請願書 (金秉祚,『韓國獨立運動史略』, pp.103~104) 1~18행.

를 만났으니 피를 뿌리며 마음을 말하고, 고개를 들어 부르짖는 것은 뼈저리게 박절하여 용납되지 않는 자기의 뜻을 밝히고자 함이라는 것이다. 이어 한국은 天下萬邦의 하나로 3천리 강토에 2천만의 인구, 4천여 년의 역사를 유지하고 보전하여 반도문명국임을 잃어본 적이 없는데, 불행히도 근자에 와서 안으로 賊臣이 서로 싸우고 강한 이웃나라가 밖에서 틈을 엿보아 무력을 믿고 꾀가 간악한 자를 끼고, 임금을 협박하고 백성을 쇠사슬로 옭아 강제로 조약을 맺었다는 것이다. 덧붙여 일본이 4209년 丙子(1876)의 江華島 條約, 4228年 乙未(1895) 馬關條約, 4236年 癸卯(1903) 露日戰爭을 통하여 전세계에 한국의 독립을 보장한다 하였으나 끝내 한국을 합병함에 이르러서는 한국민이 진정으로 원하는 바라 하여 萬國의 公議를 모면하고자 하였으니 한국에 대하여는 公議를 해친 것이요, 만국에 대하여는 신의를 잃은 것이라고 지적하였다.

청원서에서 한국이 정당한 독립국이었으며, 또한 이후에도 독립할 자격이 충분함을 보여주는 근거로서 한국이 가진 강토와 인구, 역사에 대하여 언급한 것은 대한국민의회선언서나, 노인단선언서, 대한독립선언서 등과 마찬가지이다. 특히 노인단선언서와 이 청원서는 그중에서도 우리나라가 문명국이었다는 사실을 강조하여 일제가 한국을 멸절하려 하여도 성공할 수 없다고 하였다.

또한 일본이 한국의 독립을 보장한다는 미명하에 독립→보호→병합이라는 점진적인 침략의 과정을 밟아 왔음을 강화도조약의 늑결에서부터 노일전쟁에 이르기까지 사건별로 설명한 것 역시 이미 언급한 다른 선언서들과 크게 다르지 않은 부분이다. 다만 다른 선언서들에서 이러한 일본 침략이 사기성으로 점철되어 있다는 점을 강조한 데 비하여, 청원서는 일본이 무력으로 한국을 병합하였다는 점과 함께 한국 내부에서 賊臣이 싸우고, 그들을 도왔다고 함으로써 한국관료들의 부패와 무능에 대한 자기반성을 겸하고 있다.

둘째 부분은 3·1운동에서 나타난 한국인의 독립의지를 알리고, 당시의 국제정세와 파리평화회의에 기대를 걸고 있음을 나타내는 부분이다.29)

한국인들이 赤手空拳으로 분기하여도 독립이 어려운 일임은 잘 알고 있으나 지난 10년 동안 독립의 희망을 가지고 온갖 어려움을 이겨내 왔다. 드디어 파리평화회의 개회의 소식과 폴란드 등의 독립소식을 듣고 勇躍激憤하여 한국에도 기회가 올 것을 기다리고 있다가 이번에 국상을 당하자 일제의 殺戮에도 주저하지 않고 크게 분기하였음을 밝혔다. 그러나 이제 시간이 지나도 어떠한 계기가 없으니 스스로 의심되고 탄식할 뿐이라는 것이다.

제1차 세계대전의 종결이후의 국제정세에 대한 인식을 나타내는 부분은 다른 선언서에 비하여 소략하다. 대전의 종결 이후 파리평화회의의 개최와 폴란드 등의 독립을 들어 한국도 세계만방의 하나인데 그 독립은 당연한 것이라고 기대를 하였다는 서술은 아직 유림이 파리평화회의의 본질을 이해하고 있지 못하였던 것으로 생각된다.

세째 부분은 파리평화회의에 한국의 독립을 주장하는 부분이다.30)

하늘이 만물을 낼 때 반드시 각자 자유로 활동할 능력을 주었으니, 하물며 우리나라가 약소국이라 하더라도 3천리의 강토와 2천만의 인구가 4천여 년의 역사를 지내온 만큼 우리의 독립을 감당할 수 없다고 할 수 없을 것이다. 더구나 각국의 풍속이 같지 않은데, 일본이 우리더러 독립할 수 없다 하며 일본방식대로 한국을 통치하려 함은 옳지 않은 것이다. 지금 일본의 위협에 일시 압박을 당하고는 있으나 일본의 통치가 한국에 적용될 수 없는 이상 천만년을 갈지라도 한국의 민족임을 포기할 수는 없다. 일본은 국제의 公議마저 압박하려 하나 이는 일본을 위해서도 得策이 아닌 것이라는 내용이다.

---

29) 請願書 (위의 책, pp.104~105) 18~30행.
30) 請願書 (위의 책, p.105) 30~40행.

　　이 부분은 앞에서 언급하였던 내용과 중복되기는 하지만, 서두에서부터 둘째 부분까지의 내용을 명쾌하게 정리하여 재구성한 것이다. 따라서 내용면에서 보자면 파리평화회의에 제출하는 청원서의 요지에 해당한다고 할 수 있으므로, 전체의 문장 가운데 가장 핵심이 되는 부분이라 할 것이다.

　　마지막으로는 파리평화회의에서 한국의 문제가 거론되어지기를 바란다는 내용으로 청원서를 마무리짓는 부분이다.[31]

　　이 부분은 내용면으로는 세째 부분에 이어져, 나라없이 사는 것 보다는 나라가 있고 죽음만 못하다는 결연한 독립의 의지를 표명하면서 한국의 사정을 제대로 전달할 수 있을 것인지 우려하고 있다.

　　전체적으로 「독립청원서」는 이전까지의 다른 선언서들에 비하여 내용구성은 단순하게 이루어져 있다고 할 수 있다. 일본이 한국을 병합하기까지의 과정이나, 한국이 독립국으로서의 운영능력을 갖추고 있다는 점에 대한 사실설명은 그렇다고 하더라도, 특히 3·1운동의 열기가 아직 식지 않은 시점에서 나온 청원서라면 구체적인 사례들을 열거하였을 만도 한데, 3·1운동에 대한 서술은 고작

　　　"國葬의 날에 各敎各社와 個人男女가 獨立을 부르짖으며 우리 임금의 靈을 奉慰하였으니, 비록 속박과 매질과 殺戮이 앞에 닥쳐 있을지라도 맨손으로 앞을 다투어 死地에 나아가 躊躇하지 아니하니, 이것으로 원망스럽고 억울한 슬픔이 오래도록 쌓였다가 한꺼번에 쏟아짐을 볼 것이다."[32]

---

31) 請願書 (위의 책, pp.105~106) 40~51행.
32) 위의 책, p.104.
　　乃於國葬之日에　各敎各社個人男女猶唱獨立之聲하야　奉慰吾君之靈할새　雖捕縛鞭戮이　交加於前이라도　徒手爭先하야　就死而不悔하니　此可見窒鬱之衷이 積久必洩而抑……

라 한 것이 전부였다. 앞절에서 언급한 바와 같이 현실에 대한 설명이
부족하다 하여 김창숙이 장석영이나 곽종석에게 몇번에 걸쳐 수정을
제의하여 다듬었다고는 하지만, 현상적인 면보다는 이치적인 면에 서
술의 비중을 두고 있음을 알 수 있다. 이것은 철저하게 유학교육을 받
은 유림들로서 가지게 되는 당연한 한계일 수도 있다. 그러나 다음의
특징은 이들 유림들이 독립이라는 대명제 아래 유교의 기본적인 한계
를 얼마만큼 극복하려 하였는가를 보여준다. 즉 청원서를 통하여 이들
은 西洋=夷狄이라고 하는 종래의 斥邪思想에서 탈피하여 파리평화회
의를 주도하는 각국을 '大明大化' '大仁武'에 비유하여 높이 평가하고
있을 뿐만 아니라33), 파리평화회의가 한국의 독립에 커다란 영향력을
행사할 수 있을 것으로 기대하고 있다. 夷狄이라 하였던 서양 각국을
정당한 외교의 대상으로 간주하고, 각국 대표들에게 외교적인 노력을
기울이고 있는 것이야말로 위정척사사상을 그대로 계승하고 있던 유
림들에게는 일대 전환이라 할 수 있었다.

2. 金允植·李容稙의 獨立請願書

金允植의 청원서는 순한문34)으로 작성되는 외에 국문으로도 번역하

---

33) 金福漢은 영남유림과의 연합에 대하여 흔쾌히 승락하였던 것으로 보인다. 그
것은 연합을 통해 서명자 명단을 통합하는 데 있어 자신은 명단의 137명의
가장 마지막에 들어가도 좋다고 하였던 데서도 미루어 알 수 있다 (發書後
有言參 名先後者 先生曰 只盡在我之誠 豈爭名先後 雖最末固所甘心也 ; 『志山
集』卷5 年譜 己未年 3月條). 그러나 영남유림의 청원서 가운데 파리평화회
의에 참가하는 각국을 '大明大化' '大仁武' 등으로 지칭한 것에 대해서는 강
한 불만을 표시하고 있었다 (金志山福漢 於送書後 始得見原文 歎賞不已 而以
其中 大明大化大仁武等語 下得太重 非所施於今日夷狄之雄者 爲病 ; 金 榥,
『記巴里塑書事』, 許善道, 앞의 논문, p.292에서 재인용).
34) 순한문본은 金允植의 『續陰晴史』에 수록되어 있는 것(『續陰晴史』下, pp.607~
608)과 朴殷植의 『韓國獨立運動之血史』(pp.145~146)에 수록되어 있는 것이
서로 차이가 있다. 715字의 전자와 877字의 후자 가운데 각지에 발송한 것은

였으나 국문본은 일반에 공개되지 않았다.35)

청원서는 크게 네 부분으로 나누어 볼 수 있다.

첫째 부분은 3·1運動이 현재와 같이 거국적으로 확산되고 있는 것은 근본적으로 병합 이후 10년간에 그 원인이 있다고 하는 내용이다.36)

청원서의 서두는 어떠한 법이든지 실제로 활용할 수 있을 때만 가히 좋은 법칙이라 할 것이며, 어떠한 정치든지 민간에 평화를 유지할 때만 좋은 행정이라 할 것이라 하고 있다. 이어 일본이 한국을 병합한지 10년간 행정을 개량한 것도 약간은 있을 것이나 결과적으로는 한국민에게 평화를 준 것은 결코 아니므로 이제 독립을 위해 만세시위운동이 시작된 것이며, 그런 까닭에 만세운동은 시작되자마자 전국으로 확산되어 匹婦小兒까지 만세를 외치고 있다는 것이다.

둘째 부분에서는 3·1運動을 무력으로 진압하고 있는 일제를 비난하고 있다.37)

當局(日帝:필자)이 독립운동을 진압하는 데는 高壓的이거나 融和的인 상반된 방법이 있을 것이라 하고, 그 중 혹독한 수단을 써서 진압한다면 獨立黨에게 惡憾만 불러일으켜 인원을 늘어나게만 할 뿐 그들을 모두 죽일 수는 없다 하였다. 獨立黨이 원하는 바는 자신들의 권리를 도로 찾고 노예의 상태에서 벗어나고자 하는 것이나, 저들의 병기는 오로지 空拳과 寸舌 뿐이며, 暴行의 注意는 없다는 것이다. 그럼에도 일제는 한국인들을 혹독하게 다루어 감옥마다 사람이 넘치고, 비인

후자이다. 이외에도 발송본은 金秉祚, 『韓國獨立運動史略』, pp.100~102에 수록되어 있다. 여기에는 역시 곽종석 등의 독립청원서와 마찬가지로 순한문본에 토만 다는 형식의 국한문체제로 실려있다.

35) 金裕問의 예심조서에 의하면, 그는 3월 25, 6일경 부인에게 보여주기 위하여 독립청원서를 국문으로 번역하였으나 아직 남에게 보이지는 않았다고 하였다 (「金允植 等의 判決文」, 앞의 책, pp.214~215).

36) 請願書 (金秉祚, 앞의 책, p.100) 1~11행.

37) 請願書 (앞의 책, pp.100~101) 11~25행.

도적인 惡刑을 가하고, 會衆에 무차별적인 사격을 가하여 길에 시체가
산을 이루니 일제가 그 근본적인 원인을 이해하기 전에는 해결될 수
없는 문제라고 하였다.

　세째는 김윤식·이용직 두사람의 개인적인 심경을 토로한 부분이
다.[38]

　'爾의 奴隸 金允植·李容稙'[39]은 不運하였을 뿐 아니라 나이가 많아
처세에 기민하지 못하여 合倂 때에 일본의 爵位를 받아 수치스럽게
되었으나 오늘 날 죄없는 자녀들이 고통받는 것을 보고 침묵하기 어
려워 대한독립을 위하여 침실에서 만세를 불렀다는 것이다. 덧붙여 우
리의 계급이 下位이므로 채용의 가치가 없을지라도 總督은 우리의 청
원을 '天皇陛下'[40]에 알리고, 內閣에 협의케 하여달라고 하였다.

　마지막 부분은 일본에 한국의 독립을 승인할 것을 촉구하는 내용이
다.[41]

　지금의 독립문제는 勸告나 命令으로 해결할 것도 아니요, 兵力으로
도 할 수 없다 하고, 오로지 일본이 한국의 독립을 공식으로 승인하여
세계에 알리고, 각 조약 체결국에 통지하는 것만이 방법이라 하였다.

　전체적으로 볼 때 김윤식의 독립청원서는 일제가 당시 한국을 통치
하고 있는 주체라는 전제하에 작성되어 있다. 예를 들어 첫째 부분에
서 병합 이후 10년간의 정치가 잘 이루어지지 못하여 독립운동의 한
원인이 되었다는 것이나, 둘째 부분에서 일제에 대하여 '當局'이라는
표현을 쓰고 있는 점, 세째 부분에서 '우리의 계급이 下位'라거나 '天
皇陛下끠 上奏하야 內閣에 協議케 하시옵소서'[42]라 하고 있는 점, 네
째 부분에서도 한국의 독립은 오직 일본의 공식승인만이 방법이라 한

---

38) 請願書 (앞의 책, pp.101~102) 26~33행.
39) 請願書 (앞의 책, p.101) 28행.
40) 請願書 (앞의 책, p.102) 32행.
41) 請願書 (앞의 책, p.102) 33~41행.
42) 請願書 (앞의 책, p.102) 32~33행.

점 등이 그것이다. 특히 '當局'이나 '天皇陛下' 등의 표현은 다른 선언서들에서는 찾아볼 수 없는 것이지만, 김윤식이나 이용직이 합병 이후에도 관직을 가지고 있었던 점과 관련하여 더구나 청원의 대상을 일본으로 정하고 있는 이상 필연적으로 가질 수 밖에 없는 한계였다고 생각된다.

청원서 자체의 내용은 세가지로 요약할 수 있다. 즉 일본에 한국의 독립을 요구하고, 3·1운동으로 인한 한국인에 대한 무자비한 탄압의 중지를 호소하는데 중점을 두는 외에 자신들의 입장을 밝히고자 하였던 것으로 보인다. 그리고 이는 김윤식·이용직의 판결문 가운데 조서의 내용을 통하여 확인한 내용과 일치한다. 합병 때에 일본으로부터 작위를 받은 것을 수치스럽게 여기며, 이로 인하여 惡刑을 받게 될 줄 짐작하나 죽음을 두려워하지 않는다는 청원서 끝부분을 통하여 최고의 권위와 지성을 갖춘 구한국의 관료로서의 갈등을 엿볼 수 있다.

곽종석의 독립청원서가 유림전체의 참여를 유도하면서 국제사회에 한국의 문제를 확대하려는 의지를 보인 것이었다면, 김윤식의 독립청원서는 일제의 통치를 부분적으로 긍정하는 한계를 가진 채 한국과 일본의 당사국간에 문제를 해결할 수 있다고 하는 인식을 보여주고 있다. 이와 관련하여 후자는 한국의 독립은 단지 일본이 국제사회에 한국이 독립국임을 승인하는 것으로 가능하다고 하여 청원서를 일본 총독과 총리대신 앞으로 작성한 것이다.

문장의 구성은 유림의 청원서가 문장에 치중한 나머지 한국의 현실을 전달한다는 점에서는 다소 무리가 보이는 반면, 김윤식의 청원서는 3·1독립운동이나 자신의 입장표명 등에 있어서 상당히 현실적인 표현을 구사하고 있어 논지 전달의 측면에 비중을 두었던 것으로 생각된다. 그리고 이러한 차이는 역시 학풍의 차이로부터 기인하는 것이었다.

청원서에 나타난 유림은 이제 한국을 세계 가운데 하나의 국가로 인식하며, 오로지 일본을 제외하고는 각국을 한국의 독립과 관련하여 우호적인 관계로 이끌고자 하였다. 이는 유림에 있어서 세계관의 변화였으며, 이후 유림의 인식변화를 일구어내는 시초가 되는 것이었다.

第 5 章　朝鮮獨立宣言書와 大韓國民議會

　1910년대의 獨立運動은 전반적으로 국제정세를 반영하여 한국의 독
립에 유리하게 이용하고자 하는 의도를 전제로 하고 있다. 1910년 聲
明會宣言이 중국을 비롯하여 세계강대국으로 부상한 미국에 한국독립
의 정당함과 지원을 역설한 것은 국제사회에서 한국문제에 대한 여론
을 환기시키기 위한 노력의 일환이었으며, 이것은 이후의 獨立運動에
큰 영향을 주었다.

　1910년대는 세계적으로 제1차 세계대전의 발발과 러시아혁명의 영
향으로 크게 격동하던 때였으므로 獨立運動도 직간접으로 많은 변화
가 불가피하였다. 특히 러시아혁명의 여파는 무단통치의 탄압을 피하
여 露領 沿海州지역으로 집결한 獨立運動家들의 활동에 직결되는 것
이었다.

第 1 節 大韓國民議會 성립 이전의 露領 韓人社會

1. 露領 韓人社會의 特徵

露領 韓人社會는 1920년 초반까지는 20만을 헤아리는 거대한 규모로 확대되었다.[1] 이러한 韓人社會의 규모는 露領地域이 美洲·間島地域과 함께 1910년대 전반에 걸쳐 유력한 國外獨立運動基地로서 기능하게 하는 요인이 되었다.

그러나 露領의 韓人社會는 러시아 당국의 적극적이고도 직접적인 對韓人政策과 러시아내부의 변화에서 기인하는 독특한 발전과정을 겪

---

1) 露領地域의 韓人들은 대개 沿海州지역에 집중되어 있었으나, 수적인 통계는 자료마다 상이하여서 정확한 수치를 알기 어려운 형편이다. 1910년을 전후한 기록만도 4, 5만에서 50만 이상까지 다양하게 나타나고 있을 뿐 아니라 (高承濟, 1973『韓國移民史研究』, 章文閣, p.58 <4, 5만> ; 주요한, 1964『秋汀 李甲』, 大成文化社, p.56 <50만>), 1920년을 전후한 기록에서도 20만에서 100만까지 많은 차이를 보이고 있다 (「鮮人ノ行動ニ關スル件」 姜德相, 『現代史資料』27, p.266 <20만> ; 朴殷植, 『韓國獨立運動之血史』下編, (1975, 『朴殷植全書』上, 단국대학교 출판부), p.560 <수백만> ;『獨立新聞』 1919년 9월 25일자 李東輝談 <50~100만> ;『東亞日報』 1920년 4월 13일자 <5~6만>).
일제의 조선총독부조사통계는 1921년말 현재 러시아령 한인 이주민수를 약 15만명으로 잡고 있었으며(朝鮮總督府內務局社會課編, 1923『滿洲及西比利亞地方に於ける朝鮮人事情』, 京城, p.11), 한편 이무렵 한인들의 기록에는 30만 이상으로 기술하는 경우가 많았다.
그간의 연구에서는 1910년을 전후한 시기에 20만이었다고 보는 견해 (尹炳奭, 1993「러시아 沿海州에서 韓國民族運動의 動向」『韓國獨立運動史研究』, pp.472~473)와 1920년을 전후한 시기에 20만이었다고 보는 견해 (潘炳律, 1987「大韓國民議會의 성립과 조직」『韓國學報』46, 일지사, p.123)가 있다.
그 외에 W.콜라르즈는 러시아령 극동의 완충지대에 거주하는 한인의 수가 30만에 달하였으며 러시아 공식기록에 따르면 1927년 한인의 수는 17만명, 비공식적으로는 적어도 25만명으로 추산하였다.
이러한 점들을 고려하여 본다면 1910년을 전후한 시기에 露領 韓人社會는 20만 정도의 규모가 아니었을까 추정하였다.

게 되었다. 따라서 노령에 거주하고 있던 한인들은 중국이나 미국의 한인사회에서 찾아볼 수 없는 특유한 정서를 가지게 되었으며, 이것이 후에 臨時政府와의 갈등을 거쳐 바로 共産運動圈에 편입되는 요인으로 작용하게 되었다.

露領의 韓人들은 歸化與否에 따라 社會·經濟的 地位에 현격한 차이를 보이고 있었다. 이러한 차이는 러시아의 극동경략과 관련한 러시아당국의 이민정책에서 비롯된 것이었다. 1860년 북경조약에 따라 극동 및 시베리아를 확보한 러시아는 이 지역을 개척하기 위하여 1861년 3월 26일 이민법을 공표하고 한인이주자에 대하여 보호정책을 실시하였다.[2]

조선인이 처음으로 극동 러시아령에 이주한 것은 1863년이며[3], 러시아 당국은 1871~1872년 사이에 아무르주 블라고스로벤노에로 한인의 최초집단이주를 추진하면서 전원을 귀화시킴으로써[4] 한인에 대한 동화정책을 시작하였다.[5]

러시아 당국의 한인 귀화정책은 앞서 언급한 이민법에서 규정한 막대한 특전을 제공하는 것을 골자로 하는 것이었으므로 귀화한인들은

---

2) 러시아로서는 미개척상태의 광활한 극동시베리아를 경영해 나갈 노동력이 절실하였으나 그것을 자국내의 노동력으로 해결하기보다는 본국의 지주경영은 그대로 유지해나가면서 신개척지를 경영해 나갈 수 있는 방법을 모색하였다. 한국인들의 露領移住는 그러한 시점에서 염가에 양질의 노동력을 풍부하게 제공받을 수 있는 좋은 기회였으므로 러시아로서는 이민법을 통하여 이주민에게 1데샤치나(한국기준으로 3,000평을 조금 상회하는 넓이)당 3루블에 무제한으로 관유지를 불하하면서, 병역은 10년, 人頭稅는 영구적으로, 地租는 20년간 각각 면제할 것을 규정하여 이민을 부추겼다 (金昌順·金俊燁, 1986 『한국공산주의운동사』 I, 청계연구소, p.37~41).
3) 金昌順·金俊燁, 위의 책, p.39.
4) 田川孝三, 1944 「近代北鮮農村社會と流民問題」『近代朝鮮史研究』(朝鮮史編修會研究彙纂 제1집), 京城, p.544~545.
5) 러시아의 한인에 대한 동화정책은 결국 귀화정책으로 귀결되는 것이므로 이후에는 일본의 조선인동화정책과 구별하여 '귀화정책'이라 하기로 한다.

경제적으로 유리한 지위를 점할 수 있게 되었다. 즉 토지를 불하받아 소유권을 지니고 自作을 하거나 비귀화인들에게 소작을 줄 수 있었던 것이다. 더 나아가 이러한 경제력을 바탕으로 어느 정도의 참정권을 인정받게 되었고, 관리가 되거나 정부를 상대로 무역까지 하여 상당한 자산가로 성장하는 이들도 생겨났다.6) 이에 비하여 비귀화한인들은 소작농이나 광산노동자 등으로 생계를 이었으나, 높은 소작률과 불안정한 소작조건·저임금과 러시아인의 학대 등으로 인해 열악한 조건에서 생활할 수 밖에 없었다.7)

이러한 생활의 현격한 차이는 귀화인과 비귀화인이 서로 반목하는 계기로 작용하였으며, 이는 귀화에 대한 인식의 차이로 인해 더욱 심화되었다고 본다. 이를 뒷받침해줄 수 있는 예로써 1867~69년 티젠크헤(라자노브카)촌이라고 하는 노령내 최초 한인부락 가운데 최대였던 촌락의 촌장을 들 수 있다. 이 촌락의 촌장은 러시아에 귀화하여 기독교로 개종하였을 뿐 아니라 러시아어를 말하고, 러시아농민과 같은 옷을 입고 한국식 성명을 버리고 '피타 세미요노프'라는 러시아식 이름으로 자칭하고 있었다8). 이외에도 앞에서 언급한 블라고스로벤노에를 비롯하여 집단귀화인구가 많았던 沿黑龍지방 북부쪽으로 갈수록 한인들이 러시아화되어가는 경향이 강했다는9) 점에서도 귀화한인들이 비

---

6) 本 論文 第2章 聲明會宣言書의 理念과 思想 참조. 대표적인 인물로서 金致甫·崔才亨·金學萬 등을 들 수 있다.

7) 국사편찬위원회, 『獨立運動史』3, pp.512~517.

8) *Walter Kolarz*, 李碩崑譯, 1958「在소련 韓國人들의 生態」『思想界』3월호, pp.25~26.

9) 북부 블라고스로벤노에촌의 한인은 생활양식이나 가옥 등이 러시아식에 한식을 가미한 형태였으며, 이러한 북부로의 집단이주 및 집단귀화는 한인의 러시아동화를 용이하게 하기 위한 러시아당국의 의도가 전제된 것이었다(Walter Kolarz, 李碩崑譯, 위의 글, p.26). 그 결과 북부지방에서는 귀화인이 비귀화인보다 많았을 것으로 추정하기도 하지만 (金昌順·金俊燁, 앞의 책, p.46), 통계처리된 근거자료는 찾을 수 없다.

귀화한인보다 훨씬 러시아 생활에 적극적으로 적응하려 하고 있음을 알 수 있다. 즉, 귀화한인들은 생활양식이나 언어·풍습까지도 러시아식으로 바꾸고 있었으며, 그것을 통해서 러시아내에서의 보다 많은 권리를 획득하려 했음이 분명하다. 이에 반하여 비귀화한인들은 니코리스크나 블라디보스톡 등을 위시하여 국내에 근접한 지역에 집단거주하면서 민족성을 고수한다는 의식을 가지고 있었던 것으로 보인다.10)

정리하면 1861년 러시아 이민법 제정 직후 露領으로 이주한 초기 한인이주민들은 러시아의 귀화정책에 의하여 귀화인과 비귀화인으로 나뉘게 되었고, 양자는 사회경제적인 차이와 민족주의적인 감정까지 얽혀 서로 반목할 수 있는 상황에 처하게 되었다.

그러한 가운데 국내와 인접하여 있어 언제든지 귀국할 수 있는 지리적인 이점과 함께 비귀화한인이 상대적으로 많았던 沿黑龍지방의 남부 특히 니코리스크나 블라디보스톡 등은 獨立運動의 거점으로 기능하게 되었다.

2. 大韓國民議會의 成立과 獨立運動

大韓國民議會는 1919년 2월에 성립된 후 1921년 6월 사실상 해체되기까지 2년여 동안 존속하면서 활동하였다.11) 大韓國民議會의 성립시

---

10) 이러한 점은 1가족당 100데샤치나의 토지를 급여하고, 소득세와 20년간의 地租를 면제한다는 파격적인 대우에도 불구하고 블라고스로벤노에로 집단이주했던 한인 가운데 귀화를 기피하는 경향(田川孝三, 앞의 글, p.545)도 한편에서 나타나고 있었던 데에서도 귀화의 문제가 경제적 곤란의 해결과 민족성을 양자택일하는 문제로 단순화될 수 있는 상황이었음을 보여준다.

11) 大韓國民議會는 1920년 4월 초 일제가 자행한 4월참변으로 근거지를 블라디보스톡에서 흑룡주의 블라고베시첸스크로 옮긴 이후 완전히 볼셰비키에 가담하여 결국에는 간부 전원이 공산당조직에 가입하게 되었다. 대한국민의회의 활동은 이처럼 공산당활동에 전도되어 블라고베시첸스크에서는 거의 잘 이루어지지 못하였다. 따라서 여기서는 1919년 대한국민의회의 선언서와의

점은 3·1운동 직전에 불과하지만, 1917년 러시아혁명 직후부터 추진된 露領한인사회의 조직화에 힘입어 노령지역 한인들의 3·1운동참여를 주도적으로 수행하였을 뿐 아니라 그 자체가 임시정부적인 성격을 지니고 있었다.12)

대한국민의회가 가지는 국외한인단체로서의 비중에 비하여 볼 때 그에 대한 연구는 아직 미흡하다고 생각된다. 그것은 일단 자료상의 절대부족에 원인을 돌릴 수 있으나 2차적으로는 대한국민의회가 전단계부터 가지고 있었던 내부의 갈등과 그로 인한 복잡한 변천과정, 또한 3·1운동 직후 수립된 상해 임정과의 갈등과 그로 인한 소외, 1920년대 들어 이 지역 독립운동단체와 독립운동자들의 공산주의화로 이 지역이 한인공산주의운동의 본거지로 변화하게 되는 등의 여러 가지 문제때문에 그에 대한 연구가 기피되어온 점과 또 적절한 연구가 이루어질 수 없었던 점이 크게 작용하였다고 본다.

大韓國民議會에 대한 연구는 1910년대 露領地域의 獨立運動을 한단계 마무리짓는다는 의미에서도 반드시 연구가 되어야 할 부분이며, 그것을 통하여 3·1운동 직전의 시기와 3·1운동기의 노령지역 독립운동세력간의 입장차이를 이해함으로써 다음 단계의 노령지역 한인의 공산주의운동은 물론 1920년대 이후 국외한인독립운동의 노선분화를 연구하는 데에도 도움이 될 것이다.

대한국민의회의 성립을 이해하기 위해서는 1917년 러시아혁명 직후 조직된 全露韓族代表者會부터 살펴볼 필요가 있다.

관련에 한정하여 공산주의와의 제휴이전까지만 다루기로 한다 (金昌順·金俊燁, 앞의 책, pp.117~118).

12) 大韓國民議會에 관한 연구로는 潘炳律, 1987 「大韓國民議會의 성립과 조직」 『한국학보』46, pp.123~167이 거의 유일한 형편이며, 그 외에 金昌順·金俊燁, 1986 『韓國共産主義運動史』Ⅰ, pp.115~118에서 노령지역내의 한인단체상황에 대하여 기술하면서 함께 언급된 부분이 있다.

(1) 全露韓族代表者會

1917년 3월 제2차 러시아혁명(2월혁명)에 의하여 언론·집회·결사 등의 제반 자유가 허용되면서 1914년 제1차 세계대전 발발 직후부터 러시아 당국의 제한속에 위축되었던 한인들의 단체활동이 재개되었다.

1917년 6월 2일 이르쿠츠크 以東의 한인대표 96명이 참가한 가운데 沿海州의 니코리스크에서 全露韓族代表者會(대회장 崔萬學)가 개최되었다.13) 이때 모인 한인 대표들은 대개 沿海州와 흑룡주에 거주하는 귀화한인들로서 독립된 민족으로서의 한인자치와 공제강화에 會의 목적을 두었다. 이는 직접적으로는 러시아인들의 견제에 대항하여 나가기 위한 한인들의 자구책이었다. 즉 러시아혁명 직후 沿海州의 러시아인들이 지방자치기관(郡村會)을 새로이 조직하고자 니코리스크에서 개

---

13) Walter Kolarz, 앞의 글, p.27에서 '第1次 韓人革命團體會議'라고 한 것이 바로 全露韓族代表者會에 해당한다. 「전로한족대표자회」의 명칭은 潘炳律의 연구에서 비로소 사용되었다. 그에 의하면 지금까지 1917년 5월(또는 6월)에 개최된 이 한인대회는 「全露韓族會中央總會」와 동일시되었으며, 그로 인해서 5월설이냐 12월설이냐 하는 혼동을 야기하였다는 것이다. 즉 뒤바보, <俄領實記>, 『독립신문』 1920년 4월 1일자 ; 朴殷植, 『韓國獨立運動之血史』下, 서문당, p.162 ; 蔡根植, 『武裝獨立運動秘史』, p 44 ; 趙芝勳, 「韓國民族運動史」『韓國文化史大系』I, p.634 ; 玄圭煥, 『韓國流移民史』上, p.905 등 대부분의 자료에서 全露韓族會中央總會의 성립시기를 1917년 12월로 서술하고 있는데 비하여 金昌順·金俊燁은 『韓國共産主義運動史』I, p.88에서 趙芝勳의 12월설을 '사정을 誤認'한데서 온 착오라 하여 1917년 5월을 창립시기로 기술하고 있으며, 도리어 이것이 全露韓族代表者會를 全露韓族會中央總會의 성립으로 파악한 데서 온 잘못이었다고 단정하였다 (潘炳律, 앞의 논문, p.132 註33)참조). 대부분의 자료가 全露韓族會中央總會의 성립시기를 12월로 잡고 있다는 점을 중시하여 여기서는 潘炳律의 견해를 따라 1917년 5월 全露韓族代表者會, 1917년 12월 全露韓族會中央總會의 成立으로 정리하였다. 다만 Walter Kolarz의 글에서 1917년 5월 第1次 韓人革命團體會議, 1918년 5월 第2次 韓人革命團體會議의 開催로 기술되고 있는 점이나, 양 대회의 내용면에서 비귀화한인이 배제되었던 全露韓族代表者會가 귀화여부와는 상관없이 韓人社會의 자구책으로서 통일적인 조직을 표방하며 全露韓族會中央總會로 확대 발전하였다는 점을 상기하여보면 양 대회의 명칭을 굳이 구분해야 할런지에 대해서는 의문이 남는다.

최한 대회에서 많은 한인들이 위원으로 당선되고 나아가 **公安委員會**에서도 한인들이 영향력을 가지기에 이르자 러시아인들은 한인들을 경계하여 축출해 냈던 것이다.

그러나 러시아내에서 독립된 민족으로서의 한인자치와 공제강화에 목적을 두었음에도 귀화한인들에 자격조건을 한정하여 비귀화한인들의 참여는 적극적으로 배제되었다. 따라서 이 대회에서는 비귀화한인들의 숫자가 절대적으로 많았던 독립운동자들의 의사는 전혀 반영되지 못하고 말았다.[14]

이 대회에서 특히 주목되는 것은 이 대회에서 결의된 한인들의 정치적 입장이다. 당시의 러시아는 혁명이후 부르조아·지주계급을 대표하는 임시정부와 노동자·병사 대의원 소비에트로 분열된 상황이었다. 대회는 임시정부를 지지하는 것을 결의하여 소수의 소비에트지지파들이 탈퇴하고 말았다.[15]

(2) 全露韓族會中央總會

1917년 12월 露領 니코리스크에서 한인들은 귀화여부에 관계없이

---

14) 이때의 全露韓族代表者會에서의 결의사항은 다음과 같다.
　① (러시아혁명 이후 수립된)임시정부지지
　② 귀화한인은 헌법회의에 대표자를 보낼 것
　③ 韓族代表會를 조직할 것
　④ 정기간행물을 출판할 것(이 결의사항에 따라 니코리스크에서는 靑邱新報,
　　 블라디보스톡에서는 韓人新報가 간행되었다.)
　⑤ 농업용 토지문제를 요구할 것
　⑥ 러시아화에 반대할 것
　⑦ 한인학교를 독립시킬 것
　⑧ 村會의 제도는 러시아의 제도를 본받을 것이지만 구한국의 제도도 참작할
　　 것
　　 (Walter Kolarz, 李碩崑譯, 위의 글, p.27 및 姜德相, 『現代史資料』27, p.
　　 340).
15) 玄圭煥, 1976 『韓國流移民史』上, pp.904~905.

全露韓族會中央總會를 성립시켰다. 바로 전단계의 全露韓族代表者會에서 비귀화한인들을 적극적으로 배제하였던 귀화한인들이 이때에 와서 비귀화한인들과 연합한 것은 주목할 만한 변화였다.16) 全露韓族會中央總會는 1917년 3월의 제2차 러시아혁명 이후 최대의 한인 정치조직으로써 종래의 한족회·대한교육청년연합회·권업회 등의 각종 조직과 그밖의 여러 계열의 단체활동가들이 총망라된 조직이었다. 민족을 기초로 하는 단일적인 중앙조직을 결성한 것은 이것이 처음이었다.17) 이로써 露領地域의 한인사회를 통일적으로 조직화할 수 있는 기반은 이제 마련된 셈이었다.

全露韓族會中央總會는 총회의 사무를 관장하는 집행부로서 회장에 文昌範, 부회장에 金주프노코와 金 立을 선출하였으며, 이들을 포함하는 7명의 議員으로 구성된 議員會를 두었다. 그리고 지방조직으로는 煙秋·秋風·水靑·花發浦·이꼴나이스크·아물 등 주요지방에 한족연합회와 연합회의 하부조직으로 지방회를 두었다.18)

---

16) 全露韓族會中央總會의 성립은 볼세비키혁명으로 케렌스키의 임시정부가 타도되고 노·농소비에트에 기초를 둔 레닌, 트로츠키의 신정권이 수립된 새로운 정치상황과 관련이 있는 것이었다. 즉, 사회혁명당계열이 많았던 귀화한인 중심의 全露韓族會가 이러한 러시아의 새로운 정치상황에 대비하기 위하여는 볼세비키세력과 상대적으로 가까운 위치에 있었던 비귀화한인들과 연합할 필요가 있었던 것이다.
  비귀화한인들은 주로 을사조약, 한일합병 이후에 이주하여 점차 한인사회의 다수를 형성하게 되었으며, 정치적 망명의 성향이 강했기 때문에 귀화한인들에 비하여 강렬한 민족의식을 가지고 있었다. 따라서 볼세비키세력은 귀화한인들에 비하여 사회경제적으로 열악한 처지에 처해 있으며, 정치적 성향이 강한 이들 비귀화한인들에게 접근하였다 (潘炳律, 앞의 논문, pp.132~133).
17) 金昌順·金俊燁, 앞의 책, pp.83~84.
18) 뒤바보, 「俄領實記」『獨立新聞』 1920년 4월 1일자. 全露韓族會中央總會의 간부에 대하여서는 자료마다 차이가 있다. 일본정부의 비밀조사에는 회장 韓君明, 군사부장 吳永善, 재무부장 金永學, 외교부장 韓明瑞로 되어있으며, 그밖의 자료에는 회장 문창범, 간부 김 립, 윤 해로 나타나 있기도 하며, 혹은 李東輝가 조직자라는 설도 있다(金昌順·金俊燁, 앞의 책, p.84 참조). 金昌順·金俊燁은 全露韓族會中央總會 창립당시의 최고지도자에 대해서는 명기된 것

　全露韓族會中央總會의 두드러진 활동으로는 언론·교육활동을 들 수 있다. 靑邱新報가 韓族公報로 개칭되어 중앙총회의 기관지 역할을 담당하였고, 趙琓九·朴殷植·尹 海·南公善이 주필로 활동하였다. 또한 韓人新報도 전로한족대표자회의 결의에 따라 발간된 후 블라디보스톡 한족회의 기관지로서 張基永·金河球가 주필이 되어 항일선전의 기능을 담당하였다. 교육활동면에서도 중앙총회의 결의로 러시아관립학교의 제도를 변경하고, 각 학교를 지방한족회의 소속하에 두었으며, 교과서도 변경하여 한문과 우리말을 주요과목에 포함시켰으며, 러시아어는 3학년부터 비로소 과목으로 채택케 함으로써 민족교육을 강화하였다.[19]

　1918년 5월 니코리스크에서 全露韓族會中央總會는 제2차 대회를 소집하고 러시아 안에서의 한인의 정치적 중립을 선언하였다.[20] 이는 1917년 11월 7일의 제3차 러시아혁명(볼세비키혁명)으로 볼세비키들이 무력으로 제2차 러시아혁명 뒤의 임시정부를 타도하고 또다시 러시아 정국이 혼란에 빠진 데서 비롯된 것이다. 창립대회에서 임시정부를 지지하여 축전을 보낸 바 있던 全露韓族會中央總會를 비롯한 韓人들은 정국에 대하여 일단 판단을 보류할 수 밖에 없었던 듯, 제3차 러시아혁명이 일어난 지 6개월여가 지난 뒤에야 제2차 대회를 개최하였다. 더우기 시베리아는 볼세비키파에 금방 넘어가지 않았던 것이다. 그러

───────────

　　이 없으므로 단언할 수 없다는 입장에서 다만 한인사회에서 정치적 활동가로 오랫동안 활동해 온 韓明瑞나 尹海 등과 1910년 이후 옮겨와 일정한 세력기반을 확보한 文昌範·李東輝 등은 모두 全露韓族會中央總會의 주요발기인이었을 것이라는 점만 확인하였다. 그러나 그후『독립신문』에 연재된 뒤바보의「俄領實記」를 인용하여 潘炳律은 文昌範을 회장으로하고 金주프노코·金立을 부회장으로 하는 全露韓族會中央總會 초기 지도체제를 밝힌 바 있다.

19) 潘炳律, 앞의 논문, p.134.
20) Walter Kolarz, 李碩崑譯, 앞의 글, p.27에는 "1918년 5월에 제2차 韓人革命團體會議가 니콜스크 우수리스키에서 개최되어 러시아내란에서의 한인의 중립성을 선언하였다"고 하였는데 韓人革命團體會議가 全露韓族會中央總會와 동일함은 앞의 註 13)에서 언급된 바와 같다.

나 일본을 비롯한 연합국 쪽의 무력간섭과 볼세비키와 汎反볼세비키 세력 사이에 전개된 치열한 전쟁의 와중에서 韓人들은 抗日鬪爭이라는 민족적 명제를 일단 보류하고 정치적으로 중립을 선언할 수 밖에 없었다. 시베리아의 정치적 혼란은 역시 韓人들의 정치적 혼란으로 이어졌다. 全露韓族會中央總會가 5월의 제2차 대회에서 정치적 중립을 선언한 것 외에도 같은 해 6월에는 全露韓族會中央總會의 유력한 발기자의 한 사람이었던 李東輝가 하바로프스크에서 볼세비키와 관계된 '韓人社會黨'을 결성하였으며, 이 무렵 허다한 한인단체가 각양각색으로 생겨나게 된 것이 한인들의 혼란상을 보여준다 하겠다.21)

(3) 大韓國民議會

제1차 세계대전의 종결 이후 새로운 세계질서로의 개편을 위한 파리강화회의의 개최와 그를 둘러싼 국제정세에 영향받아 독립운동의 새로운 전기를 마련하고자 하였던 국내외의 독립운동계와 마찬가지로 露領 韓人社會 역시 이 시기에 활동의 전환점을 모색하게 되었다. 즉 1919년 2월 25일 全露韓族會中央總會는 니코리스크에서 기존의 全露韓族會中央總會를 중심으로 노령·간도 및 국내의 대표들을 소집하여 대한국민의회를 발족하였다.22) 간도지역으로부터는 간도대표로서 金躍淵·鄭載冕·鄭基英·李仲執, 학생대표로서 劉益賢·林國禎이 파견되

---

21) 金昌順·金俊燁, 앞의 책, pp.87~110 참조.

22) 大韓國民議會의 성립과 관련하여 공식적으로 '大韓國民議會'라고 하는 단체 명이 사용된 것은 3·1運動 직후 露領에서 獨立萬歲運動이 시작되면서부터였다. 1919년 3월 17일 '朝鮮國民議會'명의의 선언서를 발표한 데 이어 3월 20일에는 '大韓國民議會'명의의 선언서가 발표되어 내외에 '大韓國民議會'의 성립을 공식화하게 된 것이다. 潘炳律은 大韓國民議會 명의의 선언서를 두가지로 보고, 3월 17일 大韓國民議會가 大韓國民議會 명의의 독립선언서를 발표하면서 그 성립을 공식화하였다고 하나 (潘炳律, 앞의 논문, p.147 참조), 그것은 3월 17일 발표된 '朝鮮國民議會' 명의의 「朝鮮獨立宣言」과 3월 20일 발표된 '大韓國民議會' 명의의 「宣言書」를 동일시한데서 비롯된 것이다.

어 왔으며, 琿春대표로서는 文秉浩・尹東喆이 파견되었다. 한편 上海의 新韓靑年黨으로부터는 呂運亨이 파견되어 니코리스크에서는 朴殷植・文昌範・趙琬九・李東寧・元世勳을, 블라디보스톡에서는 姜宇奎・李 發・金致甫・鄭在寬・吳永善・金河球・李 剛 등을 각각 만나 파리강화회의 대표파견의 문제와 동지규합, 자금조달 등 독립운동 전반에 관하여 논의하였다. 이외에도 서간도에서 3명의 대표가 파견되었을 뿐 아니라 3월 초순이기는 하지만, 국내에서도 이종호가 파견한 김하석 등의 국내대표가 도착하였다.23)

대한국민의회의 성립과정은 파리강화회의에의 노령대표파견과 밀접하게 관련되어 있다. 처음 노령에서 파리강화회의에 대표를 파견하는 문제를 논의하게 된 것은 1918년 12월 국내에서 만주를 거쳐 노령에 온 李春塾을 통하여서였으며, 이후 이춘숙은 동경유학생들과의 연락을 위해 떠났다. 1919년 1월 全露韓族會中央總會는 니코리스크에서의 비밀회합을 통해 파리강화회의에 파견할 대표로서 李東輝・白 純・崔在亨・李 鏞 등을 내정하고 국내와 간도지역에서 독립자금의 모집에 들어갔다. 몇차례의 회합을 통하여 최종적으로 파리강화회의에 노령대표로 파견된 것은 尹 海와 高昌一 두 사람이었다. 여기서 주목하고자 하는 것은 파리강화회의에 누가 대표로 파견되었는가의 문제보다는 全露韓族會中央總會가 파리강화회의의 대표를 선정하는 과정에서 노령지역과 동중철도연선지역, 간도지역 및 국내 등 각지를 대표할 수 있는 인물의 선정에 고심하였다는 점이다. 이는 단순히 露領代表를 파리강화회의에 파견하는 문제가 아니었으며, 3・1運動 이전 이미 각지의 독립운동계를 총괄하는 임시정부로서의 기능을 自任하고 나섰던 것을 의미한다. 1917년 러시아혁명 이후 露領과 間島의 독립운동가들이 의

---

23) 潘炳律, 위의 논문, pp.145～147 참조.

견을 교류하고 행동의 통일을 추구하여온 것은 사실이지만,24) 1919년 1월 이후 파리강화회의 대표파견과정을 통하여 노령과 간도의 협력관계는 더욱 긴밀하여진 것으로 생각된다. 특히 大韓國民議會를 성립하게 된 1919년 2월 25일의 大會에 각지의 대표가 공식적으로 참가하고 있음은 이를 뒷받침하는 것이다.

이때에 국내의 이종호와 노령의 이동휘, 간도의 김약연 등 각지의 대표자간에는 3단계에 걸친 독립운동의 계획이 구체화되었다. 즉 獨立宣言書발표와 태극기게양, 시위운동 등에 의한 제1단계, 조선과 노령에 거주하는 구한국해산군인 등을 소집할 뿐 아니라 朝鮮步兵隊・朝鮮人警察官과 憲兵補助員 등을 설득, 각 소속부대의 무기를 탈취하여 상호 연락하에 日本軍에 대항하는 동시에 露國歸化韓人軍人까지 國內進入戰에 참가하게 한다는 제2단계, 2단계의 무력시위운동과 동시에 파리강화회의에 韓族代表를 파견하여 陳情書를 제출하게 하는 제3단계가 그것이다.25)

이 가운데 파리강화회의에의 대표파견문제가 이미 대한국민의회의 성립 이전 이미 진행되었음은 앞서 언급한 바와 같다. 따라서 대한국민의회의 성립과 동시에 당면한 과제로 대두된 것은 제1단계의 獨立宣言書의 작성・발표와 시위운동의 주체로서의 방략의 수립문제였다. 대한국민의회가 성립되자마자 바로 3・1運動에 보조를 맞출 수 있었던 것은 이러한 치밀한 사전계획에 의한 것이었다. 한편 제2단계에 해당하는 무력시위운동의 준비도 대한국민의회의 조직구성과 함께 진행되었다.

대한국민의회의 성립과 함께 의장에는 文昌範, 부의장에는 金哲勳(또는 金喆勳), 서기에 吳昌煥이 각각 선출되었으며, 집행부서로서는

---

24) 潘炳律, 위의 논문, p.146 참조.
25) 姜德相, 『現代史資料』26, p.96.

宣戰(傳)部·財務部·外交部 3개부서가 구성되었다. 선전부는 뒤에 군부 또는 군무부로 개칭되는 부서로 李東輝가 부장으로서 독립군조직 사무를 담당하여 앞서의 제2단계에 해당하는 무력시위운동과 직결되는 부서였다. 大韓國民議會 선전부에서 조직한 독립군은 羅子溝 사관학교 출신 생도, 洪範圖 部隊, 琿春지역의 黃炳吉·李明淳·崔敬天 등이 이끄는 부대가 중심이 되었다.

대한국민의회의 각 지부 조직은 3·1運動을 전후하여 대한국민의회가 노령과 간도 일대의 독립운동을 주도하였음을 더욱 확실하게 보여준다. 노령내의 지방조직은 全露韓族會中央總會의 지방조직이었던 지방 韓族會가 그 역할을 계속 담당하였을 것으로 보이며, 3월 17일의 獨立宣言書 발표 이후에는 間島·琿春·國內에까지 각각 그 지부가 결성되기에 이르는 것이다. 4월 6일 니코리스크에서의 회합에 琿春代表가 파견된 이후26) 4월 23일 李東輝·李範允·秦學新이 참가한 가운데 琿春 塔道溝에서의 회합에서 大韓國民議會 琿春支部를 결성하였다. 지부의 조직은 會長 李明淳, 副會長 朴貫一, 總務 徐允默, 都財務 吳玄京, 書記 呂南爕·吳宗煥, 地方連絡係長 羅正化, 交涉係 黃丙吉·羅正化로 이루어졌다. 특이한 것은 시위운동에 들어갔을 경우 단체의 지휘를 황병길에게 일임하는 것으로 되어 있었다.27) 간도지부는 그보다도 뒤인 5월 초에야 明東學校에서 具春先을 대표로 하여 조직되었다.28) 국내에서도 결성과정에 대해서는 명확하지 않지만 京城大韓國民議會가 조직되어 있었다.29)

독립선언 이후에는 大韓國民議會의 각 지부뿐만 아니라 大韓國民議會의 외곽단체들이 속속 조직되었다. 그 대표적인 것으로 老人同盟

---

26) 金正明, 『朝鮮獨立運動』 I, p.552.
27) 姜德相, 앞의 책, p.177.
28) 金正明, 『朝鮮獨立運動』 II, p.805 및 같은 책 III, p.59.
29) 潘炳律, 앞의 논문, p.150.

團과 靑年同志會를 들 수 있으며,[30] 그외에도 韓族獨立期成總會[31] 등
이 있었다. 한편 琿春愛國婦人會 역시 大韓國民議會 琿春支部와 관련
되어 있는 단체였다.[32]

　마지막으로 大韓國民議會의 조직에 주도적으로 참여하고 있었던 인물
들에 대해 본고의 논지와 관련되는 범위안에서 살펴보고자 한다. 1919년
2월 25일을 전후하여 노령지역에서 활동하면서 대한국민의회 조직에 직
·간접으로 관여한 것으로 판단되는 인물은 다음과 같다.[33]

文昌範 · 崔才亨 · 李東輝 · 金河錫 · 金哲勳 · 吳昌煥 · 金　震 ·
金致甫 · 張基永 · 金　立 · 金河球 · 元世勳 · 金理直 · 韓容憲 ·
吳永善 · 全　一 · 吳周爀 · 趙璋元 · 李東寧 · 趙琬九 · 曹成煥 ·
李　剛 · 鄭在寬 · 金秉洽 · 金萬謙 · 姜漢澤 · 姜宇奎 · 李　發 ·
朴殷植 · 李仲執 · 金躍淵 · 鄭載冕 · 尹東喆 · 文秉浩 · 劉益賢 ·
林國禎 · 朴景喆 · 朴東轅 · 林炳烈 · 李漢英 · 林　虎 · 池　健 ·
韓에고르(韓君明) · 李鍾一

　이들 가운데서 崔才亨 · 金致甫 · 金秉洽 · 金萬謙은 聲明會宣言書
서명자들이며, 文昌範 · 李東輝 · 李東寧 · 曹成煥 · 鄭在寬 · 朴殷植 · 金
躍淵 등은 大韓獨立宣言書 서명자들로서 1910년 이후 露領을 비롯하
여 間島 등지에서 독립운동가로 활약해 온 인물들이다. 大韓國民議會와

────────────

30) 姜德相, 앞의 책, p.207.
31) 姜德相, 위의 책, pp.104~105 및 李智澤, 「北間島」(18), 『中央日報』1972년 11
　　월 1일자. 한편 韓族獨立期成會의 조직은 회장 具春先, 부회장 馬 晋을 비롯,
　　議事部員에 金秉洽 · 金躍淵 · 鄭載冕 등이 망라되어 있는 것이었다. 이에 대
　　해서는 姜德相, 같은 책, pp.132~133 참조.
32) 본 논문 第7章 老人同盟團宣言書와 대한독립녀ᄌ선언서, 第2節 참조.
33) 潘炳律, 앞의 논문, p.151.
　　潘炳律은 1950년 5 · 30선거시 元世勳이 국회의원에 출마하면서 배포한 팜플
　　렛인 「元世勳先生의 獨立鬪爭略史」 등을 인용하여 45명의 명단을 작성하였
　　다.

관련하여서는 文昌範·金哲勳·吳昌煥이「朝鮮獨立宣言」, 金河錫·韓容憲·全 一·韓에고르 등이「宣言書」의 서명자이며, 姜宇奎·李 發·朴殷植은 老人同盟團에서 활동한 대표적인 인물들이다. 이러한 인물들의 활동경력을 종합하여 볼 때 大韓國民議會의 주도자들은 1910년 이후 露領 및 間島 지역에서 활동해 온 독립운동가였음을 알 수 있다.

第 2 節 大韓國民議會 宣言書의 理念과 思想

大韓國民議會의 명의로 된 宣言書는 모두 3종이 확인되고 있다.[34) 이 3종의 宣言書들은 각각 다음과 같다.

<표1> 大韓國民議會 宣言書 一覽表[35]

	標 題	發表日字	場 所	宣言主體	表示日字
1	朝鮮獨立宣言	1919.3.17	니코리스크	朝鮮國民議會 會長 우아文 副會長 金喆勳 書記 吳昌煥	1919年3月 17日

---

34) 潘炳律은 앞의 논문, pp.147～148에서 大韓國民議會 명의로 된 獨立宣言書가 두 종류 확인되었다고 한 바 있으나 지금까지 자료들을 통하여 확인된 바로는 세 가지의 獨立宣言書가 있었다 (附錄 獨立宣言書一覽表 참조).
　한편 大韓國民議會의 獨立宣言書에 대한 연구로는 趙東杰, 1989「3·1運動의 理念과 思想」『韓國民族主義의 成立과 獨立運動史研究』, 지식산업사, pp.393～417가운데서 언급된 바 있을 뿐이다. 그는 같은 논문 pp.394～395에서 지역적으로는 니코리스크와 海蔘威·琿春에서 발표된 세가지가 있다고 보았으나, 내용면에서는 니코리스크(蘇王營)와 海蔘威에서 발표된 선언서가 같은 것으로 판단하여 사실상 선언서를 두 가지로 간주하였다.
35) <표1>의 서명자 중에서 우아文(문창범), 金喆勳, 에고르 韓, 金萬謙 등은 귀화인으로서 한인사회의 지도적 위치에 있던 이들이었다 (국편, 『독립운동사』 3, p.399 ; 국회, 『독립운동사(중국편)』, p.355). 그 외에 韓容憲이나 미하일 金 등은 대표적인 제2세 청년들이었으며, 金河錫과 金 震은 靑年同志會의 대표였다(姜德相, 『現代史資料』26, p.207 ; 같은 책 27, pp.174～175 및 앞절 참조).

2	宣言書	1919.3.20	琿　春	大韓國民議會	紀元4252年 3月
3	宣言書	1919.3	海蔘威	大韓國民議會 會長 에고르 韓 副會長 金萬謙 參謀長 金夏錫 參謀 미하일 金 書記 全 一 外交員 韓容憲 外交員 張道定 外交員 金 震 外交員 모세이 朴	紀元4252年 3月　日

대한국민의회의 선언서들은 우선 발표된 지역이 뚜렷하고 니코리스크나 琿春의 것은 발표일자도 역시 뚜렷하여 노령지역의 3·1독립운동과 관련하여 자료로서의 가치가 크다고 하겠다. 그러나 무엇보다도 이 선언서들의 분석을 통하여 대한국민의회가 가지는 이념적 성격과 노령지역 독립운동의 흐름을 이해하는데 도움이 되지 않을까 한다.36)

1. 니코리스크의 『朝鮮獨立宣言』

『朝鮮獨立宣言』은 대한국민의회 이름으로 발표된 세 가지 선언서 가운데 발표일자가 가장 앞서는 것이다. 문체는 國漢文·露文·漢文으로 작성되었으며,37) 3월 17일 니코리스크와 블라디보스톡 新韓村에서의 독립운동시위때 발표되었다.

---

36) 앞서 언급한 바와 같이 대한국민의회에 관한 자료는 절대부족의 상태이며, 그 가운데서 대한국민의회 스스로 작성하여 배포한 선언서야말로 대한국민의회의 입장이나 독립운동의 방략 등을 가장 적절하게 표현하였을 것이기 때문이다.

37) 姜德相 編,「獨立運動ニ關スル件(國外第二報)」『現代史資料』26, p.45.

(1) 宣言의 經過

국내에서 3·1운동이 일어나자 間島에 이어 블라디보스톡에서도 3월 15일을 기하여 대규모 獨立宣言祝賀式과 示威運動을 준비하였다. 그러나 러시아 당국의 방해로 합법적인 시위운동이 불가능하게 되자,[38] 3월 17일 러시아당국과의 사전교섭없이 시위운동을 진행하였다.

이날 오후 4시 한인 2명이 블라디보스톡 총영사관에 國文과 露文으로 작성된 선언서를 러시아 정부당국에 전달하여 줄 것을 요청하였다. 니코리스크에서 선언서를 발표한 당일 서명자들인 문창범·김철훈 등은 블라디보스톡으로 옮겨가서 시위운동을 주도하였다. 오후 5시에 이르자 블라디보스톡 신한촌은 일제히 집집마다 태극기를 게양하고 독립축하행사를 성대하게 열었다. 11개국의 영사관과 러시아 관청에 선언서를 배포한 오후 6시부터는 학생 등이 몇 대의 자동차에 나누어 탄 뒤 시내를 돌면서 시위대를 이끌었다. 오후 7시 반이 되자 러시아 당국은 시위운동을 금지하고, 게양된 태극기를 모두 내리도록 하였을 뿐 아니라 한인 2명을 체포하였다. 이에 한인노동자들은 다음날인 18일부터 모두 신한촌에 집합하여 동맹휴업에 들어갔다.[39]

(2) 宣言書의 署名者

『朝鮮獨立宣言』은 앞의 <표1>에서 보듯이 宣言書의 서명자가 "朝鮮國民議會 會長 우아文, 副會長 金喆勳, 書記 吳昌煥"으로 되어 있다. 여기서 會長 우아文은 文昌範을 지칭하는 것이다.[40] 문창범은 이미 1917년 全露韓族會中央總會의 성립 때부터 議長에 선임되었으며, 1919년 2월 全露韓族會中央總會가 大韓國民議會로 조직개편을 할 때 그대

---

38) 위와 같음.
39) 「獨立運動ニ關スル件(國外第五報)」위의 책, p.91.
40) 위와 같음.

로 **會長**에 선임되었다. 이러한 사실은 문창범이 노령 한인사회에서 유력한 지도자로 신임받고 있었음을 보여준다.

문창범은 귀화한인으로서 니코리스크에 기반을 두고 있었으며, 함경북도 경원출신으로써 일찌기 망명하여 러시아어에 상당히 능통하였다. 자수성가한 인물로서 **露領** 한인들의 권익옹호에 힘썼을 뿐 아니라[41] 비귀화인들과의 협조를 꾸준히 추진하여 귀화·비귀화인 사이의 의견조정에 진력하였다.

상해임시정부와의 통합과정에서 임시정부 교통총장으로 추천되었으나, 대한국민의회가 일방적으로 수용되는 형태로 통합이 이루어지자 끝내 취임하지 않았다. 이후 항일무력전으로 방향을 돌려 1919년 7월 **崔才亨·韓馨權** 등과 함께 **韓國獨立軍**을 모집하여 3천 명에 달하는 규모를 정비하고 정예를 뽑아 **三岔口**를 거쳐 국내를 **進攻**하는 작전까지 감행하기도 하였다.[42] 그외에도 노령에 **軍官學校**를 창설하였다. 또한 1921년 3월1일에는 만주의 각 독립군들을 편성하여 항일무력전의 전개를 준비한 바 있다.

한편 **副會長 金喆勳**은[43] 볼세비키혁명 이후인 1918년 1월 22일 이르쿠츠크에서 **吳夏默** 등과 함께 '이르쿠츠크 공산당 한인지부'[44]를 결

---

41) 元世勳, 1937「새해를 마지니 追億되는 故人과 今人」『批判』1월호, p.111.

42)「獨立運動二關スル件(國外日報 第110號)」, 姜德相,『現代史資料』26, p.241.

43) 金喆訓 또는 金喆勳은 金哲勳의 異名이다 (金昌順·金俊燁, 앞의 책, p.220).

44) 볼세비키혁명 이후 시베리아 여러 지역에서 한인들의 공산주의 운동조직이 결성되었다. 그중에서 두드러지는 것이 李東輝 등의 "韓人社會黨"(1918.6.26)과 金哲勳 등의 "이르쿠츠크 공산당 한인지부"이다.
특히 金哲勳 등의 "이르쿠츠크 공산당 한인지부"는 "韓人社會黨"이 민족좌익운동으로 분류되는데에 비하여 처음부터 볼세비키당에 직결된 공산주의 운동조직으로서 출현한 것이었다.
"이르쿠츠크 공산당 한인지부"가 볼세비키와 직결되었다고 하는 것에 대하여서는 일단 시베리아 서부가 동부에 비하여 귀화한인이 많았으며, 이미 제1차 세계대전서부터 볼세비키혁명에 이르기까지 러시아인으로서 싸워온 귀화한인들에 대한 러시아 공산당의 의도가 적절하게 작용되었던 것으로 해석할

성하였으며, 후에 '이르쿠츠크파 高麗共産黨'을 주도하여 나갔다.

(3) 宣言書의 內容

『朝鮮獨立宣言』은 제목·본문·발표일자·서명자 서명으로 구성되어 있으며, 본문은 내용상 크게 일곱 부분으로 나누어 살펴볼 수 있다.

첫째, 국제정세의 변화에 대한 언급부분이다.[45]

宣言書는 세계평화의 완성이 인도주의에 의해서 가능한 것으로 믿고, 발표당시의 시점이야말로 인도문제에 대해서는 그때까지 없었던 획기적인 변화의 때로 인식하고 있다. 다만 민족자결주의를 전제로 하는 연합국의 공약이 이행되지 않고 있는 것과 "人道의 罪惡이며 公敵인 一種의 勢力(일본:필자)의 赤裸裸한 勝利"[46]에 대해 우려를 표명하고 있다.

이는 윌슨의 민족자결주의의 본질이나 국제사회의 의도와는 차이가 있는 인식이었으며, 국제사회에 대하여 어떠한 감각을 지니고 있었던가를 선명하게 파악하기 힘든 모호성을 포함하고 있다.

둘째로는 人道의 公敵인 日本의 軍國主義확장에 대한 경고이다.[47]

宣言書는 人道의 公敵으로서 첫째가는 것이 軍國主義 日本이라 하고, 日本이 세계적 帝國이 되려는 망상에 사로잡혀 朝鮮을 비롯한 주변국들을 害하여 왔음을 설명함으로써 전세계에 대하여 일본의 야욕

수 있다.

그러나 "이르쿠츠크 공산당 한인지부"의 초기 1년간(1918~1919)의 활동내용에 관한 자료는 찾을 수가 없었으며, 대한국민의회내에서도 볼셰비키적인 영향력을 행사했다고 할 만한 근거는 보이지 않는다. 이는 아마도 대한국민의회내에서도 "이르쿠츠크 공산당 한인지부"소속원들이 소수에 해당하였기 때문이 아닐까 한다. 그것은 1919년 12월 개선된 간부명단의 인원들이 1920년 이후 주로 이동휘의 한인공산당에 참여하여 활동하고 있는 것으로서도 추정하여 볼 수 있다.

45) 宣言書 (姜德相, 『現代史資料』26, p.42) 1~12행.
46) 宣言書 (위의 책, p.42) 11행.
47) 宣言書 (위의 책, pp.42~43) 13~45행.

을 경고하고 있다.

즉, 일본은 1868년 北海道을 占領하고, 1895년 臺灣島의 自由를 制御하고, 其 피묻은 손으로 朝鮮을 倂合하여 朝鮮의 獨立과 自由를 剝奪하였다는 것이다.[48] 나아가서는 일본의 시베리아 출병은 러시아나 체코의 원조를 위한 것이 아니라 오로지 자신들의 이기적인 목적을 달성하기 위한 것이었을 뿐이며, 일본 자국내의 비밀결사를 통하여 필리핀 및 말레이제도 등의 경제적 정복까지 도모하고 있다는 사실을 폭로하고 있다.[49]

세째로는 朝鮮에 대한 객관적인 언급이다.[50]

이는 다시 국제사회에 있어서 朝鮮의 지정학적 위치와 관련한 朝鮮問題의 위상과 朝鮮의 歷史性을 언급한 두 부분으로 나누어진다.

전자는 일본의 조선병합 당시 국제사회가 이에 대하여 무관심하였으나, 실제로 조선의 독립은 국제사회의 평화에 기여할 만한 가치가 있다는 것이다. 조선은 극동문제에 있어서 지리적으로나 전략적으로 관건에 해당하며, 조선문제의 해결이 없는 한 극동에 있어서의 평화란 기대할 수 없으며 나아가 가공할 新戰爭이 야기될 수도 있다는 것을 강력히 주장하고 있다. 또한 일본도 그 사실을 인식하고 있기 때문에 조선을 극동침략의 발판으로 삼고 있다는 것이다.

후자는 현재 조선이 일본의 침략으로 독립을 상실한 상태에 처하여 있기는 하지만 조선은 4천 년의 긴 歷史를 가지고 있는 文明國이며, 역사상 일본에 文明을 전수하여온 나라로서 동아시아의 문명에 공헌하여 왔음을 천명하고 있다.

네째로는 소위 한일합병 이후 조선에 있어서 일제의 탄압에 대한 설명에 해당하는 부분이다.[51]

---

48) 宣言書 (위의 책, pp.42~43) 13~19행.
49) 宣言書 (위의 책, p.43) 25~33행.
50) 宣言書 (위의 책, p.43) 46~54행.

이 부분은 조선인의 기본권에 대한 완전한 탄압, 기독교인에 대한 탄압, 교육에 대한 탄압과 조선에 있어서 일본정책의 본질로 나누어진다.

조선인은 가중한 國稅를 부담할 권리 외에는 참정권과 집회·언론·인쇄의 제반권리를 상실하고 경제적으로도 파산의 지경에 처해있다고 호소하였다. 그리고 이러한 침략이 조선인의 교육과 정신상 계발이 특히 필요한 때 이루어지고 있다는 점에서[52] 우려를 표명하고 있다.

또한 기독교는 당시에 이미 국민적 종교로서의 의의를 가질 만큼 성장하였으나 일제가 이들 조선기독교인들에 대한 탄압을 심히 하고 있음을 지적하였다. 여기서 宣言書는 기독교가 서구민주주의 사상과 자유주의를 유입하는 통로로서 식민지하의 조선에 있어 그 가치가 크다고 평가하고, 일제의 조선기독교인 탄압도 같은 맥락에서 이루어지는 것임을 시사하고 있다.

교육면에 있어서는 소위 합병이후 일제가 조선내에 단 1개의 고등학교도 설치하지 않았으며, 조선의 역사와 문학을 제거한 채 일본어만을 국어라 하여 강요하는 "자존주의적 동화책"[53]을 시행하고 있음을 폭로하였다.

이상과 같은 일제의 對朝鮮政策은 朝鮮을 일본에 결합시킴으로써 궁극적으로는 조선을 대륙침략의 근거지로서 활용하고자 하는 의도라는 것이다. 따라서 이미 세번째 단락에서 언급하였듯이 조선의 문제는 만주와 세계인류의 평화를 위협하는 요소로 작용할 수 있다는 것을 강조하여 조선의 독립은 국제사회에서 시급히 해결해야 할 과제임을 증명하고자 하였다.

다섯째로, 국제사회에 대한 호소이다.[54]

---

51) 宣言書 (위의 책, pp.43~44) 55~94행.
52) 宣言書 (위의 책, p.44) 71~72행.
53) 宣言書 (위의 책, p.44) 87행.

선언서는 지금까지 설명한 내용을 토대로 하여 국제사회가 세계평화, 세계적 민주주의의 大理想의 확립, 정의와 민족의 자유스런 문명적 발전55)을 위해 日本 軍國主義의 발전을 容認할 수 없음을 언명하여야 할 것을 촉구하고 있다. 그리고 조선인은 국제사회의 그러한 처분만을 바라는 것이 아니라 자신의 獨立自由와 幸福을 위해서는 어떠한 곤란이라도 낙담하는 일없이 용감하게 그 무거운 십자가를 지고 全力을 傾注하는 민족이라고 하는 자부심을 보이고 있다.56)

여섯째, 일제에 대한 朝鮮獨立의 요구이다.57)

조선의 완전한 주권회복과 財寶의 반환을 요구하였다. 이 부분에서 "其 母國에 있어서의 獨立과 主權"58)이라고 함에서 "모국"이라고 하는 표현은 선언서의 주체인 대한국민의회가 귀화인과 비귀화인의 연합으로 이루어지기는 하였으나, 대한국민의회의 간부들이 귀화인들로 구성되어 있었다는 점에서 귀화한인들의 의식의 일면을 엿볼 수 있다.

마지막으로 조선인의 독립의지를 다시금 재천명하는 것으로 선언서를 끝맺고 있다.59)

조선인은 "獨立及 自由의 生存上 神聖한 權利"60)를 획득하기 위해서는 어떠한 회생도 감수할 수 있다는 각오를 밝히고, 아울러 이러한 각오는 비단 朝鮮獨立을 위해서만이 아니라 "일반적 평화"와 "인류 최선의 이상"에까지 확대되는 것임을 천명하였다.

선언서 내용전반에 깔려 있는 사상은 서구민주주의 사상을 바탕으로 하는 자유와 평등의 이념이며, 독립을 통하여 조선의 주권을 회복

---

54) 宣言書 (위의 책, p.44) 95～108행.
55) 宣言書 (위의 책, p.44) 95～96행.
56) 宣言書 (위의 책, p.44) 99～105행.
57) 宣言書 (위의 책, p.44) 109～111행.
58) 宣言書 (위의 책, p.44) 110행.
59) 宣言書 (위의 책, p.45) 112～116행.
60) 宣言書 (위의 책, p.45) 112행.

하는 동시에 자유와 평등의 이념이 실현될 수 있는 민주주의사회를 건설하고자 하는 의지를 표명하고 있다.

또한 이러한 서구 민주주의의 조선내 유입의 매개가 기독교였다고 하는 인식이 특징적이라고 생각된다. 즉, 기독교가 조선에 대하여 끼친 사상적 영향에 대한 논의와는 별도로 선언서 자체가 상당히 기독교적인 입장을 견지하고 있었다는 점이다.61) 그것은 선언서에서 시종일관되게 강조되고 있는 자유와 평등, 서구 민주주의 등이 앞서 언급되었듯이 기독교를 통하여 조선내에 유입되고 있었음을 강조하는 대목이라든지, 그에 대한 反動作用으로 日帝가 朝鮮基督敎人들을 탄압하고 있다는 내용, 또한 "其 무거운 十字架를 支持하여"라는 등의 표현들을 통하여 생각하여 볼 수 있다.

獨立運動의 方略이라는 측면에서는 어떠한 희생도 감수할 각오가 되어있다고는 하였으나 "獨立戰爭論"적 방략이라고 해석할 만한 표현은 없다. 어떠한 희생도 지불할 수 있다고 하는 표현은 "十字架를 支持"한다는 표현과 연관되어 적극적인 대항보다는 도리어 소극적인 대항의 자세를 의미하는 것으로 여겨지기도 한다. 그리고 이는 국내 3·1운동 발발 직후에 나온 선언서라는 점에서 국내 3·1운동의 비폭력 원칙과도 관련지어 볼 수 있을 것이다.

2. 琿春의 『宣言書』

琿春에서 발표된 『宣言書』는 國漢文과 漢文本이 있으며, 發表日字는 "紀元 四千二百五十二年 三月"로 되어 있다. 發表主體인 宣言者 또한

---

61) 宣言書의 執筆者는 未詳이나, 大韓國民議會가 예수교도의 단체로 지목되기도 하는 것(독립운동사편찬위원회 편, 『독립운동사』3, p.783)으로 미루어 대한국민의회의 소속원들 사이에 이러한 기독교적 입장이 공감되고 있었을 것이라 짐작할 수 있다.

"大韓國民議會"로만 되어 있을 뿐 앞의 니코리스크『朝鮮獨立宣言』에서와 같은 署名者 명단은 없다.

이 宣言書는 앞의 니코리스크의『조선독립선언』이 '조선국민의회' 명의로 되어 있었던 것과 달리 선언주체가 '大韓國民議會' 명의로 바뀌었으나 이는 같은 단체임이 분명하며, 3·1독립宣言書의 공약3장과 같이 행동방침으로서 5개항의 결의사항[62]이 첨부되어 있다.

(1) 宣言의 經過

琿春지역은 중국에 속하여 있지만 동쪽으로는 노령 시베리아지역과 바로 인접하여 있어 니코리스크나 블라디보스톡과 근거리에 있을 뿐 아니라[63] 국내와도 두만강을 경계로 인접한 지역이므로 삼국을 자유로 왕래할 수 있는 지리상의 요지였다. 따라서 대한국민의회의 활동에 있어서도 노령의 한인과 다름없이 대표를 파견하여 왔을 뿐 아니라[64] 1919년 4월 23일에는 大韓國民議會의 琿春支部를 결성하기에 이르렀다.[65] 지부결성의 가장 큰 목적은 이 지역을 전초기지로 하여 무장을

---

62) 3·1독립선언서의 공약3장이 철저하게 비폭력 원칙을 행동강령으로 내세운데 비하여 대한국민의회의 선언서는 무장혈전으로 일제에 대항할 것임을 명백히 밝히고 있다.

63) 琿春에서 블라디보스톡까지는 약 1백리 정도의 거리에 불과했으며, 국경에는 초소가 하나 있었으나 경찰이 지키는 것이 아니고 러시아측 세관원이 두사람쯤 나와 있었을 뿐이라고 한다. 또한 국경부근은 전부 갈대밭이었으므로 돌아가기에도 편리하여 어느모로 보나 양지역의 왕래는 그리 까다롭지 않았을 것이다. 琿春에서 블라디보스톡까지는 약 1주일 정도 걸렸다고 한다 (李智澤,「北間島」(16),『중앙일보』1972년 10월 30일자).

64) 노령 니코리스크에서는 1919년 2월 25일 전로한족회중앙총회를 중심으로 노령, 간도 및 국내 대표들이 모여 전로국내조선인회의를 개최하였다. 이때 琿春대표로는 文秉浩, 尹東喆이 참석하였으며, 이들은 1919년 2월 18일 朴兌桓의 집에서 琿春縣 각지의 유력자들이 모인 가운데 선정되어 2월 20일 출발하였다(「間島方面韓族獨立運動ニ關スル起因及經過ノ槪要」, 姜德相,『現代史資料』26, p.86).

65) 1919년 4월 14일 李東輝·李範允과 三岔口의 秦學新이 琿春縣 塔道溝로 와서

완비한 다음 국내로의 진격작전을 감행하는데 두고 있었다.

琿春에서의 독립만세시위운동은 3·1독립선언 이전부터 준비되었다. 특히 이 지역의 시위운동을 주도하였던 黃丙吉[66]·安泰國·梁河龜 등은 국내와의 연락을 지속적으로 유지하였다. 지리적으로 가까운 함경도 穩城郡 참사 任都俊과 공동으로 宣言書를 준비하고 咸鏡道 穩城[67)

大韓國民議會支部를 결성하였다 (「獨立運動に關する件」, 金正明, 『朝鮮獨立運動』Ⅱ, p.805).

66) 黃炳吉은 함경북도 慶源郡 梁河面 출신으로 러일전쟁 후 노령으로 망명하여 李範允의 私砲隊에 가입, 嚴仁燮·安重根 등과 활동하였다. 한때 입국하여 함경도 會寧·穩城·鍾城 등지에서 항일전을 벌이기도 하였으나 일제에 밀려 다시 블라디보스톡으로 망명하였다. 1909년 安重根·朴根植 등과 12명이 결사대를 조직하고 斷指同盟을 한 바 있으며, 1910년 琿春에 이주하여 敎會와 部落을 개척해 나가기 시작하면서 북만주를 거점으로 무장항일투쟁을 전개하였다. 기독교인사들이 주축이 되어 조직한 韓民會의 회장으로서 독립군양성에 진력하였으며, 1919년 12월 北路軍政署와 통합한 뒤 募捐隊長에 취임하여 동지규합과 군자금모금을 담당하였다. 1920년 6월 35세의 나이로 순국하였다. (徐紘一, 1984 「1910년대 北間島의 民族主義 敎育運動 (Ⅰ) - 基督敎 學校의 敎育을 中心으로-」『白山學報』29, pp.41~42 ; 金東和, 1991 「黃炳吉의 生涯와 獨立運動」『中國 朝鮮族 獨立運動史』, 느티나무, pp.71~79).

67) 3·1運動의 전개과정에서 대부분의 咸鏡北道 각군은 중앙의 영향보다는 間島나 露領지역의 독립운동에서 정신적으로나 물질적으로 더욱 많은 영향을 받고 있었다(『독립운동사』2, p.777).
그중에서도 특히 穩城郡은 함북에서도 가장 북쪽에 위치하여 북만주 일대를 근거로 활약하던 독립군이 고국에 진입하는 첫번째의 교두보였기 때문에 항일독립투쟁이 생활화되어 있는 지역이었다. 그리하여 3·1運動이 일어나자 운동의 여파가 중앙으로부터 밀려오기 전인 3월 15일 간도지방에서 완전무장한 독립군 5백여 명이 얼어붙은 두만강을 건너 穩城으로 잠입하여 3월 28일 다시 돌아갈 때까지 이 지역에서 유격전을 벌인 바 있었다. 이것을 시작으로 온성군에서도 자체적인 독립운동을 구상하기에 이르게 되었으며, 이무렵 永瓦面 上和洞에 사는 崔成巖의 동생이 간도로부터 돌아와 만세운동의 필요성을 역설하고 지니고 온 태극기와 독립선언서를 전한 것(3월 19일)이 이 지역 만세운동을 직접적으로 촉발하는 계기가 되었다. 이때 전한 독립선언서는 시기적으로나 앞서 본문에서 언급한 온성군과의 선언서 공동작성기록으로 보나 여러 모로 大韓國民議會 명의의 獨立宣言書였을 것으로 짐작된다. 이 선언서가 발견되자 日警은 최성암·權順天 등을 문초하여 이것이 간도독립군과의 연락하에 이루어진 것으로 판단하고 국경수비를 강화하였다 (위의 책,

·鍾城郡 일대를 망라하는 독립선언시위를 계획하고 있었다.

3월 17일경 琿春지역에서는 黃炳吉 등이 동지들을 규합하여 군자금과 무기를 모아 기독교인들과 연합할 것을 계획하고 있었다.[68]

3월 19일까지는 露領등지에서 학생을 비롯한 조선인들이 계속 모여들어 그 수가 약 3천 명에 달하게 되었으며, 이들 중 약 7백명은 다음 날인 3월 20일 領事分館을 습격하여 만세를 합창하고 일장기를 끌어내렸다.[69]

琿春에서의 독립선언식은 3월 20일에 거행되었다.[70] 시내에 거주하고 있던 조선인들은 이미 오전 6시 30분경부터 집집마다 태극기를 게

---

pp.779〜780).

68) 「間島方面の襲擊計劃に關し警戒等の件」, 金正明, 『朝鮮獨立運動』 I , p.377.
이 기록에는 黃炳喆이라 되어 있으나 이는 黃炳吉의 오기일 것이다. 한편 黃炳吉 등이 군자금과 무기를 모으는 활동을 하면서 "建國會"를 조직하려 한다고 하는 내용은 "大韓國民議會"의 조직을 의미하는 것으로 생각된다. 실제로 "大韓國民議會"의 琿春支部가 1919년 4월 14일에 성립되었던 사실이 이를 뒷받침한다(「獨立運動に關する件 (國外 第49報)」, 金正明, 『朝鮮獨立運動』 II , p.805 및 姜德相, 『現代史資料』26, p.145) 이에 앞서 琿春지역에서는 1919년 2월 25일 大韓國民議會의 성립을 위해 개최되었던 全露國內朝鮮人會議에 文秉浩와 尹東喆 두 사람을 琿春代表로 파견한 바 있었다(姜德相, 앞의 책, p.86).
大韓國民議會 琿春支部는 露領지역의 李東輝·李範允과 三차ロ에 있었던 秦學新이 琿春縣 塔道溝로 와서 성립시켰으며, 琿春지역이 咸北지방과 바로 인접하여 있느니만큼 장차 國內進入作戰의 근거지로 삼고자 하였다(金正明, 위와 같음 ; 姜德相, 『現代史資料』26, pp.133〜134에서도 같은 내용의 자료가 보인다. 여기서는 "大韓國民會"라 칭하였으나, 이것이 浦潮大韓國政府의 支部임을 밝히고 있으므로 間島의 國民會와 구별된다). 1919년 4월에 들어서서는 琿春에서의 獨立運動이 표면적으로는 어느 정도 진정된 대신 琿春 塔道溝의 조선인들이 나서서 노령지역으로부터 총기를 1천 정씩이나 구입하고자 하였던 계획이 탐지되고 있었던 것으로 보아 앞에서 언급되었던 黃炳吉의 군비계획과 大韓國民議會 琿春支部의 국내진입작전계획이 全露國內朝鮮人會議를 전후한 시점부터 露領地域의 독립운동자들과 의논되었던 결과였음을 생각해 볼 수 있다(「獨立運動に關する件(國外 第18報)」, 姜德相, 앞의 책, p.100).

69) 「獨立運動に關する件(國外 第7報)」, 姜德相, 앞의 책, p.93.

70) 姜德相, 앞의 책, p.109.

양하고 당일의 독립선언식을 준비하였다. 오전 8시경 **琿春** 시내에서 동쪽으로 5리쯤 떨어진 곳에 집결한 약 350명 가량의 조선인들은[71] 2열종대를 지은 학생 60명을[72] 선두로 독립만세를 외치면서 동문까지 행진하였다. 동문에서는 이미 나와있던 황병길 등이 이들을 맞아 성안으로 행진해 들어가면서 길가의 조선인들에게 **漢文**과 **國漢文**으로 인쇄된 **宣言書**를 배포하였다. 이들이 시내를 가로질러 서문밖의 광장으로 나와 **圓陳**을 형성하였을 때에는 그 수가 약 2천 명에 달하였다.[73] **黃丙吉·盧宗煥·崔東文·金貞奎** 등이 연설한 후 시위대는 다시 동문을 향해 행진하여 **琿春**강변에서 다시 원진을 형성하고 황병길의 연설을 듣는 것으로 이날의 독립선언과 만세시위운동을 마무리하고 해산하였다. 시위대의 해산 이후 황병길 등은 학생들을 비롯하여 3백여 명을 이끌고 **東砲臺** 방면으로 이동하였다.[74]

(2) 宣言書의 內容

琿春에서 발표된 『宣言書』는 제목·본문·결의안 5개항·발표일자로 구성되어 있으며, 내용상 결의안 5개항까지 포함하여 여덟 부분으로 나누어 볼 수 있다.

---

71) 여기에 참가한 조선인들은 **東溝·荒溝·烟筒磊子** 지방에 거주하고 있던 이들이었다.

72) **東溝永生學校·黑頂子學校·荒溝北一中學校·烟筒磊子光東學校** 등의 학생이었다.

73) 이때 모인 군중의 수는 기록마다 상이하여 **姜德相**, 앞의 책, p.109에는 약 2천으로 잡고 있으나, 『독립운동사』3, p.710에서는 5천 명 이상으로 기록하면서 동시에 출처를 밝히지 않은 채 일본측 기록에는 4천 명으로 되어 있다 하였다.

앞서 본문에서 언급했듯이 이미 19일에 독립시위운동에 참가할 수 있는 인원이 약 3천 명에 달하여 있었고, 영사분관을 습격할 때 약 7백명 정도가 움직였다고 한다고 했을 때 이날 시위에 참가한 인원은 2천명 정도였다는 추산이 가능하여 여기서는 그 수를 약 2천 명 가량이었을 것으로 보았다.

74) **姜德相**, 앞의 책, pp.109~111.

『宣言書』의 맨 첫머리는 "大韓國民議會代表는 我 二千萬同胞를 代表하여 天下萬國에 獨立을 宣言하노라"[75)는 독립선언이다. 이전의 니코리스크에서의 宣言書와는 달리 단정적이고 힘찬 독립선언의 주장으로 宣言書의 서두를 열어가고 있는 것이다. 이는 琿春지역에서 계속 진행되어오던 무장투쟁의 준비와 국내진공작전의 계획 등과 무관하지 않을 것이라 생각된다.

둘째로는 민족자결주의와 강화회의에 대한 기대가 언급된 부분이다.[76)

선언서는 당시의 세계정세에 대하여 세계대전의 종국에 따라서 정의인도가 세계질서의 기준으로 작용하며, 군국주의와 침략정책이 소멸하고 강화회의의 개최에 의하여 민족자결주의가 전세계적으로 실행될 것으로 기대하였다. 아울러서 그러한 기대의 근거로서 폴란드와 체코의 독립·프랑스에서의 알사스와 로렌 양지역의 회복을 들고 있다.

자유와 평등, 민족자결주의 등에 대하여서는 니코리스크 선언서에서도 언급된 바 있으나 琿春의 선언서에서는 세계대전의 終戰과 강화회의의 개최에 따른 약소국의 독립과 관련한 국제정세에 대한 인식이 어느 정도 이루어지고 있음을 볼 수 있다. 나만 상화회의와 민족자결주의에 대하여 전승국의 식민지에 한정한 약소국의 독립이라는 부분까지는 인식하지 못한 채 군국주의의 강권에 의하여 "他國을 併合한 所謂 强國인 者는 併合된 나라에 對하여 다시 獨立케 할 義務"[77)가 있는 것으로 이해하고 있었다. 따라서 한국의 독립은 국제정세상 지극히 당연하며 정당하다는 것이다.

강화회의에 대한 기대는 3월 20일 만세시위도중 행해졌던 황병길의 연설에서도 동일하게 나타나고 있었다. 그는 연설을 통하여 "우리 大

---

75) 宣言書 (姜德相, 『現代史資料』26, p.45) 1~2행.
76) 宣言書 (위의 책, p.45) 3~15행.
77) 宣言書 (위의 책, p.45) 13~14행.

韓國은 10년전 橫暴함이 극에 달한 日本에 병합된 이래 위로는 太皇帝로부터 아래로는 同胞萬民에 이르기까지 참담하고 비참한 세월을 보내왔다. 그러나 하늘이 우리를 버리지 않으셔서 이번 강화회의를 통하여 한국독립의 기회를 주었다"[78]고 하여 강화회의의 결과가 한국의 독립과 직결될 것으로 확신하였다.

세째로는 일제의 소위 한국합병에 대한 사기성의 폭로이다.[79]

앞단락에서 국제사회에서 군국주의의 강권에 의해 강점된 약소국의 독립이 정당한 것으로 인정되고 있으므로 한국 또한 독립되어야 마땅하다고 한 주장에 대한 부언이라고 할 수 있다. 즉 한국은 더군다나 일제의 사기적인 수단과 병력에 의하여 주권을 강탈당한 것이라는 설명이다. 일본은 한국의 독립을 그들이 먼저 주창하여 승인하였을 뿐만 아니라 청일전쟁·노일전쟁을 즈음한 시모노세키 조약이며, 포츠머스 조약을 통해 한국의 독립과 보전을 명백히 하였음에도 불구하고 병력을 앞세워 군주를 위협하고 합병조약을 체결하였다는 것이다.

네째로는 소위 한국합병 이후 일제의 만행을 설명하고 한국의 독립은 우리의 가장 긴급한 과제임을 천명하는 부분이다.[80]

일제의 만행은 한마디로 국제사회에 대하여는 표면적으로 한국의 이익을 도모한다고 하는 기만책이요, 한국에 대하여는 민족자체를 盡滅하려는 극흉극악한 통치책이었다는 것이다. 그리고 이에 대하여 구체적으로는 참정권의 상실과 그로 인한 集會·結社·言論·出版 등 제반 人權의 억압,노예교육의 실시, 惡刑의 실시 및 경제적 탄압으로 인한 곤궁 등에 대하여 간략하게 서술하고 있다. 여기서 특기할 것은 니코리스크 宣言書와 마찬가지로 기독교에 대한 서술부분이다. 宣言書는 "耶蘇敎는 我 民族文化上 一生命이 되는데 彼 日本은 이를 憎惡하

---

78) 姜德相, 위의 책, p.109.
79) 宣言書 (위의 책, p.45) 16~24행.
80) 宣言書 (위의 책, pp.45~46) 25~51행.

여 撲滅하려고 陰險한 手段을 講하여"[81] 寺內 總督을 암살하려 했다는 혐의를 씌워 전국의 유력한 교도 수백 명에 惡刑을 가하였음을 서술하고, 이에 따라 "각교회는 공포시대에"[82] 처하였으며, 한국인에게 "信敎의 自由"[83]는 없다고 하였다. 그리고 이러한 비인도적인 일제의 만행에서 벗어나기 위해서 인도주의와 세계평화를 주창하는 이 때 한국인들은 독립을 가장 최우선의 과제로 여기고 있다는 것이다.

기독교를 '우리 민족 문화상의 일생명'으로까지 언급하면서 소위 「寺內總督暗殺미수사건」의 개요를 서술한 것은 니코리스크 선언서의 경우와 마찬가지로 일단 선언서의 집필자 혹은 선언서의 주체라고 할 수 있는 독립만세시위운동의 주도자들이 기독교인들이었다는 점, 더 크게는 琿春을 비롯한 간도 전체의 조선인 기독교신자의 수가 무시할 수 없을 만큼 강성해져 있었다는 점[84]과 관련지을 수 있다. 그러나 특정사건을 통하여 조선내에서 기독교신자들이 일제에 모진 악형을 견디며 핍박받고 있음을 서술한 것은 니코리스크 선언서가 단지 기독교가 서구문명유입의 매체이며, 십자가를 지는 마음으로 임하겠다는 내용으로 서술한 것과는 달리 상당히 의도적이었다고 생각된다. 한국은 기독교선교가 놀라울 만큼 효과적으로 이루어진 나라이며, 이제 그 선교가 어느 정도 궤도에 오른 상태에서 일제가 정치적인 이유로 조선인 기독교신자들을 박해하고 있다고 하는 내용을 전세계에 알림으로써 보다 적극적인 국제사회의 지원을 기대한 것이다. 이러한 기대는

---

81) 宣言書 (위의 책, p.46) 36~37행.
82) 宣言書 (위의 책, p.46) 41행.
83) 宣言書 (위의 책, p.46) 41~42행.
84) 1920년(大正 3年) 3月의 일제측 기록에 의하면 東西間島와 琿春을 포함하여 기독교신자의 수는 약 2萬으로 추산하였다. 또한 이러한 수치는 각종 종교의 신자전체의 수에 대비하여서는 과반을 차지하는 것이며, 총인구에 대비하여서는 15분의 1에 해당하는 것이라 하였다 (金正明編, 「間島及琿春地方在住朝鮮人と耶蘇敎との關係」, 앞의 책Ⅲ, p.422).

선언서 서두에서 나타나는 바 강화회의에 한국의 독립여부가 달려있
다는 확신과 같은 맥락이다. 이러한 의도를 국제사회에 알리는 길은
두가지 경로로 요약할 수 있다. 그 하나는 간도주재 해외공관을 활용
하는 길이고 나머지는 琿春을 비롯한 간도에서 활발하게 선교활동을
벌이고 있었던 해외선교부를 통하는 길이었다.

琿春에서의 독립만세시위운동은 그 계획단계에서부터 각 영사관에
선언서를 배포한다는 내용이 포함되어 있었으며, 3월 20일의 시위운동
과정에서 각 영사관에 宣言書가 배포되어졌다. 반면 해외선교부에 대
한 宣言書의 배포사실을 확실하게 증명할 만한 근거는 찾을 수 없다.
다만 이러한 경로에 대하여서는 당시 간도에서의 기독교의 역할과 함
께 외국인 선교사들의 활동을 통하여 추정해 보는 것은 가능하다고
생각한다.

간도지역에서 기독교는 단순한 종교 이상의 것이었다고 할 수 있다.
간도로 이주한 한국인들은 排日主義를 표방하는 기독교를 통하여 중
국관헌과 우호적 관계를 유지함으로써 중국관헌의 가렴주구로부터 벗
어날 수 있었을 뿐 아니라 교회가 주도하는 교육사업을 통하여 계몽
운동을 지속할 수 있었고[85], 이주한인들을 조직적으로 집단화할 수 있
는 구심점으로서 작용하였다.[86] 외국인 선교사들의 활동은 이러한 모
든 역할과 관련되어 이루어지고 있었지만[87], 특히 한국인들이 처해있

---

85) 間島지역 중에서도 특히 北間島地域은 基督教계통 교육기관이 全 北間島 교
   육기관의 6割 이상을 차지하고 있었다 (玄圭煥, 『韓國流移民史』上, p.447).
86) 徐紘一, 앞의 논문, pp.44~45.
87) 선교사들은 교회의 설립과 학교 등 교육기관의 설립을 거의 동시에 추진하고 있
   었으며, 북간도 연길현 용정촌 동산에 위치한 카나다 선교부의 경우에서 보는 것
   과 같이 일본 영사관의 힘이 미치지 못하는 치외법권지역의 이점을 이용하여 한
   국독립운동가들에 은신처 및 연락처 등으로 제공하는 등 한인들의 독립운동과도
   밀접한 관계를 맺고 있었다. 이때 활동한 선교사들로서는 具禮善(Dr.Mrs.Robert
   Grierson), 朴傑(A.H.Barker), 富斗一(Rev.Mrs.W.R.Foote), 徐高道(W.Scott), 閔山海
   (S.Martain) 등을 들 수 있다 (徐紘一, 위의 논문, pp.49~50).

는 정치적 현실에 대하여 많은 관심과 협조를 보였다는 점에 주목할 필요가 있다.

北間島 宣敎를 담당한 캐나다 長老會 宣敎師들은 정치적 입장에서 排日的 태도를 분명히 표명하였고 移住 韓人들의 獨立運動을 직접 간접으로 지원하였다. 북간도의 캐나다 선교사들이 취한 배일적 태도는 당시 국내 친일 선교사들의 비정치적 입장과는 퍽 대조적이었다.[88] 이렇듯 정치적 감각을 지닌 캐나다 장로회 선교사들의 선교사업에 대하여 일제는 간도 기독교중 미국북장로파가 가장 큰 세력을 얻게 된 것은 장로교의 진수가 자유 평등주의이며 합중국이 영국 식민지로부터 독립하여 부강한 나라가 된 것은 신앙으로 단결하였기 때문이라는 신념이 북간도 기독교인들의 뇌리에 깊이 새겨 있어서 한국인 기독교 신앙의 최종목적은 제2의 미국이 되어서 한국이 일본으로부터 독립하는 일로 삼게 된 것이라고 파악하고 있었다.[89]

캐나다 선교회가 간도지역에서 차지하는 비중은 다음의 표를 통하여 확인할 수 있다.

---

88) 徐紘一, 위의 논문, p.49.
89) 金正明, 앞의 책Ⅲ, p.420.
　　여기서 일제는 미국북장로파로 파악하고 있었으나, 실제로 이지역 선교를 담당하였던 장로교 선교회는 카나다 선교회였다.

<표2>　　間島地方　韓人宗敎狀況　一覽表(1925)[90]

교종별 ＼ 구분		敎會 또는 寺院	信徒數
基督敎	캐나다長老會	61	8,623
	南監理派	14	1,513
	東亞基督敎	7	288
	安息敎	2	164
	天主公敎	32	9,320
	計	116	17,548
	天道敎	11	3,686
	大倧敎	3	2,109
	靑林敎	1	30
	元宗敎	5	272
	侍天敎	9	3,109
	濟愚敎	1	51
	大成儒敎	2	86
	孔子會	3	10,139
	佛敎	3	43
總計		154	27,073

　　위의 표는 연도는 다소 내려간 것이지만 이를 통하여 볼 때 캐나다 장로회의 신도는 전체 기독교 신도 중에서는 18%를, 전체 종교인에 대하여서는 12%를 차지하고 있어 결코 적은 수가 아니었음을 알 수 있다. 그러나 교회의 수에 있어서는 캐나다 장로회 소속의 교회가 전체 기독교회에 대비하여 52.58%, 전체 종교의 교회나 사원수에 대비하여 39.61%를 차지하고 있어서 캐나다 선교회의 왕성한 선교사업과 폭넓은 분포를 짐작하게 한다.

　　이상에서 살펴본 바를 종합하면 간도지역에서 한국인의 정치적 현실에 관심을 두면서 폭넓게 적극적인 선교활동을 펴고 있던 캐나다 선교회는 한국독립운동과 직접적으로든 간접적으로든 긴밀하게 관련되어 있었으며, 따라서 특히 기독교인들이 주도해 나갔던 이때의 宣言

---

90) 徐紘一, 앞의 논문, p.51에서 재인용.

書배포와 만세시위운동의 내용을 국제적으로 알릴 수 있는 위치에 있었다고 할 수 있다.

다섯째는 한국의 독립국으로서의 면모에 대한 설명부분이다.[91]

한국은 4천여 년의 오랜 역사와 2천만의 인민·8만 2천만 리의 영토를 확보하고 천연산물이 풍부하여 자급자족이 가하니 독립할 자격이 충분하고, 오랜 역사를 통하여 사회문화의 전통이 유구할 뿐 아니라 독립할 능력 또한 충분하므로 한국의 독립요구는 당연하다는 것이다.

여섯째는 영구혈전의 선포이다.[92]

우리 민족이 독립 자유를 얻지 못한다면 그 생존상의 지위를 위하여 일본과 영구한 혈전을 행할 것이라는 엄숙한 선포이다. 덧붙여 한국은 극동의 문호이며 요새라는 점을 상기시키고, 일본이 한국을 강점한 것도 바로 그 때문인데 이제 한국이 일본과 영구혈전에 들어간다면 동양의 평화는 기대하기 어려울 것이라는 점을 분명하게 밝히고 있다.

1個의 무기가 없어도 鐵拳으로서 일본에 대항하여 자유와 독립을 위하여 熱血을 쏟음을 不辭한다는 것이야말로 독립전쟁의 기치를 내걸었음을 의미한다. 이는 앞서의 니코리스크 선언서에서 진일보하여 투쟁의 방식이 보다 구체화되었다고 할 수 있다.

일곱째로는 다시금 한국의 독립을 선언하는 것으로 본문을 맺고 있다.[93]

마지막으로 결의안 5개항의 부분이다.[94]

결의안의 1, 2, 5항은 선언서의 본문을 요약, 정리한 것이라 할 수

---

91) 宣言書 (위의 책, p.46) 51~61행.
92) 宣言書 (위의 책, p.46) 62~74행.
93) 宣言書 (위의 책, p.46) 74~77행.
94) 宣言書 (위의 책, p.47) 78~91행.

있다. 즉 대한국민의회는 한국의 정당한 자유독립을 주장한다는 것, 소위 한일합병은 太皇帝의 비준이나 한국인의 의지가 없었으므로 폐지되어야 마땅하다는 것, 독립이 잘 이루어지지 않을 경우 끝까지 혈전을 행할 것 등의 내용이다.

한편 결의안 3항과 4항은 구체적인 실행방법에 대한 것이다. 3항에서는 要員을 만국평화회의에 파견할 것과 국제연맹에 참가할 것의 내용이, 4항에는 독립의 의지를 국제사회에 알리기 위하여 각국 주재 공사·영사에게 독립의 뜻을 통고하고 정부에 전달해 줄 것을 위탁한다는 내용이다.

3. 블라디보스톡의 『宣言書』

블라디보스톡에서 발표된 선언서는 漢文本과 國漢文本이 있으며, 발표일시는 1919년 3월로 기재되어 있다.95)

이 선언서는 흔히 海蔘威 大韓國民議會 宣言書라고도 하며, 세 가지의 대한국민의회 명의로 된 선언서 가운데 발표과정이 가장 모호하다. 더우기 이 海蔘威 宣言書가 내용상으로는 琿春 宣言書와 유사하게 작성되어 있다는 점에서 더욱 그러하다. 앞서 언급된 바와 같이 니코리

---

95) 獨立紀念館 所藏本 참조.
　　李鉉淙, 『近代民族意識의 脈絡』, pp.176~179에 실린 海蔘威 宣言書에는 발표일자가 1919년으로만 되어 있으며, 선언자 서명으로 '會長 에고르 韓·副會長 金萬謙·參謀長 金夏錫·參謀 미하일 金·書記 全 一·外交員 韓容憲·外交員 張道定·外交員 金 震·外交員 모세이 朴'이라 되어 있다. 그러나 이 명단대로의 조직이 어느 시점에 이루어졌는가에 대하여서는 명확하지 않다. 金昌順·金俊燁은 이것을 大韓國民議會가 초대회장이었던 文昌範에 이어 1919년 8월 이후 개각되었을 때의 내용으로 보고 있다. 한편, 金炳祚는 1920년 작성된 『韓國獨立運動史略』에서 海蔘威 宣言書를 1919년 3월 13일 사건서술에 뒤이어 기록하고 있다 (金炳祚, 『韓國獨立運動史略』, 아세아문화사 영인본, pp.55~60). 이 명단대로의 大韓國民議會 조직이 1919년 3월 宣言書 발표시에 이미 유효하였던가의 문제에 대하여는 자료가 더 필요하다고 생각된다.

스크 宣言書의 발표일자는 3월 17일로 기록되어 있으며, 니코리스크에서 독립만세운동을 주도한 문창범 등은 같은 날 블라디보스톡으로 이동하여 역시 시위운동을 주도한 바 있었다. 이날 이후 블라디보스톡에서는 노령 각지로 독립운동가들을 파견하여 선언서를 배포하는 한편 노령 한인들의 독립만세운동을 주도하였으나, 日軍의 노령주둔과 러시아의 한인운동불허방침에 의하여 블라디보스톡에서는 다시 한인들의 독립만세시위운동이 이루어질 수 없었던 것이다. 한편 琿春에서의 선언서 배포는 3월 20일에야 이루어지고 있었다. 이러한 사실을 종합하여 볼 때 3월 17일에서 20일 사이 노령지역에서만 두 가지 선언서가 나온 것이며, 전체 노령지역과 간도지역까지 대한국민의회가 주도해나간 독립만세시위운동에서는 海蔘威 宣言書가 쓰였음을 알 수 있다.96) 즉 같은 시기 노령에서 나온 두 가지의 선언서 중 海蔘威 宣言書를 공식적인 대한국민의회 명의의 선언서로 발표한 것으로 생각된다.

이것을 추정해 볼 수 있는 근거로는 다음과 같은 몇 가지를 들 수 있다. 첫째로 琿春의 선언서는 내용면에서는 海蔘威 선언서를 요약한 듯이 분량은 조금 작지만 거의 유사하게 서술되고 있으며, 결의안 5개항은 거의 동일하다는 점이다. 둘째로는 니코리스크 선언서가 같은 대한국민의회 조직이었음에는 틀림없지만 朝鮮國民議會 명의로 되어 있

---

96) 趙東杰은 각처에서 발표된 선언서를 언급하는 가운데 니코리스크와 블라디보스톡에서 발표된 선언서를 해삼위 선언서로 단정하고, 이는 3월 20일 혼춘에서 배포한 <선언서>와 본문의 내용이 비슷한데 혼춘의 것은 한문본이기는 하지만 본문의 짜임새가 더 정연하고 그 위에 <결의안> 5개항이 추가되어 있다고 한 바 있다 (趙東杰, 앞의 논문, pp.394~395).
여기서 몇 가지 필자와 견해가 다른 부분을 지적하자면, 우선 니코리스크에서는 비록 국지적인 선언에서 끝났을 지라도 니코리스크의 지명까지 분명하게 기재한 별도의 선언서가 있었다는 점, <결의안> 5개항이라는 것은 해삼위 선언서나 혼춘 선언서에 모두 문장까지 거의 똑같게 기록되어 있다는 점이다.

는데 비해 琿春이나 海蔘威 宣言書는 대한국민의회 명의로 되어 있다는 점이다. 세째로는 일제가 노령지역 독립운동가들의 독립운동상황을 조사 분석한 기록에서 특히 海蔘威 宣言書의 내용을 일부 인용까지 해가며 노령한인 일반을 이해하는 자료로 사용하고 있다는 점이다.97)

(1) 宣言書의 內容

海蔘威 宣言書는 琿春 宣言書와 유사하게 구성되어 있으므로 그 내용은 琿春 宣言書와 마찬가지로 여덟 부분으로 나누어 볼 수 있다. 앞서 琿春 宣言書의 내용을 이미 자세하게 분석한 바 있으므로 여기서는 이 두 가지 宣言書를 비교하면서 살펴보기로 한다.

서두 부분에서 독립은 선언하는 것은98) 양자가 동일하다. 다만 '천하에 어찌 강권이 있어 홀로 公理가 없다 하겠는가'99)하는 표현을 덧붙이고 있는 데서 국제사회의 새로운 질서로의 개편에 대한 강한 기대를 엿볼 수 있다.

둘째 민족자결주의의 실행에 대한 확신이다.100) 앞 부분에서 '公理 = 새로운 국제사회의 질서'에 대한 기대는 다시 민족자결주의와 동일한 것임을 보여주는 부분이다. 선언서는 '오늘날 세계는 즉 윌슨씨(偉爾遜 氏)가 제창한 바 民族自決主義의 時代'101)라고 단정하면서 '倂呑된 민족이 자치능력과 독립의 자결이 있으면 그 기반에서 벗어나 자주 자결하는 것이 곧 天下의 公理요, 倂呑한 强國도 그 인민의 감정에 따라 독립을 도로 환부하는 것이 또한 天下의 公理'102)라 하였다. 그리고 파리강화회의는 이러한 문제를 해결하기 위해 개최된 것103)이라

---

97) 金正明, 앞의 책Ⅲ, pp.444~445.
98) 宣言書 (獨立紀念館 所藏本 ; 이하 생략) 1~3행.
99) 宣言書 2~3행.
100) 宣言書 3~20행.
101) 宣言書 11~13행.
102) 宣言書 13~17행.

고도 하였다.

琿春의 선언서가 파리강화회의를 통하여 민족자결주의가 반드시 실행될 것이라고 한 데 비하여 강화회의에 대한 구체적인 기대나 언급은 보이지 않으나 海蔘威 선언서는 민족자결주의에 대하여 상당히 낙관적인 기대를 하고 있었음을 알 수 있다. 그리고 이러한 점은 '公理'라는 표현을 몇 번씩이나 중복해 가며 사용하는 데에서도 알 수 있는 것이다.

세째로는 소위 한국합병에 대한 일제의 사기성에 대한 부분이다.104) 이 부분은 琿春 선언서의 같은 부분보다 상당히 세밀하게 서술되고 있다.

이에 의하면 한국은 일본에 附庸된 屬國이 아니며 정복당한 領地라 하고, 한국이 원래 독립국임을 인정할 만한 근거로서 1864년105) 中日 馬關條約에서 한국의 독립을 확인한 것을 비롯, 1866년106) 각국의 한국의 독립국 승인, 러일 3차협약에서 한국의 독립 확인, 1902년 英日同盟條約, 1903년 러일전쟁 개전에 즈음한 일본천황의 조칙, 韓日議定書, 菩孜瑪士(포츠머드)條約 등에서 반복되었던 한국독립의 확인과 보장에 대한 내용들을 일일이 열거하여 증거하고 있는 것이다. 그리고 대외적으로 이렇게 일제가 한국의 독립을 인정하고 또한 보장하겠다고 하였음에도 불구하고 러일전쟁 승전의 여세를 몰아 한국을 독립국에서 보호국으로 만들고 급기야는 합병을 하기에 이르렀다 하여 일제의 한국병탄의 부당함을 호소하고 있다.

네째로는 소위 한국합병 이후 한국에 대한 일제의 만행에 대한 폭로이다.107) 海蔘威 선언서가 한문투의 어휘가 많이 사용되었다는 것108) 외에

---

103) 宣言書 4~5행.
104) 宣言書 21~40행.
105) 이는 1894년의 오기일 것이다.
106) 이 역시 1896년의 오기일 것이다.
107) 宣言書 41~66행.

는 참정권의 박탈, 집회·결사·언론·출판 등의 권리 억압, 노예교육
의 실시, 惡刑의 실시, 경제상태의 황폐화, 행정업무에서의 한국인 배
제 등의 내용이 모두 琿春 宣言書와 유사하게 서술되고 있다. 역시 이
부분에서는 기독교에 대한 일제의 박해도 서술하고 있다. 琿春 宣言書
와 같이 특정한 사건의 전말을 기록하고 있지는 않으나 事端을 날조
하여 교도에 惡刑을 가하고 있어 信敎의 自由가 없음을 호소하였다.

한편 기독교에 대하여서는 '그들의 속박이 이와 같고 질곡이 이와
같으니 어둡고 어두운 중에 문화를 수입해 들이는 한 줄기 光脈은 오
직 하나 기독교(彼束縛如此 桎梏如此 而於冥冥中輸入文化之一線光脈
惟一耶蘇敎)'[109]라 하였다. 이는 琿春 宣言書에서 '耶蘇敎는 우리 민
족 문화사의 一生命'이라 한 것, 또한 니코리스크 宣言書에서 기독교
가 우리나라에 서구민주주의 사상을 유입하는 유일한 매체라 한 것을
모두 포함하고 있는 표현이라 하겠다.

다섯째는 한국의 독립능력에 관한 부분이다.[110] 당시의 세계는 公理
가 勢를 펼쳐나가는 시기 즉 민족자결주의의 원칙에 입각한 시대이라
하고, 그렇다면 독립의 능력과 자격을 가진 민족이 이 때에 독립하겠
다는 것은 당연하다는 논리를 펴고 있다. 그리고 한국의 독립능력과
자격을 설명하기 위하여 한국의 객관적인 면모를 설명하고 있는 것은
琿春 宣言書와 동일하다.

여섯째는 일제에 대한 혈전의 선포와 동시에 한국문제가 세계평화
와 직결된다는 주장이다.[111] 한국민은 한국의 독립요구에 일본이 응하
지 않는다면 그들과의 혈전은 기정사실로 받아들이고 있다는 것이다.
다만 한국은 동양의 출입문호이고, 일본은 한국병탄이후 중국과 시베

---

108) 예를 들어 '가혹한 정치는 尾閭의 우리 膏血을 흡수하는 터력과 같고(苛政
　　如毛吸我膏血之尾閭)……' 하는 등의 표현을 들 수 있다.
109) 宣言書 57~59행.
110) 宣言書 67~80행.
111) 宣言書 81~99행.

리아에까지 세력을 신장하여 동양평화를 파괴하고 있으니 한국이 일본과 혈전을 벌인다면 동양평화는 물론 나아가 세계평화에까지 장애를 끼칠 것이라는 내용이다. 여기서 이를 강조하기 위해 일본을 '天下公理의 仇敵', '正義 人道의 모적', '세계평화의 魔障(마귀와 장애)'으로 거듭 표현하고 있다. 우리말로 바꾸었을 때 원수니 마귀니 하는 이러한 표현들은 성경 속에서 찾을 수 있는 어휘들로써 역시 기독교적인 입장이 선언서 전체에 견지되고 있음을 알 수 있다.

일곱째로는 본문의 결말 부분으로서 우리민족의 생존과 정의 인도의 유지, 세계평화의 보전을 위하여 한국은 독립을 선포한다 하여 독립의지를 다시금 천명하고 있다.112)

마지막으로 결의안 5개항113)이 첨부되어 있지만 이 부분은 琿春 宣言書와 동일하므로 생략한다.

이상의 세 가지 선언서를 비교하여 볼 때 海蔘威 宣言書는 우선 漢文으로 작성되어 있어 漢文투의 표현이 상당히 많지만 한국이 일본에 병탄된 과정이나, 한국에 대한 일제의 惡政이 간결하면서도 조리있게 설명되고 있음을 알 수 있다.

이 宣言書 역시 다른 두 가지의 宣言書와 마찬가지로 기독교적인 입장에서 서술하였으나 특정하게 기독교인들에 대하여 호소한다거나 하는 부분은 없으며, 될 수 있는 대로 객관성을 유지하려 하였다고 생각된다. 이는 大韓國民議會의 조직 자체가 귀화한인과 비귀화한인, 露領 한인과 間島 지역의 한인, 기독교계열과 사회주의 계열 등 너무나도 다양한 人士들이 참여하고 있었다는 점에서 기인한다 하겠다. 또한 볼셰비키 혁명계열과 옴스크 정부와의 상반된 세력들 사이에서의 균형 등도 역시 宣言書의 작성에 일정한 영향을 끼쳤을 것이다.114)

---

112) 宣言書 100~102행.
113) 宣言書 103~119행.

　　니코리스크 宣言書에 비교한다면 琿春과 海蔘威 宣言書는 상당히
강경노선으로 轉回하였음을 알 수 있다. '다대한 희생을 지불한다 하
여도' '그 무거운 십자가를 지겠다'는 데에서 이제는 '철권으로서 일
제에 대항하여' '혈전을 벌여 오로지 죽음이 뒤에 따를 뿐'이니 '동양
이 수라장화'할 것이라는 입장으로 변화하고 있는 것이다. 또한 결의
안 5개항을 통하여 일제에 대한 혈전과 함께 파리평화회의에 대표를
파견하고 국제연맹에 가입하며, 각국에 한국인의 의지를 전달하는 문
제를 지적하여 적극적으로 국제사회에 한국문제를 제기한다는 입장도
분명히 하고 있는 것이다.

---

114) 趙東杰, 앞의 논문, pp.410~411.

第 6 章 老人同盟團宣言書와
디한독립녀ᄌ선언셔

第 1 節 老人同盟團宣言書

1. 老人同盟團의 組織과 活動

3·1운동 이후 만주와 노령의 만세운동은 니코리스크와 블라디보스톡을 비롯하여 지역적으로 확대되었을 뿐 아니라 운동의 형태에 있어서도 靑年團·婦人團·老人同盟團 등의 각종 독립운동단체를 결성시키는 계기가 되었다. 특히 老人同盟團은 3월 17일 거행된 니코리스크 시위운동 직후에 결성된 조직이다. 老人들을 대상으로 한다는 점에서 우선 이채롭게 느껴지는 이 조직은 그 결성과 활동에 있어 청년들 못지 않은 열의를 보여주었다.

「老人同盟團」이 조직된 것은 崔秉琡(崔竹亭)·金致寶·朴殷植·李得萬(李萬戶)·尹金玉(尹余玉의 誤記) 등이 발기인이 되어 입회금을 7留(루블)로 정하고 취지서를 발표하여 회원모집에 들어가면서부터이다.

정식으로 발기인에 들어있었는지 확인할 수는 없으나 이때 趣旨書를 작성한 것은 니코리스크에 있던 朴殷植이었으며, 그는 이후에도 老人同盟團명부1)에 이름이 올라 있는 것으로 보아 老人同盟團의 활동에 지속적으로 참여하고 있었던 것으로 보인다. 3월 23일에는 洪範圖 역시 블라디보스톡으로 와서 가세하였다. 李 崙은 3월 25일 현재 입회자가 약 140명이라 하였으며, 그후 1919년 6월 말 경 老人同盟團의 전체 회원은 약 5천 명인 것으로 추정된다.

老人同盟團은 1919년 3월 26일 블라디보스톡의 金致寶 집에서 조직되었다. 이 날 거행된 發會式에서 團長에는 金致寶, 理事員에는 洪範圖·劉尙敦 등 16명이 선출되었다. 老人同盟團은 46세 이상의 연령제한을 두었을 뿐 남녀를 가리지 않고 회원자격을 부여하는 것으로 규정하고, 獨立運動靑年들을 지원할 계획을 하고 있었다.

老人同盟團은 발회식 이후 傳團委員이라고 하여 각 지방에 대표들을 파견하고 단원모집에 노력하였다. 傳團委員으로 활동하였음이 밝혀진 이들은 李 崙·金學永·車大轍·崔侍從·劉泰純 등이다. 李 崙·金學永은 4월 4일 니코리스크 방면으로, 車大轍와 崔侍從은 4월 3일 각각 蘇城과 이만 방면으로, 4월 2일에는 劉泰純이 小綏芬 및 구루데코오 지방을 향해 출발하였다.2)

이들 傳團委員들의 활동을 포함하여 老人同盟團의 목표는 46세 이상의 남녀노인에게 입단을 권유하여 총수를 7천 명까지 달성하는 것

---

1) 여기서 말하는 노인동맹단명부는 老人同盟團이 1919년 음력 9월 10일자로 미국의 서재필에게 同團의 총재직을 맡아줄 것을 요청한 문서에 포함되어 있던 것이다. 이 명부의 서명자들은 각자 도장이나 지장을 찍고 있는데, 박은식의 도장은 사각모양으로 그 중에서도 가장 커서 인상적이며 본인서명이 확실할 것으로 보인다 (名簿는 독립기념관 한국독립운동사연구소, 1991 『한국독립운동사연구』5 附錄(資料 Ⅱ : 大韓國民老人同盟團名簿), pp.489~558 참조).
2) 姜德相, 1967 『現代史資料』26, みすず書房, pp.98, 107, 120~121 ; 金秉祚, 1920 『獨立運動史略』 (1974, 아세아문화사 영인본), p.106 ; 金正明, 1967 『朝鮮獨立運動』Ⅱ, 原書房, p.815.

이었다. 이와 관련하여 일제의 기록에는 老人同盟團이 특히 7이라는 숫자를 존중하여 발기인의 수를 7인으로 하고 입회금도 7루블 씩으로 하고 연령도 46세 이상 70세까지로 제한하고 총수를 7천인으로 하려는 망상을 계획하고 있다고 하면서 이를 미신으로 置簿하고 있다. 老人同盟團은 4월 5일까지 약 3천 원을 모금하여 그중에서 취지서 인쇄비·전단위원 파견비 등으로 약 1천 7백여 원을 지출하였다.[3]

한편 박은식은 老人同盟團의 서기인 徐相矩 집에 체류하고 있었다. 여기에 4월 4일 蜂密山으로부터 金學萬이 도착하여 박은식과 동숙하면서 老人同盟團 활동계획을 추진하였던 것으로 보인다.[4] 서상구 집에서의 회합에는 이들 외에도 金舜君·韓承羽 등이 참여하였다.[5]

5월 5일 老人同盟團은 同團의 대표로서 7인을 선정하여 국내로 파견하였다.[6] 이때 파견된 대표는 李承喬[7]·尹容玉[8]·金學永[9]·安泰順[10]·車大轍[11]·鄭致允·車夫人[12] 등이었다. 이들은 일본에 보내는

---

3) 姜德相, 위의 책, p.121.

4) 같은 날인 4월 4일 밤에는 露領의 李東輝가 金致甫 등을 만나고 다음 날인 5일 철도를 이용하여 만주를 경유, 上海로 갔다는 기록으로 보아 「老人同盟團」 활동의 전면에 나서지는 않았으나 李東輝 역시 父親과 함께 동조직에 관계하고 있었던 것으로 여겨진다 (姜德相, 앞의 책, p.113 참조).

5) 姜德相, 앞의 책, pp.121~122.

6) 姜德相, 앞의 책, p.171.

7) 이는 李東輝의 父親으로 李聖教라고도 불렀다 (李智澤, 「北間島」24회, 중앙일보 1972년 11월 8일자). 또한 老人團 관계 기사에 나오는 李 發과도 동일인이다 (「총독에 대한 흉행 범인 체포의 건」『日本 外務省 警察史』, 『독립운동사자료집』9, p.348).

8) 尹召史라고도 하며 기록에 나타나는 尹余玉·尹金玉·尹餘玉 등은 모두 동일인이다 (『독립운동사자료집』9, p.348). 재판기록에 나타난 바에 의하면 1919년 당시 59세로 본적은 서울 苧洞이며 주소는 露領 海參威 新韓村에서 농업에 종사한 것으로 되어 있다 (『독립운동사자료집』5, p, 252).

9) 穩城郡守라는 칭호를 가지고 있었다고 한다 (『독립운동사자료집』9, p.348).

10) 安重根의 叔父이다 (『독립운동사자료집』9, p.348). 재판기록에 의하면 1919년 당시 48세의 醫生으로서 본적은 황해도 신천군 斗羅面 淸溪洞, 주소는 中國 吉林省 穆稜縣 三芬으로 되어있다 (『독립운동사자료집』5, p.252).

문서 2통과 취지서 수백 매, 그리고 여비로 1만 留를 지참하였다.[13]

이들 노인동맹단 대표들은 5월 31일 서울에 도착하여[14] 그날 오전 11시 경 종로 보신각 앞 통로 위에서 민중들에게 연설한 후 각자 태극기를 휘두르면서 조선독립만세를 고창하다가 체포되었다. 이때 李承喬(李 發)는 "義로써 치욕을 당하지 않겠다"하고 칼을 빼어 스스로 목을 찔렀으나 일경에 의해 대한병원으로 옮겨져 치료를 받았다. 李承喬와 鄭致允은 너무 노쇠하여 日軍의 경비하에 노령에 있는 본가로 호송하였으며,[15] 그외에 안태순은 징역 1년, 윤용옥은 징역 10월, 차대유는 징역 8월을 선고받았다.[16]

한편 노령에서는 6월 20일밤 評議員會를 열고 李承喬와 鄭致允 兩人의 歡迎會 개최에 관한 안건과 파리강화회의에 韓國獨立請願書를 제출하는 안건에 대하여 토의하였다. 여기에서 파리강화회의에 請願書를 제출하는 것은 請願書를 上海로 보내어 그곳에서 佛文으로 번역하고 다시 파리로 轉送하는 것으로 결정하였다. 앞서 두 사람에 대한 환영회는 그들이 블라디보스톡에 도착하는 즉시 열기로 결정하였다.[17] 그외에 이 자리에서는 日皇에게 請願書를 보내는 문제도 거론되었는데, 姜宅熙와 같이 自費로써 충당할 수 있는 자를 구하고 있었다.[18]

---

11) 재판기록에 의하면 1919년 당시 60세로서 여관업에 종사하였던 것으로 되어 있다. 본적은 황해도 해주군 읍내 동문 안, 주소는 노령 해삼위 신한촌으로 기재되어 있다 (『독립운동사자료집』5, p.252).

12) 車錫甫의 妻일 것으로 추정하고 있다 (『독립운동사자료집』9, p.348).

13) 『독립운동사자료집』9, p.348.

14) 『독립운동사자료집』9, p.348 ; 金正明, 앞의 책 Ⅰ권 分冊, p.116.

15) 朴殷植, 『韓國獨立運動之血史』下編, p.53 (1975, 『朴殷植全書』上, 단국대학교 출판부, p.561) ; 金正明, 위의 책, pp.116~117.

16) 『독립운동사자료집』5, pp.252~253.

17) 露領으로 강제송환된 이들 두 사람 외에 京城에 수감된 尹余玉·車大유·安泰純 세 사람의 囚監者 家族들을 救濟하는 방법 또한 논의되고 있었다 (姜德相, 「大正 8년 7월 29일 騷密 第 6001號 獨立運動ニ關スル件 (國外日報 第111號)」, 위의 책, p.244).

6월 25일 老人同盟團은 姜文伯·延秉佑를 대표로 파견하여 블라디보스톡 駐在 日本總領事館에 「在露領大韓國民老人同盟團謹瀝血禱衷干」이라 題한 獨立要求書를 제출하였다.[19]

앞서와 같이 京城에 파견한 대표들의 활동이 곧장 실패로 돌아가자 1919년 8월 老人同盟團은 다시 姜宇奎[20]를 서울에 대표로 파견하였다. 7월 8일 블라디보스톡에서 출발하여 10일 경 원산에 도착한 그는 노령 니코리스크에 있을 때 알게 된 崔子南의 집에서 약 1개월간 체류하다가 8월 8~9일 경 상경하여 안국동 李道濟의 집과 남대문통 5丁目 60번지 여인숙에 머물면서 역 부근의 지형을 관찰해 두었다. 9월 2일 그는 서울역 앞에서 일본의 신임총독 齋藤實에 폭탄을 투척함으로써 老人同盟團의 의지를 국내외에 떨쳤다.[21] 姜宇奎의사의 의거를 대하여 일반은 60을 넘은 노구의 몸으로 멀리 블라디보스톡으로부터 달려와 거사를 벌인 일이야말로 조선 민족의 통쾌사라 하고, 가령 그가 극형에 처하여진다 하여도 그 위훈은 조선 민족의 뇌리에 깊이 새겨질 것이며 역사상 길이 미담으로 전해질 것이라는 감격에 겨운 반응을 보였다.[22]

1920년 3월에는 다시 宋元實이 대표로 서울에 파견되어 대극기를 들고 민중에게 통고문을 선포하면서, 적과 함께 살지 않기를 눈물로써 맹세하다가 체포·수감되었다.[23]

---

18) 姜德相, 앞의 책, p.220.

19) 姜德相, 앞의 책, p.222.

20) 姜宇奎의 號는 日愚, 姜寧一이라는 가명을 사용하기도 하였다. 재판기록에 의하면 출생지는 平安南道 德川郡 武陵面 濟南里, 본적은 咸鏡南道 洪原郡 龍源面 靈德里, 주소는 支那 吉林省 饒河로 되어 있다 (金正明, 앞의 책 Ⅰ권 分冊, p.115). 그는 사립학교를 운영하다가 만주로 이주하여 東光中學校를 창설하였다. 이 학교는 앞에서 언급한 대로 琿春에서의 시위때 학생들이 주도적으로 참가한 바 있었다.

21) 金正明, 앞의 책 Ⅰ권 分冊, p.115.

22) 「大正 8년 10월 21일자 高警 제29831호 폭탄범인 姜宇奎에 대한 감상(평안북도 지사 보고)」『독립운동사자료집』9, p.371.

이상과 같이 지속적으로 국내에 대표를 파견했던 활동 외에 기록에서 확인할 수 있는 것은 1919년 음력 9월 「露領韓僑老人同盟團」 명의로 미국의 서재필에게 보낸 문서이다.24) 이 문서는 서재필에 보내는 서한 형식의 문서와 「大韓國民老人同盟團名簿」로 구성되어 있다. 서재필에 보내는 문서의 내용은 同團의 總裁職을 奉獻하니 수락하여 달라는 것이었다. 그리고 그를 총재직에 추대하는 이유는 '平日 德望이 素著하야 國民의 信仰이 歸一하고 內外大勢에 識鑑이 卓越'25)하기 때문이라 하였다. 이 문서는 상당히 간략하고, 이와 관련된 다른 기록을 찾아볼 수 없으므로 老人同盟團의 이 무렵 활동내용이라든가 미주지역의 독립운동과의 공조 등에 대하여서는 언급할 수 없다.

여기서는 「大韓國民老人同盟團名簿」에 대하여 살펴보고자 한다. 이 명부에는 모두 2, 005명의 명단이 기재되어 있으며, 毛筆로 작성되어 있다. 서명자들은 이름 바로 밑에 도장이나 지장을 찍거나 친필서명을 하여 서재필에 총재직을 수락해 줄 것을 간청하는 뜻을 표명하였다. 이 名簿에는 老人同盟團에 가입하여 있던 노령지역의 회원들이 거의 망라되어 있을 것이므로 이것을 검토하는 일은 老人同盟團이라는 조직의 성격을 이해하는데 도움이 될 것이다. 서명자 명단은 앞서 언급하였듯이 2,005명에 달하는 엄청난 분량이어서 일일이 추적하기는 어려운 일이므로 특징적인 점과 독립운동사상 활동이 확인되는 인물들에 한정하기로 하였다.

첫째, 서명자 명단의 특징은 「老人同盟團」의 회원가입자격이 46세 이상의 남녀라 한 것과 동일하게 남녀의 구별없이 여성들의 서명이 많이 나타나고 있다는 점이다. 여성들의 서명은 이전의 「聲明會宣言

---

23) 『韓國獨立運動之血史』下編, p.53 (앞의 책, p.561).
24) 독립기념관 한국독립운동사연구소, 1991 『한국독립운동사연구』5 附錄資料, pp.489~558.
25) 위의 책, p.556.

書」에서도 이미 있었지만, 聲明會宣言書에서는 '李範錫妻'·'姜順己妻'라 하여 남편의 이름에 妻라고만 표기하였을 뿐이었으며, 숫적으로도 두세명 확인된 것에 불과하였다. 그러던 것이 「大韓國民老人同盟團名簿」에서는 여성의 서명율이 월등하게 증가하였을 뿐 아니라 '李마리야'·'金월나'·'金유보피'·'朴이리나' 등 여성자신의 이름으로 서명한 경우가 적지않게 확인된다. 그리고 대개 이러한 서명의 이름들은 세례명이거나 러시아식 이름으로 되어 있다. 그외에도 앞의 성명회선언서의 경우와 같이 남편의 이름에 妻라 하여 서명한 경우와 姓氏만을 붙여 '車夫人' '金夫人'하는 식의 서명도 다수이다.26) 어떠한 식으로 서명하였든지간에 여성들의 참여가 활발하였음을 알 수 있다. 또한 夫婦가 함께 나란히 서명한 경우도 여럿 보이는데 예를 들어 '金秉洽·金秉洽夫人'27)하는 식이다. 그 외에도 '李應八·李應八母親'28)의 경우처럼 母子간에 나란히 서명한 경우도 보인다.

　이상에서 살펴본 것처럼 女性들의 참여도는 1910년 聲明會 宣言書에 비하여 현저하게 증가하였을 뿐만 아니라 수많은 夫婦 혹은 母子同伴署名에서 알 수 있듯이 男性들이 女性들을 獨立運動에 있어서 정당하게 同伴者로 인정하는 인식의 변화가 이루어지고 있었음을 알 수 있다.

　둘째로 老人同盟團과 聲明會와의 관계이다. 성명회는 앞에서 이미 언급된 바와 같이 노령지역 독립운동의 선구적 존재였다. 성명회를 통하여 국권회복운동에서 독립운동으로의 전환이 이루어졌고, 동시에 애국계몽운동과 의병운동이 합일점을 모색하는 계기를 열게 되었다. 그리고 이러한 성명회의 독립운동은 노령지역 한인들의 자치단체로서의 성격을 가지는 권업회로 바로 계승됨으로써 이 지역 독립운동의 맥락

---

26) 본 책, 第2章 聲明會의 理念과 思想,　第3節, p.26 註 50) 참조.
27) 독립기념관 한국독립운동사연구소, 앞의 책, 附錄 資料, p.549.
28) 위의 책, p.551.

을 이루었던 것이다. 국내에서의 3·1운동이 시작되자마자 바로 노령
지역에서 거센 독립운동시위가 일어날 수 있었던 것은 이러한 배경에
서 가능하였다. 대한국민의회의 주도로 독립선언서가 배포되고 독립운
동시위가 전개되면서 노령에서는 새로운 두 개의 조직이 생겨났다. 그
하나는 金夏錫·金震이 주도하는 靑年同志會이며, 다른 하나가 이 老
人同盟團이었던 것이다. 청년동지회가 2,30대의 소장독립운동가들의 조
직이라고 한다면, 老人同盟團은 소위 「한일합방」당시부터 독립운동의
전면에서 활동해왔던 연령층의 조직이라는 점에서 양자는 차별성을
지니고 있다. 「大韓國民老人同盟團名簿」에서는 성명회에서 활동하였던
인물들이 여럿 확인될 뿐만 아니라 그중에서도 성명회에서 주도적인
활동을 하였던 인사들이 역시 老人同盟團활동에서도 중심에 있다는
점에서 老人同盟團이 노령지역 독립운동의 고문역할을 자처하고 나서
게 된 배경을 이해할 수 있다.

서명자 명단 중 성명회선언서에 서명하였었거나, 성명회에서 활동하
였던 것으로 확인된 이들은 金致甫·李南基·金炳洽·姜錫基·李得萬
·朴熙平·車錫甫·安定根·徐相矩·金佐斗·金道汝 등이다. 이들 가
운데서 金致甫·李南基·車錫甫·安定根·金佐斗 등은 앞에서 이미
그 신상을 살펴본 바 있는 인물들이다.29) 여기에 「大韓國民老人同盟團
名簿」에는 서명이 없지만 老人同盟團에서의 활동이 확실한 洪範圖까
지 더하면 聲明會의 주체들이 다시 결성한 것이라고 할 만 하다. 그
외에 金炳洽(金秉洽)은 이보다 앞서 海參威의 『韓人新報』 총무로 재직
한 바 있었다.30)

---

29) 본 책, 第2章 참조.
30) 1917년의 大同團結宣言과 관련하여 대동단결선언서를 당시 개인이 접수한 기
   록을 확인할 수 있는 것은 안창호와 김병흡 뿐이다 (趙東杰, 「臨時政府 樹立
   을 위한 1917년의 大同團結宣言」, 앞의 책, p.327). 이때는 김병흡이 『韓人新
   報』의 총무로 재직하던 때였으므로 노령지역에서 그의 활동영역을 짐작하여
   볼 수 있다.

세째로 「大韓國民老人同盟團名簿」에서 老人同盟團선언서 서명자
들을 확인하여 보는 것은 이들이 동조직내에서 차지하고 있던 위
상을 단편적으로나마 드러내는 근거가 될 수 있지 않을까 한다.

老人同盟團선언서 서명자 21명 가운데 名簿에서 서명이 확인된 이
들은 모두 14명이다. 이들 중 金致甫·崔秉球·朴殷植·朴熙平·金舜
若·金賢五·徐相矩·姜錫基·韓承羽 등 9명이 서명자 명단 순서상 20
번째 안에 집중적으로 나타나고 있다.31) 그외에 확인되는 이들은 姜文
伯·玄必濟·金錫豊·劉瑞五·金秉洽 등이다.32)

전체적으로 이들은 金秉洽을 제외하면 名簿의 60번째 안에서 모두
확인할 수 있었다. 老人同盟團의 組織이나 任員 등이 확실하게 밝혀지
지 않은 상태에서 볼 때 이들이 老人同盟團, 특히 노령지역에서 중추
적인 역할을 담당하였으리라 생각된다.

2. 宣言書의 內容

老人同盟團은 「在露領大韓國民老人同盟團謹瀝血禱衷干」(이하 「老人
同盟團宣言書」라 略함)이라 題한 선언서를 일제에 선포하였다. 이 선
언서는 이전까지 노령지역에서 발표되었던 선언서들이 한국인 자신과
國際社會에 대하여 그 의지를 전달하는 것이었던데 비하여 日帝에 뜻
을 전할 목적으로 작성되었다는 점에서 구별된다.

본문은 漢文으로 작성되었으며, 모두 1, 918字로 이루어져 있다. 날
짜는 '開國紀元 四千二百五十二年 六月 二十四日', 발표주체는 '大韓國
民老人同盟團代表'로 기록되어 있으며, 그 뒤에 21名의 署名者가 첨부

---

31) 이들의 서명순서는 본문에서 나열한 순서대로 각각 1, 2, 3, 5, 6, 9, 12, 18,
   19번째이다 (『한국독립운동사연구』5 附錄 資料, p.555 참조).
32) 이들 역시 본문의 나열순서대로 각각 명부의 43, 44, 49, 59, 202번째에서 확
   인된다 (위의 책, pp.549, 554 참조).

되어 있다.[33]

선언서의 내용은 크게 네 부분으로 나누어 살펴볼 수 있다.

첫째, 서두는 老人同盟團이 일어나게 된 배경에 대하여 설명하고 있다.[34] 우선, 독립을 위하여 피로써 항쟁하여 큰 참극이 일어났는데 부모된 처지로 방관만 하고 있을 수 없었다는 것이다. 이것은 선언서에 앞서 이미 老人同盟團을 조직할 때 작성하였던 老人同盟團 趣旨書와 맥락을 같이 하는 부분이다.

둘째 부분은 소위 「韓日合倂」의 부당함에 대하여 언급하였다.[35]

'일본은 한국의 독립을 세계에 주장하더니 끝내 병합을 하였을 뿐 아니라 그것이 동양평화를 유지하고 인민의 행복을 증진시키는 길'이라고 사실과 정반대의 주장을 하고 있다는 것이다. 이어서 우리가 개화에 성공하지 못하여 강제 합병은 당했지만, 인종이 서로 같고 종교·역사·언어·문자 등 고유한 민족성을 갖고 있으므로 언제고 독립하게 된다는 확신에 차 있다.

세째는 우리 민족을 합병할 수 없는 구체적인 이유를 일곱 가지의 항목에 걸쳐 설명하는 부분으로 위에서 언급하였던 독립에 대한 확신을 논리적으로 주장하였다. 일곱 가지 항목은 文物·歷史·宗敎·文學·勞農의 發展·大局의 關係·時勢의 動機 등이다.[36]

文物과 歷史에 관련하여서는 日本의 천년 전 문물이 모두 우리나라에서 전출된 것이며 우리나라는 뛰어난 문물의 소유자일 뿐 아니라 4천 2백여 년의 역사를 통하여 고유의 민족성을 가지고 있으므로 동화책을 강제하여도 인간의 두뇌를 개조할 수는 없다는 것이다.

宗敎에 대하여는 大倧敎·儒敎·佛敎·天道敎·基督敎를 간략하게

---

33) 姜德相, 앞의 책, pp.63~64.
34) 「在露領大韓國民老人同盟團謹瀝血禱衷干」(이하 宣言書라 略함; 金秉祚, 앞의 책, pp.106~111 참조) 1~6행.
35) 宣言書 (金秉祚, 앞의 책, p.107) 6~17행.
36) 宣言書 (金秉祚, 앞의 책, pp.107~110) 17~53행.

언급하면서 어느 종교든지 정치사상에 있어 점차 대단히 발달하고 있으므로 日帝의 敎力으로서는 정복할 수 없다 하였다. 종교와 정치사상을 직결시켜 인식한 것은 당시의 상황을 적절하게 표현한 것이라 하겠다. 그리하여 기독교는 미국문화의 유입매체이며, 한국인 신자들에게 華盛頓(워싱턴:필자)의 독립사가 뇌리에 박혀, 현실에 좌절한 인사들이 교회로 진출하여 활동하고 있다고 보았다. 이에 반하여 천도교에 대하여서는 다소 냉소적인 표현을 하고 있다. 천도교에 대한 부분을 그대로 인용하여 보면 다음과 같다.

> "天道敎가 發生於近代하야 性喜冒險하고 輕生樂死하야 有革命之性質하고"[37]

　종교 분야에 있어서 어느 종교를 가릴 것 없이 한국인의 교세가 날로 확장되어 가고 있다고 하는 老人同盟團宣言書의 주장은 앞서의 세 가지 大韓國民議會宣言書가 특히 基督敎에 한정하여 서술하였던 것과는 상당히 차이가 있다. 老人同盟團 宣言書는 한국의 종교로서 대종교·유교·불교·천도교·기독교를 들고 대종교가 고대로부터 창시되어 國祖를 信念하고, 유교와 불교가 1천 5백 년의 歷史를 가지고 돈독히 신봉되고 있다고 한 데 비하여 천도교나 기독교에 대하여서는 革命的 또는 政治的이라는 인식을 보다 강하게 지니고 있는 것으로 서술하고 있는 것이다.

　文學의 분야에서는 우리가 독창적인 文字를 지니고 있으며, 신식교육만 받는다면 세계문명민족으로 나설 수 있다는 것이다.

　특히 주목할 것은 그 다음의 '勞農의 發展'이라 분류한 부분이다. 여기에 의하면 우리나라는 농업국으로서 상공업의 정도는 다른 나라에 비하여 떨어지나 현재 勞農之力(勞農에 종사하는 이들의 勢力:필자)

---

37) 宣言書 (金秉祚, 앞의 책, p.108) 28~29행.

은 무시할 수 없게 되어 있다고 하였다. 과거에 勞農社會는 그 수가 가장 많으면서도 政治思想이 없어 上流地位者에 사역만 당하는 불평등한 지위에 있었으나 이제 노농사회는 정치사상을 머리에 넣어 혁명의 풍조를 길러내어 신세계를 개척하려는 상황까지 왔다는 것이다. 그리고 그 신세계가 바로 中國·露領·美洲 地域에 일으킨 韓人村이며, 다른 나라들이 무력과 정부의 재원을 통해 개척사업을 하는 것과 달리 韓人 개개인이 적수공권으로 이주하여 개척하였다는 점에 자부심을 보이고 있다.

여기서 勞農社會라고 하는 것이 의미하고 있는 바는 一般民衆들을 지칭하는 것이겠으나, 굳이 勞農社會라는 표현을 쓴 것은 러시아 혁명 이후 露領全域을 휩쓸고 있던 정국의 변화에 영향받아 '프롤레타리아 계급'을 의식하고 쓴 것이 아닌가 한다. 더구나 과거에 정치사상이 없어 상류층의 지배만을 받는 불평등한 지위에 처해 있었다고 하는 표현과 우리 2천만 민족이 균등하게 정치사상을 가지고 있다고 하는 표현 등이 그것을 뒷받침한다.

그러나 전체적으로는 勞農社會의 자각이 계급적인 변화나 사회적인 변화가 아닌 民族性의 固守로 연결되고 있으므로 이 선언서 자체의 의식이 사회주의 사상에 근거하고 있다고 보기는 어렵다.

'大局적인 관계', '時勢의 動機'로 분류된 부분은 국제사회에서 영원한 관계란 없으며, 더우기 지금은 專制를 증오하고 强權을 질시하는 自由平等의 風潮가 풍미하고 있다는 내용으로 대한국민의회선언서와 크게 다르지 않다.

일곱 가지의 합병할 수 없는 이유들은 한마디로 요약하면 우리에게는 오랜 역사를 통하여 만들어진 고유의 민족성이 있으며, 그것은 日帝의 强權하에서도 소멸되지 않고, 그로 인해 언제고 우리는 꼭 독립할 수 있다는 것이다.

마지막 부분은 일본에 대한 당당한 독립의 요구이다.38)

우리의 독립운동에 대하여 日帝는 强壓政策으로 殺戮을 자행하니 半島江山이 원한의 피로 가득하며, 그 父兄을 죽이고서 어찌 그 子弟와 친할 수 있겠는가고 반문하고 있다. 日帝는 현재의 朝鮮이 實力이 없어 독립한다 하여도 곧 다시 다른 강국에 이용당할 것이라 하지만 지금 우리의 民度는 전날과 다르다 하여 지금이 독립할 때임을 강력히 주장하였다.

한편 이전까지 露領 지역에서 발표된 宣言書들과 달리 老人同盟團宣言書에는 간략하나마 韓國이 독립된 후의 설계에 대하여 언급하고 있는 것이 특징이다.

> 今之有國而爲治者는 必合輿論而爲國是한 즉 國際交涉이 當以大局으로 爲重하고 以國家之利害로 爲決案이니 豈有徇私而顚倒國交者哉리오 貴國이 於今日에 還我獨立하면 敝邦이 以明日握手하야 永以爲好는 卽國民之一般心理라[39)]

이를 세 가지로 요약하면 독립 후 ①爲政者는 輿論을 國是로 삼겠다는 것, ②國家의 利害를 우선으로 하는 國際外交를 펴 나가겠다는 것, ③日本과도 우호관계를 유지하겠다는 것이다. 여론을 국시로 삼겠다는 것은 인용된 부분의 앞에서 이미 '예전 전제시대에는 정권만을 탐내는 당국자가 외세를 끼고 자신의 지위를 공고히 하는 일에만 몰두하였다'는 서술은 앞에서 한국은 지금 독립하여도 충분할 만큼 民度를 갖추고 있으며, 지금은 專制를 증오하는 自由平等의 時代라 한 점과 함께 공화정체로 나아가고자 하는 희망을 보여주는 것이다. 다만 그것이 어떠한 형태의 이데올로기를 의미하는가에 대하여서는 서술된 내용만으로는 불충분하다. 그것은 輿論에 대한 집념이 한국을 합병할

---

38) 宣言書 (金秉祚, 앞의 책, pp.110~111) 53~70행.
39) 宣言書 (金秉祚, 앞의 책, p.110) 62~65행.

수 없는 이유를 열거한 중에서 '勞農의 發展'에 대하여 언급하였던 것
과 맥락을 같이 하고 있기 때문이다.

국제외교나 일본과의 국교는 역시 서로 같은 맥락이다. 老人同盟團
宣言書에서는 국제외교가 가장 중요한 문제로 인식되고 있다. 따라서
한국이 日帝에 의하여 强制合倂된 것도 國家利害를 우선으로 하는 國
際外交가 이루어지지 않았기 때문이었으며, 한국이 독립된 후의 최우
선적 과제도 역시 국제사회 내에서 신중한 외교를 통하여 한국을 지
켜나가는 일이라는 것이다. 外交에 대한 이러한 인식은 3·1運動을 전
후하여 파리강회회의에 대한 관심과 기대가 최고조에 달하여 있었던
상황을 반영하는 것이라고 할 수 있다.

第 2 節   더한독립녀즈선언셔

「더한독립녀즈선언셔」는 순한글로 작성된 것으로 선언서가 원문 그
대로 남아있기는 하였으나 김인죵·김슉경·김옥경·고순경·김슉원
·최영즈·박봉희·리정슉 등 8명의 서명만이 첨부되어 있어 선언서
의 작성경위 및 선언배경에 대하여 더 이상 조사할 수 없는 채로 남
아 있었다. 그것은 어떠한 자료에서도 여성의 활동에 대한 기록은 찾
아보기 힘들었기 때문이다. 더구나 선언주체가 명확하지 않은 상태에
서 8명의 여성 이름만을 가지고는 필요한 자료를 찾기도 힘들 뿐 아
니라 이 8명의 개인별 행적을 조사하는 것조차 거의 불가능하였다. 그
러던 중에 서명자 중 한 사람인 김슉경이 黃炳吉의 부인이라는 것을
알게 되었다. 그리고 그를 통하여 이 선언서가 琿春의 大韓愛國婦人會
와 관련되었다는 사실을 이해하게 되어 자료는 극히 적으나 나름대로
이를 검토하여 보고자 한다.

여기에서는 선언의 정황에 대하여서는 다소 부족하더라도 여성들만

의 선언서라는 점에 주목하여 당시의 여성들이 가지고 있었던 독립운동의 이념과 활동에 대하여 살펴보고자 하는 것이 목적이다.

1. 더한독립녀즈선언셔의 背景

더한독립녀즈선언셔에 관련된 기록으로는 『韓國民族運動史料』(三·一運動篇 其三)에서 이 선언서가 美國 및 露地在留婦人들이 婦人會를 조직하고 그 重鎭者 8명의 連署로써 발표한 것이라는 것과 선언서의 배포는 4월 8일 露領으로부터 宣言書 1천여 장을 局子街로 보내어 間島각지에 배포하였으며, 韓國과 東京 등에도 보낸 흔적이 있다[40]고 하는 것이 전부였다.

더한독립녀즈선언셔를 분석하기 위해서 먼저 間島·露領地域에서의 女性獨立運動에 대하여 살펴볼 필요가 있다.

間島를 포함하는 노령지역에서 女性들의 독립운동단체는 이미 1914년부터 조직되었다. 1914년 露領 海蔘威 新韓村을 중심으로 李義橷·蔡桂福·李惠桂 등 기독교인이 주체가 되어 婦人會를 조직하였으며, 이는 1919년 독립선언 後 婦人獨立會로 발전적 헤체를 하였다.[41]

한편 琿春에서는 1919년 9월에 이르러 大韓愛國婦人會[42]가 조직되었다. 9월 29일 琿春縣 東門內의 朴鳳植의 집에서 한 차례 모임을 가지고 朱信德을 회장으로 한 大韓愛國婦人會를 세운 것이다. 이 婦人會 역시 1919년 독립선언 後 琿春의 각지에 거주하는 여성 약 200여 명이 모여 만든 것으로 독립운동의 후원을 목적으로 하고 있었다.[43]

---

40) 國會圖書館, 『韓國民族運動史料』(三·一運動篇 其三), p.294.

41) 문일민, 『한국독립운동사』, p.388 ; 국가보훈처, 1973 『독립운동사』5, p.205 ; 국사편찬위원회, 1967 『한국독립운동사』3, p.271 ; 국사편찬위원회, 1969 같은 책5, p.735.

42) 大韓愛國婦人會는 자료에 따라 琿春愛國婦人會라고도 한다 (金東和, 『中國朝鮮族 獨立運動史』, 느티나무, p.75).

구체적으로는 여성교육의 향상, 여권신장의 도모,전시 중 상이군인의 치료와 구호, 군자금 모금 등을 활동내용으로 삼았다. 이 會의 조직은 會長에 朱信德, 副會長 金淑卿, 總務 權貞淑, 會計 吳信愛, 書記 金順姬·黃永恩으로 이루어져 있었다.[44] 朱信德·金淑卿 등 여성들은 손가락을 잘라 "斷指同盟"을 하여 결연한 애국심을 보여주었다. 그 외에도 愛國婦人會는 의연금을 6천 루블이나 모았을 뿐 아니라 머리를 잘라 월자(가발)을 만들어 팔기도 하고 반지며 옷감 등을 팔기도 하여 그 돈을 헌금하였다고 한다.[45]

이와 같은 琿春의 大韓愛國婦人會의 조직과 활동은 黃炳吉의 지도에 힘입은 바 컸으며, 특히 이 會의 副會長이었던 金淑卿은 黃炳吉의 부인으로써 그의 후원과 지도하에 중견인물로서 활약하고 있었다.[46] 이들을 지도 후원하였던 黃炳吉은 1919년 3월 31일 성립된 琿春 大韓國民議會에서 交涉係의 職을 맡고 있었으나, 琿春 大韓國民議會가 거사할 경우에는 단체 전체를 그가 지휘하도록 되어 있었다.[47] 琿春에서의 독립운동은 만세시위운동에 불과한 것이 아니라 실제적인 무장투쟁에 중심을 두고 있었으며, 그 지휘계통의 정점에 황병길이 있었던 것이다. 琿春 大韓國民議會가 3월 31일에 성립된 이후 9월에 이르기까지 황병길은 지속적으로 군자금을 모으며 결사대를 조직하여 무기를 구입해 들이고, 일제와 간헐적인 무장투쟁을 해 나갔다. 그는 琿春에서의 독립만세시위운동을 계기로 朴致煥과 군자금 25만 루블을 마련하여 각종 무기 3백정을 구입할 계획을 하고,[48] 4월 27일 노령 치따에

---

43) 국가보훈처, 『독립운동사』3, p.714 ; 金東和, 위의 책, p.75.
44) 『조선민족운동연감』, 동문사, p.54 ; 국가보훈처, 『독립운동사』3, pp.714~715 ;
    국사편찬위원회, 『한국독립운동사』3, p.565.
45) 『독립운동사』3, p.715 ; 金東和, 앞의 책, p.75.
46) 金東和, 위의 책, p.77.
47) 姜德相, 앞의 책, p.177.
48) 중앙일보 1972년 11월 3일자, 李智澤, 「北間島」20회.

거주하고 있는 육군소위 李剛·吳成默 등으로부터 약속을 받고 70만 루블을 가지고 가서 총을 공급받았다. 이어 5월 18일경에는 琿春縣 太平溝로부터 吳周爀 이하 30여 명과 함께 東寧縣 三岔口로 가서 秦學新 등과 연락하여 의병출신자들 및 노동자들을 모집하여 대원을 확충하였다.[49] 9월 14일 黃炳吉·李明淳은 琿春 동쪽에서 약 140리 떨어진 四道溝 腰枝溝로 옮겨가 그곳을 근거지로 삼고 군자금 모집과 함께 800명(실제로는 350명이었다고 함)의 결사대원들에게 혼춘 小城子 부근에 감추어두었던 소총 200정을 나누어 주었다.[50] 9월 19일 황병길은 대륙도구에서 이명순 등 8명의 간부와 간단한 회의를 열고 금후의 행동에 대해 토론하였다. 회의의 결정에 의해 9월 23일 李明淳·朴永浩·羅正和 등 3명이 15만 루블을 가지고 니코리스크 방면으로 무기구입을 위해 떠났으며 羅鳳南은 200여 명의 결사대를 지휘하여 小秋豊을 떠난 洪範圖·李瑢·蔡永 등 일행 30명과 합세하여 奉天省 湯縣을 거쳐 조선으로 들어가기로 하였다.[51]

당시 琿春일대에서는 馬賊들의 습격에 대비하기 위해서 民家 한 戶당 한 대의 총기를 가질 수 있도록 허용하고 있었다. 그러므로 군자금만 있으면 煙秋지방에 가서 무기상점을 통해 무기를 구매할 수 있었다. 하지만 중국정부에서는 대량적인 집단 구매를 엄금하였을 뿐 아니라 일본영사관에서도 도처에 군경과 특무를 파견하여 감시하였으므로 대량의 무기구매는 생명의 위험을 감수해야 하는 일이었다.[52]

---

49) 姜德相, 앞의 책, p.197.
50) 국가보훈처, 『독립운동사』5, p.185.
51) 金東和, 앞의 책, p.75.
52) 金東和, 앞의 책, p.75.
　　총을 다량 구입하는데 성공한다 해도 총을 운반하는 것 역시 어려운 일이었다. 신체건강한 사람을 동원해서 한사람이 2자루 내지 3자루씩 메고 중국관헌이 있는 곳을 피하여 산길을 돌았다. 증언자에 의하면 총을 사는 일보다 총을 운반하는 일이 더 고되었다고 한다 (李智澤, 「北間島」21회, 중앙일보 1972년 11월 4일자).

이러한 상황으로 미루어 볼 때 琿春 大韓愛國婦人會의 활동 중 큰 비중을 차지하고 있었던 군자금 모금은 琿春 大韓國民議會의 활동과 밀접하게 관련되어 있었음을 알 수 있다.

실제로 1919년 9월에 들어서면서 간도와 노령지방에서는 국내진입 작전을 추진하고 있었다.

1919년 9월 21일 홍범도는 200명의 대원을 이끌고 安圖縣을 출발하여 혜산에 주둔하고 있던 일본수비군을 공격하는 것을 시초로 갑산, 만포진 등을 습격하였다. 12월 초순에 이르면 정의단의 徐 一이 약 2백명의 단원과 함께 안도현으로 집결하고, 홍범도 역시 대열을 정비하여 약 150명 가량의 대원을 확보하여 안도현에 집결하고 있었다.

한편 혼춘지방의 황병길 등이 모으고 있던 의용군은 1300명의 병력을 확보하고, 우선 東砲臺를 통해 함경북도 慶源郡 龍洞을 습격할 계획을 세우고 이전부터 모아놓은 군자금으로 1919년 12월경 러시아로부터 총기와 탄약을 구입하여 혼춘 동북방 약 10리 거리의 胡芦峰에 숨겨두고 있었다.

함경북도 국경의 일본군에 대한 공격은 1920년 1월부터 6월까지 집중적으로 이루어졌다. 이 기간동안 조선총독부의 통계에 의하더라도 최소한 32차례에 걸친 교전이 있었던 것으로 나타난다.

2천명에 달하는 연합독립군부대는 1919년 겨울부터 함경북도 회령, 종성, 온성 등을 목표로 연속전을 벌였다. 그 가운데서 2월의 회령전투에서는 일본군 군영을 기습하여 점령하면서 일본군 전사자가 300명에 달하는 전과를 올렸다.53) 이 사실은 국내외에 알려지면서 독립운동계의 사기를 고무시켰다. 이어 3월에는 종성의 일본헌병대를 습격하여 무기와 탄약을 노획하고, 그 기세를 몰아 온성군을 공격하였다. 3월 15일부터 27일까지 이어진 온성군 공격은 8차례에 걸친 대규모 작전이

---

53) 김양주 편, 1995, ≪항일투쟁반세기≫, 료녕민족출판사, p.162.

었다. 3월 15일 오후 10시경 함북 온성군 柔浦面 豊利洞을 습격한 이후 柔遠鎭, 南山洞, 美浦面 美山洞, 柔浦面 南陽洞 등을 잇달아 공격하였다.

이후 홍범도는 3월부터 4월에 걸쳐 러시아로부터 기관총 7정, 권총 200여 자루, 보총 700여 자루를 반입하여 독립군부대의 무장을 강화하고, 주둔지도 안도현으로부터 왕청으로 옮겼다. 일본군 역시 4월 초순에는 함경북도 국경지역과 평안북도 국경지역에 헌병대를 증원하여 수비를 강화하였다.

6월 4일 함북 온성군 下難洞에서 약 1리 반 정도 떨어진 江陽洞을 습격한 독립군부대를 추격하여 일본군 下難守備隊가 국경넘어 진출하였다. 下難, 회령, 경성으로부터 증원되어온 이 부대는 安川소좌의 지휘하에 6월 6일에서 7일에 걸쳐 安山 북방에서 치열한 교전을 벌였으며, 이것이 봉오동 전투이다.54)

琿春 大韓愛國婦人會와 琿春 大韓國民議會와의 관계를 살펴보았으므로 이제 琿春 大韓愛國婦人會와 디한독립녀즈선언셔의 관계를 살펴보기로 한다.

서두에서 언급하였듯이 디한독립녀즈선언셔에는 8명의 서명만 첨부되어 있을 뿐 단체명은 명기되어 있지 않다. 또한 선언서 배포에 관한 기록은 露領에서부터 間島·韓國·日本으로 轉送되었다는 것으로 여기에 서명한 8명이 美國과 露領지역의 重鎭女性들로 구성되었다고 되어 있어서 이 선언서가 순전히 琿春지역의 여성들에 의하여 작성되었다고는 볼 수 없다. 그리고 이 선언서가 기록대로 미국과 노령지역에 거주하고 있던 여성들의 연합선언서였다는 것을 증명하기 위해서는 8명의 서명자에 대한 개인 신상이 밝혀져야 가능한 일이다. 그것을 밝히기 위해 1919년을 전후하여 미국·노령·중국지역에서의 여성활동

---

54) 김정명, ≪朝鮮獨立運動≫第I卷分冊, pp.328~329.

내용을 찾아보았으나 金淑卿을 제외한 나머지 7명에 대하여서는 찾을
수 없었다.

디한독립녀ᄌ선언셔에 기록된 발표일자는 '긔원 ᄉ쳔이빅오십이년이
월   일' 즉 1919년 2월로 되어 있다. 그러나 여기서 2월이라 기재한
것은 양력이 아니라 음력인 것으로 생각된다. 그 이유는 우선 디한독
립녀ᄌ선언셔가 배포된 것은 기록에 의하면 4월 8일 무렵인 것으로
나타난다는 점, 露領의 婦人會가 婦人獨立會로 발전적 해체를 한 것이
나 琿春에서 大韓愛國婦人會가 조직된 것이나 모두 1919년 3·1獨立
宣言書가 계기가 되었다는 점을 들 수 있다.

그런데 여기서 생각해 볼 것은 9월 29일 성립된 琿春 大韓愛國婦人
會가 단 한차례의 모임만을 가지고 회원이 200여 명에 달하는 단체를
조직할 수 있었다고는 생각되지 않는다. 이는 1919년 3·1運動의 전개
과정에서부터 적극적인 활동을 하여왔던 여성들의 역량이 디한독립녀
ᄌ선언셔를 발표하여 여성들의 결속과 분기를 촉발하고, 무엇보다도
琿春 大韓國民議會의 영향을 통하여 군자금 모금과 독립군의 후원활
동에 참여하는 과정에서 성숙하여 9월에 가서야 정식으로 성립되었다
고 보여진다.

2. 宣言書의 內容

디한독립녀ᄌ선언셔는 순한글 1,290字로 이루어져 있으며, 그 내용
은 다섯 부분으로 나누어 살펴보기로 한다.

첫째 부분은 日帝의 强制合邦에 대한 원통함의 토로이다.[55]

선언서는 서두를 "슬푸고 억울ᄒ다 우리 디한동포시여"라고 시작함
으로써 우리 민족의 원통함을 강조하고 있다. 이어 日帝는 반만 년의

---

55) 宣言書(독립기념관, 1988.3.1~4.30, 『3·1運動 第69周年 紀念 特別企劃展』宣
   言書 資料) 1~6행.

역사를 가진 우리 2천만 민족을 강제로 合邦하였으며, 이는 公法과 公理를 무시한 처사라고 주장하였다. 여기서 특히 '公理'라는 용어는 海蔘威 宣言書에서 빈번하게 사용된 바 있었다.

둘째로는 당시에 있어서의 국제정세에 대한 인식이 표현되고 있는 부분이다.[56]

선언서는 여자가 원한을 품으면 5월에도 서리가 내리는데 (필부함원에오월비상이라) 천만 창생의 애소를 상제가 통촉함이 없겠는가 하여 지금이 하늘이 내린 기회임을 은연중에 표현하고 있다. 그리고 그 하늘이 내린 기회는 세계대전(구주전란)의 종결로 세계가 "민본적주의"로 평화를 주창하게 되리라는 것이다.

그리고 이러한 때를 만나 남자사회에서는 곳곳에서 독립선언을 하고 만세운동을 하고 있는데 모쪼록 有終하기를 혈성으로 기도하며 비록 아녀자들이나 국민되기는 일반이며, 양심은 한가지이므로 여성들도 참여하겠다는 의지를 표명하고 있다.

디한독립녀즈선언셔는 여성들의 선언서라는 특성상 남성들의 독립운동을 의식적으로 인정하여 주는 반면 자신들에 대하여서는 상당한 겸양의 표현을 곳곳에서 쓰고 있다.

세째 부분에서는 국가의 위기에서 활약한 세계 여성들의 사례를 들고 있다.[57]

서양의 사파달(스파르타:필자)이란 나라의 농촌 출신 '사리'라는 여인이 아들 여덟을 전쟁터에 내보내 잃었으나 오히려 기뻐하였다는 것, 의틱리(이태리:필자)의 메리야라는 여인은 청루(靑樓;창기의 집:필자)출신으로 조국이 타국의 치하에 있을 때 재정을 지원하고 청년사상을 고취하여 독립전쟁을 개시하였으나 뜻을 이루지 못하고 죽었다는 것, 우리나라의 임란때에는 진주의 논개와 평양의 화월이란 기생이 적장

---

56) 宣言書 (독립기념관, 앞의 宣言書 資料) 6~12행.
57) 宣言書 (독립기념관, 앞의 宣言書 資料) 12~29행.

청정(清正)과 소섭(小西의 오기:필자)을 죽여 나라를 위해 투신하였다
는 것을 기술하였다. 이어서 이 급한 때에 이러한 여인들을 본받아 일
어나자고 독려하고 있다. 여성들의 분기를 독려하는 이 대목은 전쟁터
에의 출정을 연상할 만큼 상당히 비장하게 서술되었다.

> 의리의 전신갑쥬를 입고 신력의 방픠와 열성의 비슈를 잡고
> 유진무퇴ᄒᆞᄂᆞᆫ 신을 신고 일심으로 이러나면

그러나 이러한 분기의 결과에 대하여서는 바로 독립과 직결될
것으로 서술하지 않고, 우리 여성들(나아가서는 우리 국민)이 일심
하여 일어나면

> 하ᄂᆞ님이 하강ᄒᆞ시고 우리나라 츙혼열빅이 명명중에 도으시고 세
> 계만국의 공논이 업지 안이ᄒᆞᆯ거시니 우리ᄂᆞᆫ 아모 자져ᄒᆞᆯ 것 업스며
> 두려ᄒᆞᆯ 것도 업도다

라고 함으로써 역시 信仰과 국제사회 여론에 부분적으로 의지하고
있는 면도 보여준다.
마지막 부분은 동포에게 분기할 것을 고하고 '대한독립만세'를 선언
하는 것으로 맺고 있다.[58]
여기에서는 앞 부분보다 더욱 비장한 각오를 밝히고 있다. 즉

> 사라서 독립긔하에 활발ᄒᆞᆫ 신국민이 되여보고 쥭어서 구턴지하에
> 이러ᄒᆞᆫ 여러 션싱을 조츠 슈괴홈이 업시 즐겁게 묘시ᄂᆞᆫ 거시 우리의
> 데일 의무가 안인가

하며 때는 두번 다시 오지 않으니 지금 속히 일어나기를 독려하는 것

---

58) 宣言書 (독립기념관, 앞의 宣言書 資料) 29~33행.

이다.

뎌한독립녀ᄌ선언셔의 내용구성은 다른 선언서에 비하여 단순하게 이루어져 있다고 할 수 있다. 같은 시기, 같은 지역에서 발표되었던 大韓國民議會宣言書나 3·1運動의 전개과정에서 가장 보편적인 宣言書로 배포되었던 3·1獨立宣言書에 비하면 韓國이 强制倂合된 과정이라든가 倂合 이후 日帝의 蠻行, 당시 國際社會의 政勢 등에 대한 내용은 거의 기술되고 있지 않은 것이다. 물론 소위 「韓日合倂」의 부당함이나 世界大戰의 終結로 인한 국제사회의 변화 등에 대해서는 정확하게 인식하고 있었지만 선언서의 내용에 자세하게 언급하고 있지는 않다는 것이다.

도리어 뎌한독립녀ᄌ선언셔는 선언서 배포의 대상을 여성으로 명확하게 구분하고 국가의 위망에 맞서 싸운 여성들의 선례를 많은 비중을 할애하여 다루고 있다. 여덟이나 되는 아들을 모두 전쟁터에 내보내 잃은 어머니나 기생이라는 신분에도 불구하고 최선을 다해 애국적인 삶을 마감한 여성들의 예를 통하여 일반여성들에게 쉽게 공감할 수 있도록 한 것이라고 생각된다.

신앙적인 면에 있어서두 뎌한독립녀ᄌ선언셔에는 '상제'니 '하나님'이니 '우리나라 충혼열백'이니 하여서 大韓國民議會宣言書처럼 특정하게 기독교적 사상위에 서 있는 것이 아니라 그저 한국여성들의 일반적인 고유신앙을 견지하고 있다고 보는 것이 옳을 것이다.59)

요약하자면 뎌한독립녀ᄌ선언셔는 특정한 이념을 표출하기 보다는 일반여성들에게 독립운동에 참여할 것을 권하는 목적에 충실하기 위해 노력한 선언서라고 할 수 있다. 그러나 독립을 향한 의지만큼은 그어떤 선언서보다도 강렬하고 진솔한 것이다.

---

59) 뎌한독립녀ᄌ선언셔 서명자 중 유일하게 신상이 밝혀진 金淑卿의 경우 남편인 黃炳吉이 琿春 성내교회 장로였으므로 역시 기독교 신자였을 것으로 짐작된다.

第 7 章　韓國議會 宣言書의 理念과 思想

　제1차 세계대전이 끝나고 국제정세가 새로운 체제로의 전환을 예고하자, 한국인들은 이때를 독립의 기회로 삼고자 하였다. 윌슨의 민족자결주의 선언과 파리강화회의 개회의 소식은 한국인들을 상당히 고무시켰다. 물론 독립운동 지도자들은 대개 윌슨의 민족자결주의 본질을 이해하여 한국문제가 포함될 수 없다는 사실을 인식하고 있었다. 민족자결주의가 새로운 보편적 국제질서의 원리로 제시되었다는 점에 착안하여 독립운동의 기회를 포착하는 계기로 연결시킬 수 있을 것인지에 관심이 집중하면서[1] 파리강화회의에 한국대표를 파견하는 일이 중요한 과제로 부상되었다. 그것은 파리강화회의에 각지에서 한국대표

---

1) 愼鏞廈, 1989 「3·1운동의 歷史的 背景과 '民族自決主義' 및 '러시아革命'의 문제』『3·1운동·大韓民國臨時政府樹立의 현대적 해석』, 한국민족운동사연구회·朝鮮日報社 主催 국제학술회의 요지, pp.36~51에서 3·1운동의 역사적 動因에 대한 결론으로써 3·1운동은 윌슨의 민족자결주의나 러시아혁명 등 外因의 영향을 받아 일어난 독립운동이 아니라 개항 전후부터 당시까지 외세의 침입에 대항하여 전개된 일련의 민족운동의 성과가 한국민족 내부에 축적되어 자주적 民族獨立力量이 제1차 세계대전 직후의 국제정세의 변동을 기민하게 능동적으로 포착해서 봉기한 독립운동으로서, 전적으로 內在的 動因에 의하여 봉기한 독립운동이었다고 한 바 있다.

를 파견하고자 하였던 사실로도 미루어 짐작할 수 있다. 즉, 上海의 金奎植 외에도 露領에서 尹 海·高昌一이 파견되었으며, 美洲에서도 李承晚·鄭翰景·閔燦鎬가 대표로 선출되어 부단히 노력하였으나 미국정부가 여권을 발급하지 않아 참석하지 못하고 말았다.

당시 한국인들의 민족자결과 파리강화회의에 대한 인식은 한편으로는 그들의 미국에 대한 인식을 대변하는 것이었다고 할 수 있다. 당시 연합국 가운데 미국은 연합국측 승리의 절대적 공헌자로서의 권위를 가지고 있었으며, 월슨은 세계의 주목받는 정치지도자였던 것이다. 한국인들은 국제사회에서의 미국의 위치를 파악하고 있었을 뿐 아니라 월슨이 민족자결주의를 주창했다는 점에서도[2] 미국에 대하여 기대를 걸고 있었다.

第 1 節 大韓人國民會와 韓國議會의 聯關性

1. 美洲 韓人들의 團體結成

美洲地域에 한인이 이주하기 시작한 것은 1903년 1월 하와이 군도에 한국인들이 이민하면서 비롯되었다. 1903년 1월 13일부터 1905년 7월 중순까지 하와이에 입국한 한국인만 하여도 총 6천 7백 47인이었으며, 1907년 대륙으로의 轉航을 금지한 이후 1951년 당시의 재류한인은 통틀어 7천 인 이상으로 집계된다.[3]

---

2) 이는 3·1운동 이후 쏟아지는 선언서·청원서·격문 등 문서 가운데서 월슨 대통령 앞으로 보내는 청원서가 상당수 나타나는 점에서도 파리강화회의로 대변되는 국제정세나 미국을 이끌어나가는 지도자로서의 월슨에 대한 기대를 보여준다고 할 수 있다.

3) 노재연, 「在美韓人史略」『독립운동사자료집』8, pp.455~456.

재미한인의 단체건설은 한국 이민이 당도한 후에 즉시 시작되었으며, 민족주의에 입각한 민주주의 이념을 가지고 한국의 독립과 재미동포의 안녕보장을 단체의 목적으로 하고 있었다.4) 재미한인의 단체가 조직되기 시작한 때로부터 1919년 3·1運動에 이르기까지 재미한인단체의 활동은 크게 두 시기로 나누어 볼 수 있다. 즉 1903년 8월 7일 하와이 호놀룰루에서 한인단체로서는 처음으로 조직된 新民會 이후 1908년까지와 1909년 2월 1일 大韓人國民會가 결성된 이후부터 1919년까지이다.

1903년 신민회 결성 이후부터 1909년 대한인국민회가 결성되기 이전까지의 시기는 여러 한인단체가 난립하던 시기로, 아직까지는 美洲 본토에 韓人의 수가 많지 않았고 生業에 따라 散在하는 형편이었으므로 주로 하와이에 집중되어 결성되고 있었다. 예를 들면 앞서 언급하였던 新民會5)를 비롯하여 親睦會6)·共立協會7)·大同教育會8)·大同輔

---

4) 김원용, 「在美韓人五十年史」, 『독립운동사자료집』8, p.657.
5) 1903년 8월 7일 하와이 호놀룰루에서 홍승하·윤병구·문홍식·박윤섭 등의 발기로 조직되었다. 단체의 목적은 구국정신을 고취하여 일본의 침략행동을 반항함이고, 강령은 동족단결과 民智계발 및 국정쇄신이라 하였으나 내부분열로 1904년 4월 20일 해체되었다 (김원용, 위의 책, pp.658~659 참조).
6) 1903년 9월 23일 安昌浩의 지도하에 朴善謙·李大爲·金聖武 등의 발기로 加州 桑港(캘리포니아주 샌프란시스코)에서 조직되었다. 미주본토에서의 한인단체로서는 이것이 처음이었다. 처음 桑港에 있던 동포의 수가 25명에 불과하였으므로 會의 목적은 환난상부에 두고 있었다 (김원용, 위의 책, pp.659~660 참조).
7) 1905년 4월 5일 앞서의 親睦會를 확장한 조직이었다. 會의 목적은 동족상애·환난상부·항일운동에 두고 있었다. 1905년 11월 20일 부터 『공립신보』를 발행하였으며, 지회의 확장에도 힘을 기울여 미주내에 7개의 지방지회를 설립하였을 뿐 아니라 1908년 1월에는 김성무와 이강을 원동에 파견하여 수청과 치따지방에 원동지회를 설립하고, 해삼위와 만주지방에도 만주지회를 설립하였다. 총회장에는 1대 안창호, 2대 송석준, 3대 정재관 등이었다 (김원용, 위의 책, p.660 참조).
8) 1905년 12월 9일 加州 파사디나에서 장경·김우제 등의 발기로 조직되었다. 그 목적은 교육진흥에 두고 있었으나 친목회 발기인 중 한사람이기도 했던 장

國會9) · 에와親睦會 · 와이파후共同會 · 血成團 · 자강회 · 共進會 · 老少同盟會 등이 1903년부터 1908년까지의 기간동안 조직되어 활동하였던 단체들이다.

이러한 단체들의 활동을 통일하게 된 것은 大韓人國民會였다. 이 會의 조직은 1905년 日帝가 한국에 소위 「보호조약」을 체결하여 침략을 노골화한 것에 격분한 재미한인들이 排日을 결의하던 1906년 2월 15일부터 준비되었다. 그러나 이후 재미한인의 연합활동은 미주 · 하와이간의 원거리, 그로 인한 교통통신의 미흡 등이 이유가 되어 지연되다가 1908년 10월 23일에 이르러서야 하와이의 한인 합성협회와 미주의 공립협회가 각기 대표자를 선출, 합동발기문을 기초하여 1908년 11월 30일에 발포함으로써 그 기틀을 닦게 되었다. 정식으로 會가 발족한 것은 1909년 2월 1일이었으며, 이때는 國民會라 이름하였다가 1910년 5월 10일 대동보국회가 합류하면서 명칭도 「大韓人國民會」로 개칭하였다. 「大韓人國民會」는 하와이 · 미주를 비롯하여 멕시코에 이르기까지 한인단체를 전부 통합한 괄목할 만한 단체로 부상하게 되었다.

2. 大韓人國民會의 布告文

美洲韓人社會에 국내의 3 · 1운동 소식이 전해진 것은 3월 9일 大韓人國民會 中央總會長 安昌浩에게 전달된 玄 楯의 전보에 의해서였다.10) 당시 미주지역의 한인사회는 1918년 11월 이후 지속적으로 추진하여온 파리강화회의 대표 파견문제가 난관에 봉착하여 있었던 데다

경이 안창호와의 반목으로 분립하여 나온 단체였다 (김원용, 위의 책, p.661 참조).

9) 대동교육회가 1907년 3월 2일 정치적 운동을 목적으로 확장개편한 단체이다. 1907년 10월 3일부터 『대동공보』를 발행하였으며, 미주내에 5개처의 지방지회를 설립하였다 (김원용, 위의 책, p.661 참조).

10) 『新韓民報』, 1919년 3월 13일자 「호외」.

약소국동맹회를 둘러싼 갈등까지 겹쳐 분위기가 가라앉아 있던 터이
므로 3·1운동의 소식을 접하게 된 미주한인사회는 상당히 고무되었
다.11)

　그러나 이에 앞서 노령이나 만주 등의 한인사회가 국내 3·1운동의
영향을 받아 바로 대규모의 독립만세시위운동을 벌였던 것과는 달리
미주지역에서는 대규모의 독립시위운동이 일어나지 않았다. 대신 3월
15일 대한인국민회 중앙총회는 미주·하와이·멕시코 재류 동포 전체
대표회를 열고 미주지역 한인들의 통일적인 운동방침을 결정하였다.
모두 13개항으로 이루어진 이 운동방침에 의하면 미주지역 한인들의
독립운동에 관련된 모든 행사는 전체 대표회의 결정대로 이행하며, 원
동 및 각지의 운동경비 조달과 선전물의 출판 분포를 담당하자는 내
용으로 되어 있다.12) 제6항의 "원동에 대표를 파송하여 대한민국 임시

---

11) 『新韓民報』 1919년 3월 13일자 호외, 「대한독립을 선언하고」 참조.
12) 김원용, 앞의 책, pp.811~812.
　　◇ 전체대표결의안
　(1) 재미 한국 독립운동 응원의 일체 행사는 전체 대표회 결의에 의하여 이
　　　행하며, 그 행정은 대한인 국민회 중앙총회에 일임함.
　(2) 중앙총회 사무를 확장하고 사무원을 증가하기로 함.
　(3) 중앙총회 예산은 우선 7만 6천 달러를 예산함.
　(4) 원동과 구미 각지에 운동경비조달을 위하여 일반 동포에게 애국 특연금
　　　수봉을 실시함.
　(5) 徐載弼을 외교고문으로 임명하여, 필라델피아에 외교통신부를 설치하고,
　　　경비는 매월 8백 달러씩 지불함.
　(6) 원동에 대표를 파송하여 대한민국 임시정부 수립에 봉사하게 하고, 미
　　　주와 하와이 각 지방에 특파원을 파송하여 민중여론을 수습하며, 의사를
　　　연락하여서 행동 일치를 도모함.
　(7) 하와이에서 진행할 사무는 대한인 국민회 하와이 지방 총회에 위임함.
　(8) 尹炳九를 지방 외교원으로 임명하여, 가주에서 미국인 사회에 선전사무
　　　를 담임하게 함.
　(9) 李承晩을 필라델피아에 보내서 서재필을 협조하게 함.
　(10) 洪 焉·金永勳·林正雨·姜永珏 등을 화교위원으로 임명하여 중국인
　　　사회에 선전사무를 담임하게 함.
　(11) 영문과 한문으로 선전문을 출판하여 분포함.

정부 수립에 봉사하게 하고"라 한 것은 노령의 대한국민의회를 염두에 둔 것으로 생각된다. 대한인국민회는 일찍부터 노령지역에 기반을 닦고 있었을 뿐 아니라 미주지역에서 가장 먼저 임시정부로서의 정보를 접한 것도 노령 대한국민의회이었기 때문이다.13) 그러므로 아직까지는 임시정부에 대한 인식이라고 할 만한 것이 준비될 수 없는 상태였다.

3월 15일의 대한인국민회 중앙총회 전체대표회는 3·1운동을 전기로 하여 이들의 독립운동 방략을 전적으로 宣傳外交에 둔다는 것을 확인하는 기회가 되었다. 이것은 이때 발표된 「중앙총회 포고문」을 통하여서도 명확하게 언급되고 있다. 즉 "이번의 독립선언(국내의 3·1운동:필자)은 거국 일치하여 왜적을 대항하는 혈전"이며, 또한 "우리의 독립선언은 독립을 하겠다는 의사발표이요, 그 뒤를 받들어서 할 일은 이로부터 독립을 찾을 때까지 허다하게 많다"는 것이다. 따라서 "오늘은 전체 민족이 일어나서 생명을 바치는 때이니 아무 것도 주저할 것 없이 대한 민족 된 자, 일제히 일어나서 가진 바 생명·재산·기능 모든 것을 바치고 용맹하게 나아가기를 맹서하자"고 결의하고 나서 3개항에 걸쳐 실천사항을 명시하였다.14)

(1) 우리는 피흘린 후에, 목적이 관철될 것을 각오하고 굳세게 마음으로 맹서할 것이며, 우리의 운동이 단결과 행동일치를 요구하나니 동포간에 서로 비밀이 없을 것이다.

(2) 재미 한인은 처지와 환경의 구애로 이행할 책임이 국한되어 있는데, 다행히 미국은 공화국으로 인권과 자유를 가장 힘있게 창도하고 있는 터이니, 미국의 언론 기관과 종교 기관을 통하여 우리의 억울한 사정을 선전함으로써 국제 공론을 일으키는데 노력할

---

(12) 한국 국기를 만들어서 동포에게 분급함.
(13) 미주·하와이·멕시코 재류 동포를 등록하여 인구를 조사함.
13) 『新韓民報』 1919년 4월 5일자.
14) 김원용, 앞의 책, pp.812~813.

것이다.
⑶ 재미 한인은 다른 곳 동포에게 비교하여 경제적 여유가 있은 즉,
  내외 각지 독립운동의 경제적 책임을 부담할 것이다.

여기서 제⑴항은 보편적인 결의사항이라 할 것이나 제⑵,⑶항은
美洲라는 지역적 특성을 고려한 구체적인 실천사항이라 할 것이
다. 특히 제⑵항의 선전활동에 관한 실천사항이야말로 이 시기 대
한인국민회 방략의 핵심이라 할 수 있다.[15]

미국의 언론기관과 종교기관을 통하여 우리의 사정을 선전하여 국
제공론을 일으키겠다는 方略에 대하여 이때에 더 이상 구체적으로 방
법이 제시된 것은 없다. 다만 앞서의 3월 15일 전체대표회 결의안 13
항 중 5항에서 서재필을 외교고문으로 임명하여, 필라델피아에 외교통
신부를 설치하고, 경비는 매월 8백 달러씩 지불하기로 한 것과 9항에
서 이승만을 필라델피아에 보내서 서재필을 협조하게 한다는 내용이 4
월 14일~16일의 韓國議會를 염두에 두고 볼 때 서로 무관하지 않다
고 보여진다.[16]

---

15) 이러한 宣傳·外交에 대한 인식에 대하여서는 安昌浩가 1920년 正月, 新年祝
   賀會에서 행한 연설 가운데 '4. 선전과 외교'의 부분을 통하여 이해를 도울
   수 있을 것이다 (安昌浩, 「우리 국민이 단연코 실행할 六大事」『독립신문』제
   35호, 1920년 1월 8일자 게재 ;『독립운동사자료집』9, p.232 인용).
   "각각 적재를 택하여 각국에 선전하여야 하오. 대한민족의 독립을 요구하는
   의사와 독립 국민이 될 만한 자격과 대한의 독립이 열국의 이익 및 세계의
   평화에 有助할 것을 선전하여야 하오. 지금 각국은 여론 정치니까 민중의 여
   론만 얻으면 그 정부를 동할 수 있소. 각국에 상당한 대표자를 보내어 국제
   연맹에 대다수의 내 편을 얻어야 하오. 나를 외교만능주의자라 함은 무근지
   설이오. 일본도 四面楚歌임을 보고 몸선생을 청하여다가 빌어 본 것이요.
   일반 국민이 주의할 것은 외교는 정부만 하는 것이 아니요, 국민 전체가 다
   해야 할 일이요. 각각 자기를 만나는 외국인으로 하여금 대한인을 사랑할 사
   람이라 하게 하시오. 비록 인력거 끄는 사람에게까지라도."
16) 韓國議會에 관하여서는 洪善杓, 1993「徐載弼의 獨立運動(1919-1922)研究」『한
   국독립운동사연구』7, pp.187~244 가 거의 유일하다. 그러나 이는 韓國議會
   자체에 초점을 맞춘 연구가 아니라 1919-1922년 사이 서재필 개인의 행적에

3. 韓國議會의 開催

韓國議會는 1919년 4월 14일부터 16일까지 필라델피아市 델란시街 17번지의 리틀극장에서 개최하였다. 이 대회의 정식명칭은 First Korean Congress 즉 '제1차 한국의회'(이후 '한국의회'로 약함)였다.[17] 의회명칭을 「제1차 한국의회」로 정한 것은 아메리카 식민지 대표가 1774년 9월 필라델피아 독립기념관에 모여 영국의 식민지 지배로부터 독립을 협의한 「제1차 대륙회의」 First Continental Congress를 본뜬 것이다.[18] 따라서 대회의 명칭뿐만 아니라 대회의 儀式節次에 있어서도 이러한 의도가 상당히 반영되어 나타났다. 즉 서재필은 태극기를 성조기와 함께 게양하고, 스코틀랜드의 '올드 랭사인 Auld Langsyne' 곡은 오르간 반주에 맞추어 애국가를 제창하고, 미국국가 '아메리카' America를 합창

중점을 두고 있는 것으로 여기서는 韓國議會가 당시 미주한인사회를 대표하고 있던 국민회와 사전협의나 지시 및 간섭을 받음없이 처음부터 이승만·정한경·서재필의 공동노력에 의해 모든 계획이 주도되고 있는 점을 주목할 만하다고 하여 국민회와의 관련에 대하여서는 언급하지 않았다 (같은 책, p.195).

17) 「제1차 한국의회 의사록」(이후 「한국의회 의사록」이라 약함)『독립운동사자료집』4, p.17.
    이 대회는 원래의 영문표현 그대로라면 '第1次 韓國議會'이기는 하지만 그 뒤로 계속 이어지지 못하고 일회에 그쳤으므로 여기서는 '韓國議會'라고만 표기하기로 하였다. 한편 洪善杓, 1993 「徐載弼의 獨立運動(1919-1922)研究」『한국독립운동사연구』7, pp.187~244 등에서는 "필라델피아 한인대회"라고 칭해왔다.
    「제1차 한국의회 의사록」은 번역본이 『독립운동사자료집』4 (독립운동사편찬위원회, 1972)에 실려있는 외에 단행본으로도 출간되어 元聖玉이 번역한 『最初의 韓國議會』(범한서적, 1986)가 있다. 원성옥의 번역본에는 영문회의록 원본도 함께 실려있으므로 참고할 만 하다. 여기서는 『독립운동사자료집』4에 실린 「의사록」을 참고로 하였다.
18) 13식민지 대표는 이 모임에서 '권리선언'과 '통상단절동맹'을 결의, 영국의 식민지지배에 항거함으로써 아메리카 독립전쟁이 발발한 것이다.

하는 가운데 대회의 막을 올렸던 것이다.[19] 또한 대회의 일정 내내 민주주의 원칙에 입각한 공정한 회의진행과 자유로운 의사발언을 존중하려 한 흔적이 역력하다.

한국의회의 목적은 「대한인 총대표회 청첩」에서 밝히고 있는 바와 같이 3·1운동을 통하여 발표되었던 대한독립 宣告의 主義를 발표하고 독립운동에 대한 한국인의 의지를 미국의 여론에 호소하고자 하는 것이었다.[20] 이는 앞서의 대한인국민회 중앙총회 전체대표회에서의 결의와 같은 맥락이다.

대회의 준비는 서재필·이승만·정한경에 의하여 진행되었다. 이들은 이미 1919년 2월 3일 파리강화회의에 참석하기 위하여 미국정부에 여권발급을 신청하기 위하여 이승만과 정한경이 필라델피아를 방문하였을 때 서로 만날 기회가 있었다. 이때 이승만과 서재필은 파리강화회의에 대표를 파견하여 독립청원운동을 하는 것에 실효가 없을 것이라는 데 의견을 같이하였으며[21], 그에 따라 다른 방법을 모색하던 끝

---

19) 金源模,1985 「서재필의 在美韓人會議錄 첫 公開」『월간조선(통권 60호)』3월호, p.200.
20) 「대한인 총대표회 청첩」『新韓民報』 1919년 4월 3일자.
21) 방선주, 1989 「이승만과 위임통치안」『재미한인의 독립운동』, pp.213~214.
   1919년 2월 6일 뉴욕에서 띄운 이승만의 편지에 의하면 2월 3일 필라델피아에서 만난 서재필은 "今回之事는 萬事가 虛事라. 평화회에 가도 얻는 것이 없을 것이라. 결국 우롱당할 것이 뻔하오. 설사 파리에 가서 유익한 일이 있다고 가정하여도 여권이 나오지 않을 것이라"면서 한인들에게 50만 불의 자본금을 모집하여 영문잡지를 발간할 것을 의논해 왔다고 하였다. 이승만 역시 이에 대하여 "평화회의의 건은 사실 그대로 동포들에게 발표하여 이를 완전히 단념하고 선후책을 협의하여야 될 것이라"면서 자신은 "당초 하와이에 있을 때부터 이것을 예측한 고로 서서히 일을 추진하려 하였던 것"이라 기술하고 있다. 물론 이승만 자신의 생각에 대한 부분은 이 편지가 이승만의 지지자들에 대한 선전용이었다는 점을 감안할 필요가 있겠으나 어쨋든 이 때의 회합에서 이들은 파리강화회의에의 대표파견에 대한 좌절감을 확인하고, 잡지의 발간과 같이 대중여론을 상대할 수 있는 다른 방법을 모색할 필요성을 절감하였던 것 같다.

에 한국의회를 성사시키게 된 것이다.

필라델피아는 앞서 언급한 바와 같이 미국의 독립을 상징하는 도시라는 점에서도 의미를 가지고 있었지만, 서재필이 한인으로서는 보기 드물게 닦아놓은 기반이 무엇보다 강점으로 작용하였다. 서재필은 1904년 해럴드 디머 Harold Deemer와 동업으로 시작한 인쇄 및 문방구점을 통해 미국사회에서 경제적으로 자리를 잡아가기 시작하였고 1914~1924년 동안에는 필라델피아에서 단독으로 'Philip Jaisohn & Company'를 성공적으로 운영하고 있었다. 그에 따라 그는 필라델피아시의 정치·종교·교육계 인사들과 활발한 교류를 하고 있었으며, 이러한 그의 활동영역이 필라델피아시에서 한국의회를 개최하는 데 크게 활용되었다.

이 대회는 명칭상으로는 한국의회라 하였으나 참석자들은 한국인과 미국인으로 구성되었으며, 기도·초청강연 등 특정연사의 차례 외에 토의진행과정에서도 별다른 구분없이 자유스럽게 참여하도록 하였다.

이때 참석한 한국인들은 李承晩·鄭翰景을 비롯하여 閔讚鎬·柳一韓·尹炳求·林炳稷·趙炳玉·金顯哲·張基永 등 150여 명이었다.[22]

---

22) 이때의 참석인원에 대해서 『신한민보』 1919년 4월 15일자에는 100명, 4월 19일자에는 150명으로 보도되었으며, 「독립혈전기」(『한국독립운동사 자료2』, p.329)와 「거대한 생애 李承晩 90년」(『朝鮮日報』, 1995년 3월 10일자)에는 120명, 「재미한인오십년사」(『독립운동사자료집』8, p.817)와 「서재필의 재미한인회의록 첫 공개」(金源模, 앞의 글, p.200)에는 140명이라 되어 있다. 한편 일제측의 기록에는 80명 정도로 추산하고 있다 (金正明 編, 『朝鮮獨立運動』II, p.816 및 『한국민족운동사료(3·1운동편 其3)』, p.360). 대회가 14일에서 16일까지 연 3일간 개최되었으므로 참석인원에 대해서 여러가지 수치가 나오는 것은 오히려 당연하다 할 것이나 일제측이 한인의 활동을 과소평가하였으리라는 점을 감안하면 적게 보아도 100명을 넘어서는 규모였다고 생각된다. 그리고 이만한 규모도 당시 북미 본토지역에 거주하는 한인이 1,000여 명에 불과하였다는 점(「大正 7년 12월 12일자 在美 獨立運動에 관한 件」『日本 外務省 警察史』, 『독립운동사자료집』9, p.35 참조)에 비추어 보면 상당한 성과라고 할 수 있었다.

이들 대부분은 유학생들이었으며23), 美洲韓人學生會는 적극적으로 한국의회의 개최에 협조하였다.24)

한편 미국인으로서는 우선 종교인들로서 감독교회인 필라델피아 홀리 트리니티 교회Holy Trinity Church 의 교구목사인 톰킨스 박사 Floyd W.Tomkins, 로마카톨릭교의 사제이자 빌라노바 대학 Villanova College 의 學長인 딘 신부 James J.Dean, 펜실베니아주 랜스다운 Lansdowne 의 세인트 존스 교회 St.John's Church 의 교구장 맥비 목사 Croswell McBee, 유대교의 랍비 베르코비츠 H.Berkowitz 외에 학계인사로서 오하이오주 오베를린 대학 Oberlin College 사회학 교수인 밀러 Herbert A.Miller 와 샤트 교수 Alfred J.G.Schadt 등이 참가하였다.25)

---

23) 미주한인사회 내에서 유학을 목적으로 도미한 학생 지식인들은 한인들의 단체활동에 중추적인 역할을 담당하였다. 이와 같은 유학생들의 渡美狀況을 살펴보기 위해서 조금 장황하지만 「재미한인오십년사」의 일부분을 인용하기로 한다 (김원용, 앞의 책, pp.627~628).

"제1차에 韓美條約 이후로 1902년까지 망명, 혹은 유학을 목적하고 渡美한 兪吉濬·徐光範·朴泳孝·徐載弼·金奎植·尹致昊·白象圭·李大爲·安昌浩 등이 있었고, 移民時代에 망명 혹은 유학을 목적하고 들어온 李 剛·신성구·申興雨·朴容萬·李承晚·白日圭·林斗化·李元翼·鄭翰景·姜永承·姜永大·車利錫·宋憲澍·林正九·梁柱三 등과 그 외에 40명이 왔는데, 그들의 취학성적이 좋아서 대학 졸업생이 75%이었으나, 조국이 일제의 침략을 당한 후에 귀국하지 못하고 대개 미국에서 영주하였다.

제2차에는 한일합방 이후로 1918년까지 8년동안에 망명 출국하여 여행권 없이 渡美한 新渡學生들이 있는데, 그 수가 541명이며, 그들의 취학 성적은 대학 졸업생이 20%에 불과하였다. 신도학생들은 대개 배일사상이 강렬한 청년, 혹은 장년들인데 韓日合邦 후에 당하던 정치적 압박과, 경제적 곤란과, 혼란한 정국에서 도망하여 중국 상해, 혹은 구라파를 경유하여 미국에 왔는데 이때에 미국 정부가 재미 한인의 애국적 활동을 동정하던 까닭에, 대한인 국민회의 담보로써 그들의 입국을 허락하고, 영주하게 되었다."

여기서 나타난 바와 같이 3·1운동 무렵 미주한인사회를 지도하고 있었던 이들은 제1차로 도미한 유학생 출신들이었으며, 제2차로 도미한 신도학생들이 숫적으로 급증한 데에는 국민회의 활동이 있었음을 알 수 있다.

24) 『新韓民報』 1919년 4월 8일자 광고란 참조.

25) 그외에도 당시의 소속이 확인되지는 않으나 스와드모어(Swarthmore)의 라이머(Reimer)박사와 매카트니(Clarence E. McCartney)박사 등이 연설자로서 참가

대회의 진행은 4월 14, 15, 16일 3일동안 오전·오후회의로 나누어 계속되었다. 첫날인 14일 오전 9시 30분 임시의장 서재필 Philip Jaisohn 이 개회를 선언함으로써 시작된 대회는 톰킨스 목사의 기도와 '아메리카'의 제창으로 이어졌으며, 톰킨스 목사가 바로 연설을 하였다. 그 후 정식으로 의장을 선출할 것이 제안되었고, 정한경에 의해 서재필이 의장으로 지명되자 이승만이 지지하여 만장일치로 가결하였다. 의장선출 후에는 간사선출이 이어졌다. 여기에서 몇 개의 대의원 위원회가 만들어졌는데 그것을 정리하면 다음과 같다.

幹事 -- B.C.Lyhm(林炳稷)대의원, Henry Kim대의원,
          Kiyhan Chang(장기한)대의원
'한국국민이 미국국민에게 보내는 호소문' 준비위원회
    -- 李承晩박사, Charles, L.Lee목사, Y.N.Park대의원
'대한민국 임시정부에 보낼 메세지' 준비위원회
    -- C.H.Min(閔讚鎬)박사, Henry Chung(鄭翰景)대의원,
          S.H.Chunn대의원
'한국국민의 목적과 열망을 釋明하는 결의문' 준비위원회
    -- Ilhan New(柳一韓)대의원, Henry Kim대의원,
Joan Woo양
'일본국민들에게 보내는 결의문' 준비위원회
    -- P.K.Yoon대의원, Cho Lim대의원, Nodie Dora Kim대의원
'워싱턴의 적십자사 본부에 보낼 호소문' 준비위원회
    -- Charles L.Lee대의원[26], Henry Chung(鄭翰景)대의원,

하였다(「한국의회 의사록」『독립운동사자료집』4, pp.108~113 참조).
26) '한국국민이 미국국민에게 보내는 호소문' 준비위원회의 Charles, L.Lee 목사와 '워싱턴의 적십자사 본부에 보낼 호소문' 준비위원회의 Charles, L.Lee 대의원이 同一人임은 확실하다. 元聖玉 譯, 『最初의 韓國議會』, pp.120, 123에서는 '이상설'이라 기록하였으나 Charles, L.Lee의 한국 이름은 달리 확인하지 못하였으며, 참고로 헤이그 밀사의 1인이었던 李相卨은 1917년 3월 2일 시베리아 니코리스크에서 48세를 일기로 작고하였다 (尹炳奭, 1993 『李相卨傳』,

Philip Jaisohn(徐載弼)대의원

이들 위원회 설치의 제안은 모두 의장 서재필에 의하여 이루어졌을 뿐 아니라 각 위원회의 위원들도 참석자들의 동의를 받아 의장이 임명하였다.[27]

각 위원회의 위원들을 임명하는 중 4월 11일자로 파리에서 김규식이 보내온 전보문이 낭독되었다.[28] 그 외에 노디 도라 김 Nodie Dora Kim양과 밀러 Herbert A.Miller교수, 샤트 Alfred J.G.Schadt교수의 연설로 오전 회의 일정이 끝났다.[29]

첫날 오후 회의에서는 오전 회의에서 만들어진 위원회별로 보고하는 순서였다.[30] 그에 따라 '대한민국 임시정부에 보내는 메시지', '워싱턴 적십자협회에 보내는 호소문(전보문)', '미국 국민에 보내는 호소문', '한국인의 목적과 열망'을 차례로 낭독하고 각각 동의를 구해 그 자리에서 통과하였으나 '한국인의 목적과 열망'에 대해서만은 Charles L.Lee의 제의에 따라 다음 날 회의 속개시까지 모든 대의원이 사본을 가지고 돌아가 심사숙고하도록 결정하였다.[31]

---

p.170 참조).
27) 「한국의회 의사록」,위의 책, pp.25~32 참조.
28) 전보문의 내용은 다음과 같다 (「한국의회 의사록」, 앞의 책, p.30).
　　　　"전보문(電報文)
　　　　　　파리평화회의, 1919년 4월 11일
　　　평화회의에 탄원을 제출했습니다. 동정적인 처우를 받고 있습니다.
　　　여러분들의 의회에 성공을 위한 나의 진심의 기원을 보냅니다. 다만
　　　희생만이 성공을 가져올 수 있습니다. 최후의 한국인이 절멸할 때까
　　　지 싸움을 계속합시다. 이같은 결의를 가지고 우리는 승리할 것이라고
　　　믿습니다."
29) 「한국의회 의사록」, 위의 책, pp.35~43 참조.
30) 「한국의회 의사록」, 위의 책, pp.44~59 참조.
31) 물론 낭독된 선언서들에 대한 더 이상의 수정은 없었다. Charles L.Lee의 제
　　안도 선언서들에 대한 이의제기라기 보다는 이 선언서들이 가지는 중요성에
　　대한 강조를 위한 것이었다 (「한국의회 의사록」, 위의 책, pp.58~59참조).

둘째 날(15일) 오전 회의는 딘 James J.Dean신부의 성서낭독(시편 53
편)과 기도, 연설로 시작되었다. 이어서 K.S.Deyo씨의 바이얼린 독주,
하와이 諸島로부터의 축전 낭독 후에 전날 보류된 '한국인의 목적과
열망'에 관한 토의를 마무리하였다. 그리고 첫날 만들어진 다섯 개의
위원회 선언서 중 그때까지 발표되지 않은 '일본의 생각하는 민중들에
게 보내는 메시지'낭독과 토의로 오전 회의를 마쳤다. '일본의 생각하
는 민중들에게 보내는 메시지'에 대한 토의는 그때까지의 다른 선언서
들에 비해 많은 발언이 이루어졌으며, 발언의 내용은 공통적으로 기독
교 정신에 의거하여 일본이 한국에 가하는 잔악한 행위와 일본국민을
동일시하지 않을 것이며, 다만 한국인이 왜 일본과 싸우고자 하는지와
최후까지 한국인에게 자주독립은 망각되지 않을 것이라는 강렬한 의
지를 보여주고자 하는 것이었다. 여기서 일본국민에게 메세지를 보내
는 것에 대해 세계대전 당시 미국이 독일과 전쟁에 돌입하는 무렵 윌
슨 대통령이 독일국민에게 메세지를 보낸 것을 상기하는 대목이 여러
번 보인다.32) 이승만은 발언을 통해 "합중국은 독일 국민들과 적대하
여 싸우는 것이 아니라 독일 정부와 싸우는 것입니다"라고 한 윌슨 대
통령의 말을 인용하면서 일본인들이 기독교 신앙과 민주주의 정신으
로 행동한다면 그들을 친구로 대우할 것이나 만일 그들이 프러시아주
의와 야만주의 및 잔학성을 그대로 계속해 나간다면 우리는 '악인과
같이 싸울 것'이라고 하였다.33) 이러한 토의내용으로 보자면, 참석자들
은 독립을 위해 일본과의 싸움을 불사한다는 의지는 분명하였으나 중
국이나 노령의 한인사회에서 국내의 3·1운동 직후 보여주었던 만세
시위운동에서와는 다른 對日觀을 시사한다.
　오후 회의는 상해에서 신헌민의 명의로 보내온 전보문을 낭독하는
것으로 속개되었다. 한국에서 돌아온 데밍 Demming의 발언 후에 의장

---

32) 「한국의회 의사록」, 위의 책, pp.74~78 참조.
33) 「한국의회 의사록」, 위의 책, pp.76~77.

서재필은 미국정부에 대한민국 임시정부의 승인을 위한 청원서를 발송할 것을 제안하였다. 이에 따라 Henry Chung(정한경) 대의원·P.K.Yoon 대의원·C.H.Min(민찬호) 대의원이 서재필 의장의 직권으로 담당위원에 임명되었다.[34]

이어서 서재필 의장은 이 대회의 정신을 항구화하기 위하여 연중 활동할 수 있는 조직체의 설립을 역설하였다. 그는 협동작업과 상호협력의 정신을 강조하였으며, 협동작업을 위해 필요한 조직체의 설립은 미국이라는 지역적 조건하에서 가능한 것이므로 대회가 해산되기 이전에 조직되기를 희망하였다. 이에 대해 P.K.Yoon 대의원은 여기서 만들고자 하는 조직체는 대한독립동맹(Korean Independence Union) 또는 대한인국민회(Korean National Association)[35]와 서로 협의하게 될 것이라고 하였다.[36] 여기서 대한 독립 동맹(Korean Independence Union)이라 한 것은 노령의 대한국민의회를 의미하는 것으로 생각된다. 그것은 앞서 '대한민국 임시정부에 보내는 메시지'에 대해 토의하는 과정에서 서재필이 "대한 독립 동맹(Korean Independence Union)은 만주와의 국경 지역에서 임시정부를 조직해 가지고, 대통령을 선출했으며, 약 여덟 또는 아홉 명의 집행 간사 겸 내각원을 선임했읍니다. 손 Sohn씨(孫秉熙)가 임시 대통령입니다"라고 한 것으로 미루어 짐작할 수 있다.[37]

이 조직체 설치에 대한 안건은 다음 날인 16일 오전 회의에서 결정되었다. 그 결과 한국중앙통신국(Korean Central Correspondence Bureau)을 설치하고 그 대표로 서재필을 임명하였다. 이 결정은 샌프란시스코의 대한인국민회가 서재필을 대표로 임명할 것을 요청하면서 새로운 조직체의 설립을 승인한 데 따른 것이었다.[38]

---

34) 「한국의회 의사록」, 위의 책, p.84.
35) 위의 책에는 '대한 국민 협회'로 번역하였으나 동일한 단체이므로 본문에서는 대한인 국민회로 기재하였다.
36) 「한국의회 의사록」, 위의 책, p.88.
37) 「한국의회 의사록」, 위의 책, p.46.

16일 오전 회의에서는 헨리 베르코비쯔 Henry Berkowitz 목사의 기도와 연설, 조오지 베네딕트 George Benedict와 크로스웰 맥비 Croswell McBee 박사의 연설 후에 전날의 회의에서 작성문제가 결정되었던 '워싱턴과 파리평화회의에 보낼 청원서'가 낭독되었다.[39]

오후 회의는 국가의 제창으로 속개되었다. 폐회를 앞두고 의장은 필라델피아 시 당국자들과 경찰, 신문사 기자 및 대회에 참석하였던 미국인들에게 감사의 뜻을 표했다. 덧붙여 당일 날짜의 『필라델피아 레코드 Philadelphia Record』紙의 사설을 특별히 의사록에 수록할 것을 희망하면서 낭독하였다. 「한국의 독립 Korean Independence」이란 제목의 이 사설은 일본이 부당하게 한국을 병탄하였다는 사실과 미국이 한국과의 조약에 의하여 한국의 독립을 보장하였던 자국의 의무를 외면하였던 사실을 비판하면서 "한국은 그의 자주독립을 가질 자격이 있다. 그리고 우리는 한국이 그것을 얻기를 희망한다"는 것을 분명하게 밝히고 있다.[40]

라이머 Reimer 박사와 매카트니 Clarence E. McCartney 박사의 연설 후에 의회는 무기 휴회가 선언되었다.[41] 폐회 직후 대의원들은 독립회관까지 시위행진의 형태로 행진하였다. 행렬의 선두에는 서재필의 협조 요청으로 지원나온 필라델피아 경찰악대가 서고, 그 뒤에 미군 병사의 군복으로 정장한 한 한인 청년 旗手가 대형 태극기를 들고, 다시 그 뒤에는 한인대표 두 사람이 「Korean Independence League, 한국독립연맹」이라고 쓴 대형깃발을 펼쳐들고 뒤따랐다. 140여 명의 대표

---

38) 「한국의회 의사록」, 위의 책, p.101.
39) 「한국의회 의사록」, pp.89~100.
40) 「한국의회 의사록」, 앞의 책, pp.107~108.
41) 폐회 직전 D.W.Lim 대의원은 "어느 곳에 있는 한국인이든지 한국의 독립을 위하여 하루에 세번씩 아침, 점심, 저녁 때 꼭 한 순간동안 머리를 굽혀 기원하는 묵념을 하도록" 제안하여 만장일치로 가결하였다 (「한국의회 의사록」, 앞의 책, pp.113~114).

자들은 한 손에는 태극기를 다른 한 손에는 성조기를 들고 흔들면서
전후좌우에 필라델피아 경찰기마대가 호위하는 가운데 장엄하게 행진
하였다. 독립기념관에 도착하자 관장은 이들을 2층의 회의장으로 안내
하여 독립기념관의 역사적 의의를 설명하였다. 그에 의하면 그 회의장
은 1776년 7월 4일 헨콕의 사회로 제퍼슨이 기초한 독립선언문에 13
주식민지대표가 서명하여 선언문을 선포하였으며, 이어 1787년에는 위
싱턴의 사회로 아메리카 합중국 헌법을 제정선포한 미국독립의 산실
이라는 것이며, 회의장 안의 모든 집기는 당시의 것 그대로를 보존하
고 있다는 것이었다. 독립기념관 앞에 시위에 참가한 대표자들이 도열
한 가운데 이승만은 독립선언문을 낭독하고, 대한민국 임시정부 만세
삼창, 아메리카 합중국 만세삼창을 부른 뒤 해산하였다.[42]

第 2 節 韓國議會 宣言書의 내용

韓國議會는 宣言書의 발표라는 측면에서 보자면 동시에 여러 대상
에 대한 문서를 발표하고 있다는 점에서 특징저이다. 당시 발표된 문
서들은,

① '대한민국 임시정부에 보내는 메시지'
② '워싱턴 적십자협회에 보내는 호소문(전보문)'
③ '미국 국민에 보내는 호소문'
④ '한국인의 목적과 열망'

---

42) 金源模, 「서재필의 재미한인회의록 첫 공개」, 앞의 책, p.212.
　　당시 韓國議會에 참가하였던 林炳稷의 증언에 의하면, "인디펜던스 홀에 들
　　어가 이승만은 워싱턴이 앉았던 자리에 좌정하고 관장이 환영사를 한 후 이
　　박사가 금년 3월 대한 서울에서 반포한 독립선고서를 영문으로 낭독했다"고
　　한다 (「거대한 생애 李承晩 90년 (15)」『朝鮮日報』 1995년 3월 10일자 참조).

⑤ '일본의 생각하는 민중들에게 보내는 메시지'
⑥ '워싱턴과 파리평화회의에 보내는 청원서'

등이다.43) 문서는 이렇게 여섯 가지의 종류로 나뉘어 작성되었으나 내용면에서 보자면 다른 선언서들이 포괄적으로 언급하고 있는 문제들을 각각 나눈 것에 다름아니므로 문장은 대체로 간결하게 작성되었다.44) 다만 '미국 국민에게 보내는 호소문'과 '일본의 생각하는 민중들에게 보내는 메시지'만이 다소 장황하게 서술적으로 작성되었을 뿐이다. 여기서 여섯 가지의 문서를 종합하여 한국의회가 결의한 독립의 이념과 방략에 대한 내용을 몇 가지로 나누어 살펴보기로 한다.

첫째, 한국의회에서는 대한민국임시정부를 지원하기로 결의하였다. 필라델피아에서 한국의회를 개최하기까지 미주지역의 한인들은 대한민국 임시정부 수립에 대한 구체적인 정보를 가지고 있지 못하였다. 그리하여 '대한민국 임시정부에 보내는 메시지'를 통과시키기에 앞서 趙炳玉 Mr. P.O.Cho 은 대한민국 임시정부에 대한 구체적인 지식을 제공해 줄 것을 요청하였으나 서재필이 의장으로서 답변한 내용은 '대한독립동맹(Korean Independence Union)이 만주 국경지역에 임시정부를 조직, 대통령과 8,9명에 이르는 내각원을 선출하였으며, 손 Sohn 씨가 임시대통령'이라는 것이 전부였다.45) 또한 '워싱턴과 파리평화회의에

---

43) 韓國議會에서는 이 여섯 가지 문서외에도 마지막 날 독립회관에서 이승만이 독립선언서를 낭독하였다. 이 독립선언서는 서명자가 국내 3·1독립선언서의 서명자 33인과 동일하게 되어 있으나 내용은 당시 서울에서 선포된 「독립선언문」을 영어로 번역해 낭독한 것이 아니라 오히려 미국의 독립선언서를 거의 인용한 듯이 작성되어 있으므로 한국의회에서 결의된 메시지에 충실한 선언서라 볼 수 없다.

44) 같은 까닭으로 한인대회에서 작성·선포된 '워싱턴과 파리평화회의에 보내는 청원서' 역시 파리강화회의에 보내는 다른 청원서들과는 달리 간결하게 구성되어 대한민국 임시정부를 승인해 줄 것에 대한 요청과 독립과 이후의 建國에 대한 우리의 목표 등만 간단히 서술하였다.

45) 「한국의회 의사록」, p.46.

보내는 청원서'에 의하면 임시정부가 3월 1일 조직된 것으로 서술되어 있기도 하다.46) 임시정부 수립의 경위와는 상관없이 이들에게 중요한 것은 임시정부가 수립되었다는 사실 자체였다. 따라서 '대한민국 임시정부에 보내는 메시지'에서

　　　"모두가 정부의 민주주의적인 원칙을 신봉하는 고도의 기독교인의 인격과 자유주의 교육을 받은 사람들로 구성된 임시정부를 조직하고로, 우리 모국의 이 애국적인 민중들이 자기 자신들의 자유인 동시에 우리들의 자유를 위해 싸우고 있으며, 가장 불리한 조건 하에서 엄청난 우열의 차이에 대항하여 자유와 인간정신의 대의명분을 위하여 자의로 그들의 피를 흘리고 있는 까닭에, 여기 모인 합중국과 하와이의 한국 민족의 의회에 의해서, 이에 엄숙히 우리는 우리나라의 자유를 위한 명분에, 우리의 정신적 물질적 및 신체적인 지원을 서약함을 선언할 것을 결의하며…"47)

라고 하였다. 이들은 임시정부를 지원한다는 것에는 동의하고 있었다. 서재필은 "한국의 새로운 임시정부는 한국 국민의 의지의 화신"이므로 정부가 어디에 위치해 있는가, 또는 임시정부의 대통령이 어디에 있는가 하는 문제는 중요한 것이 아니라고 역설하였다.48) 그리하여 한국의회는 미주지역의 한인을 대표하여 임시정부를 승인하고 그 역할에 대하여 동의하고 나섰던 것이다.

　둘째로는 한국인이 처한 현실에 대한 폭로이다. 여기에는 일본이 소위 '한국병합'에서 보여준 사기성과 '병합' 이후 한국내에서의 일제의 폭압에 대한 내용이 포함된다. 이 부분은 다른 선언서들에서 보여지는

---

46) 「한국의회 의사록」, 앞의 책, p.99에서는 그냥 1919년 3월로 번역되어 있으나, 영문으로 된 원문에는 3월 1일로 확인된다 (元聖玉 譯, 앞의 책, p.77 참조).
47) 「한국의회 의사록」, 앞의 책, pp.44~45.
48) 「한국의회 의사록」, 위의 책, pp.47~48.

내용과 크게 다르지 않다. '미국 국민에 보내는 호소문'과 '일본의 생각하는 민중에게 보내는 메시지'에서 1904년 노일전쟁까지 한국의 독립을 보장한다고 하였던 일본이 한국의 영토와 모든 자원을 전쟁에 활용한 뒤 전쟁이 끝나자 한국을 병합하였으며 이는 독일의 군국주의와 동일한 것이라는 내용을 서술하고 있다.49) 이것은 大韓國民議會 블라디보스톡 및 혼춘선언서에서도 동일하게 서술되고 있는 내용이다.50) 합병 이후 일제의 폭압에 대하여서는 '일본의 생각하는 민중에게 보내는 메시지'에서 일본정부는 한국내에서 한국인을 노예의 수준으로 끌어내리고자 교육과 경제활동을 제한하고, 자국과 자국인을 위한 정책을 강행하였음을 반문하고 있다. 그리고 일본이 그러한 야만적인 정책으로 우리 국민의 정신, 삶, 심지어 육체와 영혼까지도 파괴하고자 하였음에도 불구하고 한국 국내외에는 세계 어느 종족에도 뒤지지 않을 능력이 있고, 영리하며, 용기있는 수백 만의 젊은이들이 있어 해외에서나마 기회가 주어질 때면 유감없이 그 능력을 발휘하고 있다는 것이다. 블라디보스톡 대한국민의회 선언서에서 한국국민의 자치능력과 독립자결에 대하여 인구와 영토, 물산, 역사 등에 걸쳐 조목조목 반박하였던 것에 비하면 한국의회에서의 서술은 보다 세련된 논리를 보여주기는 하지만 오히려 이러한 외교적인 서술로 인해 노령지역에서의 선언서에 비해 강도가 떨어질 수밖에 없었다.

세째는 미국과 기독교에 대한 인식이다. 기독교가 한국에서 자유와 민주주의 사상을 전파하는 매개 역할을 하였다고 하는 인식은 대한국민의회의 선언서들에서 보이는 인식과 같다. 다만 여기서는 그러한 기

---

49) 「한국의회 의사록」, 앞의 책, pp.49~50, 69~70 및 元聖玉 譯, 앞의 책, pp.140~141, 158 참조.
   역문의 내용에 큰 차이가 있는 것은 아니지만 우리 문장으로서의 느낌에는 서로 다른 면이 있으므로 문서에 관하여서는 두 가지를 모두 참조하기로 한다.

50) 본책 第5章 朝鮮獨立宣言書와 大韓國民議會 참조.

독교에 대한 인식이 미국에 대한 인식과 동일시되고 있는 점을 주목
해야 할 것이다. 다음은 '미국 국민에게 보내는 호소문'에서 이들이 미
국에 대하여 어떻게 인식하고 있었는지를 보여주는 부분이다.

> "우리는 여러분들이 정의를 사랑한다는 것을 알고 있기 때문에 여
> 러분들에게 지원과 동정을 호소합니다. 여러분들은 또한 자유와 민주
> 주의를 위해 싸웠으며 여러분들은 기독교 정신과 인간 정신을 위해
> 서 있다는 것을 우리는 알고 있습니다. 우리들의 명분은 바로 신과
> 인간의 법률 앞에 놓인 한 문제입니다. 우리의 의도는 군사적 독재로
> 부터의 자유이며, 우리의 목적은 아시아의 민주주의이며, 우리의 희
> 망은 범세계적인 기독교 신앙입니다. 그러므로 우리는 우리의 호소가
> 여러분들의 고려를 받을 만하다고 느끼고 있습니다.
> 여러분들은 이미 압박당하는 자들의 명분을 옹호해 주었으며 세계
> 의 여러 약소 민족들에게 여러분의 도움의 손길을 뻗쳤습니다. 여러
> 분의 나라는 인류의 희망입니다. 그래서 우리는 여러분에게로 와 있
> 습니다."51)

이에 의하면 자유와 민주주의, 그리고 기독교 신앙은 미국과 교감할
수 있는 요소로 압축될 수 있다. 韓國議會의 토론과정에서 서재필이
발언한 바에 의하면 한국인들이 미국에 대하여 상정하는 이러한 관계
의 배경이 더욱 분명하여진다.

> "…세계에서 한국 국민들보다 미국을 더 좋아하는 사람들이 없읍
> 니다.…일찌기 한국이 외국과의 교역에 문호를 연 이래로 한국 사람
> 들은 대부분의 외국이 거의 한국 땅에서 이기적인 개발 착취 아니면
> 정치적인 세력 부식의 목적을 추구하는 것을 보았지만, 미국과 더불
> 어서는 그러한 것을 찾아볼 수가 없었던 때문입니다. 그와 반대로 미
> 국은 오히려 수백 명의 선교사를 보내왔으며, 그 선교사들은 탄압받

---

51) 「한국의회 의사록」, 앞의 책, p.51.

는 불행한 한국인들에게 이 현세에서의 새로운 희망과 새 용기를 불
어넣어 주기 위하여 성경을 가지고 갔습니다. 이 선교사들의 복음 전
파의 노력은 병원·학교의 건설과 과학·예술·음악의 가르침과 자
주독립과 민주주의 정신을 동반하여 이루어졌습니다. 그들 미국인 개
척자와 선교사들은 이같이 해 온 것입니다. 그렇다면 한국사람들이
미국을 좋아하는 데에 무슨 의문이 있겠습니까?"52)

즉 미국의 선교사들에 의하여 한국은 기독교 신앙을 받아들이고 자
유와 민주주의를 배웠다는 인식으로 인해 미국에 우호적인 감정을 가
지고 있음을 설명한 것이지만, 이러한 인식은 더 나아가서는 정치적
인 측면까지 적용되었다. 동일한 가치를 추구한다는 점에서 미국과 한
국의 정치적 이해관계는 동일하며53), 그렇기 때문에 미국은 한국을 도
와야 한다는 것이다. 그 점에 정당한 명분을 강조하기 위하여 '미국
국민에게 보내는 호소문'에서는 한국과 미국간에 체결한 조약 제1조
제2항의 규정 내용을 근거로서 제시하였다.

"만일 체약 상대국과 다른 제3국과의 거래가 부당하게 또는 강압
적으로 이루어질 경우에는 다른 체약 상대국은 우호적인 조정을 위
하여 선의의 노력을 다 할 것이며, 그리하여 그들의 우호 감정을 보
여줄 것이다."54)

일본의 식민지로 전락한 한국의 입장에서 합병이전에 미국과 체결
한 조약의 조문을 예시하여 한국지원의 정당한 명분으로 내세운 것은

---

52) 「한국의회 의사록」, 앞의 책, p.13.
53) 이승만은 이 韓國議會에서 "한국 사람들의 목적과 열망이 우리의 국제 연맹
   의 형태를 추구하는데 있어서 미합중국 대통령의 목적이나 열망과 동일하므
   로 더욱 특별한 이해관계가 있다"고 하였다 (「한국의회 의사록」, 앞의 책,
   p.24).
54) 「한국의회 의사록」, 위의 책, p.51.

다른 선언서들에서는 찾아볼 수 없는 구체적인 대목이다. 이는 한국의 합병이 앞서 본 바와 같이 일본의 강제적이고 사기적인 행각에 의한 것이었다는 것을 전제로 그 이전에 합법적으로 조인된 조약이 아직도 유효함을 미국인들에게 간접적으로 시사하고 있는 것이다. 또한 한국의회를 통하여 뚜렷이 표명되고 있는 미국에 대한 기대가 강대국에 대한 맹신에서 비롯된 것이 아니라 합리적인 외교관계의 일환으로 전개되어, 자국의 독립을 지원해 줄 것을 요청하고 있기는 하지만 비굴해 하지 않고 당당하려는 노력을 엿볼 수 있는 것이다.

　결국 '미국 국민에 보내는 호소문'을 비롯하여 한국의회는 미국의 공감을 얻기 위하여 적극적으로 호소하고 있음을 알 수 있다. 그러나 이러한 호소는 어디까지나 보다 많은 호응을 얻기 위한 선전전술에 충실한 외교노선을 견지하고 있었다. 이는 한국의회에 앞서 3월 15일 열렸던 대한인국민회 중앙총회에서 발표된 포고문의 내용과도 상통되는 것이다. 여기서 포고문의 말미에 덧붙인 3개항의 실천조항 중 제2항을 인용하면 다음과 같다.55)

　　"2. 재미 한인은 처지와 환성의 구애로 이행할 책임이 국한되어 있는데 다행히 미국은 공화국으로 인권과 자유를 가장 힘있게 창도하고 있는 터이니, 미국의 언론기관과 종교기관을 통하여 우리의 억울한 사정을 선전하여 국제 公論을 일으키는 데 노력할 것이다."

　한국의회에서 나타나는 당시 한국인들의 미국에 대한 인식에 대하여 지적하여야 할 또 한가지는 한국인들이 미국과 일본과의 관계에 대하여 신중하게 고려하고 있지 않다는 점이다. 미국에 대한 논리는 한국의 독립운동에 지원을 바라는 입장에서 극히 우호적으로 펴 나가지 않을 수 없었다 하여도 일본은 주권을 가진 당당한 국가로서 미국과

---

55) 李鉉淙 編, 1979 『近代民族意識의 脈絡』, 아세아문화사, p.306.

지속적인 외교관계를 유지하고 있다는 점을 간과하고 있는 것이다. 실제로 미국은 일본의 이권을 인정하는 범위에서 극동정책의 방향을 잡아나갔으며, 미국내 한국인들의 처지 역시 미국의 인종차별 정책의 본질에서 벗어난 것이 아니었다. 그럼에도 일반적으로 한국인들은 이러한 미국의 정책이 지니고 있는 성격에 대해서 이해하고 있지 못하였다.

한국인들은 당시 국제사회를 이분법적인 논리에 따라 군국주의국가와 군국주의국가를 응징하는 민주주의국가로 나누고, 미국은 강대국으로서 파리강화회의를 주도하여 세계대전의 종결과 함께 식민지 문제를 해결할 국가, 즉 군국주의에 대항하는 국가라고 인식하였다. 따라서 한국인들은 미국이 가진 제국주의적 속성이라든가, 미국과 일본과의 외교관계 등 현실적으로 미국이 한국을 어떻게 얼마나 도와줄 수 있는가를 따져볼 충분한 여유없이 미국에 대하여 지나친 기대를 하게 되었다는 것이다. 한편 1920년 들어와서는 이러한 인식을 반성하고 새로운 방향을 모색하고자 하는 내용이 언론을 통해 나타나고 있기도 하다.56)

네째는 일본에 대한 인식이다. 한국의회는 일본에 대하여 '일본의 생각하는 민중들에게 보내는 메시지'를 별도로 작성하였다. 이 글은 서구의 진정한 민주주의의 이상을 생각하는 소수의 일본인들에게 보내는 메시지라고 되어 있지만, 그 내용을 통해서 일본에 대한 인식의 일단을 이해할 수 있을 것이다. 우선 일본의 국제적인 지위와 관련, 일본은 아시아 지역의 나라 가운데 여러 방면의 국가적인 노력에서, 특히 군사와 경제면에서 가장 먼저 서구식 방식을 채택한 나라라는

---

56) 「戰爭의 終熄은 何時에 在하소 (一・二)」『東亞日報』, 1920년 4월 27・28일자 社說 참조.
　　물론 국내에 있어서 미국에 대한 인식의 변화는 3・1운동 이후의 좌절감을 경험한 한국인들이 윌슨의 민족자결주의에 대한 실망을 드러내게 된 것과 맥락을 같이 하는 것이다.

것을 인정하였다. 또한 그러한 진보를 통하여 축적된 힘으로써 불법
적으로 우리 나라를 합병한 행위는 "노상강도라는 말로서만이 표현"될
수 있다고 못박았으나 「합병」의 철회 즉 우리 나라의 독립요구에 대
하여서는 조금 앞서 나왔던 노령·중국 지역의 선언서들과 달리 상당
히 완곡한 표현을 사용하고 있다. 무장투쟁노선을 견지하던 노령 지역
의 대한국민의회 선언서들이나 대한여자독립선언서 등이 일제를 상대
로 血戰을 불사한다는 것을 강조하였고, 국내의 3·1독립선언서가 비
폭력주의를 원칙으로 하였음에도 최후의 일인까지 대항할 것을 행동
강령으로 내세웠던 것에 비한다면 미주 한국의회에서 작성된 '일본의
생각하는 민중들에게 보내는 메시지'는 일제에 투쟁한다는 개념이 희
박해 보인다.

"첫째로, 여러분은 여러분이 한국에 대해 행한 잘못을 바로잡지
않으면 안 됩니다. 그 나라에 절대적인 자유를 주고 여러분의 손을
半島의 정치로부터 멀리 떼시오. 여러분은, 한국이 평화스럽고 민주
적이며 생산적인 나라로 발전하게 될 것이며, 외교 정책에 있어서 절
대적인 중립을 지킴으로써 여러분의 나라와 중국과 러시아 사이에
하나의 완충국이 될 것임을 발견하게 될 것입니다. 여러분늘의 나라
의 이익은, 이 지역에 무력과 야만성과 비정의에 의해서 그들을 다스
림으로써 언제까지나 증오와 분노와 음울한 사람들이 거주하는 한
영토보다는, 이 나라를 우호적인 완충국가로서 존재시키는 데에 있습
니다. 가까운 장래에 여러분들이 한국 인민의 친선의 뜻을 필요로 하
게 될 때가 오게 될 것입니다. 이제라도 여러분이 과거의 한국에 대
한 죄과를 속죄하고 그 나라를 여러분의 맹방이자 좋은 우방으로 만
들 힘은 여러분의 손안에 들어 있습니다. 그와 똑같이 정당하고 관대
한 정책이 중국에 대해서도 채택되어야 할 것입니다. 그렇게 함으로
해서 동양에서 여러분의 경제적 이해관계를 희생하지는 않을 것이며,
그와 동시에 여러분들은 우호적인 이웃들 가운데서 살게 될 것입니
다. 말하자면 여러분은 현재 친구가 없는 것입니다. 한국은 당신들을

증오하며 중국은 한국 사람들이 증오하는 이상으로 당신들을 싫어합
니다. 러시아는 여러분을 위해 우호적인 감정을 가지지 않으며, 미국
마저도 여러분을 혐의와 불신을 가지고 지켜보고 있는 중입니다. 여
러분들이 어떤 제1급의 국가, 특히 미국과 더불어 충돌 속으로 들어
갈 경우에는 여러분의 영국과의 동맹 관계는 그다지 큰 효력을 발휘
하지 못할 것입니다.

　그러므로 여러분의 장래의 안전과 동양의 지도적 국가로서의 여러
분의 특권을 위해서 여러분은 즉각, 정당한 정부는 피치자들로부터
그 권력이 나와야 한다는 정당하고 진실한 민주주의 정신의 새로운
국제적 원칙을 받아들여야 할 것입니다."[57]

위와 같이 일본에 대하여 한국의 독립을 요구하는 내용은 민주주의
라는 새로운 국제조류에 따라 한국을 독립시켜야 한다는 것이 골자로
되어 있다. 덧붙여 한국은 일본과 중국, 러시아간의 완충적인 역할을
할 위치이며, 독립 후의 한국은 국제관계상 일본과의 교류가 상호 불
가피할 것으로 전제하고 있는 것이다.[58]

다섯째는 윌슨주의 또는 파리강화회의에 대한 인식이다. 앞서 언급
하였듯이 한국의회를 주도한 서재필이나 이승만 등은 파리강화회의에
대하여 기대를 걸고 있지 않았다. 따라서 한국의회 일정동안 이어진
토론에서도 미국정부를 상대로 대한민국 임시정부를 승인해 줄 것을
요청하고, 미국사회 내에 한국의 독립운동을 선전하는데 주력하였을
뿐 파리강화회의에 대한 구체적인 방안 모색은 이루어지지 않았다. 한
국의회 마지막 날 승인된 '워싱턴(미국정부)과 파리강화회의에 보내는
청원서'도 애초에는 미국정부에 청원서를 보내는 것으로 토의되었던
것을 추가로 파리강화회의에도 발송하기로 하였던 것이다.[59]

---

57) 「한국의회 의사록」, 위의 책, pp.72~73.
58) 국제외교를 중시하고, 독립 후에 일본과도 국교를 유지할 의사가 있음을 밝
　　힌 선언서로는 「老人同盟團宣言書」를 들 수 있다 (본책 第6章 老人同盟團宣
　　言書와 디한독립녀ㅈ선언셔 참조).

　파리강화회의에 대하여 한국의회에서 어떠한 대책도 논의되지 않은
것에 비하여 미주지역 한인들 사이에서는 대표파견의 노력을 계속해
야 한다는 의견이 끊이지 않고 있었다. 일례로 대회 이튿날 호놀룰루
에서 보내온 전보에 의하면,

　　"전반에서 오늘 한국인들이 자기들의 독립을 위한 의식을 가졌습
　니다. 이 날은 전 하와이 제도를 통해서 휴일로 선포됐습니다. 호놀
　룰루에서는 1천 2백 명이 큰 시가 행렬에 참가했습니다. 모든 사람들
　이 미국 국기와 한국 국기를 하나씩 들고 행진했습니다. 모든 회합은
　일본 국기를 제외한 만국 국기로 아로새겨진 가운데 열렸습니다. 장
　엄한 하와이의 樂隊가 호놀룰루 시장에 의해 보내져서 음악을 헌증
　했습니다. 행렬은 영어와 한국어 양쪽 두 가지로 한국의 독립선언서
　낭독에 뒤이어 행해졌습니다. 이 섬과 그밖에 다른 섬들에서 온 한국
　인 시민들에 의해 연설이 행해졌으며, 미국인 친구들이 커다란 환호
　와 박수를 받으면서 우의에 찬 연설을 해 주었습니다. S.A.Park 박사
　도 연설을 했습니다. 한 회합에서 이 急電을 필라델피아에서 개최되
　고 있는 회의에 보내어, 여러분께 이곳에 있는 6천 명의 한국인들이
　일본인들의 지배를 거부하였으며 최후까지 독립을 실현시키기 위하
　여 투쟁할 것을 결의했음을 민징일지로 세의했습니다. 이미 파리에
　가 있는 한국 사절들을 돕기 위하여 파리 평화회의에 보낼 우리 대
　표들에게 여권 발급을 허용하도록 워싱턴의 국무성에 요구해야 할
　것입니다. 여러분들은 우리의 동정과 우리의 지지를 받고 있으며 우
　리가 할 수 있는 것은 무엇이든지 여러분들에게 줄 것입니다."[60]

라고 하여 한국의회를 미주지역 한인들의 대표자 회의로 인정하면
서 파리평화회의 대표 파견에 노력할 것을 촉구하고 있었다.

---

59) 「한국의회 의사록」, 위의 책, p.84.
60) 「한국의회 의사록」, 위의 책, p.66.
　　이 전보는 韓國議會 2일 오전 회의석상에서 낭독되어졌다.

여섯째는 독립 이후에 대한 구상부분이다. 3·1독립선언서 등 이전의 선언서와 달리 한국의회선언서는 독립 이후 민주주의에 입각한 공화정체 국가건설의 의지를 10개 항으로 작성된 '한국인의 목표와 열망'에서 구체적으로 언급하고 있다.61) 독립 이후 건국될 국가는 우선 ①국민주권을 실현해야 한다는 것이 1항에서 제시된 원칙이었다. ②정부의 형태는 미국의 경우를 모델로 삼는 것을 희망하였는데, 입법부와 행정부의 구성에 대하여 입법부는 지방의원의 선출과 그들에 의한 국회의원의 선출을 구상하고 있었다. 한편 ③행정부는 대통령·부통령·내각 관료들로 구성되며, 대통령은 입법부의 위원들에 의해 선출될 뿐 아니라 주요사항의 결정에 대하여 입법부의 승인을 받아야 함을 명확히 하였다. 이러한 정부형태에 대한 구상은 일반적인 민주주의 국가의 개념에서 벗어난 것은 아니었으며, 미국의 영향을 받아서 지방자치제를 다소 포함하고 있었다. 다만 문제가 된 것은 2항의 건국초기에 대한 설정이었다.

> "⑵ 우리는 우리 정부가 가능한 한 대중의 교육과 일치하는 미국의 정부형태를 따랐으면 한다. 그 이후 10년 동안은 정부가 오히려 중앙집권을 필요로 할지 모르지만, 국민의 교육이 증가함에 따라 국민들이 자치제에 더 많은 경험을 쌓음으로써, 그들은 보다 보편적으로 정치문제에 참여할 수 있는 것이다."

이 조항에 따르면 건국 초기의 10년간은 정부가 주도해 나가는 중앙집권제가 필요할 것이라 하였다. 즉 한국의 교육수준과 자치능력이 향상될 때까지 정부 주도형은 불가피하다는 것이다. 『신한민보』는 논설을 통하여 이를 반박하고 나섰다. 「인도자의 도덕」이라 제한 이 논설은 한국의회를 주도한 한인지도자들이 독립 후의 한국은 기독교정

---

61) 「한국의회 의사록」, 앞의 책, pp.55~56 및 元聖玉 譯, 앞의 책, pp.145~146.

신과 자유민주주의에 기초한 국가로 건설될 것이라 하면서도 실제로
는 국민의 자유를 제한하고 소수 엘리트에 의한 독재적 중앙집권을
구상하고 있다는 것을 비판하고 나선 것이었다.[62] 그러나 독립직후의
정치형태에 대한 이러한 구상은 당시 의회에서는 크게 문제되지 않았
다. 오히려 한국의회에 참석한 인사들은 '한국인의 목표와 열망'이라
제한 이 문서가 그 제목처럼 한국인의 목표와 열망을 그대로 총망라
하여 반영할 수 없음을 토로하였고, 다만 당시 한국의회에서 결의할
수 있는 최선책이라는 점을 확신하였다.[63] 무엇보다 가장 중요시한 것
은 '우리는 피치자로부터의 정당한 권리를 가져오는 정부를 신봉한다'
는 기본원칙이었다.[64] 즉 국민으로부터 정당한 통치권이 나오는 정부
를 신봉한다는 것이야말로 한국의회의 합의사항 중 가장 중요한 원칙
이었던 것이다.

　민주주의 국가에 대한 열망은 ④국민의 자유에 대한 항목에서도 나
타난다. 국민의 자유에 대하여 5, 6, 9, 10항에 걸쳐 종교·언론과 출판
·교역의 자유를 명시하는 외에 포괄적인 의미에서의 자유를 보장할
것을 명시하고 있으며, 그 외에 7, 8항에서 국민의 교육과 위생개량을
국민을 위해 정부가 우선적으로 해결해야 할 과제로 들고 있다.[65]

　한국의회는 한국의 독립을 국제사회의 새로운 조류에 따라 당연히
이루어져야 할 것으로 보고 있었으나, 독립의 실행을 위해서는 당시
큰 관심이 되어 있던 파리강화회의보다도 미국정부의 영향력이 지대
할 것으로 판단하고 있었다. 따라서 한국의회는 미국의 여론을 집중시
키기 위한 선전 방략에 치중하고 있었으며, 일단 필라델피아 지역에서

---

62) 「인도자의 도덕」『新韓民報』, 1919년 8월 28일자.
63) 서재필은 "이 결의안 내용들은 단순히 이 시간에 필라델피아에서 열리고 있
　　는 본 한국인의 회의 의사 표시일 뿐인 것입니다"라고 밝히고 있다 (「한국의
　　회 의사록」, 앞의 책, p.68).
64) 「한국의회 의사록」, 위의 책, p.68의 이승만 발언 부분.
65) 「한국의회 의사록」, 위의 책, p.56.

키기 위한 선전 방략에 치중하고 있었으며, 일단 필라델피아 지역에서
는 언론을 통한 보도도 이루어지고 있었다.66)

한국의회 선언서 역시 선전외교를 고려하여 선언의 대상을 세분하
고 그에 따른 적절한 호소를 하려 하였다. 그러나 한국의회는 당시 미
주한인이 가장 큰 관심과 기대를 걸고 있던 파리강화회의에 대하여
어떠한 논의도 하지 않았으며, 대표를 파견한다는 데 회의적이었던 견
해조차도 설명하지 않았다는 점, 또한 독립 이후 국가건설 구상에서도
국민의 교육정도가 일정 수준에 오를 때까지는 중앙집권제가 필요하
다고 하여 당시의 한국인을 완전한 정치주체로 인정하였다고 보기 어
려운 점 등 일반대중의 인식과는 거리가 있었다. 그것은 미주 한인사
회가 한국에서의 출신이 기독교인·학생·선비 등 외에도 光武軍人,
농촌의 머슴, 막벌이하던 역부, 유식하던 건달들까지 망라된 집단67)이
었음에 비해 한국의회를 주도한 사람들은 특히 본토에 거주하던 유학
생 계층이었기 때문이었다

第 3 節 韓國議會 宣言書 이후의 활동

한국의회의 성과는 여러가지로 생각해 볼 수 있다. 첫째로는 미주지
역 한인들과 미국의 여론에 대한민국 임시정부의 수립을 널리 알리고,
이를 미국 정부에 승인받고자 하는 의지를 밝힌 점이다. 둘째로는 노
령·중국 지역의 독립운동계에 미주에서도 분기하였다는 소식이 알려
지면서 미주지역이 단순히 독립운동의 재정지원을 담당하는 지역으로
서만이 아니라 당당히 외교노선의 독립운동 거점으로서 인정받게 되

---

66) '한국의 독립(Korean Independence)' Philadelphia Record 1919년 4월 16일자 社
　　說, 「한국의회 의사록」, 위의 책, pp.106～108.
67) 김원용, 「재미한인오십년사」『독립운동사자료집』8, p.614.

승만이 대외적인 성가에 힘입어 각지의 임시정부의 중책에 임명되고, 한국의회 개최시의 활동을 바탕으로 미주에서의 외교사무를 장악하게 되었던 것이 바로 이점을 뒷받침한다. 그리고 그것은 한국의회를 계기로 조직되어진 필라델피아 韓國通信部와 무관하지 않은 것이다.

한국의회에서는 지속적인 선전외교업무를 담당해 나갈 조직으로서 韓國中央通信局 Korean Central Correspondence Bureau을 설치한다는데 뜻을 모아 大韓人國民會의 승인을 받았다.68) 이 조직이 실제로 설립된 것은 한국의회 직후인 1919년 4월 25일이었다.69) 이때 정식 명칭도 한국중앙통신국 Korean Central Correspondence Bureau에서 韓國通信部 The Bureau of Information for the Republic of Korea 로 정하여졌다. 필라델피아 한국통신부의 활동은 처음 설립 당시의 계획대로 진행되었던 것 같다. 1919년 4월 29일 徐載弼이 白一圭70)에게 보낸 서신에 의하면 필라델피아 한국통신부의 활동방향은 한국에 관한 모든 사실을 미국시민에게 알릴 것을 전제로 하여 첫째, 책자발간을 통한 출판선전활동, 둘째, 대중집회를 통한 강연활동, 셋째, 미국인들이 조직하는 親

---

68) 「한국의회 의사록」, 앞의 책, p.101.

69) 김원용, 앞의 책, p.817.
   洪善杓는 필라델피아 한국통신부의 설립시점을 그 재정장부가 4월 22일부터 모든 수지상황을 기록하고 있다는 점에 근거하여 4월 22일로 보았으나, 이미 통신부 조직의 논의가 韓國議會에서 일단락되었고 또한 재정장부의 기록이 會의 정식설립일자와 동일하게 시작되는 것이 아니라 會의 설립을 준비하면서부터 시작되는 것이라는 점을 생각해 볼 때 김원용의 4월 25일說을 따르기로 하였다 (洪善杓, 1993 「徐載弼의 獨立運動(1919-1922)硏究」『한국독립운동사연구』7, p.203 참조).

70) 白一圭(1879~1956)는 1907년 大同保國會에 설립발기인으로 참가하였고, 『大同公報』 주필을 역임하다 1909~1910년 무렵 朴容萬과 병학교 설립에 참가하였다고 한다. 1913년 헤이스팅스 고등학교를 35세로 졸업하고 네브라스카 대학에 입학하였다가 익년 『신한민보』 주필로 초빙받아 상항으로 갔다. 1918년 가주대학 경제학과 졸업과 동시에 『신한민보』주필로 재임용된 상태였다 (方善柱, 1989 「朴容萬 評傳」『在美韓人의 獨立運動』, 한림대학교 아시아문화연구소, p.38 참조).

韓團體의 활동지원, 예컨대 韓國親友會 조직과 활동에 대한 적극적인 지원 등으로 언급되고 있었다.71) 이것은 『재미한인오십년사』 필라델피아 한국통신부 활동기록과도 일치하고 있는데, 그 내용은 다음과 같다.72)

　⑴ 대한민국 통신부 위치는 필라델피아이었다.
　⑵ 대한민국 통신부의 임무는 한국의 소식을 구미 각국에 선전하며 한국 독립을 동정하는 백인 친구를 모아서 한국 친구회를 조직하고, 그로 하여금 한국 독립운동에 관한 외교사업을 협찬하게 함이었다.
　⑶ 한국문제에 대한 사람들의 연설문 작성과 재료를 공급하며, 영문 출판과 선전문 작성을 협조하여 한국 선전의 문자와 언론이 일치되게 하는데 노력하였다.
　⑷ 1919년 8월부터 1921년 12월까지 『한국공론』이란 영문잡지를 발행하였다.

여기서 韓國親友會는 이미 한국의회에서 그 필요성이 논의되어 1919년 5월 5일 한국의회에 참석하여 활동한 바 있었던 톰킨스 목사의 주선으로 필라델피아 시티 클럽에서 미국의 유명한 인사 19명이 모여 조직한 단체였다.73) 그 後 韓國親友會는 각지에서 설립되어 미국 내에만 20여 개에 달하였을 뿐 아니라74) 영국 런던과 프랑스 파리에

---

71) 洪善杓, 앞의 논문, p.207.
72) 김원용, 앞의 책, p.817.
73) 김원용, 앞의 책, p.818.
　한편 洪善杓, 앞의 논문, p.219에서는 「대한자유친구회조직」『신한민보』, 1919년 5월 13일자 기사를 인용하여 韓國親友會가 5월 2일 22명의 미국인들에 의해 조직되었다고 하였다.
74) 韓國親友會 지부의 수에 대하여서는 의견이 통일되어 있지 못하다. 김원용은 『재미한인오십년사』에서 10여 개라 하였으며(앞의 책, p.818), 손보기는 조선정보위원회, 「미국신문간행물급통신기사적요」, 『정보휘찬』4 「조선평론쪽」(1923), pp.39~41의 자료를 인용하여 17개로 적고 있다(국사편찬위원회 편, 『한민족독립운동사』6, p.175). 한편 洪善杓는 앞의 논문에서 주로 『신한민보』와 『KOREA

서도 친우회가 조직될 정도로 한때 의욕적인 활동을 하였다.[75] 이러한 韓國親友會의 활동에 대해서는 中國의 한인사회에도 알려져 親韓美國人들의 한국독립후원활동을 긍정적으로 받아들이고 있었다.

당시 金秉祚의 『韓國獨立運動史略』에서는 서재필의 주최로 미국 諸名士를 회원으로 망라하여 필라델피아에 大韓獨立後援會 本部를 설립하고 발표한 선언서의 내용을 요약하여 인용하고 있다.[76] 이 선언서의 내용은 한국의회에서 작성되어진 '미국 국민에게 보내는 호소문'을 거의 그대로 옮겨놓은 듯 하다.

이상에서 살펴본 바와 같이 한국의회를 계기로 하여 필라델피아를 중심으로 하는 통신부와 韓國親友會가 조직되었다. 이 두 단체는 서로 밀접하게 관련된 상태에서[77] 대한민국 임시정부를 대표하는 公的인 외교사무와 미국의 일반대중을 상대로 하는 일반적인 선전활동을 병행해 나감으로써 명실공히 1919년~1921년 사이의 기간동안 미국 내

REVIEW』를 인용하여 영국과 프랑스의 親友會까지 합하여 모두 23개의 지부를 상세하게 서술하였다 (앞의 논문 pp.221~232).

75) 洪善杓, 앞의 논문, pp.221~232 참조.
韓國親友會는 1923년 말까지 활동하였던 것으로 생각된다.

76) 金秉祚, 1920 『韓國獨立運動史略』(1974, 아세아문화사 영인본), pp.168~169.
여기에 인용된 선언서를 옮겨 보면 다음과 같다.
"韓國은 過去 四千餘年間 絶對獨立을 享有하엿스며 韓國의 完全한 主權은 萬國이 承認한 바라. 韓國은 長久한 歷史와 特殊한 言語와 文學과 道德이 ㅣ 文明의 標準을 有한 國이라. 四十年前에 世界列强과 條約을 締結하야 韓國의 獨立國임을 承認하엿스며 友誼를 表할새 美國은 一八八二年에 韓美條約을 締結하되 若 他國이 韓國에 壓迫을 行할 時에난 援助하기로 誓約하여스며 美國宣敎師의 傳道로 因하야 二十年間에 基督敎徒가 百萬에 至한지라 日本은 不法으로 合倂을 勒行하야 不義悖道함으로 三月一日애 全韓이 奮起하야 獨立을 宣言하고 共和政府를 組織하여스매 日本이 虐殺을 加하니 吾等이 此를 輕視하면 第二次軍國主義가 更生할지라. 此를 目擊하는 吾美國人은 一團體를 組織하야 韓國의 獨立을 援助하며 基督敎徒를 擁護하며 日人의 惡行을 防止하며 美國一般公衆의게 韓國의 眞相을 傳播하자 하였더라."

77) 앞에서 언급된 바와 같이 韓國親友會의 조직과 활동은 필라델피아 한국통신부의 활동방향 가운데 포함되는 것이었다.

에서의 한국독립을 위한 외교활동을 담당해 나갔던 것이다. 그리고 이러한 활동은 상해의 대한민국 임시정부를 비롯한 中國의 한인사회에 알려져 있었고, 그 외교활동의 성과를 인정받고 있었다. 따라서 필라델피아 한국통신부가 공식적으로 대한민국 임시정부의 기관으로 승인받으면서 그 재정이 대한인국민회로부터 구미위원부로 완전히 넘어가게 되자 미국 내에서의 외교활동의 주도권은 자연히 이승만에게로 넘어가게 되었으며, 이는 임시정부 내에서 이승만의 입지를 강화하는 요인의 하나로 작용하였던 것이다.

第 8 章 大韓僧侶聯合會宣言書와 臨時政府

 3·1運動에서 佛教界의 獨立運動에 대하여는 研究가 활발하게 이루어지지 못하였다. 그것은 3·1운동에 불을 붙인 3·1獨立宣言書의 署名者 33인 가운데서 불교계의 인사는 韓龍雲과 白龍城 두 사람에 불과했을 뿐 아니라 3·1운동의 전개과정에서도 基督教나 天道教를 중심으로 한 만세시위운동은 대중과 연계되어 있었던 반면, 불교는 寺刹 자체가 山속에 유리되어 있음으로 일반대중의 만세시위운동에서 차지하는 역할이 크게 드러나지 않은 데에도 연유하는 것이라고 생각된다.
 그간 3·1운동에서 불교계에 관한 연구로는 安啓賢의 「三·一運動과 佛教界의 動向」[1]이 선구적인 업적이라고 할 수 있다. 그 외에 불교계의 독립운동과 관련하여서는 독립운동에 소극적이었던 다수의 승려들과는 달리 투철한 독립사상으로 중앙학림을 근거로 하여 전국 불교계의 독립운동을 주도하였던 韓龍雲 개인에 관한 연구[2]에 집중되는

---

1) 東亞日報社 編, 『三·一運動50周年 紀念論文集』, pp.271～286 ; 佛教史學會 編, 1989 『近代韓國佛教史論』, 民族社, pp.265～291 재수록.
2) 安秉直, 1970 「萬海 韓龍雲의 獨立思想」『創作과 批評』5권 4호.
　 李英茂, 1982 「韓國 佛教思想史에 있어서 韓龍雲의 位置 － 韓國佛教 維新論을 中心으로－」『人文科學論叢』14, 건국대학교 인문과학연구소.

양상을 보여왔다. 3·1운동에서 각 寺刹 또는 中央·地方學林 학생들의 독립운동에 대한 연구는 필요에 따라 개별적인 논문에서 부분적으로 언급되어지는데 불과하였다.[3] 이것은 대중활동에 활발하지 못하였던 불교계의 특성과 함께 불교계 자체에서 남기고 있는 기록이 충분하지 못한 데에도 그 원인이 있을 것이다.

大韓僧侶聯合會宣言書[4]는 1919년 말 발표된 선언서로서 여기에 서명한 僧侶와 이 宣言書의 작성 배포협의에 연루되어 재판에 회부된 승려 중에는 3·1운동 당시 中央學林 학생들로서 한용운의 지도를 받아 지방 사찰을 중심으로 지방의 3·1운동을 주도하는 등의 적극적인 활동을 하였던 이들이 다수 참여하고 있었다. 따라서 이 宣言書의 작성 경위와 내용을 살펴보는 것은 3·1운동 이후 불교계의 독립운동이 어떻게 이어져 나갔는가를 규명할 수 있는 단서가 되리라고 생각된다.

金相鉉, 1983 「萬海의 獨立思想」『韓國學』28, 영신아카데미 한국학연구소 등을 들 수 있다.

3) 지방에서의 3·1운동을 다루는 가운데 지방사찰과 지방학림 학생들의 참여를 언급한 것으로는 정연태, 1989 「경남 지방의 3·1운동」『3·1 민족해방운동 연구』, 청년사, pp.362~366를 들 수 있으며, 개별 사찰의 사회운동을 주제로 살핀 蔡尙植, 「한말, 일제시기 梵魚寺의 사회운동」『한국문화연구』4, pp.160~164 에서도 범어사의 3·1운동 참여에 대하여 언급되어진 바 있다.

한편 鄭珖鎬, 1990 「日本 침략시기 佛敎界의 민족의식」『尹炳奭敎授華甲記念 韓國近代史論叢』, 知識産業社, pp.521~533 은 짧은 분량에 日帝 强占의 全期間을 다룬 것으로 극히 槪括的이기는 하지만 3·1運動에서 僧侶들의 참여상황을 각 자료의 기록대로 간략하게 요약하여 나열하는 방식을 취하였다. 따라서 각각의 사건들 가운데 서로 연계되어 있는 맥락을 파악하지는 못하였다.

4) 金秉祚, 1920 『韓國獨立運動史略』(1974, 아세아문화사 영인본), pp.212~214 ; 朴殷植, 『韓國獨立運動之血史』, pp.70~72 ; 金正明 編, 1967 『朝鮮獨立運動』第Ⅰ卷 分冊, pp.400~401 ; 李鉉淙 編, 1979 『近代民族意識의 脈絡』, 아세아문화사, pp.165~166 ; 金根洙, 1983 「韓國獨立宣言書小考」別添資料, 『韓國學』29, 중앙대학교 한국학연구소 ; 獨立紀念館, 1988.3.1~4.30 『3·1운동 제69주년 기념 특별기획전』, 宣言書資料에 수록되어 있다.

第 1 節 3·1運動과 佛敎界

3·1運動의 준비과정에서 천도교와 기독교의 연합이 형성되자 이들 연합세력은 불교와의 연합을 추진하였다. 2월 24일 밤 崔 麟은 桂洞 韓龍雲의 집으로 찾아가 즉석에서 동의를 받아내었다. 韓龍雲은 급박한 시일 가운데에도 동래의 梵魚寺에까지 내려가 당시 住持였던 吳惺月[5])과 李淡海·吳梨山 등에 3·1운동에 관해 연락하는[6]) 등 호남과 영남지방의 심산유곡에 자리잡은 여러 사찰에 긴급히 연락하여 동지를 모으는 일에 열심이었으나 결국 불교계에서는 한용운 자신과 白龍城 두 사람만이 참여하는데 그치고 말았다.[7])

─────────────────

5) 범어사의 吳惺月은 韓龍雲과 함께 이미 3·1운동 이전부터 抗日의 의지가 투철하였던 실천적 승려였다. 그의 抗日運動은 臨濟宗運動과도 관건되어 있었는데, 요약하면 다음과 같다. 일제는 한국침략의 일환으로 침략초기 佛敎를 활용하였다. 점진적인 일본불교의 침략의도에 따라 1910년 10월 6일 朝鮮 禪宗인 圓宗과 日本 禪宗인 曹洞宗이 연합에 조인하여 소위 「韓日合併」후 45일만에 조선불교마저 일제에게 합병당하는 꼴이 되고 말았다. 이 양국선종의 연합에 앞장선 것은 이보다 뒤인 1911년 12월 4일 30본사의 하나인 해인사의 제1대 주지로 총독부의 인가를 받게 되는 李晦光(1862~1933)이었다. 이회광의 '賣宗易祖'의 망동에 대하여 백양사의 학승 朴漢永, 화엄사의 강사 陳震應, 범어사의 韓龍雲과 吳惺月 등을 필두로 한 많은 승려들이 조선의 선종은 태고 普愚國師 이래 臨濟 계통이라고 주장하면서 臨濟宗을 설립하여 대항한 바 있었다 (임혜봉, 1993 「불교계의 친일인맥」『역사비평』22호, 역사문제연구소, pp.80~92 참조).
6) 金漢琦, 1965 「梵魚寺事件」『新東亞』3월호, pp.108~109.
  뒤에 언급되겠지만, 동래의 梵魚寺는 중앙학림에서 수학하고 있던 범어사 출신 승려 金祥憲·金法麟 등이 3·1운동 발발 직후 다시 중앙으로부터 범어사로 파견되어 동래의 독립운동을 주도한 점, 또한 3월 1일 파고다 공원의 만세시위에 범어사로부터 대표가 파견되고 있는 점, 그리고 그들이 다시 범어사로 돌아가 독립운동에 합류하고 있는 점 등으로 미루어 볼 때 중앙과 민활하게 연계된 지방사찰 독립운동의 형태를 보여주는 일례라고 생각된다.
7) 愼鏞廈, 1977 「3·1獨立運動 勃發의 經緯」『韓國近代史論』Ⅱ, 지식산업사, pp.78~79참조.

한편 中央學林 학생들이 3·1운동에 참여하게 된 것은 2월 28일 밤 韓龍雲이 그의 자택이자 그가 발행하던 『惟心』社 社屋으로 학생들을 급히 불러모아 선언서의 작성경위와 3·1운동의 의미를 설명한 뒤 선언서의 배포를 부탁한 데 따른 것이었다. 이날 모인 申尙玩, 白性郁, 金祥憲, 鄭京憲, 金大鎔, 吳澤彦, 金奉倍, 金法麟 등은 中央學林 내에서도 韓龍雲의 지도하에 <惟心會>라는 학생회를 운영하고 있었다.8) 이들은 1910년대 臨濟宗運動 이후 禪風의 진작과 불교계의 근대교육운동에 의해 성장한 청년 승려들로서 한용운이 주관하던 잡지 『惟心』에 많은 영향을 받고 있었으며, 『惟心』社 社屋에도 수시로 출입하고 있었다.9)

韓龍雲의 집에서 나온 이들은 그 길로 인사동에 있던 범어사 포교당으로 자리를 옮겨 3·1운동에서 어떻게 활동할 것인지에 대한 방침을 정하였다. 이에 따르면 가장 연장자였던 申尙玩을 總帥格으로, 白性郁·朴玟悟는 參謀格으로 삼아 이들 세 사람은 中央에 남아있고 나머지는 전부 지방에 파견하기로 하였다.10)

---

8) 金法麟, 1946 「三一運動과 佛敎」『신천지』1-2호, p.74.   이날 불교중앙학림 학생들외에 中央學校의 朴玟悟가 참여하고 있었다 (같은 글, p.74).

9) 東大七十年史編纂委員會, 1982 『東大七十年史』, 동국대학교, p.484 에서는 이들 中央學林 생도들이 『惟心』을 통하여 민족문화운동의 일환으로 각종 논설과 문예작품을 활발하게 발표하였다고 하였으나, 필자가 확인해 본 바에 의하면 『惟心』 제1호(1918년 9월 1일 발행)·제2호(1918년 10월 20일 발행)·제3호 (1918년 12월 1일 발행)에서 이들 「大韓僧侶聯合會 宣言書」와 관련된 中央學林 생도들의 명단과 글은 발견할 수 없었다. 『惟心』은 月刊 발행이 원칙이었으므로 1918년 12월 제3호 이래 1919년 3·1운동 전까지 한두 번 더 발행되었을 터이나 알 수 없다. 그러나 『惟心』은 매호마다 懸賞文藝란을 마련하고 있었고, 그 란에 기고한 글 중에는 성명을 이니셜로만 기재한 경우도 있으므로 中央學林 생도들의 글이 기고되었을 가능성이 아주 없는 것은 아니다.

10) 金法麟, 앞의 글, pp.76~77.
   여기서 결정된 구체적인 행동방침은 다음과 같다.
   ⑴ 宣言書配布 ; 宣言書의 約半部는 三月 二日 새벽 市內 東北部一帶를 各自 擔當하야 配布하고 其餘는 地方으로 派遣員이 携行할 것

한편 3·1운동을 추진한 연합세력 중 가장 마지막으로 합류한 것은 학생단이었다. 학생들은 2월 25일 밤 貞洞 禮拜堂 안의 李弼柱 목사집에서 연합전선에의 참여를 결의하고 다음과 같은 사항에 합의하였다.[11]

　　⑴ 學生團의 독립운동은 기독교와 천도교의 연합전선에　참가하여

　　⑵ 示威運動準備 ; 昨冬以來 時局에 對하야 連絡協議하야오든 各學生團體와 提携하야 三月 一日 下午二時에 빠고다公園으로 集會하야 泰和館宣言式과 呼應하야 『獨立萬歲』를 呼唱하면서 市街로 나가 示威行進을 할 것
　　⑶ 地方派遣員決定 ; 鄭秉憲은 全羅方面, 金大鎔은 慶北方面, 吳澤彦은 梁山通度寺, 金法麟·金法憲(金祥憲의 잘못일 것이다:필자)은 東萊 梵魚寺, 金奉信은 陜川 海印寺에 派遣키로 하고 忠淸, 江原, 咸鏡, 平安, 京畿의 各 方面에는 中央에 남아있는 三人이 佛敎中央學林의 學生中 適宜選擇하야 派遣할 것
　　⑷ 情報蒐集과 連絡計劃 ; 國內各界와 連絡하야 運動의 情勢를 總攬하도록 情報를 蒐集하며 特히 海外運動의 實情을 探知하도록 努力할 것
　　⑸ 同志糾合 ; 地方派遣員은 各寺를 歷訪하야 同志를 糾合하되 耆德層에는 地方에서 後援키로 하고 靑年層에는 中央으로와서 實際運動에 從事하도록 할 것
　　⑹ 運動資金募集 ; 中央과 地方의 聯絡, 國內와 國外의 連絡, 特히 國外運動者의 援助 等 長期的 運動에 必要한 資金을 地方의 後援同志를 通하야 募集케 할 것
　　⑺ 海外代表派遣 ; 全敎界를 代表하야 海外運動에 參加하도록 代表를 選定派遣할 것
　　⑻ 地方運動要綱 ; 地方派遣員은 各寺를 歷訪하야 當該寺에서 獨立宣言式을 擧行케 한 後 宣言書를 多數 謄寫하야 附近의 村落, 都市에 가서 配付하고 宣言式擧行, 萬歲示威를 하도록 할 것 (같은 글, pp.76~77).
　　한편, 蔡尙植은 그의 논문에서 이 결의사항을 인용하는 가운데 중앙학림 학생들이 3월 2일 시내에 5,000부, 지방파견원들이 5,000부를 배포할 것을 결의하였다고 하나 (蔡尙植, 「한말, 일제시기 梵魚寺의 사회운동」 『한국문화연구』4, p.161), 실제로 천도교 인쇄소인 보성사에서 인쇄된 선언서 가운데 중앙학림 학생들이 넘겨받은 것은 3,000부였다 (金法麟, 앞의 글, p.74).
11) 「豫審終結決定書」(金炯璣 等 學生團), 『독립운동사자료집』5, pp.69~70.
　　이때 모인 학생들은 全性得, 金炯璣, 金文珍, 金大羽, 康基德, 金元壁, 韓偉鍵, 韓昌桓, 尹滋瑛 등이다.

함께 연합한다.
⑵ 각 전문학교 및 중등학교 학생은 3월 1일 정오까지 모두 파고다공원에 집합하여 일대 시위운동을 전개한다.
⑶ 학생들은 3월 1일 연합한 민족운동에 참가하되 형편에 따라 전문학교 학생을 중심으로 하는 학생독자의 시위운동을 전개하기로 한다.

학생들은 독자적인 조직화를 마친 상태였음에도 3·1운동의 전위조직으로서 시위운동에 앞장섰을 뿐 아니라 특히 선언서의 배포과정에서 독자적인 학생단 조직과 기독교 조직을 통하여 3,100장을 담당하였다.

여기서 특이한 것은 중앙학림의 학생들은 학생 조직에 전혀 참여하지 아니하고, 韓龍雲의 지도하에 불교계의 행동조직으로서 활동하고 있었다는 점이다. 이들이 배포를 담당한 선언서는 3,000장으로 學生團 전체가 배포한 분량과 거의 맞먹는 분량이었을 뿐 아니라 전체 선언서의 14%에 달하는 것이었다.12) 선언서의 서명과정에서와는 달리 실제 시위운동에서는 중앙학림 학생들을 중심으로 불교계가 보다 적극적으로 참여하고 있는 것을 알 수 있다.

中央學林의 생도는 병으로 앓고 있는 자 외에는 전부 3월 1일 당일 오후 2시 파고다공원 집회에 참가하였다.13) 이들은 오전 중으로 시내의 각 敎堂과 시외의 모든 寺刹에 긴급히 연락하여 승려와 信徒들을 동원하기에 노력하였다. 金法麟의 회고에 따르면 이 날 오후의 시위에

---

12) 金法麟, 앞의 글, p.74.
13) 「大正 9년 12월 23일 경성지방 법원에서의 申尙玩 등 判決文」『독립운동사자료집』9, p.1023.
파고다공원에서의 집회 후 진행된 가두시위에서 중앙학림 학생들은 서쪽으로 행진하였다고 한다. 이들은 基督敎靑年會館 → 鐘路警察署 → 鐘閣 → 南大門通 → 朝鮮銀行 → 大漢門 → 西大門의 경로를 지나갔으며, 이 과정에서 美國領事館과 프랑스領事館 앞에서 시위하였다 (金法麟, 위의 글, p.78 참조).

참가한 불교도의 수는 약 1萬에 달하는 것으로 집계되었다고 한다.[14]

2월 28일 밤에 결의된 대로 이들은 3월 2일 새벽 시내에 3·1독립선언서를 배포하고 각자 정해진 대로 지방으로 흩어져 梵魚寺·海印寺·法住寺·桐華寺·通度寺 등 지방사찰에 서울에서의 독립운동 내용을 전달하였다.[15] 여기서는 中央學林 생도들과 연계된 地方寺刹에서의 독립운동 가운데 가장 주목되는 東萊 梵魚寺와 陝川 海印寺의 시위운동에 한정하여 살펴보기로 한다.

첫째, 梵魚寺의 경우이다. 中央學林 생도 가운데서 金法麟은 자신이 배포할 3·1독립선언서를 소지하고 3월 4일 東萊 梵魚寺로 내려갔다.[16] 梵魚寺에서는 이미 2월 말에 韓龍雲을 통하여 3·1독립운동의 계획을 알고 있었으나 실제 거사 준비에 들어간 것은 金法麟을 통하여 독립선언서와 3·1운동의 소식을 전해 받은 뒤인 3월 17일경부터였다. 3월 17일 저녁 범어사에서 열린 明正學校와 地方學林의 졸업생 송별회[17] 석당에서 金永奎·車相明·金奉煥·金漢琦·金相琦 등은 참석한 생도 3,4십 명에 대해 동래로 나아가 독립시위운동을 결행할 것을 권고하여 생도들의 지지를 얻었다.[18] 金漢琦와 金相琦는 명정학교와 지방학림에서 각각 유력한 인물이었으므로 생도들을 결속시키는 일이 무난히 이루어졌던 것 같다. 이들은 생도들을 집결시켜 東萊派出所를 습격하고 독립만세를 고창하여 다수의 찬동을 얻으면 파리강화

---

14) 金法麟, 위의 글, p.78.

15) 寺刹을 중심으로 한 승려들의 독립운동에 관하여 그나마 추정하여 볼 수 있는 자료가 남아있는 지역은 慶尙南道이다. 따라서 여기서는 경남지역의 사찰 중 동래 범어사, 밀양 표충사, 합천 해인사를 중심으로 살펴보고자 한다.

16) 金法麟이 梵魚寺에 독립선언서를 전달하게 된 것은 그가 梵魚寺 소속으로서 中央學林에 유학하고 있었기 때문이었다.

17) 梵魚寺에는 국민학교 과정의 明正學校와 중등학교 과정의 3년제 地方學林이 부속되어 있었다.

18) 「1919년 5월 20일 대구 복심법원에서의 金永奎 등 13人 判決文」『독립운동사 자료집(3·1운동)』5, p.1207.

회의에서 독립을 승인받을 것으로 생각하고 있었다.[19)]

梵魚寺의 승려와 부속학교 생도로 구성된 시위대는 3월 18일밤 東萊面 西門부근에서 만세운동을 일으켜 한국독립만세를 고창하면서 동래시장을 통과하여 남문까지 행진하고 해산하였다. 이들은 다시 윤상은과 허영호를 선도로 하여 19일 아침 동래시장에서 격문을 돌렸다.[20)] 같은 날 오후 5시 黃滿宇 등의 생도들이 동래시장통 남문 부근으로부터 독립만세를 고창하면서 동래 경찰서 앞까지 시위행진을 하고, 金海管·金在浩 등은 역시 같은 날 오후 6시경 동래시장에 집합, 시위운동을 진행하였다.[21)]

3월 18,19 이틀에 걸친 범어사 승려와 부속학교 생도들의 시위는 일경의 탄압으로 해산되었다. 이후 주동자의 검거가 계속되어 총 34명이 재판에 회부되었으며, 일제에 의해 明正學校와 地方學林이 해체되었다.

둘째로, 海印寺의 경우이다. 중앙학림 생도들의 사전계획에서는 金奉信이 해인사에 독립선언서를 전달하는 것으로 되어 있었으나[22)], 실제로는 金奉信 외에도 중앙학림의 생도였던 都鎭浩·金龍基·崔恒亨 등이 분산하여 독립선언서를 전달한 것으로 보인다.[23)] 海印寺는 대한불교 30本山 중 大本山으로 막강한 교세를 자랑하고 있었으며 범어사의 경우와 마찬가지로 경내에 해인 보통학교와 지방학림이 설립되어 있었다. 그러나 해인사의 승려들과 지방학림 생도들은 당시 해인사의 주지였던 李晦光[24)]의 친일행적에 심한 불만을 품고 있었으므로 독립선언서가 3·1운동의 소식과 함께 전달되자 곧바로 대대적인 시위준

---

19) 위의 판결문, p.1206.
20) 이 격문은 범어사에서 2백 매쯤 써서 만들었다고 하며, 붉은 즙 및 먹으로 썼다고 한다 (위의 판결문, p.1207).
21) 위와 같음.
22) 金法麟, 앞의 글, p.77.
23) 독립운동사편찬위원회 편, 1971 『독립운동사(3·1운동사 下)』3, p.336.
24) 앞의 註 6) 참조.

비에 들어갔다.

해인사 지방학림 생도였던 洪泰賢[25] · 白聖元 · 金景煥 · 金聖九 등은 기숙사에서 만세시위를 계획하고 3월 31일 오전 11시 경 해인사 紅霞門 밖에서 학생 약 2백 명이 모여 만세시위를 한데 이어 이날 밤 11시경에도 해인사 앞에서 군중들의 시위에 합류, 봉기하였다. 이 시위는 일제에 의하여 해산되었으며, 주동인물도 검거되었다.

3월 31일의 시위는 일단락된 듯 하였으나 4월 들어서도 해인사를 거점으로 한 독립만세운동은 지속되었다.

생도들은 해인사와 학교의 등사판을 훔쳐내어 독립선언서 1만 매를 등사한 후 3,4인씩 3個 隊를 조직하여 독립선언서를 나누고 각기 담당지역을 맡아 독립만세시위를 주도하기로 하였다. 그 외의 지역에 대하여서는 연고가 있는 생도들이 파견되어 활동하였다. 다음의 <표1>은 해인사의 독립운동의 주요내용을 이루는 3개 대의 구성과 활동지역과 함께 3개 대 외에 해인사 지방학림 생도들이 활동하였던 지역을 표로써 구성한 것이다.

---

25) 황해도 해주군 출신, 23세

<표1> 3·1運動時 海印寺의 萬歲示威運動 指導組織[26]

구분	담당자	담당지역
제1대	姜在鎬·金奉律·奇尙燮	慶州, 梁山, 通度寺, 梵魚寺, 東萊, 釜山, 金海 地域
제2대	宋福晩·宋福龍·崔凡述	陜川, 草溪, 宜寧, 晋州, 泗川, 昆陽, 河東 地域
제3대	朴達俊·朴德潤·李德進 金章允	居昌, 安義, 咸陽, 山淸 南原 地域
기 타	禹敬祚 朴允成·金景煥 金道運·李奉政 申喆休 權淸學 朴根燮 洪泰賢	公州 地域 善山·尙州 地域 金泉·星州 高靈·永川 達成·永川 康津·寶城·潭陽 海州·黃州·沙理院

위의 표에서 나타나는 바와 같이 이들 3個 隊는 각각의 담당지역에서 거사한 후 통영에서 만나기로 되어 있었으나, 통영에서의 회합까지는 성공하지 못하였으며, 이들 중 金奉律·朴德潤·金章允은 이 거사 후 만주로 건너가 金佐鎭·池靑天 지휘아래 新興軍官學校에서 군사훈련을 받고 獨立軍에 편성되어 항일무장투쟁에 참여하였다.[27]

이외에도 해인사 소속의 승려 혹은 생도들은 각지에서 독립만세운

---

26) 『독립운동사』3, pp.337~338 및 「李奉政·金道運에 대한 大邱地方法源 金泉支廳에서의 判決文」『독립운동사자료집』5, p.1255 참조 작성.

27) 이들은 그뒤 군자금 조달차 문경 金龍寺로 잠입하다가 주지의 밀고로 검거되어 2년형을 선고받고 옥고를 치렀다 (『독립운동사』3, p.338).

동을 주도하였는데, 일예로 李奉政·金道運[28]은 앞에서 언급된 白聖元의 영향을 받아 4월 5일 밤 金泉郡 甑山面 坪村里 산마루에서 독립만세를 부르기로 하고 4월 2일 甑山面 柳城里 구장 崔相喆과 坪村里 구장 崔道淵에게 독립만세운동을 권고하고 독립선언서를 건네주는 등 시위를 주도하다가 체포되어 징역 10개월을 언도받았다.[29]

이상에서 살펴본 바를 통하여 중앙학림 학생들이 매개가 된 지방사찰의 독립운동은 사찰을 거점으로 지방 일반대중의 독립운동과 연계되어 나갔다는 사실을 알 수 있다.

第 2 節 大韓僧侶聯合會 宣言書 作成의 經緯

3월 중순에 이르면 각지에 파견되었던 생도들이 혹은 검거되고, 검거를 피한 이들은 다시 서울로 모이게 되었다. 게다가 지방에서 중앙에 파견한 생도들도 상당수에 달하였으므로 이들은 서로 왕래하면서 지속적으로 활동을 펴 나가게 되었다. 그러나 3월 1일 당일의 시위 이후 中央學林 생도들의 개별적인 행적은 기록에 따라 다소 상이한 부분이 있다. 특히 中央學林 생도의 대표격이던 申尙玩의 경우 金法麟의 회고에 따르면, 생도들이 다시 서울에 집결하던 3월 중순부터 그의 집을 본부로 삼아 申尙玩·白性郁을 중심으로 地方運動의 情勢를 綜合하여 聯絡·指導業務를 수행하는 동시에 다소간의 자금도 준비하여 해외독립운동단체와의 연락을 꾀하였다고 한다. 그러던 중 4월 하순에 臨時政府 수립 소식을 듣고 申尙玩·白性郁·金大鎔·金法麟 4인이 安東縣 怡隆洋行의 斡旋으로 上海에 망명하였다는 것이다.[30]

---

28) 두 사람 모두 22세의 청년 승려였다.
29) 「1919년 5월 8일 대구지방법원 김천지청 李奉政·金道運 判決文」『독립운동사 자료집』5, p.1255.

이에 대하여 申尙玩에 대한 일제측의 기록에는 그가 3·1운동 직후 일경의 수사가 엄중하여지자 3월중에 상해로 피신하였다고는 하나 경찰에서의 진술과 재판과정에서의 내용이 또한 차이가 있다. 일제측 기록을 보면, 일단 경찰조사에서는 申尙玩이 金祥憲과 함께 3월 7일경 스승인 京畿道 水原郡 龍珠寺 住持 姜大連으로부터 여비 100圓을 얻어 上海로 피신하였으며, 그곳에서 安昌浩·李鍾郁 등을 만나 임시정부에 관계하게 되었다고 하였다. 이어 그는 뒤따라 渡航한 白性郁과 귀국하기로 상의하고 다시 4월 상순 상해를 출발하여 그 달 중순 경성에 도착하였다는 것이다. 귀국의 목적은 상해에서 승려의 세력이 희미하고 부진하므로 그 활동기반을 닦기 위한 운동자금을 마련하는 데 있었으며, 그는 도착하자마자 李鍾郁·金祥憲·金法允·金奉信·朴玟悟 등과 자금조달에 노력하였으나 실패하고 다시 상해로 옮겨갔다는 것이다.[31]

한편 재판과정에서는 申尙玩이 3월 10일경 경성을 출발하여 상해에 가서 여운형 등과 회견하고 5월 20일경, 일단 경성에 돌아와 仁寺洞 105번지 申永均의 집에서 20일간 체재하며 李鍾郁과도 회견하였으나 白性郁과 함께 다시 상해에 도항하려 하였다는 訊問內容이 기록되어 있다.[32]

이상의 일제측 기록을 종합하여 볼 때 中央學林 생도들의 대표격이었던 申尙玩이 먼저 3월중에 上海로 건너가 임시정부 수립을 준비하고 있던 요인들을 만나고 다시 귀국하였던 것은 사실인 것 같다. 다만 그것이 언제였던가 하는 점은 경찰에서의 진술과 같이 4월 상순으로

---

30) 金法麟, 앞의 글, p.78.
31) 「不逞僧侶檢擧의 件」(1920년 5월 6일자 高警 第 12574 號), 金正明 編, 『朝鮮獨立運動』 第Ⅰ卷 分冊, p.399 ; 「大正 9년 12월 23일자 경성지방법원에서의 申尙玩 등 판결문」『독립운동사자료집』9, p.1023.
32) 「大正 9년 12월 23일자 경성지방법원에서의 申尙玩 등 판결문」, 위의 책, p.1023.

생각된다. 왜냐하면 판결문에서의 기록은 5월이라는 점을 제외하고는
내용면에서 경찰에서의 진술과 대체로 일치하고 있기 때문이며, 또한
두 가지 기록 모두 白性郁과 함께 4월 하순 上海로 건너갔다고 하고
있는데 이는 金法麟의 회고와도 일치하는 시점이기 때문이다. 따라서
申尙玩 등 일행이 상해로 망명한 것은 4월 하순경으로 추정된다. 그
리하여 4월 하순의 上海行 이후 申尙玩·白性郁 등은 임시정부 산하
에서 활동하였다. 申尙玩 등이 임시정부에서 職任을 맡았다는 기록은
찾을 수 없으나 이들이 임시정부와 연결되었을 가능성에 대해서는 몇
가지 근거를 생각해 볼 수 있다. 첫째로 이들은 上海에 도착한 후 李
鍾郁과 활동계획에 대한 회합을 계속하고 있었으므로 李鍾郁을 매개
로 하여 임시정부와 연결되고 있었을 것이라는 점이다. 李鍾郁[33]은 上
海 임시정부 交通局의 알선으로 上海로 건너가 임시정부 수립 후 內
務部 참사로 臨政활동에 참여하였다. 그 후 1919년 11월을 전후하여
國內 聯通制 組織의 京畿道 派員으로 임명되었으며[34], 1920년 3월에는
임시정부의 特派員 자격으로 귀국하여 國內 聯通制 組織을 통한 정보
수집과 군자금 모집 방안을 모색하였다. 여기서 聯通制에 대하여 잠시
살펴볼 필요가 있다. 聯通制는 대한민국 임시정부가 국내에서 실시한
지방행정제도로서 임정의 국내에 대한 기본조직이었기 때문에 지하조
직으로 운영되었다. 이는 임시정부의 內務部 소관 사항으로 內務總長
으로 安昌浩가 재임중이던 1919년 7월 10일 大韓民國臨時政府 國務院
令 第1號로 臨時聯通制가 공포되면서부터 시작되었다.[35] 이들 중앙학

---

33) 李鍾郁(1884~1969)은 강원도 평창출신으로 3·1운동 때 평창군의 만세시위
   운동을 주도하였으며, 곧바로 3월 3일 이 탁 등 27명과 함께 결사대를 조직
   하여 독립운동에 참가한 바 있었다. 大同團·愛國婦人會·大韓赤十字會와 관
   련되어 활동을 하기도 하였다.
34) 李延馥, 1981 「大韓民國臨時政府의 交通局과 聯通制」『韓國史論』10, 국사편찬
   위원회, p.110.
35) 「臨時聯通制에 관한 大韓民國 臨時政府 國務院令 제1호」, 『독립운동사자료
   집』9, pp.77~81 참조.

림의 생도들이 7월 무렵부터 승려들의 조직을 계획하고, 그 활동에서 安昌浩의 동의를 구하였던 점은 임시정부가 聯通制를 구체화하여 가는 시기와 동일하다. 또한 뒤에서 언급되겠지만 朝鮮의 각 寺刹에 機密部라는 비밀연락체제를 구축하려 한 점은 그 유사성에 비추어 볼 때 聯通制의 體制에 시사받은 바 크다고 생각되어진다.

다음으로는 大韓民國臨時政府 交通局의 활동에 관한 점이다. 交通局의 가장 큰 임무는 정부공문서의 처리와 임정의 군자금모집에 관한 것이었다. 문서의 전달방법은 상해임시정부의 발행에 관계되는 제반 문서 및 독립신문을 그때마다 상해에서 怡隆洋行으로 발송해 오는 것으로서 독립신문은 1920년 1월 24일 安東交通局長 洪成益 등이 체포될 때까지만 해도 1호에서 36호까지 매호 약 1,000부씩 발송해 왔다. 그 총 부수 약 36,000부를 국내로 密入 頒布한 것이다. 이들의 발송방법은 교묘하여 상해 임시정부는 江南公司로 變名하여 中國郵便을 이용, 安東縣 怡隆洋行 앞으로 발송하고, 安東事務局은 이를 다시 麻袋에 넣어 中國人을 시켜 安東上流 약 20 里의 通稱 大沙子라고 하는 곳까지 운반하면, 그곳에서 다시 다른 中國人이 夜間에 비밀히 압록강을 건너 의주지국에 발송하여 여기에서 차례대로 각 支局에 발송하도록 되어 있었다.36) 이러한 문서처리과정은 이들 중앙학림 생도들에게 있어서도 동일하게 이루어지고 있었다. 즉 1919년 5월 이후 이들은 『革新公報』라 제한 비밀신문을 간행하여 국내에 해외소식을 전하기로 하고 서울은 물론 지방까지 망라하는 배포망을 조직하였다. 朴玟悟·金奉信은 서울에서 간행의 책임을 맡고, 金法麟·金大鎔은 安東縣에 駐在하여 六道溝에서 "東光"商店이라는 米穀商으로 가장하고 상해의 申尙玩·白性郁이 보내주는 독립신문과 정보를 전달하기로 하였다. 그 외에 金尙昊·金祥憲은 지방으로 가서 활동하기로 하였다. 이들은 "東

---

36) 李延馥, 앞의 책, p.103.

光"상점 골방에서 등사한 신문을 야간을 틈타 渡江하여 新義州까지 와서 우체통에 넣고 다시 돌아가는 방식으로 국내에 전달하였다.[37] 국내에 해외독립운동계의 소식을 전한다는 목적이었으나 이들이 국내에 전달한 주요 정보는 獨立新聞이 가장 주된 내용으로써 임시정부 활동에 초점을 맞추고 있는 것이었다.[38]

　마지막으로 怡隆洋行과의 관련이다. 앞에서 언급한 바와 같이 金法麟의 회고에 따르면 申尙玩·白性郁·金大鎔·金法麟 등 4인은 安東縣 怡隆洋行의 알선으로 上海에 밀항하였다고 하였다. 怡隆洋行은 英國 국적의 아일랜드인 죠오지 엘 쇼우(George L. Show, 蘇志英)가 경영하는 貿易商 겸 中國 太古船輻公司 代理店으로, 쇼우는 한국독립운동가들을 적극 옹호하여 上海와 安東 사이의 船便을 제공하였으므로 임시정부는 이 편의를 이용하여 국내로 들어오는 요충지인 安東縣에 交通局 安東支部를 설치할 수 있었다. 交通局 안동지부가 설치된 것은 1919년 5월이었으며, 그 위치는 安東縣 舊市街 興隆街 怡隆洋行 2층이었다. 怡隆洋行이 위치한 구시가는 일제의 領事館 警察權이 미치지 못하는 지역이었기 때문에 交通局 안동지부는 임시정부 초창기부터 국

---

37) 金法麟, 앞의 책, pp.78~79.
38) 『革新公報』의 실물은 구하여 볼 수 없었다. 다만 上海 臨時政府에 자금을 공급할 목적으로 국내에서 중국 지폐를 위조하다가 일경에 검거된 鄭泰英 등에 관한 기록에 의하면 지폐를 위조하던 지하실에서 다른 문서도 함께 인쇄해 왔는데, 그 가운데에는 『大同報』·「국치기념 경고문」 등과 『革新公報』가 들어 있었다고 한다. 덧붙여 이들의 송부방법은 종이와 麻布를 구입하여 그속에 지폐를 삽입하는 방법으로 보내려 하였으며, 奉天 및 安東縣에 상점을 설치하여 그 상점에서 위조지폐를 교환하고 겸하여 上海 臨時政府에 대하여 자금의 융통을 할 예정이었다는 것이다 (「大正 8년 10월 23일자 高警 제29924호 독립운동 자금으로서 중국지폐 위조자 검거의 건(제2보)」『독립운동사자료집』9, pp.372~373 참조).
따라서 이들이 中央學林 출신의 승려들과 직접적으로 연결되어 있었다고는 볼 수 없지만, 대체로 같은 루트에 의한 각각의 활동을 통하여 『革新公報』가 국내에 배포되고 있었다는 점은 추정하여 볼 수 있다.

내정보를 활발히 통신하여 독립운동의 연락처로 충실히 기능하였다.[39]
이러한 배경을 가지고 있는 怡隆洋行이었으므로 申尙玩 등이 怡隆洋
行의 알선으로 상해행이 이루어졌다면, 이는 곧바로 임시정부의 교통
국과도 연결되었을 가능성이 크다.

이제 上海로 건너간 이후의 활동에 대하여 살펴보기로 한다. 7월 중
순 申尙玩은 국내의 白初月과 金奉信으로부터 2천 원을 송금받아 당
시 임시정부 內務總長이던 安昌浩에게 납부하였다. 이 무렵 申尙玩·
白性郁·李鍾郁·金法允·金祥憲 등은 회합을 통하여 상해에서 승려
의 단체를 조직하기로 하고 여기에 참여할 승려들을 확보하기 위하여
불교계의 유력자인 李晦光을 유인하여 이용하기로 하였다. 이 계획에
따라 白性郁이 7월 중순 조선에 파견되었으나 8월 중순까지 아무 성
과가 없자 申尙玩은 안창호로부터 이회광에 대한 권유장과 자신을 대
한민국임시정부 강원도 특파원 및 내무부위원으로 임명한다는 사령장
을 받아 8월 하순 귀국하였다. 그러나 그 역시 성과를 거두지 못하고
白初月로부터 운동자금 및 여비의 명목으로 3백 원을 수령하여 10월
들어 상해로 돌아가고 말았다.[40]

---

39) 李延馥, 앞의 책, p.91.
40) 「不逞僧侶檢擧의 件」, 앞의 책, p.399. 한편 申尙玩은 1919년 8월 15일경 臨
時政府로부터 臨時政府 內務總長 安昌浩 명의의 "대한민국 성립 축하를 위하
여 다시 10월 3일을 기해 제2회의 조선독립시위운동을 실행하라"는 전갈을
받고, 동일한 취지의 인쇄물을 교부받아 강원도로 향했다. 9월 중순경, 철원
군 철원면 예수교 남감리파 신도 申垣均과 姜大呂 및 원주의 趙潤如·춘천의
劉漢翼에게 계획을 알리고 인쇄물을 전달하였다. 한편 姜大呂나 趙潤如는
1919년 3·1운동 직후 조직된 비밀결사의 하나인 愛國團에 관련되어 있었으
며, 申尙玩과 관련된 제2회 독립시위 기도의 계획도 이 愛國團의 조직을 통
하여 이루어졌다. 이 애국단의 조직은 道團·郡團·面團으로 되어 있었는데,
강원도의 도단은 철원에 두기로 하고 그 서무과장에 강대려가 임명되었다.
원주의 조윤여는 원주에 애국단 군단을 설치하기 위해 강대려가 접촉한 인물
이다. 애국단은 會의 가장 큰 목적을 上海 臨時政府와 연락하여 그 명에 따
라 독립운동을 실행하고, 군단에서는 지방의 상황을 보고하는 등 주로 조선
독립운동에 대한 통신연락의 임무를 담당해야 하는 것으로 생각하고 있었다

상해에 돌아간 뒤 申尙玩은 李鍾郁·金奉信·白性郁·金法允 등과
협의한 후 승려들의 단결을 도모할 목적으로 大韓僧侶聯合會 명의의
「宣言書」와 「臨時義勇僧軍憲制」를 작성하였다.[41]

大韓僧侶聯合會 宣言書를 국내에 배포하는 과정은 각 사찰에 機密
部를 설치하여 大韓僧侶聯合會를 구성하고, 臨時政府 재정지원 계획과
동시에 실행되었다. 신상완은 安昌浩의 동의를 얻어 안창호의 명의로
각 사찰에 보내는 回章을 가지고 1920년 2월 19일경 상해를 출발하여
그 달 25일경 서울에 도착하였다.

上海에서 機密部의 설치를 협의할 때 李鍾郁은 機密部를 설치할 곳
으로 通度寺·海印寺·梵魚寺·釋王寺의 4개소를 지목한 바 있었는
데[42], 그 때문인지 이후 申尙玩 등의 활동은 주로 이들 사찰을 중심으
로 이루어지고 있다. 그는 귀국 후 바로 咸鏡南道 安邊郡 釋王寺와 慶
北 永川郡 銀海寺,慶南 東萊의 梵魚寺 布教所 등을 방문하여 임시정부
의 재정난을 설명하고 운동자금을 구하였으나 성과는 별로 거두지 못
하였다. 申尙玩은 1919년 8월 먼저 귀국하여 있던 金祥憲과 함께 2월
28일 釋王寺로 가서 동창인 金太洽을 만나 그간의 사정을 설명하고,
釋王寺 住持 姜精月에게 諸山僉賢이라 기재한 안창호의 편지를 보이
고 임시정부에 2천 원을 제공할 것을 요구하였으나 거절당하자[43] 후

(「大正 9년 9월 30일 경성지방법원에서의 申尙玩 등 예심 종결 결정서」『독립
운동사자료집』9, pp.993~1001 ; 「大正 9년 12월 23일자 경성지방법원에서의
申尙玩 등 판결문」, 같은 책, pp.1004~1030 참조). 뒤의 본문 <표2>에서 보이
는 바와 같이 「大韓僧侶聯合會宣言書」와 관련하여 강대려나 조윤여 등이 별
개의 단체를 통하여 활동하였음에도 불구하고 함께 혐의를 받은 것은 이러한
관련에 기인한다.

41) 위와 같음.

42) 「大正 9년 12월 23일자 경성지방법원에서의 申尙玩 등 判決文」, 앞의 책,
p.1025.

43) 姜精月은 申尙玩이 떠날 때 여비에 보태라고 50원을 주었으나 신상완은 독립
운동을 위하여 주는 것이 아니라면 받을 수 없으며, 여비나 얻자고 온 것은
아니라며 돌아왔다고 한다 (위와 같음).

일 동지를 파견하여 살해할 것이라고 경고하고 돌아왔다. 姜精月은 그후 3월 27일 金太洽을 보내어 金祥憲에게 1천 원을 내놓았다. 그러나 실제로 신상완이 수령한 것은 915원 뿐이었으며, 이중 120원으로 陸地測量部의 5만분의 1 지도 약 6백 장을 구입·동봉하여 3월 말경 上海의 安昌浩앞으로 보내기 위하여 韓鎭敎에게 소포로 발송하였다.44) 3월 8일에는 慶北 永川郡 銀海寺를 방문하여 住持 池石潭을 만났으나 자금은 마련하지 못하였고, 3월 24일 慶南 東萊 梵魚寺 포교소에서 동지 金尙昊를 만나 梵魚寺에서 자금을 마련하고자 하였으나 이도 여의치 않았다.

이외에도 3월 17일 金祥憲을 다시 은해사에 파견한 것을 비롯, 3월 말 경 申尙玩은 상해의 白性郁으로부터 安東縣 交通局을 경유하여 발송된 臨時義勇僧軍憲制 및 宣言書를 釋王寺·海印寺·通度寺 등에 발송하고 朝鮮 寺刹 30개 本山 중 15개소를 택하여 機密部를 설치하고 上海 臨時政府와의 연락을 도모하였으나 4월 6일 일경에 의해 체포되었다. 그 후 4월 11일 李錫允이 江原道 杆城郡 乾鳳寺를 방문하여45) 乾鳳寺의 住持 李大連 및 住僧 鄭仁牧에게 「大韓僧侶聯合會 宣言書」 1통과 함께 釋王寺 姜精月에게 보였던 것과 같은 安昌浩의 편지를 보이고 자금을 요청하였으나 소득은 없었다.46)

---

44) 위와 같음.
  신상완 등이 지도를 발송한 것은 上海에 있을 때 安昌浩로부터 軍事에 사용하여 위하여 구입·송부해달라는 의뢰를 받았기 때문이었다.
45) 李錫允이 파견될 때 여비로서 앞의 姜精月로부터 수령하였던 돈 가운데 3, 40원을 교부하였다 (「大正 9년 12월 23일자 경성지방법원에서의 申尙玩 등 判決文」, 앞의 책, p.1025 참조).
46) 「不逞僧侶檢擧의 件」, 앞의 책, pp.399~400 ; 「大正 9년 9월 30일자 경성지방법원에서의 申尙玩 등 예심종결서」, 『독립운동사자료집』9, p.1000 ; 「大正 9년 12월 23일자 경성지방법원에서의 申尙玩 등 判決文」, 앞의 책, p.1025~1026 참조.

4월 초 신상완과 함께 일경에 체포되거나 혐의를 받은 이들은 다음 <표2>와 같다.

<표2> 大韓僧侶聯合會 宣言書 關聯者 名單[47]

姓名	나이	職業	逮捕與否	本 籍 住 所
申尙玩	30세	僧侶	체포	경기도 수원군 華山面 龍珠寺 경기도 수원군 安龍面 松山里 105番地
金祥憲	28세	僧侶	체포	경남 동래군 북면 梵魚寺 경성부 仁寺洞 188番地
李錫允	23세	僧侶	미체포	경남 梁山郡下北面 芝山里 162番地 함남 安邊郡 文山面 釋王寺
金大洽	30세	僧侶	체포	경북 義城郡 玉山面 甘溪里 함남 安邊郡 文山面 釋王寺
白初月	42세	僧侶	미체포	경남 咸陽郡 馬川面 靈源寺 不明 (영원사 주지)
李種郁	38세	僧侶	미체포	강원도 襄陽郡 月精寺 上海 佛租界地
白性郁	26세	僧侶	미체포	경기도 高陽郡 奉國寺 上海 佛租界地
金奉信	26세	僧侶	미체포	경남 陜川郡 海印寺 上海 佛租界地
金法允	22세	僧侶	미체포	경남 東萊郡 梵魚寺 上海 佛租界地
朴玟悟	24세	僧侶	미체포	경남 梁山郡 通度寺 上海 佛租界地
金大鎔	22세	僧侶	미체포	경북 義城郡 孤雲寺 上海 佛租界地
姜大呂	30세	代書業	미체포	강원도 鐵原郡 鐵原面 中里 221番地 上同
趙潤如	43세	牧師	체포	不明 (별개의 사건으로 체포됨) 강원도 原州

위의 표에서 알 수 있는 바와 같이 1919년부터 1920년에 걸쳐 진행되었던 승려들의 거사로 혐의를 받아 체포된 이들은 얼마 되지 않았

---

47) 「不逞僧侶檢擧의 件」, 앞의 책, pp.397~398 및 「大正 9년 12월 23일자 경성 지방법원에서의 申尙玩 등 判決文」, 앞의 책, pp.1001~1003 참조작성.

다. 이것은 이 거사의 주요인물들이 3·1운동 직후 상해와 안동현으로 거점을 옮긴 후 임시정부와의 관련하에 해외에서 주로 일을 추진해 나갔기 때문이었다. 그리고 이때 체포되지 않았던 姜大呂·金祥憲·李錫允 등은 몇 달 후에 일경에 체포되어 1920년 9월 30일 예심이 종결된 후 12월 23일 申尙玩은 징역 5년, 姜大呂·金祥憲은 징역 3년, 李錫允은 징역 6개월의 판결을 받았다.[48)]

第 3 節 大韓僧侶聯合會 宣言書와 臨時義勇僧軍憲制의 내용

1. 大韓僧侶聯合會 宣言書의 내용

大韓僧侶聯合會宣言書는 『宣言書』라 題하여 國漢文·漢文·英文으로 각각 작성되었다.[49)] 國漢文本은 1, 024字의 本文과 '大韓民國 元年 十一月'로 쓰인 날짜, 그리고 '大韓僧侶聯合會代表者 : 吳卍光' 등 12人의 署名으로 이루어져 있다.[50)]

宣言書의 내용은 크게 네 부분으로 나누어 볼 수 있다.

선언서의 서두 부분은 "韓土의 數千僧侶난 二千萬同胞及 世界에 對

---

48)「大正 9년 12월 23일자 경성지방법원에서의 申尙玩 등 判決文」, 앞의 책, p.1003.

49) 漢文과 英文本은 獨立紀念館, 앞의 所藏資料에 포함되어 있다. 그외 國漢文本은 앞의 註4) 참조.

50) 이 宣言書의 작성경위와 배포과정에 대해서는 앞장에서 서술한 대로 어느 정도 밝힐 수 있었으나 署名에 있어서만은 署名者들이 철저하게 가명을 쓰고 있었으므로 실제 署名者를 단언하기 어렵다. 이 宣言書의 署名은 다음과 같다.

　吳卍光·李法印·金鷲山·姜楓潭·崔鯨波·朴法林·安湖山·吳東一·池擎山·鄭雲峯·裵相祐·金東昊 署名者에 대해서는 자료가 보완되는 대로 후고를 요한다.

하야 絶對로 韓土에 在한 日本의 統治를 排斥하고 大韓民國의 獨立을 主張함을 玆에 宣言하노라"로 시작된다.[51] 이는 일본의 통치를 거부하고 韓國의 獨立을 宣言함과 동시에 승려들이 大韓民國臨時政府를 승인하고, 임시정부가 지향하는 바대로 民主共和政體로서의 獨立國家의 樹立을 지지한다는 의미를 함축하고 있다.

둘째 부분은 日帝의 惡行을 지적하여 승려들이 더 이상 "忍見할 수 없음"을 천명한 내용이다.[52] 宣言書는 平等과 慈悲의 佛法을 違反한 日本이야말로 佛法의 敵이라고 규정하고 나서 1877년 이후 계속되어 온 日本佛敎의 朝鮮侵略행위를 상당히 의식한 듯 일본도 겉으로는 佛法을 숭상한다 하면서 "侵掠主義와 軍國主義에 眈溺"[53]하여 인접국가를 침략하여 滅하고 그 自由를 빼앗았음을 규탄하였다. 더우기 일제는 3·1運動을 통하여 평화로운 수단으로 정당한 요구를 하였던 한민족을 무자비하게 학살하였으니 승려들 또한 더 이상 참고 볼 수 없다는 것이다. 이 부분에서는 3·1運動 당시 불교계의 대표로서 民族代表 33人 가운데 韓龍雲과 白龍城이 참가한 외에도 많은 佛敎徒들이 "身과 財"를 바쳐 獨立運動에 적극적으로 참여하였음을 상기시키고 있기도 하다.

세째 부분은 護國佛敎로서의 淵源을 설명하여 현재의 승려들의 奮起를 정당화하고 있는 부분이다.[54] 國難을 당한 때에 "劍을 仗하고 起함은 我歷代 古祖諸德의 遺風이라. 하물며 身이 大韓의 國民으로 生한 我等이리요"[55]라 하여 승려의 身分이기에 앞서 이 나라의 國民이라는 認識을 보여주고 있다. 이어 佛敎는 우리 나라에 들어온 지 2천 년의

---

51) 宣言書 (金秉祚, 1920 『韓國獨立運動史略』, 아세아문화사 영인본, p.212) 1~3행.
52) 宣言書 (위의 책, pp.212~213) 3~14행.
53) 宣言書 (위의 책, pp.212~213) 4~5행.
54) 宣言書 (위의 책, pp.213~214) 14~26행.
55) 宣言書 (위의 책, p.213) 15~16행.

역사를 가지고 있으며, 朝鮮에 들어와 多小간의 압박을 받기는 하였으나 그 발달은 世界 佛敎史 가운데서도 뛰어난 것으로 일본만 하더라도 우리가 불교를 전해주었음을 설명하였다. 또한 佛敎는 壬辰倭亂을 비롯하여 나라가 위급할 때 나서서 국가를 수호하였으나, 이는 다만 국민으로서의 의무일 뿐이었다는 것이다.

지금 일본은 한국을 합병하여 한국의 역사와 민족적 전통·문화를 모두 무시한 채 日本化 政策을 통하여 한민족을 滅하려 하니 佛敎도 예외가 아니라는 것을 밝히고 大韓佛敎가 滅絶의 慘境에 처한 이때 승려들이 일어나려 한다는 것을 천명하고 있는 것이다.

마지막 부분은 日帝에 대한 宣戰布告이다.56) 이들 승려들은 "大韓國家의 自由와 獨立을 完成하기 위하여"57), 그리고 "大韓佛敎를 日本化와 滅絶에서 救하기 위하여"58) 일어났으며, 이 "大願을 成就하기尽지 오즉 前進하고 血戰할 쑨"59)이라고 운동의 방략을 제시하고 있다.

승려들의 宣言書가 이처럼 강경하게 日帝와 血戰외에는 달리 救國의 방도가 없음을 선포하고 나선 것은 3·1運動 이후의 좌절감이 크게 작용한 것으로 보인다. 그것은 둘째 부분에서 "평화로운 手段으로 極히 正當한 要求를 叫號"60)하였으나 일제는 무력으로 진압하여 많은 한국인을 학살하였다고 하여 통탄해 하고 있는 부분에서도 나타나고 있다. 그리고 승려身分으로 血戰을 선포하는 자신들의 입장을 정당화하고 일반에 고무시키기 위하여 佛敎가 2천 년의 歷史를 가꾸어 오는 동안 줄곧 護國佛敎로서 역할하였음을 강조하였던 것이다.

이 선언서에는 독립이후 건설할 국가상을 직접 언급하지는 않았다. 그러나 임시정부의 路線을 수용한 이들의 목표는 민주공화국의 수립

---

56) 宣言書 (위의 책, p.214) 26~30행.
57) 宣言書 (위의 책, p.214) 27행.
58) 宣言書 (위의 책, p.214) 28행.
59) 宣言書 (위의 책, p.214) 30행.
60) 宣言書 (위의 책, p.213) 7~8행.

이었다. 그리고 中央學林 출신의 승려들이 선언서가 제작되기까지 보여준 활동이 임시정부와 밀접한 관련하에 이루어지고 있었다는 점은 앞장에서 언급한 바와 같다.

2. 臨時義勇僧軍憲制와 大韓民國臨時政府 臨時官制의 對比

臨時義勇僧軍憲制는　大韓僧侶聯合會員을　僧軍으로　편제하기　위한 諸規則에 해당하는 것이나, 「大正 9년 5월 6일 高警 제12574호 不逞僧侶檢擧の件」에 기재되어 있는 것이 유일한 기록이다.[61]

그 기록된 바 臨時義勇僧軍憲制를 옮겨보면 다음과 같다.[62]

臨時義勇僧軍憲制
總 領 部

1. 總領部는 大韓僧侶聯合會長을 總長으로 하는 僧軍의 最高本部이다.
2. 總領部는 臨時政府와 僧軍과의 聯絡機關으로 한다.
3. 總領部는 臨時政府作戰計劃을 거들어 協議·實行한다.
4. 總領部는 大韓僧侶聯合會 名譽顧問으로서 本部顧問을 삼는다.
5. 總領部는 다음과 같이 5局으로 組織한다.

　　1. 秘書局　　2. 參謀局　　3. 軍務局　　4. 軍需局　　5. 司令局

6. 總領部는 軍務를 分掌하기 위하여 各局에 다음과 같은 職을 둔다.

　　1. 局 長　　1인
　　2. 參 謀　　若干人
　　3. 執 事　　若干人
　　4. 掌 書　　若干人

7. 秘書局은 다음의 事項을 掌理한다.

---

61) 金正明 編, 『朝鮮獨立運動』 第Ⅰ卷 分冊, pp.401~402.
62) 위의 책에서 기록된 것은 일제측에 의하여 日譯된 것이나, 여기서는 다시 우리말로 옮겨 인용하였다.

　　　1. 機密에 關한 事項

　　　2. 文書 及 通信의 受發·謄錄·編存에 關한 事項

　　　3. 統計報告에 關한 事項

　　　4. 印章保管에 關한 事項

　　　5. 豫算·決算·會計에 關한 事項

　　　6. 僧軍身分의 調査에 關한 事項

　8. 參謀局은 用兵에 關한 一切計劃을 掌理한다.

　9. 軍務局은 다음과 같은 軍政을 掌理한다.

　　　1. 團隊配置, 軍紀, 軍規, 儀式에 關한 事項

　　　2. 賞功褒獎에 關한 事項

　　　3. 軍職任免 及 補充에 關한 事項

　　　4. 軍事審判 及 僧軍會議에 關한 事項

　　　5. 軍籍考査에 關한 事項

10. 軍需局은 다음의 事務를 掌理한다.

　　　1. 兵器와 그 재료에 關한 事項

　　　2. 糧食·馬匹·物品에 關한 事項

　　　3. 軍資 運用·經理에 關한 事項

11. 司令局은 다음의 事務를 掌理한다.

　　　1. 通信에 關한 事項

　　　2. 宣傳에 關한 事項

　　　3. 探偵, 調査에 關한 事項

　　　4. 戰鬪에 關한 事項

12. 司令局은 全國에 散在한 僧軍을 指揮하기 위하여 各道郡에 다음의
　　기관을 둔다.

　　　1. 道 隊　　2. 郡 隊　　3. 山 隊

13. 司令局은 各道, 郡, 山機關에 事務를 分掌하기 위하여 다음의 職을
　　둔다.

　　　1. 道 隊

　　　　① 道隊長　② 道參謀　③ 道執事　④ 道掌書

　　　2. 郡 隊

　　　① 郡隊長　　② 郡參謀　　③ 郡執事　　④ 郡掌書

　3. 山 隊

　　　① 山隊長　　② 山參謀　　③ 山執事　　④ 山掌書

14. 部局隊의 職分限界는 다음과 같다.

　1. 總長은 各局을 監督한다.

　2. 顧問은 總長의 立案을 評議한다.

　3. 局長은 總長을 補佐하여 當務에 종사한다.

　4. 參謀는 當屬의 職을 補佐하여 一切計劃을 立案한다.

　5. 掌書는 所務의 文簿保存과 抄案 淨書 等에 關한 事務에 服從
　　　한다.

15. 本隊의 隊員인 者는 다음의 信條를 지킨다.

　1. 當務에 對하여 機密을 絶對로 遵守한다.

　2. 生命을 犧牲해야 할 경우에 있어서도 當務의 비밀을 漏說하지
　　　아니할 것.

　3. 每月 義務金　　圓을 낼 것.

16. 本隊는 光復期成後에 解隊를 행할 것.

17. 詳細한 條規는 일의 進行에 따라서 必要하다고 인정될 때는 追加
　　　혹은 訂正할 것.

　　위의 臨時義勇僧軍憲制는 전체적인 짜임새가 1919년 11월 5일 공포
된 大韓民國臨時政府 臨時官制[63]와 상당히 유사하게 이루어져 있다.
양자는 서로 비슷한 시기에 작성되었을 뿐만 아니라 臨時義勇僧軍憲
制의 제2조와 3조에서 밝히고 있듯이 總領部를 임시정부와 僧軍간의
연락기관으로 정의하고 臨時政府作戰計劃을 거들어 協議·實行할 것
을 규정한 점에서 임시정부의 산하기관으로서 활동하려 하였음이 분
명하다. 따라서 이 臨時義勇僧軍憲制는 臨時政府 臨時官制를 본떠 작
성하였을 것으로 생각되는 것이다.

　　臨時義勇僧軍憲制 (이하 憲制라 한다)를 각 조항별로 臨時政府 臨時

---

63) 『독립운동사자료집』9, pp.111~122 참조.

官制 (이하 官制라 한다)와 비교하여 살펴보면, 우선 제1조는 臨時政府 臨時官制 제1절 大本營 조항 가운데 "대본영은 임시 대통령을 元帥로 하는 군사의 최고 통솔부이다"라고 한 제1조와 직임과 직책만을 바꾸었을 뿐 동일하다.

總領部의 組織(제5조)은 秘書局・參謀局・軍務局・軍需局・司令局 등의 5개 局으로 구성되어 있다. 이 5개 局은 官制 중에서도 임시정부의 大本營 조항과 일반 각부의 조직, 그리고 僧軍의 독자적인 조직을 여러 가지로 절충하여 구성한 것이다.

參謀局은 大本營내의 參謀部에서 따온 것으로 양자 모두 "用兵에 관한 일체의 계획"을 맡는다는 간단한 규정뿐이다.64)

官制는 각부를 내무・외무・군무・법무・학무・재무・교통 각부 및 노동국으로 구성하고 있으며,65) 각부에는 비서국을 두었다.66) 憲制의 秘書局은 官制의 각부 비서국을 하나의 단일부서로 독립시킨 것으로 관장사무의 규정은 양자가 동일하다.67) 다음으로 憲制의 軍務局과 軍需局은 官制의 軍務部의 사무를 분리시켜 조직하였다고 생각된다. 그것은 官制의 軍務部 組織은 秘書・陸軍・海軍・軍事・軍需・軍法局으

---

64) 「臨時官制」 제1장 제2절 제1조 참모부는 국방 및 用兵에 관한 일체의 계획을
　　통솔한다 (위의 책, p.112).
65) 「臨時官制」 제3장 각부 제1절 제1조 (위의 책, p.115).
66) 「臨時官制」 제3장 제6조 각부에는 비서국을 두고 다음 사무를 掌理한다.
　　　1. 기밀에 관한 사항
　　　2. 관리의 진퇴・신분에 관한 사항
　　　3. 관인 관수에 관한 사항
　　　4. 문서 및 전보의 수발・등록・편존에 관한 사항
　　　5. 통계 보고에 관한 사항
　　　6. 본부 소관의 경비・수입・예산・결산・회계에 관한 사항
　　　7. 직속 관유 재산 및 물품에 관한 사항
　　　8. 타국에 속하지 않는 사항
　　(위의 책, p.115).
67) 위의 註 66) 참조.

로 이루어져 있고,[68] 憲制는 官制의 軍需局 규정을 그대로 인용하여 역시 軍需局으로 독립시키는 외에 나머지 軍事·軍法·陸軍局의 규정 내용을 절충하여 軍務局의 사무내용을 규정하고 있기 때문이다. 이를 도표화하여 비교하면 다음 <표3>과 같다.

<표3> 臨時義勇僧軍憲制 軍務局 條項과 大韓民國臨時政府
臨時官制 軍務部 條項의 比較[69]

憲制 9條 軍務局 管掌事項	官制 第4節 軍務部 條項
1. 團隊配置, 軍紀, 軍規, 儀式에 關한 事項	第4條 陸軍局 2項 團隊 배치에 관한 사항 同 3項 전시 法規·軍規 및 儀式 服制에 관한 사항
2. 賞功褒獎에 關한 事項	第6條 軍事局 4項 賞功·은급·褒獎·給暇·결혼에 관한 사항
3. 軍職任免 及 補充에 關한 事項	第6條 軍事局 1項 陸海軍文武官 任免 補充에 관한 사항
4. 軍事審判 及 僧軍會議에 關한 事項	第8條 軍法局 3項 군인 심판 및 감옥 직원의 인사에 관한 사항 同 5項 군법 회의에 관한 사항
5. 軍籍考査에 關한 事項	第6條 軍事局 2項 陸海軍 兵籍·전시 명부 考績表

위의 표에서 보듯이 憲制의 軍務局 조항은 官制의 軍務部 조항 가운데 각 부서별로 가장 핵심이 되는 조항을 선별하여 작성된 것임을 알 수 있다.

---

68) 「臨時官制」 제3장 제4절 軍務部 제2조 (위의 책, p.117).
69) <臨時義勇僧軍憲制>, 「不逞僧侶檢擧の件」, 金正明 編, 앞의 책, p.402 및 「大韓民國 臨時政府 臨時官制」, 위의 책, pp.117~119 참조 작성.

司令局의 경우는 官制에서는 찾아볼 수 없는 독자적인 부서이다. 司令局의 성격을 파악하기 위해서 우선 그 管掌事項부터 살펴볼 필요가 있다. 앞의 憲制 全文에서 보듯이 사령국의 임무는 通信·宣傳·探偵 調査·戰鬪에 관한 것이다.70) 이 가운데에서 특히 宣傳과 探偵 調査에 관한 사항은 敵에 대한 幕後 作業에 해당하는 것이므로 임시정부의 공식적인 官制에서는 규정될 수 없는 성질의 것이었다. 따라서 大韓僧侶聯合會는 임시정부의 정규군에 공식적으로 부과할 수 없는 이러한 임무를 僧軍의 활동으로써 보조하고자 하였던 것이라고 생각된다. 憲制는 이어 12,13條에서 司令局의 下部組織과 그 職을 규정하고 있다. 특히 12항에서 "司令局은 全國에 散在한 僧軍을 指揮하기 위하여 各道 郡에" 下部組織을 설치한다고 한 데에서도 알 수 있듯이 總領部는 大韓僧侶聯合會를 군대로 편제한 僧軍의 最高本部이지만, 실제 戰鬪를 일선에서 指揮하는 실질적 지휘기관으로 규정한 것이다. 그리고 이 司令局의 하부조직은 寺刹의 입지를 고려하여 道隊·郡隊·山隊로 구성된 것이 특징이다.

다음에는 僧軍 隊員들의 信條를 살펴보기로 한다. 僧軍 隊員들은 맡은 임무에 대하여 절대로 비밀을 지킬 것을 1·2항에 걸쳐 중복 규정함으로써 거듭 강조하는 외에 매월 의무금을 낼 것을 규정하였으나 액수에 대해서는 空欄으로 남겨두었다. 獨立運動은 일제의 정탐을 피하기 위하여 비밀리에 진행되는 것이 상식이기는 하였지만, 거듭 맡은 임무에 대한 비밀준수를 信條로써 당부하고 있다는 것은 역시 앞에서 언급하였던 司令局의 활동내용상의 특징과 무관하지 않은 것이다.

이 憲制는 光復이 이루어진 후 해산될 것을 규정한 것으로 끝맺고 있다.

---

70) 「臨時義勇僧軍憲制」 11條, 위의 책, p.402.

이상에서 살펴본 바를 종합하면 다음과 같다. 佛敎界는 3·1運動을 준비하는 과정에서 촉박한 시일과 산속에 위치한 寺刹의 특성상 民族代表 33人 가운데 韓龍雲·白龍城 2人의 참여에 그치고 말았다. 그러나 실제 萬歲示威運動에서 韓龍雲에 직접적으로 지도받고 있던 申尙玩, 白性郁, 金祥憲, 鄭京憲, 金大鎔, 吳澤彦, 金奉倍, 金法麟 등 中央學林 생도들을 연락책으로 하여 전국의 사찰이 각 지역의 3·1獨立運動에 적극적으로 참여하게 되었던 것이다. 이들 中央學林 생도들은 韓龍雲으로부터 3·1獨立宣言書 3,100부를 인계받아 서울시내와 지방의 각 寺刹에 배포하였을 뿐 아니라 서울에서의 시위소식을 지방사찰에 전달함으로써 지방의 각 사찰이 3·1運動에 참여하게 되는 계기를 마련하였다. 각 사찰의 독립운동을 주도하였던 것은 역시 젊은 地方學林 생도들과 승려들이었다. 이러한 지방사찰의 독립운동으로서 대표적인 것이 梵魚寺와 海印寺의 경우이다. 이들의 경우에서 알 수 있듯이 사찰의 萬歲示威運動은 단순히 사찰 내에서 이루어진 것이 아니라 해당지역의 일반민중들과 연계되어 진행되었다.

3·1運動 직후 佛敎界의 獨立運動을 주도하였던 中央學林 생도들은 上海로 피신하여 임시정부 산하에서 활동하기 시작하였다. 上海에서 이들의 활동에 깊이 참여하고 있었던 사람은 임시정부 수립시 내무부 참사로 발령받았던 李鍾郁이었다. 이들은 그 행적으로 보아 임시정부의 체계가 자리잡아가면서 공포된 聯通制와 交通局에서 부분적으로 참여하였던 것 같다. 그리고 이러한 활동은 이들이 국내에서 승려들을 규합, 비밀단체를 조직하려는 계획을 구체적으로 구상할 수 있는 배경이 되었다. 申尙玩의 주도로 이들은 1919년 7월부터 국내와 상해를 오가면서 국내 사찰들을 대상으로 임시정부의 재정지원을 호소하였으나, 3·1운동 당시 만세시위운동을 주도하였던 젊은 승려들과는 달리 각 사찰의 持住職을 맡고 있던 佛敎界의 유력자들로부터는 호응을 받지 못하였다.

上海로 돌아간 申尙玩 등은 1919년 11월 경 이미 계획하고 있던 승려들의 비밀단체를 염두에 두고 「大韓僧侶聯合會 宣言書」와 「臨時義勇僧軍憲制」를 작성하였다. 비밀단체의 구성은 우선 당시 30개 本山에 속하고 있던 梵魚寺·通度寺·釋王寺 등 주요 사찰부터 대상으로 하여 각 사찰에 機密部를 설치하고 이의 연계를 통하여 활동해 나가기로 하고 1920년 2월 25일 서울로 돌아왔다. 申尙玩·金祥憲·李錫允 등은 4월까지 安昌浩의 편지와 「선언서」를 지참하고, 釋王寺·銀海寺·乾鳳寺·梵魚寺 布敎所 등을 방문하여 임시정부의 재정지원을 호소하는 한편 자신들의 단체조직계획을 설명하였으나 별 성과를 거두지 못한 채 5월 일경에 의하여 申尙玩 등이 체포됨으로써 일단락되었다.

이들의 獨立運動 理念과 方略은 「선언서」와 「임시의용승군헌제」를 통하여 살펴볼 수 있었다. 「선언서」는 大韓民國의 국민된 입장으로서 현실, 특히 3·1운동 당시의 참상을 보고만 있을 수 없어 奮起하였다고 밝히고, 일본이 한국의 역사·문화 전통을 말살하려 한다는 인식하에 大韓의 國家와 大韓의 佛敎가 동일한 운명공동체임을 강조하고 있다. 따라서 국가와 불교를 모두 위기에서 구하기 위해 역사적으로 護國佛敎의 전통을 가지고 있는 승려답게 끝까지 血戰할 것을 선포하고 있는 것이다. 「선언서」를 통하여 中央學林 출신으로 대표되는 이들 승려들은 임시정부를 지지하고, 동시에 공화주의에 입각한 이념을 가지고 있었다고 해석된다.

한편, 「臨時義勇僧軍憲制」는 大韓僧侶聯合會員을 軍隊로 편제하기 위한 규정이었다. 이 憲制는 역시 1919년 11월 공포된 大韓民國臨時政府 臨時官制 가운데서 군관련 조항을 선택적으로 추리고, 독자적인 司令局 조직을 첨가하여 작성하였다. 일반적인 군사 조항 외에 憲制에서 중점을 두고 있는 것은 司令局 조직이었으며, 이 부서의 管掌事項은 通信·戰鬪 指揮 외에 宣傳과 探偵 調査 業務가 특징이라 할 수 있다. 승려들은 司令局의 하부조직을 道隊·郡隊·山隊로 편성하여 역시 寺

刹을 근거지로 하려 하였음을 알 수 있으며, 임시정부로서는 재정이나
인력동원의 측면에서, 또한 대외적으로 드러내고 할 수 없는 입장을
보완하는 범주에서의 활동을 계획하였다고 생각된다. 그리고 끝으로는
독립이 되면 자동적으로 이 僧軍은 해산될 것임을 명백히 밝히어 다
시 한번 護國佛敎의 전통을 가진 승려임을 과시하고 있는 것이다.

　大韓僧侶聯合會는 조직의 단계에서 무산되기는 하였으나, 中央學林
출신의 승려들을 중심으로 한 佛敎界의 독립운동은 3·1運動 이후
1920년 5월에 이르기까지 滿 1년 이상 국내 각지와 上海를 무대로 하
는 광범위하고도 끈질긴 것이었다고 할 수 있다. 그리고 이들이 지향
하는 목표는 임시정부의 노선을 수용하고 있을 뿐 아니라 더 나아가
민주공화국 수립에 있었다.

結　論

　이상에서 1910년대의 獨立宣言書를 각 선언서의 背景과 主體·선언서의 內容 즉 이념 및 그 方略을 통해서 살펴본 바를 종합하면 다음과 같다.

　1910년대 독립운동은 군주제를 지향하는 복벽주의 내지 보황주의의 노선과 공화정을 지향하는 공화주의 노선으로 구성되어 있었다. 두 노선은 대립적인 관계는 아니었으나, 이념의 차이에서 오는 갈등을 내포한 채 상호 보완적인 측면도 가지고 있었다. 이들은 1910년 이전 위정척사계열과 개화계열에 각각 이어지는 것이다. 양 계열은 조선후기 서구열강의 도전으로 조성된 민족적 위기와 중세사회 해체과정에서 조성된 봉건적 위기에 대처할 방법으로 각각 무력항쟁을 내세운 의병투쟁과 실력의 뒷받침이 없는 폭력주의를 배격하고 장기적인 실력양성에 의한 자강독립론을 내세운 애국계몽운동을 표방하였다.

　갑오개혁 이후 1910년 이전까지는 그 가운데서도 실력양성론 즉, 애국계몽운동계열이 우세하였다. 이들은 天賦人權論에 기초하여 국민의 자유권·평등권·생존권을 주장하고, 社會契約論에 기초하여 국민주권과 국민참정권을 주장하였다. 그리하여 이러한 자유민권사상을 바탕으로 하는 근대적 국민국가관을 주장하였다. 그에 따르면 국민국가에 부합되는 정치체제로는 입헌정체와 공화정체를 구상하였으며, 궁극적으로는 공화정체를 지향하였으나 현실적으로는 전제군주제의 대안으로써 실현할 수 있는 입헌대의제를 주장하였다. 그러나 한편에서는 조선왕조의 전제군주정체를 보전하고자 하는 위정척사파의 의병운동 또한 활발하였는데, 이들은 외세에 대항한 무장투쟁과 아울러 수많은 격문을 작성·배포하여 국민의 자각과 동참을 호소하였다.

1910년 소위 「한일합병」 전후하여 독립운동은 무력투쟁노선으로 傾倒되었으며, 꾸준히 무장투쟁을 벌여왔던 의병운동이 이전의 활동을 계승하는 맥락에서 해외에 근거지를 구축하고 활동에 들어갔다. 따라서 1910년대 초기 독립운동의 始發은 의병운동에 보다 더 영향을 받고 있었다고 할 수 있다. 이는 독립선언서에도 그대로 반영되어 첫째, 獨立宣言書의 淵源 및 背景을 민족독립운동사의 맥락에서 살펴보면 독립선언서는 1907년 9월 李麟榮이 大韓關東倡義大將 명의로 발표한 「海外同胞들에게 보내는 檄文」으로부터 비롯되었음을 알 수 있다. 해외동포들에게 보내는 창의격문의 형식으로 이루어진 이 성명문에서 이미 의병들은 일제와의 전쟁을 선포하고 국제사회와 한일관계를 결부시킴으로써 애국계몽운동의 논리를 일부 수용하는 자세를 보였다. 이 檄文에 담긴 민족독립사상은 1908년 이후 노령 연해주를 중심으로 망명, 집결한 의병 특히 1910년 6월 창설된 13道義軍을 통하여 聲明會로 계승되었다. 13道義軍과 聲明會는 성격상으로는 의병계열의 조직이었으며, 그 외에 노령 한인사회와 애국계몽운동계열의 인사들을 포함하여 구성되었다. 따라서 이념적으로도 복벽주의적 독립사상을 견지하였는데, 이는 13道義軍이 성명회 선언서에 앞서 고종에게 상소를 올려 군자금을 지원하여 줄 것과 함께 고종이 연해주로 망명하여 망명정부를 수립할 것을 제의한 것에서도 알 수 있다. 소위 「한일합병」 직후 최초의 독립선언서로서 발표된 「聲明會 宣言書」는 열강에 합병의 무효와 한국의 독립의지를 주장하며, 일제의 한국침략상을 공개하여 그

지원을 호소하는 동시에 무장혈전도 불사할 것임을 천명하여 이인영의 창의격문에 그 淵源을 두고 있었다.

둘째로 독립선언서는 국제정세의 변화에 민감하게 반응하여 시세에 따른 독립운동의 변화를 선도하는 기능을 하였다. 따라서 국제정세의 변화에 따라 발표된 각각의 선언서는 당시의 상황과 그에 대한 대응논리를 포함하고 있으며, 동시에 각 선언서는 선행 선언서를 반성 혹은 계승하여 하나의 맥락을 형성하고 있다. 1910년대 독립운동에 가장 큰 영향을 끼친 국제사회의 변화로는 1911년 중국의 신해혁명, 1914년 제1차 세계대전의 발발과 1917년의 러시아혁명, 1918년 제1차 세계대전의 종결과 파리강화회의 개최 등을 들 수 있다. 1911년 중국이 혁명에 성공하자 申圭植 등은 市民的 民族主義·大同思想 및 西歐의 改良的 社會主義 등을 이념으로 하는 同濟社를 결성하였다. 이들은 제1차 세계대전 발발 이후 급변하는 국제정세에 능동적으로 대처하고자 北京居住 독립지사들과 연합하여 1915년 上海에서 新韓革命黨을 결성하였다. 제1차 세계대전이 발발하자 중국과 러시아정부는 각각 자국내에서 한국인들이 독립운동을 벌이는 것을 탄압하여 해외에서의 독립운동은 봉쇄당해 있는 상태였다. 이러한 상황에서 신한혁명당은 향후 국제정세의 판도를 일본이 대전에 참여한 결과, 국제사회에서 고립될 것으로 예상, 국제정세를 독립운동에 이용하고자 하였다. 신한혁명당은 高宗을 상징적인 존재로써 黨首에 추대하여 제정을 표방하는 전략을 세우고 활동하다 세계대전이 예상외의 결과로 종결되자 무산되고 말았다.

본격적인 독립선언서는 제1차 세계대전후 국제정세에 대한 판단오류를 반성하고, 급변하는 세계정세에 적응할 수 있는 새로운 독립운동의 理念과 方略을 제시하기 위해 발표된 「大同團結宣言」과 「大韓獨立宣言書」로부터 비롯되었다. 두 선언서의 내용이나 문체는 서로 유사하며, 무엇보다 공화주의이념에 입각한 민주주의 신국가건설론을 주창하였다는 점에 의의를 가진다. 두 선언서는 성명회 선언서를 계승, 발전하여 의병계열과 애국계몽운동의 독립투쟁논리가 완전 합일되어 있고, 人的인 系譜를 통하여서도 성명회로부터 신한혁명당에 이르기까지 뚜렷한 連繫性을 갖고 있다. 이후 파리강화회의의 소식이 일본유학생들에 전해지자 이 기회를 포착한 이들은 대동단결선언과 대한독립선언서의 이념을 이어받아 2·8독립선언서를 발표하기에 이르렀다. 이를 계승한 3·1독립선언서는 국내는 물론 중국·만주·노령·미주 등지로 3·1운동이 확산되어 가는 과정에서 발표된 선언서와도 연관성을 갖고 있었다. 3·1운동 직후 국내 儒林은 파리강화회의에 獨立請願書를 제출하였으며, 3·1운동시 전국 사찰의 만세시위운동을 주도하였던 불교계의 젊은 승려들은 상해의 대한민국임시정부 산하에서 활동하며, 승려의 비밀조직인 대한승려연합회 조직을 구상하였다. 이들은 임시정부관제 가운데 군조항과 유사한 임시의용승군헌제와 함께 대한승려연합회 선언서를 발표하였다. 노령에서는 1919년 2월 대한국민의회가 성립되어 3·1운동 직후 대한국민의회 선언서가 발표되기에 이르렀다. 그리고 대한국민의회의 산하조직이었던 노인동맹단과 혼춘애국부인회는 각각 노인동맹단 선언서와 디한독립녀즈선언셔를 발표하였다. 이는 각각 46세 이상 70세 이하의 노인과 여성이라고 하는 특정한 집단을 대표한 것으로 일제의 주권침탈에 대한 자기반성 혹은 여성들의 적극적인 독립운동 참여유도 등을 부각시키고 있었다.

한편 3·1운동의 영향은 美洲로도 확산·파급되었다. 필라델피아市에서 열린 韓國議會는 美洲의 통일적 韓人組織이었던 大韓人國民會의 결의에 따른 것이었으며, 여기에서는 모두 6종의 선언서를 발표하였다. 이는 다른 선언서들과 달리 각각 주체를 달리하여 작성된 것이다.

세째, 각 독립선언서의 내용 즉, 理念은 대체로 민주주의 공화정체의 신국가건설론을 천명하고 있다. 성명회 선언서는 직접적인 언급은 없으나, 의병계열 주도로 소위 한일합병의 소식에 대응하여 즉각 합방의 무효를 주장한 점으로 볼 때 아직까지 복벽적인 요소를 포함하고 있었다. 나아가 대동단결선언은 일제의 한일합병이 법률적으로나 역사적으로 무효임을 주장하면서 바로 이점에 절대독립의 근거와 자주독립의 당위성이 있음을 강조하였으며, 韓國歷史의 연속성을 전제로 "帝權의 소멸은 곧 民權의 발생일 뿐 他族이 主權을 양여할 수 없다" 하여 국민주권을 기본으로 하는 민주주의 신국가건설론을 公論化하고 있다. 이러한 대동단결선언의 이념을 더욱 진전시켜 대한독립선언서는 "우리 대한은 완전자주독립과 평등복리를 우리 자손여민에게 전하기 위해서 대한민주의 자립을 선포한다"고 천명하여 민주주의 신국가건설론을 구체화하였다. 대한독립선언서는 이러한 신국가건설론을 실현할 첫 단계로써 통일기관의 수립을 제안하였으며, 이는 2·8독립선언서를 통하여 3·1독립선언서로 이어져 3·1운동 이후 3·1독립선언서를 계승하여 한민족이 주권국민임을 표현하고 동시에 독립운동을 능률적으로 발전시키기 위해 수립한 대한민국임시정부로 구체화되었다. 그리하여 대한승려연합회선언서는 임시정부 성립 이후 그 노선을 수용하여 민주공화정체를 지향하고 있었다. 대한국민의회 선언서, 한국의회 선언서 등도 역시 민주공화정체의 건설을 주창하고 있었으나, 서구민주주의로부터의 영향을 그 배경으로 명시하고 있다는 점에서 차이를 지닌다.

네째, 각 선언서에 나타난 독립운동의 방략을 살펴보면, 항일투쟁의 방법면에서 크게 평화적 투쟁과 무력투쟁의 두 노선으로 나누어진다. 무력투쟁 즉, 독립전쟁론을 제시한 대표적 선언서는 대한독립선언서였다. 이 선언서는 동양평화와 국제공도를 이행하여 합리적 투쟁을 하되, 결국 완전자주독립을 위해서는 군사력 즉 무장항일독립전쟁을 통하여서만 일제를 구축할 수 있다고 하여 독립전쟁론을 논리적으로 완성시킨 선언서이다. 그 외에 성명회 선언서와 2·8독립선언서, 대한국민의회 선언서, 디한독립녀주선언셔, 대한승려연합회 선언서 등 역시 武裝

血戰을 통한 독립의 쟁취를 주장하고 있다. 이에 반하여 평화적인 투쟁의 방법을 통한 독립을 주장한 선언서로는 3·1독립선언서와 미주의 한국의회 선언서, 노령의 노인동맹단 선언서가 있는데, 그 가운데서도 3·1독립선언서가 대표적인 것이었다. 3·1독립선언서는 비폭력·무저항주의에 입각한 만세시위운동을 주도하였으나, 한국의회선언서는 선전외교를 독립운동의 방략으로 삼고 있었다. 노인동맹단 선언서역시 외교를 중요시하고 있었으나, 노인동맹단의 구성원이 노령의 항일무장투쟁을 주도하였던 인물들이었던 데다 관련을 맺고 있던 대한국민의회가 독립전쟁론을 표방하는 단체였으므로 외교론을 선명하게주장하고 있지는 않았다.

끝으로 각 선언서에 나타나는 對日觀 및 世界情勢는 대체로 서로연결되어 서술되고 있다. 즉 각 선언서는 당시의 국제정세를 정의인도가 세계질서의 기준으로 작용하여 군국주의가 소멸하는 시기로 보고, 군국주의의 강권에 주권을 피탈당한 한국의 독립이야말로 국제정세상지극히 당연하며 정당한 것으로 인식하였다. 더 나아가 한국을 전략적요충지에 자리잡은 국제사회의 일원으로 자각하여 한국의 독립과 평화회복이야말로 일본의 제국주의적 야심을 제거하고 아시아와 전세계의 평화와 직결되는 문제임을 주장하였다.

1910년대의 선언서를 분석해 본 결과 1910년에서 1919년 3·1운동이 일어나기 직전까지는 선언서상에 준비론이나 외교론은 나타나지않고 있었으며, 무장투쟁노선을 강경하게 주장하고 있었다. 1919년 3·1독립선언서에서 비폭력주의가 제창된 이후 외교론이 우세하던 미주와 국내에서 외교론에 입각한 선언서가 나오기 시작하였으며, 동시에청원서의 형식도 다수 나타나게 되었다. 이러한 외교론적·청원서적인선언서는 일제의 문화통치로의 전환·파리강화회의 등에 영향받은 것이기도 하였다.

1910년대 독립선언서에 나타난 정치의 이념은 전제군주제의 보전을 주장하던 의병의 격문으로부터 민주주의적 공화정체에 입각한 신국가 건설론으로 이행하고 있는 과정을 반영한 것으로 여기에는 중국의 신해혁명이나 제1차 세계대전, 윌슨주의 등 국제정세의 변화 등이 수용되고 있었다. 그러나 정작 민주공화정체를 지향하고 있는 것은 이러한 外因보다도 갑오개혁 이후 독립협회를 거쳐 신민회까지 이르는 동안 애국계몽운동 계열안에서 발전하여온 내재적인 이념의 변화에 연결되고 있는 것이다.

따라서 1910년대의 독립선언서는 방략적인 면에서는 의병계열의 무장투쟁노선을 직접적으로 계승하고, 정치이념의 면은 점진적으로 국제정세의 변화에 발맞추어 조선후기 애국계몽운동으로부터 이어지는 민주공화정체 이념을 지향하여 대동단결선언·대한독립선언서에서 무장투쟁과 주권재민의 이념과 방략을 합일화하기에 이른 것이다. 3·1독립선언서는 방략적인 면에서는 그 이전까지의 선언서와 대별된다고 할 수 있으나 일제의 소위 무단통치하에 놓여있던 국내의 사정을 반영한 최선의 방책이었다. 이후 청원서적인 성격의 선언서와 외교론에 입각한 선언서가 나타나게 됨은 앞서 언급한 바와 같다. 그러므로 독립선언서의 분석을 통하여 확인할 수 있었던 것은 3·1독립운동을 하나의 분수령으로 볼 때 이후 여러 가지 이념의 분화로 말미암아 독립운동의 노선에도 여러 갈래가 형성된 것에 비한다면, 1910년에서 1918년까지의 독립운동은 단일한 민족주의 노선안에서 의병운동계열이나 애국계몽운동계열이 궁극적으로는 무장투쟁의 방략을 선택하였다는 점에서 합치되어 독립 이후의 정치이념에 대하여서도 점진적인 합일과정을 이루어낸 과정이라 할 수 있다.

參 考 文 獻

〈資 料〉

姜德相,1967~1970,『現代史資料』25~27, みすず書房.

국사편찬위원회, 1981 『한국사론』10 (대한민국 임시정부).

국사편찬위원회, 1989 『한민족독립운동사』6.

국사편찬위원회, 1990 『한민족독립운동사』7.

국회도서관, 1977~1979, 『한국민족운동사료』(三一運動篇 其一, 二, 三).

金根洙, 1983 「韓國獨立宣言書小考」 別添 宣言書資料, 『韓國學』29, 중앙
　　　　대학교 한국학연구소.

金正明, 1967 『朝鮮獨立運動』第Ⅰ・Ⅰ卷 分冊・Ⅱ・Ⅲ卷, 原書房.

독립기념관, 1988.3.1~4.30 『3・1운동 제69주년 기념 특별기획전』宣言
　　　　書資料.

독립운동사편찬위원회, 1972 『독립운동사자료집』4 (3・1운동사자료집).

독립운동사편찬위원회, 1972 『독립운동사자료집』5 (3・1운동재판기록).

독립운동사편찬위원회, 1973 『독립운동사자료집』6 (3・1운동사자료집).

독립운동사편찬위원회, 1973 『독립운동사자료집』7 (임시정부사자료집).

독립운동사편찬위원회, 1974 『독립운동사자료집』8 (임시정부사자료집).

독립운동사편찬위원회, 1975 『독립운동사자료집』9 (임시정부사자료집).

元聖玉 譯, 1986 『最初의 韓國議會』, 범한서적.

柳光烈, 1975 『항일선언, 창의문집』, 서문문고 199, 서문당.

惟心社 刊, 1918 『惟心』1~3호.

柳麟錫, 『毅菴集』 (1973, 景仁文化社 영인본).

李鍾一, 『默菴備忘錄』 (1978, 『한국사상』16 게재).

李鉉淙 編, 1979『近代民族意識의 脈絡』, 아세아문화사.

林炳瓚,『義兵抗爭日記』(1986, 한국인문과학원 발굴자료총서 1 영인본).

張孝根,『張孝根日記』 1916～1924년 (1976,『한국사논총』1, 성신여대 사
　　　범대 국사교육과 게재).

鄭元澤,『志山外遊日誌』(『독립운동사자료집』8 수록 ; 홍순옥 역, 1983
　　　『지산외유일지』, 탐구신서 244, 탐구당 ; 김영호 편, 1975『항일
　　　운동가의 일기』, 서문문고 195, 서문당).

趙一文 譯註, 1984『韓國獨立運動文類』, 건국대학교 출판부(1976初版).

晦堂 張錫英,「遼左紀行」,『史學志』3 자료수록, 단국대학교 사학회,
　　　1974, pp.139～164.

秋憲樹 編, 1972『資料 韓國獨立運動』2, 연세대학교 출판부.

秋憲樹 編, 1975『資料 韓國獨立運動』4 (上・下), 연세대학교 출판부.

〈新 聞〉

『獨立新聞』(上海版)

『新韓民報』(美洲版)

『東亞日報』

〈著 書〉

姜在彦, 1985『한국의 근대사상』, 한길사.

高承濟, 1973『韓國 移民史研究』, 章文閣.

金榮作, 1982『한말 내셔널리즘연구』, 청계연구소.

金淇周, 1993『韓末 在日韓國留學生의 民族運動』, 느티나무.

김도태, 1985『서재필박사자서전』, 을유문화사.

金東和, 1991『中國 朝鮮族 獨立運動史』, 느티나무.

金秉祚, 1920『韓國獨立運動史略』(1974, 아세아문화사 영인본).

金成植, 1974『日帝下韓國學生獨立運動史』, 正音社.

金承學 編, 1966『韓國獨立運動史』, 獨立文化社.

김양주 편, 1995『항일투쟁반세기』, 료녕민족출판사.

김원용, 1959『在美韓人五十年史』(『독립운동사자료집』8 수록).

金鎭鳳, 1980『3・1運動』, 민족문화협회.

金昌洙, 1987『韓國近代의 民族意識研究』, 동화출판공사.

─────, 1992『歷史와 人間像』, 東方圖書.

金昌順・金俊燁, 1986 『韓國共産主義運動史』1, 청계연구소(1967~1976, 고려대 아세아문제연구소).

金喜坤, 1995『中國關內 韓國獨立運動團體研究』, 지식산업사.

노재연, 1963『在美韓人史略』(『독립운동사자료집』8 수록).

노치준, 1993 『일제하 한국기독교 민족운동연구』, 한국기독교역사연구소.

단재 신채호 선생 기념사업회, 1986『단재 신채호와 민족사관 ; 단재 신채호 선생 탄신100주년 기념논집』, 형설출판사.

─────, 1987『신채호의 사상과 민족독립운동』, 형설출판사.

독립운동사편찬위원회, 1971『독립운동사』3 (3・1운동사 下).

독립운동사편찬위원회, 1972『독립운동사』4 (임시정부사).

東亞日報社 편, 1969『三・一運動 50周年紀念論集』.

류영익・양호민 등, 1994『한국인의 대미인식 - 역사적으로 본 형성과정』, 민음사.

마뜨베이 찌모피예비치 김, 이준형 역, 1990『일제하 극동시베리아의 한인 사회주의자들』, 역사비평사.

망원한국사연구실, 1989『한국근대민중운동사』, 돌베개.

沐濤・孫科志 著・趙一文 譯, 1994『피어린 27년 대한민국 임시정부』, 건국대학교 출판부.

박 환, 1991『在滿韓人民族解放運動史研究』, 一潮閣.

─────, 1995『러시아 한인민족운동사』, 탐구당.

朴成壽, 1980『독립운동사연구』, 創批新書 27, 創作과 批評社.

朴成壽・尹炳奭・趙恒來 外, 1992『獨立運動史의 諸問題』, 범우사 (何石

　　　　金昌洙敎授　華甲紀念　史學論叢　刊行委員會, 1992 『韓國民族獨立運動史의　諸問題』).

朴永錫, 1982 『韓民族獨立運動史硏究 － 滿洲地域을 中心으로 －』, 一潮閣.

―――, 1984 『日帝下 獨立運動史硏究 － 滿洲露領地域을 中心으로 －』, 一潮閣.

―――, 1988 『在滿韓人獨立運動史硏究』, 一潮閣.

朴殷植, 1920 『韓國獨立運動之血史』(1975 『朴殷植全書』上, 단국대 출판부 영인본).

朴贊勝, 1992 『한국근대정치사상사연구 － 민족주의 우파의 실력양성운동론』, 역사비평사.

方善柱, 1989 『在美韓人의 獨立運動』, 한림대학교 아시아문화연구소.

佛敎史學會, 1989 『近代韓國佛敎史論』, 民族社.

서준석, 1984 『毅菴 柳麟錫의 思想 ; 宇宙問答』, 종로서적.

徐紘一・東巖 편저, 1993 『간도사신론 － 선구자와 "친일파"들과의 싸움 －』, 우리들의 편지社, 서울.

愼鏞廈, 1984 『申采浩의 社會思想硏究』, 한길사.

―――, 1987 『韓國近代民族主義의 形成과 展開』, 서울대 출판부.

―――, 1987 『韓國近代社會史硏究』, 一志社.

―――, 1994 『韓國近代社會의 構造와 變動』, 一志社.

安秉直, 1975 『3・1運動』, 한국일보사.

楊昭全, 1996 『中國에 있어서의 韓國獨立運動史』, 한국정신문화연구원.

역사문제연구소 민족해방운동사연구반, 1990 『쟁점과 과제, 민족해방운동사』, 역비.

劉準基, 1994 『한국근대유교 개혁운동사』, 삼문.

尹炳奭, 1975 『3・1運動史』, 正音社.

―――, 1984 『李相卨傳 －海牙特使李相卨의 獨立運動論－』, 一潮閣.

―――, 1990 『國外韓人社會와 民族運動』, 一潮閣.

―――, 1996 『근대한국 民族運動의 思潮』, 집문당.

李康勳, 1975 『大韓民國臨時政府史』, 서문당.

이대출판부, 1979『한국여성관계자료집』.

이만규, 1946『여운형선생투쟁사』, 민주문화사.

李萬烈, 1990『丹齋 申采浩의 歷史的 硏究』, 文學과 知性社.

李炳憲, 1959『3·1運動秘史』, 時事時報社 出版局.

李龍洛 編, 1969『三·一運動實錄』, 三·一同志會.

이은숙, 1975『민족운동가 아내의 수기 — 서간도 시종기 —』, 정음문고 65, 정음사.

李廷植, 1974『김규식의 생애』, 신구문고 13, 신구문화사.

李炫熙, 1979『3·1運動史論』, 東方圖書.

───, 1987『3·1독립운동과 임시정부의 정통성』, 동방도서.

───, 1991『대한민국 임시정부』, 한국민족운동사연구회.

───, 1994『한국민족운동사의 재인식』, 자작아카데미.

鄭光鉉, 1978『三·一獨立運動史 — 判例를 통해서 본 —』, 法文社.

鄭世鉉, 1975『抗日學生民族運動史硏究』, 一志社.

丁堯燮, 1971『韓國女性運動史 — 日帝下의 民族運動을 中心으로 —』, 一潮閣.

趙東杰, 1989『한국민족주의의 성립과 독립운동사연구』, 지식산업사.

───, 1993『한국민족주의의 발전과 독립운동사연구』, 지식산업사.

趙恒來 編, 1993『1900년대의 애국계몽운동연구』, 아세아문화사.

주요한, 1975『安島山傳』, 三中堂.

蔡根植, 1949『武裝獨立運動秘史』, 大韓民國公報處.

秋憲樹, 1980『정치외교투쟁』, 민족운동총서3, 민족문화협회.

한국사연구회 편, 1985『한국근대사회와 제국주의』, 삼지원.

한국여성연구회 여성사분과 편, 1992『한국여성사 — 근대편』, 풀빛.

한국역사연구회·역사문제연구소 편, 1989『3·1민족해방운동연구』(3·1운동 70주년 기념논문집), 청년사.

한국일보사 편, 1987~1989『再發掘 한국獨立運動史』Ⅰ·Ⅱ·Ⅲ.

韓永愚, 1994『한국민족주의 역사학』, 일조각.

玄圭煥, 1967『韓國流移民史』上, 語文閣.

───, 1976『韓國流移民史』下, 三和印刷株式會社.

胡春惠 저, 신승하 역, 1978『중국안의 한국독립운동』, 단국대 출판부.
洪淳昶, 1975『한말의 민족사상 - 위정척사사상을 중심으로 -』, 탐구
      신서 96, 탐구당.
황룡국, 1988『조선족혁명투쟁사』, 료녕민족출판사.
John.K.玄, 1986『國民會略史』, 고려대 민족문화연구소.

〈論 文〉

姜德相, 1985「海外における朝鮮獨立運動の發展」『朝鮮民族運動史硏究』2,
      靑丘文庫, 東京.
姜萬吉, 1982「獨立運動過程의 民族國家建設論」『한국민족주의론』1, 창작
      과 비평사.
───, 1985「民族主義 三均主義 趙素昻」『한국근대민족운동사론』, 한길
      사.
姜英心, 1987「申圭植의 生涯와 獨立運動」『한국독립운동사연구』1, 독립
      기념관 한국독립운동사연구소.
───, 1988「新韓革命黨의 結成과 活動」『한국독립운동사연구』2.
姜在彦, 1984「朝鮮獨立運動における根據地問題 -1910年前後における
      二つの思想的對應」『朝鮮民族運動史硏究』제1집, 靑丘文庫, 東京.
───, 1984「개화파에 있어서의 자유민권사상의 형성」『근대한국사상
      사연구』, 한울.
강창석, 1984「대한인국민회의 조직과 활동에 관한 연구」『동의사학』창
      간호, 동의대.
權九熏, 1991「韓末 義兵의 參加階層과 그 動向 -後期義兵의 性格變化
      와 關聯하여-」『한국독립운동사연구』5.
金 邦, 1990「李東輝硏究」『국사관논총』18.
金度亨, 1979「毅菴 柳麟錫의 政治思想硏究」『한국사연구』25.
───, 1986「韓末 啓蒙運動의 政治論 硏究」『한국사연구』54.
김도훈, 1989「共立協會(1905-1909)의 民族運動硏究」『한국민족운동사연

　　　　　　　　　구』4.
김동환, 1988 「戊午獨立宣言의 歷史的 意義」『국학연구』2, 국학연구소.
김두헌, 1969 「獨立宣言書의 思想史的 檢討」『3·1운동 50주년 기념논문
　　　　　집』.
金法麟, 1946 「三一運動과 佛敎」『新天地』1-2호.
金相鉉, 1983 「萬海의 獨立思想」『韓國學』28, 영신아카데미 한국학연구
　　　　　소.
───, 1991 「3·1運動에서의 韓龍雲의 役割」『이기영박사 고희기념논
　　　　　총 불교와 역사』, 한국불교연구원.
金素眞, 1993 「3·1獨立宣言書 33人에 대한 人的 分析」『한국민족운동사
　　　　　연구』7.
───, 1994 「聲明會宣言書를 통해 본 獨立運動의 理念」『한국민족운동
　　　　　사연구』10.
金淑子, 1980 「舊韓末(1904-1910) 抗日意識에 관한 一硏究 — 新聞論調
　　　　　를 中心으로—」『사학연구』30.
金龍國, 1973 「大倧敎와 獨立運動」『鷺山李殷相博士古稀紀念 民族文化論
　　　　　叢』.
金龍基 1959 「3·1獨立運動과 巴里長書事件에 對하여」『문리대학보』2,
　　　　　부산대 문리대.
───, 1959 「民族受難과 抗爭期의 慶南」『경상남도지』상, 경상남도지편
　　　　　찬위원회.
金源模, 1985 「서재필의 在美韓人會議錄 첫 公開」『월간조선(통권 60호)』
　　　　　3월호.
金允植, 1987 「大阪 天王寺공원 독립운동 관계 大阪朝日新聞 기사」『한
　　　　　국학보』48.
金義煥, 1968 「滿洲에 있어서의 初期獨立戰爭의 考察--1910年 前後에서
　　　　　3·1運動」『이선근박사고희기념논집』.
───, 1973 「대구 3·1독립운동의 고찰」『대구사학』7·8합집.
김정희, 1984 「韓末 日帝下 女性運動硏究」, 효성여대 석사논문.
金昌洙, 1992 「日帝下 佛敎界의 抗日民族運動」『한민족독립운동사』2, 국

편.

김형석, 1989 「上海居留韓人基督敎徒들의　民族運動」『용암차문섭교수화
　　　갑기념사학논총』

김후경, 1982 「毅菴 柳麟錫의　學問과　思想」『사학연구』34.

金喜坤, 1980 「大韓民國　臨時政府의　外廓團體」, 경북대 석사논문.

──, 1982 「1920年代의　臨時政府　外廓團體」『경북사학』4.

──, 1985 「동제사의　결성과　활동」『한국사연구』48.

──, 1991 「上海地域　韓國獨立運動團體硏究」, 경북대학교　박사논문.

南富熙, 1984 「儒敎界의　巴里長書事件과　3·1運動」, 경북대　석사학위 논
　　　문.

──, 1990 「3·1運動　裁判記錄과　儒敎界」『경대사론』4·5합집, 경남
　　　대.

박　환, 1989 「西北間島地域　韓人　獨立運動團體硏究 － 3·1運動　直後
　　　(1919-1920)를　中心으로 －」, 서강대학교　대학원　박사학위논문.

──, 1990 「北間島　大韓國民會의　成立과　活動」『윤병석교수　화갑기
　　　념논총』.

──, 1993 「구한말 러시아 블라디보스톡에서　간행된 민족지;『大東共
　　　報』『한국학보』73.

박광용, 1990 「대종교관련 문헌에 위작 많다」『역사비평』10.

박상권, 1984 「일제의　종교정책과 한국종교」『한국근대종교사상사』, 원
　　　광대 출판국.

朴成壽, 1980 「복벽이냐 공화정이냐」『독립운동사연구』, 창비신서27, 창
　　　작과 비평사.

──, 1990 「朴殷植의 <血史>에 나타난 3·1運動觀」『윤병석교수화갑
　　　기념논총』.

──, 1990 「義兵과　獨立軍 － 組織, 編成의　連續性 －」『韓國學의　世
　　　界化』I, 한국정신문화연구원 제6회 국제학술회의 논문집.

朴永錫, 1977 「大倧敎의　民族意識과　獨立運動 － 金敎獻　敎主時期를　中
　　　心으로－」『사총』21·22합집, 고대 ; 1982『한민족독립운동사연
　　　구』, 일조각.

──────, 1982 「大倧敎의 民族意識과 抗日民族獨立運動－壬午敎變을 中心으로－」『건대사학』6 ; 1984 「대종교의 임오교변연구」『日帝下 獨立運動史硏究 -滿洲露領地域을 중심으로-』, 一潮閣.

──────, 1983 「日帝下 西間島地域 共和的 民族主義系列 韓國獨立運動團體에 관한 硏究」『성곡논총』14 ;1984 『日帝下 獨立運動史硏究 -滿洲露領地域을 중심으로-』, 一潮閣.

──────, 1983 「大倧敎의 民族意識과 抗日民族獨立運動(上, 下)」『한국학보』31 · 32, 一志社 ; 1984 『日帝下 獨立運動史硏究 -滿洲露領地域을 중심으로-』, 一潮閣.

──────, 1989 「大韓獨立宣言書硏究」『汕耘史學』3.

──────, 1988 「中國 東北地域(滿洲)에서의 抗日民族獨立運動」『在滿韓人獨立運動史硏究』, 一潮閣 ; 1993 『한국독립운동사연구』7.

박영신, 1979 「사회운동으로서의 삼일운동의 구조와 과정」『현상과 인식』3권1호, 한국인문사회과학원.

朴贊勝, 1990 「1910年代 新知識層의 ‘實力養成論’ 硏究」『윤병석교수화갑기념논총』.

──────, 1990 「韓末 自强運動論의 각 系列과 그 性格」『한국사연구』68.

──────, 1991 「1910년대말~1920년대 여운형의 민족해방운동론」『역사와 현실』6.

朴昌昱, 1990 「國民會를 論함－1919~1920年 國民會의 歷史作用을 爲主로 하여」『국사관논총』15.

潘炳律, 1987 「大韓國民議會의 成立과 組織」『한국학보』46.

──────, 1988 「大韓國民議會와 上海臨時政府의 統合政府樹立運動」『한국민족운동사연구』2.

方善柱, 1989 「이승만과 위임통치안」『재미한인의 독립운동』, 한림대학교 아시아문화연구소.

──────, 1993 「미주지역에서 한국독립운동의 특성」『한국독립운동사연구』7.

徐紘一, 1984 「1910년대 北間島의 民族主義 敎育運動(Ⅰ) － 基督敎學校

　　　의 敎育을 中心으로 一」『白山學報』29.

孫寶基, 1989 「3·1겨레싸움과 미국의 반향」, 국사편찬위원회 편, 『한민
　　　족독립운동사』6.

宋建鎬, 1990 「항일독립운동기의 인물연구-김규식의 일생-」『국사관
　　　논총』18.

송우혜, 1986 「북간도 '대한국민회'의 조직형태에 관한 연구」『한국민족
　　　운동사연구』1.

신미정, 1984 「徐載弼의 民權論硏究」, 연대 정치학 석사논문.

申淳鐵, 1983 「愛國啓蒙運動期의 儒敎改革思想·運動」『한국종교』8, 원
　　　광대 종교문제연구소.

申榮祐, 1980 「上海 臨時政府 民族主義系列의 獨立思想 硏究」, 연대 석
　　　사논문.

愼鏞廈, 1977 「박은식의 유교구신론·양명학론·대동사상」『역사학보』
　　　73집.

———, 1977 「3·1獨立運動 勃發의 經緯」『韓國近代史論』Ⅱ, 지식산업
　　　사.

———, 1983 「新民會의 獨立軍基地 創建運動」『한국문화』4.

———, 1984 「신채호의 민족국가관과 시민적 민족주의사상」『신채호의
　　　사회사상연구』.

———, 1986 「19世紀 韓國의 近代國家의 形成問題와 立憲共和國樹立運
　　　動」『한국의 근대국가형성과 민족문제』(한국사회사연구회 논문
　　　집1), 문학과 지성사.

———, 1986 「新韓靑年黨의 獨立運動」『한국학보』44.

———, 1990 「臨時政府 國務院 布告 第3號 '간도동포에게'」『한국학보』
　　　61.

———, 1993 「天道敎靑年黨東京部의 문서 '朝鮮民衆의게'」『한국학보』
　　　70.

———, 1993 「韓國 國內 民族獨立運動의 特徵」『한국독립운동사연구』7.

신인항, 1992 「大韓民國 臨時政府의 政治的 正統性에 관한 硏究」, 경북
　　　대 박사논문.

申一澈, 1978 「韓國獨立運動의 思想史的 性格」『아세아연구』21-1, 고려
　　　　대 아세아문제연구소.

安秉直, 1970 「萬海 韓龍雲의 獨立思想」『創作과 批評』5권 4호.

吳世昌, 1993 「1910年代 滿洲韓人의 反日獨立運動」『한국민족운동사연
　　　　구』7.

유영열, 1990 「愛國啓蒙派의 民族運動論」『국사관논총』15.

劉準基, 1988 「朴殷植의 生涯와 學問 - 그의 유교개혁운동을 중심으로」
　　　　『산운사학』2집.

柳漢喆, 1993 「中期義兵時期(1904～1907) 柳麟錫의 時局對策論」『한국독
　　　　립운동사연구』7

劉孝鐘, 1986 「極東ロシアにおける朝鮮民族運動 -'韓國併合'から第一次
　　　　世界大戰の勃發まで-」『朝鮮史研究會論文集』22.

尹慶老, 1989 「통감부시기 일제의 기독교정책과 '조선전도론'」『민족문
　　　　화』4, 한성대 민족문화연구소.

──── , 1991 「식민지시대 연구의 현황과 과제(1910-1945)」『민족문화』5,
　　　　한성대 민족문화연구소.

尹炳奭, 1977 「1910년대의 한국독립운동시론」『사학연구』27.

──── , 1983 「1907년대 독립군의 기지설정」『군사』6.

──── , 1993 「러시아 연해주에서 한국민족운동의 동향」『한국독립운동
　　　　사연구』7.

이덕주, 1988 「3·1운동의 이념과 운동노선에 관한 연구 － 33종의 독
　　　　립선언서를 중심으로 －」『기독교사상』351.

李東彦, 1991 「露領地域 初期 韓人社會에 관한 研究」『한국독립운동사
　　　　연구』5.

李萬烈, 1973 「韓末基督敎人의 民族意識 形成過程」『한국사론』1.

李明花, 1989 「露領地方에서의 韓人 民族主義敎育運動」『한국독립운동
　　　　사연구』3.

李普珩, 1969 「三·一運動에 있어서의 民族自決主義의 導入과 理解」, 東
　　　　亞日報社 편, 『三·一運動 50周年紀念論集』.

李延馥, 1970 「初期 大韓民國 臨時政府」『경희사학』1·2.

———, 1981 「大韓民國臨時政府의 交通局과 聯通制」『韓國史論』10, 국편.

———, 1982 「大韓民國 臨時政府의 樹立과 그 變遷」『경희사학』9·10합집.

———, 1983 「大韓民國 臨時政府 硏究」, 경희대학교 박사학위논문.

李英茂, 1982 「韓國 佛敎思想史에 있어서 韓龍雲의 位置 － 韓國佛敎維新論을 中心으로 －」『人文科學論叢』14, 건대 인문과학연구소.

李源鈞, 1980 「3·1運動 당시 嶺南儒林의 活動」『부대사학』4.

李炫熙, 1974 「3·1운동 재판기록을 통해서 본 천도교 대표들의 태도분석」『한국사상』12 (水雲先生 特輯號).

———, 1977 「東菴 張孝根의 自强思想」『한국사논총』2, 성신여대 국사교육과.

———, 1980 「韓國女性의 抗日鬪爭과 日帝의 彈壓 － 3·1運動時의 女性抗爭을 中心으로－」『사학연구』31, 한국사학회.

———, 1981 「第2獨立宣言書의 史的 意味 － 獨立宣言文의 民族史的 分析 －」『동국사학』15·16합집.

———, 1982 「3·1民主革命後 臨時政府의 成立과 그 性格 － 민주체제 형성의 추진 －」,『역사교육』30·31합집.

———, 1982 「大韓民國 臨時政府史硏究」, 동국대학교 박사논문.

임혜봉, 1993 「불교계의 친일인맥」『역사비평』22호, 역사문제연구소.

張錫興, 1989 「朝鮮民族大同團 硏究」『한국독립운동사연구』3.

張世胤, 1991 「<洪範圖日誌>를 통해 본 洪範圖의 生涯와 抗日武裝鬪爭」『한국독립운동사연구』5.

鄭珖鎬, 1969 「3·1運動以後의 民族運動과 外勢」『3·1운동 50주년기념논문집』, 동아일보사.

———, 1990 「日本 침략시기 佛敎界의 민족의식」『尹炳奭敎授華甲紀念論叢』.

鄭世鉉, 1969 「2·8學生運動에 대하여」『숙대사론』4.

鄭晋錫, 1990 「上海版 獨立新聞에 관한 硏究」『산운사학』4.

鄭昌烈, 1990「愛國啓蒙思想의 歷史意識」『국사관논총』15.

趙東杰, 1987「臨時政府樹立을 위한 1917년의 大同團結宣言」『한국학논총』9.

────, 1993「中國 關內地方에서 전개된 韓國獨立運動」『한국독립운동사연구』7.

趙恒來, 1988「일본에 있어서의 독립운동」『한국민족운동사연구논총』, 영남대 출판부.

────, 1990「戊午大韓獨立宣言書의 發表經緯와 그 意義에 관한 檢討」『尹炳奭敎授華甲紀念論叢』.

────, 1991「抗日獨立運動史에서의 大韓獨立宣言書의 位相」『白山朴成壽敎授華甲紀念論叢』.

────, 1991「3·1獨立宣言書의 理念的 背景」『汕耘史學』5, 고려학술문화재단.

────, 1994「愛國啓蒙運動에서 본 甲辰開化革新運動」『芝邨金甲周敎授華甲紀念史學論叢』.

陳德奎, 1978「斥邪衛正論의 民族主義的 批判認識」『한국문화연구원논총』31, 이화여대.

────, 1990「植民地時代의 民族主義에 대하여」『한국사학』11, 정문연.

蔡尙植, 1991「하말, 일제시기 梵魚寺의 사회운동」『한국문화연구』4, 부산대 한국문화연구소.

崔翠秀, 1988「1910年 前後 江華地域 義兵運動의 性格」『한국민족운동사연구』2.

秋憲樹, 1973「韓國臨時政府의 外交에 관한 考察」『연세논총』10, 연세대.

프랑크 볼드윈, 1969「윌슨 민족자결주의, 3·1운동」『3·1운동 50주년 기념논문집』.

韓詩俊, 1986「韓末 日本 留學生에 관한 一考察」『三均主義硏究論集』Ⅷ(三均主義의 再照明Ⅱ).

────, 1988「國權恢復運動期 日本留學生의 民族運動」『한국독립운동사연구』2.

―――, 1989「大韓民國 臨時政府의 光復後 民族國家 建設論」『한국독립운동사연구』3.

許善道, 1969「3·1運動과 儒敎界」『3·1운동 50주년 기념 논문집』.

洪善杓, 1993「徐載弼의 獨立運動(1919~1922)研究」『한국독립운동사연구』7.

洪淳昶, 1970「韓末衛正斥邪論에 관한 研究 ― 특히 민족주체성의 성립 과정을 중심으로 ―」『동양문화』11, 영남대 동양학연구소.

―――, 1977「韓末 民族主義의 形成過程 ― 日帝 侵略期(1896~1904)를 中心으로 ―」『동양문화』18.

洪一植, 1989「3·1獨立宣言書研究」『한국독립운동사연구』3.

附錄 獨立宣言書 一覽表

資料番號	宣言書	發表日字	場所	宣言主體	執筆者 (使用語)
1	a 韓國國民議會宣言書 (Protestation du Comité National Coréen)[1]	1910.8.23	블라디보스톡	柳麟錫등 민족운동자 8624人	李相卨・柳麟錫 (佛文)
	b 與淸國政府書[2]	1910.8.23	블라디보스톡	柳麟錫 등 민족운동자 8624人	李相卨・柳麟錫(漢文)
2	大韓人國民會 中央總會 結成宣布文[3]	1912.11.20	美國	大韓人國民會 (各支會 代表 12名)	朴容萬 (國漢文)
3	大同團結宣言[4]	1917.7	上海	申檉(申圭植) 등 14人	趙素昂 (國漢文)
4	趣旨書[5]	1917.9.2	上海	朝鮮社會黨	趙素昂
5	大韓獨立宣言書[6]	1919.2.1	吉林	金敎獻 등 39人	趙素昂

1) 尹炳奭, 『李相卨傳』, pp.218~245.
   聲明會宣言書라고 부르기도 하며, 佛文으로 된 선언서 외에 露文과 漢文으로도 작성되었다(註 2 참조).
2) 尹炳奭, 위의 책, pp.245~246.
   이는 자료번호 1 聲明會宣言書의 漢文本에 해당한다.
3) 金元容, 1959 『在美韓人五十年史』, pp.107~110 ; 李鉉淙 編, 1979, 『近代民族意識의 脈絡』, 亞細亞文化社, pp.303~304.
4) 趙東杰, 1987 「臨時政府 樹立을 위한 1917년의 <大同團結宣言>」『韓國學論叢』9, 國民大 韓國學研究所, pp.153~172.
5) 『노르트도이체 알게마이네 차이퉁』1917년 9월 2일자 ; 국회도서관, 『한국민족운동사료』(中國篇), pp.17~18 ; 張錫興, 1988 「大韓民國 靑年外交團 研究」『한국독립운동사연구』2 ; 『동아일보』1987년 5월 2일자.
6) 獨立紀念館, 1988.3.1~4.30 『3・1운동 제69주년 기념 특별기획전』, 宣言書資料 (이하 獨立紀念館 所藏 宣言書資料라 略함) ; 金根洙, 1983 「韓國獨立宣言書小考」別添資料, 『韓國學』29 ; 李鉉淙, 위의 책, pp.173~176.

					(國漢文)
6	a 宣言書[7]	1919.2.8	東京	崔八鏞 등 朝鮮靑年 獨立團 代表 11人	李光洙 (國漢文)
	b 民族大會召集請願書[8]	1919.2.8	東京	崔八鏞 등 朝鮮靑年 獨立團 代表 11人	李光洙 (日文)
7	a 宣言書[9]	1919.3.1	서울	朝鮮民族代表 33人	崔南善 (國漢文)
	b The Proclamation of Korean Independence[10]	1919.3	美國	朝鮮民族代表 33人	(英文)
8	朝鮮獨立宣言書[11]	1919.3.10		朝鮮民族獨立團	(國漢文)
9	獨立宣言布告文[12]	1919.3.13	龍井	墾島居留朝鮮民族一	(國漢文)

戊午獨立宣言書라고도 하며, 선언서의 발표일자에 따른 논란이 있으나 여기서는, 趙恒來, 1992 「大韓獨立宣言書 發表時期의 經緯」『韓民族獨立運動史論叢』, 水邨朴永錫教授華甲紀念論叢刊行會, pp.532~535의 견해에 따라 1919년 2월 1일로 보았다.

「大韓獨立宣言書」에 대한 연구로는 朴永錫, 1989「大韓獨立宣言書 研究」『汕耘史學』3 ; 趙恒來, 1990 「戊午大韓獨立宣言書의 發表經緯와 그 意義에 관한 檢討」『尹炳奭教授華甲紀念韓國近代史論叢』 ; 趙恒來, 1991 「抗日獨立運動史에서의 大韓獨立宣言書의 位相」『白山朴成壽教授華甲紀念論叢』 ; 趙恒來, 1992 「大韓獨立宣言書 發表時期의 經緯」 등이 있다.

7) 獨立紀念館 所藏 宣言書資料 ; 金根洙, 앞의 책 資料 ; 李鉉淙, 앞의 책, pp.296~299.

宣言書에는 發表日字가 표시되어 있지 않으나 2월 8일의 발표경위가 뚜렷하므로 2 · 8獨立宣言書라고 부른다.

8) 獨立紀念館 所藏 宣言書資料.

9) 獨立紀念館 所藏 宣言書資料 ; 金根洙, 앞의 책 資料 ; 李鉉淙, 위의 책, pp.150~152.

선언서에는 발표일자가 '1919년 3월'로만 되어있으며, 흔히 3 · 1獨立宣言書라고 부른다. 「3 · 1獨立宣言書」에 관한 연구로는 김소진, 1993 「3 · 1獨立宣言書 33人에 대한 人的 分析」『한국민족운동사연구』7 ; 趙恒來, 1991「3 · 1獨立宣言書의 理念的 背景」『汕耘史學』5 ; 洪一植, 1989「3 · 1獨立宣言書 研究」『한국독립운동사연구』3 등이 있다.

10) 獨立紀念館 所藏 宣言書資料.

11) 朴成壽, 1993 『獨立運動史研究』, 창작과 비평사(1980初版), p.327.

				同(具春先 등)	
10	布告文[13)	1919.3.15	美國	大韓人國民會 中央會	安昌浩 (國文)
11	朝鮮獨立宣言[14)	1919.3.17	시베리 아	朝鮮國民議會(우아文 등 3人)	(國漢文)
12	大韓獨立宣言書[15)	1919.3.18	河東	朴致和 등 12人	(國漢文)
13	檄[16)	1919.3.18	日本	靈山生	(國漢文)
14	獨立宣言書[17)	1919.3.19	大阪	在大阪韓國勞動者一 同代表 廉尙燮	廉尙燮 (國漢文)
15	宣言書[18)	1919.3.20	海蔘威	大韓國民議會(에고르	(國漢文)

12) 姜德相, 1967『現代史資料』26, pp.41~42 ; 獨立紀念館 所藏 宣言書資料 ; 金根
洙, 앞의 책 資料.
　1919년 3월 13일 滿洲 龍井에서의 시위 때 발표된 宣言書이다.

13) 金元容, 앞의 책, pp.364~367.

14) 姜德相, 앞의 책, pp.42~45 ; 姜德相, 『現代史資料』27, p.30 ; 李鉉淙, 앞의 책,
pp.179~183 ; 金根洙, 앞의 책 資料.
　시베리아 니코리스크에서의 시위때 발표된 선언서이다. 서명자 명단의 朝鮮國
民議會 會長 우아文은 文昌範과 동일인이다.

15) 獨立紀念館 所藏 宣言書資料 ; 金根洙, 위의 책 資料.
　선언서에는 발표일자가 음력 2월 17일로 기재되어 있다.

16) 李鉉淙, 앞의 책, pp.300~301.
　이 선언서에는 발표일자와 서명으로 '己未 三月 十八日 靈山生'이라 한 것
외에 발표시각과 발표장소로 '十九日 午後七時 正刻 天王寺 公園內 靈山生'이
라 기록되어 있다.

17) 金根洙, 앞의 책 資料 ; 李鉉淙, 위의 책, pp.299~300.

18) 金秉祚, 1977 『獨立運動史略』, 亞細亞文化社 影印本, pp.55~60 ; 獨立紀念館
資料 ; 李鉉淙, 위의 책, pp.176~179.
　露領에 거류하는 韓人들이 國民議會를 조직하고 海蔘威에서 각지방과 연락
하여 수만의 군중을 모아 獨立祝賀會를 거행할 때 새 선언서를 각국 領事와
동포에게 發布하였다고 하나 (金秉祚, 같은 책, p.55), 위의 인용자료 어디에
서도 발표일자는 찾을 수 없다. 다만, 姜德相, 앞의 책, p.91에 3월 17일 니
코리스크에서의 시위에서 선언서를 배포한데 이어 블라디보스톡에서도 같은
날 선언서를 배포하며 시위하였다는 기록과 그후 국민의회가 블라디보스톡
으로 옮겨 沿海州는 물론 琿春에도 지부를 두고 琿春縣까지 관할하였다는
점, 그리고 3월 20일 琿春에서 배포한 선언서(자료번호 17)와도 본문의 내용

		이전		한·金萬謙 등 9人)	
16	宣言書[19]	1919.3.20	琿春	大韓國民議會(黃炳吉 등)	漢文
17	宣言書[20]	1919.3	鐵山	朝鮮民族代表	(國漢文)
18	宣言書[21]	1919.3	木浦	朝鮮民族代表	(國漢文)
19	通告文[22]	1919.3	서울	獨立團	(國漢文)

이 유사하다는 점 등으로 미루어 볼 때 1919년 3월 17일에서 3월 20일 사이에 작성·발표되었을 것이다.

한편, 趙東杰敎授는 國民議會의 시위대가 니코리스크에서 블라디보스톡으로 같은 날 이동하여 시위하였다는 점에서 海蔘威에서 배포된 선언서도 니코리스크에서 배포된 선언서(자료번호 12)와 동일한 것으로 간주하였다. 따라서 琿春에서의 大韓國民議會 선언서(자료번호 17)에서 大韓國民議會의 명칭이 비로소 사용되었을 뿐 아니라 漢文本이기는 하지만 본문의 짜임새가 더 정연하고 그 위에 <決議案> 5개항이 추가되었다고 보았다 (趙東杰, 「3·1運動의 理念과 思想」, pp.394~395).

그러나 필자는 海蔘威 獨立祝賀式에서 발표된 宣言書에는 이미 大韓國民議會의 명칭이 사용되고 있으며, 본문의 내용은 니코리스크의 宣言書와 琿春의 宣言書의 세가지가 문맥상 비슷하지만 모두 다른 문구로 작성되어 니코리스크에서의 宣言書를 다시 사용한 것으로 볼 수 없고, 특히 琿春의 宣言書와 같은 내용의 <決議案> 5개항이 海蔘威의 宣言書에 들어 있다는 점을 알게 되었다. 그러므로 琿春에서 배포된 宣言書를 이 세가지 宣言書(자료번호 12, 16, 17)의 완성본으로 본 趙東杰敎授의 견해에는 동의하지만, 니코리스크의 것과 海蔘威의 것은 별개라는 것을 밝혀둔다.

끝으로 李鉉淙, 위의 책에 실린 海蔘威 宣言書에는 서명자 명단으로써 '大韓國民議會 會長 에고르 한·부회장 金萬謙·참모장 金夏錫·참모 미하일 김·서기 全 一·외교원 韓容憲·외교원 張道定·외교원 金 震·외교원 모세이 박' 등이 명기되어 있다. 이에 의하면 앞의 니코리스크에서의 宣言書(자료번호 12)와는 선언주체의 대표가 다른 것이 된다. 이는 앞에서 언급한 바와 같이 朝鮮國民議會가 海蔘威로 옮기고 지부를 설치하는 과정에서의 혼란으로 일단 생각하여 볼 수 있지만 자료보완을 통한 후고를 요한다.

19) 姜德相, 앞의 책, pp.45~47 ; 金根洙, 앞의 책 資料.
20) 獨立紀念館 所藏 宣言書資料.
21) 獨立紀念館 所藏 宣言書資料.
22) 金秉祚, 앞의 책, p.34.

20	朝鮮獨立宣言書[23]	1919.3하순	中國	郭鍾錫 등 7人	(國漢文)
21	同胞에 檄하노라[24]	없음	忠武	權南善 등 9人	(國漢文)
22	반도의 목탁 (1호)[25]	1919.4.1	서울	소년 반도사	孔興文 (國文)
23	獨立請願書[26]	1919.4.5	廣東省	中國 廣東省 國民議 會 康基鎬 등 331人	(國漢文)
24	大韓民國 臨時憲章 宣布 文[27]	1919.4.11	上海	李東寧 등 8人	趙素昻 등 (國漢文)
25	宣誓文[28]	1919.4.11	上海	大韓民國臨時政府	(國漢文)
26	宣布文[29]	1919.4.14	美國	大韓獨立後援會(徐在	(英文)

직접적인 '독립선언'의 문구는 없으나, 일제에 대한 구체적인 투쟁의 방법과
함께 기독교인으로서의 행동지침을 명시하고 있다.

23) 姜德相, 『現代史資料』26, pp.124~125 ; 獨立紀念館 所藏 宣言書資料.
　　宣言書에는 발표일자가 2월로 표시되어 있으나, 이는 陰曆이며 陽曆으로는 3
　　월 하순쯤에 해당한다.

24) 獨立紀念館 所藏 宣言書資料.

25) 독립운동사편찬위원회, 1973 『독립운동사자료집』6, pp.1037~1038.
　　본문에는 편집 겸 발행자로서 '소년 반도사'라 명기되어 있으나, 실제로 이
　　를 인쇄하여 배포하였던 이들은 張龍河·李春鳳·徐廷基 등이다.

26) 金秉祚, 앞의 책, pp.79~80.

27) 韓國臨時政府宣傳委員會編, 1942 『韓國獨立運動文類』(建國大學校 出版部, 1976),
　　pp.9~10 ; 金秉祚, 앞의 책, pp.86~87 ; 秋憲樹, 1972 『資料 韓國獨立運動』2,
　　延世大學校 出版部, pp.24~25 ; 李鉉淙, 위의 책, pp.187~188.
　　臨時憲章의 기초에 참여한 공식적인 人士는 趙素昻·申翼熙·李光洙 등이다
　　(정원택, <지산외유일지>『독립운동사자료집』8, p.439).

28) 金秉祚, 위의 책, pp.87~88 ; 秋憲樹, 위의 책, pp.24~25 ; 李鉉淙, 위의 책,
　　p.189.
　　臨時政府 憲章과 동시에 발표되었다.

29) 金秉祚, 위의 책, pp.88~91, 168~171 ; 李鉉淙, 앞의 책, pp.306~308 ; 元聖

				弨 등)
27	디한독립녀ㅈ선언셔30)	1919.4	露領	김인종 등 8人	(國文)
28	獨立聲明書31)	1919.4	서울	李容稙·金允植	金允植 (國漢文)
29	宣言書32)	1919.4	滿洲	在大陸大韓獨立團 臨時委員會	(國漢文)
30	國民大會趣旨書33)	1919.4		13道 代表者 李晚植 등 25人	(國漢文)
31	新韓民國政府 宣言書34)	1919.4	平安	李東輝 등 11人	(國漢文)

玉 譯, 1986 『最初의 韓國議會』, 범한서적.
　　美洲에 居留하는 韓人들이 필라델피아에서 美洲地域韓人自由大會를 열고 3일간 韓國獨立宣言式을 진행할 때 선포한 宣言書이다. 이 대회는 徐在弼이 會長으로써 주최하였으며 여기에는 美國人 名士들도 다수 참가하였다. 이 때 徐在弼은 美國人 名士들을 會員으로 망라하여 필라델피아에 大韓獨立後援會 本部를 설치하였다 (金秉祚, 같은 책, p.88 참조).
30) 獨立紀念館 所藏 宣言書資料 ; 金根洙, 앞의 책 資料.
　　이 宣言書는 美國 및 露地在留婦人들이 婦人會를 조직하고 그 重鎭者 8명의 連署로써 발표한 것으로 婦人들도 獨立示威運動에 참가할 것을 호소하고 있다. 4월 8일 露領으로부터 宣言書 1천여 장을 局子街로 보내어 間島 각지에 배포하였다고 하며, 韓國 및 東京 등에도 보낸 흔적이 있다고 한다 (國會圖書館, 「독립운동에 관한 건(국외제37호)」『韓國民族運動史料』(三·一運動篇其三), p.294 참조).
　　원문에는 발표일자를 '긔원ㅅ천이빅오십이년 이월　일'이라 기록하였으나, 이는 陰曆인 듯 하다. 도표에는 宣言書가 배포되었다는 4월 8일을 기준으로 하여 배치하였다.
31) 『續陰晴史』(下), 한국사료총서11 부록, pp.607~608 ; 金秉祚, 위의 책, pp.100~102 ; 李鉉淙, 위의 책, pp.147~149.
32) 金根洙, 앞의 책 資料.
33) 『獨立運動史資料』6, pp.1042~1045 ; 李鉉淙, 앞의 책, pp.185~186.
　　李鉉淙의 책에는 서명자 명단이 없이 본문만 기재되어 있으나, 『獨立運動史資料』6에는 서명자 명단과 함께 <결의사항>과 <선포문>이 함께 실려있다.
34) 金正明 編, 『朝鮮獨立運動』Ⅱ, p.22 ; 『獨立運動史資料』6, pp.1082~1083 ; 李鉉淙, 위의 책, pp.186~187.
　　新韓民國政府는 傳單政府로서 그 주체는 밝혀진 것이 없다(趙東杰, 1993 「大

| 32 | 請願書[35] | 1919.5.12 | 파리 | 新韓青年黨代表 金奎植 | 金奎植
(英·佛文) |
| 33 | 宣言書[36] | 1919.5.20 | 서울 | 朝鮮民族大同團 | 崔益煥 |

韓民國臨時政府의　組織」『韓國民族主義의　발전과　獨立運動史硏究』, p.315　참조).

이 宣言書는 4월 17일 평안북도 철산·선천·의주 지방에 배부되었다고 한다.

35) 金秉祚, 위의 책, pp.149~160 ; 金喜坤, 1986 「新韓青年黨의 結成과 活動」『한국민족운동사연구』1, pp.141~175 ; 愼鏞廈, 1986 「新韓青年黨의 獨立運動」『韓國學報』44, pp.94~142.
이 글은 新韓青年黨의 金奎植이 民族代表로서 파리강화회의에 참석하여 제출한 글이다. 金奎植이 파리를 향하여 上海를 출발한 것은 2월 1일이었는데, 이때에 강화회의에 제출할 문안을 작성하여 떠났다고 단정할 만한 기록은 찾을 수 없으며, 다만 그가 출발하기에 앞서 新韓青年黨으로부터 지시받은 12개 항목의 수행사항 중에(愼鏞廈, 1977「3·1獨立運動勃發의 經緯」『韓國近代史論』Ⅱ, 지식산업사, pp.53~54 참조) '강화회의에서 대표로서 인정받을 것을 정식으로 요구하고, 한국 解放에 대한 정식 청원서를 제출할 것. 이 청원서는 자세하고 포괄적일 것'이라고 한 내용이 있는 것으로 보아 청원서의 작성·제출의 문제는 金奎植에게 일임하였던 것 같다. 특히 金奎植이 이미 1904년 프린스턴 대학원에서 석사학위를 받은 바 있었던 사실로서도 납득이 가는 일이다.
한편, 金奎植이 新韓青年黨으로부터 지시받은 12개의 항목 중에는 '日本 武斷統治下의 한국의 정치·경제·교육 및 종교적 여러가지 사정을 알릴 것', '일본의 한국과 한국인에 대한 野慾을 폭로할 것', '일본의 몽고·시베리아·山東·揚子江地域·福建·泰國·필리핀·南海 및 인도에 대한 야욕을 폭로할 것', '한국은 극동문제를 해결하는 데 있어서 열쇠와 같은 중요한 위치에 있다는 것을 역사적 지리적 및 전략적 이유를 들어 설명할 것', '왜 한국이 독립하여야 하는가 하는데 대한 이유를 설명하며, 한국사람이 자치할 능력이 있다는 것을 誇示할 것' 등이 있다. 이러한 내용은 청원서에 일목요연하게 정리되어 있으므로 金奎植이 사전에 논의된 바탕위에서 서술하였음을 알 수 있다.

36) 金正明 編, 『朝鮮獨立運動』Ⅱ, pp.29~30 ; 『獨立運動史資料』6, pp.1050~1051 ; 申福龍, 1982 『大同團實記』, 養英閣, pp.49~50.
朝鮮民族大同團은 이 宣言書외에도 <일본국민에게 알린다>(1919.5), 만국강화회의와 미국대통령 윌슨에 보내는 <진정서>(1919.4 ; 金正明 編, 『朝鮮獨立運動』Ⅱ, pp.25~27), 투쟁의 방침과 책략을 표현한 <방략>(1919.4 ; 金正明 編,

				(國漢文)
34	通喩文(第1號)[37]	1919.5	上海	大韓民國臨時政府	(國漢文)
35	警告文[38]	1919.5		京城獨立團	(國漢文)
36	陳述書[39]	1919.5	서울	京城獨立會本部	
37	時事陳述書[40]	1919.5	上海	耶蘇教代表 (安承源 등 11人)	(國漢文)
38	大韓國民會趣旨書[41]	1919.6	평남	臨時國民會規則委員長	
39	大韓民國臨時政府 大統領宣言書[42]	1919.7.4	上海	大韓民主國 臨時大統領 李承晩	
40	請願書[43]	1919.7.9	美國	大韓婦人愛國團	

『朝鮮獨立運動』Ⅱ, pp.27~28)과 <시국을 방관하는 공론자에게 경고> (1919.5.20) 등을 발표한 바 있다 (『獨立運動史資料』6, pp.1051~1060, 1064~ 1068 및 申福龍, 위의 책, pp.52~59 참조).

37) 金秉祚, 앞의 책, pp.137~140 ; 李鉉淙, 앞의 책, pp.190~192.

38) 『獨立運動史資料』6, pp.1084~1085.
이 警告文의 서명자는 京城 獨立團으로 되어 있으며, 기록으로 남은 것은 5월 6일 부산 지방 법원 통영 지청 조선인 판사에게 우송된 것이다.

39) 金秉祚, 앞의 책, pp.140~147.

40) 金秉祚, 위의 책, pp.160~165.
이는 23일 新韓靑年黨 代表 呂運弘을 파리에 파견할 때 國際聯盟·長老敎萬國聯合會·美洲 各 敎會로 보낸 것으로서, 安承源 등 목사와 장로들의 시국 성명서에 해당한다. 여기에 서명한 이는 安承源·金秉祚·孫貞道·張德櫓·李元益·趙尙燮·裵亨湜 牧師 등과 金時赫·金承萬·趙普根·張 鵬 長老 등 모두 11人이다.

41) 金正明, 『朝鮮獨立運動』제Ⅰ권 分冊, pp.139~140 및 pp.228~230.
서명일자는 '建國 四千二百五十三年 六月 日'로 되어 있으므로 음력일 가능성도 있다. 후자의 기록은 대한독립청년단 검거의 건과 관련되어 있다.

42) 李鉉淙, 앞의 책, pp.192~195.

43) 金秉祚, 앞의 책, pp.176~177.
大韓婦人愛國團은 美洲에 거류하는 韓人婦人會로서 3·1獨立運動 이후 국내

41	朝鮮獨立에 對한 感想의 概要[44)	1919.7.10	서울	韓龍雲	韓龍雲

동포들이 일제에 학살당하는 참상을 전해듣고 미국 대통령에게 청원한 글이다. 서명자는 團長 梁信賢과 金錫恩 등이다.

이보다 앞서는 글로써 大韓婦人會 명의로 된 「姉妹의 皆樣」이 있다. 이글의 원본은 英文 活版으로 되어 있었다고 하나, 일제에 의하여 日譯된 것만 남아 있다. 공개일시나 장소 등은 명기되어 있지 않으며, 1919년 4월~5월의 문서철에서 발견하였다고 한다. 내용은 3·1獨立運動時에 한국내에서 일제가 벌인 만행을 조목조목 폭로하는 형태로 이루어져 있으며, 주로 여성들과 기독교의 피해상황에 초점을 맞추고 있다(姜德相, 앞의 책, pp.59~61 참조).

44) 獨立新聞 (上海版) 25호, 1919년 11월 4일자 ; 金秉祚, 앞의 책, pp.177~193 ; 李鉉淙, 위의 책, pp.153~165.

이 글은 1919년 7월 10일 日本檢事의 審問에 대한 答辯書로서 작성된 것인데, 獄外로 비밀리에 반출되어 1919년 11월 4일 上海版 獨立新聞의 附錄으로 게재되었다.

이를 흔히는 「朝鮮獨立의 書」 또는 「朝鮮獨立理由書」라고도 한다. 한편, 韓龍雲 자신이 당시 判事의 審問에 대하여 독립운동에 참가한 동기를 간단히 말하고 나서 자세한 것은 「朝鮮獨立에 對한 感想」을 보라고 한 것으로 보아, 上海版 獨立新聞에 게재된 것이 原本으로 생각된다 (安秉直, 1970「萬海 韓龍雲의 獨立思想」『창작과 비평』5-4, p.765).

이는 體制上으로는 宣言書라기보다 앞서 발표한 3·1獨立宣言書(資料番號 8)를 뒷받침하는 理念的 根據를 정리한 論述에 가까우며, 目次를 정리하면 다음과 같다.

　一. 槪論
　二. 朝鮮 獨立宣言의 動機
　　　1.朝鮮民族의 實力
　　　2.世界大勢의 變遷
　　　3.民族自決條件
　三. 朝鮮獨立宣言 理由
　　　1.民族自存性
　　　2.祖國思想
　　　3.自由主義
　　　4.對世界의 義務
　四. 朝鮮總督政治에 對하야
　五.朝鮮獨立의 自信

(目次의 小題目은 金秉祚, 앞의 책 인용문을 참고하였으며, 李鉉淙, 앞의 책 인용문과는 약간 차이가 있다).

42	赤十字會 宣言書[45]	1919.7	上海	大韓赤十字會 (安昌浩 등 78人)	(國漢文)
43	大韓正義團 倡義檄文[46]	1919.7	上海	大韓正義團	(國漢文)
44	大韓國民老人同盟團 趣旨書[47]	1919.3·4 경	海蔘威	없음	朴殷植 (漢文)
45	在露領 大韓國民老人同盟團謹瀝血禱哀干[48]	1919.7 하순	海蔘威	大韓國民老人同盟團 代表 金致甫 등 21人	(漢文)
46	警告文[49]	1919.8.28	서울	없음	趙鏞周

「朝鮮獨立에 對한 感想의 槪要」에 관한 연구로는 安秉直, 1970「萬海 韓龍雲
의 獨立思想」『창작과 비평』5-4 가 있다.
45) 金秉祚, 앞의 책, pp.174~176 ; 李鉉淙, 앞의 책, pp.200~202.
46) 李鉉淙, 위의 책, pp.195~197.
47) 姜德相, 앞의 책, pp.76~77 ; 李鉉淙, 위의 책, pp.205~206.
　　6월 24일로 기록된 날짜는 음력인 듯 하다.
48) 姜德相, 위의 책, pp.63~64 ; 金秉祚, 앞의 책, pp.106~111 ; 李鉉淙, 위의 책,
　　pp.206~209.
　　이는 露領지역 僑民團의 老人 5천여 명이 老人團을 조직하고, 日本政府에 보
　　낸 長書이다. 이 글의 제목은 金秉祚의 『獨立運動史略』에는 기록이 없고, 李
　　鉉淙은 '獨立要求書'라 하였으나 여기서는 姜德相의 자료에 준하였다.
　　또한 서명자 명단·發表 또는 作成日字 등도 姜德相의 자료에 준하였는데,
　　날짜는 '開國紀元四千二百五十二年 六月 二十四日'이라 기록되어 있다. 이는
　　『大韓國民老人同盟團名簿』(독립기념관, 1991 『한국독립운동사연구』5, 附錄
　　資料 Ⅱ, pp.489~558 참조)에 작성일자가 '檀祖紀元四千二百五十二年 陰曆九
　　月'로 되어 있는 것과 비교하여 볼 때 역시 陰曆으로 기록하였을 것으로 생
　　각되며, 이에 따라 도표에는 7월 하순으로 기록하였다.
49) 獨立新聞 (上海版) 8호, 1919년 9월 13일자 ; 金秉祚, 앞의 책, pp.197~199 ;
　　李鉉淙, 위의 책, pp.217~219.
　　이 글은 上海에서 趙素昻의 親弟인 趙鏞周가 기초하여(<大韓民國靑年外交團
　　·大韓民國愛國婦人會事件判決文>『朝鮮統治史料』5, p.770) 국내로 보내온 것
　　을 大韓民國靑年外交團이 300장 정도 인쇄하여 1919년 8월 28일 國恥日을 기
　　해 서울의 각 독립운동단체를 비롯하여 학교와 일반에 배포하였다. 배포의
　　책임은 朝鮮民族大同團에 관여하고 있던 羅昌憲이 맡았으며(<大同團豫審決定
　　書>『大同團實記』, pp.143~161), 이의 배포에 따라 종로 등지에서 만세시위

				(國漢文)
47	朝鮮獨立申請書50)	1919.9.28	전남	全羅南道儒會所發起人 海南 李濟岩·綾州 閔醒坡·寶城 安强齊·光州 朴一峯	
48	敵의 官公吏가 된 同胞에게51)	1919.9.30	평북	大韓靑年團	(國漢文)
49	警告52)	1919.10.20	평남	國民痛哭團	
50	宣言書53) (臨時政府宣言書 및 公約 3章)	1919.10.31	上海	大韓民族代表 (朴殷植 등 30人)	(國漢文)
51	天主敎同胞에게54)	1919.10.31	전남		
52	諭告55)	1919.10		大韓臨時政府十三道	

가 전개되었다(<大韓民國靑年外交團·大韓民國愛國婦人會事件判決文>『朝鮮統治史料』5, p.765).

글의 내용은 비분강개하여 國恥日임을 상기시키고, 특히 말미에는 실행할 사항이라 하여 세가지 조항을 덧붙였는데, 그중에는 '일반 인민의 사업을 쉬고 오락을 일체 금하라'는 것도 있어 노예된 입장임을 강조하고 있다.

50) 金正明, 『朝鮮獨立運動』제 I 권 分冊, pp.122~124.
본문의 서명일자는 '己未 八月 五日'이라 되어 있으나 이를 양력으로 환산하면 1919년 9월 28일에 해당한다. 이 글은 양력 10월 9일을 기하여 배부되었다.

51) 金正明, 『朝鮮獨立運動』제 I 권 分冊, pp.150~151.
서명일자는 '大韓民國元年 九月 三十日'로 되어 있다.

52) 金正明, 『朝鮮獨立運動』제 I 권 分冊, p.152.
서명일자는 '大韓民國元年十月二十日'이며 國民痛哭團 밑에 韓大欽, 韓永福, 鮮斗淋, 方有力, 高禮煥, 李在福의 서명이 있다.

53) 金根洙, 앞의 책 資料 ; 李鉉淙, 위의 책, pp.202~204.

54) 金正明, 『朝鮮獨立運動』제 I 권 分冊, pp.189~190.
이 글은 평안북도 의주군 의주면 東外洞 天主公敎會 神父 徐丙翼으로부터 전남 순천군 金貞泰에게 우송되어진 것을 김정태 집에서 일제에 압수되어졌다.

				總幹部	
53	大韓靑年團聯合會 趣旨書56)	1919.11.1	滿洲	金時漸·金承萬 등 17人	(國漢文)
54	a 宣言書57)	1919.11.15	上海	大韓僧侶聯合會(吳卍光 등 12人)	(國漢文)
	b 宣言書58)	1919.11.15	上海	大韓僧侶聯合會(吳卍光 등 12人)	(漢文)
	c The Manifesto of the Korean Buddhists59)	1919.11.15	上海	大韓僧侶聯合會(吳卍光 등 12人)	(英文)
55	宣言書60)	1919.11	서울	大韓民族代表(義親王 李堈 등 33人)	(國漢文)
56	警告文61)	1919.11		獨立團員	(國漢文)
57	警告! 我新大韓同胞62)	1919.11	滿洲	大韓獨立軍備總團	(國漢文)

---

55) 金正明, 『朝鮮獨立運動』제Ⅰ권 分冊, pp.190~192.
56) 『독립신문』 1920년 1월 13일자 ; 박 환, 1992 「滿洲地域 大韓靑年團聯合會의 成立과 活動」『獨立運動史의 諸問題』, 범우사, p.364.
57) 金秉祚, 앞의 책, pp.212~214 ; 金正明 編, 『朝鮮獨立運動』Ⅰ卷 分冊, pp.400 ~401 ; 李鉉淙, 앞의 책, pp.165~166 ; 獨立紀念館 所藏 宣言書資料 ; 金根洙, 위의 책 資料.
58) 獨立紀念館 所藏 宣言書資料.
　　위의 資料番號 47의 宣言書를 漢文으로 작성하여 동시에 발표한 것으로 獨立紀念館 所藏 資料에만 포함되어 있다.
59) 獨立紀念館 所藏 宣言書資料.
　　위의 資料番號 47의 宣言書를 英文으로 작성하여 동시에 발표한 것으로 獨立紀念館 所藏 資料에만 포함되어 있다.
60) 金秉祚, 앞의 책, pp.211~212 ; 金根洙, 앞의 책 資料 ; 金正明, 『朝鮮獨立運動』Ⅰ卷 分冊, pp.201~202.
　　王族과 前職高官들이 참가한 宣言書이다. 33인이라고 본문에 기록했으나 김정명 자료에서는 27인의 서명밖에 확인할 수 없다.
61) 李鉉淙, 앞의 책, pp.197~198.
62) 李鉉淙, 위의 책, p.204.

58	國民會 告諭文[63]	1919.11	滿洲	間島大韓國民會
59	喩告文[64]	1919.12	滿洲	大韓獨立軍 義勇隊長　（國漢文） 洪範圖 등 3人
60	決死團員盟誓書[65]	1919	昌寧	昌寧郡 榮山邑 天道　（國漢文） 敎人 23人
61	大韓獨立請願書[66]	1919	서울	郭鍾錫 등 137人
62	大韓民國臨時政府 軍務部 布告文[67]	1920.1	上海	軍務總長 盧伯麟　　　（國漢文）
63	國務院 布告 第1號[68]	1920.1	上海	國務總理 李東輝 등　（國漢文） 9人
64	大韓獨立一周年祝賀警告 文[69]	1920.2.26	서울	全國學生靑年一同
65	大韓獨立一周年祝賀撤布 警告文[70]	1920.2.28	서울	全國商業家一同

---

63) 姜德相, 『現代史資料』27, p.739.

64) 『독립신문』 1920년 1월 13일자 ; 李鉉淙, 위의 책, *pp.214~215.*

65) 李鉉淙, 위의 책, p.146.

66) 金秉祚, 위의 책, pp.103~106 ; 李鉉淙, 위의 책, pp.166~170.
　　이 請願書는 儒林대표로서 郭鍾錫·金福漢 등 137명이 연서하여 파리평화회
　　의에 제출한 것으로 이글과 관련한 검거·투옥사건을 『파리長書事件』이라고
　　도 한다.
　　金秉祚의 책에는 서명자명단 없이 郭鍾錫·金福漢 등120명이 서명하였다 하
　　였으나, 李鉉淙의 책에는 137명의 서명자 명단이 기재되어 있다.

67) 李鉉淙, 위의 책, pp.209~210.

68) 李鉉淙, 위의 책, pp.210~214.

69) 姜德相, 앞의 책, p.71.
　　이 글은 서울에서 학생을 중심으로 배포되었던 것이다. 원문에는 태극기가
　　그려져 있었다고 하며, 자료의 인용문은 일제에 의하여 日譯되어진 것이다.

70) 姜德相, 위의 책, p.72.
　　위의 警告文(자료번호 59)와 마찬가지로 3·1獨立運動 1주년을 되새기는 글

66	在滿朝鮮同胞에게 檄함[71]	1920.3.1	滿洲	倍達學校	(國漢文)
67	大韓獨立一周年記念祝賀 警告文[72]	1920.3.1	서울	大韓國民會	
68	特告!巡查補助員 보라[73]	1920.3	滿洲	大韓獨立軍	(國漢文)
69	兵丁勸告書 告諭 第3號[74]	1920.4	滿洲	在北間島 大韓國民會 長 具春先	(國漢文)
70	檄告二千萬同胞[75]	1920	滿洲	光韓團	(國漢文)
71	聲討文[76]	1921.9	滿洲	國民會 代表 具春先 등 20人	(國漢文)
72	宣言[77]	1921.11.5	日本	朝鮮青年獨立團(金松)	(國漢文)

로서 주로 서울의 상점가에 배포되었다. 또한 원문에 태극기가 그려져 있다는 것도 위의 警告文(자료번호 59)와 같으며 역시 日譯된 글이므로 원문이 어떠한 문체였는지는 알 수 없다.

71) 李鉉淙, 앞의 책, pp.215~217.

72) 姜德相, 앞의 책, pp.70~71.
  위의 자료번호 59, 60의 警告文과 거의 같은 무렵에 발표된 글로써, 서울에서 학생들을 중심으로 배포되었으나, 日譯文이어서 원문의 체제는 알 수 없다.

73) 李鉉淙, 앞의 책, pp.219~220.

74) 金正明 編, 『朝鮮獨立運動』Ⅲ, p.221 ; 朴永錫, 1993 「日帝下 西間島地域 共和的 民主主義系의 民族獨立運動」『日帝下 獨立運動史研究』, 一潮閣(1984初版), p.22.

75) 李鉉淙, 위의 책, pp.226~228.

76) 李鉉淙, 위의 책, pp.228~232 ; 宋友惠, 1986 「北間島 '大韓國民會'의 組織形態에 관한 研究」『한국민족운동사연구』1, pp.123~124 참조.
  이 聲討文은 각 단체의 대표들이 연서한 것으로 참가한 단체들은 國民會·軍團·光復團·新民團·勞農會·公義團·農務會·義民團·青年獨立團·野團 등이다.

77) 金根洙, 앞의 책 資料 ; 이덕주, 1988「3·1운동의 이념과 운동노선에 관한 연구 - 33종의 독립선언서를 중심으로-」『기독교사상』351, pp.109~110 참조.

				殷 등 5人)	
73	a 韓國人民致太平洋會議書[78]	1921.11	中國	韓國人民 等	(國漢文)
	b 韓國人民致書太平洋會議[79]	1922.1.1	워싱턴	朝鮮人協會	
74	宣言書[80]	1921.12.23	하와이	하와이 大朝鮮國民代表會 期成會 會長 黃사용 등 17人	(國漢文)
75	檄告文[81]	1921.2.26	中國	大韓軍政署 (徐一)	(國漢文)
76	自主獨立宣言文[82]	1922.3.1	서울	天道敎普成社社長 李鍾一 外 一同	(國漢文)
77	大同協會宣言[83]	1922.3.3	上海	大同協會	(國漢文)
78	大韓統義府 義勇軍 布告 第1號[84]	1923.1.30	中國	大韓統義府總長代理 民事部長 李雄海	(國漢文)

이덕주의 표에도 이 '宣言'이 등재된 바 있으나, 그는 발표장소를 中國으로 단정하였다.

78) 獨立新聞 (上海版) 115호, 1921년 11월 19일자 ; 李鉉淙, 앞의 책, pp.170~172 ; 민족운동연구소, 1956 『민족독립투쟁사』, p.106.
　李鉉淙은 발표장소를 國內로 분류하였으나 이에 대한 근거가 분명하지 않다. 이에 비하여 獨立新聞(上海版)에는 이미 112호(1921년 10월 14일자)부터 태평양회의에 대한 관심과 회의에 한국문제를 상정하기 위하여 논의하고 있는 기사를 다루고 있다. 또한 발표일자도 11월로 명기되어 있으므로 國內에서 발의되어 上海로까지 전해졌다기 보다는 中國에서 작성된 것으로 여겨진다.

79) 朝鮮總督府, 『朝鮮治安狀況』1922, pp.3~4 ; 鄭珖鎬, 1969 「3·1運動 以後의 民族運動과 外勢」『3·1運動 50周年紀念論文集』, p.571.

80) 李鉉淙, 위의 책, pp.222~223.

81) 『독립신문』 1921년 2월 26일자 ; 李鉉淙, 위의 책, pp.224~226.

82) 金根洙, 앞의 책 資料.
　이 宣言文은 3·1운동 3주년을 기념하기 위하여 발표된 것이다.

83) 金正明 編, 『朝鮮獨立運動』V, pp.301~303.

84) 李鉉淙, 앞의 책, pp.241~242.

79	朝鮮革命宣言[85]	1923.1	滿洲	朝鮮義烈團	申采浩 (國漢文)
80	檄[86]	1924.1	滿洲	朝鮮義烈團	(國漢文)
81	宣言[87]	1924.6	中國	義勇軍 第5中隊 代表 (金九 등 13人)	
82	大韓民國 獨立宣言 第6周 紀念辭[88]	1925.3.1	中國	旅奧韓人全體	(漢文)
83	韓國獨立運動宣言 第7周 紀念辭[89]	1926.3	中國	旅奧韓人會	(漢文)
84	四百용사에 檄함[90]	1928.8.22	光州	光州高普 盟休本部	(國文)
85	宣言[91]	1930.3.1	上海	臨時政府	(國漢文)
86	宣言文[92]	1933.8.10	上海	韓人愛國團	(國漢文)
87	宣言文[93]	1940.3.1	枉蔘江	枉蔘江韓人 3·1節 紀念大會	(國漢文)
88	3·1運動 第21周年 紀念 宣言[94]	1940.3.1	中國	旅川韓國革命各團體 3·1紀念大會	(國漢文)

85) 朴泰遠, 1947『若山과 義烈團』, 白楊堂, pp.110~126 ; 李鉉淙, 위의 책, pp.232
   ~241.
86) 國會圖書館, 『韓國民族運動史料』(中國篇), pp.471~472 ; 獨立紀念館, 1989『한
   국독립운동사연구』3, pp.646~647.
87) 李鉉淙, 앞의 책, p.243.
88) 獨立紀念館 所藏 宣言書資料.
   여기서 旅奧라 함은 마카오를 지칭하는 것으로 생각된다.
89) 獨立紀念館 所藏 資料.
90) 梁東柱, 1956『光州學生獨立運動史』, 湖南出版社, pp.85~89.
91) 獨立紀念館 所藏 宣言書資料.
92) 李鉉淙, 앞의 책, pp.254~257.
93) 獨立紀念館 所藏 宣言書資料.

89	3 · 1獨立運動 第21周年紀念日敬告中國同胞書95)	1940.3.1	中國	旅川韓國革命各團體 3 · 1紀念大會	(漢文)
90	韓國光復宣言文96)	1940.8.15	中國	臨政主席 겸 光復軍創設委員會 委員長 金 九	(國漢文)
91	光復軍創設大會辭97)	1940.9.17	中國	光復軍創設委員長 金 九	(漢文)
92	大韓民國 臨時政府 布告文98)	1940.12.22	중국	臨時政府 國務委員 李東寧 등 11人	(國漢文)
93	적구내 동지동포에게 고함99)	1940	中國	韓國光復軍 總司令 李青天	(國漢文)
94	3·1節 第22周 紀念宣言100)	1941.3.1	重慶	한국 3 · 1節 第22周 紀念大會	(國漢文)
95	韓國 3·1節 22周 紀念大會敬告中國同胞書101)	1941.3.1	重慶	韓國 3 · 1節 22周 紀念大會	(漢文)
96	3·1節 第22周 紀念宣言102)	1941.3.1	重慶	韓國光復軍 總司令部	(國漢文)
97	韓國獨立 3·1節 第22周	1941.3.1	重慶	韓國光復軍 總司令部	(漢文)

94) 獨立紀念館 所藏 宣言書資料.
　　旅川이라 함은 四川省을 지칭하는 것으로 생각된다.
95) 獨立紀念館 所藏 宣言書資料.
96) 李鉉淙, 앞의 책, pp.265～266.
97) 『光復』제1권 제1기, 韓國 光復軍 總司令部 정훈처 刊, 西安, 1940.2.1, pp.14～15 (『한국독립운동사』1 부록, pp.838～839 수록).
98) 李鉉淙, 앞의 책, pp.276～281.
99) 李鉉淙, 위의 책, pp.266～271.
100) 獨立紀念館 所藏 宣言書資料.
101) 獨立紀念館 所藏 宣言書資料.
102) 獨立紀念館 所藏 宣言書資料.

	年 紀念宣言[103)				
98	海外韓族大會[104)	1941.4.20		海外韓族大會議長 安元奎 委員 一同	(國漢文)
99	韓國 臨時政府 對羅邱 宣言聲明書[105)	1941.8.29	重慶	大韓民國 臨時政府	(國漢文)
100	對日宣戰聲明書[106)	1941.12.9	重慶	大韓民國 臨時政府	(國漢文)
101	中國抗戰 第5年 告! 國內外同志同胞書[107)	1941	重慶	韓國獨立黨 中央執 行 委員長 겸 大韓 民國 臨時政府 國務 委員會 主席 金 九	
102	第25周 3·1節 紀念大會 宣言[108)	1944.3.1	重慶	第25周 3·1節 紀念 大會	(國漢文)
103	韓國獨立宣言 第25周 3·1節紀念大會宣言[109)	1944.3.1	重慶	韓國獨立宣言 第25周 3·1節 紀念大會	(漢文)

103) 獨立紀念館 所藏 宣言書資料.
104) 李鉉淙, 앞의 책, pp.294~295.
105) 최남선, 『한국독립운동사』, pp.66~67 ; 李鉉淙, 위의 책, pp.282~283.
　　 이 宣言·聲明書는 對 루우스벨트·처어칠 宣言·聲明書이다.
106) 최남선, 위의 책, p.68 ; 李鉉淙, 위의 책, p.284.
107) 李鉉淙, 위의 책, pp.288~294.
108) 獨立紀念館 所藏 宣言書資料.
109) 獨立紀念館 所藏 宣言書資料.

<h1 style="text-align:center">索引</h1>

韓國獨立宣言書研究

인쇄일 초판 1쇄　1999년　03월 15일
　　　　　3쇄　2018년　01월 15일
발행일 초판 1쇄　1999년　03월 25일
　　　　　3쇄　2018년　01월 28일

지은이　김 소 진
발행인　정 찬 용
발행처　국학자료원
등록일 1987.12.21, 제17-270호
서울시 강동구 성내동 447-11 현영빌딩 2층
Tel : 442-4623~4 / Fax : 442-4625
www.kookhak.co.kr
E- mail : kookhak2001@hanmail.net
ISBN 978-89-8206-354-1 *03910

가 격　16,000 원